Patrick Redmond

Der Schützling

ROMAN

Deutsch von Jürgen Bürger

C. Bertelsmann

Die Originalausgabe erschien 2000
unter dem Titel »The Puppet Show«
bei Hodder & Stoughton, London

Umwelthinweis:
Dieses Buch und sein Schutzumschlag wurden
auf chlorfrei gebleichtem Papier gedruckt.
Die Einschrumpffolie (zum Schutz vor Verschmutzung)
ist aus umweltschonender recyclingfähiger PE-Folie.

1. Auflage
Copyright © 2000 by Patrick Redmond
Copyright © der deutschsprachigen Ausgabe 2002
beim C. Bertelsmann Verlag, München,
in der Verlagsgruppe Random House GmbH
Satz: Uhl+Massopust, Aalen
Druck und Bindung: GGP Media, Pößneck
ISBN 3-570-00323-X
Printed in Germany
www.bertelsmann-verlag.de

Für meine Mutter,
Mary Redmond

PROLOG
Bow, East London, 1984

»Wo steckt Michael? Warum ist er nicht hier? Ich will mich von ihm verabschieden.« Sean stellte die Tasche ab, die er in der Hand hielt, und starrte zu Boden. Sein Gesicht war gerötet, seine Lippen begannen zu beben.

Susan Cooper, die mit seinem Koffer gefolgt war, holte tief Luft. »Ich hab's dir doch gesagt, Sean, wir können ihn nirgends finden.«

»Aber ich will mich verabschieden. Ich gehe nicht, ohne mich zu verabschieden!«

Die zwei standen auf dem Bürgersteig vor dem Kinderheim. Es war ein quadratischer viktorianischer Kasten aus grauem Stein; das einzige freistehende Einzelhaus auf dieser Straßenseite. Direkt gegenüber befand sich ein Sozialwohnungskomplex, ein Betonlabyrinth, das die Sonne aussperrte und die schmale Straße in Schatten tauchte.

Tom Reynolds, der im Wagen wartete, stellte jetzt den Motor ab und schien aussteigen zu wollen. Susan schüttelte den Kopf. Sie waren ohnehin schon spät dran. Nur noch ein paar Minuten, und sie würden unweigerlich in den Rushhourverkehr geraten. Einige Jungs aus der Sozialsiedlung spielten auf der Straße Fußball, warfen sich mit jedem Schuss Beleidigungen an den Kopf, bemerkten nichts von der Abschiedsszene, die sich vor ihren Augen abspielte.

Susan zitterte. Obwohl erst Anfang Oktober, blies der Wind bereits recht frisch und kündete vom nahenden Winter. Ein älteres Paar ging bepackt mit Lebensmitteln vorüber und warf Sean einen mitfühlenden Blick zu. Im Stillen verfluchte sie Michael. Darauf konnte sie im Moment wirklich verzichten. »Ich hab's dir doch gesagt, Sean«, sagte sie mit einem schärferen Ton als beabsichtigt. »Wir können ihn nicht finden. Es tut mir sehr Leid, aber so ist es nun mal.«

»Dann gehe ich nicht! Ich will nicht gehen! Sie können mich nicht zwingen!«

Seine sanften Augen waren voller Angst. Sofort schämte sie sich. Sie hockte sich neben ihn und wischte ihm eine blonde Strähne aus der Stirn. »Es tut mir Leid. Ich wollte dich nicht anschnauzen. Wir haben versucht, ihn zu finden, ehrlich. Du kennst ihn doch. Wahrscheinlich ist er aufgehalten worden.«

»Er will nicht hier sein.«

»Natürlich will er.« Sie gab ihm einen Kuss auf die Wange. »Er ist dein bester Freund. Das würde er doch nicht versäumen wollen.«

»Er hat gesagt, er hasst mich und wäre froh, wenn ich weggehe. Er hat gesagt –«, Seans Augen füllten sich mit Tränen, »– er hat gesagt, dass Pflegeeltern nur freundlich tun, um einen reinzulegen, und wenn ich erst mal bei denen bin, dann sperren sie mich in den Keller und geben dem Sozialarbeiter Geld, damit er nichts sagt, und…«

Susan machte beruhigende Laute. »Er nimmt dich doch nur auf den Arm. Die Andersons sind nette Leute, Sean. Du glaubst doch wohl nicht, ich würde dich bei Leuten wohnen lassen, die nicht nett sind, oder?«

Er gab keine Antwort. Sie hob sein Kinn an und sah ihm in die Augen. »Glaubst du das?«

Langsam schüttelte er den Kopf.

»Sie haben einen schönen großen Garten und zwei Hunde. Du wirst bei ihnen glücklich sein, Sean. Das verspreche ich dir.«

Lautes Hupen zerschnitt die Stille, gefolgt von einer erregten Stimme: Ein Autofahrer fluchte, weil Toms Wagen die Straße versperrte. Sie konnte es nicht länger hinauszögern. »Komm, setz dich jetzt ins Auto. Tom sagt, du darfst vorn sitzen und dir eines deiner Bänder anhören.«

Tom öffnete die Beifahrertür und lächelte Sean breit an. »Bist du dann soweit, Kumpel?« Wieder das Schmettern der Hupe. Tom beugte sich aus dem Fenster. »Sekunde noch!« Er zerzauste Sean die Haare. »Wollen doch mal sehen, ob wir auf der Autobahn den Geschwindigkeitsrekord zu Lande brechen können, häh?« Sean brachte ein schwaches Lächeln zu Stande, während Susan ihm beim Anschnallen half. »Kommen Sie mich auch mal besuchen?«, fragte er sie ängstlich.

»Aber sicher.«

Er sah immer noch besorgt aus. »Das mit meinem Foto werden Sie nicht vergessen? Sie suchen weiter?«

»Natürlich. Wir werden's schon finden. Keine Angst.«

Sie sah dem Auto nach, als es die Straße entlangfuhr. Die Jungs aus der Siedlung ließen das Fahrzeug vorbei und setzten dann ihr Spiel fort. Während sie ihnen nachschaute, hallte ein unausgesprochenes Gebet in ihrem Kopf. O Gott, bitte mach, dass diese Geschichte gut ausgeht. Er ist erst neun, und er hat schon so viel durchgemacht.

Traurig drehte sie sich um und kehrte ins Haus zurück.

Michael stand am Ende der Straße und beobachtete, wie Susan Sean umarmte.

Die Schultasche hing über seiner Schulter. Er hätte schon vor einer Stunde zurück sein sollen. Stattdessen hatte er gebummelt und die Zeit totgeschlagen. Jetzt müsste es eigentlich vorbei sein.

Er spürte, dass Sean weinte. Wusste, dass er Angst hatte. Wusste auch, wessen Schuld das war.

Er schämte sich, zusätzlich waren da noch andere, komplizertere Gefühle, die er sich nicht eingestehen wollte. Wütend drängte er sie zurück. Sean war ein Baby und verdiente es, Angst zu haben.

Er wandte sich der winzigen Autowerkstatt an der Straßenecke zu. Das Tor des Vorhofs war nicht verschlossen, und er flitzte hinein, sprang auf eine Kiste und von dort auf eine Mauer, die auf der Rückseite der Häuser verlief. Hinter sich hörte er das wütende Brüllen des Werkstattbesitzers.

Nachdem er ein Stück auf der Mauer balanciert war, langsam, um das Gleichgewicht nicht zu verlieren, sprang er in den Garten des Heims. Eine Briefmarke mit Unkraut. Er betrat das Haus durch die Hintertür, ging durch den Lagerraum und vorbei an der Küche. Er hörte Stimmen. Die Vorbereitungen zum Abendessen hatten begonnen. Dem Geruch nach gab es Bolognesesoße. Hackfleisch und Dosentomaten, abgeschmeckt mit Zwiebelwürfeln und über Spaghetti verteilt. Das gleiche Gericht hatte es schon vier Abende zuvor gegeben. Aber es war eine einfache Mahlzeit, und es waren zwanzig Kinder, die satt werden mussten.

Er kam in die Diele. Die Luft war abgestanden und roch ein wenig feucht. Der Wandanstrich sah schmutzig aus. Von außen strahlte das Haus eine gewisse Vornehmheit aus, aber im Inneren war es schäbig und renovierungsbedürftig. Vor ihm die Haustür. Daneben befanden sich ein Anschlagbrett, ein Haufen Mäntel und Taschen. Zu seiner Linken lag das Fernsehzimmer. Die älteren Kinder schauten sich ein Autorennen an, während die jüngeren vergeblich Zeichentrickfilme zu sehen verlangten.

Die Haustür öffnete sich. Da er nicht wollte, dass Susan ihn sah, rannte er die Treppe hinauf in den ersten Stock, ein langer Korridor gesäumt von Zimmern. Hinter einer der Türen hörte irgendwer Duran Duran. Eine andere Tür wurde geöffnet, und Mr. Cook trat heraus. Er war einer der Angestellten, die im Haus wohnten. Er lächelte Michael an. Sein Puttengesicht, der helle Bart und die leuchtend rote Strickjacke verliehen ihm das Aussehen eines zu groß geratenen Teddybärs. »Hast du dich von Sean verabschiedet?«

»Ja.«

»Du bist bestimmt traurig. Willst du drüber reden?« Seine Stimme war herzlich, sein Gesichtsausdruck freundlich. Michael spürte, wie er eine Gänsehaut bekam. Jeder wusste doch, was hinter Mr. Cooks Freundlichkeit steckte. Mit finsterem Gesicht rannte er weiter hinauf zur zweiten Etage.

Sein Zimmer lag auf der Vorderseite des Hauses, geduckt unter dem Dachvorsprung. Es hatte eine niedrige Decke, zwei Betten und kahle Wände. Als er hergekommen war, hatten sie Poster aufhängen dürfen, aber jetzt nicht mehr. Irgendwas von wegen Beschädigung des Anstrichs, hieß es. Als ob es durch ein paar Streifen Tesa schlimmer werden könnte.

Sein Bett war ein Chaos von Laken und Decken. Dort, wo sich im vergangenen Jahr Seans Bett befunden hatte, war jetzt nur noch eine nackte Matratze. Das Bettzeug befand sich in der Wäsche und wurde in Vorbereitung auf den neuen Bewohner gereinigt, der nächste Woche eintreffen sollte. Ein Junge seines Alters, an dessen Namen er sich nicht mehr erinnern konnte, auch wenn Susan es ihm gesagt hatte. Außerdem hatte sie gesagt, dass er dem Neuankömmling helfen müsse, sich einzuleben. Ihn in alles einweihen. Genau wie bei Sean.

Er setzte sich auf sein Bett und starrte das Fenster an. Alles, was er sah, war die Sozialsiedlung. Nach hinten war der Ausblick besser. Von Brians Zimmer aus konnte man über die Häuserreihen die Spitzen der Wolkenkratzer der Londoner Innenstadt sehen. Die City. Die magische Quadratmeile. Das Herz der englischen Finanzwelt, hatte Brian ihn aufgeklärt, wo jeden Tag riesige Vermögen gewonnen und verloren wurden.

Brian war fünfzehn. Schon bald würde er das Heim verlassen und selbst ein Vermögen machen. Brian prahlte, mit fünfundzwanzig wäre er Millionär, besäße ein großes Haus im West End und eine Villa auf dem Land, eine ganze Flotte teurer Autos, eine Garderobe nur aus Designerklamotten und habe Bedienstete, die jede seiner Anweisungen ausführten. Brian steckte voller Träume. Vielleicht würden sie sich ja verwirklichen. Ungeachtet all dessen, was er erlebt hatte, klammerte sich auch Michael an den Glauben, dass Träume manchmal wahr werden konnten.

Als Susan eine halbe Stunde später auf der Suche nach Seans Foto hereinkam, saß er immer noch dort. Seine Anwesenheit erschreckte sie. Sie hatte nicht mitbekommen, dass er zurückgekehrt war.

»Was war denn mit dir?«, wollte sie wissen.

Er beachtete sie nicht.

»Du hättest da sein sollen.«

Ein Achselzucken.

»Sean war ziemlich geknickt.«

»Na und?«

»Du hättest da sein sollen. Du bist sein bester Freund.«

»Mir doch egal.«

Der Anblick seines Rückens machte sie ärgerlich. »Das war gemein von dir. Ihm all diese Lügen über die Andersons zu erzählen.«

»Das waren keine Lügen.«

»Du hast ihm richtig Angst gemacht. Du weißt doch genau, dass er jedes Wort glaubt, das du ihm sagst.«

»Ist doch nicht meine Schuld. Blödes Baby. Saublödes Scheißbaby!«

Hier wäre eigentlich ein Tadel am Platz gewesen, aber sie brachte es nicht übers Herz. Sie verstand die Gründe für seine Wut, auch wenn sie nichts dagegen tun konnte.

»Es muss doch nicht das Ende sein«, sagte sie behutsam. »Ihr könnt euch immer noch besuchen.«

»Na klar! Canterbury liegt ja gerade mal die Straße runter. Ich kann nach der Schule zu Fuß hingehen!«

Er drehte sich zu ihr um. Sie musterte sein Gesicht: Die schwarze Mähne, die strengen Gesichtszüge, die für einen zehnjährigen Jungen viel zu alt wirkten, und die anklagenden blauen Augen, die ihr immer ein schlechtes Gewissen machten. Ein zorniges Gesicht, in dem nichts Attraktives war. Jenny, eine der Sozialarbeiterinnen, glaubte, dass er sich zu einem gut aussehenden jungen Mann entwickeln und ein ziemlicher Herzensbrecher werden würde. Sie hoffte es. Gutes Aussehen war ein Vorteil, und Kinder wie Michael brauchten jeden Vorteil, den sie kriegen konnten.

Es war inzwischen sechs Uhr geworden. Ihre eigene Familie würde bereits auf sie warten. »Ich muss jetzt los. Kommst du klar?«

Er drehte sich wieder zum Fenster. »'türlich.«

Sie wollte es nicht einfach so dabei bewenden lassen. Er brauchte sie, trotz all seiner gespielten Tapferkeit. Doch das galt auch für ihre Familie.

Wo, dachte sie plötzlich, sind all die unfruchtbaren Paare, die ein Kind suchen, um es bei sich aufzunehmen und mit ihrer Liebe zu überhäufen? Sie wusste, dass es sie gab. Aber sie wusste auch, dass die meisten ein Neugeborenes oder einen süßen kleinen Jungen wie Sean wollten, der noch unbeschädigt genug war, um auf diese Liebe zu reagieren. Nur wenige wollten ein Kind wie

Michael, ein Kind, das irgendwie durch alle Maschen gefallen war und die Welt mit Augen anstarrte, die jahrhundertealt waren, voller Misstrauen und den dunklen Schatten der Vernachlässigung.

»Wenn du willst, kann ich noch ein bisschen bleiben.«

Wieder ein Achselzucken.

Sie fühlte sich mies, wenn auch nicht mehr ganz so wie früher. Schon vor langer Zeit hatte sie gelernt, Distanz zu wahren, alles nicht zu nah an sich heranzulassen. Andernfalls würde es ihr das Herz brechen.

»Ich bin morgen hier. Wir reden nach der Schule, okay? Du hast ihn nicht verloren, Mike. So weit weg ist Canterbury auch nicht.«

»Mir doch egal.«

»Nein, das stimmt nicht.«

Sie verließ das Zimmer. Er blieb auf dem Bett sitzen, starrte weiter das Fenster an.

Als in dieser Nacht alle schliefen, lief er fort.

Nachdem er ein paar Kleidungsstücke und die wenigen Dinge, die er behalten wollte, zusammengepackt hatte, schlich er sich nach unten. Während er sich leise durch die Dunkelheit tastete, hörte er das eine oder andere Seufzen eines Schlafenden, ansonsten war alles still. Das Heim war immer voller Lärm. Manchmal glaubte er, es treibe ihn in den Wahnsinn, aber jetzt empfand er die Abwesenheit jedes Geräuschs als unheimlich.

In der Diele wühlte er in den Schultaschen und stopfte seine Habe in eine, die größer war als die seine. Dann ging er von Zimmer zu Zimmer. Die vordere und hintere Tür würden abgeschlossen sein. Auch die Fenster sollten eigentlich verriegelt sein, aber er wusste, dass dies häufig übersehen wurde. Im Fernsehzimmer fand er, wonach er suchte, und kletterte hinaus in die Nacht.

Er ging durch fast leere Straßen, deren Häuser so dicht gedrängt standen, dass sie aussahen, als würden sie sich erdrücken. Er kam an dem Laden an der Ecke vorbei, in dem er Süßigkeiten und Comics gestohlen hatte, und an der alten Kirche mit dem verfallenen Friedhof, von dem er Sean erzählt hatte, es spuke dort. Straßenlaternen und gelegentlich Licht aus einem Fenster beleuchteten seinen Weg. Die Nacht war kalt und still. Die wenigen Menschen, die noch unterwegs waren, befanden sich meist auf dem Nachhauseweg aus den Pubs und beachteten ihn nicht weiter, außer einem Mann mittleren Alters, der mit seinem Hund spazieren ging und sich umdrehte und ihm nachstarrte. Michael beschleunigte seinen Schritt, beeilte sich, das Licht und den Lärm der Mile End Road zu erreichen.

Aber auch diese Straße kam jetzt allmählich zur Ruhe. Bis auf ein paar Autos, die entweder in Richtung Essex fuhren oder in die City und weiter zu den bis tief in die Nacht geöffneten Clubs mit Alkoholausschank im West End, war die riesige Durchgangsstrecke leer. Auch auf den Bürgersteigen waren kaum Menschen zu sehen, da die Pubs und Restaurants geschlossen hatten. Was jetzt noch an Leben herrschte, versammelte sich um eine Hand voll Imbissbuden und Nachtcafés.

Es begann zu regnen. Er ging in eines dieser Cafés, ein kleines, freundliches Lokal, in dem es nach fettigem Essen roch, wo Fotos von Filmstars an der Wand hingen und leiser Jazz aus ramponierten Boxen tönte. Der Duft machte ihn hungrig. Auch wenn er zum Abendbrot nichts gegessen hatte, wollte er seine geringe Barschaft nicht zu sehr angreifen, deshalb kaufte er sich nur eine Coke und eine Tüte Chips, bevor er sich an einen Tisch in der Ecke ans Fenster setzte, um zu warten, dass der Regen aufhörte.

In dem Moment, als Joe Green wieder aus der Küche kam, bemerkte er den Jungen.

Er stieß seinem Neffen Sam in die Rippen, der den Kopf in ein Musikmagazin vergraben hatte. »Ist das Kid da allein reingekommen?«

»Welches Kid?«, fragte Sam, ohne aufzuschauen.

»Wie viele Kids sind denn hier?«

Sam hob den Kopf, nickte und widmete sich wieder seinem Magazin.

Der Junge hatte die Chips aufgegessen und trank jetzt einen Schluck. Sein Anblick rührte Joe. Er sollte nicht mehr allein unterwegs sein. Nicht so spät in der Nacht.

Das Café war fast leer, die einzigen anderen Gäste waren zwei junge Leute, die lachten, während sie sich Pizza und Fritten schmecken ließen. Joe vermutete, dass sie Studenten vom Queen Mary College waren, auf dem Heimweg nach einer Party. Immer wieder wanderte der Blick des Jungen zu ihnen. Joe erriet den Grund dafür. Er kehrte in die Küche zurück, lud Pommes frites auf einen Teller und ging dann zu dem Tisch in der Ecke. Der Bürgersteig vor dem Lokal war mit Abfall übersät, und er nahm sich vor, später alles noch wegzukehren.

Er räusperte sich. »Was dagegen, wenn ich mich setze?«

Der Junge starrte ihn misstrauisch, ja fast feindselig an. Joe lächelte. »Und?«

Keine Antwort. Joe fasste das Schweigen als Zustimmung auf, setzte sich und schob dem Jungen den Teller zu. »Mein Abendessen. Ich schaff's nicht allein. Willst du was?«

Der Junge sah zuerst den Teller, dann Joe an. Seine Augen waren immer noch argwöhnisch. Joe lächelte. »Na los. Dir werden sie besser schmecken als mir.«

Der Junge griff nach einer Fritte. Er kaute sie langsam, dann nahm er sich noch eine. Sein Blick blieb unverwandt auf Joe gerichtet. Beunruhigende Augen; aufgewühlt und voller Zorn. Joe deutete auf den Teller. »Schmeckt's?«

Der Junge nickte.

»Will ja nicht, dass mein Lokal einen schlechten Ruf kriegt. Willst du Ketchup?«

Noch ein Nicken. Joe griff nach der Plastiktomate in der Mitte des Tischs und drückte etwas Soße an den Rand des Tellers. »Wie heißt du?«, fragte er.

»Wie heißen Sie?«

»Joe Green. Für dich einfach Joe Sir.«

Die Augen wurden etwas sanfter. »Blöder Name.«

»Und wie heißt du?«

Keine Antwort. »Der Mann ohne Namen«, sagte Joe. »Genau wie Clint Eastwood. Wo willst du hin, Clint?«

»Michael«, sagte der Junge plötzlich.

»Michael oder Mike?«

»Mir egal.«

»Also dann, Mike. Wo willst'n hin, Mike?«

Der Junge zuckte die Achseln.

»Irgendwo musst du doch hinwollen. Ist schon nach zwölf. So spät ist niemand mehr unterwegs, es sei denn, mit irgendeinem Ziel.«

Der Junge senkte den Blick, griff nach einer weiteren Fritte und tunkte sie in das Ketchup.

»Wissen deine Mum und dein Dad, dass du hier bist?«

»Hab niemanden.«

Joe pfiff leise. »Tut mir Leid, Mike. Echt.«

Der Junge zuckte wieder mit den Achseln. An seiner Unterlippe hatte er einen Klecks Ketchup. Joe unterdrückte den Impuls, seine Hand über den Tisch zu strecken und es wegzuwischen. »Es ist spät, Mike. Weißt du nicht, wohin du sollst?«

Keine Antwort.

»Solltest jetzt nicht mehr allein unterwegs sein. Nicht in deinem Alter. Hast du keine Unterkunft?«

»Es gibt da ein paar Leute. Die Andersons. Die wohnen in Canterbury. Die haben ein großes Haus mit Garten.« Der Junge starrte auf den Tisch. »Die wollen, dass ich bei ihnen wohne. Haben gesagt, ich krieg ein eigenes Zimmer und alles, was ich sonst noch so will. Da könnte ich hin.«

»Klingt gut.«

»Da könnte ich hin«, wiederholte der Junge. Er schluckte. »Wenn ich wollte.«

»Allerdings schon ein bisschen spät, um jetzt noch hinzugehen«, meinte Joe.

Ein Nicken.

»Und, was willst du stattdessen machen? Ganz allein herumspazieren?«

»Vielleicht.«

»Ja, vielleicht.«

Joe lehnte sich zurück und schaute aus dem Fenster. Draußen auf dem Bürgersteig war jetzt nur noch eine einsame Gestalt in einem schmutzigen Mantel unterwegs, die mit einer ganzen

Sammlung Plastiktüten die andere Straßenseite entlangschlurfte. Ein Obdachloser. Jemand ohne Zuhause und ohne Ziel. Joe sah den Jungen wieder an. »Die Welt da draußen ist ganz schön hart. Zu hart für einen Jungen wie dich.«

Keine Antwort. Joe hob das Kinn des Jungen an und sah ihm in die Augen.

»Hör zu, Mike. Ich weiß nicht, woher du kommst oder wovor du wegläufst. Wenn du mir's nicht erzählen willst, dann ist das allein deine Sache. Aber glaub mir, alles ist besser als ganz allein dort draußen zu sein.« Er unterbrach sich kurz, lächelte freundlich. »Findest du nicht auch?«

Zuerst nichts. Dann nickte der Junge langsam.

»Also«, fuhr Joe fort. »Kannst du irgendwohin?«

Für einen Moment waren die Augen des Jungen voll verzweifelter Sehnsucht. Dann wurden sie so ausdruckslos wie Glas. Ein weiteres Nicken.

Der Teller war leer. Joe sah auf seine Uhr. »Immer noch hungrig?«

»Ja.«

»Wir machen erst in einer halben Stunde zu. Ich glaube, wir haben noch was Schokoladenkuchen über. Was würdest du sagen, wenn ich dir ein Stück hole? Anschließend bringe ich dich dorthin zurück, wohin du musst. Du solltest nicht allein durch die Gegend laufen. Nicht so spät in der Nacht.«

Der Junge nickte.

»Du bleibst jetzt hier sitzen. Bin sofort zurück.«

Joe verschwand in der Küche. Es war noch Kuchen übrig. Er schnitt eine dicke Scheibe ab.

Doch als er an den Tisch zurückkehrte, war der Junge fort.

Michael kletterte durch das Fenster des Fernsehzimmers wieder ins Heim. Er stellte die Tasche an ihren Platz in der Diele zurück und schlich dann die Treppe hinauf.

In seinem Zimmer setzte er sich in der Dunkelheit aufs Bett. In der Hand hielt er eine kleine Taschenlampe. Er griff unter die Matratze, holte einen kleinen Gegenstand hervor und hielt ihn ins Licht.

Es war ein schäbiges Foto, das einen erheblich jüngeren Sean zeigte, der mit seiner Mutter in einem Garten stand. Die große, schlanke blonde Frau hatte die gleichen zarten Gesichtszüge wie ihr Sohn. Sie lächelte in die Kamera, war noch glücklich und gesund, bevor der Krebs kam und sie bei lebendigem Leib auffraß.

Sean hatte noch andere Aufnahmen seiner Mutter besessen, aber dieses war sein Lieblingsfoto gewesen, dasjenige, bei dem er immer noch in Tränen ausbrach. In den ersten Wochen hatte er nur geweint. Die anderen Kinder, die bereits gelernt hatten, Schwäche zu verachten, hatten ihn schikaniert. Sean, verängstigt und allein, hatte bei der Person Schutz gesucht, die ihm am nächsten war. Der Junge, mit dem er sich ein Zimmer teilte.

Zuerst war Sean Michael gewaltig auf die Nerven gegangen. Ein Schatten, den er nicht abschütteln konnte. Doch als aus den Wochen Monate wurden, war aus Verärgerung Zuneigung geworden. Sean hatte seine Stärke gebraucht, also war er für ihn stark gewesen und hatte seine eigenen Ängste und Nöte hinter einer Maske von Selbstsicherheit verborgen. Das dem Jungen dadurch vermittelte Gefühl von Sicherheit hatte ihm dieser mit einer unkritischen Bewunderung belohnt, wie sie für Michael neu war.

Jetzt war Sean fort. Unterwegs zu einem neuen Zuhause und einem neuen Leben. Sean hatte geweint, bevor er ging, hatte Angst gehabt vor dem, was die Zukunft wohl bringen mochte. Sean war ein Baby gewesen, das immerzu Schutz brauchte. Ein Mühlstein um seinen Hals. Michael war froh, dass er ihn endlich los war.

Er fragte sich, was Sean jetzt wohl machte. Vielleicht hatten die Andersons ihn in einen Keller gesperrt, genau wie er es Sean erzählt hatte. Er hoffte es. Ihm gefiel die Vorstellung von Sean in der Dunkelheit, verängstigt und ganz allein, ohne ihn.

Genau wie er sich jetzt fühlte.

Er starrte das Foto an. Sean hatte schreckliche Angst, dass es womöglich für immer verschwunden sein könnte. Michaels Hand schloss sich darum, war bereit, es in kleine Stücke zu reißen.

Aber er brachte es nicht fertig.

Stattdessen kamen die Tränen, gegen die er den ganzen Tag angekämpft hatte. Er weinte völlig lautlos. Tränen hatten nur dann eine Bedeutung, wenn es jemanden gab, der sie sah, und hier war niemand.

Er legte das Foto an seinen Platz zurück. Morgen würde er es Susan geben, ihr sagen, er habe es gefunden, und sie bitten, es nach Canterbury zu schicken.

Er knipste die Taschenlampe aus, legte sich auf sein Bett und starrte in die Dunkelheit. Er erinnerte sich vage an jemanden in einem der zahllosen Pflegeheime, der ihm sagte, er brauche keine Angst vor der Dunkelheit zu haben, weil Gott dort lebe.

Über die Jahre hatte man ihm eine Menge Unsinn erzählt, alles ein Haufen Scheiße.

In der Stille seines Zimmers wartete er darauf, dass der Schlaf endlich kam.

Am nächsten Tag gab er Susan das Foto, damit sie es Sean schicken konnte. Wenn aber in den darauf folgenden Wochen Briefe aus Canterbury eintrafen, riss er sie in Stücke.

Erster Teil

VERTRAUEN

1. KAPITEL
Die City of London, 1999

»Wer von euch beiden ist noch nicht voll ausgelastet?«, wollte Graham Fletcher wissen.

Die beiden Benutzer des Büros sahen sich an. Stuarts Schreibtisch war leer bis auf den Kaufvertrag, den er eben erst erhalten hatte, zwei Tage später als ursprünglich zugesagt und dringend zu prüfen. Auch wenn Michaels Schreibtisch mit Unterlagen bedeckt war, hatte er einen großen Teil des Nachmittags damit verbracht, E-Mails an seinen Freund Tim zu schicken. Die Aussicht auf das, was ihn erwartete, war ein mächtiger Anreiz, den Mund zu halten, aber letztlich siegte sein Gewissen.

»Ich.«

»Oh.« Graham wirkte enttäuscht. »Womit sind Sie gerade beschäftigt, Stuart?«

»Mit dem Projekt Rocket. Der Neuentwurf ist gerade erst reingekommen, und wir müssen dem Mandanten bis heute Abend unsere Kommentare zukommen lassen.«

»Ich verstehe. Michael, in zwei Minuten in meinem Büro. Und bringen Sie einen Block mit.«

»Herzlichen Glückwunsch«, sagte Stuart, nachdem Graham fort war.

Michael schickte eine letzte E-Mail ab und erhob sich. »Ich bin halt ein Glückspilz!«

Stuart lächelte. Er war älter als Michael – schon über dreißig – und erst nach mehreren Jahren als Physikdozent zur Juristerei gekommen. Beide hatten vor sechs Monaten ihr Examen gemacht und teilten sich seitdem ein Büro.

»Bist du sicher, dass ich mich nicht freiwillig melden soll?«

»Nein, danke. Bleib du mal schön bei deinem Projekt Rocket.«

Michael verdrehte die Augen. »Projekt Rocket! Mein Gott, wer denkt sich eigentlich diese Namen aus?« Er schnappte sich seinen Block und marschierte zur Tür.

»Achte auf die Körpersprache«, sagte Stuart.

Michael zeigte ihm den Finger. »Wie wär's damit?«

Stuart lachte. »Viel Glück.«

Michael ging den Korridor entlang zu Grahams Büro. Sekretärinnen saßen an ihren Schreibtischen vor den Büros der Rechtsanwälte, für die sie arbeiteten. Die Luft war erfüllt vom Klappern der Tastaturen, von Unterhaltungen über das gestrige Fernsehprogramm, von Klagen über unleserliche Handschriften und dem permanenten Zischen der Klimaanlage. Ständig traten Anwälte aus ihren Büros, um ihren Sekretärinnen Diktatbänder zu geben, Kollegen wegen fachlichem Rat aufzusuchen, unerwünschte Arbeiten zu delegieren oder einfach, um zu plaudern.

Er näherte sich Grahams Eckbüro. Einer der Seniorpartner, Jeff Speakman, stand beim Diktat neben seiner Sekretärin Donna. Donnas Mund war eine schmale Linie. Sie konnte diese Angewohnheit von Jeff nicht ausstehen. Michael lächelte ihr im Vorübergehen verschwörerisch zu.

Mehrere Referendare drängten sich um die Kaffeemaschine und klagten über einen langweiligen Vortrag, den sie sich während ihrer Mittagspause hatten anhören müssen. Noch vor wenigen Wochen wären sie vorsichtiger gewesen, da aber das neueste Gerücht besagte, dass die Abteilung für Wirtschaftssachen im September keine Neueinstellungen vornehmen würde, ließ automatisch auch der Wunsch zu beeindrucken nach.

Wie immer herrschte in Grahams Büro das reinste Chaos, und auf jeder verfügbaren Fläche türmten sich aufgeschlagene Akten. Eine Zigarette zwischen den Fingern, sprach Graham schnell in sein Diktiergerät. In einer Ecke des Zimmers arbeitete Grahams Referendarin Julia still an ihrem Schreibtisch.

Michael nahm Platz und schaute aus dem Fenster zu den tristen Büros auf der anderen Straßenseite. Sein Freund Tim arbeitete bei Layton Spencer Black und hatte einen Panoramablick auf die City. Aber, wie Graham ihn schnell erinnert hätte, zu Cox Stephens kam man wegen der Qualität der Arbeit und nicht wegen der schönen Aussicht.

Graham beendete sein Diktat und brüllte den Namen seiner Sekretärin. Keine Reaktion. Er fluchte. »Julia, gehen Sie sie suchen. Sagen Sie ihr, ich brauche das hier dringendst.« Julia nahm das Band und verließ den Raum.

Graham starrte Michael an. Er war ein großer schlanker Mann um die vierzig mit schütter werdendem Haar, scharf geschnittenen Gesichtszügen und aggressiv funkelnden Augen. Er galt als einer der größten Tyrannen der Kanzlei und war verschrien, seinen Untergebenen nur minimale Unterstützung zu gewähren, ihnen aber die Schuld an sämtlichen Fehlern zuzuschieben, seine eigenen eingeschlossen. »So«, sagte er, »Sie haben also nicht viel zu tun, stimmt's?«

»Nicht besonders viel, Graham.«

»Nun, das wird sich bald ändern.«

»Ja, Graham.«

»Wir sind gerade mit einer neuen Firmenübernahme beauftragt worden.«

»Tatsächlich, Graham.«

Grahams Gesicht verfinsterte sich. Bei Cox Stephens sprach man sich mit Vornamen an. »Wir legen hier keinen besonderen Wert auf Förmlichkeiten«, hatte der Seniorpartner Michael und seinen Referendarskollegen an ihrem ersten Tag verkündet. Michael wusste, dass Graham diese Verfahrensweise als abträglich für seinen Status als Sozius ansah, und folglich hielt Michael es für ein Muss, ihn bei jeder sich bietenden Gelegenheit mit Vornamen anzusprechen. Erst letzten Donnerstag hatte er es bei ihrer zweiwöchentlichen Abteilungsbesprechung geschafft, den Vornamen in einem einzigen Satz gleich viermal einzubauen, womit er Stuart zu einem künstlichen Hustenanfall veranlasste.

»Wir vertreten Digitron. Schon mal von denen gehört?«

»Nein, Graham.«

»Eine Softwarefirma. Eigentlich einer von Jack Bennetts Mandanten, aber da Jack mit Arbeit völlig zu ist, habe ich die Sache übernommen.«

Michael klappte seinen Block auf und begann, sich Notizen zu machen. Er hörte Julia an ihren Platz zurückkehren.

»Digitron entwickelt maßgeschneiderte Betriebssysteme für Firmen. Derzeit noch in kleinem Maßstab, aber sie wollen ihre Marktpräsenz ausbauen und zu diesem Zweck Pegasus übernehmen, eine Tochtergesellschaft von Kinnetica. Das kostet sie ein Vermögen. Die Aktiva sind rein gar nichts wert, aber die Trumpfkarte ist Pegasus' langfristiger Softwarelieferungsvertrag mit Dial-a-Car. Genau dafür blätterte Digitron eigentlich das Geld hin. Sie haben schon von Dial-a-Car gehört, nehme ich an.«

»Ja, Graham.«

Jemand klopfte an die Tür. Jack Bennett trat ein. »Tut mir Leid, dass ich stören muss. Ich hatte gerade Peter Webb von Digitron am Telefon. Er möchte für morgen früh um halb neun eine Konferenz anberaumen. Ist das möglich?«

Graham nickte, deutete dann über den Schreibtisch. »Michael wird mir helfen.«

Jack strahlte. »Fein, ich bin Ihnen beiden sehr dankbar.« Er war ein kleiner, stämmiger Mann mit der Statur eines Rugbyspielers und einem jovialen Gesicht. Er war vor sechs Wochen mit einer Mandantenliste an Computerfirmen, um die ihn praktisch die gesamte Konkurrenz beneidete, von Benson Drake zu ihrer Kanzlei gewechselt. Da er sich immer noch wie der Neue fühlte, war er zu allen äußerst freundlich. Da die meisten Seniorpartner nachdrücklich davon hatten abgehalten werden müssen, bei seiner Ankunft laut »Hosianna!« zu rufen und den Korridor mit Palmblättern auszulegen, schien ein solches Verhalten unnötig. Andererseits war es eine angenehme Eigenschaft.

Michael erwiderte das Lächeln. »Kein Problem.«

»Sie können den Besprechungstermin einhalten?«, fragte Graham, nachdem Jack gegangen war.

»Ja, Graham.«

Graham zog an seiner Zigarette. »Natürlich«, sagte er gedehnt, »werde ich das Reden übernehmen.«

Michael verstand die versteckte Bedeutung sofort. Er nickte. »Okay.«

»Unter den gegebenen Umständen halte ich es so für das Beste.«
Michael spürte, wie sich seine Schultern versteiften, und versuchte sofort, sie zu lockern. Rebecca warnte ihn immer, dass seine »Zieh-Leine-Schultern« – ihre Worte – zu viel verrieten.
»Immerhin handelt es sich hier um wichtige Mandanten. Wir wollen ja schließlich keinen schlechten Start hinlegen, oder?«
Graham starrte ihn weiter an und wartete auf eine Reaktion. Michael wappnete sich, war fest entschlossen, ihm diese Genugtuung nicht zu verschaffen. »Natürlich nicht.«
»Von Ihnen erwarte ich, dass Sie in der Zwischenzeit Recherchen über Pegasus und Kinnetica anstellen. Sehen Sie sich noch einmal den Übernahmevertrag an, den wir für Syncarta ausgearbeitet haben, und stellen Sie fest, welche Klauseln wir in unserem Vertragsdokument haben wollen, und dann machen Sie eine Aufstellung sämtlicher Informationen, die wir noch von Digitron benötigen. Und vergessen Sie bitte nicht, dabei einen Blick in die Mandantenakte zu werfen. Die Mandantschaft wird kaum beeindruckt sein, wenn wir sie um Material bitten, das wir bereits besitzen, und das Gleiche gilt übrigens auch für mich.« Graham hob eine Augenbraue. »Meinen Sie, Sie kommen damit zurecht?«
Wartete immer noch. Tja, da kannst du ewig warten, du kleines Arschloch.
Michael war so entspannt wie nach einer einstündigen Massage. Er lächelte honigsüß und legte seine gesamte Verachtung in seinen besten Leck-mich-am-Arsch-Blick.
»Natürlich.« Kurzes Schweigen. »Graham.«
Er klappte seinen Block zu und kehrte in sein Büro zurück.

Michael gab die Firmenüberprüfungen in Auftrag und begann, den Syncarta-Vertrag zu überfliegen. Stuart ging in die Kantine und besorgte ihnen ein Eis. Rebecca rief an, um ihm einen Witz zu erzählen, der gerade die Runde machte.
Halb sechs. Er nahm sich die Mandantenakte vor und fing mit dem Fragebogen an. Stimmengewirr erfüllte den Korridor, als die Sekretärinnen Feierabend machten. Er arbeitete schnell, da er um sieben mit Rebecca verabredet war. Dann spürte er, wie jemand in

seiner Nähe wartete. Julia stand in der Tür, wirkte besorgt. »Ich weiß, du hast viel zu tun, Mike, aber könntest du für mich vielleicht mal einen kurzen Blick auf dieses Vorstandsprotokoll werfen?«

»Klar. Gib her.«

Sie blieb stehen und beobachtete ihn. Ein ruhiges Mädchen mit mausbraunen Haaren und nervösem Blick. Nicht so selbstsicher wie die anderen Referendare. Er machte eine kleine Korrektur, dann gab er ihr die Unterlagen zurück. »Wirklich toll. Gute Arbeit.«

Errötend senkte sie den Blick. Er vermutete schon länger, dass sie ihn mochte. Die Vorstellung erschien ihm merkwürdig. Nachdem er den größten Teil seines Lebens damit verbracht hatte zu akzeptieren, dass er hässlich war, fiel es ihm immer noch schwer zu glauben, dass er jetzt alles andere war als das. Er lächelte sie an. »Du überlebst?«

»So gerade eben.«

»Du machst deine Sache gut. Das findet jeder. Lass dich von Hitlers Zwilling nicht tyrannisieren.«

»Vielleicht sollte ich bei dir Unterricht nehmen.«

»Ist ganz leicht. Intonier einfach das Wort ›Graham‹ wie ein Mantra. Dann kriegt er einen Herzinfarkt, und der Fluch verschwindet.« Er deutete auf seinen Schreibtisch. »Ich mach jetzt besser weiter. Wir sehen uns, okay?«

Sie ging. Nachdem er weitere zehn Minuten damit verbracht hatte, den Fragebogen in Ordnung zu bringen, schaltete er seinen Computer aus. Der Fahrstuhl steckte im Keller fest, also nahm er die Treppe. Er durchquerte den Empfangsbereich und plauderte kurz mit dem Mann des Sicherheitsdienstes, bevor er auf die Straße trat. Die Aprilluft war warm und drückend nach dem Regen, der früher am Tag gefallen war. Er dachte kurz daran, die U-Bahn zu nehmen, entschied sich dann aber dagegen. Nach einem langen Arbeitstag im Büro würde ihm ein Spaziergang gut tun.

Er überquerte den Broadgate Circle und ging an der Liverpool Street Station vorbei, wobei er sich die Krawatte lockerte. Der Verkehr auf den Straßen stand, während Hunderte Pendler mit müden Gesichtern und wild entschlossenen Mienen zu ihren Zügen hasteten. Es schien, als trage die ganze Welt Anzüge, und die Autoabgase füllten seine Lungen.

Bei einem Straßenverkäufer an der Ecke kaufte er im Vorbeigehen einen Evening Standard. Man erwartete deutlich fallende Zinsen. Die Ehe irgendeiner Berühmtheit stand vor dem Aus. Nichts Ungewöhnliches. Einfach nur wieder ein Tag.

Er setzte seinen Weg die Cannon Street entlang fort, überquerte den Ludgate Circus und ging weiter die Fleet Street Richtung Strand. Das Verhältnis Touristen zu Einheimischen verschob sich. Ein amerikanisches Pärchen mit Rucksäcken fragte ihn nach dem Weg nach Covent Garden. In der Ferne bombardierten Tauben im Sturzflug die Nelsonsäule.

Er erreichte die Buchhandlung Chatterton's und ging hinunter in die Sachbuchabteilung. An der Kasse saß eine etwa dreißigjährige, freundliche Frau. Sie strahlte ihn an und deutete auf die Kunst- und Architekturabteilung, wo ein Mädchen mit kurzen blonden Haaren eine ältere Frau bei der Auswahl eines Buchs beriet. Die Frau schien nicht genau zu wissen, was sie eigentlich wollte, also machte das Mädchen Vorschläge, zeigte ihr Band um Band. Während er dort stand und sie beobachtete, spürte das Mädchen seine Anwesenheit und lächelte ihm kurz zu.

Schließlich traf die Frau ihre Wahl und ging zur Kasse. Michael steuerte auf das Mädchen zu. Sie war Anfang zwanzig und wunderschön. Schlank und anmutig mit lebhaften grünen Augen und einem schalkhaften Lächeln.

»Hallo, Beck«, sagte er.

»Selber hallo.«

Er küsste sie. Sie duftete nach Seife und Rosen. »Ich bin früh dran. Soll ich später wiederkommen?«

»Nein.« Sie deutete auf ein halbfertiges Werbearrangement aus neuen Büchern. »Hilf mir dabei. Clare hat gesagt, ich könnte gehen, sobald ich damit fertig bin.«

Sie knieten sich neben den Aufsteller. Er reichte ihr Bücher, während er Clare an der Kasse beobachtete. »Clare sieht glücklich aus.«

»Ist sie auch. Der irre gut aussehende Vertreter hat sie endlich zu einem Rendezvous eingeladen.«

»Dann haben sich deine Tipps also ausgezahlt?«

»Ja, und es wurde auch Zeit. Jetzt hat Clare Panik, was sie anziehen soll. Also werde ich morgen in der Mittagspause mit ihr einkaufen gehen müssen.«

Sie lachten beide. »Wie war dein Tag?«, fragte sie.

Er erzählte von der neuen Firmenübernahme. Sie sah erfreut aus. »Die scheinen ja wirklich zufrieden mit dir zu sein.«

Das folgte zwar nicht zwangsläufig daraus, aber es machte sie glücklich, es zu glauben, also nickte er. »Ich schätze schon.«

Sie lächelte weiter, doch ihr Blick wurde ein wenig traurig. Er berührte ihre Wange. »Was ist denn?«

»Ach, nichts.«

»Sag's mir.«

»Später.«

»Versprochen?«

»Versprochen. Komm, bringen wir das hier hinter uns.«

In angenehmem Schweigen arbeiteten sie weiter. Als sie fertig waren, holte sie ihre Tasche. Der Laden war jetzt praktisch leer. Er sah sich die Bücher in seiner Nähe an. Tausende. Ein Tropfen im Ozean des Wissens der Welt.

Er bemerkte ein neues Buch über den Künstler Millais und dachte, dass es ihr gefallen würde. Vielleicht eine Idee für ihren Geburtstag. Bis dahin waren es zwar noch einige Monate, aber er hatte bereits eine lange Liste von Dingen, die er ihr schenken wollte.

Die Wettervorhersage für den Rest der Woche war gut, und er beschloss, sie an einem der nächsten Tage in der Mittagspause zu überraschen und Sandwiches mitzubringen, damit sie sich auf den Trafalgar Square setzen und die Tauben füttern konnten. Früher, vor einer Million Jahren, hätte er solche Gefühle verachtet. Doch das war in einem anderen Leben gewesen, und die Erinnerung daran hielt er jetzt im dunkelsten Korridor seines Kopfes verborgen.

Er plauderte mit Clare und neckte sie ein bisschen mit ihrem bevorstehenden Rendezvous. Dann kehrte Rebecca zurück, und sie verließen das Geschäft.

Als sie in Richtung Leicester Square und zu ihrer Verabredung zum Abendessen in der Gerrard Street den Strand entlangschlenderten, zeigte Rebecca auf ein Poster, das für eine neue Ausstellung in einer Kunstgalerie am Piccadilly warb. »Patrick Spencer. Er war nur ein Jahr vor mir auf der St. Martin's. Sieh nur, was aus ihm geworden ist.«

Jetzt verstand er ihre Traurigkeit. »Ja«, wiederholte er leise, »sieh nur, was aus ihm geworden ist.«

»Macht mir nichts aus. Er war gut. Er hat's verdient.«

»Du auch.«

»Vielleicht.«

»Bestimmt. Du hast auch das Zeug zur großen Künstlerin.«

»In meinen Träumen.«

Er blieb stehen, nahm sie in die Arme und blickte ihr in die Augen. »Weißt du, was ich glaube? Heute in zehn Jahren, wenn Patrick Spencer eine große Berühmtheit ist und in allen Zeitungen steht, dann wird die eine Frage, die jeder Journalist ihm stellen wird, lauten: ›Wie war es, zusammen mit Rebecca Blake das College zu besuchen? *Die* Rebecca Blake. Die größte Entdeckung in der Kunstwelt seit Jahrzehnten.‹ Das glaube ich.«

Sie lächelte. »Klar.«

»Klar. Es wird so kommen, Beck. Wart's nur ab, du wirst schon sehen.«

Sie umarmten sich auf offener Straße, während sich die Menschen an ihnen vorbeidrängten, jeder mit eigenen Zielen, eigenen Leben, Hoffnungen und Träumen. Eine Frau mittleren Alters lächelte sie im Vorübergehen an. Er erwiderte das Lächeln und dachte: Genau das bedeutet die Liebe. Das Glück eines anderen Menschen mehr wünschen als das eigene.

»Komm jetzt«, drängte Rebecca. »Wir kommen noch zu spät.«

Die Arme umeinander geschlungen gingen sie weiter Richtung Gerrard Street.

Das Abendessen verlief nicht sonderlich gut.

Mr. und Mrs. Blake liebten chinesisches Essen über alles. Bei ihren häufigen Trips von Winchester nach London bestanden sie immer darauf, im Oriental Pearl in der Gerrard Street zu Abend zu essen. »Wunderbares Zeug!«, rief Mr. Blake aus, wenn er sich seine Pekingente munden ließ. »Warum kann unser einheimisches Essen nicht so schmecken?« Mrs. Blake nickte stets zustimmend und bemerkte dann, dass sie eines Tages wirklich mal nach China reisen sollten. An diesem Punkt stellte sich Michael dann immer Mr. Blake mitten in der Verbotenen Stadt vor, diesem herrlichem Zeugnis der ungewöhnlichen Geschichte Chinas, wie er eine Tirade losließ auf einen Straßenverkäufer, weil sein Chopsuey nicht so schmeckte wie im Oriental Pearl. Doch da Mr. und Mrs. Blake Rebeccas Eltern waren, behielt er diese Gedanken für sich.

»Und wie läuft es in der Arbeit, Michael?«, fragte Mrs. Blake, während sie den letzten Löffel ihrer Suppe aß.

»Gut, danke der Nachfrage.«

»Er ist gerade erst an einem wirklich guten Projekt beteiligt worden«, erzählte Rebecca ihrer Mutter. »Es hat sich erst heute ergeben, stimmt's, Mike?«

Er nickte. Das Restaurant war voll. Ein Kellner wartete bereits in der Nähe, um ihre Teller abzuräumen. Die anderen waren mit ihrer Vorspeise bereits fertig, also ließ er sich sein letztes Rippchen schmecken.

»Nun, das ist ja wunderbar«, erwiderte Mrs. Blake. Sie wandte sich an ihren Mann. »Was meinst du, John?«

»Warten wir erst mal ab, wie es sich entwickelt, bevor wir in Lobeshymnen ausbrechen«, erwiderte er bissig.

»Dad!«, rief Rebecca.

»Nun, nach allem, was letzten Monat passiert ist…«, setzte Mr. Blake an.

»Das war nicht Mikes Schuld«, unterbrach Rebecca ihn rasch.

Mr. Blake wischte sich den Mund mit seiner Serviette ab. »Und wessen Schuld dann?«

Rebecca sah verärgert aus. »Ich dachte, wir wollten nicht mehr darüber reden.«

»Wie auch immer«, fügte Michael hinzu, »es wird nicht wieder passieren.«

Mr. Blake grunzte verächtlich.

»Dein Vater macht sich nur Sorgen, Becky«, sagte Mrs. Blake. »Um euch beide.« Sie lächelte Mike an. »Ich bin überzeugt, du wirst deine Sache sehr gut machen.«

Er lächelte zurück und fragte sich mal wieder, wen von beiden er weniger mochte.

Ursprünglich hatten sie sich einen Tisch für fünf Personen reservieren lassen. Rebeccas älterer Bruder Robert hatte in letzter Minute absagen müssen. »Eine wichtige Besprechung«, hatte Mrs. Blake stolz verkündet. Robert war Baugutachter und außerordentlich erfolgreich, falls man seinen Eltern glauben konnte. Rebecca war enttäuscht gewesen über diese Mitteilung. Michael hatte ebenfalls seiner Enttäuschung Ausdruck verliehen, während er es als Beweis nahm, dass Gott ihn noch nicht verlassen hatte.

Der Kellner tauchte wieder auf. Mr. und Mrs. Blake starrten Michael erwartungsvoll an. Beide hatten grobe, fleischige Gesichter und den anspruchsvollen Blick von Leuten, in deren Leben es so wenig Enttäuschungen gegeben hatte, dass bereits der geringste Rückschlag einen Wutanfall auslösen konnte. Sie ähnelten einander auf diese merkwürdige Art wie so viele alte Ehepaare. In keinem von ihnen war etwas von Rebecca wiederzufinden. Sie hatte ihr Aussehen von einer ihrer Großmütter geerbt.

Er war immer noch nicht fertig, aber er konnte Mr. Blake nicht zumuten, noch länger auf seine Pekingente zu warten. Also legte er das letzte Rippchen auf den Teller zurück. Ein großer Flecken Bratensaft hatte sich dort gebildet. Am liebsten hätte er den Teller genommen und ihn abgeleckt, nur um ihre entsetzten Gesichter zu sehen. Stattdessen nickte er dem Kellner zu.

Mr. Blake schenkte Wein nach. Rebecca stieß Michael an. »Hab ich ganz vergessen, dir zu erzählen. Ich glaube, ich habe eine Wohnung für uns gefunden. Es ist nur vorübergehend, aber es klingt gut.«

»Vorübergehend? Wie meinst du das?« Die beiden hatten eine kleine möblierte Wohnung in Camberwell gemietet, aber der Vertrag lief aus.

»Es ist wieder eine Mietwohnung, Clare hat mir davon erzählt.

Clare ist meine Freundin in der Arbeit«, erklärte sie ihren Eltern. »Sie hat eine Freundin namens Alison. Alisons Mann Neil arbeitet bei einer der Handelsbanken. Er ist gerade erst zu ihrer Filiale in Singapur versetzt worden, und sie müssen in ein paar Wochen abreisen. Ihr Mietvertrag läuft noch vier Monate weiter, deshalb suchen sie jemanden, der ihn übernimmt. Sie ist voll möbliert, also müssen wir nicht Hals über Kopf alles kaufen.«

»Wo liegt die Wohnung?«, fragte er.

»South Kensington.«

»Mein Gott! Wir sollten doch sparen. Wie viel wird das denn kosten?«

»Nicht viel mehr als das, was wir jetzt zahlen. Die Wohnung ist wohl nicht sehr groß und der Vermieter ein Geschäftsfreund von Neils Vater. Deshalb zahlen sie nicht die übliche Miete. Aber sie müssen die volle Mietzeit drin bleiben.«

»South Ken!«, rief Mrs. Blake aus. »Oh, Becky, das wäre ja wunderbar!«

»Aber wir suchen doch nicht eine weitere Mietwohnung«, meinte Michael. »Wir wollen kaufen. Wollen uns vor der Hochzeit in den eigenen vier Wänden niederlassen.«

»Aber unser Mietvertrag läuft in wenigen Wochen aus. In dieser Zeit werden wir garantiert nirgendwo was kaufen. Das heißt, dass wir den Vertrag für weitere sechs Monate verlängern müssen. Und so sind wir nur für vier Monate festgelegt. Die meisten Leute würden so einen kurzen Mietvertrag nicht abschließen wollen, für uns aber ist es ideal.«

»Und was für ein Spaß, in so einem schicken Stadtteil zu leben«, fügte Mrs. Blake hinzu.

»Und um wie viel mehr Miete handelt es sich hier?«, wollte Michael wissen.

»Es wäre ja nur für vier Monate.«

»Wie viel?«

»Ich bin überzeugt«, sagte Mrs. Blake, »dass Beckys Vater aushelfen würde, sollte es Probleme geben.«

Mr. Blake lächelte seine Tochter an. »Natürlich würde ich das, Schatz, wenn du das möchtest.«

»Ja«, sagte Mrs. Blake. »Das wäre wirklich schön für dich. Aber, natürlich, wenn Michael dagegen ist…«

»Ich habe nicht gesagt, dass ich dagegen bin«, antwortete Michael.

Mrs. Blake seufzte. Rebecca und ihr Vater starrten ihn an: Rebecca hoffnungsvoll, Mr. Blake betont kühl. Er begriff, dass Rebecca nicht vergessen hatte, es ihm zu sagen, sondern, dass sie den Augenblick sorgfältig ausgewählt hatte, wobei sie genau wusste, dass ihre Eltern sie unterstützen würden. Er holte tief Luft und versuchte, seine Verärgerung hinunterzuschlucken. »Okay.«

Rebecca küsste ihn. »Wir sehen sie uns einfach mal an. Vielleicht gefällt sie uns ja gar nicht.«

»Ich bin sicher, dass sie euch gefallen wird«, meinte ihre Mutter.

»Und falls ihr Unterstützung bei der Miete braucht…«, setzte ihr Vater an.

»Werden wir nicht«, sagte Michael aggressiver als beabsichtigt. Er milderte seinen Ton. »Es ist nett von euch, uns das anzubieten, und ich bin euch dafür sehr dankbar, aber wir kommen schon allein zurecht.«

Der Hauptgang wurde serviert. Der Kellner stand neben dem Tisch und bereitete die Pekingente zu. Mr. Blakes Augen glänzten. »Das sieht wunderbar aus.« Mrs. Blake erkundigte sich bei Rebecca nach Neuigkeiten von ihrer Freundin Emily. Michael griff nach seinem Weinglas. Der Rest des Abends lag vor ihm wie ein Hindernisrennen. Mit einem vagen Lächeln wartete er auf das Essen, auf das er keinen Appetit mehr hatte.

Um zehn Uhr verließen sie das Restaurant und gingen Richtung Leicester Square. Die Straßen waren voller Menschen, in der Luft hingen die vielfältigsten Gerüche exotischer Speisen. Sie verabschiedeten sich, und Mr. und Mrs. Blake machten sich auf den Weg zur U-Bahnstation und dem Zug, der sie zu Roberts Wohnung in Clapham bringen würde. Michael und Rebecca gingen zur Bushaltestelle an der Regent Street. Von dort fuhren sie in Richtung Süden, über die Themse zu ihrer Wohnung nach Camberwell.

35

Nachdem sie an der Camberwell High Street ausgestiegen waren, schlenderten sie Hand in Hand den Berg hinauf. Es war inzwischen merklich frischer geworden, und Rebecca hatte keinen Mantel dabei. Er bot ihr sein Jackett an. Sie lehnte dankend ab.

Sie erreichten den Wohnblock: ein riesiger roter Ziegelkasten, Ende der Achtzigerjahre erbaut. Ihre Wohnung befand sich im zweiten Stock: eine funktionale Wohneinheit mit Steinböden und sauberen Oberflächen. Michael ging in die Küche und schenkte sich ein Glas Wasser ein. Rebecca beobachtete ihn. »Die Wohnung wird dir gefallen«, sagte sie. »Davon bin ich überzeugt.«

»Ja, ich auch.«

»Es ist doch nur für vier Monate. Genug Zeit, um etwas zum Kaufen zu finden. Eine Wohnung, die wirklich uns gehört.«

Er drehte sich zu ihr um. »Warum musstest du ihnen das erzählen?«

»Was erzählen?«

»Über die Arbeit. Was letzten Monat passiert ist. Das hätten sie wirklich nicht erfahren müssen.«

Sie senkte den Blick. Schwieg.

»Warum?«

»Weil ich mir Sorgen gemacht habe. Ich wollte mit jemandem darüber reden.«

»Warum hast du nicht mit mir geredet? Es war unser Problem, nicht ihres.«

Sie seufzte. »Sie sind Teil meines Lebens, Mike. Daran ändert sich nichts, nur weil wir zusammen sind.«

»Das weiß ich. Aber ich bin dein Verlobter, und das betraf nur uns beide. Ich hab dir doch gesagt, es gibt überhaupt keinen Grund zur Beunruhigung. Warum hast du mir nicht geglaubt?«

»Ich habe dir geglaubt.«

»Nein, hast du nicht. Du hast es ihnen erzählt. Hast ihnen noch mehr Munition gegen mich gegeben.«

»Sie sind nicht gegen dich. Sie sind nur fürsorglich.«

»Du brauchst keine Fürsorge.«

»Das weiß ich doch. So habe ich's auch nicht gemeint.«

36

Er stellte sein Glas auf den Tisch. »Ist auch egal. Sollen sie mich ruhig hassen, wenn sie's denn unbedingt wollen.«

»Sie hassen dich nicht.«

»Und ob sie das tun.«

Sie starrten sich an. Sie sah verletzt aus, und dieser Anblick bereitete ihm ein schlechtes Gewissen. »Tut mir Leid«, sagte er schnell. »Es war ein hektischer Tag, und ich fühle mich einfach ausgepowert.«

Ihr Gesicht entspannte sich, und sie lächelte verständnisvoll. Dann ging sie zu ihm und begann, seinen Nacken zu massieren. »Soll ich uns einen heißen Kakao machen? Wir können uns den Rest von diesem Film mit Humphrey Bogart anseh'n, und du erzählst mir alles.«

Er wollte zustimmen und sie glücklich machen. Aber der Abend hatte eine nervöse Energie in ihm aufgebaut, die er loswerden musste. »Ich vertrete mir lieber noch ein wenig die Beine.« Er gab ihr einen Kuss auf die Wange. »Du gehst ins Bett. Wird nicht lange dauern.«

Nachdem sie sich geliebt hatten, lagen sie aneinander gekuschelt im Bett. Während Rebecca schnell eingeschlafen war, blieb er wach; sein Verstand führte ihn auf eine Reise, die er nicht machen wollte, quer durch Zeit und Raum zu einem grauen Haus in Bow.

In diesem Haus hatte er sechs Jahre gelebt. Es war sein Zuhause gewesen, seine Welt, immer voller Menschen, voller Lärm und Leben. An Gesellschaft hatte es ihm nie gemangelt. Trotzdem war er immer allein gewesen.

Sein ganzes Leben war er allein gewesen.

Bis jetzt.

Er schloss seine Arme fester um Rebecca, schmiegte sich an sie, als versuche er, sie beide zu einem einzigen Wesen zu verschmelzen, das nie mehr getrennt werden konnte.

2. KAPITEL

Am nächsten Abend traf sich Michael auf einen Drink mit seinem Freund George.

Viel Zeit hatte er jedoch nicht. Rebecca hatte für später einen Termin vereinbart, um sich mit ihm die Wohnung anzusehen. Sie trafen sich in einer Weinstube an der St. Paul's: ein Kellerlokal mit Fässern als Tische und Sägemehl auf dem Boden. Gäste erhielten in der Weinstube kostenlos eine Schale mit Käsekräckern, und als Michael eintraf, saß George bereits mit einem Glas Wein und munter mampfend in der Ecke.

Michael nahm Platz. Die Kräckerschale war fast leer. »Freut mich, dich essen zu sehen. Du musst doch groß und stark werden.«

George griff nach den letzten Kräckern. »Schrecklich, stimmt's? Wenn ich noch dünner werde, breche ich in der Mitte durch.« Er hatte das Jackett ausgezogen, sein Hemd spannte über dem gewaltigen Bauch. Er war klein und rund, hatte ein pausbäckiges Babygesicht. »Ich hab dir schon mal ein Glas Wein bestellt«, sagte er. »War das in Ordnung?«

Michael nickte. »Danke. Wie war dein Tag?«

»Viel wichtiger: Wie war deiner?«

»Frag nicht.« Zwischen ihnen auf dem Fass stand eine Kerze. Michael feuchtete einen Finger an und begann, ihn durch die Flamme pendeln zu lassen. George beobachtete ihn. »Machen sie dir das Leben immer noch schwer?«

»Manche, und es kotzt mich an. Ein Fehler, mehr war's ja nicht. Aber das ist typisch für den Laden. Du machst nur einen einzigen Schnitzer, und schlagartig vergisst jeder alle positiven Sachen. Ich bin gut in meinem Job. Ich bin derjenige, zu dem die Referendare kommen, wenn sie Hilfe brauchen. Auch Leute auf meinem eigenen Level. Ich habe die Übernahme dieser Druckerei praktisch im

Alleingang gemeistert, und das war bestimmt kein Klacks. Der Mandant hat mir nach erfolgreichem Abschluss Champagner geschickt. Jeder war begeistert, alles sieht wunderbar aus, dann ein einziger verfluchter Anruf, und plötzlich bekommt die ganze Angelegenheit einen schalen Beigeschmack.«

»Es war ein Mandant«, sagte George unbeholfen.

»Na und? Es war ja nicht so, dass ich geflucht oder ihn Idiot genannt hätte. Ich war einfach nur –«, er unterbrach sich, suchte nach dem richtigen Wort, »– ein bisschen kurz angebunden. Ich war gestresst. So was kommt doch vor. Er klang nicht mal so, als würde ihm das besonders viel ausmachen. Dann werde ich plötzlich ins Büro des geschäftsführenden Sozius zitiert und erhalte eine förmliche Verwarnung, und jetzt hab ich das Gefühl, dass sie mich ständig beobachten und nur darauf warten, dass ich Mist baue. Wir haben ein neues Mandat erhalten, eine Unternehmensfusion. Ich arbeite an der Sache mit diesem Wichser, Graham Fletcher, der mir die ganze Arbeit aufhalsen und versuchen wird, mich zu feuern, sollte mir auch nur der kleinste Fehler unterlaufen.«

Michael sprach nicht weiter. Sein Gesicht war gerötet, er atmete schwer. »Tut mir Leid. Du bist nicht hier, um dir so was anzuhören. Schimpfkanonaden.«

Georges Miene drückte Verständnis aus. »Schon okay.«

Michael lehnte sich zurück und richtete den Blick zur Decke. »Es kommt mir nur einfach so vor, als verbrächte ich mein ganzes Leben mit dem Versuch, mich einzufügen und anzupassen, aus Angst, dass mir alles, was in meinem Leben gut ist, entrissen werden könnte. So wie gestern Abend. Wir waren mit Beckys Eltern essen. Den ganzen Abend glotzt mich ihr Vater an, als wäre ich ein Haufen Dreck, und ihre Mutter versucht ständig, einen Streit vom Zaun zu brechen, und ich muss brav dasitzen und lächeln und eine Miene machen, als wäre ich glücklich, dort sein zu dürfen.« Er holte tief Luft. »Manchmal hab ich das Gefühl, als würde ich jeden Augenblick explodieren.«

»Besser bei denen als in der Arbeit, was?«, schlug George vor.

»Wirklich? In beiden Fällen könnten die Folgen katastrophal sein.«

Sein Finger war heiß von der Flamme. Er lutschte daran, leerte sein Glas und brachte ein Lächeln zu Stande. »Genug von meinen Sorgen. Du wirkst locker.«

»Natürlich. Wir hatten heute Nachmittag Revision. Vier Stunden Zeitunglesen und ausgiebige Lektüre von *Loaded*. Du hast dir ganz eindeutig den falschen Beruf ausgesucht.«

Nachdem George das juristische Examen nicht bestanden hatte, machte er eine Ausbildung zum Wirtschaftsprüfer bei einer kleinen Kanzlei im West End. Michael lächelte. »Willst du damit sagen, dass Wirtschaftsprüfer besser sind als Rechtsanwälte?«

»Selbstverständlich. Anwälte sind doch letzten Endes nur bessere Schreiberlinge. Es sind die Wirtschaftsprüfer, die an den Hebeln der Macht sitzen. Wir sind die Macher, die die Welt erschüttern.«

»Tatsächlich?«

»Absolut. Das Rechnungswesen ist der neue Rock 'n' Roll. Wir sind so was von hip, dass es schon wehtut.«

Beide lachten. Urplötzlich sah Michael im Geist das Bild vor sich, wie sie beide auf der Schule in einem Klassenzimmer saßen und darüber stritten, ob Nirvana so gut waren wie die Stone Roses.

»Wie geht's Becky?«, erkundigte sich George.

»Gut. Sie hat sich mit unserer Freundin Emily verabredet, andernfalls wäre sie mitgekommen. Sie meint, du musst bald mal wieder zum Abendessen zu uns kommen.«

»Du bist ein Glückspilz«, sagte George plötzlich. »So jemanden wie sie zu haben. Ich weiß, wie hart es für dich gewesen ist. Manchmal schäme ich mich, wenn ich daran denke, für wie selbstverständlich ich meine Eltern nehme. Aber du hast wirklich das große Los gezogen, als du sie kennen gelernt hast, und obwohl ich höllisch eifersüchtig bin, freue ich mich auch für dich.«

Michael empfand plötzlich eine tiefe Zuneigung für diesen pummeligen jungen Mann, der ihm gegenüber saß. »Die nächste Runde geht auf mich. Ich besorg uns auch noch mehr Kräcker. Ich will ja nicht schuld sein, dass du verhungerst.«

Wieder lachten sie. Er ging zur Theke.

Um acht Uhr traf er sich mit Rebecca an der U-Bahnstation Embankment. Sie war in ihr abgegriffenes *London A bis Z* vertieft. »Ich weiß nicht, welche Haltestelle die beste ist«, sagte sie. »Lass uns bis zur High Street Ken fahren und den Rest zu Fuß gehen.« Bei der Circle Line kam es zu Verspätungen, und der Bahnsteig war überfüllt. »Wie geht's George?«, fragte sie, während sie auf ihre Bahn warteten.

»Gut. Wie geht's Em?«

»Eigentlich nicht so besonders.«

Er reagierte beunruhigt. »Warum? Was ist passiert?«

»Nichts Besonderes. Sie war irgendwie niedergeschlagen. Ich hab mich unwohl gefühlt, weil ich nicht länger bleiben konnte, deshalb gehe ich morgen Mittag mit ihr essen. Ich weiß, dass sie dich gern sehen würde. Kommst du mit?«

»Klar.«

Es drängten weitere Menschen auf den Bahnsteig, während auf der Anzeigetafel über ihren Köpfen nicht der geringste Hinweis auftauchte, wann denn nun der nächste Zug eintreffen würde. Die Atmosphäre war gespannt. Sie schoben sich durch die Menge zum anderen Ende des Bahnsteigs, um ihre Chancen zu verbessern, einen Sitzplatz zu ergattern, wenn endlich eine Bahn kam. »Liz hat mich heute angerufen«, sagte sie.

»Liz vom College?«

Sie nickte. »Dem Cousin ihres neuen Freundes gehört eine winzige Galerie in Crouch End, und sie hat vorgeschlagen, dass mehrere von uns dort eine Gruppenausstellung machen und versuchen sollten, ein paar wichtige Journalisten und Kunsthändler dazu einzuladen.«

»Klingt gut.«

»Findest du?«

»Es ist eine Chance, dein Zeug zu zeigen.«

»Aber direkt gesehen wird's da nicht. Zumindest nicht von Leuten, auf die's ankommt. Crouch End ist wohl kaum das Zentrum der Kunstwelt.«

»Könnte es aber werden. Wir können herumtelefonieren. Die Ausstellung durch Mundpropaganda pushen.«

Sie seufzte. »Das haben wir auch schon bei der Ausstellung in Camberwell versucht. Ein Journalist vom *Guardian* versprach zu kommen, ist dann aber doch nicht aufgekreuzt.«

»Und? Wir versuchen es wieder, und dieses Mal kommt er vielleicht.« Er streichelte ihre Wange. »Keiner hat behauptet, dass es leicht sein würde. Nichts, was der Mühe wirklich wert ist, ist jemals leicht. Aber es wird klappen. Du musst einfach nur dran glauben.« Plötzlich lachte er. »Mein Gott, hör sich das einer an. Das klingt wie aus einem dieser Selbsthilfebücher.«

Sie lachte ebenfalls. »Nur ein bisschen.«

»Ich will damit nur sagen, Beck, dass vielleicht doch was Gutes dabei rauskommt. Deshalb sag nicht einfach nein, okay?«

»Okay.«

Sie hörten einen sich nähernden Zug. Als er in den Bahnhof einfuhr, trat jeder auf dem Bahnsteig vor, nur um zu sehen, dass die Abteile bereits überfüllt waren. Ein kollektives enttäuschtes Stöhnen erhob sich. Die Türen gingen auf, und einige wenige Fahrgäste kämpften sich aus der Bahn. Im darauf folgenden Durcheinander packte Michael Rebeccas Arm, drängte sich durch die Leute vor ihnen und in den frei werdenden Platz. Er hörte, wie jemand sie beschimpfte, und lächelte honigsüß, als sich die Türen wieder schlossen.

Der Zug setzte sich in Bewegung. Er hielt sich an einem Griff fest, und Rebecca klammerte sich an ihn. Es war heiß und stickig und roch nach Schweiß.

Eine halbe Stunde später traten sie auf die Kensington High Street hinaus. Inzwischen war es fast dunkel. Rebecca studierte ihren Stadtführer und lotste ihn eine Seitenstraße entlang. Sie kamen an hohen, strengen Wohnblöcken und schicken weißen Häusern in ruhigen Straßen vorbei. Der Lärm blieb hinter ihnen zurück. Die Straßen waren breit und angenehm, Taxen und Autos glitten ruhig an ihnen vorbei. Friedlich, aber lebendig.

Sie erreichten Pelham Gardens, einen großen Platz, gesäumt von eleganten, vierstöckigen Häusern, die in Einzelwohnungen umgewandelt worden waren. Die Häuser mit ihren riesigen, von

Säulen gestützten Vorbauten schauten alle auf einen kleinen, von einer Mauer umgebenen Park in der Mitte des Platzes.

Vor Hausnummer dreiunddreißig blieben sie stehen. Rebecca klingelte; ihnen wurde geöffnet. Die Wohnung befand sich im zweiten Stock. Eine hochschwangere kleine und sehr blasse Frau Ende zwanzig stand in der Tür und lächelte. »Ich bin Alison. Kommt rein.« Sie betraten eine kleine, mit Teppichboden ausgelegte Diele mit niedriger Decke. Durch das Wohnzimmer zu ihrer Rechten kam man in eine winzige, aber komplett eingerichtete Küche. »Neil lässt sich entschuldigen«, erklärte Alison. »Es ist ihm etwas dazwischengekommen. Ich zeige euch alles.«

Lange dauerte es nicht. Am Ende der Diele befand sich ein großes Schlafzimmer. Direkt daneben ein komfortables Bad und ein winziger Abstellraum, der bis auf ein paar Koffer leer war. »Man könnte vielleicht ein Gästezimmer draus machen«, meinte Alison, »aber außer einem Bett wird wohl nichts reinpassen.«

Sie gingen ins Wohnzimmer. Wie bei den anderen Zimmern war auch hier die Decke relativ niedrig, aber dies wirkte eher gemütlich als erdrückend. Das Mobiliar war einfach, aber komfortabel. Alison deutete auf das Sofa. »Das ist eine Schlafcouch«, erklärte sie, »also habt ihr Platz für Leute, die über Nacht bleiben.« In einer Nische neben dem Fenster stand ein Esstisch. Die Vorhänge waren noch nicht zugezogen. Draußen gab es einen kleinen Balkon mit Blick auf gepflegte Gärten und die Rückseiten der Häuser an der Cromwell Road. Obwohl im Herzen der Stadt, war die Atmosphäre überraschend ruhig und friedlich.

»Es ist eine wunderschöne Wohnung«, sagte Rebecca.

Alison lächelte. »Wir waren glücklich hier. Schade, dass wir gehen müssen, aber es ist eine große Chance für Neil.«

»Was machst du beruflich?«, fragte Rebecca.

»Ich war auch Banker.« Alison tätschelte ihren Bauch. »Aber meine Karriere muss erst mal für eine Weile warten.«

»Und wie ist der Vermieter?«, fragte Michael.

»Mr. Somerton? Sehr nett. Zumindest glaube ich das. Ich hab ihn nie persönlich kennen gelernt, obwohl wir einige Male miteinander telefoniert haben. Neils Vater hat beruflich mit ihm zu tun, und so sind wir auch an die Wohnung gekommen.«

»Wird er uns kennen lernen wollen?«, fragte Rebecca.

»Das bezweifle ich. Um ehrlich zu sein, ich glaube nicht, dass es ihn sehr interessiert. Er ist ziemlich wohlhabend, von daher ist diese Wohnung für ihn eine Nebensächlichkeit. Ich bin überzeugt, er hätte uns auch vor Ablauf des Mietvertrags rausgelassen, aber wir wollten erst mal sehen, ob nicht jemand anderer was davon hat.«

»Nun, sie gefällt uns wirklich«, meinte Rebecca. »Stimmt doch, Mike?«

Er nickte.

Alison strahlte. »Ich mache euch einen Kaffee, und dann können wir über alles Weitere reden.«

Eine halbe Stunde später befanden sie sich wieder auf dem Rückweg zur U-Bahn – zur Gloucester Road Station diesmal, da Alison ihnen gesagt hatte, das sei näher. Sie kamen an einem riesigen Sainsbury's vorbei. »Das ist praktisch«, bemerkte Rebecca.

»Ja, toll. Ein Leben ohne Sainsbury's wäre einfach nicht vorstellbar!«

»Und es gibt auch eine Schlafcouch.«

»Ich weiß. Deine Eltern können sich schon mal die Bahnfahrkarten besorgen.«

»Dir hat sie nicht gefallen, stimmt's?«

Er schüttelte den Kopf. Sie hatten die Cromwell Road überquert und näherten sich der U-Bahn. Gegenüber befand sich eine Reihe teurer Lebensmittelgeschäfte. »Es kommt mir nur ein bisschen zu vornehm für uns vor.«

Sie sah ihn ängstlich an. »Ist doch nur für ein paar Monate.«

Er versuchte, ein finsteres Gesicht zu machen, doch es gelang ihm nicht. »Okay. Nehmen wir sie. Aber ich warne dich: Falls du zum Yuppie wirst, ist es aus zwischen uns.«

Sie küsste ihn. »Werd ich schon nicht.«

In der Ferne sah er ein mexikanisches Restaurant, bunte Farben, voller Lärm und Energie. Er wies dorthin. »Lass uns essen gehen, solange wir es uns noch leisten können.«

Zehn Tage später zogen sie ein. Es war ein wolkenverhangener Sonntag. Alison und Neil waren bereits auf dem Weg nach Singapur. Auf sie wartete eine Schachtel Thornton's Pralinen mit einer Karte, auf der Alison ihnen eine glückliche Zeit wünschte und die Telefonnummer ihres neuen Vermieters nannte.

Sie packten das Wichtigste aus und gingen anschließend auf einen Spaziergang in die Kensington Gardens. Sie schauten Kindern zu, die auf dem Teich Boote fahren ließen, und machten sich auf die Suche nach der Statue von Peter Pan, die Rebeccas Großvater ihr vor vielen Jahren bei einem Ausflug nach London gezeigt hatte. Sie war enttäuscht. »Die ist viel kleiner als in meiner Erinnerung.«

»Du warst damals erst fünf«, machte Michael sie aufmerksam. »In dem Alter hättest du einen Pekinesen für den Hund von Baskerville gehalten.«

Michael hatte seine Kamera mitgenommen. Ein Mann war so nett, sie vor der Statue zu knipsen: die Arme umeinander gelegt und glücklich lächelnd, einfach, weil sie zusammen waren.

Später ließen sie sich eine Pizza kommen. Sie aßen inmitten ihrer Koffer, hörten alte Tonbandkassetten und tauschten Erinnerungen aus, die von den Songs geweckt wurden.

Am nächsten Morgen erhielt Michael einen Anruf von Alan Harris.

Alan arbeitete bei einer Rechtsberatung in Bethnal Green, die kostenlosen juristischen Rat für die Menschen des Stadtteils anbot. Während des Studiums hatte Michael einen Sommer als Freiwilliger in dem Zentrum gearbeitet, und von Zeit zu Zeit rief Alan wegen irgendwelcher Notfälle an, um die er sich dann entweder selbst kümmerte oder aber an eine Hand voll getreuer Verbündeter in den verschiedenen Abteilungen der Kanzlei weiterleitete. Da Cox Stephens extrem wenig davon hielt, dass Angestellte kostenlose Rechtsberatung erteilten, musste die ganze Sache unter äußerster Geheimhaltung geschehen.

Alan erklärte, dass er eine verzweifelte Frau beriet, die an diesem Abend von ihrem Vermieter vor die Tür gesetzt werden sollte. »Der Mietvertrag ist nur ein paar Seiten lang. Könntest du ihn dir mal ansehen, vielleicht findest du ein paar Argumente, die wir zu ihrem Vorteil anbringen können.«

»Klar, fax ihn mir sofort rüber. Ich warte neben dem Gerät.«

Als er das Fax erreichte, kam gerade ein Fünfzig-Seiten-Dokument für einen der Seniorpartner durch. Er hörte jemand seinen Namen rufen. Es war Graham Fletcher, der, eine umfangreiche Akte schwingend, den Gang entlangkam.

»Michael, der überarbeitete Kaufvertrag vom Digitron-Deal ist gerade reingekommen. Digitron wünscht morgen früh eine Konferenz, um alles durchzusprechen.«

»Morgen?« Ihm rutschte das Herz in die Hose.

»Ist das ein Problem?«

»Viel Zeit bleibt uns da nicht, alles zu prüfen.« Hinter seinem Rücken summte das Fax.

Graham runzelte die Stirn. »Sie sind derjenige, der den Vertrag prüfen wird. Ich habe viel zu viel zu tun.«

Das passte. Er nickte, während das Fax zu heulen begann. Offensichtlich gab es einen Papierstau.

Graham übergab ihm das Dokument. »Die Besprechung findet um acht in ihrem Büro statt.«

»Ich erledige das. Absolut kein Problem.«

»Das will ich auch hoffen«, erwiderte Graham scharf, bevor er mit großen Schritten Richtung Kaffeemaschine entschwand. Eilig beseitige Michael den Papierstau, schnappte sich den Mietvertrag und kehrte in sein Zimmer zurück.

Er versuchte, Nick Randall von der Immobilienabteilung zu erreichen, nur um zu erfahren, dass er den ganzen Tag zu einer Fortbildung außer Haus war. Was bedeutete, dass er sich selbst um das Problem kümmern musste. Er studierte den Mietvertrag und hoffte auf eine einfache Lösung, die ihm allerdings versagt blieb.

Als er seine Aufmerksamkeit dann dem Kaufvertrag zuwandte, erkannte er schnell, dass er sich vollkommen von der ersten Version unterschied. Offensichtlich würde eine gründliche Prüfung Stunden dauern, und außerdem hatte er noch eine wichtige Sache für einen Sozius aus der Abteilung für Bankwesen zu erledigen. Er dachte kurz daran, Alan anzurufen und ihm zu sagen, er müsse leider kapitulieren, andererseits wusste er aber, dass eine Frau ihren festen Wohnsitz verlieren konnte, wenn ihm nicht bald was einfiel. Michael nahm den Mietvertrag und ging zur Bibliothek.

Während Michael sich über die Rechte von Vermietern und Mietern informierte, packte Rebecca weiter aus.

Sie hatte sich einen Tag freigenommen und war wild entschlossen, die Wohnung so herzurichten, wie sie es haben wollte. Während der Arbeit hörte sie Chris de Burgh. Michael konnte diese Musik nicht ausstehen, für sie jedoch war sie ein Vergnügen, und so nutzte sie seine Abwesenheit, sie zu genießen.

Ihre gerahmten Filmplakate hingen nun an den Wänden. Beide schwärmten für alte Filme. Rebeccas große Leidenschaft waren die Dramen der Dreißiger- und Vierzigerjahre, Michaels die Monumentalstummfilme. Bei ihrer ersten Verabredung hatte er sie mit in Abel Gances Meisterstück *Napoleon* aus dem Jahr 1927 mitgenommen, und sie, darauf aus, ihn zu beeindrucken, hatte ihn die ganze Zeit mit angelesenem Wissen über Charlie Chaplin und andere Stummfilmgrößen bombardiert. Sein erstes Geschenk für sie war ein Poster des Films *Rebecca* von Alfred Hitchcock gewesen. Sie hing es neben sein *Napoleon*-Plakat, die sich beide den Ehrenplatz über dem Fernseher teilten.

Ihre Kochbücher wanderten auf ein Regal in der Küche. Sie besaß über ein Dutzend, aber *A Taste of India* war das Einzige, das sie regelmäßig benutzte. Michael liebte Curry über alles, und sie kochte ihm jeden Freitag ein Currygericht. Nach dem Essen kuschelten sie sich aufs Sofa und sahen sich einen alten Film an: in der einen Woche einen Stummfilm, in der anderen einen Tonfilm. Diesen Freitag war sie wieder an der Reihe. Sie nahm sich vor, sich über das Angebot der Videotheken in der Gegend zu informieren.

Das Telefon klingelte unentwegt. Ihre Mutter rief an, um sich nach dem Umzug zu erkundigen, genau wie ihr Bruder und zwei ihrer Tanten. Sie rief Michael an, um ihn über ihre Fortschritte zu informieren, doch er klang gestresst und konnte nicht lange reden.

Nachmittags ging sie einkaufen, stellte sich unterwegs einem älteren Mann vor, dem sie unten im Hauseingang begegnete: ein pensionierter Pianist, der in einer der Erdgeschosswohnungen lebte und ihr viel Glück im neuen Heim wünschte. Bei ihrer Rückkehr entdeckte sie, dass eine Pflanze geliefert worden war: ein Einzugsgeschenk von Emily. Rebecca stellte die Pflanze auf den Tisch im Wohnzimmer neben Alisons Karte.

Mit Auspacken war sie nahezu fertig, und es sah schon recht wohnlich aus. Sie nahm Alisons Karte zur Hand und las die Zeilen noch einmal. Einem Impuls folgend ging sie in die Diele und nahm den Telefonhörer ab.

Viertel vor neun. Michael kam mit der Digitron-Akte unter dem Arm nach Hause. Auch wenn es ihm gelungen war, für Alans Mieterin eine vorübergehende Lösung zu finden, hatte es ihn doch einen großen Teil des Nachmittags gekostet, daher war er mit der Prüfung des Vertrags, die er für den kommenden Morgen fertig haben musste, erst halb durch. Er würde die Arbeit nach dem Abendessen fortsetzen müssen.

Der Duft von Chili con carne schlug ihm entgegen. Rebecca tauchte aus der Küche auf und begrüßte ihn lächelnd. »Hoffentlich hast du Hunger.«

Er nickte, massierte sich die Schläfen, spürte das leichte Pochen nahender Kopfschmerzen. Im Hintergrund sangen U2 von einem Ort, an dem die Straßen keine Namen hatten. »Habe ich noch Zeit, mich umzuziehen?«

»Eigentlich nicht.«

Er ging ins Wohnzimmer. Sie folgte ihm. »Wie findest du es?«

»Sieht toll aus.« Er legte sein Jackett ab und setzte sich an den winzigen Esstisch. Eine Flasche Wein mit dem Rest vom vorausgegangenen Abends stand in der Mitte neben einer Pflanze, die an diesem Morgen noch nicht da gewesen war. »Von wem ist die?«, fragte er.

»Em.«

»Ja, genau. Sie hat mich heute angerufen und wollte plaudern.«

»Ich hoffe, du warst zu ihr netter als zu mir.«

Er lächelte verlegen. »Tut mir Leid.«

Sie lachte. »Macht nichts.« Nachdem sie Wein eingeschenkt

hatte, setzte sie sich neben ihn. »Rate mal, mit wem ich heute gesprochen habe?«

»Mit deiner Mutter?«

»Mr. Somerton.«

Der Name sagte ihm nichts. Er wartete gespannt.

»Der Vermieter.«

»Warum hat er angerufen?«

»Ich habe ihn angerufen. Wollte ihm sagen, wie gut uns die Wohnung gefällt. Er war unheimlich freundlich, hat sich nach uns erkundigt und was wir so machen.«

Ein schuldbewusster Ausdruck breitete sich auf ihrem Gesicht aus. »Und?«

»Ich habe ihn für morgen Abend zu einem Drink eingeladen.«

Er stöhnte.

»Ich dachte, es wäre eine gute Idee. Ich meine, es ist schließlich seine Wohnung.«

»Und wir bezahlen ihm Miete. Wir müssen ihm nicht auch noch einen roten Teppich ausrollen.«

»Das erwartet er ja auch gar nicht.«

Er hob eine Augenbraue.

»Er klang wirklich sehr nett. Ich bin sicher, du wirst ihn mögen.«

»In der Arbeit war richtig viel los. Ich habe morgen verschiedene Besprechungen. Kann sein, dass die länger dauern.«

»Er kommt nicht vor neun. Bis dahin bist du doch längst fertig.« Sie lächelte aufmunternd. »Bitte, Mike. Wir hatten wirklich Glück, diese Wohnung zu bekommen, und ich hielt es einfach für eine nette Geste.«

Er brachte ein Lächeln zu Stande. »Okay.«

»Danke. Das Essen ist fertig. Ich hol's.«

Sie verschwand in der Küche. Er erinnerte sich an die Arbeit, die er noch zu erledigen hatte, und sofort wurden die Kopfschmerzen schlimmer.

Der Dienstag erwies sich für Michael als ein ausgesprochen schlechter Tag.

Den größten Teil verbrachte er in den Büros von Digitron in den Docklands, wo er in einem fensterlosen Raum saß und den überarbeiteten Vertrag durchging. Es war überraschend wenig an ihm auszusetzen, und die Konferenz hätte eigentlich nur ein paar Stunden dauern sollen. Leider hatte der Finanzdirektor von Digitron schlechte Laune und beklagte sich über fast jede Vertragsbestimmung. Erst gegen vier Uhr nachmittags war eine Liste aller Einwände erstellt.

Bei seiner Rückkehr ins Büro wurde Michael von Graham Fletcher ins Kreuzverhör genommen, angebrüllt, weil er angeblich nicht genügend Rücksicht auf die Interessen von Digitron nahm, und davon in Kenntnis gesetzt, dass drei Kartons mit Pegasus-Verträgen gerade eingetroffen seien, die durchgesehen werden müssten und über die bis spätestens Freitagabend Bericht zu erstatten sei.»Ich bin alles andere als erfreut, wie dieser Deal läuft«, sagte Graham.»Sie scheinen die Sache nicht ganz im Griff zu haben.« Michael war kurz davor zu antworten, alles würde erheblich besser laufen, wenn Graham sich dazu herabließe, selbst auch ein bisschen zu arbeiten, schaffte es dann aber noch, sich auf die Zunge zu beißen. Er beschränkte sich auf ein vergnügtes»Jawohl, Graham. Natürlich, Graham. Sie brauchen sich überhaupt keine Sorgen zu machen, Graham«, bevor er in sein Zimmer zurückkehrte.

Dort traf er auf seine Sekretärin, Kim, die entschuldigend meinte:»Sie wissen, dass ich morgen nach Griechenland fliege. Beim Vertretungsplan scheint was schief gelaufen zu sein. Ich versuche noch, das eine oder andere zu regeln, muss aber in fünf Minuten weg.« Er sagte, es spiele keine Rolle, und wünschte ihr schöne Ferien.

Er setzte sich an seinen Schreibtisch und begann, die Verträge durchzuackern und sie mit der Liste zu vergleichen, die Pegasus geschickt hatte. Zwei fehlten. Das Begleitschreiben trug ein Datum der vorausgegangenen Woche. Graham hatte also seit Tagen auf dem Zeug gesessen. Er schluckte seine Verärgerung hinunter, ermittelte, welche Abteilungen welche Dokumente überprüfen sollten, und versuchte dann, die entsprechenden Leute anzurufen, nur um festzustellen, dass bereits alle nach Hause gegangen waren.

Er suchte den überaus wichtigen Vertrag mit Dial-a-Car heraus

50

und machte sich an dessen Durchsicht. Der Finanzdirektor von Digitron rief an. Weitere Einwände gegen den Vertragsentwurf, allesamt lächerlich. Er verbrachte eine frustrierende Stunde mit dem Versuch, ihn so diplomatisch wie möglich zu überzeugen.

Kaum hatte er den Hörer aufgelegt, da stürmte auch schon ein völlig gestresst wirkender Jack Bennett herein.»Wir haben gerade neue Anweisungen erhalten. Eine Computerwartungsfirma namens Azteca will eine Tochtergesellschaft verkaufen. Brandeilige Sache. Ich weiß, dass Sie bis über beide Ohren in Arbeit stecken, aber ich bin wirklich auf Ihre Hilfe angewiesen. Können Sie direkt als erstes morgen früh an einer Besprechung teilnehmen? Dauert vielleicht den ganzen Tag.« Michael sah auf den vor ihm liegenden Stoß Verträge und brachte ein gezwungenes Lächeln zu Stande.»Sicher. Warum nicht? Geben Sie mir die Details.«

Als Jack gegangen war, warf er einen Blick auf die Uhr. Acht. Er musste jetzt aufbrechen, wenn er noch rechtzeitig zu Hause sein wollte. Die Arbeit stapelte sich vor ihm. Wann in aller Welt sollte er das schaffen? So ziemlich das Letzte, was er im Moment brauchte, war ein Besuch des Vermieters.

Einen Moment überlegte er, Rebecca anzurufen und ihr zu sagen, er hätte noch zu tun. Es wäre das Beste. Bei seiner augenblicklichen Stimmung war es mehr als zweifelhaft, dass er einen ganzen Abend durchhielt, ohne etwas zu sagen, das er später bedauern würde.

Aber sie wollte es so sehr. Und er war einverstanden gewesen.

Nachdem er den Computer ausgeschaltet hatte, ging er zur Tür.

Fünf vor neun. Rebecca hörte einen Schlüssel im Schloss.

Den ersten Teil des Abends hatte sie damit verbracht, die Wohnung in einen makellosen Zustand zu bringen, bevor sie duschte und sich ein neues Kleid anzog. Jetzt war sie im Wohnzimmer und schritt rastlos auf und ab.

Michael stand in der Diele.»Wo bist du gewesen?«, wollte sie wissen.

Sein Gesicht war gerötet. Er sah schlecht gelaunt und reizbar aus.»Fang gar nicht erst damit an«, sagte er.

Sie ignorierte die Warnung.»Er wird jeden Augenblick hier

51

sein. Geh und zieh dich um. Ich hab dir das blaue Hemd gebügelt, es liegt auf dem Bett. Zieh dazu bitte die Baumwollhose an.«

Er lächelte provozierend. »Und wie war dein Tag, mein Schatz?«

»Beeil dich!«

Das Lächeln verwandelte sich in eine finstere Miene. »Das war eine total bescheuerte Idee!« Er marschierte ins Schlafzimmer. Sie holte den Wein aus dem Kühlschrank. Ein Chardonnay. Der Mann in dem Weingeschäft hatte ihr versichert, er sei köstlich. Sollte er auch sein, bei diesem Preis.

Es klingelte. Nervös drückte sie den Öffnungsknopf. Während Mr. Somerton die Treppe heraufkam, überprüfte sie zum hundertsten Mal, dass alles sauber und aufgeräumt war.

Es klopfte an der Wohnungstür. Sie holte tief Luft und öffnete sie.

Der Mann, der im Hausflur stand, war Ende vierzig, groß wie Michael, hatte eine gute Figur, hellbraunes, grau werdendes Haar, ein markantes Gesicht und kluge dunkle Augen. Er war gepflegt, aber lässig gekleidet: Wolljackett, dunkles Hemd, Baumwollhose, gute Schuhe. Er lächelte. »Sie müssen Rebecca sein.«

Sie nickte. »Mr. Somerton?«

»Max, bitte.«

»Und ich bin Becky. Kommen Sie doch bitte herein.«

Er trat in die Diele. »Haben Sie es leicht gefunden?«, fragte sie höflich.

»Es war etwas schwierig, aber ich hab's so gerade eben noch geschafft.«

Sie begriff, was sie gerade gesagt hatte, und errötete. Er lachte gutmütig, ging weiter ins Wohnzimmer und machte eine weit ausholende Handbewegung. »Die Wohnung sieht wunderbar aus«, sagte er. »Ihre Einrichtung verleiht ihr ein völlig neues Gesicht.« Er sprach langsam und gelassen. Er hatte eine ausgesprochen schöne sonore Stimme. Wie Samt. Am Telefon hatte sie bei weitem nicht so angenehm geklungen. Sie lächelte schüchtern, mochte ihn bereits. »Danke sehr. Mike kommt sofort. Nehmen Sie doch bitte Platz.«

Schritte hinter ihnen. Michael betrat das Zimmer. Ihr rutschte das Herz in die Hose.

52

Er trug Jeans und ein vergammeltes Sweatshirt. Sein Haar war ungekämmt, sein Lächeln wenig begeistert, seine Körpersprache ablehnend. Max streckte eine Hand aus. »Sie müssen Mike sein.« Er nickte, schüttelte die Hand seines Gegenübers und sagte dann: »Ich heiße übrigens Michael.« Für einen Sekundenbruchteil huschte ein merkwürdiger Ausdruck über Max' Gesicht. Nicht direkt Verärgerung. Etwas, das Rebecca nicht identifizieren konnte. Panik keimte auf, war sie doch überzeugt, dass der Abend ruiniert war, noch ehe er richtig begonnen hatte.

Dann war der Gesichtsausdruck verschwunden, ersetzt durch ein freundliches Lächeln. »Natürlich. Ein Name ist das wichtigste Merkmal, über das wir uns definieren. Man sollte ihn keinesfalls unerlaubt abkürzen. Verzeihen Sie mir.«

Michael war so anständig, verlegen auszusehen. »Macht nichts«, sagte er betreten.

Sie nahmen Platz, sie und Michael auf der Couch, Max auf einem Sessel ihnen gegenüber. Michael schenkte den Wein ein. Max schaute sich um, als suche er etwas. »Macht es Ihnen etwas aus, wenn ich rauche?«, fragte er.

»Nein. Wir rauchen nicht, aber tun Sie sich keinen Zwang an.« Rebecca holte eine Untertasse als Aschenbecher. Max zog ein silbernes Etui hervor und nahm eine dünne Zigarre heraus. Er steckte sie an, inhalierte und blies dann eine Rauchwolke in die Luft. Der Geruch war intensiv, aber nicht unangenehm, erinnerte sie an den Duft von Bäumen nach einem Regenschauer. Sie bemerkte eine winzige Schnittwunde an seinem Hals, offensichtlich vom Rasieren. Er trug keinen Ehering. »Wir sind von der Wohnung absolut begeistert«, sagte sie.

Max nippte an seinem Wein. »Ich hoffe, sie ist nicht zu klein.«

»Sie ist perfekt, stimmt's, Mike?« Sie hoffte, Michael würde etwas sagen, aber er nickte nur. Sie wünschte sich, sie hätte daran gedacht, eine CD aufzulegen. Ein bisschen Hintergrundgeräusch wäre jetzt nicht schlecht. Sie lächelte Max nervös an. »Freut mich, dass Sie kommen konnten.«

»Ich freue mich sehr, Sie beide kennen zu lernen.« Er klopfte
Asche von seiner Zigarre und wandte sich direkt an Mike. »Von
Becky weiß ich, dass Sie Anwalt sind.«
Wieder nickte Michael.
»In welcher Kanzlei arbeiten Sie?«
»Cox Stephens.«
Max dachte einen Augenblick nach. »Jack Bennett ist kürzlich
als Sozius eingestiegen, richtig?«
»Sie kennen ihn?«
»Wir hatten das eine oder andere Mal miteinander zu tun.« Max
nahm einen Schluck Wein. »Köstlich«, sagte er zu Rebecca. »Sie
haben einen ausgezeichneten Geschmack.«
Sie war erleichtert. »Nicht ich. Der Mann bei Oddbins. Ein auf-
regender Wein: außergewöhnlich und ausgewogen. Das waren
seine Worte.«
»Das sagen sie immer«, bemerkte Michael, »damit die Leute
sich nicht beschweren, wenn sie begreifen, dass sie ein Vermögen
für etwas ausgegeben haben, das wie Pisse schmeckt.«
Rebecca zuckte zusammen. Aber Max schien amüsiert. »Dieses
Mal sind Sie jedenfalls nicht geschröpft worden«, versicherte er
ihr. »Ganz im Gegenteil.« Wieder wandte er sich an Michael. »Ich
höre weiterhin«, fuhr er fort, »dass wir beide aus derselben Ge-
gend stammen.«
»Sie sind aus Richmond?«
»Bow.«
Diese Enthüllung überraschte sie. Genau wie Michael. »Ich ver-
stehe«, sagte er.
»Aus Bassett House, um ganz genau zu sein. Die Lexden Street.
Ein Kinderheim, das geschlossen wurde, kurz nachdem ich fort-
gegangen war. Kennen Sie die Lexden Street?«
Michael starrte Rebecca an. Sie hatte ein schlechtes Gewissen.
Es war so angenehm gewesen, mit Max am Telefon zu plaudern,
dass sie mehr als beabsichtigt gesagt haben musste. Sie lächelte
Michael nervös an. »Die Welt ist klein«, sagte sie. Er nickte.
»Wo lag das Heim, in dem Sie waren?«, fragte Max.
»Thorpe Street.«

54

Max dachte kurz nach. »Es gab da ein Pub. Wie hieß es doch gleich? The Feathers?«

»The White Feather.«

»Ja, genau, ich erinnere mich jetzt wieder an das Schild. Eine weiße Feder vor einem schwarzen Hintergrund.« Max lächelte. Sein Blick blieb auf Michael gerichtet. »Kennen Sie die Lexden Street?«

Michael nickte. »An der Straßenecke war ein Laden.« Er erwiderte Max' starren Blick nicht.

Rebecca wünschte sich, zurückhaltender gewesen zu sein, und versuchte, die Stimmung aufzuheitern. »Ist das nicht der Laden, in dem du und deine Freunde Süßigkeiten geklaut haben?«

Max lächelte. »Ich glaube, das haben wir auch gemacht.«

»Das ist schon sehr lange her«, sagte Michael plötzlich.

Rebecca hielt es für angebracht, das Thema zu wechseln. »Wo leben Sie heute?«, fragte sie Max.

»Arundel Crescent. Kennen Sie die Straße?«

Sie schüttelte den Kopf.

»Auf der einen Seite der Old Brompton Road. Richtung Knightsbridge.« Er lachte. »Nur ein Katzensprung von Harrods.«

»Klingt gut«, sagte sie und fügte hinzu: »Ich kenne die Gegend überhaupt nicht.«

»Warum kommen Sie mich dann nicht einmal besuchen? Samstagabend gebe ich eine kleine Party. Es geht um sieben los. Völlig zwanglos.«

»Sehr nett von Ihnen. Vielen Dank.« Sie sah Michael an, war nicht sicher, was sie antworten sollte. »Samstagabend. Wir haben doch nichts –«

Max kam ihr zu Hilfe. »Ich bin sicher, Sie haben bereits etwas vor. Aber Sie sind beide herzlich willkommen, sollten Sie zufällig doch Zeit haben.«

Sein Glas war leer. Michael schenkte nach, während Max auf ein Gemälde wies, das über ihnen hing. Zwei Schiffe im Mondschein. »Sie erwähnten, dass Sie Kunst studiert haben. Ist das von Ihnen?«

Sie schüttelte den Kopf. »Mein Großvater. Mein Stil ist vollkommen anders.«

»Wollten Sie schon immer Künstlerin werden?«

Sie nickte. Er lächelte ermutigend, also begann sie, ihm von ihrer Arbeit und den Umständen zu erzählen, die ihre künstlerische Entwicklung beeinflusst hatten. Von ihrer Liebe zu Mythologie und Sagen. Wie sie für sich die Präraffaeliten entdeckt hatte, deren Arbeiten von diesen alten Geschichten durchdrungen waren, und von ihrem Wunsch, selbst Malerin zu werden. Sie redete wie ein Wasserfall. Er war ein guter Zuhörer und besaß die seltene Gabe, sich ganz und gar auf die Worte eines anderen zu konzentrieren und damit Selbstvertrauen zu wecken. Der Duft des Zigarrenrauchs erfüllte das Zimmer. Er machte sie schwindelig. Während sie sprach, war sie sich Michael bewusst, der neben ihr saß. Sie wünschte, er würde sich an der Unterhaltung beteiligen. Aber er sagte nichts.

Halb elf. Die Weinflasche war leer. »Ich habe Sie schon lange genug aufgehalten«, verkündete Max. »Danke für Ihre Gastfreundschaft. Ich muss jetzt los.«

Sie erhoben sich, schüttelten sich wieder die Hände. »Sollen wir Ihnen ein Taxi rufen?«, fragte sie.

»Nein, danke. Es ist ein angenehmer Spaziergang.«

Sie standen an der Wohnungstür. »Sagen Sie«, meinte Max zu Michael, »sind Sie noch mal dort gewesen?«

Rebecca verstand die Frage nicht. Michael schon. »Ja«, sagte er. »Einmal.«

»Wann?«

»Letztes Jahr.«

»Haben Sie jemanden besucht?«

»Nein. Ich musste beruflich Unterlagen zustellen.«

»Gab es den Laden an der Ecke noch?«

»Ja.«

»Haben Sie einen Mars-Riegel geklaut? In Erinnerung an alte Zeiten?«

Zum ersten Mal an diesem Abend lächelte Michael nun. Es war ein wehmütiges Lächeln. »So was in der Richtung«, erwiderte er.

Max küsste Rebecca auf die Wange. »Es war mir ein Vergnügen«, sagte er und gab ihr seine Visitenkarte.

56

Eine halbe Stunde später saß sie im Bett. Die Deckenbeleuchtung war aus. Licht kam allein von ihrer Nachttischlampe.

Auf ihrem Schoß lag ein Südsee-Reiseführer. Als Kind war sie begeistert gewesen von einem Roman über Seeleute, die vor zweihundert Jahren auf den Fidschiinseln schiffbrüchig geworden waren, wo sie dann von den einheimischen Kannibalen für Götter gehalten wurden. Seit damals hatte sie die Inseln immer sehen wollen. Vielleicht würden sie ihre Hochzeitsreise dorthin machen, falls es ihre Mittel zuließen.

Nackt bis auf Boxershorts tauchte Michael aus dem Bad auf und legte sich neben sie ins Bett. Sein dunkles Haar, noch feucht nach dem Duschen, fiel ihm in die Stirn. Sie schob es beiseite. »Ich frage mich, ob Sean zurückgekehrt ist«, sagte sie.

Er antwortete nicht, wirkte nur nachdenklich.

»Du fragst dich das doch auch, oder?«

»Manchmal.«

»Wir könnten versuchen, ihn ausfindig zu machen.«

Er schüttelte den Kopf.

»Willst du ihn denn nicht wieder sehen? Es gab mal eine Zeit, da war er der wichtigste Mensch in deinem Leben.«

»Das ist fünfzehn Jahre her.«

»Aber du denkst immer noch an ihn. Sicher denkt er auch an dich. Falls du jemals beschließen solltest, ihn finden zu wollen, helfe ich dir. Ich bin überzeugt, dass wir das gemeinsam schaffen.« Zärtlich streichelte sie seine Wange. »Ich wollte nur, dass du das weißt.«

Er nahm ihre Hand und küsste sie. »Lieb von dir.«

»Tut mir Leid«, sagte sie.

»Was?«

»Dass ich Max von dem Heim erzählt habe. Es war nicht absichtlich. Er hat sich nach mir erkundigt, und dann hat er angefangen, mir über dich Fragen zu stellen. Ich habe Bow beiläufig erwähnt. Er wollte wissen, ob du aus einer Cockney-Familie stammst, und dann ist es mir einfach so rausgerutscht. Sonst habe ich ihm aber nichts erzählt. Ehrlich.«

»Macht nichts.« Er nahm sie in den Arm. Sie schmiegte sich an

57

ihn, fühlte sich warm und sicher. Schweigend saßen sie da. Angenehm. Vertraut.

»Ich mochte ihn«, sagte sie schließlich. »Und du?«

»Ja. Er war schon okay.«

»Wir müssen nicht auf die Party gehen. Wäre wahrscheinlich sowieso nicht unser Ding.«

»Vielleicht sollten wir, nur um mal das Haus zu sehen. Ich weiß, du würdest gern, und wir müssen ja nicht lange bleiben. Ich muss morgen früh raus. Lass uns schlafen.«

Er löschte das Licht. Sie lag quer über seiner Brust. Er atmete langsam und tief. Sie empfand die Dunkelheit als fremd: ein neues Zimmer in einer neuen Wohnung mit eigenen Geräuschen und Schatten. Zehn Minuten verstrichen. Zwanzig. Eine halbe Stunde. Sie spürte, dass er noch wach war, und flüsterte seinen Namen. Er streichelte ihr übers Haar.

3. KAPITEL

Donnerstagmittag. Rebecca saß mit ihrer Freundin Emily Fielding in einem netten preiswerten Pasta-Lokal in der Fleet Street. Es war voller Menschen. Die Gäste bestanden zum größten Teil aus Yuppies und Sekretärinnen. Die Luft war feucht und vom Lärm der vielen Gespräche erfüllt. Sie mussten sich mit zwei ernst wirkenden Männern in Anzügen einen Tisch teilen, die laut über Wertpapieremissionen sprachen, während sie sich über ihre Lasagne hermachten.

Emily aß langsam und ordentlich. Sie hatte ein Gesicht wie eine Maske, das mal ganz gewöhnlich, dann aber wieder sehr hübsch wirken konnte. Ein heller Teint und dunkle, tief liegende Augen, das Gesicht eingerahmt von langen, wallenden kastanienbraunen Haaren. Ein altmodisches Gesicht, das Rebecca an die Heldinnen der präraffaelitischen Gemälde erinnerte, die sie so liebte.

Einmal hatte sie ihren Bruder Robert gefragt, ob er Emily attraktiv fände. Robert hatte nur gelacht, nicht aber Michael.

Als könnte sie ihre Gedanken lesen, sagte Emily nun:»Wirklich zu blöd, dass Mike nicht konnte.«

Rebecca nickte.»Er lässt sich entschuldigen. Als wir neulich zu Mittag gegessen haben, war seine Arbeit noch überschaubar, aber jetzt ist die Hölle los. Gestern Abend ist er erst um elf Uhr nach Hause gekommen, und heute Morgen war er bei Tagesanbruch schon wieder weg.«

Emily sah sie mitfühlend an.»Du Ärmste.«

Rebecca aß eine Gabel Pasta. Die Soße war stark gewürzt und machte den Mund trocken.»Nochmals vielen Dank für die Pflanze.«

Emily lächelte.»Gern geschehen.«

Rebecca hatte ein schlechtes Gewissen. Emily arbeitete als

Assistentin bei einem Literaturagenten und verdiente nicht sonderlich viel. »War wirklich nicht nötig. Die muss ein Vermögen gekostet haben.«

»Eigentlich nicht. Habt ihr euch schon eingelebt?«

»Ja, und das ist auch gut so, denn Sonntag fallen Mum und Dad ein. Es ist unsere erste Wohnung mit einem Gästebett.« Sie lachte. »Robert sagt, er ist beleidigt.«

»Nimmst du dir frei?«

»Nein. Mum schleift Dad durch die Geschäfte. Sie würde dich wahnsinnig gern sehen. Hast du am Montag Zeit zum Mittagessen?«

»Wollt ihr nicht lieber allein was machen?«

»Ist doch nur zum Mittagessen. Komm…«

Emily nickte. »Also gut.« Sie griff in ihre Handtasche und zog eine Karte und ein hübsch verpacktes Geschenk heraus. »Das ist für deinen Vater.«

»Em!«

»Ist nichts Besonderes.«

»Das hättest du wirklich nicht tun sollen.«

»Kein Problem. Außerdem will ich nicht, dass er vielleicht denkt, ich hätte seinen Geburtstag vergessen.«

»Wäre ihm egal.« Rebecca stieß die Gabel in ihre Pasta und erkannte, was sie da eben gesagt hatte. Vor ihrem geistigen Auge sah sie ihren Vater und Robert, die über Emily lachten, während ihre Mutter die zwei böse anfunkelte. »Ich meine, er würde nie erwarten, dass du ihm was schenkst. Aber er wird sich freuen, dass du an ihn gedacht hast. Und Mum möchte dich auch sehen. Sie will alles erfahren, was es bei dir so an Neuigkeiten gibt.«

»Na, das dürfte dann in zwanzig Sekunden erledigt sein.« Emily stocherte lustlos in ihrem Essen herum; ihr Teller war noch fast genauso voll wie am Anfang. Rebecca beobachtete sie, spürte die alte Beklommenheit. Emily wurde sich dessen bewusst. Einen kurzen Moment starrten sie sich an, dann lächelten beide verlegen. Emily begann zu essen. Neben ihnen lachten die beiden Männer über einen Witz.

»Hast du was von David gehört?«

Emily schüttelte den Kopf.

»Er war ein absoluter Vollidiot.«

»Vielleicht war ich der Vollidiot.«

»Nein, warst du nicht. Es war alles nur seine Schuld, und es ist ein Glück, dass du den los bist. Jemand ganz Besonderes wird dir über den Weg laufen, Em. Wart's nur ab.«

Emily senkte den Blick. »Vielleicht.« Sie trank einen Schluck. »Und? Wie ist's mit eurem Vermieter gelaufen?«

»Gut. Ich war vorher ganz schön nervös, aber das hätte ich mir sparen können. Er war ausgesprochen charmant.«

Emily musterte sie aufmerksam. »Gut aussehend?«

»Nicht wirklich, aber irgendwie attraktiv. Wie sich herausstellte, kommt er aus Bow. Aus einem Kinderheim, genau wie Mike.«

Emily sah beunruhigt aus. »Wie fand Mike das?«

Ihr Gesichtsausdruck ließ Rebecca in die Defensive gehen. »Wie sollte er es denn finden?«

»Komisch, würde ich sagen. Ich meine, es ist nicht gerade ein Teil seines Lebens, über den er viel redet.«

»Er spricht mit mir darüber.«

»Das weiß ich«, wandte Emily rasch ein. »Ich meinte ja auch nur...« Sie unterbrach sich, suchte ganz offensichtlich nach den richtigen Worten. »Seit damals hat sich sein Leben von Grund auf verändert. Bow muss ihm doch heute wie eine andere Welt vorkommen. Ich weiß, es ist eine ganz und gar andere Situation, aber manchmal, wenn ich an meine Mutter denke, dann ist es, als würde ich mich an das Leben eines anderen erinnern und nicht an mein eigenes. Und das ist schrecklich.«

Abrupt hörte sie auf zu sprechen. Sie sah verlegen aus. »Tut mir Leid. Es geht mich nichts an.«

Wieder hatte Rebecca ein schlechtes Gewissen. So wie immer, wenn sie an Emilys Mutter dachte. »Das habe ich nicht gesagt.«

Ein paar Minuten saßen sie schweigend da. Die beiden Männer machten Anstalten zu gehen, und Rebecca ergriff die Chance, die Stimmung zu lockern. »Ich hoffe, du fühlst dich geehrt«, sagte sie und hob dabei die Stimme, »mit zwei Wirtschaftsgrößen an einem Tisch gesessen zu haben.« Einer der Männer drehte sich um und sah sie befremdlich an. Sie musste kichern. Emily lächelte, und die Spannung löste sich.

Sie merkte, dass sie an Michaels Freund George dachte. An den pummeligen, chaotischen George. Der Tinky Winky des Rechnungswesens. Sie wusste, dass er allein war, und fragte sich, ob er ihn mit Emily bekannt machen sollte. Er war kaum, um einen Ausdruck ihrer Mutter zu benutzen, die Antwort auf die Gebete einer Jungfrau. Aber er war witzig und sehr nett, und Emily verdiente etwas Anständiges und Zuverlässiges. Sie beschloss, mit Mike darüber zu reden, ob er es für eine gute Idee hielt. Hoffentlich.

Sie beobachtete, wie Emily ihre Gabel auf den Tisch legte, der Teller noch halb voll. Keine Glanzleistung, aber es hätte schlimmer sein können.

»Fertig?«

»Ja.«

»Dann lass uns zu dieser Espressobar am Gericht gehen und eine große heiße Schokolade mit Sahne trinken. Ich lade dich ein, also keine Diskussion.«

Zum ersten Mal lachte Emily jetzt. »Ich würde es nicht wagen.«

Arm in Arm marschierten sie zur Tür.

Michael saß mit Rebecca auf der Couch und sah *Boulevard der Dämmerung*. Im Zimmer war es dunkel. Das einzige Licht kam von dem flackernden Bildschirm.

Auf dem Tisch vor ihm lag eine große Toblerone. Ein weiteres wesentliches Element ihrer Freitagabendrituale. Rebecca streckte die Hand danach aus. Er gab ihr einen Klaps auf den Arm. »Vielfraß.«

»Stimmt gar nicht.«

»Du hast gerade erst ein riesiges Curry gegessen.«

»Du hast das Curry gegessen. War mir viel zu scharf.« Sie brach zwei Schokoladendreiecke ab und reichte ihm eines.

»Du isst zu viel«, sagte er.

»Tu ich nicht.«

»Doch, tust du. Als wir das letzte Mal am Trafalgar Square zu Mittag gegessen haben, hast du die Sandwich-Bude leergekauft.«

»Nur, weil du mich gezwungen hast.« Sie versuchte, seine Stimme nachzumachen. »Na los, Becky. Kauf doch den Schokoladenkuchen. Ich weiß doch, dass du ihn haben willst. Dann hast du die eine Hälfte selbst gegessen und mich gezwungen, den Rest an die Tauben zu verfüttern. Ich bin genauso hungrig ins Geschäft gegangen wie ich gekommen war.«

Er lachte.

»Das ist überhaupt nicht komisch! Bei uns war an dem Nachmittag so viel los, dass ich nicht weg konnte, um mir was anderes zu essen zu kaufen. Und ohnmächtig vor Hunger bin ich nur deshalb nicht geworden, weil Clare mir was von ihren Hustenbonbons abgegeben hat.«

»Na, das nenn ich eine gesunde Ernährung.«

Jetzt lachten beide. Sie legte die Beine über seine, und er nahm sie in die Arme. »Das Curry war toll«, sagte er. »Danke.«

Sie küsste ihn. »Ich freue mich, dass es dir geschmeckt hat.«

Auf dem Bildschirm schaute sich Norma Desmond mit Joe Gillis einen ihrer Stummfilme an. »Wir brauchten keine Dialoge«, sagte sie zu ihm. »Wir hatten Gesichter.« Sie sprachen die Worte mit ihr. »Toller Text«, meinte Michael.

Rebecca nickte. »Norma Desmond kann einem nur Leid tun. Es muss schrecklich gewesen sein, plötzlich vor den Trümmern seiner Karriere zu stehen und hilflos zusehen zu müssen, wie man untergeht.«

»Wenigstens hat sie nicht ihr Geld verloren. Ich erinnere dich nur an Mae Murray.«

Sie dachte kurz nach. »War das die, die in der Parfümabteilung bei Macy's endete?«

»Nein, das war Louise Brooks, und sie war sowieso kein so großer Star. Mae Murray war in den Zwanzigerjahren ein millionenschwerer Superstar, deren Karriere mit dem Tonfilm zu Ende ging und die ihr Vermögen bei dem großen Crash an der Wall Street verlor. Ein paar Jahre später wurde sie wegen Landstreicherei verhaftet, weil sie auf einer Bank im Central Park übernachtet hat.«

Die Szene wechselte zu einem Bridgetisch, an dem Norma Desmond mit ihren kettenrauchenden Exfreunden saß. Sie jubelten, als sich die Kamera auf Buster Keaton richtete. »Die Videothek hat ein paar seiner Filme«, sagte Rebecca.

»Auch welche, die wir noch nicht gesehen haben?«

»Weiß nicht genau. Aber selbst wenn, ich würde sie mir noch mal ansehen. Ich finde, er ist besser als Chaplin.«

»Ich auch.«

Sie brach wieder Schokolade ab. »William Holden ist sexy«, verkündete sie.

»Gloria Swanson auch.«

Sie machte große Augen. »Findest du?«

»Natürlich. Sie ist ein absoluter Knaller. Pamela Anderson, das musst du erst mal bringen.«

Lachen. »Aber es ist wahr, was sie sagt«, bemerkte er. »Sie kann mit ihren Augen das ausdrücken, was sie will.«

Sie küsste ihn wieder. Er fühlte sich sehr glücklich. Von all der Zeit, die sie zusammen verbrachten, liebte er diese Abende am meisten.

In angenehmem Schweigen schauten sie zu, wie sich die Geschichte entwickelte. Nach zehn Minuten begann das Telefon zu klingeln. Er wartete, dass der Anrufbeantworter ansprang, aber das passierte nicht. »Ich dachte, du hättest die Maschine angemacht«, sagte er.

»Dachte ich auch.«

»Lass es klingeln.«

Sie schüttelte den Kopf. »Es könnte wichtig sein.«

Nachdem er die Pausentaste gedrückt hatte, schaltete er eine Lampe neben sich ein. Sie ging in die Diele. Er saß da, blinzelte ins Licht, hörte zu, wie sie mit ihren Eltern über den bevorstehenden Besuch in London sprach. Angesichts der Freuden des Abends hatte er völlig vergessen, dass sie kamen.

Die Zeit verstrich. Rebecca versuchte immer wieder, das Gespräch zu beenden, aber die Unterhaltung zog sich hin. Schließlich kehrte sie ins Zimmer zurück und setzte sich neben Michael. »Tut mir Leid«, sagte sie. »Jetzt ist die Maschine aber definitiv an.«

Er schaltete das Licht aus und ließ das Video weiterlaufen. In der Story hatte Norma Desmond ihr glanzvolles Comeback in den

64

Paramount Studios. Rebecca witzelte über die Mode der damaligen Zeit. Lächelnd drückte er sie an sich und versuchte so zu tun, als wäre der Zauber des Augenblicks nicht vergangen.

Am nächsten Abend schlenderte Michael mit Rebecca Richtung Arundel Crescent.

Sie waren leger gekleidet, Rebecca in einem blauen Kostüm mit kurzem Rock, Michael in Jeanshemd und Cordhose. Er hatte darauf bestanden, dass sie sich nicht fein machten. »Max hat gesagt, es sei zwanglos.«

Sie spazierten die Old Brompton Road entlang. Die Luft war schwül, die Frische des Frühlings ging allmählich in die Hitze des Sommers über. Auf der Straße herrschte reges Treiben: Junge Leute, zu Fuß oder aus Taxen steigend, schlenderten in Gruppen zu den Restaurants und Cafés, zeigten das lässige Selbstvertrauen, das mit dem Geld kam. Sie gingen an einer Bar vorbei, aus deren Fenster Salsaklänge wehten. »Wir hätten eine Flasche Wein mitnehmen sollen«, meinte Rebecca.

»Keine Panik. So eine Party ist das nicht.«

Sie passierten die U-Bahnstation South Kensington und ließen den Lärm hinter sich, als sie in eine ruhige Wohnstraße einbogen. Vornehme weiße Häuser, die noch nicht in Eigentumswohnungen umgewandelt worden waren. Michael hatte Reichtum schon immer mit der Farbe Weiß assoziiert.

Sie erreichten Arundel Crescent, eine Reihe niedriger frühviktorianischer Häuser, die eher an Villen erinnerten, erbaut aus cremeweißem Stein und vier Etagen hoch. Sie waren imposanter als erwartet.

Nummer sieben befand sich in der Mitte der Häuserzeile. Durch ein Erkerfenster sahen sie zwei Paare, beide gut gekleidet und mittleren Alters, die aus Kristallgläsern etwas tranken, das nach Champagner aussah.

»Ich glaube, es war ein Fehler herzukommen«, stellte Rebecca fest.

Er nickte. »Gehen wir uns lieber einen Film ansehen.«

Eine der Frauen bemerkte sie. Sie sagte etwas, und Max tauchte am Fenster auf. Er winkte ihnen zu. Michael tat das Gleiche. »Scheiße.« Er schaute auf seine Uhr. Viertel nach acht. »Wir gehen um neun.«

»Unmöglich! Das ist viel zu offensichtlich. Zehn.«

»In Ordnung. Kompromissvorschlag: fünf nach neun.«

Sie klopften an die Haustür und wurden von einem älteren Mann hereingelassen, der eine Fliege trug, mit mitteleuropäischem Akzent sprach und sehr vornehm war. Sie warteten im Flur. Max tauchte in einer Tür auf und lächelte. »Freut mich, dass Sie es einrichten konnten. Kommen Sie herein.«

Sie betraten einen großen Salon mit einem langflorigen weißen Teppich und hellgrünen Wänden. Die meisten Gäste waren um die vierzig bis fünfzig, die Männer in Blazer oder teuren Anzügen, die Frauen in Abendkleidern. Das Stimmengewirr wurde gedämpft durch Musik von Mozart, die dezent im Hintergrund lief. Kellner und Kellnerinnen boten den Gästen auf Tabletts Champagner und Kanapees an. Der Geruch von Zigaretten und Parfüm machte die Luft zum Schneiden dick.

Eine Frau trat aus der Menge auf sie zu. Eine beeindruckend schöne Frau von etwa dreißig Jahren, die Michael, da war er sich sicher, schon einmal gesehen hatte. Max lächelte sie an. »Lavinia, darf ich dich mit Michael und Rebecca bekanntmachen.« Sie nickte flüchtig, bevor sie Max etwas ins Ohr flüsterte. »Aber vorher möchte ich Sie dem einen oder anderen Gast vorstellen.«

Er führte Michael und Rebecca in die Ecke des Raums zu einem der Paare, die sie durch das Fenster gesehen hatten. Hugh und Valerie Harper. Hugh kam aus New York, war Sozius einer der amerikanischen Kanzleien, die überall in London wie Pilze aus dem Boden schossen. Valerie stammte wie Rebecca aus Winchester. Max erklärte diese Zusammenhänge, machte noch einen Scherz und lächelte, dann entfernte er sich. Der perfekte Gastgeber.

Ein Kellner näherte sich mit Champagner. Sie nahmen sich jeder ein Glas, während Valerie von Rebecca wissen wollte, aus welchem Teil von Winchester sie stammte. Michaels Blick fiel auf eine Kaminuhr. Zwanzig nach acht. Er lächelte Valerie an und dachte, o Gott, bring mich hier raus.

Viertel vor neun.

Valerie war charmant. Sie hatte die gleiche Schule besucht wie Rebecca, und jetzt erzählten sich die beiden Frauen Anekdoten. Michael versuchte, eine interessante Miene aufzusetzen. Hugh war zu einer anderen Gruppe gegangen.

Sein Blick wanderte durch den Raum. Das Mobiliar war geschmackvoll und zeichnete sich durch eine auffällige Schlichtheit aus, die auf viel Geld schließen ließ. Wie eine Werbung in einem Hochglanzmagazin.

Schließlich sah er Lavinia, die von einer Gruppe zur nächsten glitt, groß und gertenschlank, so elegant wie eine griechische Göttin. Sie trug ein trägerloses, rückenfreies Kleid in einem zarten Goldton, das für sie maßgeschneidert zu sein schien. Ihr braunes Haar war kurz geschnitten. Ihre Augen waren dunkelblau, ihre Haut makellos und straff über hohen, feinen Wangenknochen.

Plötzlich wurde ihm klar, woher er sie kannte. Ein Plakat für ein Parfüm, das vor etwa fünf Jahren überall in der Stadt hing. Ein schlichtes Poster, auf dem lediglich ein außergewöhnlich schönes Gesicht zu sehen war, das wehmütig in die Ferne blickte.

Das Gesicht war immer noch makellos, aber es lag eine gewisse Härte darin, die die Kamera nicht gezeigt hatte. Vielleicht weil es sie damals noch nicht gab.

Sie ging zu Max, der sich mit zwei Männern unterhielt. Er lächelte und streckte eine Hand aus. Während er sprach, streichelte er ihre nackten Arme. Sie lehnte sich an ihn und legte den Kopf leicht an seine Schulter. Die Bewegungen von beiden zeugten von großer Vertrautheit.

Sie bemerkte, dass Michael sie beobachtete. Ihr Blick wanderte über ihn mit der gleichmütigen Arroganz von jemandem, der sein ganzes Leben lang bewundert worden war und das auch für sein Recht hielt. Dann richteten sich ihre Augen wieder auf die Gruppe, bei der sie stand.

Er entschuldigte sich bei Rebecca und Valerie und entfernte sich. Nachdem er einen der Kellner nach dem Weg gefragt hatte, ging er zur Toilette. Alles nur, um die Zeit totzuschlagen.

Als er wieder in der Eingangshalle war, empfand er wenig Lust,

67

zu einer Gesellschaft zurückzukehren, für die er nicht richtig gekleidet war und in der er sich fehl am Platz fühlte. So marschierte er in die andere Richtung, nutzte die Gelegenheit, um mehr von dem Haus zu sehen.

Er stieg eine kurze Treppe hinunter. Zu seiner Linken stand eine Tür halb offen. Neugierig ging er hinein.

Der Raum, den er nun betrat, unterschied sich erheblich von demjenigen, aus dem er gerade gekommen war. Das Zimmer war kleiner, hatte einen Holzfußboden und eichengetäfelte Wände mit Regalen voller Bücher zu den verschiedensten Themen: Geschichte, Politik, Religion, Philosophie. Vor ihm befand sich ein Kamin. Zu seiner Linken stand ein bequemer Sessel, zu seiner Rechten ein Schreibtisch aus Walnussholz vor einem Fenster mit Blick auf einen von Mauern umgebenen Garten. Es war ein heimeliges Zimmer, behaglich und intim. Ein Zimmer, das nichts zu tun hatte mit Protz und keinem anderen Zweck diente, als sich darin aufzuhalten.

Über dem Kamin hing ein Gemälde: Ein Mann in Regencykostüm stand im Mondschein auf einem Weg und starrte zu der Ruine eines auf einem Berg befindlichen Schlosses hinauf. Er trat näher, versuchte, den Künstler zu identifizieren.

»Gefällt es Ihnen?«

Max stand hinter ihm, musterte ihn reserviert. Er erinnerte sich an seine schroffe Art bei ihrer ersten Begegnung und fühlte sich unsicher.

»Was machen Sie hier?«

»War auf der Toilette. Habe mich auf dem Rückweg verlaufen.« Er gab sich Mühe, überzeugend zu klingen.

Einen Moment blieben die dunklen Augen eisig. Dann wurden sie wieder freundlicher, und Max lachte. Michael entspannte sich ein wenig. »Tut mir Leid«, sagte er verlegen.

»Entschuldigen Sie sich nicht. Ist die Party so schrecklich?«

»Nein, sie ist super. Ich –«

»Mag nur keine Partys?«, beendete Max den Satz für ihn.

Er nickte.

»Noch eine Gemeinsamkeit zwischen uns.«

»Ehrlich?«

»Kann sie nicht ausstehen. Absolute Zeitverschwendung.«

»Und warum geben Sie dann diese?«

Max wirkte nachdenklich. »Ich weiß es nicht«, erwiderte er nachdenklich. »Eigentlich erinnere ich mich nicht einmal mehr, sie überhaupt organisiert zu haben. Muss wohl bei einem meiner Blackouts passiert sein.«

Jetzt war es Michael, der lachte. Er schaute sich um. »Mir gefällt dieses Zimmer hier sehr.«

»Und das Bild?«

»Ja, auch. Wer hat es gemalt?«

»Keine Ahnung. Bin in einem Antiquitätengeschäft in Suffolk darüber gestolpert. Es hat mir gefallen, also habe ich es gekauft.«

Michael schüttelte den Kopf.

Max sah besorgt aus. »War das ein Fehler?«

»Ja.«

»Warum?«

»Man kauft niemals ein Bild, weil es einem gefällt. Man kauft es, weil es gut ist.«

»Ich verstehe. Und woher weiß man, ob es gut ist?«

»Ganz einfach. Wenn es aussieht, als hätte es ein Fünfjähriger gemalt, dann hat der Künstler Talent und man wird seine Investition innerhalb eines Monats verdoppeln. Wenn es aber aussieht, als wäre es von einem Affen gemalt worden, dann besitzt der Künstler Genie und schneidet sich das Ohr ab, so schnell können Sie gar nicht schauen.«

Dieses Mal lachten beide. Max nahm eine Zigarre aus seinem Silberetui und zündete sie sich an. »Offensichtlich verstehen Sie was davon.«

»Allerdings. Becky ist eine gute Lehrerin.«

»Wann hat sie die St. Martin's verlassen?«

»Vor fast zwei Jahren.«

»Und bislang kein Erfolg, nehme ich an?«

Er schüttelte den Kopf. »Sie hat an einigen Ausstellungen teilgenommen. Schaufenster für junge Künstler. Aber das war in Städten wie Camberwell und Tooting, und weder wichtige Kriti-

69

ker noch Galeristen sind gekommen. Nur Familie, Freunde und Leute, die sich Gratisdrinks reingezogen haben. Um registriert zu werden, muss man an einem angesehenen Ort ausstellen, beispielsweise in einer Galerie im West End.«

»Sie ist sehr engagiert, was ihre Arbeit betrifft.«

Michael nickte.

»Aber ist sie auch gut?«

Die Frage überraschte ihn. Einen kurzen Augenblick fühlte er sich in Rebeccas Namen beleidigt. Doch die dunklen Augen waren eher wohlwollend als wertend. »Ja, ich denke schon«, erwiderte er. »Aber alles Talent der Welt nützt einem nichts, wenn man mit seiner Arbeit nicht von den richtigen Leuten gesehen wird. Das ist uns bislang noch nicht gelungen. Aber das kommt schon noch.«

Max wirkte nachdenklich. »Davon bin ich überzeugt.«

Schweigen. Max zog an seiner Zigarre. »Ist in der Wohnung alles in Ordnung?«

»Ja, danke.« Dann, aus keinem besonderen Grund, fügte er hinzu: »Becks Eltern kommen morgen.«

»Und dürfen *die* Sie Mike nennen?«

Die Frage brachte ihn aus dem Konzept. Wieder bedauerte er seine frühere Unhöflichkeit. »Das tut mir wirklich sehr Leid«, sagte er.

»Macht nichts.«

»Doch, es macht schon etwas. Ich bin manchmal ein ausgesprochener Idiot.«

»Seien Sie nicht zu hart mit sich«, meinte Max freundlich.

Er lächelte, fühlte sich gehemmt. »Sie dürfen mich Mike nennen. Aber sie tun's nicht. Ich bin ziemlich sicher, dass sie eigene Spitznamen für mich haben.«

»Und welche könnten das sein?«

»Versager. Hoffnungsloser Fall. Zerstörer des zukünftigen Glücks unserer Tochter.« Wieder lachte er und dachte plötzlich: Warum rede ich mit ihm darüber? Das alles hat nichts mit ihm zu tun. Überhaupt nichts.

»Wie lange bleiben sie?«, erkundigte sich Max.

»Bis Mittwoch. Ihr Vater hat Dienstag Geburtstag, also gehen wir abends in ein chinesisches Restaurant an der Gerrard Street. Ich, Beck, ihre Eltern und ihr Bruder.« Er verzog das Gesicht. »Eine große, glückliche Familie.«

Max stippte Asche in einen Aschenbecher ab. »Darf ich Sie etwas fragen?«

»Natürlich.«

»Woher haben Sie diesen affektierten Akzent?«

Wieder war er völlig überrascht. »Mein Akzent hat nichts Affektiertes.«

»Aber von Bow höre ich da auch nichts raus. Nur hin und wieder mal einen Hauch.«

»Ihr Akzent hat nicht mal einen Hauch. Woher haben Sie ihn?«

»Ich habe zuerst gefragt.«

»Ich habe Bow mit dreizehn verlassen. Bin dann zu Pflegeeltern nach Richmond gezogen. Sie waren vermögend: Sie haben mich auf eine gute Schule geschickt, und der Akzent hat eben einfach abgefärbt. Und Sie?«

»Spracherziehung.«

»Wirklich?«

»Warum sind Sie überrascht?«

»Ich weiß nicht.« Er dachte kurz nach. »Es kommt mir nur so…«

»Übertrieben vor?«

»Nun, ja. Ich meine, heute ist ein Akzent doch nicht mehr die große Sache wie früher.«

Max lächelte. »Sie haben völlig Recht. Heute stört es niemanden mehr, woher man kommt. Wir leben in einer klassenlosen Gesellschaft. Talent und Entschlossenheit können einem jede Tür öffnen.«

Michael nickte.

»Sind Sie wirklich so naiv, das zu glauben?«

Schon wieder fühlte er sich überrumpelt. Es war ihm peinlich, fast so, als hätte er versucht, clever zu sein, und stünde jetzt wie der letzte Trottel da. »Ich bin nicht naiv«, sagte er schnell.

»Nicht?«

71

»Nein.«

Die dunklen Augen musterten ihn weiter. »Nein«, sagte Max langsam, »ich glaube, das sind Sie wirklich nicht.«

Michael wusste, dass jetzt so was wie eine Entschuldigung angesagt war, aber die Bemerkung hatte gesessen. »Ich bin nicht naiv«, wiederholte er. »Ich weiß sehr wohl, wie die Welt funktioniert.« Er unterbrach sich, fügte dann trotzig hinzu: »Und ich werde ihr meinen Stempel aufdrücken.«

»Daran zweifle ich keine Sekunde. Ich bin sicher, dass Sie Ihre Pflegeeltern sehr stolz machen werden.«

Er schüttelte den Kopf. »Das dürfte schwer sein. Mein Pflegevater ist an einem Herzinfarkt gestorben, als ich achtzehn war, und meine Pflegemutter hat alles verkauft und ist auf die Bahamas gezogen. Ich habe sie seit der Beerdigung nicht mehr gesehen.«

Max pfiff leise. »Tut mir Leid«, sagte er sanft. »Das ist schrecklich.«

Er nickte, erwartete, dass Max das Thema wechselte.

Was er aber nicht tat. Sein Gesicht nahm einen neugierigen Ausdruck an. »Sie stimmen mir nicht zu?«, fragte er.

»Das habe ich doch bereits gesagt, oder?«

»Sozusagen.«

»Sie waren eine Weile Teil meines Lebens, aber jetzt sind sie fort, und mein Leben geht weiter. Was gibt es da noch groß zu sagen?«

»Ja, was?«

Michael spürte, dass er taxiert wurde, und diese Erkenntnis machte ihn wütend. »Sie halten mich wahrscheinlich für gefühllos. Nun, und wenn's so wäre? Was haben Sie damit zu tun?«

Max schwieg. Starrte ihn einfach nur an.

»Wie kommen Sie überhaupt dazu, mich zu beurteilen? Sie wissen doch überhaupt nichts über mein Leben.«

»Richtig. Aber ich würde gern.«

Er milderte seinen Ton. »Entschuldigen Sie, es ist Ihr Haus. Ich hatte nicht das Recht, so mit Ihnen zu sprechen.«

Max schüttelte den Kopf. »Sie hatten jedes Recht der Welt. Ich habe ein Urteil über Sie gefällt, ohne die Fakten zu kennen, auf denen es basieren sollte. Ich bin derjenige, der sich entschuldigen muss. Nicht Sie.«

Max' Blick drückte sowohl Verständnis als auch Neugier aus, wodurch sich Michael irgendwie verletzlich fühlte, gerade so, als wäre er wieder ein Kind. »Vielleicht«, sagte er, »gelingt es uns ja eines Tages, mal eine richtige Unterhaltung zu führen, ohne uns ständig entschuldigen zu müssen.«

»Es sind schon merkwürdigere Dinge passiert.«

Schritte im Flur. Lavinia tauchte in der Tür auf. »Die Leute fragen nach dir«, sagte sie mit einem nasalen und faden Tonfall leise zu Max. Sie erinnerte Michael an Norma Desmond, deren Karriere mit dem Beginn des Tonfilms zu Ende gegangen war, weil ihre Stimme mit ihrer großartigen visuellen Erscheinung nicht mithalten konnte.

Max drückte seine Zigarre aus. »Das Volk wird unruhig, was? Danke für die Warnung, Liebling. Ich komme gleich.«

Lavinia ging. Die zwei Männer sahen sich an.

»Hören Sie«, sagte Max langsam, »falls es mit Ihren zukünftigen Schwiegereltern nicht mehr auszuhalten ist, könnten Sie mich doch anrufen, oder? Vielleicht treffen wir uns dann auf ein Bier.«

Michael lächelte. »Und reden über Kunst?«

Max lächelte ebenfalls. »Oder über Läden, in denen wir geklaut haben.«

»Es war gelogen, was ich Ihnen neulich erzählt habe. Das über die Bow und dass ich noch einmal zurückgekehrt bin.«

»Ach ja?«

»Der Laden an der Ecke in der Lexden Street gehörte einem alten Ehepaar. Der Mann hatte ein schlimmes Bein. Vielleicht erinnern Sie sich an sie?«

Max schüttelte den Kopf. »War wohl nach meiner Zeit, glaube ich.«

»Sie waren nicht besonders wachsam, und es gab auch keine Videokameras. Wir haben ständig dort geklaut. Als ich elf war, hat mich der alte Mann dabei erwischt, wie ich eine Stange Zigaretten mitnahm. Normalerweise waren wir schneller als er, doch dieses Mal erwischte er mich und ließ von seiner Frau die Polizei anru-

73

fen. Als sie kamen, sagte er ihnen, es sei ein Irrtum gewesen. Ich hätte überhaupt nicht versucht, etwas zu stehlen.

Nachdem die Polizei wieder gegangen war, musste ich lachen. Nannte ihn einen blöden Wichser oder so was, dann lief ich weg. Damals habe ich es nicht verstanden, aber heute schon. Ich glaube, dass wir ihm und seiner Frau Leid getan haben. Sie wussten, dass wir keine Familie hatten und unser Leben auch so schon verkorkst genug war.

Als ich dann das letzte Mal zu dem Laden ging, wollte ich mich bei ihnen für das bedanken, was sie getan hatten, und ihnen zeigen, dass ich etwas aus meinem Leben gemacht hatte. Das Traurige war nur, dass es sie nicht mehr gab. Der neue Besitzer erzählte mir, dass der alte Mann gestorben und seine Frau in ein Altersheim nach Essex gezogen sei. Es war also völlig umsonst.«

»Nein, nicht umsonst«, meinte Max.

Er zuckte die Achseln. »Vielleicht.«

»Ich sollte jetzt besser wieder nach oben gehen. Bleiben Sie noch hier, wenn Sie mögen. Und ich meinte, was ich gesagt habe, Mike. Rufen Sie mich an, okay?« Max lächelte immer noch. »Mike. Darf ich Sie jetzt so nennen?«

»Sie dürfen.«

»Gut.«

Max verließ den Raum. Michael blieb, wo er war, aber in Gedanken war er wieder in diesem Laden an der Ecke, schlenderte zwischen den Regalen entlang, voller Dosen und Päckchen und Gläserreihen mit Süßigkeiten, beobachtete den alten Mann, der hinter der Theke saß, dessen abgespanntes Gesicht sich aufhellte, wenn seine Frau aus dem Lagerraum mit einer Tasse Tee auftauchte, ihn anlächelte und ein nettes Wort sagte. Sie hatten ein hartes Leben gehabt, aber es war nicht ohne Freude gewesen.

Er kehrte zur Party zurück.

»Wo warst du so lange?«, wollte Rebecca wissen, als sie Arundel Crescent entlangspazierten.

»Hab ein bisschen im Haus herumgeschnüffelt.«

»Mike!«

»Beruhige dich. Ich bin nicht nach oben gegangen oder so. Habe mir nur die Bücher in Max' Arbeitszimmer angesehen.«

»Und?«

»Dir hätten sie nicht gefallen. Nichts über Rossetti oder Millais. Und wie bist du mit Valerie zurechtgekommen?«

»Toll. Du hättest wenigstens so tun können, als interessiere es dich.«

»Ich hab's doch versucht. Aber du erinnerst dich hoffentlich, dass ich schon genug Künstlerbiografien über junge, hippe Winchester-Miezen gelesen habe.«

Sie stieß ihm den Ellbogen in die Rippen. Er lachte und nahm sie in den Arm. Sie verließen die ruhigen Straßen des Wohnviertels und kamen zur Old Brompton Road. Zurück zum Verkehr und den Geräuschen des Lebens. »Lavinia sieht phantastisch aus, stimmt's?«, fragte sie.

Er nickte halbherzig. Sie schien überrascht. »Findest du nicht?«

»Sie ist hübsch anzusehen. Aber sie ist zu perfekt. So ähnlich wie ein Vergleich zwischen Cindy Crawford und Julia Roberts. Beide sind überwältigend, aber Julia Roberts sieht echt aus.« Er gab ihr einen Kuss auf die Wange. »So wie du.«

Sie schmiegte sich an ihn. »Ich frage mich, ob Max sie auch für zu perfekt hält.«

»Wahrscheinlich nicht. Man kann ja nicht von jedem erwarten, meinen guten Geschmack zu besitzen.«

»Glaubst du, ihm hat die Party Spaß gemacht?«

Die Frage überraschte ihn. »Warum fragst du das?«

»Ich weiß nicht. Während ich mich mit Valerie unterhalten habe, konnte ich ihn beobachten. Wäre schwer gewesen, es nicht zu tun. Er stand ja im Mittelpunkt der Party. Der Star, wenn du so willst. Er war der Gastgeber. Er ist reich und charmant, und jeder wollte mit ihm reden. Er hat stets gelächelt und war freundlich, aber er wirkte auf mich so, als hielte er die Leute auf Distanz. Sogar Lavinia. Ist dir das nicht aufgefallen?«

Er schüttelte den Kopf. »Ich habe überhaupt nichts bemerkt.«

Sie näherten sich der Bar mit der Salsa-Musik, an der sie zuvor schon vorbeigekommen waren. Die Fenster standen offen. Sie hörten Leute gegen den Latinobeat anbrüllen. Er dachte an die gerade vergangene Woche und an die, die bereits bedrohlich näher rückte, und empfand plötzlich das Bedürfnis abzuschalten. »Komm, lass uns was trinken gehen«, forderte er sie auf. »Mir ist danach, mich so richtig volllaufen zu lassen.«

Sie lachte. Er führte sie ins Lokal.

4. KAPITEL

Dienstagnachmittag. Michael betrat mit zwei Tassen Kaffee sein Büro. Eine reichte er Stuart, mit der anderen setzte er sich an seinen Schreibtisch.

»Wie lange musst du reden?«, erkundigte sich Stuart.

»Eine Stunde. Wie soll ich das Thema Firmengründung so in die Länge ziehen?«

»Indem du sehr langsam sprichst?«, schlug Stuart vor.

»Ha ha.« Michael nahm einen Schluck Kaffee. Immer noch viel zu heiß.

»Wer ist dein Publikum?«

»Sämtliche Referendare der Kanzlei. Es ist einer dieser allmonatlichen Mittagsvorträge.«

»Und wer hat dir das aufgehalst?«

»Kate Kennedy. Richtig angekotzt hat mich dabei, wie sie versucht hat, es so zu drehen, dass sie mir einen Gefallen tut, indem sie mir die Chance bietet, meine Rhetorik zu verbessern. Warum gibt sie nicht einfach zu, dass sie dazu keine Lust hat und nur jemanden sucht, auf den sie es abschieben kann?«

»Tja, es hätte schlimmer kommen können«, erwiderte Stuart.

»Wie meinst du das?«

»Ich hätte derjenige welcher sein können.« Stuart lachte entschuldigend. »Sorry. Wenn du willst, helfe ich dir bei der Vorbereitung. Zwei Köpfe und so weiter.« Stuarts Telefon klingelte. Seine Analysten-Freundin langweilte sich und wollte plaudern. Michael beobachtete ihn. Stuart war letzte Woche wegen einer Fortbildung nicht im Büro gewesen. Es war gut, ihn wieder hier zu haben.

Susan, seine Sekretärin auf Zeit, kam herein und brachte den Hauptkaufvertrag für den Digitron-Deal. Sie war ein pummeliges, nervös wirkendes Mädchen von etwa achtzehn Jahren. Er vermutete, dass dies ihr erster Job war.

»Ich habe ein paar Stellen markiert, wo ich Ihre Handschrift nicht lesen konnte«, sagte sie.

»Wollen Sie damit andeuten, ich habe eine fürchterliche Klaue?«

Sie sah entsetzt aus. »War nur Spaß«, fügte er beruhigend hinzu. »Danke für Ihre Hilfe. Ich werd's mir sofort ansehen.«

Sie verließ den Raum, und er griff nach dem Dokument. Trotz Graham Fletchers schwarzseherischen Prophezeiungen entwickelte sich das Geschäft bestens, und es war ihm sogar gelungen, eine Verringerung des Kaufpreises auszuhandeln. Sie gingen davon aus, dass der Vertrag am Freitag unterschrieben wurde, und er konnte es kaum noch erwarten, bis alles vorüber war. Nur damit ihm Graham nicht weiter auf der Pelle saß.

Es war fünf Uhr. Er hatte Rebecca versprochen, um halb acht zu Hause zu sein. Er dachte kurz daran, Stuart zu fragen, ob er mit ihm irgendwo auf ein Bier gehen wollte, entschied sich dann aber dagegen. Nach zwei Tagen mit Rebeccas Eltern fühlte er sich gefährlich streitsüchtig. Alkohol würde alles nur noch schlimmer machen.

Jack Bennett kam herein und blieb neben Michaels Schreibtisch stehen. Er wirkte verlegen. »Wie geht es Ihnen?«

»Gut.«

»Mit Digitron läuft alles okay?«

Er nickte und erinnerte sich, dass Max gesagt hatte, er hätte schon geschäftlich mit Jack zu tun gehabt.

»Die Sache ist folgende, Mike, Azteca hat den Zeitplan vorgezogen.«

»Wie weit vorgezogen?«

»Eine Woche, das bedeutet, dass wir bis Montag das Offenlegungs- und Gewinnausweisbündel geschnürt haben müssen. Wir werden jedoch frühestens morgen Nachmittag die erforderlichen Unterlagen haben, daher sieht es ganz so aus, als müssten wir übers Wochenende arbeiten. Versaut Ihnen das Ihre Pläne?«

Allerdings. Am Samstag gab eine von Rebeccas zahllosen Cousinen eine Party zum einundzwanzigsten Geburtstag in Winchester. Eine andere hatte am Sonntag Kindstaufe. Sie würden zu beiden Anlässen gehen und das Wochenende bei Rebeccas Eltern zu Gast sein. Achtundvierzig Stunden erbarmungsloser Spaß. Nur dass ihm jetzt sein Job einen Strich durch die Rechnung machte. Was wieder mal bewies, dass jedes Unglück auch sein Gutes hatte.

Es gelang ihm, ein Grinsen zu unterdrücken. »Nein. Überhaupt keine Pläne.«

Zwanzig nach sieben. Er war gerade nach Hause gekommen und stand im Durchgang zwischen Küche und Wohnzimmer.

Rebecca saß mit ihren Eltern auf der Couch, wo sie Tee tranken und ihrem Bruder Robert zuhörten, der damit prahlte, wie gut er beruflich vorankam. Auf dem Tisch zwischen ihnen lag ein Haufen Geburtstagsgeschenke und Karten, die beim Abendessen im Oriental Pearl geöffnet werden sollten.

Robert war einige Jahre älter als Rebecca und besaß die gleichen groben Gesichtszüge und fordernden Augen wie seine Eltern. »Mr. Young sagt«, verkündete er, »wenn ich so weitermache wie bisher, könnten wir in ein paar Jahren über eine Partnerschaft reden.«

Sein Vater strahlte. »Gut gemacht!«

Robert warf Michael einen kurzen Blick zu, und ein boshaftes Funkeln trat in seine Augen. »Er hat auch gesagt, dass ich rein fachlich gesehen sehr gut sei, meine eigentliche Stärke aber im direkten Umgang mit den Mandanten liegt. Er sagte, das sei das wichtigste Kapital beim Aufbau einer erfolgreichen Karriere.«

Michael lächelte gutmütig. »Vielleicht solltest du mir bei Gelegenheit mal ein paar Tipps geben.«

Robert machte ein langes Gesicht. »Ja, vielleicht sollte ich.« Er klang enttäuscht. Offensichtlich hatte er eine andere Reaktion erwartet. Keine Chance. Rebecca lächelte Michael verständnisvoll an.

»Meinst du, wir hätten Emily einladen sollen?«, fragte Mrs. Blake.

»Gott bewahre!«, rief Robert entsetzt.

»So krass würde ich das nicht ausdrücken«, meinte seine Mutter.

»Ist es nicht. Das hier ist eine Geburtstagsparty und keine Totenmesse. Den kleinen Trauerkloß können wir am allerwenigsten gebrauchen.«

Mr. Blake prustete los. Robert fiel sofort in das Lachen ein. Rebecca funkelte ihren Bruder zornig an, während Mrs. Blake ihre Lippen zu einem schmalen Strich zusammenpresste. Emily tauchte vor Michaels geistigem Auge auf, und das Bild weckte in ihm Beschützerinstinkte. Er fühlte den Drang, sie zu verteidigen.

»Wie kommst du eigentlich dazu, dich über sie lustig zu machen?«, fragte er Robert. »Du weißt doch genau, was sie für ein Leben hatte. Du solltest dankbar sein, dass es dir besser geht, und ich würde wetten, dass sie an deiner Stelle auch nicht annähernd so scharf darauf wäre, sich über dich lustig zu machen.«

Mr. und Mrs. Blake sahen betreten aus. Rebecca schüttelte mit ängstlichem Blick den Kopf.

Roberts Augen funkelten wieder boshaft. »Pass bloß auf, Becky!«, sagte er zu seiner Schwester. »Hört sich ganz so an, als hättest du eine Konkurrentin um die Gefühle von Perry Mason hier.«

»Halt den Mund«, fuhr sie ihn an.

»Warum denn? Wenn du mich fragst, passen die zwei blendend zusammen. Du weißt selbst, wie gern Emily die Märtyrerrolle spielt. Sie wäre in ihrem Element, wenn sie ihren Geliebten im Gefängnis besuchen müsste.«

»Robert!«, schrie Rebecca.

»Es reicht, Robert«, sagte Mrs. Blake mit Nachdruck.

Schweigen. Rebecca starrte ihren Bruder weiter wütend an; ihr Gesicht war gerötet. Mr. und Mrs. Blake beäugten Michael skeptisch. Robert grinste. Michael zwang sich zu so etwas wie einem Lächeln, während er sich insgeheim schwor, dass er Robert eines schönen Tages ein für alle Male sein dreckiges Grinsen aus dem Gesicht fegen würde.

Er holte tief Luft. »Wann brechen wir auf?«, fragte er Rebecca.

»Um acht.«

80

»Dann sollte ich jetzt besser duschen und mich umziehen.«

Er ging ins Schlafzimmer. Im Hintergrund hörte er Rebecca mit ihrem Bruder streiten, während ihr Vater irgendetwas nuschelte und ihre Mutter versuchte, Frieden zu stiften, wobei sich alle vier um einen ruhigen Tonfall bemühten. Er öffnete das Fenster und atmete die warme Abendluft ein. Bei der Aussicht auf die bevorstehende Mahlzeit drehte sich ihm der Magen um. Die drei gegen ihn, und Rebecca hin und her gerissen zwischen ihnen.

Plötzlich fühlte er sich schrecklich allein. Er schaute zum Himmel empor und wünschte, dass es nur einmal in seinem Leben jemanden geben könnte, der keine anderen Loyalitäten kannte. Jemand, der ausschließlich und allein für ihn da war.

Er schloss das Fenster und stellte sich unter die Dusche. Er seifte sich gar nicht erst ein; stand einfach bewegungslos da, ließ sich vom heißen Wasser einhüllen, atmete den Dampf ein, der sich um ihn herum bildete, bis sich seine Lungen wund anfühlten. Er hörte das Telefon klingeln und dann Rebeccas Stimme. Wahrscheinlich noch ein Verwandter, der ihrem Vater zum Geburtstag gratulieren wollte.

Eine verärgert wirkende Rebecca erwartete ihn im Schlafzimmer. »Das war ein gewisser Jack Bennett. Er hat mich gebeten, dir auszurichten, Azteca hätte eine Krisensitzung einberufen. Sie findet in der Kanzlei statt, und er braucht dich dort.«

Eine Woge der Erleichterung spülte über ihn hinweg. Er begann, sich anzuziehen. »Wann fängt sie an?«

»So bald wie möglich. Er sagte, du solltest sofort in ein Taxi springen.«

Er griff in den Kleiderschrank und zog eine Hose heraus. »Also denn, kein Dinner für den Knastvogel in spe. Was für eine Katastrophe. Tragen's deine Eltern mit Fassung?«

»Nicht…«, setzte sie an.

»Warum nicht? Hat Jack dir vom kommenden Wochenende erzählt? Da muss ich auch arbeiten, also werde ich nicht mit nach Winchester kommen. Du kannst es deinen Eltern schon mal sagen. Das wird ihrem Abend den entscheidenden Kick geben.«

Sie sah gekränkt aus. »Und was ist mit meinem Abend?«

Er schämte sich. »Sorry. Ich hätte dich damit nicht so überrumpeln sollen. Aber du weißt selbst, wie es zwischen ihnen und mir steht. Du wirst mehr davon haben, wenn ich nicht dabei bin.«

Es klopfte an der Wohnungstür. Sie schien überrascht. Sie erwarteten niemanden mehr. »Ich gehe schon«, sagte sie.

Er schloss seinen Gürtel, griff nach einem Jackett und hörte Max' Stimme. Erschreckt trat er in die Diele hinaus.

Dort stand Max mit einer Flasche Champagner und erklärte Rebecca, dass gerade jemand das Haus verlassen habe, als er kam, weswegen er nicht hatte klingeln müssen. »Michael erwähnte, dass Ihr Vater heute Geburtstag hat.« Er überreichte ihr die Flasche. »Ich dachte mir, das ist vielleicht genau das Richtige für Ihre Feier.« Während er sprach, bemerkte er Michael und nickte ihm freundlich zu.

Rebecca war völlig überrascht und lächelte nervös. »Das ist wirklich sehr nett von Ihnen. Möchten Sie meine Familie kennen lernen?«

»Sehr gern.«

Sie führte ihn ins Wohnzimmer und machte alle miteinander bekannt. Mr. und Mrs. Blake strahlten und überschütteten ihn mit überschwänglichem Dank, den er freundlich annahm. Er fragte Robert nach seinem Job und gratulierte ihm, bei einer so guten Firma zu arbeiten. Mr. und Mrs. Blake grinsten. Michael drückte sich im Hintergrund herum.

»Das ist wirklich eine wunderbare Wohnung«, schwärmte Mrs. Blake. »Becky und Mike sind hier sehr glücklich.«

»Und ich bin sehr froh, solche guten Mieter gefunden zu haben.« Max schaute auf seine Uhr. »Ich muss los. Ich bin in der Kensington High Street mit Freunden zum Essen verabredet. Ich wünsche Ihnen allen einen wunderschönen Abend.«

»Eigentlich sind wir nur vier«, erklärte Rebecca. »Mike muss ins Büro.«

»Wie schade.« Max sah Michael an. »Warum begleiten Sie mich nicht bis zur High Street? Dort gibt's genügend Taxis.« Er wandte sich wieder an Mr. Blake. »Falls es Sie beruhigt, ich kenne einige der richtigen Leute bei Cox Stephens, und alle sagen Michael eine blendende Karriere voraus. Sie müssen schrecklich stolz auf Ihren zukünftigen Schwiegersohn sein.«

Mr. Blake bekam große Augen. Max starrte ihn erwartungsvoll an. Mr. Blake brachte ein gezwungenes Lächeln zu Stande. »Ja, wir sind sehr stolz.« Er sah seine Frau an. »Sind wir doch, nicht wahr?« Sie nickte. Michael musste sich ein Lachen verkneifen.

»Es war mir ein Vergnügen, Sie kennen zu lernen«, verabschiedete sich Max. Er drehte sich um, zwinkerte Michael verschwörerisch zu und ging zur Tür.

»Das war richtig gemein«, sagte Michael, als sie die Treppe hinuntergingen.

»Weshalb denn? Ich habe ihnen lediglich Gelegenheit gegeben, ihrer Freude über Ihre glänzenden Zukunftsaussichten Ausdruck zu verleihen. Aber da Sie es erwähnen: Ihr zukünftiger Schwiegervater schien nicht sonderlich erpicht darauf, genau das zu tun.«

Michael lachte. »Wie wahr! Sie haben ihn zu einer glatten Blasphemie verleitet. Als würde man den Papst zwingen, eine Schwarze Messe zu halten!«

Sie erreichten die Haustür. »Und?«, fragte er. »Wie würden Sie gern den Abend verbringen?«

»Was meinen Sie?«

Max sah ihn amüsiert an. »Ich habe Jack gebeten, Sie anzurufen. Es gibt keine dringende Konferenz, und ich bin auch nicht mit Freunden zum Essen verabredet. Sie haben mir doch erzählt, dass Sie mit Schrecken an diese Geburtstagsfeier denken, deshalb dachte ich, ich gebe Ihnen die Chance, der Sache aus dem Weg zu gehen.«

Einen Sekundenbruchteil war Michael empört, vorher nicht gefragt worden zu sein.

Dann war dieses Gefühl auch schon wieder verschwunden und wurde von der Freude ersetzt, dass sich Max seinetwegen solche Mühe gemacht hatte.

Als könne er Gedanken lesen, setzte Max eine entschuldigende Miene auf. »Vielleicht war es eine Anmaßung von mir. Ich hätte wirklich vorher mit Ihnen darüber reden sollen. Bitte, falls es Ih-

83

nen lieber ist, verbringen Sie ruhig den Abend mit Ihrer Familie. Wenn Sie mögen, trinken wir schnell irgendwo etwas, und anschließend können Sie in das Restaurant gehen und sagen, die Besprechung sei abgesagt worden.«

Michael schüttelte den Kopf. Er dachte wieder an ihre Unterhaltung auf der Party und wurde plötzlich verlegen. »Es tut mir Leid, dass ich nicht angerufen habe, wie Sie es vorgeschlagen hatten. Ich hatte es vor, aber andererseits wollte ich mich auch nicht aufdrängen.«

»Sie hätten sich nicht aufgedrängt. Falls ich Ihnen dieses Gefühl vermittelt habe, bedaure ich das.«

»Ganz und gar nicht«, warf er rasch ein. »Ich habe nicht gemeint –« Er lächelte. »Mein Gott, hören die Entschuldigungen denn nie auf?«

»Also, was möchten Sie gern machen?«

»Ist mir egal.«

»Dann gehen wir zuerst etwas essen. Die Gerrard Street kommt ganz klar nicht in Frage, aber davon abgesehen steht uns die ganze Stadt zur Verfügung. Wir könnten es bei Langan's versuchen. Oder im San Lorenzo. Oder im Savoy Grill.« Max unterbrach sich. »Oder vielleicht gehen wir einfach in die Brick Lane und essen dort ein preiswertes Curry.«

Michael strahlte. »Klingt gut.«

»Finde ich auch.«

Michael saß mit Max in einem privaten Club in einem Keller in Soho.

Die Straßen über ihnen waren voller Lichter und erfüllt vom Lärm unzähliger Menschen, deren Stimmen gedämpft durch die stickige heiße Luft hereindrangen. Doch im Club war es angenehm kühl und ruhig. Der Raum hatte steinerne Wände und eine niedrige Decke, über die die Schatten tanzten, die vom Licht der Kerzen auf den zumeist leeren Tischen geworfen wurden.

Sie saßen in einer Ecke, tranken Cognac und setzten die Unterhaltung fort, die sie in einem überfüllten Restaurant an der Brick Lane begonnen hatten. Nur dass es eigentlich keine richtige Unterhaltung war, eher ein Monolog seinerseits, wie Michael erkannte, wenn er kurz innehielt, um nachzudenken.

Es war nicht bewusst, aber etwas an Max' Lächeln und seiner beruhigenden Stimme brachte ihn dazu zu reden.

»Denken Sie manchmal an Ihre Mutter?«, erkundigte sich Max.

Er schüttelte den Kopf. »Heute nicht mehr. Um an jemanden zu denken, braucht man klare Erinnerungen, und was sie betrifft, habe ich keine. Ich war erst drei, als ich in Pflege gegeben wurde. Für mich ist sie nicht mehr als ein Durcheinander verschwommener Bilder. Wie Traumfetzen, die keinen Sinn ergeben.«

»Aber früher haben Sie an sie gedacht?«

»Ja, ständig, als ich noch im Heim war. Ich habe sie gehasst, weil ich dort aufwachsen musste. Ich habe sie gehasst, weil sie nicht stark genug war zurechtzukommen. Ich erinnere mich, dass mir einmal ein Sozialarbeiter erzählte, sie sei tot, und ich ihm geantwortet habe, ohne sie wäre ich auch viel besser dran.« Er lachte bitter. »Gott, was muss er von mir gedacht haben? Von einem Achtjährigen, der so etwas sagt. Aber genau das ist der Punkt. Ich war nur ein Kind, das schon mehr als genug damit zu tun hatte, aus seinem eigenen Leben schlau zu werden.«

Er nahm einen Schluck Cognac, spürte ihn die Kehle hinunterrinnen und im Bauch eine angenehme Wärme verbreiten. Max rauchte Zigarre und musterte ihn mit neugierigen, aber unaufdringlichen Blicken. Michael fuhr fort.

»Aber heute bin ich mir über mein Leben klar geworden. Auf eine merkwürdige Art hat mir die Zeit im Heim dabei geholfen.«

Max lächelte, schwieg jedoch.

»So viele Teenager dort, Mädchen, die wie meine Mutter ihr ganzes Leben lang im Heim gewesen waren, hatten dieses überwältigende Verlangen, schwanger zu werden. Völlig gleichgültig, von wem. Sie wollten keinen Liebhaber, da sie Erwachsenen nicht vertrauten. Sie wollten nur ein Baby. Jemanden, dem sie die vorbehaltlose Liebe schenken konnten, die sie selbst nie bekamen.

Doch wenn sie dann ihr Kind hatten, stellten viele fest, dass sie nicht damit zurechtkamen. Sie waren ja selbst noch Kinder, trotz aller Versuche, etwas anderes vorzutäuschen. Am Ende wurde das

Baby dann in Pflege gegeben, genau wie es bei ihnen der Fall gewesen war. Manche kämpften darum, ihr Kind zurückzubekommen. Aber andere, wie meine Mutter, gaben einfach auf und griffen nach Drogen, um den Schmerz zu betäuben. Und so wurde es zu einem Teufelskreis.«

Er schaute zur Decke und beobachtete, wie die Schatten darüber tanzten. »Wissen Sie«, sagte er ruhig, »manchmal wünsche ich, dass ich sie noch einmal sehen könnte. Die Chance bekäme, ihr zu sagen, dass ich verstehe, was für ein Leben sie geführt haben muss, und dass ich sie nicht hasse für das, was in meinem passierte.«

»Und wenn Sie diese Chance bekämen«, fragte Max einfühlsam, »denken Sie, Sie würden ihr das alles sagen können?«

»Ich weiß es nicht«, antwortete er aufrichtig. »Ich hoffe es.«

Er nahm sein Glas und drehte es in der Hand, beobachtete, wie sich in der dunklen Flüssigkeit das Licht der Kerze brach.

»Und Sie?«, fragte er. »Denken Sie manchmal an Ihre Eltern?« Max schüttelte den Kopf.

»Überhaupt nicht?«

»Ich war so jung, als sie starben. Sie sind für mich nicht real. Nur diffuse Bilder, genau wie Ihre Mutter für Sie. Meine Kindheitserinnerungen kreisen ausschließlich um die Lexden Street.« Max lächelte. »Und um den Laden an der Ecke.« In der Luft hing der Duft des Zigarrenrauchs, den Michael beruhigend fand. Hinter sich hörte er gedämpft die anderen Unterhaltungen.

Er wusste, es war schon spät, und morgen hatte er einen arbeitsreichen Tag vor sich. Aber es gefiel ihm in diesem Lokal, und er wollte noch bleiben und reden. »Es ist schrecklich«, sagte er langsam, »das Bedürfnis nach Liebe. Es macht einen verletzlich. Es kann einen dazu bringen, Dinge zu tun, die man eigentlich gar nicht tun will.«

»Zum Beispiel, was?«

»Im Heim gab es einen Mann namens Cook. Er hatte ein Milchgesicht und einen kupferroten Bart und sah aus wie ein großer Teddybär. Er kannte sich aus mit dem Bedürfnis nach Liebe. Wusste, wie man es ausnutzen konnte. Er mochte Kinder, wissen Sie.

Machte gern Sachen mit ihnen. Aber er zwang sich ihnen niemals auf. Dafür war er viel zu clever.

Die meisten Kids im Heim waren wie ich. Wir wurden von einem Pflegeheim zum nächsten weitergereicht und störten in allen nur. Wir waren als Unruhestifter abgestempelt worden, und das Heim war für uns die Endstation.

Aber es gibt immer ein paar Außenseiter, Kinder, die nicht ins Heim gehört hätten. Kids, die einfach nur ihre Eltern verloren oder über Jahre bei der gleichen Pflegefamilie gelebt hatten. Kids, die wussten, was Liebe ist, und denen sie mit einem Mal entzogen wurde. Das waren diejenigen, auf die Mr. Cooks Augenmerk fiel. Er machte einen Mordswirbel um sie. Gab ihnen Geschenke. Ermunterte sie, ihm ihre Probleme zu erzählen, eben wie einem Onkel zum Liebhaben.

Wenn er dann ihr Vertrauen gewonnen hatte, fing er an, sie zu bitten, Sachen machen zu dürfen. Intime Sachen. Und wenn sie nein sagten, wurde er auch nicht wütend. Er verhielt sich ihnen gegenüber einfach nur betont kühl. Und weil sie sich einsam fühlten und jemanden haben wollten, dem sie nicht gleichgültig waren, ließen sie ihn schließlich am Ende tun, was er wollte.«

Bei dieser Erinnerung verfinsterte sich seine Miene.

»Da war ein Junge namens Sean. Er war acht, als er ins Heim kam, ein Jahr jünger als ich. Seine Mutter war an Krebs gestorben, und sonst hatte er keine Familie. Wir beide teilten uns ein Zimmer. Sean hat ständig geheult, und die anderen Kids haben auf ihm herumgehackt. Dann freundete Mr. Cook sich mit ihm an, oder er versuchte es zumindest.

Doch das gefiel mir ganz und gar nicht. Ich weiß auch nicht, warum. Normalerweise lässt man einen Menschen seine Schlachten selbst schlagen, aber Sean hatte etwas, das in mir den Beschützerinstinkt weckte. Ich war immer bei ihm. Ich achtete darauf, dass er nie mit Mr. Cook allein war. Dann wurde Sean eines Tages zu Pflegeeltern gebracht, und ich brauchte ihn nicht mehr zu beschützen.«

»Hat niemand etwas gesagt?«, fragte Max. »Sich beschwert oder so etwas?«

»Ja, ein Mädchen hat es einmal getan. Aber niemand glaubte ihm. Wir sprechen von den frühen Achtzigerjahren, und anders als heute gab es damals noch nicht dieses Bewusstsein gegenüber Kindesmissbrauch. Alle anderen Erwachsenen, die im Heim arbeiteten, hielten Mr. Cook für einen Engel. Wenn Sie ihm begegnet wären, hätten Sie das wahrscheinlich auch gedacht.«

Er seufzte. »Außerdem waren für die meisten von uns Erwachsene ohnehin Teil des Systems, und dem vertrauten wir schon lange nicht mehr.

Als ich elf war, kam dann dieses Mädchen, Sarah Scott, ins Heim. Sie war etwa in meinem Alter. An ihre Vorgeschichte kann ich mich nicht mehr erinnern. Sie war sehr still und ausgesprochen schüchtern. Natürlich machte Mr. Cook sich an sie heran. Armes Ding. Ich erinnere mich noch, wie ich sie einmal in ihrem Zimmer gesehen habe: Sie hockte in der Ecke und weinte leise vor sich hin. Ich hätte etwas unternehmen müssen. Hätte versuchen sollen, ihr zu helfen. Aber ich musste mit meinen eigenen Problemen zurechtkommen. Ich habe sie sich selbst überlassen.«

Michael schluckte bei dem Gedanken an das, was als Nächstes passierte.

»Eines Tages, als sie mit der Sache nicht mehr fertig wurde, kletterte sie aufs Dach des Hauses und stürzte sich hinunter. Sie blieb am Leben. Das Haus war nicht so hoch. Aber sie wurde zum Krüppel. Sie wird den Rest ihres Lebens in einem Rollstuhl verbringen.

Natürlich kam es zu einem Mordsskandal, besonders nachdem herauskam, warum sie es getan hatte. Das Heim stand unter privater Leitung. Die Behörden schickten zwar Kinder dorthin, führten jedoch niemals gründliche Kontrollen durch, wie das Haus geführt wurde. Nach diesem Zwischenfall mischten sie sich natürlich ein und übernahmen das Haus. Es gab eine Untersuchung, und Mr. Cook wanderte ins Gefängnis. Und wissen Sie, was die Behörden taten, als die Untersuchung abgeschlossen war?«

Max schüttelte den Kopf.

»Sie brachten uns für einen Tag nach Alton Towers.« Er musste lachen. »Fünf Stunden auf einer beschissenen Kirmes, und auf dem Rückweg noch Fish and Chips! Als ob das ungeschehen machen könnte, was Sarah Scott zugestoßen war.«

Er unterbrach sich abrupt, starrte Max an.

Warum erzähle ich ihm das alles?

Plötzlich befangen, senkte er den Blick. Irgendwer hatte auf dem Tisch den Buchstaben »R« ins Holz geritzt. Mit einem Finger zog er die Konturen nach. Die Oberfläche war glatt und kühl. Er sah auf die Uhr. Viertel vor zwölf. Er sollte jetzt aufbrechen. Aber immer noch machte er keine Anstalten zu gehen.

»Aber für Sie war das Heim nicht die Endstation«, sagte Max. »Alles änderte sich, als Sie dreizehn waren.«

»Ja, alles änderte sich.«

Er schaute auf. Max musterte ihn weiter mit verständnisvollen Blicken. Erneut, aus Gründen, die er nicht verstand, begann er zu sprechen.

»Erinnern Sie sich noch, während des Krieges in Jugoslawien gab es eine Reihe von Büchern von Soldaten, die ein Waisenkind gerettet und es für ein besseres Leben nach England mitgenommen hatten?«

Max nickte.

»Im Buch waren immer Fotos. Die Vorher-nachher-Aufnahmen. Ein Bild des todunglücklich wirkenden Kindes in irgendeinem bosnischen Höllenloch, gefolgt von einem Foto desselben Kindes mit einem kleinen Hündchen auf dem Arm in einem Park in Berkshire, auf dem es strahlt wie in einem Fernsehwerbespot für Ovomaltine.

Ich will damit nicht sagen, dass diese Menschen das Kind nicht liebten. Aber manchmal habe ich mich schon gefragt, warum sie ein Buch darüber schreiben und ihren Großmut ins Land hinausposaunen mussten, wenn nicht die Adoption mehr von dem Wunsch motiviert war, als edelmütiger Wohltäter dazustehen, und weniger davon, einem traumatisierten Kind einen neuen Start ins Leben zu ermöglichen?

Meine Pflegeeltern waren so. Er war Handelsbanker. Sie hat nicht gearbeitet. Nötig hatte er es auch nicht, da beide vermögend waren. Sie hatten ein privilegiertes Leben geführt, und ich glaube, das machte ihnen ein schlechtes Gewissen. Sie meinten, der Gesellschaft etwas zurückgeben zu müssen.

Also beschlossen sie, ein Kind in Pflege zu nehmen. Ein schwieriges Kind mit einer schlimmen Vergangenheit. Jemanden, dessen trauriges Leben sie völlig umkrempeln konnten. Ich war derjenige, auf den ihre Wahl fiel, und mein Leben *wurde* völlig umgekrempelt. Ich wohnte in einem hübschen Haus am Fluss, besuchte eine gute Schule, und es fehlte mir an nichts. Die einzige Gegenleistung, die sie von mir erwarteten, war, dass ich sie niemals mit meinen Problemen behelligte und zumindest pro forma bei ihren Partys und Abendgesellschaften erschien, um allen zu berichten, wie gut es mir ging und wie unglaublich dankbar ich war.«

»Haben sie je versucht, Sie zu adoptieren?«, fragte Max.

Er schüttelte den Kopf. »Ein Pflegekind ist unkomplizierter. So hat man nicht die letzte Verantwortung. Sie konnten mich jederzeit zurückschicken, falls ich zu schwierig werden sollte, und die ständige Gefahr, wieder gehen zu müssen, war eine wunderbare Methode, mich zu disziplinieren.« Er lächelte. »Wie der Kauf einer Waschmaschine mit einer Garantie, die erlaubt, das Gerät jederzeit zurückzugeben, sollte man mit ihm nicht ganz zufrieden sein.«

»Es muss schwierig für Sie gewesen sein«, meinte Max.

»Warum? Ich war dreizehn, als sie mich aufnahmen, und nicht mehr naiv. Es war ein Geschäft, bei dem beide Parteien etwas gewannen. Für sie war ihre Großzügigkeit ein gewaltiger Prestigegewinn bei ihren Freunden. Für mich waren es eine teure Ausbildung, ein affektierter Akzent und ein Platz in Oxford. Wer behauptet, dass ich nicht das bessere Geschäft gemacht habe?«

»Ja, wer? Jetzt haben Sie sogar ein Grab, das Sie besuchen können.«

Er schüttelte den Kopf. »Man besucht ein Grab, weil man den Menschen vermisst, der dort liegt, und ich habe meinen Pflegevater nie gut genug kennen gelernt, um ihn zu vermissen.« Er seufzte. »Vielleicht sollte ich trotzdem mal hingehen. Ohne ihn und seine Frau wäre ich heute nicht da, wo ich bin.«

»Und wo ist das?«

»Ich habe ein erstklassiges Examen. Bin ein vor Gericht zuge-
lassener Rechtsanwalt mit guten Zukunftsaussichten.« Er lächelte.

»Und bezahle einem halsabschneiderischen Hausbesitzer Miete
für einen kurzfristigen Vertrag in einem schicken Stadtteil.«

Max lächelte ebenfalls. »Meinen Sie nicht Wuchermiete?«

»Na klar!«

»Es muss nicht kurzfristig sein«, sagte Max plötzlich. »Nicht
wenn Sie länger bleiben wollen.«

»Danke.«

Max zündete sich eine neue Zigarre an. »Seien Sie vorsichtig«,
sagte Michael. »Diese Dinger bringen Sie noch um.«

Max nahm einen tiefen Zug und blies Rauch in die Luft. »Aber
was für eine wunderbare Art zu sterben.«

Max leerte sein Glas und zeigte auf Michaels. »Noch einen?«

Er sah auf die Uhr. Es war beinahe Mitternacht. »Sollte der Laden nicht schon längst zu sein?«

»Verlängerte Öffnungszeit. Uns bleiben noch Stunden.«

»Ich muss morgen arbeiten.«

»Kein Problem. Ich habe Jack gebeten, den Leuten zu sagen, Sie
hätten am frühen Morgen einen Termin und würden nicht vor
Mittag in die Kanzlei kommen.« Schweigen. »Also, bleiben Sie
noch?«

Er nickte.

Max stand auf und ging zur Theke.

Am Nachmittag des folgenden Tages machte sich Michael einen
Kaffee und ging zu Jonathan Upham.

Jonathan besaß seit sechs Jahren seine Anwaltszulassung und war
zusammen mit Jack Bennett von Benson Drake gekommen. Kurz
vor Jonathans Ankunft war er von zwei Mitgliedern der Abteilung,
die ihre Zulassung genauso lange besaßen wie er, zum Mittagessen
eingeladen worden. Während des Essens hatte Jonathan detailliert
sämtliche Transaktionen beschrieben, an denen er beteiligt gewesen
war, und tat dann seine Überzeugung kund, dass man bereit sein
sollte, jede einzelne Stunde zu arbeiten, die Gott einem schenkte,

wenn man den Job anständig erledigen wollte. Seine Zuhörer hatten zustimmend genickt, bevor sie zurück in die Kanzlei eilten, um jedem zu erzählen, dass der Neue ein absolutes Arschloch sei.

Während der zwei Monate jedoch, seit Jonathan bei ihnen war, hatte man diese Ansicht revidiert. Auf der Negativseite war zu verbuchen, dass er sehr hart arbeitete und ziemlich humorlos war. Positiv ließ sich vermerken, dass ihm Arroganz völlig fremd war und er Anwälten mit weniger Erfahrung bei Problemen mit Rat und Tat zur Seite stand.

Michael klopfte an Jonathans Tür. »Haben Sie viel zu tun?«

Jonathan schaute von seinem Schreibtisch auf. Seine ernsten Augen wirkten durch die starke Brille noch kleiner. Er war erst dreißig, sah aber beträchtlich älter aus. »Wie immer. Wie läuft es mit Digitron?«

»Am Freitag wird unterschrieben, Gott sei Dank. Darf ich Sie etwas fragen?«

Jonathan nickte. Michael setzte sich. »Kennen Sie einen gewissen Max Somerton?«

Jonathan nickte. »Warum? Sie?«

»Er ist mein Vermieter.«

»Oh, richtig.« Jonathan schien beeindruckt.

»Er sagte, er habe schon verschiedentlich mit Jack Bennett zu tun gehabt, daher war ich ein wenig neugierig.«

»Verschiedentlich zu tun gehabt?« Jonathan schien überrascht. »Nun, so kann man es auch nennen.«

»Was meinen Sie damit?«

»Max hat Jack den größten Teil seiner Mandanten besorgt.«

»Tatsächlich?«

Wieder ein Nicken. »Ohne Max wäre Jack nicht der Star, der er heute ist.«

Michael begann zu lachen. Jonathan sah ihn verwirrt an. »Sorry«, entschuldigte sich Michael. »Ich habe mir Jack nur gerade mit Frack und Zylinder vorgestellt, wie er einen auf Fred Astaire macht.«

Jonathan sah immer noch verwirrt aus. »Jack steht nicht auf Gesellschaftstänze.«

92

»Ich weiß. Vergessen Sie's.« Er nahm einen Schluck Kaffee.
»Und woher kennt Jack Max?«

»Nun, vor ungefähr zehn Jahren erteilte Max Jack ein Mandat.
Max besaß Anteile an einer Computerfirma und wollte verschiedene Lizenzverträge ausarbeiten lassen. Jack fing gerade an, sich im Computersektor einen Namen zu machen. Max war von seiner Arbeit beeindruckt und stellte ihn Leuten vor, die er in der Branche kannte und die potenzielle Mandanten waren. Und es gab eine Menge davon. Max kennt jeden. Bei Leuten mit Geld ist das meistens so.«

»Woher hat er sein Geld?«

Jonathan setzte eine nachdenkliche Miene auf. »Bin nicht ganz sicher. Ich glaube, er fing als Börsenmakler an. Hat ein Vermögen damit gemacht. Hat das Geld gut angelegt. Hat noch mehr Geld gemacht und damit das Gleiche getan. Das ergibt Sinn.«

»Sinn?«

»Ich erinnere mich, wie Jack einmal sagte, dass Max' größte Stärke seine Fähigkeit sei, zukünftige Trends, sowohl wirtschaftliche als auch gesellschaftliche, vorauszusagen und damit Geld zu scheffeln. Nur ein Beispiel: Er besaß früher Anteile an allen möglichen Firmen, aber kurz bevor Ende der Achtzigerjahre die Rezession einsetzte, machte er den größten Teil seiner Vermögenswerte flüssig, was natürlich bedeutete, dass er auf einem Haufen Geld saß, als alle anderen in Panik gerieten und alles zum halben Preis dessen verscherbelten, was sie dafür bezahlt hatten. Und er war einer der Ersten, die erkannten, welche gewaltigen Dimensionen die Computerindustrie annehmen würde, und dass wirklich Geld mit Software statt mit Hardware zu machen sei. Manche seiner Aktienpakete müssen ein Vermögen wert sein.«

»Mögen Sie ihn?«

»Schwer zu sagen. Ich weiß nur das, was die Leute reden, und habe ihm ein- oder zweimal hallo gesagt, aber richtig kennen gelernt haben wir uns nie.«

Michael war überrascht. »Wie das?«

»Wann immer wir von Max beauftragt werden, kümmert sich Jack persönlich darum. Klar, ich erledige den größten Teil der

Drecksarbeit, aber mir war es nie erlaubt, an Sitzungen oder anderen, ähnlich wichtigen Dingen teilzunehmen.« Jonathan lächelte. »Jack ist ein toller Typ, aber was Max betrifft, ist er komisch.«

»Komisch?«

»Komisch ist vielleicht nicht das richtige Wort. Ich meine vielmehr, er ist so vereinnahmend. So wie manche Partner von Kanzleien, wenn es um ihren wichtigsten Mandanten geht. Sind Sie mit Max befreundet?«

»Irgendwie.«

»Dann seien Sie vorsichtig, okay?«

Das Telefon klingelte. Jonathan schaute aufs Display. »Ich muss das hier annehmen. Wir reden später weiter.«

Michael verließ Jonathans Büro. Als er den Korridor entlangging, sah er Jack Bennett an der Kaffeemaschine stehen, wo er sich mit Kate Kennedy unterhielt.

Jack sah ihn kommen. Für den Bruchteil einer Sekunde erschien ein merkwürdiger Ausdruck auf seinem Gesicht.

Dann war er wieder verschwunden. Er lächelte.

Michael erwiderte das Lächeln. Mit einem leicht unbehaglichen Gefühl betrat er sein Büro.

Donnerstagabend. Neun Uhr. Rebecca stand im Abstellraum der Wohnung.

Bis auf ihre Staffelei und einen Karton mit den Ölfarben und Pinseln war der Raum leer. Michael hatte vorgeschlagen, sie solle den Raum als provisorisches Atelier benutzen. Zu Anfang, als sie mit dem College fertig war, hatte sie sich mit drei Freunden ein Atelier in Bethnal Green geteilt. Aber als die Monate ins Land zogen und zwei von ihnen die ersten Erfolge erzielten, hatte sie es als zunehmend nervtötend empfunden, an ihrer Seite zu arbeiten.

Eine leere Leinwand stand auf der Staffelei. Michael hatte sie gedrängt, etwas Neues anzufangen, und sie wollte genau das an diesem Abend tun. Doch stattdessen hatte sie die Wohnung aufgeräumt, ein paar Freunde angerufen und eine Tasche fürs Wochenende gepackt. Eigentlich war es schon zu spät, um noch zu beginnen, aber dann war sie doch noch in den Abstellraum gegangen.

Das Fenster stand offen. Die Luft an diesem Maiabend war lau und ohne Bewegung. Die hohen Häuser gegenüber schirmten den Lärm des Verkehrs ab, der pausenlos über die Cromwell Road brandete.

Als sie hörte, wie sich in der Wohnungstür ein Schlüssel drehte, rief sie eine Begrüßung. Michael trat ein und blieb in der Tür stehen. Sein Kragenknopf war geöffnet; die Krawatte hing ihm locker um den Hals. »Du wirkst müde«, sagte sie. »Hast du Hunger?«

Er schüttelte den Kopf und wies auf die leere Leinwand. »Sieht gut aus.«

»Ich hatte viel zu tun.«

Er sah sie skeptisch an. »Also, vielleicht auch nicht«, räumte sie ein. »Manchmal frage ich mich, was das alles soll. Es wird sich nie ergeben. Warum sollte ich mir was vormachen?«

»Es wird passieren. Es braucht nur Zeit, das ist alles.«

»Und was, wenn doch nicht? Da draußen gibt es so viele talentierte Menschen. So viel Konkurrenz. Wie sollte ich mir da je einen Namen machen?«

»Weil du gut bist.« Er lächelte. »Und weil ich an dich glaube.«

Sie lächelte ebenfalls. »Ich freue mich, dass du da bist.«

»Ich auch.«

»Und ich wünschte, du würdest morgen mitkommen.«

Er machte ein bekümmertes Gesicht. »Wirklich?«

»Das weißt du doch.«

»Auch wenn meine Anwesenheit nur wieder für Reibereien sorgt?«

Sie seufzte. »Es wird besser, Mike.«

»Nein, wird es nicht. Es wird eher schlimmer. Soweit es deine Familie betrifft, bin ich der größte Fehler, den du je gemacht hast.«

Sie blickte ihm fest in die Augen. »Ich glaube nicht, dass ich einen Fehler mache.«

Plötzlich wandte er sich ab. »Solltest du aber vielleicht«, sagte er ruhig. »Es ist deine Familie, Beck. Sie sind immer für dich da gewesen. Familien sind das Allerwichtigste auf der Welt. Niemand weiß das besser als ich.«

»Du bist auch wichtig.«

»Das sagst du jetzt, aber wenn wir zusammenbleiben, wird das einen Keil zwischen dich und sie treiben. Willst du das riskieren?«

»Es wird nicht so weit kommen«, antwortete sie.

»Es könnte aber. Was ist, wenn sie dich zwingen zu wählen?«

»Das würden sie nicht.«

»Aber was, wenn doch? Was würdest du dann tun? Du könntest dich für sie entscheiden, und selbst wenn du es nicht tust, würdest du mich hassen, weil du meinetwegen so viel aufgeben musstest. So oder so wäre es für uns das Ende.«

»Was redest du da eigentlich?«, fragte sie. »Willst du Schluss machen?«

»Nein. Natürlich nicht. Ich kriege nur manchmal Angst, das ist alles. Ich liebe dich wirklich, weißt du.«

Er drehte sich wieder zu ihr um, war den Tränen nahe.

»Ach, Mike …«

Er schüttelte den Kopf, brachte ein Lächeln zu Stande. »Beachte mich gar nicht. Ich bin einfach nur müde. Und wenn ich müde bin, rede ich immer nur dummes Zeug.«

»Nein, tust du nicht.«

Er senkte den Blick. »Ich weiß, dass ich ziemlich schwierig und nicht gerade ein unkomplizierter Mensch bin. Aber du bedeutest mir alles. Ich weiß nicht, was ich tun würde, wenn es dich nicht gäbe.«

Sie starrte ihn an. Erinnerte sich an ihre erste Begegnung.

Es war vor achtzehn Monaten gewesen, auf einer Party ihrer Schulfreundin Jennifer und ihres Freundes Paul in Chiswick. Während sie mit Jennifer plauderte, hatte sie einen umwerfenden jungen Mann mit rabenschwarzem Haar und beunruhigenden blauen Augen beobachtet, der allein in einer Ecke stand, von Zeit zu Zeit an seinem Glas nippte und mit niemandem redete.

»Er heißt Michael«, erfuhr sie von Jennifer. »Er war mit Paul auf dem College.«

»Er wirkt arrogant«, hatte sie bemerkt.

Jennifer schüttelte den Kopf. »Er ist zurückhaltend, undurchschaubar.«

Genau in diesem Moment hatte er sich umgedreht und sie angesehen. Sein Blick war direkt und herausfordernd gewesen, und sie flüsterte Jennifer zu: »Ich wette, ich kriege ihn zum Lächeln.«

Er war ein zäher Brocken gewesen. Zum Verzweifeln zäh. In den darauf folgenden Monaten war sie oft dicht davor aufzugeben. Es wäre ganz einfach gewesen. Es gab noch andere Männer auf der Welt, und an Bewunderern hatte es ihr noch nie gefehlt.

Aber sie hatte nicht aufgegeben. Instinktiv wusste sie, dass dies etwas wirklich Besonderes war und sie es ewig bedauern würde, wenn sie einfach alles hinschmiss.

Und langsam hatte er ihr erlaubt, die Mauern zu durchdringen, die er um sich errichtet hatte, und den wütenden, einsamen und verängstigten Menschen zu sehen, der sich hinter ihnen versteckte. Der Mensch, der sie inzwischen mit einer solchen Intensität liebte, dass es manchmal beängstigend war. Der Mensch, der sie in der Intimität ihres Betts an sich drückte, als hinge sein Leben davon ab.

Jetzt legte sie die Hände an seine Schläfen und begann sie zu streicheln. Schon recht früh in ihrer Beziehung hatte sie die beruhigende Wirkung erkannt, die diese einfache Berührung auf ihn haben konnte. »Warum ausgerechnet ich?«, fragte sie. »Du hättest jede haben können. Was siehst du in mir?«

Sein Gesicht wurde sanfter. Er lächelte. »Nichts.«

»Nichts?«

»Alles.«

Sie umarmten sich, dort in diesem fast leeren Raum.

5. KAPITEL

Freitag. Zwanzig nach fünf. Michael, gerade erst aus der Kanzlei der Anwälte von Kinnetica zurück, saß an seinem Schreibtisch, starrte auf seinen Computerschirm und ging die E-Mails des Nachmittags durch.

Stuart kam mit einer Akte herein. »Gut, du bist zurück. Hat Digitron endlich unterschrieben?«

»Aber nur ganz knapp. Wir sitzen im Taxi, und der Mandant verkündet, dass er mit zwei der Zusicherungen nicht einverstanden ist.« Michael verdrehte die Augen. »Diese Zusicherungen waren völlig in Ordnung. Ich bin sie erst letzte Woche zweimal mit ihm durchgegangen, und da war alles bestens. Aber jetzt plötzlich nicht mehr.«

»Hast du es ihm ausgeredet?«

»Ging nicht. Graham Fletcher war dabei, also hat er die Sache in die Hand genommen. Den Rest kannst du dir ja denken.«

Stuart nickte. »Jawohl, Sir. Nein, Sir. Drei Tüten voll, Sir.«

»Genau. Folglich kommen wir zwanzig Minuten zu spät bei Forrest Hardwicke an. Wir werden in dieses riesige Konferenzzimmer geführt, wo uns die Anwälte und der halbe Kinnetica-Vorstand begrüßen, alles nur Lächeln und Schulterklopfen und bringen wir diesen gottverdammten Deal endlich unter Dach und Fach. Dann verkündet Graham, dass der Vertrag noch nachgebessert werden muss.« Er lachte. »Kinneticas Vorstandsvorsitzender brüllte sofort los, dass er gar nicht daran denke, auch nur ein einziges Wort zu ändern, und wenn wir nicht sofort unterschrieben, dann wäre das Geschäft eben geplatzt. Unser Mandant reagierte ebenfalls völlig erbost, und es sah alles danach aus, als würde die ganze Sache den Bach runtergehen. Zum Glück ist es dann dem Sozius von Forrest Hardwicke gelungen, alle zu beruhigen und herauszufinden, um welche Änderungen es sich denn handelte. Dann ging er mit Kinnetica in ein Nachbarzimmer, und als sie zurückkehrten, erklärten sie sich zu einer Änderung bereit, die zweite lehnten sie jedoch ab. Also haben wir das akzeptiert und am Ende doch noch unterschrieben. Dann sind alle in ein Weinlokal in Smithfield gegangen, um einen zu heben.«

»Warum bist du nicht mitgegangen?«

»Machst du Witze? Nachdem die Sache jetzt gelaufen ist, nimmt Graham das Verdienst für sich allein in Anspruch und will mich nicht in der Nähe haben, weil ich ihm womöglich den Ruhm streitig mache. Er hat einfach erklärt, dass ich in der Kanzlei noch Verschiedenes zu erledigen habe. Ich war drauf und dran, ihm zu widersprechen, aber dann dachte ich, scheiß drauf. Der Mandant ist ein so ausgemachtes Arschloch, dass er und Graham blendend zueinander passen.«

Jetzt musste Stuart ebenfalls lachen. Michael lehnte sich in seinem Stuhl zurück und reckte die Arme über den Kopf. Die Luft war schwül. Sie durften die Fenster nicht öffnen – es hatte irgendwas mit der Klimaanlage zu tun.

Er holte tief Luft und atmete langsam wieder aus, als er plötzlich im Geist das Bild von Rebecca sah, wie sie auf der Fahrt nach Winchester im Wagen ihres Bruders saß. Der Gedanke an ein Wochenende allein deprimierte ihn, und einen kurzen Moment wünschte er sich, jetzt bei ihr zu sein. Dann erinnerte er sich an das Fiasko, zu dem die erste und einzige Blakesche Familienfeier, an der er teilgenommen hatte, geworden war, und erkannte, dass es im Interesse ihrer Beziehung besser war, wenn er sich fern hielt.

Aber war es wirklich besser? In seiner Abwesenheit hatten ihre Eltern und ihr Bruder freie Bahn, sie gegen ihn aufzuhetzen. Sie konnten Ängste wecken und streuen in der Hoffnung, dass sie sich festsetzten.

Es war unmöglich zu gewinnen, egal, was er tat.

Er seufzte. Stuart sah ihn fragend an. »Alles in Ordnung?«

»Bin einfach nur müde. Irgendwas Aufregendes passiert, während ich weg war?«

»Kate Kennedy hat sich erkundigt, ob es Mandanten gibt, denen wir eine Rechnung schicken können. Catherine Chester von der Rechtsabteilung für sachrechtliche Angelegenheiten hat wegen einiger Fragen angerufen, aber sie meinte, das hätte bis nächste Woche Zeit. Das war's dann auch schon.«

Michael stand auf. »Willst du einen Kaffee?«

»Nein, ich muss weg. Helen und ich fahren nach Bristol, und wir müssen um sechs den Zug erwischen. Wir sehen uns Montag.«

Michael ging auf den Korridor hinaus. Überall schalteten Sekretärinnen die Computer aus und griffen nach ihren Handtaschen. Heute Abend waren ihre Unterhaltungen lebhafter, voller Vorfreude auf das bevorstehende Wochenende. Als jemand seinen Namen rief, drehte er sich um und sah Jack Bennett auf sich zukommen.

Wie beim letzten Mal, als sich ihre Wege gekreuzt hatten, fühlte er sich wieder beklommen. Er lächelte. »Hi.«

»Mit Digitron alles gut gelaufen?«

»Ja. Wir haben heute Nachmittag unterschrieben.« Fast hätte er noch »Gott sei Dank« hinzugefügt, ließ es dann aber doch bleiben.

»Gut gemacht.« Jack lächelte ebenfalls, aber es wirkte gezwungen. Vielleicht war er auch nur müde.

Michael stand da, wartete, von unangenehmen Gefühlen geplagt.

»Die Sache ist folgende, Mike, ich bin die Unterlagen durchgegangen, die Azteca rübergeschickt hat, und entgegen meiner ursprünglichen Befürchtungen gibt es doch nicht so viel zu tun. Statt Ihnen also das Wochenende zu verderben, stelle ich lieber eine Liste der noch zu klärenden Punkte auf, und vielleicht kommen Sie Montagmorgen früh rein und machen einen Entwurf. Ist das in Ordnung?«

Er nickte. Wieder sah er vor seinem geistigen Auge Rebecca im Auto ihres Bruders und fragte sich, ob er ihr nachfahren sollte. »Sind Sie sicher?«

Jack nickte.

»Danke.«

»Keine Ursache.«

Es gab nichts mehr zu sagen. Und doch blieben sie beide stehen.

100

Eine der Sekretärinnen schlenderte an ihnen vorüber und summte einen Song der Spice Girls.

Michael räusperte sich. »Danke für Dienstagabend. Dass Sie mich zu Hause angerufen haben. Das war sehr nett von Ihnen.«

»Freut mich, dass ich Ihnen helfen konnte«, erwiderte Jack. Schweigen. »Wie war's mit Max?«

»Mr. Somerton?« Es fiel ihm schwer, den Vornamen von Max auszusprechen. »Gut. Wir haben ein Gläschen zusammen getrunken und einen Happen gegessen.« Er schwieg, fühlte sich dann verpflichtet, noch hinzuzufügen: »Ich meine, wir kennen uns ja praktisch kaum.«

Jack nickte. Wieder standen sie in verlegenem Schweigen da. Jeder erwartete, dass der andere etwas sagte.

»Nun denn, es war keine große Sache«, sagte Jack schließlich. »Und nochmals vielen Dank für Ihre Hilfe bei Digitron. Das ist nicht gerade der unproblematischste Mandant, und anscheinend haben Sie ausgezeichnete Arbeit geleistet.«

»Ich hoff's.«

»Mit dem Dial-a-Car-Vertrag gab es keine Probleme? Wir brauchten nicht die Zustimmung von Dial-a-Car für den Eigentümerwechsel bei Pegasus?«

»Nein. Ich habe es nachgeprüft. Es gab keine speziellen diesbezüglichen Klauseln. Ich halte Sie jetzt besser nicht länger auf. Wir sehen uns Montag.« Er drehte sich um.

»Eigentumsvorbehaltsklauseln verstecken sich manchmal im Abschnitt Verschiedenes. Das haben Sie auch nachgeprüft?«

Er blieb stehen. Drehte sich lächelnd um und versuchte, das flaue Gefühl in seinem Magen zu ignorieren. »Natürlich.«

Jack nickte, dann ging er. Michael schaute ihm nach, bis er außer Sicht war.

Dann kehrte er rasch in sein Büro zurück.

Es war leer. Stuart musste schon gegangen sein. Er suchte in den Akten im Schrank nach dem Dial-a-Car-Vertrag. Sein Herz begann zu rasen.

Nachdem er ihn gefunden hatte, blätterte er zum Abschnitt Verschiedenes, wo sich die zweitrangigen Bestimmungen befanden, wie Kündigungsfristen, Annahmeadressen für Faxe und Ähnliches.

Der Abschnitt, den zu prüfen er in der Hetze des Deals versäumt hatte.

Es wird nichts dort sein. Es wird nicht, es wird nicht, es wird nicht.

Aber es war.

Ein knapper, dreizeiliger Absatz besagte, wenn sich der Besitzer von Pegasus ohne schriftliche Zustimmung von Dial-a-Car änderte, dann hatte Dial-a-Car das Recht, den Vertrag jederzeit und ohne jede weitere Verpflichtungen zu kündigen, wobei auf dieses Recht in Schriftform verzichtet werden musste.

Er hatte einen trockenen Mund. In seinem Inneren war die Hölle los. Er hatte das Gefühl, sich gleichzeitig übergeben und in die Hose machen zu müssen.

Der Dial-a-Car-Vertrag war der eigentliche Grund für den Deal gewesen. Es war der Vertrag, von dem Digitron hoffte, sich als einer der ganz Großen auf dem Markt durchzusetzen: ein Vertrag, für den sie ein Vermögen bezahlt und vor nicht einmal zwei Stunden eine bindende Übereinkunft unterschrieben hatten.

Ein Vertrag, der ihnen jetzt wegen seiner Nachlässigkeit entrissen werden konnte, wann immer Dial-a-Car es für angebracht hielt.

Er wusste, was er zu tun hatte. Wenn es zu einer solchen Katastrophe kam, dann gab es nur eines: einen Sozius aufsuchen und alles beichten. Es war eine erschreckende Aussicht, aber er hatte keine andere Wahl. Er stand auf.

Dann setzte er sich langsam wieder.

Er konnte das nicht eingestehen. Es war das Ende, wenn er es tat.

Es war noch keine zwei Monate her, seit er eine förmliche Verwarnung erhalten hatte. Er bewegte sich ohnehin schon auf dünnem Eis. Ein solcher Fehler würde ihn kopfüber in das eiskalte Wasser darunter krachen lassen. Dafür würde Graham Fletcher schon sorgen. Dann könnte er genauso gut schon mal anfangen, seinen Schreibtisch zu räumen.

Und selbst wenn sie ihn nicht feuerten, wäre es für ihn bei Cox Stephens vorbei. Digitron würde einen Schadensersatz geltend machen, und auch wenn der Schaden über die Berufshaftpflicht versichert sein dürfte, würde die Forderung ihre Prämien gigantisch in die Höhe schnellen lassen, und jeder würde genau wissen, dass er dafür verantwortlich war. Es würde wie eine schwarze Wolke über ihm schweben und jede Aussicht auf eine Partnerschaft oder eine langfristige Zukunft in der Kanzlei zunichte machen.

Natürlich konnte er gehen. Aber nicht einmal das würde das Problem lösen. Die Leute würden dahinter kommen. Das war immer so. Irgendwer würde es irgendjemandem erzählen, und es würde sich herumsprechen, an ihm haften wie ein unangenehmer Geruch, seine Zukunft gefährden, wohin er auch ging.

Nein, er konnte es nicht beichten. Das Beste war, sich still zu verhalten. Gar nichts zu sagen. Zu hoffen, es würde einfach vorübergehen.

Aber das würde es nicht. Es musste nur jemand die entsprechende Bestimmung entdecken. Jemand bei Digitron. Oder, noch schlimmer, bei Dial-a-Car. Von diesem Tag an würde er in ständiger Angst vor der Entlarvung leben.

Er ballte die Fäuste und hämmerte sie gegen seine Schläfen, verschaffte der Wut auf sich selbst ein physisches Ventil. Der Schmerz betäubte für einen Moment den Gedanken, der sein Gehirn marterte.

Was soll ich machen? O mein Gott, was soll ich nur machen?

Zwei Stunden später schaltete er seinen Computer aus und stand auf.

Er hatte es niemandem gesagt. Das Wochenende würde er dazu benutzen, sich zu überlegen, welche Schritte er unternehmen sollte.

Er verließ das Büro Richtung U-Bahnstation Liverpool Street. Die Straßen waren voller Leben. Aus Weinstuben strömten Leute in Anzügen, deren Gesichtern die entspannende Wirkung des Alkohols und die Freude auf das bevorstehende Wochenende anzusehen war.

Er betrat die U-Bahnstation und schob sich durch die Menge. Nachdem er die Fahrkartenschranke passiert hatte, ging er hinunter zum Bahnsteig der Circle Line Richtung Gloucester Road. An diesem Abend gab es keine Verspätungen und nur gut gelaunte Menschen. Er hasste sie alle.

Die Wohnung war dunkel. Rebecca dürfte inzwischen in Winchester sein, konnte sich entspannen und die Zeit mit ihrer Familie genießen, denn er war nicht da, um ihr die Freude daran zu verderben. Er ging ins Wohnzimmer. Die Luft war abgestanden, also öffnete er die Balkontür. Sie hatte ihm einen Zettel auf dem Esszimmertisch hinterlassen. Er las ihn:

Rufe dich morgen an. Arbeite nicht zu viel. Bitte, komm nach, wenn's irgendwie geht. Ich liebe dich. R.

Er setzte sich aufs Sofa. Aus der Wohnung über ihm drang Lachen. Es hörte sich an, als hätten Richard und Suzanne Gäste. Richard und Suzanne waren Fondmanager und Anfang dreißig. Rebecca hatte sich ihnen vorgestellt und das herausgefunden. Sie war gut in solchen Dingen.

Er wollte in ihrer Nähe sein und überlegte, einen späten Zug nach Winchester zu nehmen. Ein geteiltes Problem war ein halbes Problem, und sie war der einzige Mensch auf der Welt, dem er genug vertraute, um es zu erzählen.

Aber konnte er ihr wirklich vertrauen? Was, wenn sie in Panik geriet und es ihren Eltern sagte? Es wäre nicht das erste Mal. Und wenn sie es tat, lieferte sie ihnen noch mehr Munition für ihren Kampf, sie ihm für immer zu entreißen.

Nein, er würde nicht nach Winchester fahren. Es war besser, hier zu bleiben und zu versuchen, selbst eine Lösung zu finden.

Das Telefon in der Diele begann zu klingeln. Wahrscheinlich Rebecca, die ihm nur kurz sagen wollte, dass sie gut angekommen war. Sie würde an seiner Stimme merken, dass irgendetwas nicht stimmte. Lieber gar nicht rangehen.

Aber sie war es nicht. Der Anrufbeantworter schaltete sich ein, und dann hörte er eine tiefe, wohlklingende Stimme.

»Mike, ich bin's, Max. Hoffe, alles ist in Ordnung. Ich rufe aus Suffolk an. Ich besitze hier ein Haus. Habe ich das mal erwähnt?« Schweigen. »Nun, egal. Ich bin mit Lavinia hier. Wir bleiben übers Wochenende. Ich musste Jack wegen einer Sache anrufen, und er sagte mir, dass Ihre Arbeit nun doch flachfällt. Wahrscheinlich werden Sie morgen früh nach Winchester fahren, falls aber nicht, könnten Sie uns doch Gesellschaft leisten. Sie sind herzlich willkommen. Ich gebe Ihnen die Telefonnummer …«

Zuerst saß er nur da und hörte zu.

Aber die Stimme klang freundlich und einladend. Sie zog ihn an wie das Licht die Motte.

Er nahm den Hörer ab. »Hallo.«

»Mike!« Max klang erfreut. »Dachte schon, ich hätte Sie verpasst. Haben Sie meine Nachricht gehört?«

»Ja.«

»Kommen Sie?«

»Äh … ich weiß nicht. Wo in Suffolk sind Sie denn?«

»Cottleston. Das liegt an der Küste. Kennen Sie die Gegend?«

»Nein.«

»Gut. Dann gibt es keinen Grund, nicht zu kommen. Wann dürfen wir Sie erwarten?«

Er hatte immer noch die Arbeit im Kopf und konnte keinen klaren Gedanken fassen. »Ich weiß nicht genau. Vielleicht geht es gar nicht. Ich muss mich erst nach den Zugverbindungen erkundigen.«

»Nicht nötig. Ich schicke Ihnen einen Wagen. Ich arbeite mit einem Chauffeur-Service zusammen. Soll ich Ihnen ein Auto für morgen früh bestellen?«

Die Frage wurde auf eine Art gestellt, die nahe legte, dass Einverständnis als selbstverständlich vorausgesetzt wurde. Er wollte Zeit gewinnen. »Wer ist wir?«

»Lavinia und ich.«

Das fand er weniger gut. Er bemühte sich um eine höfliche Ablehnung und sagte das Erste, was ihm in den Sinn kam. »Ich habe nichts Passendes anzuziehen.«

»Mein Gott, was glauben Sie, was wir hier tun? Moorhühner

schießen und Cocktails schlürfen?« Max lachte. »Keine Panik. Alles völlig zwanglos. Ziehen Sie einfach an, worin Sie sich wohl fühlen.«

Er dachte an Max' Party, erinnerte sich an Lavinias Verhalten, das an Verachtung gegrenzt hatte. »Ich will nicht stören.«

»Was Sie tun würden, wenn Sie sich selbst eingeladen hätten. Aber ich lade Sie ein. Sie sollten kommen, Mike. Es ist herrlich hier. Vielleicht finde ich Gelegenheit, Ihnen die Gegend zu zeigen.«

Er stellte fest, dass er immer noch Rebeccas Zettel in der Hand hielt. »Es ist wirklich sehr nett von Ihnen, mich einzuladen, aber vermutlich wäre es besser, wenn ich nach Winchester fahre.«

»Sind Sie sicher?«

»Ja.«

»Gute Wahl. Ein Wochenende mit den Schwiegereltern. Genau das Richtige, um nach einer harten Woche abzuschalten.« Wieder kurzes Schweigen. »Wollen Sie das wirklich?«

Momentan wollte er nur eines: eine Lösung für sein Problem in der Arbeit. Irgendeinen Fingerzeig, was er tun sollte.

Max würde wissen, was zu tun war.

Der Gedanke wurde sofort verworfen. Es war dumm. Wahnsinn.

Er versuchte, ihn aus seinem Kopf zu verscheuchen, was ihm jedoch nicht gelang.

»Wollen Sie das wirklich?«, wiederholte Max.

»Nein.«

»Dachte ich's mir doch. Wann soll ich den Wagen schicken?«

Er zögerte noch immer. »Hören Sie, ich bin nicht sicher, ob ...«

»Zehn Uhr. Ist das zu früh?«

Es blieb ihm also nichts anderes übrig. Max akzeptierte kein Nein als Antwort, und er war zu sehr mit seinen Sorgen beschäftigt, um groß zu diskutieren.

Und vielleicht steckte hier ja auch die Lösung seines Problems.

»Zehn ist in Ordnung.«

»Gut. Ich freue mich darauf, Sie zu sehen.«

Als er den Hörer auflegte, dachte er an Rebecca und sagte sich, dass er genau das Richtige tat. Er würde ihr nur das Wochenende verderben, wenn er nach Winchester fuhr. Seines war bereits ruiniert, egal, was er tat.

Den restlichen Abend verbrachte er vor dem Fernseher, doch seine Sorgen nahmen ihn dermaßen in Anspruch, dass er sich nicht mehr erinnern konnte, was er gesehen hatte, als er schließlich ins Bett ging.

Michael verließ die Stadt im Fond eines Jaguar.

Es war ein grauer, verregneter Londoner Morgen. Die Fahrt dauerte länger als erwartet. Ein Unfall bei Stratford ließ den Verkehr nur im Schneckentempo vorankommen.

Steve, der Chauffeur, ein Cockney und kahl wie eine Billardkugel, redete vergnügt vor sich hin. »Netter Typ, dieser Mr. Somerton. Bin schon zigmal für ihn gefahren. Hat auch ein nettes Haus. Schon mal da gewesen?« Michaels Antworten waren freundlich, aber kurz. Die stickige Luft machte ihm Kopfschmerzen.

Er war müde. Den größten Teil der Nacht hatte er wach gelegen, in Gedanken spulte er immer wieder die Ereignisse des vergangenen Tages ab. Er hatte noch keine Lösung gefunden, doch irgendetwas würde ihm schon einfallen. Es blieb ihm gar nichts anderes übrig.

Aber es waren nicht nur seine Ängste, die ihn wach gehalten hatten. Auch eine andere Frage quälte ihn, auf die er noch keine befriedigende Antwort wusste.

Warum lässt Max mir all diese Aufmerksamkeit zuteil werden? Was will er von mir?

Er konnte nicht leugnen, dass er diese Aufmerksamkeit angenehm fand. Aber gleichzeitig war es beunruhigend.

Sie erreichten Stratford, und der Verkehr kam völlig zum Erliegen. Steve schob eine Kassette mit New-Age-Musik in den Player. Er lehnte sich zurück und schloss die Augen.

Als er sie wieder öffnete, fuhr der Wagen schnell. Er spürte einen kühlen Luftzug auf seinem Gesicht. Der Regen hatte aufgehört, und Steve hatte ein Fenster geöffnet, um den Fahrtwind hereinzulassen. Michael reckte sich und schaute sich um.

London hatten sie inzwischen weit hinter sich gelassen. Dichter Wald umgab sie auf beiden Seiten, machte dann Wiesen Platz, auf denen die Tropfen des frühmorgendlichen Regens glitzerten und die sich wie ein smaragdenes Meer sanft wogend bis in die Ferne erstreckten. Schön, aber eintönig.

»Sind wir in Suffolk?«, fragte er.

»Ja. Sind jeden Moment in Cottleston.«

Er dachte an seinen Geschichtsunterricht und erinnerte sich, dass vor dreihundert Jahren Suffolk das Jagdrevier von Matthew Hopkins gewesen war, dem Hexenjäger-General. Es war der passende Schauplatz. Er stellte sich eine vor Angst zitternde Frau vor, die von einem wütenden Mob über die Weiden geschleift wurde, wo sie an einem der Bäume aufgeknüpft werden sollte.

Das hier war kein Bilderbuch-England. Aber es gefiel ihm.

Sie passierten ein Tor und fuhren eine von Bäumen gesäumte Zufahrt entlang, an deren Ende ein herrliches georgianisches Herrenhaus aus weißem Stein und mit großen Fenstern auftauchte, das eine Zeit symbolisierte, als England noch an seine Zukunft glaubte. Es war von Rasenflächen umgeben, deren Gras vom Wind flachgewalzt worden war. Als sie sich näherten, wurde die Haustür geöffnet.

Er stieg aus dem Wagen. Draußen blies ein heftiger Wind, der nach Salz schmeckte. Steve reichte ihm seine Tasche. »Angenehmes Wochenende.«

»Danke. Ihnen auch.« Er ging zum Haus.

Lavinia erwartete ihn. Ohne ein Wort führte sie ihn hinein, durch eine mit Marmor ausgelegte Eingangshalle in einen großen Salon mit cremefarbenen Wänden und Sofas, in denen man versinken konnte. Sie zeigte auf eines. Er setzte sich.

Sie ließ sich elegant auf der Lehne eines Sessels nieder, steckte sich eine Zigarette an, inhalierte und stieß den Rauch durch die Nase wieder aus. Sie war schlicht in Jeans und Pullover gekleidet, trug sie aber mit der Anmut eines Menschen, der sein halbes Leben als berufsmäßiger Kleiderbügel verbracht hatte. Er lauschte auf Geräusche, hörte aber nichts. »Wo ist Max?«, fragte er.

»Am Telefon.« Ihre Augen waren so hart wie Kobalt.

»Schönes Haus«, sagte er verlegen.

Sie nickte, erwiderte aber nichts. Er versuchte, seine Nervosität hinter einem Lächeln zu verbergen. »Ich sollte dieses Wochenende eigentlich arbeiten. Zum Glück hat mein Chef es sich dann anders überlegt.«

»Nicht direkt«, sagte sie.

»Wie meinen Sie das?«

»Max hat Ihren Chef angerufen und ihm *gesagt*, dass er Sie nicht braucht. Er war anscheinend nicht sonderlich begeistert, aber Sie wissen selbst, wie überzeugend Max sein kann.«

Ihre Worte brachten ihn völlig aus dem Konzept. Er war empört und fühlte sich gleichzeitig geschmeichelt – eine unangenehme Mischung, die sein Unbehagen verstärkte.

Sie starrte ihn weiter an. Es gelang ihm, wieder zu lächeln. »Ich Glücklicher.«

Zum ersten Mal erwiderte sie nun das Lächeln, allerdings mit Raubtiermiene, die das Eis in ihren Augen nicht auftaute. »Ja«, sagte sie langsam, »sie sind ein echter Glückspilz.«

»Tut mir Leid. Ich wollte mich nicht aufdrängen.«

Sie hob eine Augenbraue. »Sie meinen, Sie wollten gar nicht herkommen?« Sie blies Rauch in seine Richtung. »Max wird enttäuscht sein, wenn er das hört.«

Ihr Blick machte ihn nervös. Er rieb an seiner Nase. »So meinte ich das nicht.«

»Wie dann?«

»Dass bei dreien leicht einer zu viel sein kann.«

»Genaugenommen bei vieren. Ich erwarte schon bald eine Freundin.«

»Das wusste ich nicht.«

»Warum sollten Sie auch? Oder hätte ich Sie um Erlaubnis fragen sollen?«

»So war es nicht gemeint.«

Wieder lächelte sie. »Meinen Sie eigentlich jemals das, was Sie sagen?«

Er hörte Schritte. Max betrat lächelnd den Raum. Erleichtert stand Michael auf. Max klatschte in die Hände. »Sie sind angekommen! Entschuldigen Sie, dass ich Sie nicht persönlich begrüßen konnte. Ich hoffe, die Reise war nicht zu schlimm.«

Michael erwiderte das Lächeln und dachte: Du hättest nicht mit Jack sprechen dürfen; dazu hattest du kein Recht.

»Kommen Sie, wir bringen Ihre Tasche auf Ihr Zimmer«, sagte Max. »Anschließend führe ich Sie herum.«

Lavinia drückte ihre Zigarette aus. »Ja, wir sollten mit Ihnen besser den großen Rundgang machen.«

»Nicht nötig, dass wir das zusammen tun«, entgegnete Max.

Ihre Miene verfinsterte sich. »Wenn du meinst«, sagte sie schmollend.

»Meine ich. Du bleibst hier, Liebling.«

Einen Moment fixierte sie Michael, dann wendete sie sich ab.

Max führte Michael durch die Eingangshalle und eine Steintreppe hinauf. Sie gingen einen Korridor mit einem dunkelroten Teppich entlang, bevor sie ein großes, hübsch möbliertes Zimmer mit einem riesigen Fenster und einem eigenen Bad betraten. Michael stellte seine Tasche ab und trat ans Fenster, um einen Blick auf die ausgedehnte Rasenfläche hinter dem Haus zu werfen, die zu einem Kliff und zur kalten, grauen Nordsee dahinter führte.

Max stellte sich neben ihn. »Gefällt Ihnen das Zimmer?«

Er nickte, sagte aber nichts.

»Es gefällt Ihnen nicht?« Max klang besorgt.

»Was sollte einem da nicht gefallen? Es ist alles toll. Dieses Haus. Alles.«

»Aber?«

Er antwortete nicht. »Aber?«, wiederholte Max.

Er atmete langsam aus, hielt die Augen starr auf das Fenster gerichtet. »Sie hätten das nicht tun dürfen.«

»Was?«

»Jack zu sagen, dass er mich nicht braucht. Das war nicht fair. Es ist ziemlich viel los, und er brauchte mich.«

Max schien überrascht. »Woher wissen Sie das?« Dann seufzte er. »Nein, sagen Sie es nicht. Ich kann's mir denken. Tut mir Leid. Sie sollten das nicht erfahren.«

Michael drehte sich zu Max um. »Es spielt keine Rolle, dass ich

110

es erfahren habe. Was jedoch eine Rolle spielt, ist, dass Sie es getan haben. Ich arbeite dort. Jack ist ein wichtiger Sozius.«

»Und ich bin ein wichtiger Mandant.«

»Deshalb bin ich hier, richtig? Um einen Darlehensvertrag aufzusetzen?«

»Nein, natürlich nicht. Sie sind hier, weil ich den Gedanken nicht ertragen konnte, dass Sie das ganze Wochenende arbeiten müssen.«

»Ich brauche Jack auf meiner Seite. Ich will ihn nicht verärgern.«

»Um Jack brauchen Sie sich keine Sorgen zu machen.«

»Sie haben gut reden. Sie sind der Mandant. Sie sind der Mächtige. Ich hingegen bin nur ein kleines Rädchen im Getriebe. Jack hat Macht über mich, und sollte er beschließen, mich nicht zu mögen, könnte er meine Karriere beenden.«

»Jack mag Sie.«

»Ja, klar tut er das. Genau wie Lavinia. Mein Gott, ich bin noch nie so herzlich begrüßt worden. Sie stellt Beckys Eltern locker in den Schatten.«

Abrupt unterbrach er sich und drehte sich wieder zum Fenster. Der Wind peitschte das Gras. In der Ferne sah er ein Fischerboot, winzig wie ein Insekt, das sich auf einer großen, grauen Fläche auf und ab bewegte und jeden Augenblick von ihr verschlungen werden konnte.

»Entschuldigen Sie, das hätte ich besser für mich behalten. Hab Ihnen ja schon mal gesagt, dass ich mich wie ein Idiot benehme.«

Schweigen.

»Wahrscheinlich sollte ich Ihnen das jetzt nicht verraten«, sagte Max langsam, »aber Lavinia hatte einen hochkarätigen Kosmetik-Werbevertrag in Aussicht. Heute Morgen hat sie erfahren, dass ein anderes Model den Job bekommen hat. Eine Jüngere. Ein weiterer Beweis dafür, dass sich ihre Karriere dem unvermeidlichen Ende nähert. Das ist der Hintergrund zu Ihrem Empfang. Es hat nichts mit persönlichen Gefühlen zu tun.«

Michael starrte weiter aus dem Fenster. Vor seinem geistigen Auge sah er das Parfümplakat, das vor so vielen Jahren überall hing. Plötzlich spürte er so etwas wie Mitgefühl für Lavinia. Ihr Gesicht war ihr Vermögen. Sie musste es als selbstverständlich betrachtet haben. Und jeder Blick in den Spiegel zeigte ihr nun, wie es langsam schwand.

»Möchten Sie lieber gehen?«, fragte Max.

Ein Teil von ihm wollte. Die ganze Sache erschien ihm noch weniger richtig als am Abend zuvor.

Aber trotz allem freute er sich, Max zu sehen. Und der Weg war auch viel zu lang gewesen, um sich gleich wieder zu verabschieden.

Er schüttelte den Kopf. »Ich wünschte einfach nur, Sie hätten mich vorher gefragt, das ist alles.«

»Es tut mir Leid. Das nächste Mal werde ich es tun.« Max schaute auf seine Uhr. »Das Mittagessen dürfte jetzt fertig sein. Gehen wir.«

Als sie nach unten kamen, war Lavinias Freundin Suzanne eingetroffen.

Im Salon gab es ein kaltes Büfett: verschiedener Aufschnitt, Fisch und Salat. Beim Essen unterhielt sich Michael mit Suzanne, einer schönen, etwa dreißigjährigen Eurasierin. Sie hatte Lavinia kennen gelernt, als sie für kurze Zeit modelte, lebte aber heute mit ihrem Mann, einem Tontechniker, in Norwich und arbeitete als freiberufliche Übersetzerin. »Ich war froh, die Modewelt hinter mir zu lassen«, sagte sie zu Michael. »All diese Spitzen und Intrigen, ich weiß nicht, wie Vinnie das aushält.« Sie war herzlich und freundlich, besaß eine Ungezwungenheit, die ihm das Gefühl gab, sie seit Jahren zu kennen.

Max und Lavinia standen am anderen Ende des Raums und führten im Flüsterton eine lebhafte Unterhaltung. Schließlich verließen sie das Zimmer. Michael, überzeugt, dass er der Anlass ihrer Meinungsverschiedenheit gewesen war, sah ihnen nach und wünschte sich wieder, nicht hergekommen zu sein. Suzanne erkundigte sich nach seiner Arbeit, und er widmete ihr wieder seine Aufmerksamkeit.

Eine halbe Stunde später kehrten sie zurück. Lavinia setzte sich neben Suzanne; ihre Miene war nun freundlicher als zuvor. Sie schenkte Michael ein halbherziges Lächeln und erkundigte sich dann bei Suzanne nach gemeinsamen Freunden. Max blieb an der Tür stehen und bedeutete Michael mit einer Geste, ihm zu folgen.

Sie verließen das Haus und gingen zu einem silbernen Porsche, der in der Zufahrt parkte. »Ich habe Ihnen gesagt, dass ich Ihnen die Gegend zeigen würde«, erklärte Max. »Steigen Sie ein.«

Sie fuhren ohne ersichtliches Ziel durch die Gegend. Der Himmel war jetzt klar, daher öffnete Max das Schiebedach und legte eine CD ein. Klänge von Elgar erhoben sich über das leise Schnurren des Motors. Max wirkte gedankenverloren, und Michael spürte, dass er froh war, das Haus verlassen zu haben. Die meiste Zeit schwiegen sie, aber es war kein unangenehmes Schweigen. Das volle Aroma des Zigarrenrauchs lag in der Luft. Es war ein Duft, den Michael allmählich mit Max assoziierte und zu mögen begann.

Schließlich erreichten sie Southwold, eine hübsche Küstenstadt mit einem alten Hotel im Zentrum und weiten Ausblicken aufs Meer. Sie saßen in einen überfüllten Pub an einem Kliff oberhalb des Strandes und tranken Bier der ortsansässigen Brauerei. Max erkundigte sich nach der Arbeit und erzählte einige Anekdoten über Jack. Wie immer sprach er langsam und mit einer herzlichen und beruhigenden Stimme. Während er zuhörte, sehnte sich Michael danach, ihm alles über die Katastrophe des vergangenen Tages zu erzählen und seinen Rat zu erbitten.

Aber er schwieg. Er konnte Max sein Problem nicht mitteilen. Er konnte es niemandem mitteilen.

Es war bereits Abend, als sie zum Haus zurückkehrten. Vor dem Essen rief er Rebecca an, um ihr zu sagen, wo er war. Da er nicht zugeben wollte, dass er Max ihr vorgezogen hatte, log er, andere Kollegen aus der Kanzlei seien ebenfalls dort. Max' Gäste seien potenzielle Mandanten, der Besuch sei nichts anderes als eine PR-Maßnahme zum Wohle von Cox Stephens, und er hätte überhaupt keine andere Wahl gehabt. Sie glaubte ihm. Er schämte sich angesichts ihres Vertrauens.

Sie nahmen das Abendessen in einem geräumigen Esszimmer ein.

Das einzige Licht kam von den Kerzenleuchtern auf der Anrichte und dem Mahagonitisch, an dem sie saßen. Die Mahlzeit wurde serviert von Mr. und Mrs. Avery, einem einheimischen Paar mittleren Alters, das als Hausmeister in einem Flügel des Hauses wohnte.

Das Essen dauerte zwei Stunden, zu jedem Gang gab es Wein. Max saß am einen Ende des Tischs, Lavinia am anderen. Die Meeresluft hatte Michael Appetit gemacht, und er aß und trank reichlich. Den größten Teil des Gesprächs bestritt Suzanne. Sie beschrieb einige der wenig erfolgreichen Bands, die ihre Aufnahmen im Studio ihres Mannes gemacht hatten. Lavinia lachte mit den anderen, wirkte entspannt und ungezwungen. Gelegentlich erwischte Michael sie dabei, wie sie ihn anstarrte, aber der Raum war so voller Schatten, dass er nicht herausfinden konnte, welche Gefühle ihr Blick ausdrückte.

Später nahmen sie im Salon den Kaffee. Er saß auf einem Sofa. Der Kopf drehte sich ihm vom vielen Alkohol, den er getrunken hatte. Die anderen setzten eine Unterhaltung fort, an der teilzunehmen er zu müde war. Ein Gähnen unterdrückend beschloss er, ins Bett zu gehen.

Bevor er dies jedoch in die Tat umsetzen konnte, gesellte sich Lavinia zu ihm.

Sie lächelte. Obwohl seine Sinne benebelt waren, vermittelte sie ihm ein unbehagliches Gefühl. Langsam rührte sie in ihrem Kaffee. Sie trank ihn schwarz und ohne Zucker. »Wohin ist Max heute Nachmittag mit Ihnen gefahren?«, fragte sie.

»Southwold.«

»Da war er auch mal mit mir. Wir haben in einem Hotel zu Abend gegessen. Ich glaube, es hieß The Swan. Suffolk ist schön, aber für meinen Geschmack zu ruhig. London ist mir lieber.« Sie leckte ihren Löffel ab. »Finden Sie nicht auch?«

Er nickte höflich.

»Sie meinen, Sie langweilen sich hier?«

»Das habe ich nicht gesagt.«

Sie lachte, ein leises, katzenartiges Geräusch. »Keine Panik. Ich ziehe Sie nur auf.« Sie rührte weiter in dem Kaffee. »Man kann Sie sehr leicht auf den Arm nehmen. Neckt Rebecca Sie auch?«

114

Er wollte sagen, das ginge sie überhaupt nichts an. Stattdessen nickte er.

»Kann ich mir gar nicht vorstellen. Sie wirkt so süß.« Ihr Tonfall war provokativ. »Sie ist sehr hübsch. Finden Sie, dass sie hübscher ist als ich?«

Ihm sträubten sich die Nackenhaare. Beklommenheit wich Zorn. Er sah sie direkt an und sagte: »Ja, das finde ich tatsächlich.«

Er wartete darauf, dass ihr Lächeln verschwand, aber das tat es nicht. Stattdessen lachte sie wieder und berührte seinen Arm. »Wie ritterlich Sie sind. Ihrer Dame so treu. Ich bewundere das. Ich war heute Morgen nicht sehr nett zu Ihnen. Haben Sie mich da für ein Miststück gehalten?«

Er war viel zu müde für diese Unterhaltung und wünschte, sie würde einfach gehen. Er schüttelte den Kopf.

Sie lächelte weiter. »Lügner.«

»Also gut. Zuerst. Dann erklärte Max mir das mit Ihrem Vertrag.«

»Natürlich. Der liebe Max. Ein wunderbarer Mann. Wir zwei geben ein schönes Paar ab, finden Sie nicht auch?«

Erneutes Nicken. Er wollte woanders sein.

»Ja, ich auch.« Wieder lutschte sie an ihrem Löffel, dann leckte sie dunkle Tropfen von ihren üppigen roten Lippen und seufzte zufrieden. »Nett. Nicht zu heiß. Andernfalls könnte ich mich verbrennen, und ich bin überzeugt, das würden Sie nicht wollen.«

Er machte den Mund auf, um zu antworten. Sie schleuderte ihm den Inhalt ihrer Tasse ins Gesicht.

Einen Moment lang sah er nichts mehr. Dampfende Flüssigkeit füllte Nase und Mund. Seine Haut brannte. Er begann zu würgen.

Sie sprang auf. »Du Schwein! Glaubst du, ich lasse mich von dir anfassen? Für was hältst du mich?«

Seine Augen brannten. Er rieb sie, blinzelte, versuchte, wieder klar zu denken.«

»Du würdest es mit mir wohl gern auf dem Sofa treiben, während die anderen zusehen? Bringt dich das auf Touren, du kleiner Dreckskerl? Du bist Max' Gast, um Himmels willen! Wie kannst du es nur wagen, so mit mir zu reden?«

Er schüttelte den Kopf, glaubte nicht, was er da hörte.

»Versuch gar nicht erst, es abzustreiten! Es ist schon schlimm genug, wenn du mit mir redest wie mit einer Nutte, ohne auch noch zu versuchen, mich als Lügnerin hinzustellen!«

Er stand auf, sein Herz raste. Kaffee war durch den Stoff seines Hemdes gesickert und brannte auf seiner Haut. Lavinia wich vor ihm zurück. Suzanne legte beschützend einen Arm um ihre Schulter.

Es gelang ihm, seine Stimme wiederzufinden. »Sie lügen –«, setzte er an.

»Nein, tut sie nicht«, widersprach Suzanne. »Oder wollen Sie mich auch eine Lügnerin nennen?«

Er starrte sie verwirrt an. »Was?«

Ihr Blick war voller Verachtung. »Sie haben mich schon verstanden.« Sie drehte sich zu Lavinia um. »Tut mir Leid, Vinnie. Ich wollte nichts sagen. Ich wollte das Wochenende nicht verderben. Der kleine Widerling hat sich auch an mich rangemacht, beim Mittagessen, aber es war mir viel zu peinlich, um etwas zu sagen.« Sie schnaubte verächtlich. »Gott, jetzt wünschte ich mir, ich hätte es getan.«

Das Zimmer begann sich zu drehen. Er suchte verzweifelt nach Worten, aber der Schreck und der Alkohol beeinträchtigten seine Denkfähigkeit. Benommen schüttelte er den Kopf. Seine Beine zitterten. Er stolperte rückwärts, stieß gegen einen Tisch. Eine Porzellanfigur fiel zu Boden, langsam wie in einem surrealen Traum.

Er drehte sich zu Max. Ihre Blicke begegneten sich.

Max' Gesicht war finster. Eine Vielzahl von Emotionen zeichnete sich darauf ab, aber er konnte keine davon identifizieren.

Dann wurde es plötzlich zu einer Maske.

Sie trugen alle Masken. Alle drei; Schauspieler in einer irrwitzigen Farce, die er nicht verstand und deren unfreiwilliger Hauptdarsteller er war.

Fluchtartig verließ er den Raum, stürmte die Treppe hinauf in den Schutz seines Zimmers. Nachdem er die Tür hinter sich abgeschlossen hatte, lehnte er sich dagegen, während sich sein Magen verkrampfte.

In der Ferne, so leise wie ein Seufzen, Gelächter.

Sonntagmorgen. Halb acht.

Michael schlich mit gepackter Tasche hinunter zum Telefon, das auf dem Tisch in der Eingangshalle stand.

Eine Karte neben dem Telefon verriet Einzelheiten eines ortsansässigen Taxiunternehmens – ein unerwarteter Glücksfall. Er nahm den Hörer ab und wählte die Nummer. Sechsmaliges Läuten, dann meldete sich jemand.

»Hallo, vielen Dank für Ihren Anruf bei Renton Cabs. Leider haben wir im Moment geschlossen, aber wenn Sie nach dem Tonsignal eine Nachricht hinterlassen, werden wir umgehend zurückrufen.«

Frustriert legte er den Hörer wieder auf.

»Sonntags fangen die nicht vor zehn an.«

Er drehte sich um. Max stand in der Eingangshalle; er trug festes Schuhwerk und ein Sakko, als wolle er einen Spaziergang machen.

Michael fühlte sich in die Enge getrieben, genau wie in Max' Arbeitszimmer auf der Party.

Max deutete auf seine Tasche. »Sie reisen ab.«

Er nickte.

»Ohne sich zu verabschieden?«

»Was bringt das?«

»Und auch ohne Frühstück?«

»Sieht so aus, ja.«

Max sah auf seine Uhr. »Die anderen schlafen noch. Mrs. Avery wird erst in ein paar Stunden servieren. Ein paar Kilometer die Küste hinauf gibt es ein Hotel. Dort bekommt man ein komplettes englisches Frühstück.«

Allein bei dem Gedanken an Essen drehte sich ihm der Magen um. »Ich habe keinen Hunger.«

»Der Spaziergang wird Ihren Appetit schon anregen.« Max' Tonfall duldete keinen Widerspruch. »Lassen Sie Ihre Tasche hier. Kommen Sie.«

Schweigend gingen sie am Strand entlang.

Während der Nacht hatte es geregnet. Ihre Schuhe versanken im nassen Sand, der mit Seetang und Treibholz übersät war. Links von ihnen erhob sich ein flaches Kliff, das Meer auf ihrer Rechten war unter einer dichten Nebeldecke fast verschwunden. Der Wind, gestern noch so kräftig, wehte jetzt nur schwach. Über ihnen kreisten Möwen, ihre Schreie waren wie ein schwermütiges Klagelied, das die sie umgebende Stille kaum füllen konnte.

Michael suchte verzweifelt nach etwas, das er sagen konnte. Schließlich war es dann Max, der als Erster redete.

»Ich war acht, als ich zum ersten Mal hierher kam. Ein Ausflug des Heims, an einem Morgen im Mai, der sehr viel schöner war als der heutige. Damals lebte ich seit zwei Jahren im Heim. Zwei Jahre lebendig begraben in diesen engen Straßen. Ich hatte fast schon vergessen, dass es noch eine Welt außerhalb von Bow gab.

Sie luden uns in einen Bus und fuhren uns nach Southwold. Während der ganzen Fahrt mussten wir Lieder singen, um ihnen zu zeigen, wie fröhlich und glücklich wir waren. Nach unserer Ankunft führten sie uns zum Strand, gaben uns Eimer und Schaufeln und forderten uns auf, Sandburgen zu bauen. Es war ein Wettbewerb; ein Schokoriegel für das Kind, das die beste zu Stande brachte.

Ich wartete, bis sie uns nicht mehr beobachteten, dann ging ich ganz allein den Strand entlang. Ich marschierte Kilometer um Kilometer, bis ich zu müde war weiterzugehen. Dann kletterte ich auf das Kliff hinauf und stand einfach da, schaute aufs Meer hinaus und hinauf zu dem weitesten Himmel, den ich in meinem ganzen Leben gesehen hatte. Ich konnte es gar nicht fassen, wie unermesslich er war. Ich fühlte mich wie Gott, die ganze Welt vor mir ausgebreitet.

Und ich schwor mir, dass ich eines Tages hier ein Haus besitzen würde. Ein schönes Haus am Meer, größer als das Heim und ganz allein für mich. Meine Welt. Ein Ort, an dem ich die Spielregeln aufstellen würde, und jeder, der gegen sie verstieß, würde für immer verbannt werden.«

»Jetzt haben Sie das Haus«, entgegnete Michael, »und Sie bestimmen die Regeln. Sie besitzen Geld, und Sie besitzen Macht. Alles, was Sie sich je wünschen könnten.«

»Ja, so ist es«, sagte Max traurig. »All meine Träume sind wahr geworden.«

»Werden Sie mich verbannen?«

Max sagte nichts, ging einfach weiter. Sein Schweigen verletzte Michael, der in den Sand trat, als wollte er ihn für seine eigene Schwäche bestrafen.

»Ich habe nichts getan. Sie lügen. Ich erwarte nicht, dass Sie mir glauben, aber es ist die Wahrheit.«

»Ich glaube Ihnen.«

»Wirklich?«

Max starrte vor sich hin. Sein Schritt war langsam und gemessen. »Bitte, denken Sie nicht schlecht von Lavinia. Eifersucht ist etwas Schreckliches. Sie kann in uns allen das Monster zum Vorschein bringen.«

»Eifersucht? Welchen Grund sollte sie haben, auf mich eifersüchtig zu sein?«

»Ja, welchen Grund?«, wiederholte Max so leise, als führe er Selbstgespräche.

»Und was ist mit Suzanne? Warum sollte sie lügen?«

»Sie ist Lavinias älteste und beste Freundin und möchte ihr helfen, etwas am Leben zu erhalten, was, falls es überhaupt je ein Leben gehabt hat, schon lange vor Beginn dieses Wochenendes tot war.«

Der Sand war nun voller Steine. Michael hob einen auf und schleuderte ihn aufs Meer hinaus, verfolgte, wie er im Nebel verschwand. In der Ferne hörte er ein Platschen. »Zwischen Ihnen ist es wirklich aus?«

»Ja.«

Er griff nach einem weiteren Stein. Vor seinem geistigen Auge sah er ein schönes Gesicht auf einer Million Plakate. Er sagte sich, dass sie sein Mitgefühl nicht verdiente, empfand es aber dennoch.

»Sie sagte, Sie beide gäben ein schönes Paar ab.«

»Tun wir auch.« Max lächelte wehmütig. »Reichtum und Schönheit. Das ist eine unschlagbare Verbindung.«

»Glauben Sie, sie wird zurechtkommen?«

»Ich bin nicht der einzige Mann in London, der Geld hat, und gutes Aussehen öffnet die meisten Türen. Sie wird nicht lange allein sein.«

»Ich weiß nicht, was ich tun würde, wenn Rebecca mir sagte, es sei aus.«

Zum ersten Mal drehte Max sich zu ihm um. Sein Blick war verständnisvoll. »Nein?«

Er schüttelte den Kopf.

»Sie sind mutiger als ich«, sagte Max. »Sie haben mehr riskiert, emotional, meine ich. Aber es war ein Risiko, das einzugehen sich lohnte. Zwischen Ihnen beiden ist etwas ganz Besonderes. Ich habe das bereits bei unserer ersten Begegnung gespürt. Es ist nichts, das ich klar definieren könnte, aber es war da.« Er unterbrach sich. »Darum beneide ich Sie.«

Michael dachte an Rebecca. Er wollte bei ihr, aber auch hier sein.

»Als kleiner Junge«, sagte er, »hatte ich Angst vor dem Sterben. Es war das Schrecklichste, was ich mir vorstellen konnte. Das ist es jetzt nicht mehr. Heute wäre für mich das Schlimmste, wenn sie sterben und mich zurücklassen würde.«

Mit einer Hand massierte er seinen Nacken, in der anderen hielt er noch immer einen Stein. Er ließ ihn fallen.

»Bevor ich ihr begegnet bin, war ich immer allein. Niemand hatte sich je für mich interessiert, und mich hat auch niemand interessiert. Es ist furchtbar, so zu leben, aber es ist irgendwie auch einfacher. Menschen konnten mich verletzen, aber ich konnte mich wehren und mich verteidigen. Aber gegen sie kann ich nicht kämpfen. Das ist so, wenn man jemanden liebt. Man liefert sich aus. Verleiht dem anderen Macht über sich. Er hat deine Gefühle in der Hand. Er kann einen wieder und wieder verletzen, und man ist absolut machtlos dagegen.« Er atmete heftig. »Manchmal hasse ich sie deswegen. Manchmal will ich ihr sehr wehtun, bevor sie dazu Gelegenheit hat.«

Er blieb stehen und starrte zu Boden. Er trug dünne Leinenschuhe, durch deren Sohlen er die Steine spürte.

Warum gebe ich nur so viel von mir preis? Es ist mein Leben, und es hat nichts mit ihm zu tun. Überhaupt nichts.

Er schaute auf. Max beobachtete ihn, in seinem Blick diese Mischung aus Interesse und Anteilnahme. Er fühlte sich wehrlos und sagte in aggressivem Tonfall: »Was haben Sie nur an sich? Manche der Dinge, die ich Ihnen erzählt habe, würde ich nicht mal Rebecca sagen. Ich weiß nicht, was Sie von mir wollen. Ich weiß nicht einmal, was ich überhaupt hier soll!«

»Sie sind hier, weil ich gerne mit Ihnen zusammen bin. Ich bedaure zutiefst, was gestern Abend passiert ist. Ich bin derjenige, dem Sie Vorwürfe machen sollten. Ich hoffe, Sie können mir verzeihen.«

Michael war emotional zu aufgewühlt, um etwas zu sagen.

»Und jetzt«, fuhr Max fort, »haben Sie zwei Möglichkeiten. Entweder nehmen Sie meine Entschuldigung an, und wir setzen das Wochenende fort. Oder aber Sie lehnen sie ab, und dann werde ich Ihnen ein Taxi besorgen, das Sie nach Winchester oder nach London bringt oder wo immer Sie auch hinwollen.«

Sie standen sich gegenüber. Hinter sich hörte Michael die Brandung. Auf seinen Lippen schmeckte er Salz.

»Sie können kein Taxi rufen. Es ist noch nicht zehn.«

Max lächelte. »Eigentlich fangen sie schon um acht an. Ich habe versucht, Zeit zu schinden.«

Michaels Miene blieb ernst. »Ich verzeihe Ihnen, aber ich kann nicht bleiben. Nicht nach gestern Abend. Es tut mir Leid.«

»Warum? Weil es Ihnen peinlich ist? Dann werde ich eben die anderen bitten abzureisen.« Max griff in seine Jackentasche und nahm ein Mobiltelefon heraus. »Ich werde jetzt Mrs. Avery anrufen. Sie werden fort sein, wenn wir zurückkehren.«

Er war beunruhigt. »Das können Sie nicht tun!«

»Nicht? Wie Sie selbst sagten: Es ist mein Haus, und ich stelle die Regeln auf. Sie sind mein Gast. Wenn Sie sich der anderen wegen nicht wohl fühlen, dann müssen sie gehen.«

Michael schüttelte den Kopf. »Das möchte ich nicht.«

»Heißt das, Sie werden bleiben?«

Zum ersten Mal an diesem Morgen lächelte er. »Ja.«

»Gut.«

Max steckte das Telefon wieder ein. »Wenn Sie sich in meiner Gegenwart schon zu Bekenntnissen bemüßigt fühlen«, fuhr er fort, »dann sollten Sie mir jetzt verraten, was Sie seit Ihrer Ankunft bedrückt.«

»Das kann ich nicht.«

»Dann lassen Sie mich raten. Ich bezweifle, dass es ein persönliches Problem ist. Vielleicht schmeichle ich mir, aber ich denke, das hätten Sie mir erzählt. Ich vermute, es hat etwas mit der Arbeit zu tun.« Eine kurze Unterbrechung, eine fragend gehobene Augenbraue. »Ein Fehler, von dem Sie nicht sicher wissen, wie Sie ihn korrigieren können?«

»Ich mache keine Fehler«, sagte er abwehrend.

»Dann sind Sie ein besserer Mensch als ich.« Max lächelte. »Wir müssen ja keine Namen benutzen. Firma A kauft Firma B. Sie wissen ja selbst, wie man das macht.«

Er dachte an Jack Bennett. Digitron war Jacks Mandant, und Max war Jacks Freund.

Es war zu gefährlich. Er konnte es nicht riskieren.

»Sie werden es niemandem sagen?«

»Sie können mir vertrauen, Mike. Das wissen Sie doch, oder?«

Zunächst erwiderte er nichts. Dann nickte er.

»Ich habe Hunger. Erzählen Sie's mir im Gehen.«

Sie setzten den Spaziergang am Strand fort.

Das Crown Hotel war ein trostloses viktorianisches Gebäude aus roten Ziegeln mit Blick aufs Meer.

Das Restaurant war halb leer. Max und Michael setzten sich an einen Tisch in der Ecke. Die meisten anderen Gäste waren ältere Paare, die sich mit gedämpfter Stimme unterhielten. Kellnerinnen mittleren Alters mit altmodischen Schürzen huschten zwischen den Tischen umher, nahmen Bestellungen auf oder servierten Speisen auf dekorativem Porzellan, wie Rebeccas Großmutter es mochte.

Max spießte sein letztes Stück Frühstücksspeck mit der Gabel auf. Michael, der bereits fertig gegessen hatte, nahm einen Schluck von seinem Tee. Er schmeckte, als hätte man den Beutel tagelang darin ziehen lassen, also griff er stattdessen zum Orangensaft.

»Sie sind sich absolut sicher, dass Sie die Klausel nicht falsch verstanden haben?«, fragte Max.

Michael nickte. »Ich verstehe nur einfach nicht, wie ich sie übersehen konnte.«

Max schluckte seinen Bissen hinunter. »Sie standen unter Druck. Da passieren Fehler.«

»Es ist nicht einfach nur ein Fehler. Wir sprechen hier von gewaltigem Scheißebauen. Die Mandantschaft hat ein Vermögen für eine Firma bezahlt, die nur noch ein Drittel des Kaufpreises wert sein wird, falls dieser Vertrag gelöst werden sollte. Wir hätten uns die Außerkraftsetzung vor Unterzeichnung sichern sollen. Zumindest hätte es eine Erfüllungsbedingung sein müssen.« Er stieß deutlich hörbar die Luft aus. »Mein Gott, was für ein Schlamassel.«

»Seien Sie nicht zu hart mit sich«, sagte Max freundlich.

»Sie haben gut reden. Es handelt sich hier um eine unverzeihliche Nachlässigkeit. Die Mandantschaft muss zwangsläufig klagen, und es wird mein guter Name sein, der dabei ruiniert wird. Dafür wird Graham Fletcher schon sorgen. Meine Hoffnungen auf eine Partnerschaft bei Cox Stephens kann ich getrost begraben – oder auf eine Partnerschaft sonst wo.«

Max hatte zu Ende gegessen. Er steckte sich eine Zigarre an. »Und das ist Ihr größter Ehrgeiz, stimmt's? Die Partnerschaft in einer Anwaltskanzlei?«

Michael war überrascht. »Nun, was ist daran auszusetzen?«, fragte er.

»Eine Partnerschaft ist wie ein vergifteter Kelch. Sie bindet Sie an andere und macht Sie verwundbar. Es gibt keine beschränkte Haftung. Sie könnten alles verlieren, was Sie besitzen, und das nur wegen der Nachlässigkeit eines anderen. Hören Sie auf meinen Rat, Mike. Legen Sie Ihr Schicksal niemals in die Hände anderer, und riskieren Sie nie mehr als das, was Sie sich leisten können zu verlieren. Das war immer mein Grundsatz, und den sollten Sie auch beherzigen.«

Michael zuckte mit den Achseln. »Vielleicht.«

»Und warum Ihr Leben als Anwalt vergeuden? Was ist ein Rechtsanwalt denn anderes als ein Ausputzer? Jemand, dessen Aufgabe darin besteht, Probleme anderer zu lösen. Würden Sie nicht lieber selbst für Probleme sorgen?« Max schüttelte den Kopf. »Nein, Sie sollten sich erheblich höhere Ziele stecken. Ich an Ihrer Stelle würde es.«

»Aber Sie sind nicht ich.«

Ein merkwürdiger Ausdruck trat auf Max' Gesicht. »Ich war es einmal«, sagte er leise.

Michael nippte an seinem Orangensaft. Max blies Rauch in die Luft und seufzte zufrieden. Dann wurde sein Blick geschäftsmäßig. »Schluss mit meinen weisen Sprüchen. Überlegen wir lieber, was Sie tun können.«

Michael fühlte eine plötzliche Wärme in sich aufsteigen. »In der Kanzlei weiß niemand sonst davon, nicht wahr?«

»Nein.«

»Dann haben Sie zwei Alternativen. Genau wie vorhin am Strand.«

Michael wartete gespannt.

»Die erste Möglichkeit ist zu schweigen.«

Er nickte. »Was anderes fällt mir auch nicht ein. Aber wenn ich schweige, werde ich jeden Tag in der Angst leben, dass irgendwer die Klausel entdeckt.«

»Warum sollte jemand sie entdecken? Aus meiner begrenzten Erfahrung mit dem Gesetz weiß ich, dass man bei solchen Transaktionen den Vertragspartner normalerweise auf alle Zustimmungen aufmerksam macht, die man braucht. Das Versäumnis, dies zu tun, ist für gewöhnlich auf ein Versehen und nicht auf Vorsatz zurückzuführen. Sie sagten, dieser Vertrag laufe bereits seit fünf Jahren, dass es bislang nie einen Besitzerwechsel gab, und dass die besagte Klausel an einer Stelle verborgen ist, wo niemand sie suchen würde. Die Chancen stehen nicht schlecht, dass alle beteiligten Parteien ihre Existenz vergessen haben.«

»Glauben Sie wirklich?«

»Ja. Ich würde mit Ihnen um eine beträchtliche Summe wetten, dass niemand jemals Ihr Versehen bemerken wird. Und falls doch, dann Jahre später, wenn Sie die Juristerei längst an den Nagel gehängt haben.«

»Immer vorausgesetzt, ich hänge die Juristerei an den Nagel. Davon können Sie aber nicht mit Sicherheit ausgehen.«

Max lächelte. »Stimmt. Doch ich habe da so meine Ahnungen.«

»Falls es doch jemand herausfindet, könnte ich gezwungen sein, den Beruf an den Nagel zu hängen.«

»Warum denn? Würde der Partner denn wirklich den Vertrag auflösen wollen? Die Bedingungen sind doch mehr als fair, oder nicht?«

Daran hatte er noch nicht gedacht. »Ich weiß nicht…«, begann er.

Max schüttelte den Kopf. »Sie haben mich falsch verstanden. Das war keine Frage, sondern eine Feststellung.«

»Wie meinen Sie das?«

»Wissen Sie, Mike, vor fünf Jahren, als Pegasus seinen Vertrag mit Dial-a-Car unterschrieben hat, war ich Aktionär von Kinnetica, der Muttergesellschaft von Pegasus. Ich hatte mit den Vertragsverhandlungen zu tun. Habe ich Recht? Wir reden hier über den Verkauf von Pegasus durch Kinnetica an Digitron?«

Ihm fiel die Kinnlade herunter. »Das können Sie unmöglich wissen! Es ist bislang nicht bekannt gegeben worden. Die Presseerklärung wird nicht vor morgen herausgegeben.«

»Jack Bennett ist ein guter Mann, aber leider indiskret – zumindest mir gegenüber. Er informiert mich gern über all die hochkarätigen Deals, an denen er beteiligt ist. Ein Versuch, mich zu beeindrucken, vermute ich. Eine gefährliche Praktik, wenn man an das Vertrauensverhältnis zwischen Anwalt und Mandant denkt, aber da Jack mich bisher noch nie verärgert hat, sehe ich keinerlei Grund, seine Indiskretionen auszuplaudern.«

Michael stieß einen leisen Pfiff aus.

»Und das«, fuhr Max fort, »bringt uns auch schon zu Möglichkeit Nummer zwei.«

»Die da wäre?«

»Dass ich mich mit Michael Marshall in Verbindung setze, dem Geschäftsführer von Dial-a-Car, und ihn bitte, Ihnen die erforderliche Verzichtserklärung zu schicken, datiert auf einen Zeitpunkt vor der Unterzeichnung. Im Augenblick befindet er sich im Urlaub, in seinem Haus in Devon, aber er kann es auch dort aufsetzen. Im Grunde ist nichts weiter erforderlich als seine Unterschrift auf einem Blatt Papier.«

Mike schüttelte den Kopf.

»Warum nicht? Angst, die Katze aus dem Sack zu lassen? Befürchten Sie, dass Dial-a-Car das als Vorwand nutzt, noch bessere Bedingungen herauszuschlagen?«

Er nickte.

»Da brauchen Sie sich keine Sorgen zu machen. Ich hätte da noch einen weisen Spruch für Sie, Mike. Jeder hat seine schwache Stelle. Wirkliche Macht liegt darin, diese Stelle herauszufinden und sich zu Nutze zu machen. Henrys Schwäche ist das Glücksspiel. Während der letzten paar Jahre hat er ein Vermögen verloren. Nicht nur sein eigenes – auch Geld der Firma, und Sie kennen selbst die Strafen, die darauf stehen. Ich habe ihm schon mehr als einmal finanziell aus der Patsche geholfen. Er schuldet mir etwas, und das weiß er. Jetzt ist der Zeitpunkt gekommen, dass er mir einen Gefallen tut.«

Das alles ging viel zu schnell. Wieder schüttelte Michael den Kopf.

»Sie könnten die Verzichtserklärung morgen haben. Ihre innere Ruhe, das ist es doch, was Sie wirklich wollen. Sie haben mir Ihren Fehler anvertraut, Mike. Vertrauen Sie mir auch in dieser Sache.«

Er starrte auf seinen Teller. Leer, bis auf ein kleines Stück Tomate. »Ich habe Ihnen vertraut«, sagte er. »Jetzt kennen Sie meinen schwachen Punkt. Jetzt haben Sie mich in der Hand.«

Er hob den Blick. Wieder war Max' Gesichtsausdruck merkwürdig. »Darüber müssen Sie sich keine Gedanken machen.«

»Genau wie Jack sich keine Gedanken machen muss, wenn er vertrauliche Informationen seiner Mandanten weitererzählt. Solange ich Sie nicht verärgere, bleiben meine Leichen im Keller.«

Der Ausdruck änderte sich nicht. »Sie sind nicht Jack, und er ist nicht Sie.«

Verlegen beobachtete Michael die Kellnerinnen bei ihrer Arbeit. Aus der Küche drang der Lärm eines zersplitternden Tellers. »Irgendwem werden die Brocken um die Ohren fliegen«, bemerkte er.

»Aber dieser Jemand werden nicht Sie sein.«

»Nein?«

»Nein. Wie ich schon sagte, Sie haben zwei Möglichkeiten. Ich bezweifle, dass jemand Ihren Fehler entdecken wird, wenn Sie schweigen. Ihr Ruf wird unbescholten bleiben, auch wenn Sie mit der Angst vor Entdeckung leben müssen. Falls Sie die Verzichtserklärung haben wollen, kann ich sie Ihnen besorgen, und dann werden Sie im Besitz eines entscheidenden Dokuments sein, ohne Ihren Mandanten und Ihre Vorgesetzten belästigen und ohne Dial-a-Car irgendwelche Konzessionen machen zu müssen. Seelenfrieden und keine Gefahr mehr für Ihren guten Ruf. Die Entscheidung liegt allein bei Ihnen, aber ich wüsste, was ich täte.«

Er starrte Max an. »Das würden Sie wirklich für mich tun?«

Ein Nicken. »Sie können mir vertrauen. Ich werde Sie nicht verraten.«

Wieder empfand er die Wärme. Intensiver diesmal. »Danke.«

»Sie brauchen sich nicht jetzt zu entscheiden.« Max erhob sich. »Ich muss zur Toilette. Hören Sie auf, sich Sorgen zu machen, alles wird gut gehen.«

Als Michael allein war, beobachtete er, wie der Dampf von seiner Teetasse aufstieg. Er war aufgekratzt, als wäre eine riesige Last von seinen Schultern genommen.

Plötzlich kam ihm eine Idee. Er winkte eine Kellnerin herbei. »Könnte ich bitte die Rechnung haben?«

Sie lächelte. »Nicht nötig. Ihr Vater hat bereits bezahlt.«

»Wer?«

Ihr Lächeln wurde unsicher. »Der Herr in Ihrer Gesellschaft. Tut mir Leid. Ich dachte nur.«

Aus den Augenwinkeln sah er eine Bewegung. Max hatte den Raum wieder betreten, bewegte sich selbstbewusst zwischen den Tischen hindurch. Eine beeindruckende Persönlichkeit. In Einklang mit sich und der Welt.

Und mit einem Mal begannen all die vertraulichen Dinge, die er ihm erzählt hatte, die komplizierten und unbekannten Gefühle, die er empfand, einen Sinn zu ergeben.

Er fühlte sich verwundbar. Genau wie vorhin am Strand. Doch diesmal war das Gefühl noch intensiver, obwohl er es nicht wahrhaben wollte.

Max setzte sich. »Sollen wir gehen?«

»Ich habe es mir anders überlegt. Ich möchte, dass Sie im Haus anrufen und die anderen bitten zu gehen.« Sein Ton war fordernd.

Max schien überrascht. »Ich dachte, wir wären uns einig, dies sei nicht notwendig.«

»Dann werden Sie es also nicht tun? Gut. Ich hab's ohnehin nicht ernst genommen.«

Max holte sein Handy heraus und tippte eine Nummernfolge ein. »Mrs. Avery, es tut mir Leid, aber Sie müssen Miss Carlisle und ihre Freundin bitten abzureisen.« Er schwieg einen Moment, den Blick fest auf Michael gerichtet. »So bald wie möglich. Wir werden in etwa einer Stunde zurück sein, und ich möchte, dass sie dann fort sind.«

Michael streckte die Hand aus und nahm das Telefon. Eine nervöse Frauenstimme sprach am anderen Ende. »Mrs. Avery, Michael Turner am Apparat. Vergessen Sie, was Mr. Somerton Ihnen gerade gesagt hat. Das war nur ein Scherz. Tut uns Leid, dass wir Sie belästigt haben.«

Er schaltete das Telefon aus und gab es Max zurück.

»Warum?«, fragte Max.

»Weil ich wissen musste, ob Sie es wirklich tun.«

Sie starrten sich an.

»Spielen Sie Golf?«, fragte Max.

»Was?«

»Spielen Sie Golf?«

Er fand seine Beherrschung wieder. »Sehe ich vielleicht alt und traurig aus?«

»Weder noch. Es ist ein nützliches Spiel. Sie glauben gar nicht, wie viele Geschäfte an einem Sonntagmorgen auf dem Golfplatz gemacht werden.«

»Zeigen Sie mir, wie man den Schläger schwingt?«

»Warum nicht? Ich bin Mitglied eines Clubs hier ganz in der Nähe. Wir schlagen ein paar Bälle und essen anschließend im Clubrestaurant zu Mittag. Die Küche ist furchtbar, der Weinkeller dafür exzellent.«

»Was ist mit den anderen? Sollten wir nicht zurückgehen?«

»Ich habe es nicht eilig. Sie?«

Er schüttelte den Kopf.

»Gut. Also dann, Golf. Bereiten Sie sich auf eine demütigende Erfahrung vor.«

Michael erhob sich. »Sie sind derjenige, der eine Demütung erleiden wird. Ich bin Ozymandias, König des Grün: Achtet auf meine Treibschläge, Ihr Mächtigen, und lasst alle Hoffnung fahren.«

»Sie zitieren ein Gedicht«, sagte Max. »Das ist jetzt aber wirklich alt und traurig.«

Lachend verließen sie das Restaurant.

Am späten Abend setzte Max Michael vor seiner Wohnung ab.

Sie waren allein aus Suffolk nach London zurückgefahren. Nachdem sie den größten Teil des Tages im Golfclub verbracht hatten, waren sie zum Haus zurückgekehrt, das Lavinia und Suzanne bereits verlassen hatten.

Es war dunkel in der Wohnung. Er hatte damit gerechnet, dass Rebecca schon zurück wäre, fand aber eine Nachricht von ihr auf Band vor, dass sie sich eine Grippe eingefangen habe und sich der Reise nicht gewachsen fühle. Er rief ihre Eltern an und schaffte es, eine einigermaßen zivilisierte Unterhaltung mit ihrem Vater zu führen, der Rebecca Grüße von Michael ausrichten wollte.

Nachdem er sich ein Bier aus dem Kühlschrank geholt hatte, trat er auf den winzigen Balkon in die warme Abendluft hinaus. Er betrachtete die Lichter in den Fenstern der Häuser gegenüber, fragte sich, wie wohl das Leben der Menschen hinter den Gardinen aussah.

Seine Probleme waren nun gelöst, und er hätte glücklich sein können. Doch er fühlte sich beklommen. Die von Max vorgeschlagene Lösung lief auf eine Art Erpressung hinaus. War es klug, sich in einem Machtspiel benutzen zu lassen, das bereits Jahre vor seiner Bekanntschaft mit Max angefangen hatte?

Und jetzt hatte ein neues Spiel begonnen. Eines zwischen Max und ihm, bei dem Max alle Trümpfe in der Hand hielt. Ein Mann, von dem er praktisch nichts wusste, ein Mann, der keinerlei Gewissensbisse hatte, die Schwächen anderer auszunutzen, wenn es seinen eigenen Zwecken dienlich war. Wie konnte er einem solchen Menschen vertrauen?

Aber er vertraute ihm. Das war das Eigenartige an der Situation.

Er schob seine Ängste beiseite. Alles würde gut werden. Ganz ohne Zweifel.

Er trank sein Bier aus und ging zu Bett.

6. KAPITEL

Montagmorgen. Halb zwölf. Michael saß an seinem Schreibtisch und überprüfte Änderungen an dem Offenlegungs- und Gewinnausweisdokument, mit dessen Entwurf er direkt als Erstes an diesem Morgen begonnen hatte. Jack Bennett wollte es um ein Uhr haben, und er lag gut in der Zeit.

Im Büro war es ruhig. Die halbe Abteilung war zu Besprechungen außer Haus. Auf dem Flur unterhielten sich die Sekretärinnen über das Fernsehprogramm des vergangenen Wochenendes oder telefonierten mit Freundinnen. Seine Sekretärin, Kim, gerade erst zurück aus Saloniki, kam herein, um ihm ihre Urlaubsfotos zu zeigen. Auf den meisten war ein gut aussehender griechischer Kellner zu sehen. Er und Stuart zogen sie deswegen auf, und sie reagierte mit einem gutmütigen Lächeln, wobei ihre Urlaubsbräune half, das verlegene Erröten zu verbergen.

Das Telefon klingelte. Es war Max. »Ich habe mit Henry gesprochen. Er ist einverstanden, eine Verzichtserklärung aufzusetzen, und ich habe ihm gesagt, dass er sie noch heute an Sie faxen soll. Er hat versprochen, dass sie Ihnen spätestens am frühen Nachmittag vorliegt. Ist das in Ordnung?«

»Und ob. Danke, Max. Ich bin Ihnen wirklich sehr dankbar.«

»Gern geschehen. Können Sie mich zu Jack durchstellen? Ich muss kurz mit ihm sprechen. Wir sehen uns bald mal wieder, ja?«

»Bestimmt.« Lächelnd stellte er durch.

Eine Stunde später war er mit dem Offenlegungs- und Gewinnausweisdokument fertig. Stuart fragte, ob er mit ihm essen gehe. Er war einverstanden und suchte dann Jacks Büro auf. Es war leer. Noch vor zehn Tagen wäre die Erleichterung, die er jetzt empfand, unvorstellbar gewesen.

Nachdem er das Schreiben auf Jacks Schreibtisch gelegt hatte, kehrte er in sein Büro zurück. Graham Fletcher tauchte aus der Herrentoilette auf und rief seinen Namen.

Von diesem Augenblick an lief alles schief.

»Ich habe vorhin mit Jack gesprochen«, sagte Graham. »Er äußerte sich erstaunt, dass wir keinerlei Verzichtserklärungen von Dial-a-Car brauchten, und ich schlug vor, mich noch einmal zu vergewissern, dass Sie auch tatsächlich alle erforderlichen Überprüfungen durchgeführt haben. Das haben Sie doch, oder?«

Michael fühlte sich unbehaglich. »Tatsächlich benötigen wir eine Verzichtserklärung. Im Paragraphen über Verschiedenes gab es eine Zustimmungsklausel. Ich habe vergessen, Jack das zu sagen.«

Graham sah entsetzt aus. »O mein Gott! Es steht nicht in den verfluchten Abschlussbedingungen!«

»Nicht nötig. Wir haben die Verzichtserklärung bereits.«

Einen Moment entspannte sich Graham. Dann kniff er die Augen zusammen. »Wie das?«

Michael begann zu improvisieren. »Ich habe mich direkt mit Dial-a-Car in Verbindung gesetzt. Habe mit deren Geschäftsführer gesprochen, der sie uns geschickt hat.«

»Warum haben Sie mir das nicht gesagt?«

»Ich dachte, ich hätte. Tut mir Leid.«

Graham nickte. »In Ordnung. Vergessen Sie nicht, mir eine Kopie zu geben, und beim nächsten Mal halten Sie mich bitte über alles auf dem Laufenden.« Er sah ein wenig unglücklich aus.

Michael kehrte in sein Büro zurück, um mit Stuart in einem billigen Imbiss in der Nähe des Büros Hühnchen zu essen. Stuart plauderte vergnügt über sein Wochenende in Bristol. Michael aß und sagte wenig, wünschte sich, er wäre Graham nicht über den Weg gelaufen. Er wusste, dass alles in Ordnung kommen würde, dennoch hatte er ein ungutes Gefühl.

Zwei Uhr.

Sie kehrten ins Büro zurück. Michael sah ein Fax auf seinem Stuhl liegen: die Verzichtserklärung. Er war erleichtert.

Nur, es war nicht die Verzichtserklärung. Nur eine allgemeine Anfrage von ihrem Büro in Hongkong.

132

Machte nichts. Es war erst zwei Uhr. Max hatte etwas von frühem Nachmittag gesagt.

Graham Fletcher kam in das Büro stolziert. »Ich habe Jack von dieser Verzichtserklärung erzählt, und er meinte, wir sollten das Digitron mitteilen. Jetzt möchten die eine Kopie sehen. Faxen Sie ihnen das doch bitte kurz.«

Das Mittagessen lag ihm schwer im Magen. »Wann? Morgen?«

Graham sah ihn an, als wäre er nicht ganz richtig im Kopf. »Natürlich heute.«

»Kein Problem.«

Und es war kein Problem. Am frühen Nachmittag würde sie ihm vorliegen. Das hatte Max gesagt.

Sein Telefon klingelte. Jemand von der Prozessabteilung mit einer Anfrage. Er versuchte sich auf das Gespräch zu konzentrieren.

Drei Uhr.

Keine Spur von der Verzichtserklärung.

Graham tauchte wieder auf. »Schon abgeschickt?«

»Nein.«

Graham sah ihn missmutig an. »Dann machen Sie mal endlich Nägel mit Köpfen, Mann!«

»Sorry. Habe telefoniert. Ich erledige das sofort.«

Graham ging. Zum vierten Mal sah er beim Fax der Abteilung nach. Nichts.

Plötzlich kam ihm in den Sinn, dass Max Henry womöglich die allgemeine Faxnummer gegeben haben könnte. Er rief die Poststelle an. Sie schauten nach und sagten, es sei nichts eingegangen.

Er rief Max an. Ein älter klingender Mann mit mitteleuropäischem Akzent meldete sich. Mr. László, die eine Hälfte des ungarischen Ehepaars, das Max in London den Haushalt führte. Mr. László erklärte höflich, Max sei gerade gegangen und werde den restlichen Tag außer Haus verbringen.

»Können Sie mir bitte seine Handynummer geben?«

»Das hätte keinen Sinn«, erklärte Mr. László. »Er hat es nicht mitgenommen.«

133

Er schob seine Frustration beiseite. »Können Sie mir denn sagen, wohin er gegangen ist? Es ist wirklich sehr dringend.«

»Heute Abend ist er zum Essen im Sugar Club in der Warwick Street. Er hat für acht Uhr einen Tisch reserviert. Wo er vorher ist, weiß ich leider auch nicht.«

»Falls er sich meldet, sagen Sie ihm bitte, dass er mich sofort zurückruft. Es ist äußerst wichtig.«

»Natürlich.«

Er fluchte leise, als er den Hörer auflegte. Stuart schaute von seinem Schreibtisch auf. »Alles okay?«

Er nickte. Ein schrecklicher Verdacht stieg in ihm hoch, den er zu ignorieren versuchte. Es war immer noch früher Nachmittag. Das Fax würde kommen. Max würde ihn nicht im Stich lassen.

Halb fünf.

Immer noch keine Verzichtserklärung.

Michael, inzwischen fast in Panik, marschierte im Büro auf und ab. Stuart starrte ihn an. »Mike, was ist los?«

»Nichts. Nerv mich nicht.«

Graham kam in den Raum gestürmt. »Ich hatte gerade Digitron am Telefon. Warum haben Sie die Verzichtserklärung noch nicht geschickt?«

Er spielte auf Zeit. »Ich finde sie nicht. Wir hatten die letzten zehn Tage eine Aushilfe. Sie muss sie wohl in der falschen Akte abgelegt haben.«

Grahams Augen schienen ihm fast aus dem Kopf zu springen. »Sie finden sie nicht?«

»Keine Sorge. Ich werde schon noch.«

Graham stach mit einem Finger in seine Richtung. »Ich will in zwanzig Minuten eine Kopie auf meinem Schreibtisch haben. Keine Ausreden!« Er marschierte hinaus.

Stuart wirkte besorgt. »Brauchst du Hilfe?«

»Nein.« Er fuhr sich mit einer Hand durchs Haar und überlegte es sich anders. »Ja. Ich muss telefonieren. Könntest du für mich zum Fax gehen und nachsehen, ob irgendwas angekommen ist?«

Stuart verließ den Raum. Michael rief bei Max' zu Hause an. Wieder meldete sich Mr. László. Nein, Max hatte nicht angerufen. Sein Aufenthaltsort war immer noch unbekannt.

Stuart kehrte zurück. »Kein Fax. Sorry.«

Ein Anruf bei der Poststelle brachte die gleiche Antwort. Sein Hemd klebte auf der Haut.

Kim tauchte auf. »Graham Fletcher hat angerufen. Er will Sie sofort sprechen.«

Mit bleischweren Beinen ging er zu Grahams Büro. Die Tür war offen. Jack Bennett stand neben Graham. Jack sah aufgewühlt aus, und Graham schien am Rande eines Nervenzusammenbruchs zu stehen. Michael war übel.

Red dich raus. Das hast du bei Mandantengesprächen auch schon gemacht. Also kannst du es auch jetzt.

»Gerade hat Digitron angerufen«, sagte Graham. »Jemand aus ihrem Büro hat mit Dial-a-Car gesprochen, um sich für die Verzichtserklärung zu bedanken, und jetzt stellt sich heraus, dass kein Mensch bei Dial-a-Car auch nur die leiseste Ahnung hat, wovon die überhaupt reden!«

Michael schluckte und versuchte, ganz ruhig zu sprechen. »Der Geschäftsführer weiß es.«

Grahams Kopf war hochrot. »Der Geschäftsführer ist in Urlaub. Sie haben mit dem Finanzdirektor gesprochen, der sagte, er wisse nichts von einer Verzichtserklärung aus seinem Haus.«

»Er sagte außerdem«, fügte Jack hinzu, »dass der Geschäftsführer niemals eine Verzichtserklärung abgegeben hätte, ohne sich vorher mit ihm zu besprechen, und falls der Besitzer von Pegasus ohne ihre Zustimmung gewechselt haben sollte, würden sie das sehr übel nehmen und zumindest Nachbesserungen in den Geschäftsbedingungen verlangen.« Er schüttelte den Kopf. »Das sieht nicht gut aus, Mike.«

Red dich raus. Red dich raus.

»Er irrt. Die sollten mit dem Geschäftsführer sprechen. Er wird es bestätigen.«

Wieder schüttelte Jack den Kopf. »Die Assistentin des Geschäftsführers hat bereits mit ihm gesprochen. Er sagte ihr, er habe noch nie von Ihnen gehört, und eine Verzichtserklärung existiere nicht.«

Michael hatte das Gefühl, als hätte er einen Schlag in den Magen bekommen. Er wich einen Schritt zurück. Der Boden schien ihm unter den Füßen weggezogen zu werden.

Graham zitterte vor Wut. »Was zum Teufel versuchen Sie hier abzuziehen? Es ist schon schlimm genug, dass Sie die Zustimmungsklausel übersehen haben, aber jetzt auch noch mit dieser Lügengeschichte anzukommen, um Ihren Arsch zu retten, ist unglaublich! Die Klausel war unter Verschiedenes versteckt. Kein Mensch hätte sie entdeckt! Warum konnten Sie nicht einfach den Mund halten? Sie gottverdammte Niete! Ihre Tage in dieser Kanzlei hier sind gezählt!«

Vor Michaels Augen drehte sich alles. Das konnte einfach nicht wahr sein. Jack sah aus, als sei gerade jemand gestorben. Was in gewisser Weise ja stimmte!

Und doch war da so etwas wie die Andeutung eines süffisanten Lächelns in seiner Miene.

In seinem Kopf hörte er Max' Stimme. Ihr Klang war weich und samtig. Verführerisch und tödlich.

Jeder hat einen schwachen Punkt. Wahre Macht besteht darin, diesen Punkt zu finden und sich zu Nutze zu machen.

Er bekam wieder einen klaren Kopf. Plötzlich verstand er alles.

Max hatte gesagt, er wüsste, dass Lavinia gelogen habe. Auch das war eine Lüge gewesen, ein Trick, um Vertrauen zu wecken. Und es hatte funktioniert. Er hatte Max vertraut und seinen eigenen Schwachpunkt offenbart.

Da Jack mich noch nicht verärgert hat, sehe ich keinerlei Grund, seine Indiskretionen nicht für mich zu behalten.

Er hatte geglaubt, seine eigenen Indiskretionen würden verborgen bleiben, aber er hatte sich geirrt. Denn er hatte Max bereits verärgert. Und jetzt hatte Max seine Rache.

Max hatte an diesem Morgen mit Jack gesprochen, um ihm von Michaels Fehler zu erzählen. Aber Verrat allein war noch nicht genug. Es musste dafür gesorgt werden, dass Michael sich sein eigenes Grab schaufelt; er musste zu der Erklärung gedrängt werden, eine frei erfundene Verzichtserklärung existiere, damit er vor der ganzen Welt nicht nur als Versager, sondern auch noch als jemand dastand, der Lügen erzählte, nur um sein Fehlverhalten vor anderen zu verbergen.

Jack würde getan haben, worum man ihn bat. Immerhin hatte er seine eigenen Gründe, Max nicht zu verärgern. Er war nicht der verantwortliche Sozius für dieses Rechtsgeschäft gewesen, also würde sein eigener Ruf auch keinen Schaden nehmen. Und er konnte gar nicht anders als sich darüber freuen, dass jemand in Misskredit gebracht wurde, den er bereits als Konkurrenten um Max' Gunst betrachtete.

Alles nur Lügen, was sich gestern zwischen ihnen abgespielt hatte. Er hatte Max vertraut und dafür den Preis bezahlt.

Graham brüllte weiter, doch Michael war nicht bereit, sich dem weiter auszusetzen. Er drehte sich um und verließ den Raum. Im Flur standen alle wie zur Salzsäule erstarrt da und sahen ihm nach. Er ignorierte sie. Seine Wut war dermaßen groß, dass er glaubte, jeden Augenblick zu platzen.

Er marschierte die Warwick Street zum Sugar Club hinauf.

Den ersten Teil des Abends hatte er in einer Ecke in einem überfüllten Pub am Piccadilly verbracht, Bier getrunken und sich seinem Groll hingegeben. Eigentlich hätte er betrunken sein müssen, doch die Wut hatte den Alkohol aufgefressen, bevor er ihm die Sinne trüben konnte. Auch gut. Für das, was vor ihm lag, musste er einen klaren Kopf haben.

Er betrat das Lokal, passierte die Theke im vorderen Teil und betrat den eigentlichen Speiseraum. Die Tische standen dicht nebeneinander. Alle schienen besetzt zu sein, die Gäste waren in der Mehrzahl jung und schick. Kellner in schwarzen Anzügen mit weißen Schürzen glitten mit Serviertabletts zwischen den Tischen umher. Die Luft war erfüllt von Stimmengewirr und dem Klappern von Geschirr und Besteck. Punktstrahler und Kerzen spendeten gedämpftes Licht, was den Eindruck von Intimität unterstrich. Der ideale Ort, um eine Szene zu machen.

Max saß an einem Tisch in der Mitte des Restaurants. Seine Be-

137

gleiter waren zwei etwa vierzigjährige Japaner, die beide die gleichen eleganten Zigarren rauchten wie Max. Max führte die Unterhaltung, sein Lächeln war charmant, und seine beiden Gäste nickten bewundernd, während er sprach.

Ein Kellner tauchte mit den Vorspeisen auf. Sie legten ihre Zigarren im Aschenbecher ab und bereiteten sich auf das Essen vor.

Die Zeit war gekommen! Er setzte sich in Bewegung, das Herz schlug ihm bis zum Hals.

Max sah ihn kommen. Einen Augenblick wirkte er überrascht, dann lächelte er. »Mike, was für eine unerwartete Freude. Leisten Sie uns Gesellschaft?«

Er erwiderte das Lächeln. Dann hob er die Stimme und sagte: »Eher wird die Hölle zu Eis erstarren, als dass ich mich jemals wieder an einen Tisch mit Ihnen setze.«

Max bekam große Augen. »Entschuldigen Sie?«

»Ich habe Ihnen vertraut. Tja, besser gesagt, ich habe mich von Ihnen zum Narren halten lassen. Es hat besser geklappt, als Sie dachten.« Während er sprach, verstummten alle anderen Unterhaltungen im Raum.

»Ich fürchte«, erwiderte Max ruhig, »ich weiß nicht, wovon Sie reden.«

Michael lächelte weiter. »Oh, Sie sind gut, stimmt's? Ein niederträchtiger, ausgebuffter Hund. Kein Mensch würde ahnen, was für ein durchtriebenes Arschloch Sie sind.«

Er wandte sich an Max' Gäste, die ihn starr vor Entsetzen anstarrten. Er war froh, dass es Japaner waren: Menschen, vor deren Augen man niemals sein Gesicht verlieren durfte. »Vertrauen Sie diesem Mann nicht«, sagte er zu ihnen. »Er wird Sie bei der erstbesten Gelegenheit aufs Kreuz legen.«

»Hier scheint eine Art Missverständnis vorzuliegen«, entgegnete Max. »Ich halte es für das Beste, wenn Sie jetzt gehen.« Seine Stimme blieb ruhig. Unter anderen Umständen hätte Michael Max' Beherrschung bewundert. Jetzt jedoch wollte er sie ins Wanken bringen.

Er griff über den Tisch und nahm einen Teller. Jakobsmuscheln in Sahnesauce. Er schleuderte ihn auf Max, bespritzte sein Gesicht

138

und seine Kleidung. Hinter sich hörte er eine Frau laut nach Luft schnappen. Er nahm ein Glas Rotwein und kippte es ihm ebenfalls ins Gesicht.

»Sie Dreckskerl! Sie bilden sich ein, mit dem Leben anderer Menschen spielen zu können? Tja, Sie haben einen großen Fehler begangen, als Sie das mit meinem versuchten!«

Dann machte er auf dem Absatz kehrt und verließ das Restaurant.

Er erreichte die Straßenecke und blieb stehen, lehnte sich gegen die Wand und achtete nicht auf die Menschen, die an ihm vorbeigingen, starrte nur auf den schmalen Streifen Himmel, der über den Dächern der Häuser zu sehen war. Die Blau- und Rottöne des frühen Abends verblassten, als der Tag zu Ende ging: Grau trat an die Stelle der Farbe, so wie Realität die Hoffnung zunichte macht.

Sein Zorn war nun verraucht, an seine Stelle trat Schmerz über die Verletzung und Hass auf sich selbst. Er hatte immer geglaubt, dass das Leben, wie er es geführt hatte, ihn stark gemacht hätte. Dass er niemals von anderen hereingelegt werden könnte. Aber er hatte sich geirrt. Max hatte ihm eine emotionale Vertrautheit vorgegaukelt, und er war wie ein Blinder in diese Falle getappt. Und auch wenn er Max wegen seines Verrats hasste, hasste er sich selbst noch viel mehr für seine Schwäche, sich getäuscht haben zu lassen.

Ein junges Pärchen, beide betrunken, schwankte unsicher die Straße entlang. Der Mann rempelte ihn an und entschuldigte sich dann. Michael ignorierte ihn und verschwand in der Nacht.

Neun Uhr am nächsten Morgen. Michael lag im Bett und starrte an die Decke. Die Vorhänge waren noch zugezogen. An einem normalen Tag wäre er schon vor einer halben Stunde im Büro gewesen. Aber heute war kein normaler Tag.

Bei Cox Stephens war es zu Ende. Das stand für ihn fest. Hätte er seinen Fehler verschwiegen, hätte er wahrscheinlich überlebt. Aber er hatte eben nicht geschwiegen.

Am Abend zuvor hatte Rebecca angerufen. Er war nicht ans Telefon gegangen, hatte den Anrufbeantworter ihre Mitteilung aufnehmen lassen. Es ging ihr wieder besser, und sie würde an diesem Nachmittag zurückkommen. Er würde ihr sagen müssen, was passiert war, und konnte nur hoffen, dass dies keine Konsequenzen für ihre gemeinsame Zukunft hatte.

Das würde es nicht. Sie liebten sich. Das genügt. Oder?

Er stemmte sich aus dem Bett, ging ins Bad, duschte und rasierte sich und zog seinen Anzug an. Das Hemd war verknittert. Es spielte zwar keine Rolle mehr, trotzdem bügelte er es, spielte eine fast drei Jahre während Routine durch.

Er bereitete sich einen Kaffee zu, trat auf den Balkon hinaus. Dunkle Wolken zogen am Himmel auf. Noch vor Mittag würde es regnen. Er fragte sich, ob er dann noch einen Job hatte.

Dann verließ er die Wohnung und ging zur U-Bahn. Die Rushhour war vorbei und der Bahnsteig fast leer. Als der Zug einfuhr, setzte er sich in einen Wagen, der bis auf das Rascheln von Papier und das leise Raunen von Walkmans ruhig war. Eine *Times* lag zusammengefaltet auf seinem Schoß. Er starrte vor sich ins Leere, nahm all seinen Mut zusammen für das, was vor ihm lag.

Als er die Eingangsstufen des Büros hinaufging, sagte er sich, dass er weder Bedauern noch Reue zeigen würde, egal, was geschah. Diese Befriedigung würde er ihnen nicht gönnen.

Er durchquerte das Foyer und schenkte dem Mann an der Rezeption sein strahlendstes Lächeln, bevor er in den Fahrstuhl stieg und den Knopf für die fünfte Etage drückte.

In der Abteilung für Wirtschaftssachen herrschte ganz normaler Alltag. Sekretärinnen saßen an ihren Schreibtischen, Anwälte rannten zwischen den Büros hin und her, und überall läuteten Telefone. Ein paar Leute sahen auf, als er vorbeiging, aber die meisten taten so, als sei nichts geschehen. Das Lächeln blieb auf seinem Gesicht eingefroren. Er hatte für Cox Stephens hart gearbeitet, und sein Ausscheiden würde für sie ein großer Verlust sein. Er wusste es, und eines Tages würden auch sie es erkennen.

Er betrat sein Büro. Stuart strahlte ihn an und hielt ein Blatt hoch. »Wo bist du gewesen? Die Verzichtserklärung ist eingetroffen.«

»Was?«

»Die Verzichtserklärung hier. Die, wegen der du so eine Panik

140

hattest. Sie ist gestern in der Poststelle angekommen, als wir beim Mittagessen waren.«

Das war ein Witz. »Das kann nicht sein. Ich habe in der Poststelle nachgefragt, und die haben mir gesagt, es sei nichts eingegangen.«

»Ich weiß. Dafür kannst du dich bei der Personalabteilung und ihren blöden Richtlinien bedanken.«

»Welche Richtlinien?«

»Dass man seine Initialen benutzen muss, statt den vollen Namen. Eine dieser Maßnahmen zur Effizienzsteigerung, dank der am Ende alles weniger effizient ist als zuvor. Die Poststelle hat deine Initialen falsch notiert und die Verzichtserklärung zu Matthew Tylor in die Immobilienabteilung geschickt. Er hatte gestern eine ganztägige Besprechung, und seine Sekretärin war krank, also haben die es erst vorhin bemerkt. In der Poststelle ist um zwei Schichtwechsel, also konnte sich dort keiner mehr an ein Fax für dich erinnern.«

Er riss Stuart das Papier aus der Hand.

Und da war es. Die Verzichtserklärung, datiert auf einen Tag vor dem Inhaberwechsel. Genau, was er gewollt hatte.

Genau, was zu liefern Max versprochen hatte.

Michael war schwindlig, und er musste sich setzen.

»Aber das ergibt doch keinen Sinn. Der Geschäftsführer von Dial-a-Car sagte, er habe noch nie von mir gehört.«

Stuart lachte. »Es wird noch besser. Jack Bennett war vorhin hier. Der Geschäftsführer hat vor einer Stunde mit ihm telefoniert. Er muss sich wohl tausendmal entschuldigt haben. Anscheinend hat seine Assistentin eine Riesenangst davor, ihn im Urlaub zu stören. Als sie ihn nämlich einmal wegen einer unbedeutenden Kleinigkeit angerufen hatte, hat er sie zur Schnecke gemacht, und deshalb setzt sie sich mit ihm nur noch dann in Verbindung, wenn die Firma vor dem Konkurs steht oder Terroristen den Sitzungssaal des Vorstands besetzt haben. Und da der Finanzdirektor noch nie etwas von der Verzichtserklärung gehört hatte und es in den Akten auch keine Kopie davon gab, dachte sie, das hättest du dir alles nur aus den Fingern gesaugt. Nun musste sie alles zurücknehmen.«

Michael lachte ebenfalls. Es war ein schrilles, hysterisches Lachen. Das waren wunderbare Nachrichten, aber bei dem Gedanken an die sich daraus ergebenden Konsequenzen wurde ihm schlecht.

»Jack hat gefragt, wo du steckst. Ich glaube, er wollte sich wegen gestern entschuldigen. Anscheinend hat der Geschäftsführer dich über den grünen Klee gelobt und gesagt, du wärest ein großer Gewinn für die Kanzlei.«

Schritte im Korridor. Graham Fletcher trat ein, schien sich offensichtlich nicht besonders wohl in seiner Haut zu fühlen. »Sie haben's schon gehört, nehme ich an?«

Er nickte. Sein Telefon klingelte, doch er beachtete es nicht. Kim würde den Anruf entgegennehmen.

Grahams Mund war ein schmaler Strich. »Nun, Ende gut, alles gut. Vergessen Sie nicht, den Mandanten eine Kopie zu schicken.« Er verließ den Raum.

Wieder lachte Stuart. »Ich schätze, so was nennt man dann wohl eine Entschuldigung. Willst du einen Kaffee?«

»Nein, danke.«

Stuart verließ das Zimmer und stieß dabei fast mit Kim zusammen. »Mike, ich habe Becky am Telefon. Soll ich sie durchstellen?«

Er nickte. Kim kehrte an ihren Schreibtisch zurück, und sein Telefon klingelte wieder. Er nahm den Hörer ab. »Hallo?«

»Ich habe gesagt, Sie können mir vertrauen.«

Er schluckte. Sein Hals war plötzlich wie ausgedörrt.

»Sind Sie noch da?«, fragte Max.

»Ja.« Es war ein heiseres Flüstern.

»Ich habe einen Tisch im Cadogan's in der Seething Lane bestellt. Halb eins. Seien Sie da.«

Dann war die Leitung tot.

Michael machte sich auf den Weg Richtung Cadogan's.

Als er Monument erreichte, hielt er sich links Richtung Tower Hill. Rechts von ihm lag die London Bridge, unter der die breite, schmutzige Themse dahinströmte. Die Straßen waren voll; die Menschen hatten es eilig, versuchten dem Regen zu entkommen, der eingesetzt hatte. In der Ferne konnte er den Tower sehen. Ein angemessener Rahmen. Es war ihm, als ginge er zu seiner eigenen Hinrichtung.

Das Cadogan's befand sich auf der linken Seite der Seething Lane; ein privates, unter Straßenniveau gelegenes Clubrestaurant. Er ging die Treppe hinunter und betrat eine leere Bar mit nackten Wänden und niedriger Decke, wo er von einem übereifrig wirkenden Mann mit Fliege aufgehalten wurde. Er erklärte, dass er mit Max verabredet sei, lehnte den angebotenen Drink ab und nahm Platz.

Zu seiner Rechten lag der Speiseraum, dessen Tische ähnlich wie im Sugar Club dicht gedrängt standen. Das Lokal war etwa halb voll mit ausnahmslos männlichen Gästen; die meisten über vierzig und in Nadelstreifenanzügen. Die Atmosphäre war diskret und exklusiv. Auch ein guter Ort, um eine Szene zu machen.

Halb eins. Er begann, mit seinen Manschettenknöpfen zu spielen: zwei silberne Schilde mit den Initialen »MT«. Ein Geschenk von Rebecca. Er wünschte, er wäre jetzt bei ihr. Er wünschte, er wäre überall, nur nicht hier.

Zehn Minuten verstrichen. Die Bar füllte sich, aber immer noch keine Spur von Max. Vielleicht hatte er sich entschieden, nicht zu erscheinen und ihm durch seine Abwesenheit zu signalisieren, wie groß sein Zorn war. Michael wagte zu hoffen, aber im Grunde seines Herzens wusste er, dass er so leicht nicht davonkommen würde. Nach allem, was passiert war, musste es einen klaren Schlussstrich zwischen ihnen geben.

Viertel vor eins. Max betrat die Bar und kam auf Michael zu. Er trug keinen Mantel und war vom Regen völlig durchnässt. Michael erhob sich, setzte zu einer Entschuldigung an, obwohl er genau wusste, dass sie nichts brachte, und sah, dass Max lächelte. Das amüsierte Lächeln, das sein Markenzeichen war.

»Tut mir Leid, dass ich zu spät bin. Musste ein paar Kilometer entfernt parken, und dann wurde ich vom Regen überrascht.« Unvermittelt trat er einen Schritt zurück und hob abwehrend die Hände. »Sie werden doch nichts nach mir werfen, oder?«

Der herzliche Empfang brachte Michael völlig aus dem Konzept. Verwirrt und sprachlos schüttelte er den Kopf.

»Gott sei Dank. Ich liebe nämlich dieses Hemd und möchte gern vermeiden, dass es durch umherfliegende Meeresfrüchte ruiniert wird.« Max wischte sich über die Stirn. »Ich sollte mich besser abtrocknen. Kommen Sie, leisten Sie mir Gesellschaft.«

Sie durchquerten den Raum und gingen zu einer Treppe, die auf einen Flur und zu den Toiletten führte. Auf dem Weg dorthin versuchte Michael, seine Angst zu bezwingen und sich auf den Teil seines Gehirns zu konzentrieren, der sich mit der Frage beschäftigte, ob er wohl jemals in der Lage wäre, mit diesem Mann eine normale Unterhaltung zu führen, ohne sich ständig für irgendetwas entschuldigen zu müssen.

Sie erreichten die Herrentoilette. Mike hielt ihm die Tür auf. Max ging hinein. Der Raum war größer als erwartet: Pissoirs und Waschbecken links, Toilettenkabinen rechts. Anscheinend leer. Er hörte, wie Max hinter ihm die Tür schloss, und drehte sich um. »Hören Sie, Max, es tut mir wirklich sehr, sehr –«

Max schlug ihm ins Gesicht.

Für einen Mann seiner Statur bewegte er sich erstaunlich schnell. Michael hatte kaum Zeit zu begreifen, was geschah, als er schon das Gleichgewicht verloren hatte, nach hinten flog, über die eigenen Füße stolperte, an der Wand zusammenbrach und sich im Fallen den Kopf anstieß. Sein Blick verschwamm. Max kam auf ihn zu. Michael versuchte auszuweichen, was ihm aber nicht gelang.

Eine der Toilettentüren wurde geöffnet. Ein verängstigt dreinschauender Mann trat heraus, blieb wie angewurzelt stehen, wusste nicht, was er tun sollte.

»Raus!«, brüllte Max.

Der Mann verließ fluchtartig den Raum. Max kontrollierte die einzelnen Kabinen, trat die Türen auf. Alle leer. Er sicherte die Eingangstür mit einer Kette, drehte sich dann zu Michael um, der sich mit dem Rücken zur Wand vorkam wie ein im Lichtkegel eines heranbrausenden Lasters gefangenes Kaninchen.

Max stand über ihm, das Gesicht wutverzerrt. Er zitterte am ganzen Leib und hob eine Hand wie zu einem weiteren Schlag. Michael zuckte zusammen und bedeckte sein Gesicht mit den Händen.

Doch der Schlag blieb aus. Stattdessen entfernte sich Max plötzlich, blieb vor einem der Waschbecken stehen, legte die Hände auf den Beckenrand und betrachtete sein Spiegelbild. Er atmete heftig.

Michael berührte sein Gesicht. Die ganze linke Seite fühlte sich taub an. Auch er zitterte. »Es tut mir Leid …«, begann er.

»Hören Sie auf«, unterbrach ihn Max.

»Aber es stimmt. Sie müssen wissen –«

»Was muss ich wissen?«

»Ich dachte, es wären alles nur Lügen. Alles, was Sie gesagt haben. Der ganze Kram von wegen Vertrauen. Bei Ihnen klang es so einfach. Na ja, so einfach ist es für mich nicht.«

»Sie glauben, ich wüsste das nicht?«

»Ich habe Ihnen vertraut. Und dann ist alles schief gegangen. Da dachte ich, es wäre nur ein Trick gewesen, eine Möglichkeit, es mir heimzuzahlen.«

»Sie glauben, ich wäre zu so etwas im Stande?«

Michael war den Tränen nahe. Er schämte sich. »Ja, warum nicht? Was für einen Grund habe ich denn, Ihnen zu vertrauen? Ich weiß absolut nichts über Sie. Ich weiß ja nicht einmal, wer Sie sind!«

»Nein?«

Max drehte sich zu ihm um. Die Wut war aus seinem Gesicht verschwunden, seine Augen waren schmerzerfüllt.

Michael ließ den Kopf hängen.

»Dann hören Sie mir jetzt zu.«

Max wandte sich wieder zum Spiegel um und streckte eine Hand aus. Behutsam berührte er das Glas, als streichle er sein eigenes Spiegelbild.

»Ich wurde an Heiligabend 1950 in Budapest geboren. Mein richtiger Name lautete Istvan Selymes. Mein Vater hieß Tibor, meine Mutter Ilona. Istvan Selymes, Sohn von Tibor und Ilona. Ich war ihr einziges Kind.

Wir wohnten in einer winzigen Wohnung in einem riesigen Betonklotz. Ungarn war seit dem Krieg von den Sowjets besetzt. Meine Eltern arbeiteten in einer Fabrik. Sie waren Nationalisten, die für das Volk der Magyaren die Unabhängigkeit wollten. Ihre Freunde wollten das Gleiche. Abends kamen sie immer in unsere Wohnung und redeten über einen freien Staat und dass dies nur durch einen nationalen Aufstand erreicht werden könne. Ich bin immer aus meinem Bett gekrochen und habe zugehört, wie sie von ihren Träumen sprachen. Ihren Worten nach konnte man meinen, ein unabhängiges Ungarn wäre ein neues Paradies auf Erden. Das glaubten sie. Das glaubte auch ich. Jeden Abend habe ich Gott um einen Aufstand gebeten, damit all unsere Träume Wirklichkeit würden.

Im Oktober 1956 kam dann der Aufstand. Das ruhmreiche Ereignis. Und es war kein Traum, sondern ein Albtraum. Die Menschen gingen auf die Straßen, schwenkten ungarische Fahnen, versuchten mit nichts als den bloßen Händen gegen die russischen Panzer anzugehen.« Er lachte bitter. »Sie wurden vernichtet wie Fliegen. Tausende wurden von den Russen abgeschlachtet, als sie nach den Anführern suchten. Meine Mutter wurde erschossen, als wir vor den Gewehren wegliefen. Sie hielt noch im Sturz meine Hand.

Mein Vater und ich flüchteten wie Tausende anderer aufs Land. Wir überquerten die Grenze nach Österreich, bezahlten einen Schleuser, der uns den Weg zeigte. Er nahm das wenige Geld, das wir besaßen, weshalb wir völlig mittellos waren, als wir schließlich das Flüchtlingslager erreichten. Mein Vater war bei den Kämpfen verwundet worden, und der lange Marsch hatte ihm seine letzten Kräfte geraubt. Nicht genug, dass ich meine Mutter verloren hatte. Ich musste im Lager zusehen, wie auch er starb.

Mein Onkel befand sich mit uns in diesem Lager. Der Bruder meiner Mutter. Er hieß Michael, genau wie Sie. Er hatte noch etwas Geld und musste meinem Vater versprechen, mich weit fortzubringen. Er wollte nicht in Österreich bleiben, da es viel zu nah bei den Russen und ihren Vergeltungsmaßnahmen lag. Unmittelbar vor seinem Tod versprach mein Onkel ihm, dass er sich immer um mich kümmern und mich niemals allein lassen würde, solange er lebte.

Also machten wir uns auf den Weg nach England. Mein Onkel

sprach ein wenig Englisch, und dort wollte er einen neuen Anfang versuchen. Im Februar 1957 erreichten wir London. Einige Tage verbrachten wir in einer Pension in Shoreditch. Zu diesem Zeitpunkt waren wir praktisch mittellos. Manchmal starrte mein Onkel mich mit einem merkwürdigen Ausdruck in den Augen an, doch wenn er merkte, dass ich ihn beobachtete, lächelte er und sagte, alles werde gut.«

Inzwischen war Max' Wut völlig verraucht. Seine Finger streichelten weiter über das Glas.

»Eines Abends forderte er mich auf, meine wenigen Habseligkeiten zusammenzupacken. Er sagte, wir gingen in ein neues Zuhause. Stundenlang, so schien es mir, liefen wir durch die Straßen, bis wir schließlich die Lexden Street und ein großes, graues Haus erreichten, das wie ein Gefängnis aussah. Er erklärte mir, dass dies ein Ort für Kinder sei, die keine Familien mehr hätten, und ich für ein paar Tage dort bleiben sollte. Nur für ein paar Tage, bis er etwas Geld aufgetrieben hätte.

Natürlich weinte ich. Ich flehte ihn an, mich nicht allein zu lassen. Aber er beruhigte mich, sagte, es würde ein Abenteuer sein und er wäre zurück, ehe ich's mich versah. Aber aus den Tagen wurden Wochen, dann Monate, und er ist nie zurückgekommen.

Er hat mich einfach dort gelassen, an diesem beschissenen Ort. Ich konnte die Sprache nicht. Ich konnte mich nicht verständigen. Ich war sechs Jahre alt. Ich hatte alles verloren, was mir jemals etwas bedeutete. Ich war völlig allein in einem fremden Land.«

Michael sah auf. Max wandte sich vom Spiegel ab. Sie starrten sich an.

»Und jetzt erzählen Sie mir was von Vertrauen.«

Wieder war Michael den Tränen nahe. Er schüttelte den Kopf. »Ich wollte nicht –«

»Glauben Sie, ich würde Ihnen so etwas antun?«

Wieder ließ Michael den Kopf hängen. »Ich weiß, dass Sie mich verachten, und dazu haben Sie auch allen Grund. Aber trotzdem, es tut mir Leid.«

Sein Puls hatte sich wieder beruhigt. Jetzt war die Geschichte zu Ende. Er glaubte, dass Max nun gehen würde.

147

Aber er blieb, wo er war. Und als er wieder anfing zu sprechen, war seine Stimme sanft.

»Ich bin derjenige, der sich entschuldigen sollte. Ich hatte kein Recht, Sie zu schlagen. Auch habe ich nicht das Recht, Sie um Verzeihung zu bitten. Aber wenn Sie mir verzeihen, gebe ich Ihnen mein Wort, Sie nie mehr zu verletzen.«

»Warum?«

»Warum, was?«

»Sie haben alles. Warum bedeutet Ihnen mein Verzeihen etwas?«

»Weil ich Sie verstehe. Ich weiß, wie Ihr Leben gewesen ist. Ich weiß, was es für ein Gefühl ist, allein aufzuwachsen, ohne Liebe und Hoffnung und all die anderen Dinge, die ein Leben schön machen und ihm Bedeutung verleihen. Ich weiß, welchen Schaden das anrichten kann. Ich weiß, wie es das Wort ›Vertrauen‹ zu der schlimmsten Sache der Welt werden lassen kann.«

Michael schüttelte den Kopf. »Sie sind nicht ich. Sie wissen nicht, was ich empfinde.«

»Sie irren. Wenn ich Sie ansehe, dann sehe ich mich. Ich erkenne die Person, die ich vor zwanzig Jahren war. Die Person, die noch dabei war zu lernen, wie sie der Welt mit einer lächelnden Maske etwas vormachen kann, während in ihrem Inneren nur Wut herrschte. Als wir uns das erste Mal trafen, konnte ich es nicht glauben. Es war, wie einem Gespenst zu begegnen.« Max seufzte. »Es war seltsam.«

Michael holte tief Luft. Er hatte Angst zu sprechen, dennoch gab es Dinge, die gesagt werden mussten.

»Es tut mir Leid. Alles, was im Restaurant passiert ist. Dass ich Sie vor aller Augen blamiert habe.«

Max sah gequält aus. »Es ist mir egal, was die Leute denken. Darum geht es hier nicht.«

»Ich weiß.«

Max ging in die Hocke und sah ihm direkt ins Gesicht.

»Ach, Michael«, begann er, »können Sie sich all die Türen vorstellen, die ich Ihnen öffnen kann? Türen, gegen die Sie jahrelang hämmern müssten, bevor sie sich auch nur einen Spalt weit auftun. So wie es bei mir war.«

148

Michael schluckte. »Es geht hier nicht darum, Türen zu öffnen. Vielleicht war das früher so, aber doch jetzt nicht mehr.«

»Natürlich nicht.«

Schließlich kamen die Tränen. Keine Scham hielt sie mehr zurück. Max legte ihm eine Hand auf die Schulter. Eine simple Geste von Zuneigung.

So verweilten sie einige Minuten, bis Michael entfernten Lärm registrierte. Jemand hämmerte gegen die Tür, wollte hereingelassen werden. Er wischte sich die Augen ab und lehnte sich gegen die Wand. »Sieht aus, als bekämen wir Gesellschaft.« Seine Stimme bebte.

»Vergessen Sie die. Die zählen nicht.«

»Sie werden die Tür aufbrechen.« Er brachte ein Lächeln zu Stande. »Ich denke, Cardogan's würde das gar nicht gut finden. Man könnte Sie ausschließen.«

»Ich werd's überleben. Das Essen hier ist sogar noch schlechter als im Golfclub. Der Himmel allein weiß, warum ich so lange Mitglied geblieben bin.« Max lächelte jetzt ebenfalls. »Der Regen wird inzwischen aufgehört haben. Besorgen wir uns irgendwo ein Sandwich und setzen uns an den Fluss.«

Sie standen auf. Michael wurde sich bewusst, dass sie das Restaurant durchqueren mussten. »Ich will nicht, dass irgendwer sieht, dass ich geheult habe. Ich wasche mir besser das Gesicht.«

»Nicht nötig«, meinte Max. »Die werden viel zu sehr mit sich selbst beschäftigt sein, um einen jungen Mann in einem zerknitterten Anzug zu registrieren, der noch sein ganzes Leben vor sich hat. Aber eines Tages werden sie es. Heute in zehn Jahren, wenn Sie sie weit hinter sich gelassen haben, werden die ihnen hinterherrennen, nur um noch Ihren Schatten zu sehen.«

Er schüttelte den Kopf. »Bestimmt.«

»Bestimmt. Es wird so kommen, Mike. Warten Sie's ab.«

Gemeinsam gingen sie zur Tür.

Rebecca, die kleine Reisetasche in der Hand, schloss die Wohnungstür auf.

Sie hörte Musik. Die Cranberries sangen »Be With You«. Es

war ihre Lieblingsplatte: eine herrliche Drei-Minuten-Ode an das Verliebtsein. Als sie den Song zum ersten Mal hörte, hatte sie ihn einfach nur gemocht. Doch dann war Michael in ihr Leben getreten. Und es kam ihr so vor, als wäre der Text allein für sie geschrieben worden.

Sie hatte sich schon den ganzen Tag auf ihr Wiedersehen gefreut. Auch wenn sie ihre Familie über alles liebte, waren ihr Zuhause und ihr Leben nun bei ihm. Sie hasste es, von ihm getrennt zu sein.

Er stand in Jeans und T-Shirt auf dem Balkon, starrte hinaus in die Spätnachmittagssonne. Er hatte sie nicht hereinkommen hören. Sie rief ihn. Er drehte sich um, lächelte und ging auf sie zu.

»Ich hab nicht damit gerechnet, dass du hier bist«, sagte sie. »Nicht um diese Uhrzeit.«

»Bin heute wegen fürchterlicher Kopfschmerzen früher nach Hause gegangen.« Er lächelte. »Wenigstens habe ich das im Büro gesagt.«

»Und? Was war der eigentliche Grund?«

»Ich wollte hier sein, wenn du kommst.«

»Ja, warum denn nur?«, fragte sie kokett.

»Weil ich dich liebe. Und weil es, trotz allem, manchmal wunderbar ist zu leben.«

Er begann zu lachen, wirkte aufgekratzt. »Was ist los?«, fragte sie. »Ist was passiert?« Er schwieg. »Mike?«

Er wollte etwas sagen, schüttelte dann aber unvermittelt den Kopf. »Nein, es ist nichts passiert – außer, dass in der Arbeit alles bestens läuft. Die schlechten Zeiten sind vorüber. Du brauchst dir keine Sorgen mehr zu machen.«

»Ich hab mir keine Sorgen gemacht.«

Sein Lächeln drückte skeptische Belustigung aus. »Tatsächlich?«

Jetzt war sie an der Reihe, den Kopf zu schütteln.

»Und wieso nicht?«

»Weil ich an dich glaube, Michael Turner. Ich weiß, dass du mich nie enttäuschen wirst.«

Seine Miene wurde ernst. »Nein, das werde ich niemals.«

Dann war das Lächeln wieder da. Er deutete auf den Balkon. »Es wird ein wunderbarer Abend. Lass uns ausgehen.«

»Und was wollen wir machen?«

»Einfach zusammen sein. Wie's in unserem Lied heißt. Was sonst zählt schon?«

Die Liebe zu ihm durchzuckte sie wie ein Adrenalinstoß. »Nichts«, antwortete sie. »Überhaupt nichts.«

Sie legte die Arme um seinen Hals, und sie küssten sich, langsam und zärtlich. Sie fühlte sich geliebt. Seine Augen waren zwei vollkommen blaue Seen mit tiefen, dunklen Zentren. Sie versenkte ihren Blick in sie, und in ihrem Kopf flüsterte eine Stimme: *Deine Liebe ist ein Kartenhaus, gebaut auf Sand. Ein kleiner Windstoß nur, und alles stürzt zusammen.*

Einen Moment lang fühlte sie sich beklommen.

Aber dieses Gefühl dauerte nur einen kurzen Augenblick. Es würde nie passieren. Sie waren die zwei Hälften eines Ganzen. Ihr Fundament war aus Stein so alt wie die Erde und würde allen Unbilden trotzen.

Also lächelte sie ihn weiter an, während im Hintergrund ihr Lied verklang und von einem anderen ersetzt wurde.

Es war weit nach Mitternacht. Michael lag neben Rebecca im Bett.

Sie hatten stundenlang wach gelegen, über alles und nichts geredet, ihre Körper eng ineinander verschlungen, wie Reben, denen nichts anderes übrig blieb als zusammenzuwachsen oder sich gegenseitig zu ersticken.

Rebecca schlief, sie atmete ruhig und gleichmäßig. Michael hingegen starrte an die Decke und wartete auf die Dämonen, die in diesen stillen Stunden kamen, um ihn mit seinen düstersten Ängsten zu quälen.

Sie kamen auch in dieser Nacht. Aber diesmal war es anders.

Er war anders.

Rebecca zu verlieren war das Schlimmste, was er sich vorstellen konnte. Ohne sie wäre er ein Nichts, vernichtet.

Aber er würde nicht allein sein.

An diesem Tag hatte sich sein Leben verändert. Es war eine Veränderung, die er sich selbst nie hätte träumen lassen und die er mit Freude willkommen hieß.

Er lag in der Dunkelheit, lauschte auf seine Dämonen. Doch langsam verschwanden sie, verklangen ihre Stimmen, gerade so, als fürchteten sie seine neu gewonnene Stärke.

Zweiter Teil

DISTANZ

1. KAPITEL

Mittwochmorgen. Elf Uhr. Michael saß mit Stuart bei der Abteilungsbesprechung über den Stand der aktuellen Mandate.

Diese Besprechungen fanden jeden zweiten Mittwoch statt. Die ganze Abteilung versammelte sich dann um einen riesigen Tisch in einem der Konferenzräume; es gab schlechten Kaffee, und man stellte reihum die aktuelle Arbeit vor, damit denjenigen, die überlastet waren, Arbeit von denen abgenommen werden konnte, die noch über Kapazitäten verfügten.

Zumindest war es so gedacht. Eine gute Idee, bis auf einen elementaren Fehler. Das Eingeständnis, nicht mindestens halb tot vor Arbeit zu sein, bedeutete, dass man sich die ödesten Verwaltungsjobs einhandelte. Daraus folgte, dass jeder Mitarbeiter noch die primitivste Aufgabe als eine Arbeit hinstellte, die einen Herkules entmutigen würde. In der Praxis waren diese Besprechungen kaum mehr als eitle Selbstdarstellung.

Michael empfand die Besprechung an diesem Morgen ganz besonders überflüssig. Mittags musste er vor den Referendaren einen Vortrag über Geschäftsgründungen halten, dabei hatte er seine Präsentationsfolien noch nicht mal vorbereitet. Der Konferenzraum besaß keine Fenster, und das Kunstlicht verursachte ihm Kopfschmerzen. Er saß da, kritzelte auf seinem Block herum und konzentrierte sich auf die monotone Stimme Jonathan Uphams, während die kostbare Zeit verrann.

Jonathan kam zum Ende seines fünfminütigen Monologs und reichte den Stab an Belinda Hopkins weiter. Belinda war die dienstälteste Assistenzanwältin der Abteilung: einszweiundsiebzig Aerobic-gestählter Ehrgeiz, die jetzt eine vollwertige Partnerschaft in der Kanzlei anstrebte. Sie sah in Jonathan ihren größten Konkurrenten und dachte nicht daran, sich von ihm ausstechen zu

lassen. Sie begann, die Namen von Mandanten wie ein auf Schnell-
feuer gestelltes Maschinengewehr runterzurattern.

Julia, Grahams schüchterne Referendarin, wurde blass. Sie war
für das Protokoll verantwortlich, konnte aber mit Belindas Furcht
erregendem Tempo nicht mithalten. Vor zwei Wochen war sie für
ihre Fehler von Graham öffentlich gerügt worden, und es sah ganz
danach aus, als sei eine weitere Standpauke nicht zu vermeiden.

Michael, der Belindas derzeitige Arbeit kannte, fing mit der Aufstellung einer Liste an, die er Julia am Ende der Besprechung geben würde.

Mike bemerkte, dass er beobachtet wurde.

Jack Bennett, der am anderen Ende des Tisches saß, starrte ihn an.

Sofort fühlte er sich unbehaglich, wie immer in Jacks Nähe. Das
Drama mit der Dial-a-Car-Verzichtserklärung lag nun neun Tage
zurück, und er hatte nicht vergessen, wie Jack sich über seinen
drohenden Untergang hämisch gefreut hatte.

Aber war es wirklich Häme gewesen? War es möglich, dass er
die Zeichen missverstanden hatte? Jack hatte den größten Teil der
vergangenen Woche außerhalb des Büros verbracht, Mandanten
besucht, aber bei den wenigen Malen, die sich ihre Wege kreuzten,
war er freundlich gewesen und hatte mit nichts signalisiert, dass er
ihm irgendetwas nachtrug.

Belinda bombardierte sie weiter mit Beweisen ihres Fleißes.
Einen Sekundenbruchteil blieb Jacks Miene ernst, dann verdrehte
er verschwörerisch die Augen. Michael lächelte kurz. Jack lächelte
zurück, dann sah er weg.

Ja, er könnte Jack falsch beurteilt haben.

Könnte.

Belinda kam zum Ende. Stuart übernahm. Michael starrte auf
seinen Block, versuchte sich darüber klar zu werden, was er auf
seinen Folien darstellen sollte.

Während sich die Abteilungsbesprechung in Michaels Kanzlei
ihrem Ende näherte, saß Rebecca allein hinter der Kasse der Sachbuchabteilung von Chatterton's. Clare war hinten im Büro und
kümmerte sich um die Nachbestellungen.

An diesem Morgen war nicht viel los in der Buchhandlung. Bislang war nicht mehr als ein Dutzend Kunden nach unten gekommen, und nur einer von ihnen hatte tatsächlich auch etwas gekauft. Ein neues Reisebuch über die Fidschiinseln lag vor ihr auf der Theke. Sie wollte Michael anrufen, doch das konnte sie erst, wenn jemand sie vertrat.

Sie musste schon den ganzen Morgen an ihn denken. Bald würde er seinen Vortrag halten, und sie wusste, dass er nervös war.

Nicht dass er Veranlassung dafür hätte. Er würde seine Sache gut machen. Er war nämlich top in seinem Job. Falls er die Beherrschung nicht verlor, war seine Zukunft gesichert. Und wenn Cox Stephens ihm heute in sechs Jahren keine vollwertige Partnerschaft anbot, würde es eine Menge Kanzleien geben, die ihn mit Kusshand nahmen. Und das wäre erst der Anfang. Sie hatte vollstes Vertrauen in ihn. Er besaß Talent, Elan und Ehrgeiz und würde noch Großes erreichen. Erfolg war ihm sicher.

Und was wäre sie dann?

Ein Mann mittleren Alters in einem schäbigen Sakko kam die Treppe herunter und nickte ihr schüchtern zu, bevor er quer durch den Raum zur zeitgeschichtlichen Abteilung ging. Sie beobachtete ihn und spielte dabei an ihrem Verlobungsring.

Was werde ich dann sein?

Sie kannte die Antwort bereits. Eine berühmte Künstlerin. Alle glaubten, dass es so kommen würde: ihre Eltern, ihr Bruder, Michael. Vor allen Dingen Michael.

Es hatte einmal eine Zeit gegeben, da war sie ebenfalls davon überzeugt. Bevor die ersten Ablehnungen eintrafen.

Sie betrachtete die Bücherregale. Sie umgaben sie wie die Wände eines Sargs, aus dem sie niemals entkommen würde. Das hier war nicht die Zukunft, die sie sich erträumt hatte. So sollte ihr Leben nicht sein.

Flüchtig fiel ihr Blick auf den Mann in der abgetragenen Jacke. Sie lächelte ihn an. Den ganzen Tag lächelte sie, aber es gab Momente, da hätte sie am liebsten geschrien.

Ihre Collegefreundin Liz hatte am Abend zuvor angerufen, um ihr zu sagen, dass die Crouch-End-Ausstellung vielleicht doch

157

nicht stattfinden würde. Trotz ihres anfänglich fehlenden Enthusiasmus hatte sie die Aussicht, ihre Arbeiten auszustellen, zunehmend begeistert, und die neue Wendung hatte sie enttäuscht. Sie sagte sich, dass sie einfach Geduld haben müsse. Die Buchhandlung war nur eine Übergangszeit, bevor ihr wirkliches Leben begann.

Falls es je so weit kam.

Doch. Der große Durchbruch stand unmittelbar bevor. Sie war gut, und sie wusste es. Eines Tages würde die Welt das ebenfalls erkennen.

Ja, sie war gut, richtig gut.

Und wieso hast du dann seit Wochen nichts Neues mehr gemalt?

Sie wünschte, Clare wäre hier. Wenn sie allein war, blieb zu viel Zeit zum Nachdenken.

An diesem Abend wollte sie sich im Swiss Centre mit Emily einen ausländischen Film ansehen. Sie war eigentlich nicht in der Stimmung, wusste aber, dass Emily sich darauf freute. Und Emily war immerhin ihre beste Freundin. Schon seit sie sieben Jahre alt waren. Sie wiederholte es wie ein Mantra, so als hätte sie Angst, es sonst vielleicht zu vergessen.

Der Mann kam zur Kasse, hielt ein Buch in der Hand. Immer noch lächelnd schickte sie sich an, den Preis ihres zweiten Verkaufs an diesem Morgen in die Kasse zu tippen.

Halb drei. Michael betrat sein Büro. »Wie ist es gelaufen?«, erkundigte sich Stuart.

»Gut.« Er nahm an seinem Schreibtisch Platz. »Bis auf diesen kleinen Wichser mit der Hugh-Grant-Frisur, der bei Karen Clark in der Steuerabteilung sitzt. Der hat pausenlos gekichert.«

»Hast du irgendwas gesagt?«

»Nein. Ich habe ihn für meine praktische Übung ausgewählt, und er hat ein heilloses Durcheinander veranstaltet! Rache ist süß.«

Stuart lachte. Michael ging seine Mitteilungen durch. Alle trugen den Vermerk »Dringend«, aber das tangierte ihn nicht. Nachdem er den Vortrag nun gehalten hatte, konnte ihn nichts mehr erschüttern.

158

Julia kam mit einem Blatt Papier herein. Sie lächelte nervös. »Sie haben die Anwesenheitsliste vergessen.«

»Danke. Ich hoffe, es war nicht zu langweilig.«

»Nein, es war super. Das hat jeder gesagt.«

»Sie müssen ihm nicht schmeicheln«, meinte Stuart. »Er ist nicht derjenige, der Ihre Beurteilung schreibt.«

»Tu ich ja gar nicht.« Dann begriff sie, dass er sie auf den Arm nahm, und wurde rot. »Es war wirklich gut, Mike. Wahrscheinlich werden Ihnen jetzt die Referendare mit Fragen über Gesellschaftsrecht die Bude einrennen.« An der Tür drehte sie sich noch einmal um: »Und vielen Dank für Ihre Hilfe heute Morgen. Belinda ist einfach zu schnell für mich.«

»Gern geschehen«, erwiderte er.

»Ich glaube, Belinda ist ein Android«, meinte Stuart. »So eine Roboterstimme habe ich noch nie gehört, und sie scheint auch nie Luft zu holen. Die muss Lungen so groß wie Afrika haben.«

Sie lachten. Stuart erkundigte sich bei Julia über den neuesten Klatsch und Tratsch unter den Referendaren. Michael nahm den Telefonhörer ab, um Rebecca anzurufen.

Sein Computer piepte, und auf dem Bildschirm tauchte eine E-Mail auf. Sie war von Max. Sie begann mit den Worten: *Hoffe, der Vortrag ist gut gelaufen.* Er las sie durch und schrieb eine Antwort.

Halb acht. Rebecca, ein Video in der Hand, schlenderte mit Emily Pelham Gardens entlang.

Der Kinobesuch war ins Wasser gefallen, denn als sie am Swiss Centre eintrafen, hatte man ihnen erklärt, der Projektor sei in Brand geraten und die Filmkopie dabei vernichtet worden.

Sie betraten Hausnummer dreiunddreißig. Rebeccas Nachbar, der Pianist, war im Hausflur und sah nach seiner Post. Sie stellte ihm Emily vor, während sie betete, dass Emilys Pflanze gesünder aussehen mochte als noch am Morgen. Michaels Vorstellung von Pflege war, sie so stark zu gießen, dass sie fast im Wasser schwamm. Rebecca hatte die Pflanze daraufhin den ganzen Tag auf den Balkon gestellt, in der Hoffnung, dass sie sich in frischer Luft und Sonne wieder erholte.

Sie betraten die Wohnung. Die Wohnzimmertür war geschlossen. Dahinter hörten sie den Fernseher laufen: Ein Sportkommentator ließ sich lautstark über die außergewöhnliche Atmosphäre aus. Sie erinnerte sich, dass an diesem Abend ein wichtiges Fußballspiel stattfand. Michael hatte eigentlich ins Fitnesscenter gehen wollen, es sich dann aber wohl anders überlegt. »Anscheinend ist Mike zu Hause«, sagte sie und öffnete die Tür.

Sofort stach ihr ein vage vertrauter Geruch in die Nase. Hinter ihr sagte Emily: »Ich wusste gar nicht, dass er jetzt raucht.«

Max Somerton saß auf dem Sofa. Auf dem Tisch vor ihm standen eine Flasche, es sah aus wie Scotch, und zwei halb leere Gläser.

Mit einem ungezwungenen Lächeln erhob er sich. Er war genauso leger gekleidet wie bei ihrer ersten Begegnung. »Tut mir Leid«, entschuldigte er sich und deutete auf seine Zigarre, die in einem Aschenbecher glomm. »Mike sagte, es wäre okay.«

Sie war überrascht wie damals, als er den Champagner für ihren Vater gebracht hatte. Was machte er hier? Sie ließ ihren Blick rasch über den Raum schweifen, hoffte, dass alles aufgeräumt war. War es, und auch die Pflanze sah nicht mehr ganz so schlaff aus wie am Morgen und stand mitten auf dem Esstisch.

»Schön, Sie zu sehen«, sagte sie.

»Gleichfalls.« Er schaute über ihre Schulter. »Das muss Emily sein.«

Emily, die an der Tür stehen geblieben war, trat jetzt in den Raum. Sie nickte schüchtern. »Darf ich dir Mr. Somerton vorstellen«, sagte Rebecca. »Unser Vermieter.«

»Und Freund, wie ich hoffe«, fügte Max immer noch lächelnd hinzu.

»Ja, natürlich.« Sie war verlegen.

Max wandte sich an Emily. »Wie ich höre, arbeiten Sie bei einem Literaturagenten.«

Wieder nickte Emily. Rebecca fragte sich, woher er das wusste. Vermutlich hatte Mike es ihm erzählt. Wo war Michael überhaupt? Wie als Antwort hörte sie die Toilettenspülung.

»Schreiben Sie selbst?«

Emily schüttelte den Kopf, während sie mit einer Locke spielte.

Dann sagte sie plötzlich: »Aber als Kind habe ich geschrieben. Meine Phantasie war überschäumend. Ist sie zwar immer noch, aber mir fehlt das Talent, sie umzusetzen.«

»Phantasie allein ist schon ein Talent«, meinte Max liebenswürdig. »Die meisten Menschen haben sie im Alltagstrott verloren. Passen Sie auf, dass Ihnen das nicht auch passiert.«

Emily strahlte einen Moment, dann senkte sie den Blick.

Max sah zu Rebecca. »Ich hoffe, es geht Ihnen wieder besser.«

»Besser?«

»Sie hatten doch die Grippe.«

»Ach das, natürlich. Ja, schon viel besser.«

»Verzeihen Sie mir, dass ich mich erst so spät danach erkundige. Sie müssen mich für sehr unhöflich halten.«

»Nein, überhaupt nicht.«

»Ich war ein paar Tage verreist«, erklärte er und griff nach seiner Zigarre. Sie hörte, wie die Badezimmertür geöffnet wurde, dann Schritte. Michael kam herein. »Hi. Warum seid ihr nicht im Kino?«

Sie erzählte von dem Brand. »Wir wollten uns ein Video ansehen.« Auf dem Bildschirm machten gerade Tausende Menschen eine La-Ola-Welle. »Aber wir möchten nicht stören.«

Michael sah zu Max. »Tut ihr nicht«, meinte er zögernd. »Es ist nur –«

Max kam ihm zu Hilfe. »Das Spiel fängt erst in ein paar Minuten an. Wir können es bei mir ansehen, dann haben die zwei ihre Ruhe.«

»Das ist wirklich nicht nötig«, sagte Rebecca, die nicht ungastlich erscheinen wollte. »Bleiben Sie doch.«

»Würde mir im Traum nicht einfallen.« Er deutete auf die Videohülle. »Welcher Film?«

»Elizabeth.« Sie versuchte witzig zu sein. »Wir haben ihn genommen, weil Em für Joseph Fiennes schwärmt.«

Emily reagierte entsetzt. »Ich schwärme nicht für ihn.«

»Oh, verzeih. Ich meinte Daniel Craig.«

Emily wurde rot. Michael legte schützend einen Arm um sie. »Achte nicht auf Beck. Sie schwärmt für Sir John Gielgud.«

161

Max löschte seine Zigarre, nahm die Flasche Scotch und ging zur Tür. Er gab Rebecca einen Kuss auf die Wange. »Bis bald«, sagte er. Es klang mehr nach einer Feststellung als nach einem Wunsch.

»Über seine Stimme hast du gar nichts gesagt«, meinte Emily, nachdem die zwei allein waren. »Sie ist wunderbar.«

»Findest du?«

»Du nicht?«

»Doch, glaub schon.« Sie schob das Video in das Gerät.

Emily setzte sich aufs Sofa. »Schön, dass er und Mike befreundet sind«, sagte sie.

»Sind sie nicht. Sie kennen sich doch kaum.«

»Wenn sie sich zusammen ein Fußballspiel ansehen, müssen sie befreundet sein.«

»Du bist anscheinend Expertin für Mikes Freundschaften, oder?«, erwiderte sie scharf.

Emily sah verlegen aus. »Nein, natürlich nicht.«

Sofort bekam Rebecca ein schlechtes Gewissen. »Entschuldige, hab's nicht so gemeint. Es hat mich nur ein bisschen aus der Fassung gebracht, hier hereinzukommen und meinen Vermieter anzutreffen. Ich konnte nur daran denken, wie nachlässig mein Umgang mit dem Staubtuch ist.«

Beide lachten.

Im Raum roch es immer noch nach Zigarrenrauch. Sie öffnete die Balkontür, aber die Abendluft war unbewegt, und der Geruch blieb.

Es war schon nach elf, als Michael zurückkehrte.

Emily war bereits gegangen. Rebecca saß im Bett und las. »Wer hat gewonnen?«, fragte sie, als er in das Schlafzimmer trat.

»Interessiert's dich wirklich?«

»Nicht besonders.«

Er zog sich aus. »Es ist ein toller Film«, sagte sie, »er würde dir gefallen.«

Er ging ins Bad. Sie klappte ihr Buch zu und lauschte auf das Geräusch, als er sich die Zähne putzte. Es wehte immer noch kein

Lüftchen, und im Schlafzimmer war es stickig. Sie wedelte sich mit der Hand Luft zu. »Wann kommt George aus dem Urlaub zurück?«, rief sie.

»Nächste Woche.«

»Dann werde ich eine Dinnerparty organisieren, damit Em ihn kennen lernen kann. Ich dachte, wir könnten Clare und ihren neuen Begleiter einladen. Wollen doch mal sehen, ob wir auch dieser Liebesgeschichte auf die Sprünge helfen können.«

Er kam wieder ins Schlafzimmer: »Kupplerin«, meinte er grinsend.

»Kann es nicht lassen, was?«

Er legte sich neben sie. »Er hat dich Mike genannt«, sagte sie.

»Was?«

»Max hat dich Mike genannt. Ich dachte, das dürfte er nicht.«

»Nur am Anfang. Jetzt macht's mir nichts mehr aus.«

Sie berührte seinen Arm. Er hatte Schweißperlen auf der Haut. »Duschst du noch?«

»Dachte mir, morgen früh. Stinke ich?«

Sie küsste ihn. »Ich mag deinen Gestank.« Sein Atem roch nach Minze, und das Haar hing ihm in die Stirn. Sie schob es zur Seite. »Ich wusste gar nicht, dass ihr zwei befreundet seid.«

Er massierte ihre Schulter. »An dem Wochenende in seinem Haus haben wir uns besser kennen gelernt. Er ist ein netter Kerl. Eigentlich lebt er ziemlich zurückgezogen. Gar nicht so der Gesellschaftsmensch, wie man es erwarten könnte.«

Sie nickte.

»Er möchte uns nächste Woche zum Essen einladen und hat das Savoy Grill vorgeschlagen. Ich habe ihm gesagt, dass du schon immer mal da hin wolltest. Was meinst du? Du wirst ihn mögen.«

»Und bei ihm könnte es umgekehrt sein.«

»Warum denn? Was gibt's da nicht zu mögen?«

Sie dachte daran, wie sie Emily angefahren hatte. »Ja, was gibt's da nicht zu mögen?«

»Ist das ein Ja?«

»Ja.«

Dienstagabend. Sechs Tage später. Michael und Rebecca spazierten zu Max' Haus.

Rebecca taten die Füße weh. Sie trug neue Schuhe, die im Geschäft traumhaft gepasst hatten, zum längeren Laufen jedoch nicht so recht taugten. Sie wünschte, sie hätte ein bequemeres Paar angezogen.

Es würde noch ein weiterer Gast bei dem Abendessen anwesend sein. Caroline, Max' neue Freundin, leistete ihnen Gesellschaft. »Sie leitet eine PR-Agentur«, berichtete Michael. »Ich habe sie noch nicht kennen gelernt, aber so schlimm wie Lavinia kann sie gar nicht sein.« Rebecca, der Lavinia auch nicht besonders sympathisch gewesen war, war froh, dass sie von ihrer Anwesenheit verschont blieb.

Sie erreichten das Haus. Mr. László führte sie in denselben Salon, in dem auch die Party stattgefunden hatte. »Mr. Somerton wird gleich hier sein«, teilte er ihnen mit. In der Ecke stand ein großer Fernseher, den Rebecca das letzte Mal nicht bemerkt hatte. Vielleicht war er fortgeräumt worden, um Platz zu schaffen. »Hast du dir das Spiel hier angesehen?«, fragte sie Michael.

»Ja.«

»Kommt mir für Fußball ein bisschen zu protzig vor.«

Achselzuckend schenkte er sich einen Scotch aus der Bar ein.

»Mike! Du bist hier nicht zu Hause! Du kannst dich doch nicht einfach selbst bedienen!«

Er schien überrascht. »Max wird nichts dagegen haben. Willst du auch einen?«

Sie schüttelte den Kopf. Er griff nach der Fernbedienung des Fernsehers und schaltete eine Nachrichtensendung ein. Sie starrte ihn an. »Fühl dich ganz wie zu Hause, ja?«

Wieder schien er überrascht. »Wo liegt das Problem?«

Kopfschüttelnd schaute sie auf den Bildschirm. Ein Politiker, dessen minderjährige Geliebte ihre Geschichte gerade an die Boulevardpresse verkauft hatte, erklärte, seiner Ehefrau treu ergeben zu sein.

Max betrat den Raum. Er gab ihr einen Kuss auf die Wange. Seine Haut war straff und duftete schwach nach Eau de Cologne.

»Sie sehen reizend aus«, sagte er, »aber Sie haben nichts zu trinken. Darf ich Ihnen etwas anbieten?« Höflich lehnte sie ab.

»Caroline ist unterwegs«, erklärte er. Michael entschuldigte sich. Max schaltete den Fernseher aus.

»Danke, dass Sie uns eingeladen haben«, sagte Rebecca. »Das war sehr nett von Ihnen.«

Er lächelte freundlich. »Ist mir ein Vergnügen. Hatte Ihr Vater einen schönen Geburtstag?«

»Ja. Er war begeistert von dem Champagner. Das wäre wirklich nicht nötig gewesen.«

Er winkte ab, wobei sein Blick unverwandt auf sie gerichtet blieb. »Es tut mir Leid, dass wir so spät essen. Caroline hatte noch eine Besprechung, die sie nicht absagen konnte. Ich hoffe, Sie hatten keinen zu anstrengenden Tag.«

Sie schüttelte den Kopf. »Bis auf den Morgen. Ein Autor kam, um seine Bücher zu signieren, und wir konnten kein einziges finden. Er wurde ziemlich unangenehm.« Sie lachte trocken. »Die Freuden des Jobs.«

»Aber keine Freude, die Sie noch lange genießen werden. Nicht, sobald die Kunstwelt Sie in die Arme schließt.«

»Ich hoffe es.«

»Da bin ich absolut sicher.«

Sein Blick machte sie befangen. Von ferne hörte sie die Türklingel. »Vielleicht ist das Caroline?«

Max nickte. »Ich sollte sie warnen. Sie ist ziemlich ängstlich.«

»Wovor fürchtet sie sich?«

»Sie kennen zu lernen.«

»Was ist so Furchterregendes an mir?«

»Sie würden staunen.«

Caroline war eine große, elegante Frau Ende dreißig, die von einem Blumenduft eingehüllt war. Max stellte sie einander vor. Caroline lächelte; ihre hellblauen Augen waren freundlich, aber auch taxierend. Sie war von einer zartgliedrigen Schönheit, die Rebecca an die Schauspielerin Alice Krige erinnerte. »Ich freue mich, Sie kennen zu lernen«, begann sie mit tiefer, kehliger Stimme. »Max sagt, Sie sind Künstlerin.«

»Noch nicht. Aber das wird sich ändern.«

»Ich bin sicher, dass ich eines Tages damit prahlen werde, schon einmal mit Ihnen gegessen zu haben.«

Rebecca fragte sich, ob sie auf den Arm genommen wurde. Sie errötete ein wenig, während sie hinter sich Schritte vernahm. »Wir werden sehen«, sagte sie.

Aber Caroline hörte schon nicht mehr zu. Sie starrte erwartungsvoll zur Tür. Als Michael wieder auftauchte, streckte sie ihre Hand aus, und über ihr Gesicht ging plötzlich ein Strahlen. »Sie müssen Michael sein. Max hat mir schon viel von Ihnen erzählt.«

Michael lächelte verlegen. »Ich hoffe, Sie haben nicht alles geglaubt.«

»Nur die schlimmen Sachen«, mischte Max sich ein.

Rebecca war froh darüber, dass Michael zurück war. Sie hakte sich bei ihm unter.

»Nichts davon war schlimm«, versicherte Caroline. »Im Gegenteil. Sie arbeiten bei Cox Stephens?«

Michael nickte. Rebecca ebenfalls. Sie glaubte, ein leichtes Zittern in Carolines Stimme zu bemerken. Vielleicht hatte Max ja Recht, und sie war ängstlich. Allerdings wirkte sie nicht wie jemand, der sich von Fremden einschüchtern ließ.

»Ich habe einen Freund, der Anwalt ist«, fuhr Caroline fort. »Er sagt, Ihre Kanzlei gehört zu den besten in der Stadt. Sie müssen sehr gut sein.«

Michael wirkte verlegen. »Eigentlich nicht.«

»Glauben Sie ihm nicht«, schaltete sich Rebecca ein. »Cox Stephens hat einen Star.«

»Ganz richtig«, stimmte Max zu. Rebecca schenkte ihm ein Lächeln, während sie Michaels Hand liebevoll drückte.

»Beabsichtigen Sie, langfristig dort zu bleiben?«, fragte Caroline Michael.

»Ich weiß noch nicht so recht. Im Moment ist es okay.«

Max nickte. »So lange, bis wir den nächsten Schritt planen.«

Rebecca war verblüfft. Hier ging es um Michaels Zukunft. Was hatte sie mit Max zu tun?

Sie starrte Michael an, wartete auf eine Reaktion. Aber da kam nichts.

Sie musste sich verhört haben.

Max sah auf seine Uhr. »Wir sollten jetzt aufbrechen.«

Sie gingen zur Tür.

Der Savoy Grill war sehr gut besucht.

Rebecca saß zwischen Max und Michael an einem runden Tisch in der Ecke des Restaurants. Ihr Roastbeef war halb durch, wie sie es mochte. Michael hatte sein Fleisch lieber durchgebraten, aber für sie war das, wie auf Leder zu kauen. Sie aß langsam, genoss den Geschmack.

»Sie leben gern gefährlich«, bemerkte Max.

»Wieso?«

»Nach der BSE-Hysterie.« Er spießte ein Stück Lachs auf. »Ich kenne Leute, die nicht einmal mehr Chips mit Fleischgeschmack essen.«

»Meine Mutter gehört zu denen. Sie würde einen Herzinfarkt bekommen, wenn sie mich jetzt sehen könnte.«

Caroline, die rechts neben Michael saß, unterhielt sich mit ihm über seinen Job.

Max' Gesicht lag im Schatten. Das Licht war so gedämpft, dass man zuweilen den Eindruck hatte, als wären sie die einzigen Gäste im Restaurant. Ein Kellner im Frack bewegte sich so elegant wie auf Schlittschuhen an ihnen vorbei. Der Abstand zwischen den Tischen war so großzügig bemessen, dass man die Unterhaltungen der Nachbartische nicht mitbekam.

Sie nippte an ihrem Wein, einem roten Franzosen, von dem Max ihr versichert hatte, er werde das Gericht abrunden.

»Sind Sie mit meiner Empfehlung einverstanden?«

»Ganz und gar. Sie verstehen etwas davon.«

»Wenn ich ehrlich bin … Ich habe auf dem Weg zur Toilette den Weinkellner ausgequetscht. Wenn's nach mir ginge, würden wir alle Cidre trinken.«

Sie lachte. Er schenkte ihr nach. »Fühlen Sie sich in der Wohnung wohl?«

»Sehr, aber wir versuchen, uns nicht zu sehr einzuleben. Ich werde diese Woche verschiedene Immobilienmakler anrufen.«

Er schien überrascht. »Das ist nicht nötig. Sie können so lange in der Wohnung bleiben, wie Sie wollen. Mike weiß das bereits, aber er hat wohl vergessen, es Ihnen zu sagen.«

Sie war verlegen. »Wir möchten keinesfalls länger bleiben als erwünscht.«

»Das wird nicht passieren, das versichere ich Ihnen.«

Seine Augen blieben auf sie gerichtet. Sie starrte ihn an, erinnerte sich an ihre erste Begegnung. Er hatte ihr praktisch mit dem ersten Wort, das er sprach, die Befangenheit genommen. Sein Blick war herzlich gewesen und seine Art charmant. Er hatte gewollt, dass sie ihn mochte, und sie hatte entsprechend reagiert.

Der Blick war immer noch herzlich, aber etwas an seiner Art hatte sich verändert. Sie konnte es nicht in Worte fassen, wusste aber dennoch, dass es so war.

»Mike hat mir gesagt, dass Sie das Gästezimmer als provisorisches Atelier benutzen.«

Sie nickte, fügte dann schnell hinzu: »Es sei denn, Sie möchten das nicht.«

»Warum sollte ich?«

»Ich könnte ein Riesenchaos dort anrichten.«

»Spielt keine Rolle. Ich möchte, dass Sie sich zu Hause fühlen.«

»Das tue ich«, versicherte sie ihm.

»Gut.«

Sie schnitt ein Stück von ihrem Fleisch ab, während sie zuhörte, wie Michael Caroline eine Anekdote über die Partner erzählte, für die er arbeitete. Caroline lachte, vielleicht ein bisschen zu laut. Irgendetwas daran kam Rebecca vertraut vor. Sie versuchte es herauszufinden, doch es gelang ihr nicht.

»Als ich das letzte Mal bei Ihnen war«, fuhr Max fort, »zeigte Mike mir einige Ihrer Arbeiten. Sie sind sehr talentiert.«

»Ich und drei Millionen andere.«

»Stimmt. Die Konkurrenz ist groß. Man kann alles Talent der Welt haben, doch das, was wirklich zählt, ist, die richtigen Leute zu kennen.«

Mit einem zustimmenden Nicken griff sie nach ihrem Glas.
»Haben Sie schon einmal von Hampton Connaught gehört?«
»Nein.«

»Eine Kunstgalerie an der Cork Street. Ziemlich groß. Caroline hat früher die PR für sie gemacht und ist mit dem Besitzer, Richard Markham, gut befreundet. Richard plant für den Herbst eine Ausstellung junger Nachwuchskünstler. Sie wird etwa einen Monat dauern. Jeder Künstler soll ein halbes Dutzend Werke zeigen. Bislang hat er fünf zusammen und sucht derzeit noch einen sechsten. Was, wenn Sie dieser Künstler wären?«

Für einen Augenblick verschlug es ihr die Sprache. Sie stellte ihr Glas auf den Tisch. »Cork Street…«

»Ich verstehe Ihr Zögern«, warf er schnell ein. »Es ist in letzter Zeit ziemlich öde geworden. Aber eine zunehmende Zahl junger Talente stellt dort aus, und es ist immer noch eine West-End-Adresse mit sehr hohem Prestigewert. Man würde definitiv auf Sie aufmerksam.«

Sie schüttelte den Kopf. »Ich wollte nicht den Eindruck erwecken, als würde es mir widerstreben. Es wäre phantastisch. Aber ob die mich auch nehmen? Meine Arbeiten könnten nicht das Richtige sein.«

»Die Ausstellung hat kein Thema. Es ist nur eine Gelegenheit, die Bilder zu zeigen, auf die Sie besonders stolz sind. Wie wär's mit Ihren Gemälden von Menschen, die wären wunderbar. Caroline trifft sich morgen mit Richard. Sie könnte sie ihm zeigen.«

Widerstrebende Gefühle bewegten sie: Aufregung darüber, dass dies der Durchbruch sein könnte, von dem sie geträumt hatte, Angst, dass es in einer Ablehnung enden würde, und Verblüffung über das Tempo, mit dem es zu passieren schien.

Plötzlich sah sie ein Problem. »Die Originale sind in Winchester. Ich habe hier nur Dias. Leicht möglich, dass Mr. Markham das zu wenig ist.«

»Dias reichen«, meinte Max. »Bitte, sagen Sie ja. Ich weiß, wie viel es Ihnen bedeutet, und ich möchte wirklich gern helfen. Wir beide wollen das.«

Ihr Herz raste. Sie holte tief Luft, versuchte sich wieder zu beruhigen. »Okay. Ja.«

»Ausgezeichnet!«

Caroline und Michael drehten sich zu Max. »Becky ist einverstanden«, sagte er zu Caroline. »Du kannst mit Richard sprechen.«

»Wenn es Ihnen nichts ausmacht«, fügte Rebecca schnell hinzu.

»Es ist mir eine Freude«, sagte Caroline. »Ich weiß, wie schwer der Durchbruch für junge Künstler ist. Natürlich kann ich Ihnen nicht garantieren, dass Richard Sie dabeihaben will, aber ich werde mein Bestes tun, ihn zu überzeugen.« Sie warf Max einen flüchtigen Blick zu, dann richtete sie ihn wieder auf Rebecca. »Das werde ich wirklich.«

»Bestimmt will er sie«, verkündete Max. »Darauf würde ich wetten.« Er hob sein Glas. »Auf den Erfolg.«

Die anderen folgten seinem Beispiel. Rebecca stieß mit Michael an. Max und Caroline lächelten sie an. Carolines Blick war herzlich, genau wie der von Max. Herzlich und wohlwollend. Es lag ihm daran, dass sie ihn mochte.

Er stellte ihr eine Frage. Sie konzentrierte sich wieder auf das Gespräch.

»Waren Sie schon mal in Suffolk?«

Sie schüttelte den Kopf.

»Caroline und ich verbringen dieses Wochenende in meinem Haus dort. Es ist ein Paradies für Künstler. Wenn man es sieht, ist man sofort inspiriert. Sie müssen einmal kommen und sich selbst davon überzeugen.«

»Sehr gern.«

»Ich hätte Sie beide eingeladen, uns Gesellschaft zu leisten, aber ich weiß ja, dass Sie bereits andere Pläne haben.«

Michael schien überrascht. »Wir haben nichts vor.«

Max runzelte die Stirn. »Verzeihung, da muss ich wohl etwas missverstanden haben. Warum kommen Sie dann nicht einfach mit?«

Michael strahlte. »Wie wär's, Beck? Du arbeitest diesen Samstag doch nicht.«

»Nein, aber wir möchten uns nicht aufdrängen.«

»Überhaupt nicht«, versicherte Max. »Wir würden uns sehr freuen, wenn Sie uns besuchen.« Er sah Caroline an. »Nicht wahr?«

Carolines Augen weiteten sich ein wenig. Ihr Lächeln gefror, aber auch das nur für einen Moment. »Natürlich«, stimmte sie zu.

»Dann kommen wir gern.«

Sie waren mit dem Essen fertig. Ein Kellner kam, um die Teller abzuräumen. Max begann, Rebecca von dem Haus zu erzählen. Sie trank ihren Wein und versuchte, das Gefühl zu ignorieren, dass sie auf die nettestmögliche Art manipuliert worden war.

Mitternacht. Michael schenkte sich ein Glas Wasser ein. Rebecca stand an der Tür und beobachtete ihn. Das Licht in der Küche brannte. Die restliche Wohnung lag in tiefer Dunkelheit.

»Du wusstest es, stimmt's? Das mit der Galerie.«

Er nickte zwischen zwei Schlucken.

»Wann hat er es dir erzählt?«

»Am Freitag beim Mittagessen. Er hat mich gebeten, nichts zu sagen. Er wollte dich damit überraschen.«

»Das ist ihm gelungen.«

Er drehte sich zu ihr um. »Ich dachte, du würdest dich freuen.«

»Ich freue mich.«

»Aber du klingst nicht so.«

»Doch, ich freue mich. Es kam nur so völlig unerwartet.«

Sein Mund war noch nass. Er wischte ihn mit einer Hand ab.

»Du hast mir nicht erzählt, dass ihr zusammen zu Mittag gegessen habt«, sagte sie.

»War keine große Sache. Er war in der Gegend und hat auf Verdacht angerufen.«

»Worüber habt ihr denn gesprochen?«

Er zuckte die Achseln. »Über alles Mögliche.«

»Was alles Mögliche?«

»Ich weiß nicht. Die Arbeit. Den Sinn des Lebens.«

»Und über mich.«

Einen Augenblick wirkte er verlegen. »Na, ja. Er interessierte sich für deine Arbeit, und er wollte wissen, ob er irgendwie helfen könnte.«

»Du magst ihn wirklich, stimmt's?«

»Du nicht?«

Sie zögerte. Er sah besorgt aus. »Warum nicht?«

Sie schüttelte den Kopf. »Ich mag ihn ja. Aber dieses Wochenende! Ich bin mir sicher, dass Caroline nicht damit einverstanden ist.«

»Doch, bestimmt. Max hätte uns niemals gefragt, wenn er glaubte, es würde sie stören.« Er stellte sein Glas ab. »Wir können jetzt keinen Rückzieher mehr machen«, sagte er. »Das wäre unhöflich. Besonders, wo sie doch versuchen, dir zu helfen.«

Sie nickte.

Er schien erleichtert. »Wenn du wirklich nicht willst, lassen wir uns eine Ausrede einfallen und reisen wieder ab. Aber dazu wird es nicht kommen. Bestimmt gefällt es dir. Ich versprech's dir.«

Sie brachte ein Lächeln zu Stande. »Und es ist ja auch nur für ein Wochenende. Soll ja keine feste Einrichtung werden.«

»Natürlich nicht.«

Sie sah zu Boden. Draußen tobte der Wind, und Regen trommelte gegen die Balkontüren. Ein Gewitter braute sich zusammen. Schreckliches Wetter für Anfang Juni.

Sie fragte sich, ob es in Suffolk auch Stürme gab.

»Wie hat dir Caroline gefallen?«, fragte er.

»Du hast doch den ganzen Abend mit ihr geredet. Was meinst du?«

»Ich fand sie ganz nett. Sie ist nicht nur aufs Geld aus wie Lavinia.«

»Das weißt du doch gar nicht.«

»Meinst du, sie ist?«

»Vielleicht. Vielleicht auch nicht. Aber das geht uns sowieso nichts an, oder?«

Ein merkwürdiger Ausdruck breitete sich auf seinem Gesicht aus. Nur eine Sekunde, dann war er auch schon wieder verschwunden.

172

Er schüttelte den Kopf. »Ich verschwinde jetzt ins Bett. Kommst du mit?«

»Gleich.«

Er ging ins Schlafzimmer. Sie blieb, wo sie war.

Sie fragte sich, ob Caroline nicht doch nur aufs Geld aus war. Möglich. Das aber war Max' Problem. Für Michael oder sie spielte das keine Rolle.

Sie schaltete das Licht in der Küche aus und ging ebenfalls zu Bett.

2. KAPITEL

Mittwochmorgen. Viertel vor zwölf. Michael wartete an der Kaffeemaschine darauf, dass das Wasser kochte. Zwei Sekretärinnen diskutierten lebhaft über ihren bevorstehenden Urlaub. Er war in Gedanken. Ein Mandant hatte ihm den Entwurf einer bevorstehenden Aktionärsvereinbarung zur Durchsicht zugefaxt. »Ich bin überzeugt, dass Sie nichts daran auszusetzen haben werden«, lauteten die begleitenden Zeilen. O doch. Die Wettbewerbsverbotsklauseln waren eindeutig gesetzwidrig, und die Regelungen zum Abstimmungsverfahren hätten Einstein verblüfft. Hier musste großzügig umgeschrieben werden. In Gedanken begann er, die passenden Formulierungen aufzusetzen.

Julia trat neben ihn. »Ich habe Sie schon überall gesucht. Sie müssen verschwinden.«

»Warum?«

»Graham hat einen Anruf von Addletons, einem Firmenmandanten in Hull, erhalten. Anscheinend ein absoluter Albtraum. Sie wollen, dass umgehend einer der Juniorassistenten nach Hull fährt und den Rest der Woche ihre Lieferungsverträge nachverhandelt. Graham ist auf der Jagd nach jemandem, den er schicken kann, und Sie wären die erste Wahl.«

»Scheiße!«

»Verstecken Sie sich in der Bibliothek. Ich sage Ihnen Bescheid, sobald die Luft rein ist.«

»Werden Sie Stuart auch warnen?«

»Ja. Beeilen Sie sich.«

Er eilte zu der Tür, die zum Treppenhaus führte, und rechnete damit, jeden Augenblick seinen Namen gebrüllt zu hören. Nichts. In Gedanken ein stilles Dankgebet ausstoßend, machte er sich auf den Weg nach unten.

Und lief Graham direkt in die Arme.

Ihm rutschte das Herz in die Hose. Er konnte gerade noch einen Fluch unterdrücken.

»Wo wollen Sie hin?«

»In die Bibliothek.« Sein Ton war mürrisch, aber er hatte es so gründlich satt, dass es ihm egal war.

Sie standen einander im Treppenhaus gegenüber. Der oberste Knopf seines Hemdes war offen, und die Krawatte hing locker um seinen Hals. Graham hasste Nachlässigkeit. Mike wartete auf die Standpauke.

Graham kratzte sich am Kinn. Er war gerade von einem zehntägigen Urlaub auf Zypern zurück, und seine Haut schälte sich. »Ich war bei Keith Harper vom Bankwesen. Hatte eine Frage zur Kontrollbehörde und brauchte eine klare Antwort: Ja oder nein. Habe sie nicht erhalten.« Ein Schnauben. »Leichter könnte man Blut aus einem Stein pressen.«

Michael hütete sich zuzustimmen. Graham würde sofort überall herumerzählen, dass er über Seniorpartner herzog. Er wartete auf den Schlag.

Graham sah auf seine Uhr. »Tja, ich mache mich besser auf die Socken.« Er schob sich an Michael vorbei, kehrte zur Abteilung zurück.

Michael blieb, wo er war, konnte kaum sein Glück fassen. Begann in sich hineinzulachen.

Und hörte sofort auf.

Warum wurde er nicht geschickt? Es war ein mieser Job, er stand in der Hierarchie weit genug unten, und Graham hasste ihn. Er hatte sogar schon für Addletons gearbeitet. Niemand war besser qualifiziert.

Hielt Graham ihn für unfähig?

Nein, das glaubte er nicht. Schließlich hatte man ihm zugetraut, den Digitron-Deal praktisch im Alleingang durchzuziehen.

Er wollte den Gedanken schon wieder abtun, als er sich an etwas erinnerte.

Am frühen Morgen hatte er Jack Bennett in Grahams Büro verschwinden sehen. Die Tür war etwa eine halbe Stunde geschlossen geblieben.

Worüber hatten die zwei geredet? Hatten sie über ihn gesprochen? Könnte Jack abfällige Bemerkungen über seine Fähigkeiten gemacht haben?

Versuchte Jack, seinen guten Ruf zu schädigen?

Er sagte sich, das sei paranoid. Das würde Jack niemals tun. Aber der Verdacht blieb.

Sag es Max.

Die Idee kam aus heiterem Himmel. Er ließ sie sich durch den Kopf gehen, prüfte sie sorgfältig.

Seine Besorgnis ließ nach. Er beschloss abzuwarten, wie sich die Dinge entwickelten. Aller Wahrscheinlichkeit nach war alles in Ordnung. Sollte jedoch eine Schlacht zu schlagen sein, dann war es gut zu wissen, dass er nicht allein dastand.

Er stieg die Treppe wieder hinauf und hoffte, dass Julia Stuart noch hatte warnen können.

Ein Uhr. Rebecca betrat Hausnummer dreiunddreißig Pelham Gardens.

An diesem Morgen hatte Michael die Dias von ihren Bildern bei Max abgeliefert, obwohl sie überzeugt war, dass die Galerie ihre Begabung nur dann richtig beurteilen könnte, wenn sie ihnen die Gemälde im Original schickte. Michael war es gelungen, sie zu beruhigen, aber in ihrer Panik war sie ohne ihr Portemonnaie zur Arbeit gegangen.

Als sie die Wohnung erreichte, fand sie ein schön verpacktes Paket neben der Tür. Daran befestigt war ein Umschlag mit ihrem Namen.

Sie schloss die Wohnung auf. Die Luft war abgestanden. Sie öffnete zuerst ein Fenster, dann das Paket.

Darin befand sich ein teurer, reich illustrierter Bildband über die Präraffaeliten. Der Schutzumschlag zeigte eines ihrer Lieblingsgemälde: Millais' romantisierte Version der Prinzen im Tower. Zwei blonde Unschuldsengel mit gefalteten Händen auf einer dunklen Treppe. Voller Angst vor den Schatten, die sie umgaben.

Das Buch war vor kurzem erschienen. Sie hatten im Geschäft erst einige Exemplare erhalten, und sie hatte darüber nachgedacht, ihren Personalrabatt zu nutzen und sich ein Exemplar zu gönnen. Das war nun nicht mehr nötig.

Sie öffnete den Umschlag und las den Zettel darin.

Becky,
es war mir ein Vergnügen, Sie gestern Abend zu sehen. Der erste noch vieler solcher Abende, wie ich hoffe. Bitte nehmen Sie das Beiliegende als kleines Dankeschön dafür an, dass Sie Caroline das Gefühl gegeben haben, willkommen zu sein. Ich freue mich schon darauf, Ihnen Suffolk zu zeigen.
In Liebe,
Max

Er hatte eine schöne Handschrift. Elegant und Vertrauen erweckend. Genau wie seine Stimme.

Sie hatte kaum ein Wort mit Caroline gewechselt. Michael verdiente dies, nicht sie. Es war allerdings ein herrliches Geschenk. Genau das, was sie sich gewünscht hatte.

Vielleicht hatte Michael es vorgeschlagen.

Der erste noch vieler solcher Abende.

War das eine so schreckliche Aussicht? Er war reich, charmant, und er wollte ihr Freund sein. Michael mochte ihn. Es gab keinen Grund, ihn nicht zu mögen.

Trotzdem beunruhigte sie die Vorstellung.

Sie legte das Buch auf den Tisch neben der Couch. Es fügte sich perfekt ein, und doch wirkte es fehl am Platz. Ein Eindringling, der die bestehende Ordnung ihres Heims störte.

Sie holte ihr Portemonnaie.

Samstagnachmittag. Fünf Uhr. Rebecca stand am Fenster ihres Zimmers in Max' Haus in Suffolk und zog einen Kamm durchs Haar, das noch nass von der Dusche war.

Das Fenster stand offen. Es war ein herrlicher Tag. Die Sonne strahlte hell von einem tiefblauen Himmel, aber die Luft war von der leichten Brise, die vom Meer landeinwärts blies, angenehm kühl. Sie beobachtete Segelboote, die sich mit den Wellen hoben und senkten. Max, der ein Boot besaß, das in einem Yachthafen an der Küste lag, hatte vorgeschlagen, am nächsten Tag damit hinauszufahren, sofern das Wetter gut blieb. Rebecca hatte versucht, erfreut zu wirken, aber Segeln war noch nie ihre Sache gewesen. Sie hoffte, die mangelnde Begeisterung war ihr nicht anzumerken gewesen.

Sie waren letzte Nacht kurz vor Mitternacht eingetroffen, nachdem sie unterwegs zu viert angenehm zu Abend gegessen hatten. Morgens war Max mit ihnen ein bisschen in der Gegend herumgefahren, und schließlich hatten sie die Küstenstadt Aldeburgh erreicht, wo sie mit Michael einen Spaziergang am Kieselstrand gemacht und Postkarten für Freunde und Familie gekauft hatte. Die Meeresluft war belebend, aber sie hatte als Kind schöne Ferien in Cornwall verbracht und fand die Küste von Suffolk vergleichsweise eintönig.

Nachmittags waren sie auf dem zwischen den Bäumen, die das Haus umgaben, versteckten Tennisplatz gewesen. Sie hatte zusammen mit Max gespielt, der ein schnelles, taktisches Spiel vorlegte, das zu ihrem passte. Sie waren Caroline und Michael weit überlegen. Michael bevorzugte das mit mehr Power gespielte Squash und schlug daher den Ball regelmäßig vom Platz, und Caroline war absolut kein sportlicher Typ. »Wir sind ein gutes Team«, hatte Max zu ihr gesagt, als sie den letzten Satz angingen. »Zukünftige Gegner werden vor uns zittern.«

Sie hörte Schritte hinter sich. Michael tauchte aus dem Bad auf, ein Handtuch um die Taille geschlungen. »Fühlst du dich besser?«, fragte er.

»Nach dieser Demütigung?«

Sie lächelte. »Du bist nicht gedemütigt worden.«

»Wem willst du was vormachen? Wir haben im letzten Satz kein einziges Spiel gewonnen.« Er lächelte ebenfalls. »Mein Selbstbewusstsein ist angeknackst.«

Er streifte das Handtuch ab und begann sich anzuziehen. Ihr Blick wanderte über das riesige Himmelbett, das Sofa und die Ses-

178

sel, den antiken Schreibtisch und den dicken, cremefarbenen Teppich. Es war wie ein Zimmer in einem Luxushotel, wo sie kostenlos übernachteten.

Ein elektrischer Ventilator blies ihr kühle Luft zu, pustete die Haare aus ihrem Gesicht. »Hast du das letzte Mal auch hier geschlafen?«, fragte sie.

»Ja.«

»Es ist luxuriöser, als ich dachte. Ich habe ständig Angst, irgendwas kaputt zu machen.«

Er zog ein Hemd über seinen Kopf. »Selbst wenn du's tust, wird Max dich deswegen nicht aufknüpfen.«

»Nicht?«

»Kann's sich nicht leisten. Wenn du tot wärst, müsste er mit Caroline spielen.«

Ihre Haare waren jetzt trocken. Sie legte den Kamm beiseite. »Ich glaube, Caroline mag mich nicht.«

»Warum denkst du das?«

»So, wie sie sich mir gegenüber verhält.«

Er schloss seinen Gürtel. »Wie verhält sie sich denn?«

»Ganz okay, wenn wir beide allein sind. Sobald du aber in der Nähe bist, existiere ich praktisch nicht mehr.«

Er runzelte die Stirn. »Das glaube ich nicht.«

»Doch. Du bist derjenige, mit dem sie reden will, über dessen Witze sie lacht.«

»Vielleicht sind deine Witze einfach nicht komisch.«

Sie reagierte beunruhigt. »Hat Caroline das gesagt?«

Schnell kniete er sich neben sie. »He, war doch nur Spaß. Natürlich mag sie dich. Warum sollte sie sonst anbieten, mit Richard Markham über dich zu sprechen? Vielleicht kommt sie mit Männern einfach besser klar. Genau wie manche Männer besser mit Frauen zurechtkommen.«

»Ja, vielleicht.«

Er streichelte ihren Arm. »Willst du nach Hause?«

Sie wollte. Aber es war auch sein Wochenende, und das wollte sie ihm nicht verderben. »Nein.« Sie brachte ein Lächeln zu Stande. »Du kennst mich. Will eben immer im Mittelpunkt stehen.«

Er küsste sie auf die Wange. »Für mich bist du der Mittelpunkt. Komm. Lass uns nach unten gehen.«

Er drückte ihre Hand. »Es wird bestimmt super«, meinte er. Sie erwiderte den Druck und sagte sich, dass er Recht hatte.

Aber er hatte nicht Recht.

Niemand war unhöflich zu ihr oder vermittelte ihr das Gefühl, nicht willkommen zu sein. Oberflächlich betrachtet war es ein rundum harmonischer Abend.

Das, was sich unter der Oberfläche abspielte, beunruhigte sie.

Es waren noch andere Gäste da: Carolines Geschäftspartnerin Sarah, ihr Ehemann Tom, der Geschäftsbanker, und ein Freund namens Alan, der als Illustrator bei einer Werbeagentur arbeitete. Alle drei waren Ende dreißig. Ihre Anwesenheit überraschte Rebecca, die überzeugt war, Caroline wollte ein ruhiges Wochenende mit Max verleben. Dann fiel ihr jedoch ein, dass sie und Michael dies ohnehin bereits verhindert hatten.

Vor dem Essen versammelten sie sich im Salon. Im Verlauf der Vorstellung erfuhr sie, dass Tom in der gleichen Bank arbeitete wie ein Freund ihres Bruders. Sie erkundigte sich, wie er sich machte. Während sie sich mit Tom unterhielt, beobachtete sie Caroline und Sarah, die so vertraut miteinander umgingen, wie dies nur durch eine jahrelange Freundschaft möglich war. Vielleicht kam Caroline ja wirklich besser mit Männern zurecht, aber in diesem Fall sah es nicht danach aus.

Sie gingen ins Esszimmer. Max setzte sich ans Kopfende des Tisches, flankiert von Michael und Caroline. Rebecca, die immer noch mit Tom sprach, fand sich gegenüber von Sarah am anderen Ende des Tisches wieder. Die Verandatür bot einen Blick aufs Meer, dessen Farbe schon bald von Grau zu Schwarz wechselte, als es dämmerte.

Sie nippte an ihrem Wein: ein zarter Weißer, passend zur Forelle. Draußen frischte der Wind auf, peitschte über die glatte Wasseroberfläche, wühlte sie auf: Sie wollte zusehen, wie sich der Sturm entwickelte, aber Sarah, eine zwar freundliche, jedoch schwatzhafte Person, bezog sie immer wieder in die Unterhaltung mit ein. Jemand zündete Kerzen an, und an den Wänden erschienen Schatten. Alan erzählte ihr, dass er dieselbe Kunstschule besucht habe wie sie. Ihr Blick wanderte an das andere Tischende.

Michael erzählte Max und Caroline von einer katastrophalen Griechenlandreise, die er als Student unternommen hatte. Max lächelte, seine Miene war wohlwollend. Caroline lachte laut. Wie schon im Savoy, kam Rebecca irgendetwas an diesem Lachen vertraut vor.

Sie erinnerte sich an einen Nachmittag vor langer Zeit, als Robert eine neue Freundin mit nach Hause gebracht hatte, die seine Familie kennen lernen sollte. Sie hieß Kathleen: ein ruhiges, sehr hübsches Mädchen, das nervös auf dem Sofa gesessen und nur wenig gesagt hatte. Die Unterhaltung war unbekümmert gewesen, voller Späße und liebevoller Hänseleien. Kathleen hatte mitgelacht, aber es hatte eine Idee zu bemüht geklungen, so als wolle sie unbedingt gefallen und von ihnen akzeptiert werden.

Genau wie Caroline sich bemühte, Michaels Aufmerksamkeit zu erwecken.

Etwas blieb ihr im Hals stecken. Eine winzige Gräte. Nicht groß genug, um sie zu ersticken, aber trotzdem störend.

Sie schluckte sie hinunter und aß weiter.

Die Zeit verstrich. Gespräche wurden bruchstückhaft. Max unterhielt sich mit Michael, Tom und Caroline. Alan erzählte Rebecca von seinem neuen Haus in Ealing. Es lag ganz in der Nähe eines Hauses, das Freunde von ihr gekauft hatten. Sie kannte sogar die Straße. »Wie gefällt Ihnen Ihre Wohnung?«, fragte Sarah.

»Sehr gut.« Sie schnitt sich ein Stück Wensleydale ab; der Käse zerbröckelte unter dem Messer.

»Wo liegt sie denn?«, erkundigte sich Alan.

Sie sagte es ihm. »Teure Gegend«, bemerkte er.

»Wir haben Glück. Unsere Miete ist akzeptabel.«

Sarah lächelte. »*Sehr* akzeptabel.«

»Wirklich?« Alan schien interessiert.

»Max ist unser Vermieter«, erklärte Rebecca, »daher bezahlen wir nicht die volle marktübliche Miete.«

»Was Becky damit sagen will«, fügte Sarah hinzu, »ist, dass sie überhaupt keine Miete zahlen.«

Rebecca war verblüfft. »Wer hat Ihnen denn das gesagt?«

»Caroline.«

»Nun, da irrt sie.«

»Ach.« Sarahs Lächeln verschwand. »Tut mir Leid. Es war nicht böse gemeint.«

Rebecca war die Situation peinlich. »Schon gut«, sagte sie rasch. »Es ist nur das, was Max ihr gesagt hat.«

Sie spürte, wie sich ihre Stirn verspannte. Am anderen Ende des Tisches malte Michael gerade etwas auf ein Blatt Papier. Sie konnte nicht erkennen, was es war, vermutete aber, dass es sich um irgendein Firmendiagramm handelte. Als er fertig war, sah er Max gespannt an, als suche er seine Zustimmung. Max studierte die Zeichnung, schüttelte den Kopf, deutete auf das Blatt und machte eine Bemerkung. Michael sah niedergeschlagen aus. Max lächelte aufmunternd. Daraufhin nahm Michael seinen Stift und brachte Korrekturen an.

Max schien ihre Blicke zu spüren. Er lächelte ihr zu. Herzlich, wie immer. Es gelang ihr, sein Lächeln zu erwidern.

Da musste ein Missverständnis vorliegen. Natürlich zahlten sie Miete.

Warum hatte Max dann aber Caroline erzählt, sie wohnten mietfrei?

Sie nahm einen Schluck Wein, während Alan fortfuhr, sein Haus zu beschreiben. Draußen braute sich ein Unwetter zusammen.

Im Flur hielt sie Michael zurück. »Was soll das, dass wir keine Miete zahlen?«

Er sah sie verlegen an. »Wer hat dir das gesagt?«

»Das spielt keine Rolle. Stimmt es?«

»Ja.«

»Seit wann?«

»Seit ein paar Tagen.«

»Ich glaub's einfach nicht! Du hattest kein Recht, dem zuzustimmen, ohne es mir zu sagen!«

Die anderen nahmen ihren Kaffee im Salon ein. Michael zog sie von der Tür fort. »Ich habe gar nicht zugestimmt«, verteidigte er sich. »Max hat beschlossen, dass er von uns keine Miete nehmen wollte, und hat seine Bank angewiesen, meinen Dauerauftrag nicht anzunehmen. Er hat gesagt, wenn uns etwas daran liege, dann könnten wir das Geld ja jeden Monat einer karitativen Einrichtung spenden, und genau das werde ich auch tun. Es gibt da einen neuen Verein, der benachteiligten Kindern im East End hilft, und ich werde den Dauerauftrag entsprechend ändern –«

»Oder wir können auch einfach ausziehen.«

Er starrte sie an. »Warum? Mir gefällt die Wohnung. Dir doch auch.«

»Mike, wir können nicht dort bleiben, wenn wir keine Miete zahlen.«

»Warum denn nicht?«

»Denk doch bitte an die Verpflichtung, die er uns auferlegt.«

»Verpflichtung?« Er schien verblüfft zu sein. »Hör mal, du verstehst das alles völlig falsch. So ist es überhaupt nicht.«

Max kam aus dem Salon. Sie biss sich auf die Zunge.

»Hat Mike es Ihnen gesagt?«

Sie nickte. »Es ist unglaublich großzügig von Ihnen, aber ich denke nicht –«

»Nein, habe ich nicht«, unterbrach Michael sie. »Ich fand, Sie sollten das tun.«

Sie war verwirrt. »Und mir was sagen?«

»Caroline hat unmittelbar vor dem Essen einen Anruf erhalten«, erklärte Max. »Von Richard Markham, dem Galeriebesitzer. Er ist begeistert von Ihrer Arbeit und möchte, dass Sie bei seiner Ausstellung mitmachen.«

Das Thema Miete war vergessen. Sie schnappte nach Luft.

Michael umarmte sie. »Herzlichen Glückwunsch. Hab ich dir nicht gesagt, dass du Vertrauen haben musst?«

Sie wurde von seiner Euphorie mitgerissen und fing an zu lachen. Ihr wurde schwindlig vor Aufregung. Max schien amüsiert. »Ich nehme an, es freut Sie?«

»Das ist phantastisch! Ich weiß gar nicht, was ich sagen soll.«

Max hob eine Hand. »Sie müssen gar nichts sagen. Dies ist die Belohnung, die Ihr Talent verdient. Die Ausstellung wird im Oktober stattfinden. Sie werden sich schon bald mit Richard treffen, um über Provisionen und solche Dinge zu reden. Ich habe ihm gesagt, dass Ihr Anwalt –« er deutete auf Michael »– sämtliche Verhandlungen führen wird.«

Sie musste an ihre frühere Ambivalenz ihm gegenüber denken und schämte sich. Spontan umarmte sie ihn. Er schloss sie in die Arme, zog sie an sich. Er fühlte sich fest und zuverlässig an. Genau wie ihr Vater.

Er ließ sie los und lächelte, seine Augen hatten einen warmen Glanz.

Dann wies er auf Michael und sagte: »Darf ich ihn mir eine Weile ausborgen?«

Spontan erwiderte sie: »Nein, er gehört mir.«

Ihr Ton war scharf und abwehrend. Michaels Augen weiteten sich. Sie spürte, wie sie einen roten Kopf bekam, und fragte sich, was in sie gefahren war. »War nur Spaß«, fügte sie schnell hinzu. »Natürlich dürfen Sie.«

»Es ist nur für etwa eine Stunde, und ich verspreche auch, ihn in gutem Zustand zurückzubringen.«

Sie lachte nervös. »Das will ich hoffen.«

»Warum nehmen Sie keinen Kaffee mit den anderen?«, schlug er vor. »Wir sind bald zurück.«

Sie schlenderten einen Flur auf der anderen Seite der Eingangshalle entlang, während Rebecca ihnen nachschaute und versuchte, die Eifersucht zu unterdrücken, die langsam in ihr wuchs. Es gefiel ihr nicht, Michael mit jemandem zu teilen. Nicht einmal für eine Stunde.

Sie ging in den Salon. Carolines freundliches Lächeln wurde eine Idee schwächer, als sie begriff, dass Rebecca allein war. Schnell bedankte sie sich. Caroline nahm den Dank gnädig an, aber ihre Blicke wanderten immer wieder zur Tür.

Die anderen gratulierten. Sie trank ihren Kaffee und fühlte sich deplatziert. Sie versuchten, sie in die Unterhaltung mit einzubeziehen, doch da die anderen sich seit Jahren kannten, kehrten sie zwangsläufig immer wieder zu Themen zurück, mit denen Rebecca nichts anfangen konnte. Nach einer halben Stunde hatte sie genug. Unter dem Vorwand, müde zu sein, trat sie den Rückzug an.

Sie stand in der Eingangshalle und sah sich um. Das Haus war schön, aber fremd, und sie wollte nicht allein ins Bett gehen. Sie machte sich auf die Suche nach Michael.

Der Boden des Flurs war gefliest, und ihre Absätze klapperten darauf. Irgendwo in der Ferne hörte sie Billardkugeln klicken. Sie verhielt sich ruhig, wollte ihre Anwesenheit nicht zu früh verraten.

Sie konnte ihre Worte nicht verstehen, nur ihren Tonfall. Max klang ruhig, Michael zögernd und vertrauensvoll, ließ die Verletzlichkeit erkennen, die sich hinter der Maske der Selbstsicherheit verbarg, die er vor der Welt aufsetzte. Eine Verletzlichkeit, die er noch nie jemandem gezeigt hatte.

Außer ihr.

Sie betrat den Raum. Die zwei Männer standen auf den Seiten eines riesigen Snooker-Tischs, über dem eine Lampe hing. Sie lächelten, als sie hereinkam, doch sie spürte, dass sie störte.

»Wer gewinnt?«

»Ich«, sagte Michael.

Sie wartete, dass Max dem etwas hinzufügte. Aber er stand einfach nur da, rieb sein Queue mit Kreide ein und beobachtete sie.

»Ich bin müde«, sagte sie. »Ich gehe schlafen.«

»Dann sollten wir aufhören«, bot Max an.

»Nicht nötig. Macht nur weiter. Ich wollte nur gute Nacht sagen.«

»Bist du sicher?«, fragte Mike.

Sie nickte.

»Ich komme bald nach«, sagte er.

Als sie den Flur entlangging, hörte sie, wie das Spiel fortgesetzt wurde.

Es war dunkel im Schlafzimmer. Wind und Regen peitschten gegen die Fenster. Sie lag nackt im Bett, nur von einem dünnen Laken bedeckt, und lauschte auf den Sturm. Die Luft im Raum war drückend. Rebeccas Körper schweißgebadet.

Sie dachte an die Ausstellung. Die Chance, von der sie geträumt hatte. Eine Chance, wahrgenommen zu werden. Eine Chance, zu glänzen. Sie versuchte, die anfängliche Euphorie wieder zu beleben.

Aber dieses Gefühl war jetzt fort, verdrängt von düsteren Gedanken.

Vor ihrem geistigen Auge sah sie ein Bild ihrer Familie. Ihre Eltern in der Mitte, ihr Bruder direkt hinter ihnen, umgeben von Unmengen Großeltern, Onkeln, Tanten, Cousins und Cousinen. Alle lächelten sie an. Alle liebten sie. Sie empfand diese Liebe als selbstverständlich. Sie war wie eine wärmende Decke, in die sie sich einwickeln konnte, wann immer sie die Notwendigkeit dafür sah.

Als Michael ihr von seiner Kindheit erzählte, versuchte sie sich vorzustellen, in einer Welt aufzuwachsen, in der man niemandem etwas bedeutete. Aber es gelang ihr nicht. Es überstieg ihr Begriffsvermögen.

Die Kindheit war jetzt Vergangenheit, und er hatte sie, die ihn liebte. Sie war der einzige Mensch, der das tat. Manchmal machte sie diese Erkenntnis traurig, aber sie half ihr auch, die Freude darüber beiseite zu schieben, dass er keine anderen Bindungen hatte, die die Intensität seiner Hingabe an sie abschwächen konnten.

Bis jetzt.

Blitze erhellten den Raum. Er sah aus wie die Kulisse eines alten Schwarzweißfilms. An diesem Abend hatte ein Kino in Chelsea Erich von Stroheims Stummfilmklassiker *Habgier* gezeigt. Sie hatte in *Time Out* darüber gelesen und wollte Michael mit den Eintrittskarten überraschen. Aber dann war Max' Einladung dazwischengekommen.

Im Zimmer war es schwül. Sie hatte das Gefühl zu ersticken, umgeben von Luxus in einem vergoldeten Käfig.

Es war gut, dass Michael mit Max Freundschaft geschlossen, noch einen Menschen gefunden hatte, dem er vertrauen und dem er sich anvertrauen konnte. Jemand, der die Rolle des Vaters übernahm, den er nie gekannt hatte.

Ja, sie war wirklich froh darüber.

Was hätte sie auch anderes tun können? Nichts, wo Max, seit er sich in ihr Leben gedrängt hatte, so gut zu ihr gewesen war. Nichts, wenn sie in seiner Schuld stand und Dankbarkeit zeigen musste.

Diese Gedanken krochen in ihrem Kopf herum wie Spinnen, die Netze aus Ärger und Misstrauen sponnen. Sie fühlte sich gemein dabei und täuschte Schlaf vor, als Michael schließlich ins Bett kam.

Am nächsten Morgen hatte sich der Sturm gelegt, und graue Wolken bedeckten den Himmel. Sie öffnete die Schlafzimmerfenster und ließ die erfrischend kühle Luft herein.

Michael duschte als Erster und war bereits angezogen, als sie aus dem Bad kam. Sie setzte sich aufs Bett und begann, ihre Haare trocken zu rubbeln.

»Geh schon runter«, sagte sie. »Ich komme nach.«

»Bist du sicher?«

»Natürlich. Du brauchst mir nicht das Händchen halten, Mike.«

Er lächelte. »Bis dann.«

Seine Schritte verhallten. Sie zog Jeans und eine Bluse an und folgte ihm dann nach unten.

Caroline saß bei Alan, beide lasen bei Kaffee und Toast verschiedene Sonntagszeitungen. Von den anderen keine Spur.

»Michael ist mit Max weg«, erklärte Caroline.

»Und wohin?«

»Zu einem Hotel am Strand. Dort kriegt man ein großes englisches Frühstück.«

Sie fühlte sich wie vor den Kopf geschlagen. »Ich wusste gar nicht, dass sie was vorhatten.«

»Es war Max' Idee. Ganz spontan.« Caroline deutete auf den Tisch. »Mrs. Avery hatte nicht die richtigen Sachen im Haus. Wir anderen essen morgens nicht viel, und ich vermute, bei Ihnen ist es nicht anders.«

Richtig. Also war es doch keine Brüskierung. Aber es sah so aus, und sie fragte sich, ob Caroline das wohl auch so empfand.

187

Wie zur Antwort stieß Caroline ein sprödes Lachen aus. »Tja, sollen die sich doch mit diesem ganzen fettigen Zeug die Adern verstopfen. Warum setzen Sie sich nicht zu uns?«

Sie hatte ihren ohnehin nur geringen Appetit verloren. Nach dem Austausch einiger Höflichkeitsfloskeln zog sie sich mit einem Teil der Zeitungen in den Salon zurück, wo sie sie bei einer Tasse Kaffee durchblätterte. Sie las einen Artikel über eine in Kürze stattfindende Hochzeit zweier Berühmtheiten. Ihre eigene Hochzeit war für Mai des folgenden Jahres geplant, in der Kirche in Winchester, gefolgt von, so hoffte sie wenigstens, einer Hochzeitsreise auf die Fidschiinseln. Die endgültige Gästeliste musste erst noch erstellt werden.

Sie fragte sich, ob sie Max auch eine Einladung schicken sollte.

Sie nahm eine Bewegung hinter sich wahr. Caroline stand in der Tür. »Störe ich Sie?«

»Nein.« Sie erhob sich. »Möchten Sie die Zeitung zurück?«

Caroline schüttelte den Kopf. Der hellblaue Pullover passte zu ihren Augen, die freundlich, aber auch ein wenig ängstlich blickten. »Ich wollte nur mal nachsehen, ob Sie sich nicht zu verlassen fühlen.«

»Ganz und gar nicht.« Sie zögerte. »Und Sie?«

»Ein bisschen.«

»Tut mir Leid.«

»Geben Sie Max' Magen die Schuld.«

»Eigentlich meinte ich das ganze Wochenende. Mike und ich wollten uns nicht aufdrängen.«

»Tun Sie nicht.« Caroline sah beunruhigt aus. »Habe ich Ihnen dieses Gefühl vermittelt?«

»Nein, ich meinte nur –«

»Bitte, denken Sie das nicht. Ich freue mich wirklich, dass Sie hergekommen sind.« Caroline unterbrach sich. Jetzt klang sie entschuldigend. »Ich finde es schade, dass wir beide nicht mehr Gelegenheit hatten, uns zu unterhalten.«

»Macht nichts. Wir reden ja jetzt.«

Carolines Miene entspannte sich. »Ja.« Ihr Gesicht wurde sanfter, was sie gleich viel jünger aussehen ließ. Rebecca spürte, dass

188

sie die Gesellschaft dieser Frau in einem anderen Rahmen sicher genießen könnte.

»Jedenfalls«, fügte sie hinzu, »habe ich so Ihre Freunde kennen gelernt.«

»Mögen Sie sie?«

»Ja, sehr«, sagte sie höflich.

»Das war auch Max' Meinung.«

Diese Bemerkung überraschte sie, was sie sich jedoch nicht anmerken ließ.

»Nun, sie sind kurzweilig«, bemerkte Caroline.

»Wie haben Sie Max kennen gelernt?«

»Durch gemeinsame Freunde. Wir kennen uns seit etwa einem Jahr, allerdings nur flüchtig. Dann hat er vor ein paar Wochen angerufen und mich zum Essen eingeladen.«

»Und das hat Ihnen sicher gefallen.«

Caroline errötete leicht. »Ja, sehr.«

Rebecca lächelte. »Als Mike mich das erste Mal eingeladen hat, war ich völlig aus dem Häuschen. Ich hätte nie gedacht, dass es jemals dazu kommt. Aber das Warten hat sich gelohnt.«

»Und die Panik, was man anziehen soll.« Caroline lächelte ebenfalls. »Männer haben's wirklich gut. Die können einfach alles anziehen und es mit einem Sakko aufpeppen. Wir Frauen müssen uns hingegen ein Bein ausreißen.«

»Und wenn die Männer auch nur ein bisschen so sind wie Mike, bemerken sie es nicht einmal.«

Beide lachten.

»Es ist schön«, meinte Caroline, »dass Max und Mike sich so gut verstehen.«

Rebecca nickte und fragte sich, wie erfreut Caroline darüber wirklich war.

»Jedenfalls ist es schön für Max. Ich glaube, er sieht in Mike eine jüngere Ausgabe seiner selbst. Jemanden, dem er seine Lebensweisheiten weitergeben kann. Männer und ihre Egos!«

Wieder ein Nicken.

Caroline schaute auf die Uhr. »Sarah hat vorgeschlagen, spazieren zu gehen. Haben Sie Lust mitzukommen?«

189

Rebecca erinnerte sich, wie erfolglos sie am gestrigen Abend versucht hatten, sie in ihre Unterhaltung mit einzubeziehen. »Ich denke, ich werde hier auf Mike warten.«

»Ganz sicher? Sie sind herzlich eingeladen, uns zu begleiten.«

»Ich weiß. Aber ich bleibe lieber hier. Jedenfalls, vielen Dank.«

Sie widmete sich wieder den Zeitungen. Als sie fertig war, rief sie ihre Eltern an, um ihnen von der Ausstellung zu erzählen. Sie freuten sich sehr für sie. Ihre Mutter war fast zu Tränen gerührt.

Das Haus war jetzt ganz still. Sie schlenderte langsam durch die Korridore und Flure, lauschte auf die Geräusche, die ihre Schuhe auf den Bodenfliesen machten, und fühlte sich dabei wie ein winziger Fisch, der von einem Wal verschluckt worden war.

Sie kam ins Billardzimmer. Die Wände waren mit Eichenpaneelen verkleidet, und an ihnen hingen Drucke von Hogarth' farbenfroheren Stichen. Es erinnerte sie an einen altmodischen Herrenclub, in dem Männer rauchten und sich ihre Geheimnisse erzählten.

Die Kugeln lagen auf dem Tisch, bereit für ein neues Spiel. Sie ließ die weiße Kugel auf das Dreieck der roten rollen, aber sie hatte schlecht gezielt, und so stieß die Kugel leicht gegen die weiche Filzbande, wodurch die bestehende Ordnung nicht zerstört wurde.

Durch das Fenster konnte sie den Garten hinter dem Haus sehen, der zu einem Kliff und zum Meer führte. Max und Michael kamen auf das Haus zu. Hinter einem Vorhang verborgen beobachtete sie ihr Kommen.

Sie bewegten sich langsam, und ihre Schritte befanden sich im Einklang, so dass ein ahnungsloser Beobachter hätte denken können, sie würden sich schon seit Jahren kennen. Michael redete, wobei er die leicht ängstliche Miene aufgesetzt hatte – wie immer, wenn ihn jemand um Rat fragte. Das Gesicht, das er bislang niemandem außer ihr gezeigt hatte.

Dann begann Max zu sprechen. Michaels Gesicht entspannte sich. Er lachte. Max ebenfalls.

Eifersucht loderte in ihr auf, und ein schwarzer Samen schlug in ihrer Magengegend Wurzeln und begann zu wachsen: Groll.

Sie näherten sich weiter dem Haus. Sie blieb, wo sie war, und starrte zum Himmel. Die Wolken verzogen sich, und die Sonne kam durch, schien aufs Wasser, ließ es schimmern. Ein wunderschöner Anblick, der es wert war, auf ein Bild gebannt zu werden. Und es würde keinen Mangel an Wochenenden geben, um dies zu tun, davon war sie überzeugt.

Jemand rief ihren Namen. Sie ging den Flur entlang, lächelnd, um die darunter lauernde Feindseligkeit zu verbergen.

3. KAPITEL

Die Baker Connolly Literary Agency hatte ihre Büros im vierten Stock eines Gebäudes, dessen Front zur St. Paul's Cathedral lag. Drei Agenten arbeiteten dort, unterstützt von zwei Assistenten, einer Sekretärin und einer Empfangsdame. Eine der Assistenten war Emily Fielding.

Emily saß in ihrem winzigen Eckbüro und prüfte Susie Sandelsons italienischen Vertrag. Susie war eine neue Autorin, vertreten durch Kevin Ashford, den jüngsten Agenten und derjenige, für den Emily die meiste Arbeit erledigte. Kevin vermarktete Susies ersten Roman als »Bridget Jones mit Attitüde«, was eine andere Bezeichnung dafür war, dass die Figur der Bridget eine gepiercte Zunge und einen deutlichen Hang zu Freizeitdrogen hatte und die Männer ständig wechselte. Im Monat zuvor hatte er einen lukrativen Vertrag mit einem britischen Verlagshaus abgeschlossen, und auch wenn die Amerikaner nicht recht zogen, so lief es mit den Rechten doch sehr gut. Insgeheim fand Emily das Buch zu vordergründig, aber sie mochte Susie und freute sich, dass für sie alles so gut lief.

Es war warm im Büro. Es gab keine Klimaanlage, und auf Emilys Schreibtisch zog ein kleiner Ventilator Halbkreise. Durch das offene Fenster beobachtete sie eine Gruppe japanischer Touristen, die in die Mittagssonne blinzelten, als sie sich gegenseitig vor der Kathedrale fotografierten. Kevin hatte ihr gesagt, dass sie vielleicht neue Geschäftsräume im West End beziehen würden. Sie hoffte nicht. Sie würde den Ausblick vermissen.

Emily sah auf die Uhr. Viertel vor eins. Michael hatte früher am Vormittag angerufen und vorgeschlagen, zusammen zu Mittag zu essen. Er wollte schon vor einer halben Stunde da sein, weshalb es ganz danach aussah, dass die Verabredung platzen würde. Sie war enttäuscht, hatte sich aber bereits damit abgefunden.

Sie prüfte den Vertrag. Die Tantiemen für die Paperbackausgabe erschienen ihr äußerst niedrig. Nachdem sie in der Akte nachgeschaut hatte, brachte sie die erforderlichen Korrekturen an. Dabei dachte sie an den Roman, den sie selbst vor zwei Jahren geschrieben und Agenten und Verlagen vorgelegt hatte, der jedoch von allen abgelehnt worden war. Der Gedanke daran machte sie traurig. Auch wenn sie sich für Susie freute, konnte sie doch einen gewissen Neid nicht unterdrücken.

Es klopfte an der Tür. Sie blickte auf, und sofort besserte sich ihre Laune.

Michael stand in der Tür, die Anzugjacke lässig über die Schulter geworfen und eine Aktentasche in der Hand. »Hab's noch geschafft! Bist du fertig?«

»Hast du denn noch Zeit?«

»Ich hab ein Mobiltelefon. Die können mich anrufen, falls es was Wichtiges geben sollte.« Er zog es aus der Tasche und drückte die Taste. In gespieltem Schrecken riss er die Augen auf. »O nein! Ich hab's ausgeschaltet.«

»Mike!«

Er grinste. »Keine Angst. Im Moment ist sowieso nicht viel los. Besorgen wir uns irgendwo ein Sandwich und setzen uns damit in den Temple.«

Sie marschierten Richtung Ludgate Circus, wechselten zur Fleet Street und besorgten sich unterwegs an einem Imbissstand ihr Mittagessen. »Der Schokokuchen sieht gut aus«, sagte er. »Sollen wir ihn nehmen?«

»Damit du ihn dir dann unter den Nagel reißen kannst, wie du's immer bei Becky machst?«

Er lächelte. »Vielleicht.«

Sie erwiderte das Lächeln und ließ sich ein Stück einpacken.

Der Temple-Park bot einen Blick auf die Themse. Dutzende Yuppies lagen ausgestreckt im Gras, verschlangen teure Sandwiches und klagten über Chefs und Arbeitsüberlastung. Es wehte kein Lüftchen, und der Himmel war wolkenlos, also zogen sie sich in den Schatten eines Baums zurück. Sie bemerkte Schweißperlen auf seiner Stirn. »Ich beneide dich wirklich nicht um deinen Anzug!«

193

»Die U-Bahn ist im Moment der reinste Albtraum. Man kommt sich vor, als wäre man in einer fahrbaren Sauna unterwegs.« Er öffnete eine Dose Cola light und trank sie gierig zur Hälfte aus. »Trotzdem, es hätte auch die New Yorker U-Bahn sein können.«

Sie biss in ihr Sandwich und leckte sich würzige Thaisoße von den Fingern. Sie hatte gar nicht gewusst, wie hungrig sie war. Er beobachtete sie beim Essen, versuchte es aber zu verbergen. Das hatte zur Folge, dass Emily sich zugleich geschmeichelt und gehemmt fühlte.

»Warum hast du New York erwähnt?«, fragte sie.

»Sie suchen jemanden, den sie in unser New Yorker Büro schicken können. Letzte Woche hat mich Jeff Speakman, einer der Seniorpartner in unserer Abteilung, gefragt, ob ich interessiert wäre.«

»Bist du?« Sie versuchte, ganz neutral zu klingen.

»Ja.« Er wischte sich den Mund ab. »Nicht dass es mir was genutzt hätte. Wie sich herausstellte, suchen sie einen älteren. Typisch Jeff. Bringt immer alles durcheinander.«

Sie verbarg ihre Erleichterung. »Bist du enttäuscht?«

Er schüttelte den Kopf. »Eigentlich will ich ja gar nicht weg von London. Nicht jetzt, wo für Beck endlich was in Bewegung kommt.«

»Und für dich«, fügte sie hinzu.

»Ja, ich nehm's an.«

»Wie war's Wochenende?«

»Ich hab's genossen. Beck sagt zwar, sie auch, aber das glaub ich ihr nicht so recht. Ich bin ziemlich viel mit Max zusammen gewesen, und es kann sein, dass sie sich überflüssig vorgekommen ist.«

Eine sanfte Brise strich über ihr Gesicht. Sie lehnte sich an den Baumstamm und lauschte auf das Rascheln der Blätter. »Du magst ihn sehr, stimmt's?«

»Tja, und wenn's so ist? Ist doch keine große Sache.« Er klang defensiv.

»Das war nicht als Kritik gemeint«, warf sie schnell ein. »Ich freue mich für dich. Ich weiß, bei Becky ist es nicht anders.«

Er strahlte. »Hat sie das gesagt?«

»Wir haben eigentlich nicht richtig darüber geredet«, gestand sie. »Aber ich bin sicher, dass es so ist. Ich treffe mich diese Woche mit ihr. Wenn du willst, könnte ich sie ein bisschen aushorchen.«

»Ja, bitte.« Er aß den Rest seines Sandwiches auf und knüllte die Verpackung zusammen. »Wann trefft ihr euch?«

»Morgen. Wir gehen mit Lorna zum Mittagessen.«

Er verzog das Gesicht.

»So schlimm ist sie auch wieder nicht«, sagte sie, allerdings wenig überzeugend.

»Nein, sie ist super. Ich liebe sie von ganzem Herzen. Ich liebe Becks Freundinnen alle von ganzem Herzen.« Er tätschelte liebevoll ihre Schulter. »Alle, bis auf eine.«

Sie erinnerte sich an das erste Mal, als sie ihn gesehen hatte. Es war auf derselben Party, auf der er Rebecca kennen gelernt hatte. Sie stand in einer Ecke und beobachtete, wie die zwei sich unterhielten, wünschte sich, sie hätte den Mut gehabt, ihn zuerst anzusprechen. Wünschte sich, wie so viele Male zuvor, nur einen Bruchteil von Rebeccas Selbstbewusstsein.

An diesem Tag hatte sie den Kürzeren gezogen. Aber sie hatte auch etwas gewonnen: einen guten Freund, der in ihrem Leben immer wichtiger wurde.

»Ich bin froh, dass du nicht nach New York gehst«, sagte sie.

»Ich auch.«

Sie schwiegen, so wie nur Menschen schweigen können, die sich in der Gesellschaft des anderen wirklich wohl fühlen. Ihr Blick wanderte über den Park und blieb bei einem jungen Pärchen hängen, das, die Arme um die Schulter des anderen gelegt, ganz in der Nähe saß. Der Mann flüsterte etwas. Das Mädchen lächelte ihn an, ihr unauffälliges Gesicht strahlte von der Freude erwiderter Liebe.

Sie empfand eine Leere im Bauch.

Michael sah sie verständnisvoll an, als könne er ihre Gedanken lesen.

Sie lächelte ihn an. »Musst du gehen?«

»Nein.«

»Ich auch nicht.«

»Gut.« Er nahm einen Zweig und fing an, damit auf der Erde herumzukratzen.

»Wenn du einen Schatz findest, teilst du ihn dann mit mir?«

»Natürlich.«

Der Baumstamm im Rücken fühlte sich angenehm kühl an. Sie wünschte, sie könnten den ganzen Tag hier bleiben. Nur sie beide. Ohne reden zu müssen. Einfach nur glücklich zusammen zu sein.

»Hast du ihn schon angerufen?«, fragte er.

Ihr Tagtraum platzte wie eine Seifenblase. Sie wünschte, er hätte das nicht gefragt. Erwartungsvoll blickte er sie an. Sie schüttelte den Kopf.

»Du hast gesagt, du würdest es tun.«

»Ich weiß.«

»Und warum hast du nicht?«

»Was meinst du?«

»Er ist dein Vater, Em. Er wird es immer bleiben, trotz allem, was passiert ist.«

Sie hatte einen Kloß im Hals und versuchte ihn hinunterzuschlucken. »Das weiß ich selbst.«

»Dann ruf ihn an. Du kannst es nicht ewig vor dir herschieben.«

»Wieso nicht?«

Er gab keine Antwort. Starrte sie nur an. Sie wusste, dass er Recht hatte, aber sie hatte Angst, und diese Angst ließ sie schroff werden. »Du musst gerade reden. Wann hast du deinen leiblichen Vater zum letzten Mal angerufen?«

Sie bedauerte die Worte, kaum dass sie ausgesprochen waren. Er wurde kurz rot, als hätte sie ihm eine Ohrfeige verpasst.

»Eins zu null für dich«, sagte er.

»Tut mir Leid. Es war dumm, das zu sagen.«

Er holte tief Luft. »Nein, war es nicht. Du hast ja Recht. Ich muss mich anhören wie der größte Heuchler der Welt.«

»Ich hab's nicht so gemeint…«

»Aber es ist was anderes. Das musst du verstehen. Mein Vater hat in meinem Leben nie eine Rolle gespielt. Er ist einfach nur irgendein Mann, dem ich ähnlich sehe. Dein Vater jedoch war alles

196

für dich. Deine ganze Welt. Lohnt es sich nicht, dafür zu kämpfen?«

Der Kloß war wieder da. Größer diesmal. »Ich bin keine besonders gute Kämpferin«, flüsterte sie. »Wenn ich kämpfe, mache ich alles nur noch schlimmer.«

»Ja, weil du allein kämpfst. Aber das ist jetzt anders. Du weißt, dass ich dir helfen werde.«

Sie schüttelte den Kopf.

»Warum nicht?«

Sie schwieg.

»Warum nicht?«

»Weil ich Angst habe.«

»Meinst du, ich wüsste das nicht?«

Tränen traten ihr in die Augen. Sie wischte sie weg. »Ich wollte dich nicht aufregen«, sagte er voller Mitgefühl. »Ich möchte nur, dass du mal drüber nachdenkst. Und du sollst wissen, dass ich da bin, wenn du mich brauchst.«

Sie rang sich ein Lächeln ab. »Das weiß ich.«

Wieder verfielen sie in Schweigen. Er scharrte weiter mit dem Zweig am Boden. Sie beobachtete ihn dabei. In seiner Gegenwart fühlte sie sich sicher und geborgen. Sie wüsste nicht, was sie ohne ihn tun sollte.

Ich hoffe, Becky lässt ihn mir.

Sie schaute zum Himmel auf. Es war ein vollkommenes Blau, aber vor ihrem geistigen Auge sah sie Wolken aufziehen.

Er machte einen Scherz. Lächelnd behielt sie ihre Ängste für sich.

An diesem Abend kam Rebecca kurz vor halb neun nach Hause.

Es war ein langer Tag gewesen. Sie hatte für jemanden, der krank geworden war, einspringen müssen, und gerade eine Stunde in einem überfüllten, glühend heißen U-Bahn-Zug zugebracht, der liegen geblieben war. Sie fühlte sich müde und gereizt, als sie die Tür hinter sich schloss.

Aus dem Wohnzimmer drang Musik. »Mike?«

Er rief ihr aus dem Schlafzimmer eine Begrüßung zu. Sie

schenkte sich ein Glas Wasser ein und ging damit hinaus auf den Balkon. Die Abendluft war schwül und feucht und bewegunglos. In einem der Gärten unten rannten zwei kleine Jungs einem Fußball hinterher. Sie beneidete sie um ihre Energie.

Michael tauchte in seinem blauen Lieblings-T-Shirt auf. Bei seinem Anblick fühlte sie sich gleich besser.

»Das ist aber eine Überraschung«, sagte er. »Dachte, du wolltest dich heute Abend mit deiner Freundin Jenny treffen.«

»Abgesagt. Sie musste länger arbeiten.«

»Ist das der Grund, warum du so aggressiv wirkst?«

»Nein. Das ist ganz und gar der Verdienst von London Transport.«

Er lachte und legte einen Arm um ihre Schulter. Sie begann, ihren Heimweg zu schildern. Von unten hörten sie die beiden Jungs vor Aufregung über ihr Spiel brüllen.

»Robert hat heute angerufen«, sagte sie.

»Warum?«

»Muss es dafür einen Grund geben?«

»Du hättest es nicht erwähnt, wenn er nur so angerufen hätte.«

Das stimmte. »Er grillt am Sonntag.«

»Und du möchtest, dass wir hingehen?«

Sie nickte, auf seine Einwände vorbereitet.

»Okay.«

Sie ließ sich ihre Überraschung nicht anmerken. »Wir schauen nur kurz vorbei. Nicht nötig, den ganzen Tag zu bleiben.«

»Können wir aber, wenn du willst. Solange es dir Spaß macht, hab ich nichts dagegen.«

Sie war gerührt. »Danke.«

Er streichelte ihr Haar. Sie lächelte. »Aber bis dahin sind es noch ein paar Tage. Heute Abend hast du mich ganz für dich.«

Er zuckte unmerklich zusammen. »Das ist der springende Punkt. Ich gehe mit Max einen trinken.«

Ihre gute Laune war dahin. »Seit wann?«

»Heute Nachmittag. Er hat mich im Büro angerufen.«

»Verstehe.«

»Das ist doch kein Problem für dich, oder?«

198

»Nein.«

»Du hast gesagt, du wolltest ausgehen.«

»Ich weiß.«

»Und warum machst du dann so ein Gesicht?«

»Was für ein Gesicht?«

Er hob eine Augenbraue.

»Es ist nur –« Sie suchte nach den richtigen Worten.

»Nur was?«

»Wir haben das ganze Wochenende mit ihm verbracht.«

»Und?«

»Also brauchen wir ihn nicht ständig zu sehen.«

»Wir sehen ihn nicht ständig.«

»Kommt mir aber so vor«, sagte sie, bevor sie sich bremsen konnte.

Er runzelte die Stirn. »Mir aber nicht. Außerdem musst du ihn ja nicht sehen. Ich bin derjenige, der sich mit ihm verabredet hat.«

»Dann bin ich also nicht eingeladen? Reizend.«

»Das hab ich nicht gemeint. Dein Name ist nicht gefallen. Warum auch? Du hattest ja etwas vor.«

»Was jetzt passé ist und mir einen langweiligen Abend beschert.« Sie unterbrach sich. »Es sei denn, ich komme mit.«

Einen Sekundenbruchteil weiteten sich seine Augen. »Tja, klar. Wenn du willst.«

Sie wusste selbst nicht, warum sie das gesagt hatte. Das Letzte, was sie wollte, war ein Abend mit Smalltalk und dem Gefühl, sich dankbar fühlen zu müssen.

Nicht wenn Mike mich nicht dabei haben will.

Sie schaute auf den Steinboden des Balkons. Er war so schmal. Kein Platz für eine Grillparty, falls sie jemals beschließen sollten, eine zu veranstalten. Sie war überzeugt, dass Max ihnen erlauben würde, seinen Garten zu benutzen. Sie brauchten nur zu fragen.

Sie hob den Kopf. Michael sah sie erwartungsvoll an. »Kommst du jetzt mit?«, fragte er.

»Nein. Mir ist nicht nach Ausgehen.«

»Na schön.« Er wirkte nicht erleichtert, aber sie hatte das Gefühl, dass er es war.

199

»Du könntest hier bleiben.«

Er sah auf die Uhr. »Ich kann jetzt nicht mehr absagen, bin ohnehin schon spät dran.«

»Dann mach dich mal lieber auf die Socken.« Sie hielt inne, fügte dann spöttisch hinzu: »Und pass nur ja auf, dass du dich gut amüsierst.«

»Warum bist du so?«

Weil du mir gehörst. Du gehörst zu mir und zu niemand anderem.

»Wie bin ich denn?«

Er seufzte. »Ich geh doch nur was trinken, mehr nicht.«

»Und unterhalten willst du dich doch auch.«

»Natürlich.«

»Wirst du über mich reden?«

»Nein.«

»Über was redet ihr dann?«

»Keine Ahnung.«

»Aber du musst doch eine Vorstellung haben. Über irgendetwas müsst ihr doch reden.«

»Es ist anders«, sagte er plötzlich. »Wir führen keine Unterhaltungen. Es läuft meist darauf hinaus, dass ich allein rede, wenn ich mit ihm zusammen bin. Ich will das eigentlich gar nicht, aber am Ende ist es doch so. Ich rede, er hört zu. Er ist ein guter Zuhörer.«

Seine Worte saßen. »Und ich bin das nicht?«

»Das habe ich nicht gemeint.«

»Aber du kannst mit mir nicht so reden wie mit ihm?«

»Auch das habe ich nicht gemeint. Du weißt, dass ich mit dir reden kann. Es ist einfach anders bei ihm. So als ob du mit deiner Mutter sprichst. Du redest, sie hört zu.« Er lächelte ermutigend. »Wirklich keine große Sache.«

Sie wollte nicht so sein. Nicht wegen ein paar Stunden in einem Pub. Er hatte Recht, es war wirklich keine große Sache.

Noch nicht.

Er holte tief Luft. »Normalerweise hat Max ein Handy dabei. Wenn du willst, rufe ich ihn jetzt an und sage, irgendetwas sei dazwischengekommen. Er wird das verstehen.«

Einen Moment war sie versucht zuzustimmen. Aber sie wusste, dass sie es später bereuen würde.

»Nein, du solltest gehen.«

»Es wird nicht allzu spät, okay?«

»Okay.«

Er ging. Sie blieb auf dem Balkon. Inzwischen hatte die Luft merklich abgekühlt. Die beiden Jungs hatten den Garten verlassen, und alles war still und friedlich. Und das mitten in London. Es war eine wunderbare Wohnung. Sie hatten Glück, hier zu sein. Auch wenn es ihr allmählich wie ein Gefängnis vorkam.

Sie fand diese Gefühle falsch. Michael war etwas Gutes widerfahren. Sie liebte ihn und wollte sich freuen. Nicht eifersüchtig sein und missgünstig, wie ein verzogenes Kind, das sein Lieblingsspielzeug teilen musste.

Doch die Gefühle ließen sich nicht einfach so beiseite schieben.

Neun Uhr. Michael, inzwischen eine halbe Stunde zu spät, hetzte die Old Brompton Road entlang.

Das Pub lag in einer ruhigen Seitenstraße. Max saß draußen an einem Holztisch und las den *Evening Standard*, hielt einen Scotch in der Hand. Eine Zigarre schwelte im Aschenbecher. Vor einem freien Platz stand einladend ein Glas Bier.

Er setzte sich. »Ist das für mich?«

Max lächelte zur Begrüßung. »Ist es.«

Er war erhitzt und nahm einen tiefen Zug. »Tut mir Leid, dass ich so spät dran bin.«

»Kein Problem. Becky hat mir gesagt, dass Sie aufgehalten wurden.«

»Sie haben mit Becky gesprochen?«

»Ja. Ich habe vorhin angerufen.«

»Was hat sie gesagt?«

»Einfach, dass Sie aufgehalten worden sind, aber schon unterwegs wären.«

»Okay.« Erleichtert nahm er einen Schluck. »Ah, das tut gut. Danke.«

Die dunklen Augen musterten ihn neugierig. »Was hätte sie denn sonst sagen sollen?«

»Nichts.«

Max zog an seiner Zigarre. »Sie wirken besorgt. Stimmt irgendetwas nicht?«

Er schüttelte den Kopf.

»Sicher?«

»Ja.«

»Ich dachte, Becky hätte heute Abend etwas vor.«

»Ist ins Wasser gefallen.«

Max nippte an seinem Scotch. »Aber uns Gesellschaft leisten wollte sie auch nicht.«

Er dachte sich eine Ausrede aus. »Sie hat sich nicht besonders wohl gefühlt.«

Max wirkte nachdenklich. Michael wünschte sich, er hätte nicht in der Wohnung angerufen. Am Nachbartisch prahlte eine Gruppe junger Männer mit ihrer Trinkfestigkeit auf irgendeiner Party.

»Hat sie was dagegen, dass Sie jetzt hier sind?«

»Nein. Sie war diejenige, die darauf bestanden hat, dass ich komme.« Er hielt inne, fügte dann aber noch hinzu: »Nicht dass ich nicht wollte.«

»Selbst wenn das bedeutete, sie allein zu lassen, wo sie doch krank ist?«

Er bedauerte seine früheren Worte. »Sie ist nicht eigentlich krank. Nur Kopfschmerzen.«

Max nickte. »Das erklärt es.«

»Erklärt was?«

»Warum sie so angespannt geklungen hat.«

»Warum? Was hat sie gesagt?«

»Nur, was Sie schon wissen. Glauben Sie mir nicht?«

»Doch, natürlich.« Er wünschte, er hätte den Mund gehalten. Besorgt suchte er in Max' Miene nach Hinweisen auf Misstrauen.

Aber da war nichts. Die Augen blickten gütig. Max deutete mit dem Kopf auf den Nachbartisch, wo die Prahlhänse immer lauter wurden.

Das Bier begann zu wirken, Michael entspannte sich langsam. Sein Glas war fast leer, wie das von Max. »Wollen Sie noch eins?«, fragte er.

»Gleich.« Max blies einen Rauchring in die Luft und lächelte zufrieden. »Es war ein schönes Wochenende, stimmt's?«

»Phantastisch.«

»Das wiederholen wir demnächst. Aber dann nur wir vier.«

Michael war nicht sicher, wie Rebecca auf diesen Vorschlag reagieren würde, bemühte sich aber dennoch, begeistert zu wirken.

»Caroline fand Becky wirklich sehr nett«, sagte Max.

»Ja, Beck ging's umgekehrt auch so.« Obwohl er sich da wiederum nicht so sicher war. »Und von der Ausstellung ist sie absolut begeistert. Sie sagt, es ist wie ein Wirklichkeit gewordener Traum.«

»Sie hat es sich verdient. Ich bin glücklich, dass ich ihr helfen konnte. Ich mag sie sehr, wissen Sie.«

»Und umgekehrt.« Er leerte sein Glas.

»Selbst wenn sie mich für eine Bedrohung hält.«

Das Bier wurde in seiner Kehle schal, bevor es sich wie ein bleiernes Gewicht in seinen Magen senkte. »Warum sagen Sie das?«

»Weil es die Wahrheit ist.«

»Nein, ist es nicht. Sie mag Sie wirklich.«

Max lächelte immer noch. Seine Augen blickten freundlich, aber es waren Augen, die sich nicht hinters Licht führen ließen. Michaels Herz begann zu rasen.

»Ich bin kein Narr, Mike.«

»Das weiß ich. Aber was das betrifft, irren Sie sich.«

»Verstehen Sie mich bitte nicht falsch. Ich habe Sie erst vor wenigen Wochen kennen gelernt, und doch sind wir beide uns inzwischen sehr, sehr nahe gekommen. Es ist doch nur normal, dass sie mich mit einem gewissen Argwohn betrachtet.«

»Tut sie nicht.«

»Ich wollte keinen Keil zwischen Ihre Beziehung treiben.«

»Haben Sie nicht. Wie ich bereits gesagt habe, mag sie Sie wirklich.«

»Und ich habe Ihnen gesagt, dass ich kein Narr bin.«

203

Die Augen musterten ihn weiter. Zwei dunkle Punkte, die ihn wie Magneten festhielten. Er fühlte sich in die Enge getrieben und war plötzlich wütend darüber, von zwei Menschen, denen er angeblich etwas bedeutete, in diese Lage gebracht worden zu sein.

Ohne nachzudenken, begann er zu sprechen.

»Hören Sie, sie fühlt sich nicht bedroht. Warum sollte sie? Sie könnten niemals eine Bedrohung darstellen. Sie wird meine Frau, das steht fest, und nichts könnte wichtiger sein als das. Ich würde Sie nie über Rebecca stellen. Sie müssen verrückt sein, etwas anderes zu denken.«

Sein Herz hämmerte immer noch. Er atmete langsam aus.

Und begriff, was er da gesagt hatte.

Das Lächeln blieb. Die Augen, freundlich und unbeweglich, musterten ihn weiter.

Er schluckte. »Tut mir Leid. So sollte es nicht rauskommen.«

Er wischte sich den Mund ab, starrte auf den Tisch. Er zog die Biertropfen darauf mit einem Finger nach, wünschte sich mehr als alles andere, an diesem Abend zu Hause geblieben zu sein.

»Sie müssen mir nichts erklären«, sagte Max. »Ich verstehe.«

»Sie sind mir wichtig. Das müssen Sie wissen.«

»Aber nicht so wichtig wie Becky.«

»Es war dumm, so etwas zu sagen. Ich wollte nicht –«

»Es war nicht dumm«, sagte Max behutsam. »So sollte es sein. Sie ist Ihre Zukunft. Ich bin nur –«, er seufzte, »– ein Abschnitt in Ihrem Leben, den Sie hinter sich lassen werden, genau wie Ihre Pflegeeltern.«

Die Worte saßen. Er war sicher, es war nicht so beabsichtigt, aber dennoch schmerzten sie. Genau wie seine Max getroffen haben mussten.

Ausgleichende Gerechtigkeit.

»Nein, so ist es nicht«, sagte er.

Er hielt weiter den Blick auf den Tisch gerichtet, beobachtete, wie seine Finger mit den Tropfen der goldenen Flüssigkeit Formen bildeten.

»Ich sagte Ihnen bereits, dass ich mir keine Illusionen machte, als sie mich aufnahmen. Dass ich genau wusste, was los war.«

204

»Das haben Sie.«

»Nun, das war eine Lüge. Ich habe mir Illusionen gemacht. Große, wunderbare Illusionen. Habe daran geglaubt, dass es das einzig Richtige war. Eine Familie. Menschen, die sich um mich kümmerten, zu denen ich gehörte. Alles, wovon ich immer geträumt hatte. Aber ich habe mich geirrt. Wenn sie mich ansahen, dann sahen sie keinen Menschen, sondern einen Sozialfall. Niemand hat mich jemals so behandelt wie Sie. Wenn ich bei Ihnen bin, ist es für mich, als hätte ich einen Vater. Ich glaube nicht, dass Becky versteht, was mir das bedeutet. Wie sollte sie auch? Ihre Familie ist immer für sie da gewesen, sie empfindet das als Selbstverständlichkeit.«

Er unterbrach sich, hoffte auf eine Reaktion. Aber da war nichts als erwartungsvolles Schweigen.

»Ich will damit sagen, dass unsere Beziehung nicht einfach nur ein Lebensabschnitt ist. Nicht für mich. Sie bedeutet mehr als das, und ich will Sie nicht verlieren.«

»Das werden Sie nicht«, erwiderte Max. »Das verspreche ich Ihnen. Sie kommen meiner Vorstellung von einem Sohn, den ich ja nie hatte, am nächsten, und wie Sie wissen, möchte auch ich diese Beziehung nicht verlieren.«

Michael dachte plötzlich an einen anderen Abend in einem Londoner Pub. An einen Abend, den er mit einem Mann verbracht hatte, der genau wie er aussah. Ein Mann, dem es nichts ausgemacht hätte, wenn er einen Herzinfarkt erlitten hätte und tot umgefallen wäre, als sie zusammen tranken.

Er sah in die Augen seines Begleiters, die Zuneigung ausdrückten, und er dankte Gott, dass es Max gab.

»Sie müssen sich keine Sorgen machen, Mike. Alles wird gut. Auch das verspreche ich Ihnen.«

Er nickte.

Einen Moment war Max' Gesicht sehr ernst. Dann entspannte es sich wieder. »Schluss damit. Sagten Sie nicht etwas von einer weiteren Runde? Nun, ich bekomme einen Doppelten, und wenn's geht, ein bisschen plötzlich!«

Lachend erhob sich Michael.

»Eines noch«, hielt Max ihn zurück.

»Ja?«

»Erzählen Sie Becky nichts von dieser Unterhaltung. Sie würde sich dann in meiner Gegenwart nur unwohl fühlen, und das möchte ich auf keinen Fall. Es wird unser Geheimnis bleiben, okay?«

»Okay.«

»Gut.«

Mit einem erheblich besseren Gefühl ging Michael zur Theke. Max sah ihm nach. Langsam verschwand das Lächeln aus seinem Gesicht. Seine Augen wurden nachdenklich und traurig.

4. KAPITEL

Mittwochmittag. Rebecca saß in einem überfüllten Bistro Nähe Holborn, knabberte an ihrem Salat und hörte zu, wie sich ihre Schulfreundin Lorna über ihren neuen Chef ausließ. Der dritte Platz an ihrem Tisch war leer.

Sie nahm einen Schluck Mineralwasser. »Ich frage mich, wo Em bleibt.«

»Hat sich hoffentlich verlaufen.« Lorna verdrehte die Augen. Sie war zierlich, rothaarig, hatte eine schrille Stimme, ein verschmitztes Gesicht und eine boshafte Ader. »Warum musstest du sie unbedingt einladen?«

»Sie ist meine Freundin.«

»Der Himmel allein weiß, warum. Wenn sie noch eine Idee lahmer wäre, dann säße sie im Rollstuhl. Du hättest sie schon im Kindergarten sausen lassen sollen. Offensichtlich bist du eine verkappte Masochistin, aber ich jedenfalls nicht, also denk das nächste Mal bitte daran, dass wir uns allein treffen.« Lorna schob sich eine Gabel voll Paella in den Mund und schaute sich um. »Der Laden ist die reinste Müllkippe. Aber immer noch besser als die Spelunke, in die Phil mich gestern Abend geschleppt hat. So viel Hundecurry, wie man sich für einen Fünfer reinstopfen kann, dazu Salmonellen gratis.« Sie lachte. Rebecca behielt die Tür im Auge, aber es war noch keine Spur von Emily zu sehen.

»Das mit der Ausstellung ist eine tolle Neuigkeit«, sagte Lorna. Rebecca nickte.

»Du scheinst aber nicht sonderlich begeistert zu sein. Seit Jahren redest du über so eine Chance. Jetzt ist sie da, du solltest Purzelbäume vor Freude schlagen.«

»Nicht, solange ich esse. Könnte eine ziemliche Schweinerei werden. Ich mache aber einen Salto rückwärts, sobald ich fertig bin.«

»Das will ich meinen. Du bist wirklich ein Glückspilz. Eine fabelhafte Wohnung und ein himmlischer Vermieter.«

Rebecca spießte ein Blatt schlaffen Salat auf die Gabel. »Der himmlische Vermieter«, sagte sie mit plötzlicher Bitterkeit. »Bin ich nicht ein richtiger Glückspilz?«

»Höre ich da so etwas wie einen versteckten Hinweis auf Ärger im Paradies heraus?«

Sie wirkte verlegen. »Nein, alles bestens.«

»Jetzt weich mir nicht aus. Wenn's ein Problem gibt, will ich es wissen.«

»Es gibt kein Problem.« Emily tauchte auf. Rebecca winkte, war dankbar für die Ablenkung.

Emily setzte sich und schenkte Lorna ein Lächeln, das diese nur halbherzig erwiderte. Die Bedienung erschien mit einer weiteren Speisekarte.

»Tut mir Leid, dass ich so spät komme«, sagte Emily, nachdem sie bestellt hatte.

»Viel verpasst hast du nicht«, meinte Lorna. »Nur Becks Gemecker über ihren Gönner.«

»Ich hab nichts Negatives über ihn gesagt.«

»Doch.«

»Nein. Ich mag ihn. Er ist wirklich ein netter Mensch.« Während sie das sagte, bemerkte sie selbst, wie wenig überzeugend sie klang.

»Aber?«, hakte Lorna nach.

»Ich weiß nicht.«

»Und ob du's weißt.« Lorna sah auf die Uhr. »Ein paar Minuten Zeit habe ich noch. Erzähl's uns, Beck. Wir sind deine Freundinnen.« Sie sah Emily an. »Sind wir doch, Emolina, oder?«

Emily errötete. Sie konnte es nicht ausstehen, so genannt zu werden. »Natürlich«, sagte sie leise.

»Dann lass mal hören.«

»Das bleibt aber unter uns, ja?«

»Auf keinen Fall. Schließlich sind wir verkappte Journalisten. Nein, im Ernst, natürlich bleibt es unter uns! Und jetzt schieß endlich los.«

208

Rebecca schob ihren Teller zur Seite. »Also, zuerst habe ich ihn ja gemocht«, begann sie. »Und ich habe versucht, ihn auch weiterhin zu mögen. Es gibt nämlich keinen Grund, ihn nicht zu mögen. Aber wir kennen ihn erst ein paar Wochen, und urplötzlich ist es, als wären wir seine besten Freunde. Er lädt uns ständig irgendwohin ein. Er schlägt vor, dass wir zusammen was unternehmen, und ich muss dauernd ja sagen, weil ich ja nicht riskieren will, dass er sich vor den Kopf gestoßen fühlt. Er ist sehr großzügig, und ich bin dankbar dafür, aber manchmal kommt es mir eben so vor, als würde er sich in unser Leben drängen, und das macht mir zu schaffen. Ich wünschte, er würde einfach wieder verschwinden.«

Die Kellnerin brachte Emilys Quiche. Lorna steckte sich eine Zigarette an.

»Ist schon richtig, dass du ihn nicht verärgern willst«, sagte sie zu Rebecca. »Jedenfalls im Moment noch nicht. Warum also nicht das Beste daraus machen? Bring ihn dazu, dass er mit euch in all die teuren Lokale geht, in die du schon immer mal gehen wolltest. Und wenn dann die Ausstellung gelaufen ist, kannst du anfangen, seine Einladungen abzulehnen, und früher oder später wird er den Wink mit dem Zaunpfahl schon verstehen.«

»So einfach ist das nicht.«

»Doch, ist es. Außer, du willst in der Wohnung bleiben, aber ich dachte, ihr wolltet euch irgendwo was kaufen.«

»Tun wir ja auch.«

»Also, wo liegt das Problem?«

»Mike findet ihn wunderbar. Sobald ich eine kritische Bemerkung mache, sieht er mich an, als wäre ich plemplem.«

Während sie sprach, spürte Rebecca Emilys Blick, und sie fragte sich, ob Emily sie wohl auch für plemplem hielt.

»Und das bin ich nicht«, fügte sie schnell hinzu.

»Natürlich nicht«, pflichtete Lorna ihr bei.

»Die beiden verstehen sich inzwischen ausgezeichnet. Ich glaube, Mike sieht in ihm so was wie einen Ersatzvater.«

Lorna schnaubte verächtlich.

»Ja, du findest das vielleicht dumm, aber das ist die Lage. Mike wird nie zulassen, dass wir ihn so einfach abschieben.«

209

»Dann musst du ihn dazu bringen.«

»Wie denn?«

»Indem du ihn einfach mit den Fakten konfrontierst. Du sagst, wo's langgeht. Du willst, dass dieser Mann aus eurem Leben verschwindet. Mike wird es akzeptieren müssen. Wenn er dich liebt, dann sollte er auch wollen, dass du glücklich bist.«

»Und was ist mit Mikes Glück«, warf Emily ganz unerwartet ein. »Oder gilt das überhaupt nichts?«

Lorna runzelte die Stirn. Sie mochte es nicht, wenn man sie unterbrach, besonders nicht, wenn dies jemand tat, den sie verachtete. »Wir reden hier nicht über Mike«, sagte sie abfällig.

»Und was ist, wenn er es nicht akzeptiert?«, fragte Rebecca.

»Dann stellst du ihm ein Ultimatum. Entweder zieht er einen Schlussstrich unter die Freundschaft, oder du löst die Verlobung. Dann müsste er ziemlich schnell merken, wo's langgeht.«

Rebecca war schockiert. »Das könnte ich nie!«

»Natürlich könntest du. Phil hatte diesen voll beknackten Cousin, der immer bei uns rumhing. Ich konnte den Kerl nicht ausstehen, also habe ich Phil gezwungen, sich zwischen uns zu entscheiden. Glaub mir, Beck, es funktioniert.«

Rebecca schüttelte den Kopf und bemerkte, dass Emily errötete.

»Warum nicht?« Lorna blies eine Rauchwolke in die Luft und sah sie verschmitzt an. »Hast du Angst, er könnte sich für den Vermieter und gegen dich entscheiden?«

»Nein! Natürlich nicht!«

»Dann tu's! Mike wird auch ohne seinen Ersatzvater auskommen. Er ist immerhin vierundzwanzig. Höchste Zeit, dass das Baby entwöhnt wird.«

Emily begann zu lachen, was völlig untypisch für sie war. Ihre Stimme klang rau und wütend.

»Für dich ist das ein Klacks, stimmt's?«, fuhr sie Lorna an. »Du mit deinem Banker-Vater, deiner Stubenhockermutter, dem großen Haus, den Urlauben und Geschenken. In deinem Leben ist nie was schief gegangen, oder? Dir ist nie was weggenommen worden. Du hast keine Ahnung, was Leiden oder Verlust bedeutet. Du hast immer ein gutes Leben gehabt, und trotzdem kriegst du nie genug.«

Rebecca fröstelte. Obwohl Emilys Worte an Lorna gerichtet waren, fragte sie sich, ob sie nicht auch auf sie selbst abzielten. »Em…«, setzte sie an.

Emily ignorierte sie. »Du machst mich krank. Du hältst dich für so schrecklich klug, aber du weißt einen Scheißdreck vom wirklichen Leben. Du bist der selbstgefälligste, selbstzufriedenste Mensch, dem ich je begegnet bin, und Phil tut mir aufrichtig Leid. Echt. Genau wie mir jeder Leid tun würde, der dumm genug ist, sein Leben an jemanden zu verschwenden, der so oberflächlich ist wie du.«

Lorna erbleichte. Offensichtlich hatten die Worte einen wunden Punkt getroffen. Emily saß da, als hätte sie einen Besenstiel verschluckt, ihr Blick war kühn und verächtlich. Da war keine Spur mehr von dem scheuen Mädchen, das Rebecca ihr Leben lang gekannt hatte. Da saß jemand, der Lorna weit überlegen war.

Zumindest in diesem Augenblick.

Dann begann Lorna langsam zu lächeln.

»Phil braucht dir nicht Leid zu tun, Emolina. Ich mag ja selbstgefällig sein, und auch oberflächlich, aber wenigstens bin ich keine frigide Zicke, der sofort kotzübel wird, wenn ein Mann sie anrührt.«

Emily war mit ihrer Beherrschung am Ende. Sie schien auf ihrem Platz zu schrumpfen, als wäre ihr Körper ein Ballon, dem plötzlich die Luft ausging.

Rebecca war entsetzt. »Lorna!«

Lornas Lächeln blieb. »Halt mir keine Standpauke. Wenn sie keine Hitze vertragen kann, sollte sie aus der Küche bleiben. Oder besser gesagt, dem Schlafzimmer. Stimmt's, Emolina?«

Emily sah Rebecca enttäuscht an. Rebecca schämte sich viel zu sehr, um ihrem Blick standzuhalten. »Das hättest du nicht sagen dürfen«, meinte sie zu Lorna.

»Aber ich habe, na und, was soll's? Ich muss jetzt los. Wenn wir uns das nächste Mal treffen, dann sorg dafür, dass wir allein sind.« Lorna warf Geld auf den Tisch und ging zur Tür.

211

»Warum?«, wollte Emily wissen.

»Hör zu, Em –«

»Wie konntest du ihr das nur erzählen?«

»Es tut mir Leid.«

»Es tut dir Leid! Meinst du, damit wäre wieder alles in Ordnung? Du weißt doch, was sie von mir hält. Dass ich nur dazu tauge, ausgelacht zu werden.«

»Das denkt sie nicht.«

»Natürlich tut sie das! Das ist schon immer so gewesen. Sie nutzt jede Gelegenheit, um mich runterzumachen.«

»Deshalb hab ich es ihr ja erzählt. Ich dachte doch nur –.« Sie sprach nicht weiter, wünschte sich, geschwiegen zu haben.

»Du dachtest, ich würde ihr dann Leid tun. Dass sie mich bemitleiden würde. Tja, auf ihr Mitleid kann ich verzichten. Ich will überhaupt kein Mitleid, egal von wem!«

Rebecca starrte auf den Tisch. Die Decke darauf war verschossen und fleckig. Sie sah schmutzig aus, genau wie Rebecca sich fühlte.

»Es war dumm, das weiß ich. Aber ich wollte dir nicht wehtun. Du bist meine beste Freundin.«

Schweigen.

»Es tut mir Leid, Em. Wirklich.«

Sie wartete auf eine Reaktion.

»Ich weiß nicht, was ich noch sagen soll.«

»Ist auch egal. Vergiss es.«

»Ich hätte es ihr nicht erzählen dürfen. Es war dumm.«

»Aber du hast es gut gemeint.«

Sie seufzte. »Ja, ich habe es gut gemeint.«

Wieder Schweigen.

»Es ist mir gleichgültig«, sagte Emily schließlich. »Wen interessiert schon, was sie denkt? Die ist doch nur glücklich, wenn sie andere Menschen schlecht machen kann.«

Rebecca wagte einen Scherz. »Wahrscheinlich hält sie den Papst für einen Transvestiten.«

Eine Weile blieb Emilys Gesicht ernst. Dann breitete sich ein Lächeln darauf aus. Die Spannung begann sich zu lösen.

Sie bestellten Kaffee. »Du wirst Mike nicht verlieren«, sagte Emily. »Darum geht's doch eigentlich bei dieser Sache mit Max, stimmt's?«

Rebecca nickte. »Ich fühle mich bedroht. Es ist lächerlich, aber so ist es.«

»Mike liebt dich über alles. Du bist der wichtigste Mensch in seinem Leben. Dass Max auf der Bildfläche erschienen ist, wird daran nichts ändern.«

»Wahrscheinlich hältst du mich für egoistisch, aber das bin ich nicht. Ich freue mich für Mike. Wirklich.«

Sie verstummte. Emily starrte sie an.

»Tja, wenigstens möchte ich es. Es ist nur alles so schnell passiert. Ich habe mich noch nicht daran gewöhnt.«

»Aber das wirst du.«

»Ich hoffe es.«

Ihr Blick wanderte durch das Lokal. Vor ein paar Monaten hatte sie mit Mike hier zu Mittag gegessen. Vor der neuen Wohnung und Max.

»Und was, wenn nicht?«, wollte sie wissen. »Was, wenn ich mich weiterhin so fühle wie jetzt?«

»Wirst du nicht.«

»Und wenn doch? Was ist, wenn es immer schlimmer wird? Das gibt nur Schwierigkeiten zwischen uns.«

»Nicht wenn du was dagegen tust.«

»Ich wünschte, wir hätten die Wohnung nie genommen, hätten Max nie kennen gelernt.«

»Aber das habt ihr nun mal. Du kannst das Rad nicht zurückdrehen, Becky. Du kannst nur das Beste daraus machen.«

»Oder Mike ein Ultimatum stellen.«

Emily schüttelte den Kopf.

»Warum nicht?«

»Weil du ihn verlieren könntest.«

»Du glaubst, er würde Max mir vorziehen?«

»Nein, er wird sich für dich entscheiden. Das weißt du auch. Aber er wird es dir übel nehmen. Und zwar so sehr, dass es ihn am Ende vertreiben könnte.«

Sie schluckte.

»Tu ihm das nicht an. Es ist nicht fair. Du kannst von Max halten, was immer du willst, aber er bedeutet Mike eine ganze Menge. Er ist nicht gerade überschüttet worden mit elterlicher Liebe, oder? Versuch nicht, ihm das jetzt wegzunehmen.«

Rebecca war gekränkt. »Du musst mir nichts über Mike erzählen.«

»Wirklich nicht?«

Die zwei Freundinnen starrten sich an.

»Zwinge ihn nicht, sich zu entscheiden«, sagte Emily leise. »Es ist das Schlimmste, was du einem Menschen antun kannst. Niemand sollte gezwungen werden, jemanden aufzugeben, der ihm sehr viel bedeutet. Niemals.«

Unvermittelt erinnerte sich Rebecca an Emilys Mutter. Eine liebenswürdige Frau mit den gleichen kastanienbraunen Haaren, den dunklen, tief liegenden Augen und dem scheuen Lächeln wie ihre Tochter.

Sofort bekam sie Gewissensbisse.

Sie hatte es satt, immer ein schlechtes Gewissen zu haben. Sie wollte es loswerden, so wie sie sich manchmal wünschte, Emily loszuwerden.

Aber sie waren beste Freundinnen. Das Band zwischen ihnen konnte nicht zerschnitten werden. Sie waren einander für immer verbunden.

»Du brauchst dir keine Sorgen zu machen. Ich werde es nicht tun. Wenn er glücklich ist, bin ich auch glücklich.«

Eine Kellnerin stand in der Nähe. Sie verlangte die Rechnung, dann ging sie zur Toilette.

Emily blieb sitzen.

Sie starrte die Wand an, ohne sie wirklich zu sehen. Sie dachte an einen Winterabend, als sie sieben Jahre alt gewesen war. Der Abend, an dem ihre Mutter starb.

Verschwommene Erinnerungen. Emilys Jugend und die traumatische Erfahrung des Todes hatten sie bruchstückhaft werden lassen: Nur einzelne Bilder waren geblieben. Der benommene

Ausdruck auf dem Gesicht ihres Vaters. Das besorgte Lächeln von Leuten, die sie kaum kannte und von denen sie wollte, dass sie weggingen. Der Sturm, der den ganzen Tag tobte. Und die furchtbare Erkenntnis, dass die sichere Welt, in der sie gelebt und die sie für selbstverständlich gehalten hatte, zerbrochen war.

Und dazwischen das Bild eines anderen Mädchens. Sieben Jahre alt, genau wie sie. Ein außergewöhnlich hübsches Mädchen mit blonden Haaren und grünen Augen, das sein Beileid mit Worten ausdrückte, die es auswendig gelernt hatte.

Das Mädchen, das sie hätte sein sollen.

Es gab Momente, in denen sie am liebsten geschrien hätte über die Ungerechtigkeit, die ihr widerfahren war. Aber es hätte nichts genutzt. Das Schicksal interessierte sich nicht für Fairness.

Die Kellnerin kam mit der Rechnung. Emily schob ihre Erinnerungen beiseite und griff nach dem Portemonnaie.

Vier Uhr nachmittags. Michael, der an einer Besprechung teilgenommen hatte, kehrte in sein Büro zurück, wo er Stuart vorfand, der eine völlig verzweifelt aussehende Julia beruhigte.

»…dann ist er richtig pampig geworden und hat mich beschuldigt, faul zu sein. Und das bin ich nicht!«

»Schenken Sie der Sache keine weitere Beachtung«, meinte Stuart besänftigend. »Jeder weiß doch, wie hart Sie arbeiten.«

Michael setzte sich. »Macht Graham Ihnen das Leben schwer?«

»Nicht Graham«, antwortete Stuart. »Jonathan Upham. Er hat das absolute Arschloch gespielt.«

Dies schien gar nicht seine Art zu sein. »Wie das?«

»Irgendeine neue Sache ist von einem der Mandanten Jack Bennetts reingekommen. Wie es scheint, das beste Mandat, das wir seit Monaten hatten. Jack hat Belinda Hopkins gesagt, dass sie das nächste übernehmen könnte, aber sie hat diese Woche Urlaub, und Jack ist bis Freitag weg, also macht Jonathan die Vorarbeit, weil er hofft, dass Jack ihm dann die Sache überträgt. Es geht das Gerücht, dass nächstes Jahr nur einem aus unserer Abteilung die Partnerschaft angeboten wird, und eine weitere große Sache unter Jonathans Regie kann seine Chancen nur verbessern.«

»Also«, fuhr Julia fort, »hat er mir haufenweise Recherchen aufs Auge gedrückt und will heute Abend die Ergebnisse vorliegen haben. Ich sagte ihm, ich hätte noch wichtige Arbeiten für Graham zu erledigen, aber davon wollte er nichts wissen.«

»Um was geht es denn bei dieser Recherche?«, fragte Michael.

Sie sagte es ihm. »Dann können Sie aufatmen. Darüber habe ich letztes Jahr eine Notiz geschrieben.« Er sah in eine seiner Akten nach, fand die fragliche Notiz und nannte ihr die Dokumentnummer. »Es hing alles von einem Prozess ab, von dem ich sicher bin, dass er nicht abgewiesen wurde, aber das prüfen Sie besser in der Bibliothek nach. Angenommen, es war so, dann machen Sie einfach eine Kopie und geben sie Jonathan. Da steht dann alles drin, was er wissen will.«

Sie war mehr als erleichtert. »Danke. Ich weiß nicht, was ich ohne Sie beide tun würde.« Sie stürmte hinaus und zur Bibliothek.

Stuart verdrehte die Augen. »Alles wie immer.«

Lachend begann Michael seine E-Mails durchzusehen.

»Nick hat angerufen«, sagte Stuart. »Hat gefragt, ob wir heute Abend vielleicht Lust auf ein Bier hätten. Bist du dabei?«

Er fragte sich, was Rebecca wohl dazu sagen würde. Dann beschloss er, dass es ihm egal war. »Klar.«

»Corney & Barrow um sechs. Okay?«

Er nickte und konzentrierte sich auf den Bildschirm. Er hörte Schritte näher kommen. Schnelle, entschlossene Schritte. Kate Kennedy betrat den Raum.

Sie blieb in der Tür stehen, ganz Haarspray und goldene Knöpfe. Ihr breites Grinsen verhieß nichts Gutes.

»Die Musterformulare der Abteilung müssen aktualisiert werden. Jemand muss sie komplett durcharbeiten, prüfen, welche Klauseln veraltet sind, und die erforderlichen Neuentwürfe ausführen.«

Das war eine schreckliche Nachricht. Man hatte schon von Leuten gehört, die sich lieber von Gebäuden stürzten als Musterformulare zu aktualisieren. Dieser Job würde Wochen dauern, und da die Arbeit keinem Mandanten berechnet werden konnte, würden die Gebührensätze des armen Opfers in den Keller sausen, was wiederum großen Kummer von Graham und einen negativen Effekt auf den Jahresendbonus zur Folge hätte.

Und es war erst wenige Tage her, dass Kate bei Michael an der Kaffeemaschine stehen geblieben war und mit einem bedeutungsvollen Lächeln gesagt hatte, seine Formulierungen seien spitze. Ihm rutschte das Herz in die Hose. Das fehlte ihm gerade noch.

»Also«, fuhr Kate fort, »können Sie morgen früh zu mir kommen, Stuart? Dann werden wir entscheiden, wie Sie die Sache angehen.«

Stuart?

Er dachte, Kate würde nun gehen, stattdessen fragte sie: »Wie läuft's denn so, Michael?« Ihr Lächeln war strahlend wie immer. Also würde sie ihm doch noch irgendetwas aufhalsen. Er betete, dass es nicht wieder einer der Mittagsvorträge war.

»Äh… gut. Wahnsinnig viel zu tun.«

»Das höre ich gern. Und gute Arbeit bei Digitron. Ausgezeichnete Arbeit.«

Er war verdutzt. Kate ging mit Komplimenten genauso sparsam um wie ein Geizhals mit dem Geld.

»Danke.« Er überspielte seine Überraschung.

»Und wie steht's mit Ihnen, Stuart? Alles klar?«

Stuart, viel zu niedergeschlagen, um etwas zu sagen, nickte wieder.

»Gut.« Sie riss einen ihrer seltenen Scherze. »Dann sind wir ja alle Glückspilze.«

»Das können Sie laut sagen«, meinte Stuart trocken.

Kate ging.

»O Scheiße!« Stuart vergrub den Kopf in den Händen.

Michaels Gefühle waren eine Mischung aus Erleichterung und schlechtem Gewissen. Er versuchte, ein paar tröstende Worte zu spenden.

Zehn nach sechs. Michael saß mit Nick Randall an einem Fenstertisch in der Weinstube Corney & Barrow am Broadgate Circle. Das Lokal war gerammelt voll von Yuppies, und der Lärm von Gelächter und gebrüllten Bestellungen erfüllte den Raum.

217

Nick war ein blonder, schmaler junger Mann Mitte zwanzig, dessen ziemlich feminine Art ihn nicht daran gehindert hatte, bei den weiblichen Angestellten von Cox Stephens eine Eroberung nach der anderen zu machen. Er hatte am gleichen Tag wie Michael und Stuart sein Referendariat begonnen und trat dann wie sie seinen Weg durch die verschiedenen Abteilungen an. Dabei wurden sie Freunde.

Nick steckte sich eine Zigarette an und stieß den Rauch durch die Nase aus. »Was wird denn so getratscht?«

»Das weißt du doch besser als ich. Du bist doch derjenige, der faul herumhängt.«

Nick lächelte. Er arbeitete in der Abteilung für gewerbliche Immobilien, und da Cox Stephens sich auf diesem Gebiet noch keinen Namen gemacht hatte, litt er nur selten unter Überarbeitung. »Stimmt nicht. Im Moment habe ich ziemlich viel zu tun. Gestern habe ich tatsächlich neun Stunden gearbeitet, die einem Mandanten in Rechnung gestellt werden können.«

»Und du bist noch am Leben?«

»So gerade eben. Anschließend musste ich mich erst mal hinlegen. Aber für einen flüchtigen Augenblick wusste ich, wie es ist, ein richtiger Mann zu sein.«

Sie lachten. Stuart, der immer noch aussah, als hätte er die Nase gestrichen voll, tauchte mit einer Flasche Beaujolais und drei Gläsern auf. »Nick behauptet, er hätte viel zu tun«, sagte Michael.

»Schweine behaupten auch, fliegen zu können.«

»Ist aber so«, insistierte Nick. »Und dafür kann ich mich bei eurer Abteilung bedanken.«

»Natürlich.« Stuart schenkte den Wein ein. »Wir sind nicht umsonst als Motor der Kanzlei bekannt.«

»Welcher unserer Kollegen hat deine Welt erschüttert?«, fragte Michael.

Nick bekreuzigte sich.

»Ja, gesegnet seist du, Maria, und so weiter. Jetzt beantworte meine Frage.«

»Hab ich doch.«

Stuart und Michael wechselten Blicke.

218

»Der Mann, der mit Gott geht und sich mit Erzengeln trifft.«

»Wer?«

»Der Messias von Cox Stephens: Jack Bennett.«

»Ja, richtig.« Michael nahm einen Schluck Wein. »Sehr witzig.«

»Wer macht hier Witze?«

»Kann ja sein, dass er ein paar neue Mandanten rangeschafft hat, aber das macht ihn wohl kaum zu einem Messias.«

»Doch. Du hast deinen Job ihm zu verdanken.«

»Was redest du da?«

Nick schaute sich um. Die Weinstube war ein Stammlokal der Leute aus dem Büro. Als er sich vergewissert hatte, dass kein Kollege in Hörweite war, begann er zu sprechen.

»Den letzten Jahresabschluss kennt ihr ja?«

»Ich weiß, dass die Zahlen enttäuschend waren.«

»Das war die offizielle Version. Letzte Woche habe ich mit Sarah Hill zu Mittag gegessen. Sie ist die Sekretärin des geschäftsführenden Sozius, und sie hat mir die wahre Geschichte erzählt.«

Er wartete gespannt.

»Die Zahlen waren nicht nur enttäuschend, sondern absolut katastrophal. Die Miete für die neuen Räumlichkeiten ist erdrückend, das Büro in Hongkong schreibt dunkelrote Zahlen, und der Verlust von Quickshop tut mehr weh als erwartet. Die Gehälter der Partner sind gnadenlos abgestürzt. Es war so schlimm, dass uns umfangreiche Stellenkürzungen in den Immobilien- und Prozessabteilungen ins Haus standen, und es wurde auch von Entlassungen in eurer Abteilung geredet. Manche Partner im geschäftsführenden Ausschuss fanden nicht mal das ausreichend und zogen ernsthaft in Erwägung, die Kanzlei von einem der Riesen aufkaufen zu lassen.«

Stuart stieß einen leisen Pfiff aus.

»Dann kreuzt Jack Bennett mit seiner magischen Mandantenliste auf, und plötzlich läuft der Laden wieder. Viele seiner Mandanten hatten sich für ihre juristischen Belange auf die eigene Rechtsabteilung verlassen, doch sie expandierten so schnell, dass die eigenen Leute nicht mehr mitkamen, was zu einem riesigen Rückstau führte, der dann komplett bei uns gelandet ist. In eurer

Abteilung ist es vielleicht nicht so deutlich aufgefallen. Schließlich waren wir schon immer recht stark bei Unternehmensfusionen und Unternehmenskäufen. Aber der Arbeitsumfang bei den Immobilien ist enorm in die Höhe geschnellt. Das Gleiche gilt für die Prozessabteilung und die IP, und schlagartig sieht's bei den Finanzen wieder ausgesprochen rosig aus.« Nick hob sein Glas. »Also, ein dreifaches Hoch auf Jack!«

»Ein dreifaches Hoch!«, echote Stuart.

»Ja, ein gottverdammtes dreifaches Hoch!«

Nick runzelte die Stirn. »Du magst ihn nicht?«

Michael zuckte die Achseln.

»Ist doch ein ganz netter Kerl. Das findet bei uns jeder. Wo liegt dein Problem?«

»Der Mann ist ein Heiliger. Welches Problem könnte es da geben?«

»Nun, pass auf, dass sich keines entwickelt.« Nick zog an seiner Zigarette. »Du solltest dich in Acht nehmen. Du weißt selbst, wie gern du auf Konfrontationskurs gehst. Die Sozietät wird alles tun, um Jack bei Laune zu halten. Sie könnten dich vor die Tür setzen, sollte Jack beschließen, dich nicht zu mögen.«

»Das hat er bereits beschlossen.«

Nick und Stuart sahen ihn überrascht an. »Jack hat nichts gegen dich, Mike. Wie kommst du darauf?«

Wieder ein Schulterzucken. »Nur so.«

»Diese Sache mit Dial-a-Car? Aber Jack hat mir gesagt, du hättest phantastische Arbeit geleistet.«

»Nicht das.«

»Was dann?«

Einen Moment war Michael versucht, es ihnen zu erzählen, gelangte dann aber zu dem Schluss, dass es besser wäre, sein Privatleben aus dem Büro herauszuhalten. »Nichts. Vergesst, was ich gesagt habe.«

Nick lächelte. »Tun wir doch immer.«

»Und sei dankbar«, fügte Stuart hinzu, »dass du nicht derjenige warst, der die Fomulare aufgehalst bekommen hat.«

Das war richtig.

220

Ein Gedanke war ihm durch den Kopf geschossen. Es kam ihm lächerlich vor, aber er konnte ihn einfach nicht ignorieren.

Nick und Stuart starrten ihn an. »Stimmt was nicht?«, fragte Nick.

»Alles bestens.« Er leerte sein Glas und schenkte sich nach.

Donnerstag. Mittag. Rebecca stand mit Clare hinter der Kasse bei Chatterton's.

Es herrschte der übliche Andrang zur Mittagszeit. Immer mehr Menschen kamen in die Sachbuchabteilung. Rebecca zog gerade die Kreditkarte einer alten Frau durch das Lesegerät und wartete auf den Ausdruck.

»Vier«, flüsterte Clare.

Sie schaute auf. Aus Clares Affäre mit dem Vertreter war nichts geworden, aber sie brannte immer noch darauf, endlich dem Richtigen zu begegnen, und hatte angefangen, alle Männer, die die Treppe herunterkamen, auf einer Skala von eins bis zehn zu beurteilen. Die aktuelle Zielscheibe war ein schlanker, ernst wirkender junger Mann mit Brille und Rucksack. Er sah ziemlich gut aus, aber Clare stand eher auf kernige Typen.

Die Quittung kam aus dem Drucker. Rebecca gab der Frau einen Stift zum Unterschreiben und steckte das Kochbuch in eine Tüte.

»Zehn«, zischte Clare.

»Sei still.«

»Sieh nur!«

Und das tat sie. Ein Will-Carling-Klon in teurem Anzug ging zur Unterhaltungsecke.

»Und?«

»Hör auf damit!«

Nach der alten Frau kam ein Jugendlicher mit strähnigem blondem Haar und einem Kurt-Cobain-T-Shirt, der die Robert-Massie-Biografie von Nicholas und Alexandra in der Hand hielt. »Das habe ich gelesen«, sagte sie. »Es ist toll!«

Er strahlte, war völlig ahnungslos, dass er ein paar Minuten zuvor nur jämmerliche drei Punkte erzielt hatte. »Ist für meinen Kurs«, sagte er.

Sie gab den Barcode ein und nahm sein Geld. »Bist du auf der UCL?«

Er nickte. Ein älterer Mann mit einem schlimmen Bein und Brillengläsern dick wie Glasbausteine kam die Treppe herunter. »Null«, flüsterte Clare.

Sie biss sich auf die Lippe und versuchte, sich ein Lachen zu verkneifen. Der Junge starrte sie neugierig an. Sie gab ihm das Wechselgeld und sagte: »Ich hoffe, es gefällt dir.« Keith aus der Belletristikabteilung kam, um sie während ihrer Mittagspause zu vertreten. Sie bediente ihren letzten Kunden: eine ziemlich ängstlich wirkende junge Frau mit einem Buch über Innenarchitektur.

»Acht«, flüsterte Clare.

Sie wagte nicht aufzuschauen. Wenn sie es täte, würde sie nur losprusten.

»Nein, neun.«

Neugierig hob sie den Kopf.

Und sah Max am Fußende der Treppe. Er trug Sakko und Leinenhose; der schicke, lässige Stil, der ihm so gut stand. Er sah sie und kam herüber. Sie fühlte sich plötzlich in die Enge getrieben.

»Bin gerade zufällig vorbeigekommen«, sagte er, »und dachte, vielleicht gehen Sie mit mir zum Essen.«

Am liebsten hätte sie sich eine Ausrede ausgedacht, befürchtete aber, dass er ihre Lüge durchschauen würde.

»Klar.« Sie klang so begeistert, wie sie nur konnte.

»Wunderbar. Jetzt?«

Sie nickte. Die Schlange vor der Kasse war im Moment nicht so lang, und sie spürte Clares neugierigen Blick. »Darf ich dir Max Somerton vorstellen«, sagte sie. »Er ist unser Vermieter.« Kurze Pause. »Ein Freund. Das ist Clare. Sie hat uns mit Ihren letzten Mietern zusammengebracht.«

Max schenkte Clare ein Lächeln. »Dann muss ich mich also bei Ihnen dafür bedanken, dass Sie mir einen so ausgezeichneten Ersatz besorgt haben.« Seine Stimme war weich wie Samt. Rebecca war es, als höre sie sie zum ersten Mal, und sie begriff, was für ein verführerisches Instrument sie sein konnte.

222

Und bei Clare funktionierte es. Sie errötete und meinte kokett: »War mir ein Vergnügen.«

Max wandte sich wieder Rebecca zu. »In der Chancery Lane gibt es ein gutes französisches Restaurant. Vielleicht gehen wir dorthin.«

Das passte ihr ganz und gar nicht in den Kram. Das Letzte, was sie wollte, war ein in die Länge gezogenes Mittagessen. Und diesmal hatte sie eine einleuchtende Ausrede. »Ich habe nur eine Stunde Zeit. Es könnte ein wenig hektisch werden.«

»Dann vielleicht irgendwo in der Nähe?«

Sie war erleichtert.

Doch dann sagte Clare: »Vergiss die Zeit, Beck. Geh, so lange du willst.«

»Und deine Pause?«

»Ich besorg mir später ein Sandwich. Mach dir um mich keine Gedanken. Amüsier dich gut.«

»Sie sind sehr freundlich«, sagte Max zu ihr, immer noch lächelnd.

Wieder bekam Clare einen roten Kopf.

Rebecca holte ihre Tasche und folgte Max ins Freie.

Eine halbe Stunde später saßen sie an einem Tisch im Chez Gérard und warteten auf ihre Vorspeise.

Das Restaurant war voll. An den Tischen in ihrer Nähe saßen Männer und Frauen in Bürokleidung. Max nahm sein silbernes Zigarrenetui heraus. »Darf ich?«, fragte er.

Sie nickte.

»Sicher? Ich kann auch drauf verzichten.«

»Nein, bitte.«

Er steckte sich eine an. Sie schaute sich um, beobachtete die anderen Gäste. Er folgte ihren Blicken. »Versuchen Sie, einen Wirtschaftstycoon zu erspähen?«

»Ich will sehen, ob ich jemanden kenne. Gegenüber auf der anderen Straßenseite befindet sich eine Anwaltskanzlei namens Denton Hall. Einer von Mikes Collegefreunden arbeitet dort.«

»Das wusste ich nicht.«

223

»Wie auch?«

»Ja, natürlich.«

Sie hoffte nur, nicht zu zickig geklungen zu haben. So gemeint war es jedenfalls nicht.

Nicht wirklich.

Sie dachte über Mike nach. Am Abend zuvor hatte er ausgesehen, als beschäftige ihn etwas, doch als sie ihn danach fragte, hatte er darauf beharrt, dass nichts sei.

Aus den Augenwinkeln sah sie einen Kellner mit einem Tablett kommen. Sie hoffte, er bringe ihre Vorspeisen, doch er blieb an einem anderen Tisch in der Nähe stehen.

Ihr Weinglas war fast leer. Mittags trank sie nur sehr selten Alkohol, aber heute hatte sie einen Grund dafür: Sie wollte lockerer werden.

Max bestrich ein Stück Brot mit Butter. »Ich frage mich«, sagte er, »ob ich Sie bei etwas um Rat fragen darf.«

»Um was geht es?«

»Mike.«

Sie spürte, wie sie sich verkrampfte.

»Kommenden Donnerstag hat er Geburtstag, und ich würde ihm gern ein Geschenk machen. Nichts Übertriebenes, verstehen Sie. Nur ein Zeichen meiner Wertschätzung. Ich dachte vielleicht eines dieser elektronischen Notizbücher für die Tasche. Was meinen Sie?«

Es war nicht nötig, groß darüber nachzudenken. Sie wusste, er konnte diese Dinger nicht ausstehen. Er machte immer Witze darüber, dass Leute, die so was benutzten, unter Harn- und Stuhlverhaltung litten, so dass sie nicht pinkeln konnten, wenn nicht eine präzise Toilettenpause in ihren Organizer eingetragen war. Wenn sie ihn erinnerte, dass ihr Bruder Robert auf einen Organizer schwor, warf er ihr nur einen süffisanten Blick zu.

Es wunderte sie nicht, dass Max auf eine solche dumme Idee kam. Und es freute sie auch. Einen Augenblick war sie versucht zu sagen, dies sei ein tolles Geschenk, aber das wäre zu durchsichtig gewesen.

»Um ganz ehrlich zu sein, ich glaube nicht, dass Sie damit einen Treffer landen.«

Er sah enttäuscht aus. »Auch gut, dann muss ich mir was anderes überlegen.« Er zog an seiner Zigarre und sah sie dann zögernd an. »Haben Sie irgendwelche Vorschläge?«

Sie nickte.

»Verzeihen Sie, dass ich frage. Es ist nur, weil Sie ihn erheblich besser kennen als ich.«

»Ja, das stimmt.«

Und vergiss es nur ja nicht!

»Also, er hat gerade *Ich, Claudius* ausgelesen. Es hat ihm sehr gefallen. Es gab da mal eine BBC-Serie mit Derek Jacobi. Ich hatte mir überlegt, ihm die Videos zu kaufen. Vielleicht wäre das etwas für Sie.«

»Sie glauben, es würde ihm gefallen?«

»Ja.«

»Dann also die Videos. Herzlichen Dank, Becky.«

»Gern geschehen.«

Sie lächelten sich an.

»Was schenken Sie ihm denn?«, fragte er.

»Ein neues Sakko.«

»Welche Farbe?«

»Dunkelblau. Er wird super darin aussehen.«

»Sie kaufen ihm gern Kleidung, nicht?«

»Hat Mike das gesagt?«

»Ja.«

»Nun, irgendwer muss es ja tun. Wenn's nach Mike ginge, würde er sein ganzes Leben in Jeans und T-Shirt rumlaufen.«

»Er meinte es nicht als Kritik«, sagte Max schnell. »Eigentlich hat er gesagt, er fände es wunderbar, dass Sie immer wüssten, was ihm stehe und auch, worin er sich wohl fühle.«

Es war ihr peinlich. »Es steckt aber ein bisschen mehr dahinter als nur das, oder?«

»Wie meinen Sie das?«

»Es ist mehr, als nur die richtige Kleidung aussuchen zu können.«

»Ach ja?«

»Für Mike, ja.«

225

Seine Direktheit verwirrte sie. Sie senkte die Augen.

»Es ist vielmehr, jemanden zu haben, der in ihm lesen kann wie in einem Buch. Jemanden, der ihn besser kennt als er sich selbst. Jemanden, bei dem er darauf vertrauen kann, dass er immer alles absolut richtig versteht.«

Seine Worte erinnerten sie an Dinge, die Michael selbst geäußert hatte. Dinge, die sie immer mit einem Lachen abtat, aus Angst, dass er sie nur sagte, um ihr eine Freude zu machen.

Jetzt wusste sie, dass dies nicht so war.

Ein warmes Gefühl erfüllte sie. Ihre defensive Haltung ließ nach und wurde von Freude ersetzt.

»Genau, das will ich«, erklärte sie verlegen.

Sie sah auf. Das Lächeln blieb, doch in seine dunklen Augen hatte sich eine Traurigkeit eingeschlichen. Er nahm einen weiteren Zug an seiner Zigarre und blies den Rauch in die Luft. »Erinnern Sie sich an den Anzug, den ich auf der Party getragen habe, zu der Sie gekommen sind?«

Sie nickte.

»Lavinia hat ihn mir besorgt. Sie kaufte gern Kleidung für mich.«

Rebecca erinnerte sich an das glamouröse Wesen, das sie flüchtig kennen gelernt hatte. »Ich bin überzeugt, sie hat einen erheblich besseren Geschmack als ich.«

Sie erwartete, dass er sich über ihre Bemerkung lustig machte, aber das tat er nicht. Die Traurigkeit blieb. »Oh, er war schön. Jedes einzelne Stück, das sie aussuchte, stand mir perfekt. Aber in keinem einzigen habe ich mich wohl gefühlt.« Ein Seufzen. »Verständlich, eigentlich. Es war nur äußerer Schein. Nur Oberfläche ohne jede Tiefe. Nicht ein Bruchteil dessen, was Sie und Mike verbindet.«

Seine Aufrichtigkeit überraschte Rebecca und schmeichelte ihr. Völlig unerwartet tat er ihr Leid. »Aber jetzt haben Sie Caroline«, sagte sie zögernd. »Mit ihr könnte alles anders werden.«

»Ich hoffe es«, erwiderte er ruhig.

Der Kellner brachte die Vorspeise. Max legte seine Zigarre ab. Sie kostete ihre Suppe, fügte ein wenig Salz hinzu und begann dann zu essen. Wunderbar.

Er beobachtete sie aufmerksam, wie es schien besorgt, ob ihr das Essen schmeckte. In seinem Blick lag eine Mischung aus Wärme, Besorgnis und Melancholie. Sie erkannte, wie dumm es von ihr gewesen war, sich bedroht zu fühlen. Mike gehörte ihr und würde ihr immer gehören. Nur ein Narr würde etwas anderes denken.

Als könne er ihre Gedanken lesen, sagte er nun: »Zwischen Ihnen beiden existiert etwas ganz Besonderes. Etwas, das zu finden nur sehr wenigen Menschen vergönnt ist.«

»Das glaube ich auch.«

»Mike ebenfalls. Seine Augen beginnen zu leuchten, wenn er von Ihnen spricht. Sie sind seine Welt, und sollten Sie ihn jemals verlassen, würde er das nicht ertragen.«

Sie lächelte. »Ich gehe nicht weg.«

»Ich freue mich für ihn, dass er Sie gefunden hat. Nach allem, was er durchgemacht hat, verdient er etwas Außergewöhnliches. Er hatte seine Mutter verloren. Die Pflegeeltern. Das Kinderheim.« Ein weiterer Seufzer. »Diese schreckliche Sache mit den Harringtons.«

Ihr Lächeln verschwand.

»Armer Junge. Das muss ein sehr traumatisches Erlebnis für ihn gewesen sein. Aber das wissen Sie ja vermutlich selbst.«

Wer sind die Harringtons? Wovon redet er da?

»Niemand sollte so etwas durchmachen müssen. Nun, das ist zum Glück Vergangenheit. Sie haben sich, und darauf kommt es an.« Er spießte eine Schnecke auf. Dann runzelte er die Stirn. »Aber Sie essen ja gar nichts. Ist die Suppe nicht gut?«

Sie gab keine Antwort.

»Wenn sie nicht in Ordnung ist, lassen wir sie zurückgehen.«

Sie schüttelte den Kopf.

»Überhaupt kein Problem. Wir stehen zeitlich nicht unter Druck.«

Und das stimmte. Sie könnten den ganzen Nachmittag dort sitzen und Smalltalk machen, während sie sich das Hirn zermarterte, welche Details seiner Vergangenheit Michael noch einem anderen als ihr anvertraut hatte.

»Nein, sie ist in Ordnung.« Sie aß einen Löffel. Die Salzkörnchen kratzten in ihrem Hals wie Sandpapier.

»Nun, dann lassen Sie uns über erfreulichere Dinge reden. Richard Markham möchte Sie kennen lernen. Diese Woche ist er verreist, aber wir können einen Termin vereinbaren, wenn er zurück ist. Wäre Ihnen das Recht?«

Sie nickte.

»Gut.«

Er schenkte Wein nach. Sie aß ihre Suppe, hatte jedoch den Appetit verloren, und der Teller, den der Kellner abräumte, war fast noch so voll wie zuvor.

Halb neun abends. Rebecca hörte, wie Michael die Wohnungstür aufschloss.

Sie stand im Wohnzimmer. Die Sauce Bolognese, die sie zum Abendessen machen wollte, blieb im Kühlschrank. Es gab Dinge, über die gesprochen werden musste, bevor sie aßen.

Die Abendluft war unangenehm stickig. Er stand mit loser Krawatte in der Diele und wischte sich Schweiß von der Stirn.

»Wer waren die Harringtons?«, fragte sie.

»Wer?«

»Stell dich nicht dumm. Ich will wissen, wer sie waren.«

Er legte seine Aktentasche beiseite und betrat das Zimmer. »Was ist los? Warum bist du so sauer?«

»Max hat mich heute zum Mittagessen eingeladen. Wir haben über deine Kindheit gesprochen. Er fing an, von diesen Leuten zu erzählen, diesen Harringtons, hat sich darüber ausgelassen, wie schrecklich das war und was für ein traumatisches Erlebnis es für dich gewesen sein muss. Das einzige Problem war nur, dass ich nicht die geringste Ahnung hatte, und deshalb will ich jetzt von dir wissen, wer sie waren!«

Gegen Ende war ihre Stimme schrill geworden. Sie holte tief Luft, versuchte, sich zu beruhigen.

Er begann sich unbehaglich zu fühlen. »Ist keine große Sache…«

»Wer waren sie, Michael?«

»Irgendwelche Leute.«

»Welche Leute?«

»Pflegeeltern. Ich kam zu ihnen, als ich ungefähr sechs war.«

»Und was war daran so schrecklich? Haben sie dich missbraucht?«

Seine Augen wurden groß. »Nein, überhaupt nicht.«

»Und warum dann das große Trauma?«

Er antwortete nicht.

»Und?«

»Sie waren der Grund, warum ich dann im Heim gelandet bin.«

»Warum? Was ist passiert?«

Er rieb sich den Nacken. »Ich war schon bei einem halben Dutzend Pflegefamilien gewesen, als ich zu ihnen kam. Ich war ein Störenfried, deshalb bin ich nirgendwo lange geblieben. In jeder Familie gab es immer Unmengen anderer Kinder, die alle um Aufmerksamkeit kämpften. Die Harringtons besaßen keine eigenen Kinder, und ich war ihr erstes Pflegekind. Sie haben einen Mordswirbel um mich veranstaltet, damit ich mir als etwas ganz Besonderes vorkam und mich erwünscht fühlte.

Nachdem ich einige Monate bei ihnen gewesen war, nahmen sie noch einen Jungen in Pflege. Ich glaube, er hieß Nigel und war ungefähr in meinem Alter, aber viel ruhiger und mit einem erheblich besseren Benehmen. Auch um ihn machten sie einen großen Wirbel, und ich war eifersüchtig. Ich habe mich ständig mit ihm gestritten. Ich wollte sie mit niemandem teilen.

Dann kam eines Tages eine Sozialarbeiterin und erklärte mir, dass die Harringtons Nigel adoptieren wollten, mich jedoch nicht, weil sie glaubten, mit mir nicht fertig zu werden. Anschließend wurde ich dann in eine andere Pflegefamilie gesteckt.« Er seufzte. »Es war paradox, wirklich. Ich war schon vorher ein schwieriges Kind, aber das war nichts verglichen mit dem, was dann kam. Ich hatte so viel Wut im Bauch, dass es niemandem gelang, mich zu bändigen. Am Ende wollte mich keine Pflegefamilie mehr haben, also schoben sie mich ins Heim ab.«

Er hielt inne, atmete schwer. »So, jetzt weißt du alles über die Harringtons.«

Sie versuchte zu verstehen, wie schmerzhaft eine solche Zurückweisung gewesen sein musste, wollte etwas sagen, konnte jedoch nur daran denken, dass er es vorgezogen hatte, seinen Schmerz mit jemand anderem zu teilen.

»Und warum musste ich das von Max erfahren?«

»O mein Gott!«

»Warum?«

»Das ist fast zwanzig Jahre her. Seitdem ist so viel Zeit vergangen. Ich habe eine Ewigkeit nicht mehr an sie gedacht.«

»Wohl kaum eine Ewigkeit. Max ist erst vor ein paar Wochen auf der Bildfläche erschienen.«

»Ich hatte nicht vor, es ihm zu erzählen.«

»Und wie hat er es dann herausgefunden? Durch PSI vielleicht?«

»Nein. Ich meinte nur, dass es keine bewusste Entscheidung war. Wir haben uns nur mal so unterhalten –«

»Hattet eine dieser wunderbaren Unterhaltungen, bei denen er im Grunde nie etwas sagt.«

Er sah verärgert aus. »Wenn du's unbedingt wissen willst, er hat mich gefragt, an wie viel von meinem Leben vor dem Heim ich mich noch erinnere. Ich hatte eine Ewigkeit geredet, und plötzlich fiel mir alles wieder ein. Was passiert war. Was das für ein Gefühl gewesen ist. Ich hatte es wohl ganz tief in mir begraben. So wie man es mit schmerzhaften Erinnerungen eben tut.«

Sie stieß ein raues Lachen aus. »Was für ein Glück, dass der heilige Max gerade aufgetaucht war, um der Exhumierung seinen Segen zu geben.«

»Tja, wenigstens warst du es nicht!«

Es war, als hätte er ihr eine Ohrfeige verpasst.

Er kochte vor Wut. »Das ist unglaublich! Ich erzähl dir von etwas, das mich mehr verletzt hat, als du dir überhaupt vorstellen kannst, und dir fällt nichts anderes ein, als einen Koller zu kriegen, nur weil du nicht die Erste warst, die's erfahren hat!«

»Ich habe keinen Koller gekriegt!«

»Hör dich doch nur mal an! Ich! Ich! Ich! Scheiß doch auf die

Gefühle der anderen! Das Einzige, was zählt, ist doch, dass du weiterhin im Mittelpunkt stehst!«

»Das ist nicht wahr!«

»Einen Scheißdreck ist es!«

Sie schluckte. Ihr Hals fühlte sich trocken an.

Das Schweigen hing über ihnen wie eine Gewitterwolke.

»Ich hab's nicht so gemeint«, sagte er schließlich.

Er klang ehrlich. Sie fühlte Beschämung und wollte ihm glauben.

»Es tut mir Leid, Mike. Ich hätte mich nicht so aufführen dürfen. Es wundert mich nicht, dass du so eine Erfahrung vergessen wolltest.«

Er zuckte die Achseln. »Wie ich schon sagte, es ist jetzt fast zwanzig Jahre her.«

»Es muss aber immer noch wehtun.«

»Nein.«

»Es ist mir nicht gleichgültig. Das musst du wissen.«

Ein Nicken.

»Ich wünschte, ich könnte dir helfen, den Schmerz zu vergessen. Dass alles, was du erleben musstest, für immer verschwindet.«

Sie sprach nicht weiter, als sie erkannte, dass das alles Platitüden waren.

Sie wartete auf eine Antwort, aber er schwieg.

»Es tut mir Leid, Mike. Wirklich.«

»Es ist kein Wettbewerb, Beck«, sagte er plötzlich. »Du wirst immer an erster Stelle stehen. Das weißt du doch, oder?«

»Ja.«

Sie riskierte ein vorsichtiges Lächeln.

»Warum ziehst du dich nicht um? Ich mache uns was zu essen.«

»Okay.«

Er verließ das Zimmer. Sie blieb, wo sie war, und wünschte sich, diese Unterhaltung hätte nie stattgefunden. Den Vorwurf, damit begonnen zu haben, musste sie sich selbst machen.

Ich bin nicht egoistisch. Ich bin ein guter Mensch. Das bin ich. Ich weiß, dass ich es bin.

Sie ging, um das Abendessen vorzubereiten, auf das keiner Appetit hatte.

5. KAPITEL

Freitagmorgen. Halb elf. Michael saß an seinem Schreibtisch und starrte ins Leere.

Vor ihm lag eine Vertriebsvereinbarung. Er sollte den Vertrag für einen Mandanten durchgehen, konnte sich jedoch nicht konzentrieren. Er musste immer wieder an seinen Streit mit Rebecca denken.

Er wünschte sich, nicht die Beherrschung verloren zu haben. Er wusste, dass seine Worte sie verletzt hatten, und schämte sich. Sie war der letzte Mensch auf der Welt, dem er wehtun wollte.

Und dennoch war ein anderer Teil von ihm froh, dass er so reagiert hatte. Ein dunkler Teil, der sich darüber ärgerte, dass sie so mit sich selbst beschäftigt war, und der die Gelegenheit genutzt hatte, ihre Selbstgefälligkeit anzuknacksen.

Es war eine Gefühlsmischung, die ihn nicht gerade in einen kreativen Zustand versetzte.

Sein Telefon läutete. Er ließ den Anruf von Kim entgegennehmen und schaute auf den Vertrag, von dem er nichts sah als Reihen schwarzer Striche. Schließlich verschwammen auch diese zu einem dunklen Fleck auf dem weißen Blatt Papier.

»Mike.«

Er blickte auf. Kim stand in der Tür.

»Ich hatte gerade Sonia am Apparat.«

In Gedanken war er immer noch woanders. »Wen?«

»Sonia. Jack Bennetts Sekretärin. Jack will Sie sofort sehen.«

Seine Gedanken an Rebecca verschwanden und machten Unruhe Platz. »Warum?«

»Keine Ahnung. Sie sagte nur, Sie sollten Ihren Arsch in sein Büro bewegen, und zwar pronto.«

Michael ging sofort zu ihm. Jack telefonierte und deutete auf einen Stuhl vor seinem Schreibtisch. Michael setzte sich und sah sich um. Das Büro war unglaublich aufgeräumt. Er wusste, dass Jack eine ausgesprochene Phobie gegen Unordnung hatte, dass er nicht arbeiten konnte, wenn sich nicht alles um ihn herum in einem perfekten Zustand befand.

Das hatte Kim ihm erzählt. Die wiederum hatte es von Sonia gehört.

Andererseits war das auch kein Geheimnis.

Jack legte den Hörer auf. »Danke, dass Sie so schnell gekommen sind.«

»Sonia sagte, es sei dringend.«

»Nicht wirklich.« Jack schien besorgt. »Waren Sie gerade mit etwas beschäftigt?«

»Nichts Wichtiges.«

»Gut.« Jack lächelte. Michael ebenfalls. Draußen auf dem Gang brüllte Graham Fletcher nach seiner Sekretärin.

Sein Blick fiel auf ein gerahmtes Foto auf Jacks Schreibtisch. Eine hübsche Blondine saß auf einer Schaukel, neben ihr zwei kleine Jungs, die ihr sehr ähnlich sahen. Jacks Frau Liz und ihre Söhne Ben und Sam.

Sam war auf einem Ohr fast taub. Jack hatte während Liz' Schwangerschaft eine kurze Affäre gehabt, und obwohl er kein besonders frommer Mensch war, fasste er Sams Behinderung als eine Art Strafe für seine Untreue auf.

Liz hatte Jacks Seitensprung sehr getroffen. Jack liebte seine Frau über alles und hatte panische Angst davor, sie zu verlieren. Da sein Sexualtrieb sehr stark ausgeprägt und sein Liebesleben mit Liz eher sporadisch war, litt Jack unter der permanenten Angst, dass schiere Frustration ihn zwingen könnte, erneut auf Abwege zu geraten, und damit Gefahr zu laufen, Liz endgültig zu verlieren.

Das und andere Dinge hatte Max ihm erzählt.

Dieses Wissen bereitete ihm Unbehagen. Als wäre er ein Voyeur des Seelenlebens eines anderen.

»Gerade ist ein neues Mandat reingekommen«, sagte Jack. »Wieder eine Softwarefirma, die einen Konkurrenten aufkauft.

Jonathan Upham hat bereits einige Hintergrundrecherchen angestellt.«

Michael nickte. Offensichtlich würde man ihn um Hilfe bei der Drecksarbeit bitten. Er hoffte, Jack gab Jonathan das Mandat, da er Belinda Hopkins nicht ausstehen konnte.

»Ich brauche einen guten Mann für diese Sache, und dieser Mann sind Sie.«

»Ich?«

»Ja. Das heißt natürlich nur, wenn Sie wollen.«

Einen Moment war er sprachlos.

»Und? Wollen Sie?«

»Was ist mit Belinda? Ich dachte, Sie bekäme Ihr nächstes Mandat?«

Jack winkte ab. »Machen Sie sich ihretwegen keine Gedanken. Es wird andere Mandate geben. Aber dieses ist wirklich gut, und es wird Ihnen helfen, auf den Kenntnissen über die Branche aufzubauen, die Sie sich im Zusammenhang mit Digitron erworben haben.«

Michael nickte.

»Sie müssen Ihre Erfahrung mit der Computerindustrie ausbauen. Dort liegt ganz sicher die Zukunft für diese Kanzlei. Und als einer unserer aufgehenden Sterne sollten Sie Ihre Arbeit auf dieses Gebiet konzentrieren.«

»Aufgehender Stern?«

Jack nickte. »Das sind Sie für uns. Sie haben eine großartige Zukunft vor sich, Michael.« Er hielt inne. Fügte dann langsam hinzu: »Aber ich bin überzeugt, das wissen Sie längst.«

Michael war verlegen. Er senkte die Augen.

Er erinnerte sich an die Idee, die ihm beim Wein mit Nick und Stuart gekommen war. Die Idee, die ihm lächerlich erschienen war, die er aber dennoch nicht einfach so abtun konnte.

Denn sie war richtig.

»Ja, dieses Mandat wird eine ausgezeichnete Erfahrung für Sie sein«, fuhr Jack fort. »Und sie müsste eigentlich auch Spaß machen. Was gut ist, denn immerhin möchten wir ja, dass Sie mit Ihrer Arbeit glücklich sind.«

234

Das war richtig. Aber es gab eine Möglichkeit, sich zu vergewissern.

Er sah auf. »Ich bin glücklich mit meiner Arbeit«, sagte er höflich.

Jack strahlte. »Freut mich zu hören.«

»Bis auf eine Kleinigkeit.«

Jacks Augen wurden eine Spur größer »Und das wäre?«

»Ich erledige eine Menge Arbeit für Vadex. Das ist einer von Jeff Speakmans Mandanten. Es ist ausgesprochen langweiliges Zeug, Verträge auf Vordermann bringen und Verwaltungskram. Ich finde, es ist an der Zeit, dass jemand anderer das erledigt.« Er unterbrach sich kurz. »Finden Sie nicht auch?«

Jack zögerte nur einen Moment.

»Das erscheint mir nur recht und billig. Überlassen Sie das mir.«

Und da wusste er es sicher.

Er starrte Jack an. Der Messias. Der Retter der Kanzlei. Der Mann mit der Mandanten-Zauberliste.

Die meisten davon hatte er von Max erhalten.

Und was gegeben werden konnte, das konnte auch wieder genommen werden.

Jetzt ergab alles einen Sinn. Warum Kate Kennedy ihm die Musterformulare nicht aufs Auge gedrückt hatte. Warum Graham Fletcher ihn nicht gezwungen hatte, nach Hull zu fahren. Warum einige der anderen Partner sich ein wenig freundlicher verhielten als früher.

Weil sie ihn bei Laune halten wollten. Denn wenn er nicht glücklich und zufrieden war, könnte er womöglich anfangen, jemandem sein Leid zu klagen, der die Macht besaß, der Kanzlei riesigen Schaden zuzufügen, wenn es ihm danach war.

Es störte ihn, dass andere ihm so etwas zutrauten. Er würde nie versuchen, auf diese Weise Schwierigkeiten zu machen.

Und selbst wenn, würde Max doch bestimmt nicht auf Grund seiner Klagen eingreifen.

Oder doch?

Er holte tief Luft.

»Hören Sie, Jack, ich freue mich wirklich sehr, dass Sie mich gefragt haben, aber ich denke, Belinda sollte sich um diese Sache kümmern.«

»Warum? Denken Sie, es übersteigt Ihre Fähigkeiten?«

»Nein.«

»Gut, denn Sie sind ein sehr guter Anwalt. Außerdem werde ich die Sache ohnehin beaufsichtigen, und Sie könnten, falls Probleme auftauchen, jederzeit zu mir kommen.«

Er schüttelte den Kopf. »Wenn ich diese Sache übernehme, könnte dies böses Blut machen, und das möchte ich nicht. Es wird andere Mandate geben, wie Sie selbst sagten. Vielleicht könnte ich davon eines übernehmen.«

»Wäre Ihnen das lieber?«

Er nickte.

»Also schön.«

»Danke, Jack.«

»Keine Ursache.«

Wieder betrachtete er das Foto von Jacks Familie. Eine ganz gewöhnliche Familie mit einem Haufen Leichen im Keller.

Er spürte Jacks Blick und lächelte verlegen, ebenso wie Jack.

Er fragt sich, was Max mir erzählt hat. Er fragt sich, wie viel ich weiß.

»Danke«, wiederholte er noch einmal.

»Wahrscheinlich sollte ich mich bei Ihnen bedanken. Belinda auf dem Kriegspfad ist nicht gerade das, was man sich wünscht.«

»Aber auch wieder nichts, was sich nicht mit einem Pflock und einer Knoblauchzehe lösen ließe.«

Sie lachten. Für einen außenstehenden Beobachter waren sie nur zwei Kollegen, die sich einen Witz erzählt hatten. Vor einem Monat wäre das auch noch so gewesen, jetzt aber war manches anders.

»Und vergessen Sie, was ich über Vadex gesagt habe. Ich möchte das keinem anderen aufhalsen.«

»Okay.«

Er stand auf und ging zur Tür.

»Michael.«

Er drehte sich um.

236

»Sehen Sie Max demnächst?«

»Ja.«

»Grüßen Sie ihn bitte von mir, ja?«

»Natürlich.«

Kate Kennedy stand auf dem Korridor und unterhielt sich mit einem der Partner aus der Prozessabteilung. Sie lächelte ihn freundlich an. Kate, die sich niemals die Mühe machte, jemanden zur Kenntnis zu nehmen, sofern sie nicht etwas von ihm wollte.

Er ging zur Kaffeemaschine, um sich ein Glas Wasser zu holen. Julia stand dort und schwatzte mit einer anderen Referendarin. Er blieb bei ihnen stehen und beteiligte sich an ihrem Gespräch.

Am Sonntag veranstaltete Rebeccas Bruder Robert seine Grillparty.

Robert wohnte in einem Reihenhaus an einer Straße gegenüber Clapham Common. Michael und Rebecca verließen die U-Bahn an der Station Clapham South und legten das letzte Stück des Weges zu Fuß zurück.

Es war ein drückender Sommernachmittag. Es hatte seit Tagen nicht mehr geregnet, und die Stadt lag unter einer Hitzeglocke. Der Park war voller Leute, die ihre Hunde spazieren führten, hinter Frisbeescheiben herjagten oder auf dem Gras lagen, die Sonntagszeitungen lasen und einfach Sonne tankten.

Sie bewegten sich langsam in der schwülen Luft. Ihre Unterhaltung beschränkte sich auf ein Minimum. Die Spannungen nach ihrem Streit am Donnerstagabend waren noch nicht ganz verschwunden. Rebecca blickte zum Himmel auf und meinte, das Wetter würde am Abend umschlagen. Michael nickte desinteressiert. In Gedanken war er woanders.

Die Situation in der Kanzlei beunruhigte ihn, und er wünschte sich, es gäbe jemanden, dem er seine Sorgen mitteilen könnte. Rebecca wäre die nahe liegende Person gewesen, aber Max war ein so heikles Thema, dass er nicht mit ihr darüber diskutieren wollte. Was ihn wütend machte und auch nicht gerade dazu beitrug, die Stimmung zwischen ihnen zu verbessern.

Die andere Alternative war Max selbst. Sie hatten sich für den folgenden Abend in einem Privatclub in Mayfair zum Schwimmen verabredet und wollten anschließend gemeinsam zu Abend essen. Rebecca hatte keinen Einwand gegen diese Verabredung erhoben, doch er wusste, dass sie nicht sonderlich glücklich darüber war. Und auch das machte ihn wütend.

Sie erreichten Roberts Haus. Rebecca klingelte. Robert öffnete ihnen in ausgebeulten Shorts, Hawaiihemd und modischer Sonnenbrille. Sein Anblick allein machte Michael schon krank. Er wünschte, er hätte nicht zugestimmt herzukommen, aber jetzt war es zu spät, um zu flüchten.

Rebecca gab ihrem Bruder einen Kuss auf die Wange und reichte ihm die Flasche Wein, die sie mitgebracht hatten. »Wie läuft's so?«, fragte sie.

»Gut. Im Moment sind fast ausschließlich Arbeitskollegen da, aber in Bälde dürften die Freunde vom College eintrudeln.«

»Danke für die Einladung«, sagte Michael höflich.

Robert lächelte boshaft. »Tja, zuerst habe ich ja gezögert. Denn wer könnte schon die letzte Familienfeier vergessen, bei der du zugegen warst? Aber Becky versicherte mir, dass du nicht mehr die gesellschaftliche Belastung bist, die du einmal warst.«

»Robert!«, rief Rebecca empört.

»Ich mach doch nur Spaß. Du weißt doch, dass ich nur Spaß mache, Mikey, stimmt's?«

Normalerweise hätte Michael es dabei bewenden lassen. Das hätte Rebecca von ihm erwartet. Aber heute war kein normaler Tag.

»Klar«, sagte er umgänglich. »Und selbst wenn meine alte Natur wieder durchbrechen und ich jemanden in den Arsch treten sollte, ist es doch ein Trost zu wissen, dass du in der Nähe sein wirst, um alles wieder in Ordnung zu bringen.«

Rebecca sah entsetzt aus. Er lächelte sie an. »Du kannst dich beruhigen, wir zwei scherzen nur miteinander. Wir lieben beide einen guten Witz. Stimmt's, Rob?«

Roberts Lächeln verschwand. Offensichtlich hatte er die Retourkutsche nicht erwartet und keine weiteren Beleidigungen auf Lager. »Genau«, sagte er mürrisch.

Schritte hinter ihnen. Weitere Gäste trafen ein. »Warum gehen wir nicht einfach rein?«, schlug Rebecca vor.

Robert nickte und sagte dann: »Eines noch, Beck. Emily ist hier. Mum hat gestern Abend angerufen und darauf bestanden, dass ich sie einlade.«

Rebecca machte ein beklommenes Gesicht. »Kommt David auch?«

»Nein. Er ist das Wochenende über weg.«

»Tja, wir werden ein Auge auf sie haben.«

»Ja, wir kümmern uns darum, dass sie sich wohl fühlt«, fügte Michael vielsagend hinzu.

»Was ist denn in dich gefahren?«, wollte Rebecca wissen, als sie durch das Haus gingen.

»Musst du da noch fragen?«

Sie runzelte die Stirn. »Ich verstehe dich manchmal einfach nicht.«

»Das sieht man.«

Sie wirkte gekränkt. Er schämte sich, aber nicht genug, um sich zu entschuldigen.

Sie folgten dem Geruch von Rauch und Barbecuesoße hinaus in den winzigen Garten. Etwa ein Dutzend Leute von Mitte zwanzig bis Mitte dreißig standen in kleinen Gruppen herum. Jeder hatte eine Flasche Bier oder ein Glas Wein in der Hand. Oasis plärrte aus einer tragbaren Stereoanlage, die auf einem Stuhl aufgebaut war.

Nachdem sie etwas gegessen hatten, begrüßten sie ein paar Kollegen von Robert, die Rebecca kannte. Michael entdeckte Emily in einem hellblauen, langärmeligen Sommerkleid, das bei jeder anderen Frau altmodisch gewirkt hätte, jedoch wunderbar zu ihrem präraffaelitischen Aussehen passte. Sie nippte an einem Glas Wein und hörte einer seriös wirkenden Frau zu, die über die Lage auf dem Londoner Immobilienmarkt redete. Emily nickte aufmerksam, doch er spürte, dass sie sich langweilte. Ihre Blicke begegneten sich. Sie schien erfreut, ihn zu sehen. Ihm erging es ebenso.

Die Zeit verstrich. Die Sonne setzte ihren Weg über den Himmel fort. Schatten begannen sich, über das Gras zu breiten. Weitere Gäste trafen ein, und die Party verlagerte sich nun auch ins Hausinnere. Michael befand sich immer noch im Garten und sah Emily allein an dem Tisch mit den Getränken stehen. »Ich geh zu Emily«, sagte er zu Rebecca.

»Amüsierst du dich?«, fragte er Emily.

»Nicht besonders.«

»Aber, aber! Ich amüsiere mich prächtig.«

»Wirklich?«

»Natürlich. Die Sonne scheint, unser Gastgeber ist herzlich, und es gibt genug Alkohol. Was könnte ich mir mehr wünschen?«

Sie lachte leise. »Darf ich dir etwas warmen Wein einschenken?«, fragte er und füllte ihre Gläser nach.

»Ich habe dich am Freitag angerufen«, sagte sie.

»Tut mir Leid, dass ich nicht zurückgerufen habe. War ein übler Tag.«

Sie stellte keine Fragen, sondern sah ihn einfach nur mit einer Mischung aus Verständnis und Besorgnis an. Einen Moment überlegte er, ihr zu erzählen, was passiert war. Aber Rebecca war nur wenige Meter entfernt.

»Aber nichts, womit ich nicht fertig werden konnte«, fügte er hinzu.

Er nahm einen Schluck Wein. Er schmeckte nach Äpfeln. »Und warum hast du angerufen? Gab's irgendwelche Neuigkeiten?«

Sie sah beklommen aus. »Welche Neuigkeiten sollte ich schon groß haben?«

»Du weißt, welche Neuigkeiten.«

»Ich hab ihn noch nicht angerufen. Aber das werde ich bald. Vielleicht heute Abend.«

»Tu es. Ruf mich morgen an und sag mir, was passiert ist. Ruf mich auch an, wenn er nicht da war.«

»Vielleicht hast du dann wieder einen üblen Tag.«

»Spielt keine Rolle. Das mit Freitag tut mir Leid, Em. Es war alles ein bisschen daneben und lag bestimmt nicht daran, dass ich nicht wollte.«

Langsam stahl sich ein Lächeln auf ihr Gesicht, und er empfand

240

plötzlich eine tiefe Zuneigung für sie. Sie brachte, mehr als jeder andere, das Beste in ihm zum Vorschein.

Ihr Blick wanderte über seine Schulter. Unvermittelt wurde sie ängstlich.

Er drehte sich um. Zwei groß gewachsene Männer Mitte zwanzig kamen gerade aus der Küche in den Garten. Der eine war blond, schlank und trug eine Baseballmütze; der andere hatte dunkle Haare, einen muskulösen Körper, grobe Gesichtszüge, kleine Augen und einen übellaunigen Zug um den Mund.

»Der Dunkelhaarige ist David«, flüsterte Emily.

David war ein Freund von Robert, der bei einer Versicherung arbeitete. Anfang des Jahres war er ein paar Mal mit Emily ausgegangen und hatte darauf bestanden, immer alles zu bezahlen. Nach ihrem zweiten Date hatte er sie nach Hause gebracht, wo er in betrunkenem Zustand unmissverständlich klargemacht hatte, dass er die Nacht bleiben wollte. Als Emily ihn abwies, war er aggressiv geworden und erinnerte sie an all das Geld, das er für sie ausgegeben hatte. Als auch diese Masche nicht zog, hatte er verkündet, dass er nur ginge, wenn sie ihm einen Gutenachtkuss gäbe, und dann prompt an ihr herumgegrapscht. Die verängstigte Emily war daraufhin hysterisch geworden und hatte ihm das Gesicht zerkratzt. David musste seine Überredungskünste einsetzen, sie davon abzuhalten, die Polizei zu rufen. Seit diesem Abend hatten sie sich nicht mehr gesehen.

Manche Leute, vor allem Robert, waren der Ansicht, Emily habe übertrieben reagiert. Michael jedoch gehörte nicht zu ihnen, und während er beobachtete, wie David und sein Begleiter über einen Witz lachten, sträubten sich ihm die Haare.

Rebecca tauchte neben ihm auf. »Tut mir Leid«, sagte sie zu Emily. »Er wollte eigentlich nicht kommen. Sollen wir reingehen?«

»Nein, mir geht's gut hier, wirklich.«

»Richtig«, pflichtete Michael ihr bei. »Lass dir von diesem Wichser nicht den Nachmittag vermiesen.«

Rebecca fragte Emily nach der Arbeit. Michael beobachtete, wie David seinem Begleiter etwas zuflüsterte und dieser daraufhin

Emily anstarrte. Sie bahnten sich durch die anderen Gäste einen Weg zur Bar. Beide waren schon etwas wackelig auf den Beinen.

Er spürte Rebeccas Blick. Fang nur ja nichts an, sagten ihre Augen. Lass es!

David und sein Begleiter erreichten die Bar. David flüsterte wieder etwas, und sein Freund begann zu lachen. Michael sah, wie Emily zusammenzuckte, und ermahnte sich, ganz ruhig zu bleiben. Im Hintergrund sang Peter Gabriel gegen das Gemurmel der Leute, die sich unterhielten, und entfernten Verkehrslärm an.

David öffnete eine Flasche Bier. Der Freund flüsterte etwas. David schubste ihn, und der Freund stolperte gegen Michael. »Entschuldigung«, platzte er heraus, dann prustete er wieder los.

Rebecca beobachtete Michael ängstlich. Er lächelte sie beruhigend an, wollte genauso wenig Ärger wie sie.

»Macht nichts«, erwiderte er.

»Wie reizend«, sagte der Freund. Sein Tonfall war provozierend. Michael entschied, es zu ignorieren. Emily sprach mit Rebecca gerade von einem Autor, den die Agentur unter Vertrag genommen hatte. Ihre Stimme bebte ein wenig. Er versuchte, auch das zu ignorieren.

Und dann sagte David: »Vorsichtig, Al. Sobald du auf anderthalb Meter an sie rankommst, schreit sie gleich Vergewaltigung.«

Seine guten Vorsätze lösten sich in Luft auf. Er stellte sein Glas ab. »Versuchst du, witzig zu sein?«

»Mike!«, zischte Rebecca.

»Was geht dich das an?«, fragte David mit einem aggressiv höhnischen Grinsen.

»Ja, was geht's dich an?«, echote Al.

»Halt dich da raus«, sagte Michael zu ihm.

»He, was für ein knallharter Bursche.« Al fing an, mit dem Finger auf Michaels Brust zu stoßen.

Michael lachte. Al sah ihn verdutzt an. Michael griff nach unten, packte Als Hoden und drückte fest zu. Al schrie auf und sackte zusammen. Michael stieß ihn zur Seite und starrte David an.

»Und? Versuchst du, witzig zu sein? Das kannst du gar nicht. Das einzig Witzige an dir ist deine Lächerlichkeit.«

242

»Mike!« Wieder Rebecca. Er ignorierte sie, sein Puls hämmerte. Langsam atmete er aus, versuchte, sich zu beruhigen.

Davids Schweinsaugen funkelten ihn drohend an. »Das hättest du nicht sagen sollen.« Er war mindestens zwölf Kilo schwerer als Michael, aber seine Kraft war durch den Alkohol beeinträchtigt. Michael stellte sich in Erwartung der unmittelbar bevorstehenden Auseinandersetzung etwas breitbeiniger hin.

»Ach, ja? Was willst du denn machen? Mich ohrfeigen, wie du's mit Emily getan hast? Machst du das auch mit anderen Mädchen?«

David zielte auf Michaels Kopf. Michael, sicher stehend, wich ihm mühelos aus und schlug dann die Faust zwei Mal in Davids Nieren. David brüllte auf, dann klappte er vor Schmerzen zusammen. Michael zog den Arm zurück, bereit, wieder zuzuschlagen.

»Mike! Hör jetzt auf!«

Rebecca packte seinen Arm; ihr Gesicht spiegelte äußerste Verlegenheit wider.

Alle starrten ihn an, Robert eingeschlossen, der mit verschränkten Armen in der Küchentür stand und sich gegen den Rahmen lehnte – ein breites Lächeln im Gesicht.

»Wir gehen«, sagte Rebecca zu Michael. Immer noch seinen Arm haltend, zog sie ihn zur Tür. Emily folgte ihnen.

Robert führte sie durchs Haus in ein leeres Zimmer, dann schloss er hinter ihnen die Tür.

»Es tut mir sehr Leid, Em«, sagte er. »Ich habe David nicht eingeladen. Ich weiß nicht, was er hier macht.«

»Lügner!«, brüllte Michael. »Du hast das geplant!«

»Nein, das stimmt nicht.« Robert sah Emily an. »Das glaubst du doch nicht, oder?«

Einen Moment starrte Emily Robert mit ausdruckslosem Blick an.

Dann schüttelte sie langsam den Kopf.

Robert drehte sich wieder zu Michael um. »Du solltest aufhören, mit wilden Beschuldigungen um dich zu werfen. Das macht dich zu einem ausgesprochenen Blödmann.«

Michael war immer noch wütend. »Dann stopft mir doch das Maul!«

»Mike, hör auf, bitte!« Rebecca klang verzweifelt.

»Ja, das wäre das Beste«, stimmte Robert ihr zu. »Du hast Emily schon genug aufgeregt.«

»Nicht *ich* hab sie aufgeregt.«

»Du hast gerade die Leute auf ihre Privatangelegenheiten aufmerksam gemacht. Ich an ihrer Stelle wäre ziemlich sauer.«

Seine Wut begann zu verrauchen. »Entschuldige, Em«, sagte er betreten.

»Keine Ursache«, erwiderte sie.

»Ich hoffe nur, es wird dir nicht den Rest der Party vermiesen«, meinte Robert.

»Ich halte es für das Beste, wenn ich jetzt gehe.«

»Nun, nach den Heldentaten unseres Rambo hier kann ich dir das nicht verübeln. Ich bring dich zur Tür.«

Emily ging an Michael vorbei. »Es tut mir Leid, Em«, sagte er. Sie gab keine Antwort.

Aber als sie die Tür erreichte, drehte sie sich noch einmal um, sagte »Danke« und lächelte ihn an.

»Warum musstest du so gewalttätig werden?«, wollte Rebecca wissen, nachdem sie allein waren.

»Er hat mich provoziert.«

»Du hättest dich nicht provozieren lassen dürfen. Gewalt führt zu nichts, außer dass man dich als Schläger abstempelt.«

»David ist ein Schläger. Wenigstens hole ich mir meine Kicks nicht, indem ich Frauen einschüchtere.«

Sie schien verzweifelt.

Robert betrat wieder den Raum. »Die arme Emily. Das hat sie wirklich nicht verdient.«

»Es reicht, Robert«, sagte Rebecca mit Nachdruck. »All diese geheuchelte Anteilnahme. Mir machst du nichts vor.«

Robert setzte eine beleidigte Miene auf. »Wie kannst du so etwas nur sagen. Du als meine kleine Schwester.«

»Du hast ihn ganz bewusst eingeladen. Das war ausgesprochen gemein! Was glaubst du, wie Emily sich gefühlt hat?«

244

»Wen interessiert das?«

»Dich sollte es interessieren.«

»Tja, tut's aber nicht.« Er schwieg kurz. »Und dich auch nicht.«

»Das stimmt nicht!«

»Hör doch mit dem Bockmist auf, Beck. Ich bin's, erinnerst du dich? Wenn hier einer rumheuchelt, dann doch wohl du. Hast du vergessen, wie sie uns schon als Kinder immer genervt hat? Der einzige Grund, warum wir sie überhaupt toleriert haben, war, dass Mum uns so nicht auf den Wecker ging.«

»Sie ist meine Freundin.«

»Du triffst dich doch nur aus schlechtem Gewissen mit ihr. Was für eine Freundschaft ist denn das?«

»Ich hab kein schlechtes Gewissen!«

»Doch, hast du, und das ist dumm. Ich hab keins, warum solltest du also?« Robert schnaubte verächtlich. »Manchmal denke ich, du solltest aufhören, die Märtyrerin zu spielen.«

»Vielleicht tut sie das«, mischte Michael sich ein. »Aber es ist immer noch besser, als absichtlich andere zu verletzen.«

»Wir sollten jetzt gehen«, warf Rebecca rasch ein. Er nickte.

»Dein Temperament ist ein echtes Problem, häh?«, sagte Robert hinterhältig.

»Du brauchst dir um mein Temperament keine Sorgen zu machen.«

»Oh, das tu ich aber. Ich muss ja schließlich an die Sicherheit meiner Schwester denken.«

»Ich bin nicht in Gefahr«, erwiderte Rebecca.

»Tatsächlich? Hast du schon vergessen, was auf Dads Party passiert ist? Stell dir nur vor, wenn du diejenige gewesen wärst, die's abgekriegt hätte.«

»Käm mir nie in den Sinn«, konstatierte Michael.

»Und außerdem«, fügte Rebecca hinzu, »hast du das eingefädelt. Genau wie heute.«

Ein bösartiges Funkeln trat in Roberts Augen. »Du musst wirklich noch lernen, dich besser zu beherrschen«, sagte er zu Michael. »Wenn du im Beruf was erreichen willst, brauchst du einen kühlen Kopf.«

Michael lächelte. »Danke, aber so verzweifelt bin ich nicht, dass ich von dir Ratschläge für meine Karriere brauche.«

Das Funkeln blieb. »Oh, aber der stammt nicht von mir, sondern von Max. Das hat er mir beim Essen erzählt, und wenn überhaupt jemand weiß, wie man beruflich Erfolg hat, dann doch wohl er.«

Michaels Lächeln verschwand. Er konnte nicht glauben, was er da eben gehört hatte.

»Ihr habt gemeinsam zu Mittag gegessen?«

Robert nickte. »Freitag. Er hat mich morgens angerufen, dann ist er mit mir in so ein schickes Thai-Restaurant gegangen. Übrigens ganz in der Nähe von deiner Kanzlei. Wir waren mehrere Stunden dort und haben uns prächtig unterhalten. Er wollte alles über meine Aussichten auf eine Partnerschaft wissen und sagte, er werde versuchen, mir ein paar Mandanten zuzuschanzen. Nächste Woche werden wir uns wieder zum Essen treffen, um die Sache noch ein wenig zu vertiefen.«

Das Gefühl, verraten und betrogen worden zu sein, war wie ein Tritt in den Unterleib. Max wusste genau, wie sehr er Robert hasste.

Er starrte zu Boden, war nicht sicher, ob er reden konnte.

»Wir gehen jetzt sofort«, verkündete Rebecca. Ihre Stimme klang schroff und duldete keinen Widerspruch.

Er folgte ihr aus dem Zimmer.

Zwanzig Minuten später saßen sie in einer überfüllten U-Bahn. Die Luft war abgestanden und zum Schneiden dick. Michael lief der Schweiß in Strömen vom Körper, die Kleider klebten ihm auf der Haut. Aber er bemerkte es kaum, weil er viel zu sehr mit Roberts Enthüllung beschäftigt war.

»Warum haben die beiden zusammen gegessen?«, fragte er zum dritten Mal.

Rebecca schwieg.

»Ich verstehe das nicht. Sie kennen sich doch überhaupt nicht.«

»Jetzt schon«, entgegnete Rebecca. Ihre Stimme war betont kühl.

Sie hielten in einem Bahnhof. Zwei weitere Passagiere stiegen

246

ein, dann setzte sich der Zug wieder in Bewegung. Das dumpfe Brummen der Maschine erfüllte das Abteil.

»Aber vorher kannten sie sich nicht. Warum sollte Max ihn einfach so anrufen?«

»Woher soll ich das wissen?«

»Viel Spaß dürften sie nicht miteinander gehabt haben. Schon möglich, dass Robert es anders schildert, aber ich glaube ihm nicht. Sie haben überhaupt nichts gemeinsam. Robert ist einfach kein Mensch, den Max mögen würde.«

Rebecca schwieg.

Der Zug hielt in einem Tunnel. Jetzt waren ihre Stimmen die einzigen Geräusche.

»Kannst du dir vorstellen, dass sich Robert mit Max versteht?«

»Halt endlich den Mund!«

Michael zuckte zusammen.

Rebecca hatte vor Wut einen hochroten Kopf.

»Max! Max! Max! Du redest in letzter Zeit nur noch von ihm. Ich kann seinen Namen nicht mehr hören! Ich weiß, dass er uns geholfen hat, und ich weiß auch, dass ich dankbar sein sollte, aber ich kann es nicht mehr ertragen, wie er sich in unser Leben drängt! Ich wünschte, er würde nach Budapest abhauen und uns endlich in Ruhe lassen!«

Die anderen Fahrgäste schauten angestrengt in ihre Bücher, auf ihre Schuhe oder auf die Reklame an der Wand. Ein Jugendlicher gab sich große Mühe, nicht zu kichern. Beschämt senkte Rebecca den Kopf.

Michael beobachtete sie. Urplötzlich kam sie ihm völlig fremd vor, wie jemand, den er zum ersten Mal sah.

Ein Gedanke schoss ihm durch den Kopf. Ein finsterer, beunruhigender Gedanke.

Wie gut kenne ich diesen Menschen wirklich?

Den Rest der Fahrt verbrachten sie schweigend.

Neun Uhr an diesem Abend. Der Verkehr, so laut auf der Streatham High Road, war kaum mehr als ein Flüstern in der ruhigen Seitenstraße, in der Emily wohnte.

Das Gebäude war eine Doppelhaushälfte aus edwardianischer Zeit. Früher hatte hier eine Familie gewohnt, jetzt war das Haus in sechs Wohnungen aufgeteilt, von der eine Emily gehörte.

Die Wohnung hatte keine Diele. Durch die Wohnungstür gelangte man gleich in ein Wohnzimmer, von dem aus eine kleine Küche, ein Bad und ein Schlafzimmer abgingen.

Emily saß auf dem Sofa im Wohnzimmer, hielt das Telefon in der Hand. Es dämmerte bereits, aber sie hatte kein Licht angemacht. Sie starrte aus dem offenen Fenster, beobachtete, wie sich die Nacht auf die Stadt senkte.

Langsam wählte sie eine Nummer und hielt den Hörer ans Ohr, wobei ihr Finger über der Unterbrechertaste schwebte, falls sich jemand meldete. Es klingelte sechsmal, hörte dann auf. Ihr Finger spannte sich an, doch sie hörte nichts außer dem Rauschen des Anrufbeantworters, gefolgt von einer kurzen, von einem Mann gesprochenen Mitteilung. Eine sanfte, freundliche Stimme, die ihr ins Herz schnitt wie eine Rasierklinge. Eine Erinnerung an das, wie ihr Leben einmal gewesen und wie es heute war, und an alles, was sie verloren hatte.

Sie legte den Hörer auf und fuhr sich mit einer Hand durchs Haar, das lang und füllig war. Die Haare ihrer Mutter. Sie war die Tochter ihrer Mutter. Das hatten die Leute immer gesagt, sprachen es aus, als sei dies ein Trost. Dabei hatte sie nur eine vage Erinnerung an sie und konnte sie nur in ihren Träumen klar sehen.

Ihr Blick wanderte durch das Zimmer. Es war einfach eingerichtet: billige Möbel, ein mattgrauer Teppich, weiße Wände. Spartanisch, aber ihres. Ein Ort, zu dem nur sie einen Schlüssel besaß, an dem ihre Geheimnisse verborgen blieben. Ein Ort, an dem sie nicht in ständiger Angst vor Entdeckung, Spott und Hohn leben musste. Von einem solchen Ort hatte sie in ihrer Kindheit immer geträumt, und nach allem, was sie durchmachen musste, war es tröstlich zu wissen, dass manche Träume doch in Erfüllung gingen.

Aber jetzt wurde ihr mit einem Mal bewusst, dass es doch nicht das war, was sie gewollt hatte. Es gab Zeiten, in denen sie in dieser winzigen Wohnung saß und das Gefühl hatte, sich in einer großen

248

Kathedrale zu befinden. An einem Ort, der weit und voller Schatten war, der die Anwesenheit eines anderen Menschen brauchte, um gefüllt zu werden.

Thoreau hatte geschrieben, dass viele Menschen ihr Leben in stiller Verzweiflung verbrachten. Ihr kam es mehr wie dumpfe Resignation vor. Sie war seit ihrem siebten Lebensjahr allein. Sie war es gewohnt, allein zu sein – das redete sie sich zumindest ein. Aber manchmal war das Gefühl der Leere wie ein Krebs, der langsam ihre Seele verzehrte, ihren Lebenswillen auffraß.

Sie hörte Lärm von oben. Ihre Nachbarn hatten Gäste. Sie starrte in die Dunkelheit und sehnte sich mit allen Fasern ihres Herzens nach einem Menschen, der zu ihr und zu dem sie gehörte. Du bist mein, und ich bin dein. Unsere Bande sind so alt wie die Welt und können nie gebrochen werden.

Wieder wählte sie die Nummer. Wieder der Anrufbeantworter. Sie lauschte der Stimme vom Band wieder und wieder, während sie beobachtete, wie die Farben am Himmel verblassten.

6. KAPITEL

Montagmorgen. Viertel vor zwölf. Rebecca hatte Spätschicht und ging den Strand entlang Richtung Chatterton's Buchhandlung.

Sie war aus West Hampstead gekommen. Susie, eine Schulfreundin, die bei einer Handelsbank arbeitete, war für einige Monate nach Madrid beordert worden und hatte Rebecca gebeten, während ihrer Abwesenheit nach ihrer Wohnung zu sehen.

Es war ein wunderbarer Julitag. Die Menschen schlenderten gemächlich durch die Straßen, genossen die Sonne. Rebecca gehörte nicht zu ihnen. Ihr gingen andere Dinge durch den Kopf.

Zum Beispiel Roberts Mittagessen mit Max.

Seit dem Barbecue hatte sie an nichts anderes mehr gedacht. Sie konnte die Vorstellung nicht ertragen, dass Max sich mit ihrem Bruder anfreundete. Es war schon schlimm genug, dass er in ihre Beziehung zu Michael eingedrungen war. Wollte er dies nun auch auf ihre Familie ausweiten?

Erfolg im Beruf bedeutete Robert sehr viel, und weil sie ihn liebte, wollte sie auch, dass er seine Ziele erreichte. Max war in der Lage, ihm dabei zu helfen. Sie hätte Dankbarkeit empfinden sollen und nicht diese beunruhigenden Gefühle wie Eifersucht, Ärger und Misstrauen.

Sie betrat die Buchhandlung, ging nach unten zur Garderobe im hinteren Teil des Ladens.

»Becky!«

Clare eilte mit einem breiten Lächeln auf sie zu.

»Was ist?«

»Komm, sieh's dir an.«

Sie folgte Clare ins Büro. Dort stapelten sich Kartons neuer Ware, die noch ausgepackt werden musste, und Dutzende Leseexemplare, die von enthusiastischen Verlagsvertretern zurückgelassen worden waren. In der Ecke stand ein Tisch. Darauf ein Computer.

Und daneben lag ein riesiger Strauß weißer Lilien.

Lilien waren ihre Lieblingsblumen. Einmal, nach einem besonders heftigen Streit mit Michael, hatte er ihr einen ähnlichen Strauß geschickt, mit einer Karte, auf der stand, wie Leid es ihm täte und wie sehr er sie liebte.

Das war vor vier Monaten gewesen. Seitdem hatten sie sich nicht mehr richtig gestritten. Bis jetzt.

Ein warmes Gefühl durchströmte sie. »Die sind wunderschön.«

»Und müssen ein Vermögen gekostet haben«, bemerkte Clare.

»Er hätte nicht so viel Geld ausgeben sollen.«

»Du scheinst nicht überrascht zu sein.«

Sie spürte, dass sie rot wurde. »Ein bisschen schon.«

»Jedenfalls nicht so wie ich. Gott, ich konnte es nicht fassen.« Clare errötete ebenfalls. »Meinst du, ich gefalle ihm?«

»Wem?«

»Mr. Somerton. Auf der Karte stand nur: ›Nochmals herzlichen Dank für meine neuen Mieter‹, aber es ist so ein üppiger Strauß, dass ich mich das einfach fragen musste.«

»Max hat dir den geschickt?«

Clare nickte. »Ich glaub zwar nicht, dass es so ist. Wir sind wahrscheinlich sowieso viel zu verschieden. Aber er hat seine Visitenkarte dazugesteckt, also ist es nicht unmöglich. Soll ich ihn anrufen?«

Sie schüttelte den Kopf.

»Doch, ich denke schon. Nur, um mich bei ihm zu bedanken.«

»Tu's nicht.«

»Aber er erwartet sicher, dass ich es tue. Warum sonst sollte er seine Karte dazulegen?« Clare kicherte wie ein Schulmädchen. »Er mag ja älter sein als ich, aber er hat auf jeden Fall die erotischste Stimme, die ich je gehört habe.«

Rebeccas Kopf dröhnte. Sie spürte, wie sich ein Druck hinter ihren Augen aufbaute.

»Ich hab den ganzen Nachmittag an ihn gedacht, als er mit dir ausgegangen ist, und mir gewünscht, ich wär an deiner Stelle.«

Wieder kicherte sie. »Ich *werde* ihn anrufen. Man kann ja nie wissen!«

»Ich sagte, tu's nicht!«

Clare zuckte zusammen.

»Das sind nur Blumen. Das bedeutet gar nichts. Glaub mir, du bist überhaupt nicht sein Typ, und wenn du ihn anrufst, machst du dich nur lächerlich.«

Clare wurde blass, ihre gute Laune verflüchtigte sich. Sie war gekränkt. »Ich verstehe.«

Rebecca schämte sich. Clare war eine gute Freundin und hatte es nicht verdient, dass man so mit ihr sprach. Außerdem war sie es gewesen, die ihnen die Wohnung besorgt hatte.

»Entschuldige, ich hab's nicht so gemeint. Aber er hat schon eine Freundin, und ich möchte nicht, dass du dir falsche Hoffnungen machst.«

Clare nickte. Der verletzte Ausdruck blieb. »Tja, es war ein hübscher Traum!«, sagte sie. »Ich mach jetzt besser mit der Arbeit weiter, bevor Keith noch darin ertrinkt.« Sie verließ das Büro.

Rebecca starrte zu Boden und hasste sich.

Und noch mehr hasste sie Max.

Aber auch das half ihr nicht, ihm zu entkommen. Nicht wenn es so leicht für ihn war, in jeden Bereich ihres Lebens einzudringen.

Sie betrachtete die Blumen. Obwohl immer noch in der Verpackung, durchdrang ihr Duft das Büro, stieg ihr in die Nase, vermittelte ihr das Gefühl zu ersticken.

Der Apennine Club befand sich in einem hohen, grauen Gebäude am Berkeley Square.

Es war ein Mitgliedern vorbehaltener Club mit Gästezimmern, einem Restaurant und einer Bar. Das Personal, ausnahmslos uralt, erfüllte seine Pflichten tadellos. Die meisten Mitglieder waren ausländische Geschäftsleute, die seinen altehrwürdigen Charme der unpersönlichen Effizienz eines modernen Hotels vorzogen. Max war vor zwanzig Jahren beigetreten, einfach, um Zugang zu einem Swimming-Pool in der Nähe seines Büros zu haben. Obwohl er schon lange alle Bindungen zu der Gegend abgebrochen hatte, mochte er den Club und behielt daher seine Mitgliedschaft bei.

Der Swimmingpool befand sich im Keller: ganz aus Stein und Marmor, wie ein Raum in einer römischen Villa. Auf dem Grund des Beckens zeigte ein Mosaik durch die Wellen springende Delfine. Michael saß am Beckenrand und versuchte, sie zu zählen, aber die Bewegungen anderer Schwimmer verzerrten das Bild.

Max pflügte weiter durch das Wasser, seine Bewegungen waren geschmeidig und kraftvoll. Michael fühlte sich ausgepowert und nicht in Form. So war es immer, wenn er schwimmen ging. Er legte mit großer Begeisterung los, schoss an jedem vorbei, verbrauchte seine Energie zu rasch, so dass er schließlich gezwungen war aufzuhören und zuzusehen, wie ältere Männer ihn in die Schranken wiesen. So wie Max jetzt.

Er zitterte. Der Keller war kaum beheizt, und er fror. Max kam zum Beckenrand und fragte: »Warum schwimmen Sie nicht?«

»Mir reicht's.«

»Kommen Sie. Wir machen ein Wettschwimmen über zwei Bahnen.«

Er schüttelte den Kopf.

»Keine Lust?«

»Nein.«

»Das wundert mich nicht.«

»Was soll das denn heißen?«

»Sie hatten schon miese Laune, als wir hergekommen sind. Was ist los?«

Das wäre einfach zu erklären gewesen, aber er wollte unaufgefordert ein Eingeständnis von Max, etwas Unrechtes getan zu haben. Das war zwar kindisch, aber so sah er das nun mal.

Er zuckte die Achseln.

»Kommen Sie schon. Nur zwei Bahnen. Anschließend können wir über das reden, was Sie beschäftigt.«

Zögernd ließ er sich wieder in das kalte Wasser gleiten und stieß sich dabei den Zeh an. Er zuckte vor Schmerz zusammen und fluchte leise.

»Fertig?«, fragte Max.

253

»Ja.«

»Sind zehn Sekunden genug?«

»Für was?«

»Ihren Vorsprung.«

»Ich brauche keinen Vorsprung.«

Max lächelte herausfordernd. »Sie glauben, Sie könnten mich ohne schlagen?«

»Locker.«

»Na schön, bei drei geht's los. Sie zählen.«

Sein Blick wanderte ans andere Ende des Beckens, und er empfand plötzlich das starke Bedürfnis zu gewinnen. Tief Luft holend stählte er sich. »Eins. Zwei. Drei!«

Er stieß sich kräftig ab, schwamm ein paar Meter unter Wasser, bevor er auftauchte und loskraulte. Schnell fand er seinen Rhythmus, atmete bei jedem vierten Zug, kam schnell voran und ließ Max hinter sich.

Am Ende der ersten Bahn wendete er mit einem Salto. Er bewegte sich zu schnell, das Blut schoss ihm in den Kopf, so dass ihm schwindlig wurde und er desorientiert war. Wieder versuchte er, seinen Rhythmus zu finden, aber er hatte einen Schwall Wasser geschluckt, und ihm war übel. Er verlor Tempo, sah Max gemächlich auf die Ziellinie zustreben, während er hinter ihm herhechelte, war wütend und fühlte sich gedemütigt.

»Sie hätten den Vorsprung halten sollen«, bemerkte Max, der kaum außer Atem war.

»Ich habe die Wende versaut.«

Wieder das gleiche provozierende Lächeln. »Das schmerzt, stimmt's? Sie sollten sich nicht so ereifern, Mike. Das ist nur ein Ablenkungsmanöver. Wenn man sich ereifert, verliert man den klaren Blick und wird verwundbar.« Max lächelte. »Was soll ich nur mit Ihnen machen? Sie lassen sich zu leicht provozieren. Aber das wissen Sie ja selbst.«

Allerdings. Das hatte Robert am Tag zuvor bewiesen.

»Ich brauch keine Belehrung, okay?«

Max pfiff leise. »Okay. Ich gehe mich jetzt umziehen. Machen Sie, was Sie wollen.«

Er kletterte aus dem Becken.

Die Umkleideräume waren fast leer. Nur zwei ältere Männer verstauten ihre Kleider in Spinden, bevor sie zum Pool gingen. Michael setzte sich und versuchte, seine Manschettenknöpfe zu schließen.

»Sie sollten mehr trainieren«, sagte Max, der bereits angezogen und aufbruchbereit war.

»Ach ja?«

»Sie ereifern sich schon wieder. Ganz ruhig. Es ist keine Kritik.«

»Sie kennen doch meine Arbeitszeiten.«

»Sie sollten sich trotzdem die Zeit dafür nehmen. Es ist schon richtig, was man sagt. In einem gesunden Körper steckt wirklich ein gesunder Geist.«

»Ist das noch so ein Spruch, den Sie mit Robert geteilt haben?«

»Aha, das ist also der Grund für Ihre Laune.«

Er zuckte die Achseln. Der Manschettenknopf wollte einfach nicht durchs Loch gehen.

»Hätte ich Ihnen vorher Bescheid geben sollen?«

»Mir doch egal, ist ja Ihr Leben.«

Max seufzte. »Ach, Michael…«

»Ach, hören Sie auf mit Ihrem ›Michael‹! Was glauben Sie denn, wie ich mich gefühlt habe, als ich es erfuhr?« Die Bockigkeit in seiner Stimme überraschte ihn selbst. Es war die gleiche Bockigkeit, die er manchmal bei Rebecca hörte, wenn sie mit ihren Eltern stritt, weil sie es immer wieder schafften, sie wie ein kleines Kind zu behandeln. Er hätte nie gedacht, dass er je einen solchen Tonfall anschlagen könnte.

»Sagen Sie's mir«, forderte Max ihn auf, und nahm ihm gegenüber auf einer Bank Platz.

»Wissen Sie's nicht?«

»Würde ich fragen, wenn es so wäre?«

Den ersten Manschettenknopf hatte er geschafft, nun richtete sich seine Aufmerksamkeit auf den zweiten. »Sie wissen, wie sehr ich ihn verabscheue.«

»Ich weiß auch, dass er Beckys Bruder ist. Ich mag sie sehr. Als ich sie zum Mittagessen eingeladen habe, hat sie mir von Roberts

255

beruflichem Vorwärtskommen erzählt. Ich verfüge über Beziehungen und sah eine Möglichkeit, ihm zu helfen.«

»Sie hat Sie nicht darum gebeten.«

»Nicht direkt.«

»Auch nicht indirekt.«

»Aber ich helfe ihm trotzdem. Ist das ein Verbrechen?«

Er antwortete nicht.

»Ist sie verärgert?«

Das war eine Untertreibung. Er wollte etwas sagen, überlegte es sich aber dann doch anders. Hier war Diplomatie angebracht. Er schüttelte den Kopf.

»Gut. Dann habe ich also das Richtige getan.«

Er holte tief Luft. »Sie hätten es mir sagen sollen. Robert hat mich mit der Neuigkeit auf der Grillparty überrascht, und ich wusste nicht, was ich davon halten sollte.«

»Nun, jetzt wissen Sie's.«

»Ja, jetzt weiß ich's.«

Er starrte zu Boden, wollte beruhigt werden, wusste aber nicht, wie er das bewerkstelligen sollte. Er beschloss, es auf die witzige Tour zu versuchen. »Und ich finde, es war sehr nobel von Ihnen. Es gibt kaum etwas Schlimmeres, als zwei Stunden mit Robert und seiner Selbstbeweihräucherung zu verbringen.«

»Sie sollten nicht so hart zu ihm sein. So schlimm ist er gar nicht. Ein bisschen zu selbstgefällig vielleicht, aber dennoch eine angenehme Gesellschaft.«

Die Worte saßen. »Besser als ich?«

»Angesichts Ihrer momentanen Laune, ja.«

»Sie kennen ihn nicht so gut wie ich.«

»Vielleicht werde ich ihn nach Mittwoch besser kennen.«

»Mittwoch?«

»Wir sind wieder zum Mittagessen verabredet.« Kurzes Schweigen. »Es sei denn, Sie erheben Einwände.«

Keine Antwort.

»Ich fasse Schweigen als Einwilligung auf.«

»Er benutzt Menschen.«

»Wir alle benutzen Menschen, Mike. Wissen Sie das nicht?«

Er kam sich naiv und weltfremd vor.

Sein Zeh tat immer noch weh. Er massierte ihn mit der Hand.

»Sie sollten was drauf tun«, sagte Max. Sein Ton war liebenswürdig.

»Werde ich, ja.«

»Noch heute Abend, okay? Passen Sie auf, dass er sich nicht entzündet.«

Nickend mühte er sich mit dem zweiten Manschettenknopf ab. Er fühlte sich müde und erschöpft, obwohl es dafür kaum Grund gab. Sein Arbeitstag war nicht sonderlich anstrengend gewesen; der Höhepunkt war ein weiterer SOS-Ruf von Alan Harris aus dem Rechtshilfebüro gewesen. Wieder ging es um eine Immobiliensache, die er an Nick Randall verwies. Aber Nick war beschäftigt gewesen und schlug vor, es an seine Seniorkollegin Catherine Chester weiterzugeben. »Wir können ihr vertrauen, Mike«, hatte Nick ihm versichert. »Sie wird die Katze nicht aus dem Sack lassen.«

Er hoffte, dass er Recht hatte, aber es erschien unwahrscheinlich, dass Cox Stephens Einwände erheben würde, sollte Nick sich irren.

»Jack war mir gegenüber in letzter Zeit irgendwie komisch«, sagte er.

»In welcher Hinsicht?«

»Er wirkt misstrauisch. Als mache er sich Gedanken, ich könnte mich bei Ihnen über ihn beschweren, falls er mich verärgert, und dass Sie ihn das dann spüren ließen. Wie dumm kann ein Mensch eigentlich sein?«

Max reagierte nicht. »Es ist doch dumm, oder nicht?«

»Sehr.«

Das war nicht die Antwort, die er hören wollte. Er schluckte seine Enttäuschung hinunter.

»Dachte ich's mir doch.«

Schweigen.

»Hören Sie«, sagte Max schließlich, »heute Abend ist etwas dazwischengekommen. Macht es Ihnen etwas aus, wenn wir das Abendessen ausfallen lassen?«

Es machte ihm etwas aus, aber er war zu stolz, es zuzugeben.

»Nein, natürlich nicht.«

»Wir verschieben das auf einen anderen Abend.«

»Klar.«

Sie verließen den Umkleideraum.

Als er den Berkeley Square überquerte, sah Michael einen roten Sportwagen herankommen.

Mr. Harrington hatte einen roten Sportwagen besessen. Er konnte sich noch gut daran erinnern, wie er vorn saß, das Dach offen und eine Tüte Süßigkeiten auf dem Schoß, wie er vor Aufregung schrie, als der Wind ihm ins Gesicht fuhr, während Mr. Harrington, ein großer Mann mit schütterem Haar und einem freundlichen Gesicht, ihn vom Fahrersitz aus anlächelte.

Viele Jahre hatte er nicht mehr an die Harringtons gedacht. Jetzt kamen sie ihm täglich in den Sinn. Er erinnerte sich an die Zuneigung und Sicherheit, die sie ihm gegeben hatten, und daran, wie ein anderer Junge namens Nigel aufgetaucht war und ihm alles weggenommen hatte.

Genau wie Robert ihm Max wegnehmen könnte.

Er sah dem Wagen nach, bis er aus seinem Blickfeld war.

Dienstag. Rebecca verließ mit Beginn ihrer Mittagspause Chatterton's.

Sie hatte sich in dieser Woche alle Mittagspausen für Einkäufe freigehalten, die Michaels Geburtstag betrafen. Nun war alles so weit erledigt.

Für den großen Tag, dem Donnerstag, hatte sie einen ruhigen, intimen Abend für sie beide geplant. Sie würde sich den Nachmittag freinehmen und die Zeit nutzen, um ein Thai-Curry vorzubereiten. Das Rezept schrieb so viel Chili vor, dass ihr Magen schon beim Gedanken daran revoltierte, aber da der Michaels aus Beton zu bestehen schien, war sie überzeugt, damit einen vollen Erfolg zu landen. Nach dem Essen und dem Auspacken der Geschenke würden sie den Abend mit einem Film abrunden. Sie hatte den ganzen letzten Samstag mit der Suche nach einer Videofassung von

Stroheims *The Merry Widow* mit der vom Unglück verfolgten Mae Murray in der Hauptrolle verbracht. Um fünf Uhr hatte sie schon aufgeben wollen, als sie das Video schließlich in einem winzigen Laden in einer Seitenstraße der Tottenham Court Road aufstöberte. Wenn Michaels Freude nur halb so groß war wie die ihre, dann fand das Geschenk garantiert großen Anklang.

Sie freute sich schon auf Donnerstag. Ihre einzige Sorge war, dass Max versuchen könnte, sich in den geplanten Ablauf zu drängen. Am Abend zuvor waren ihre diesbezüglichen Befürchtungen jedoch zerstreut worden. Michael war früher als erwartet in einer Laune nach Hause gekommen, die darauf schließen ließ, dass der Abend mit Max nicht sonderlich gut verlaufen war. Sie hatte nichts dazu geäußert, doch der Gedanke gefiel ihr.

Emily hatte am Montag Abend angerufen, weil sie Rebecca und Michael am Mittwoch zu einer Art Vorgeburtstagsfeier auf einen Drink einladen wollte. Rebecca hatte bereitwillig zugesagt, weil sie immer noch ein schlechtes Gewissen wegen des Vorfalls auf Roberts Grillparty hatte. Vielleicht würden sie ja Michaels Freund George bitten mitzukommen, denn das wäre endlich eine Gelegenheit, ihn Emily vorzustellen.

Sie überquerte den Trafalgar Square und ging weiter Richtung Piccadilly Circus. Das Wetter hatte deutlich abgekühlt, und es war angenehm, ohne besonderes Ziel die Straßen entlangzuschlendern. Doch als sie am Piccadilly Circus rechts in die Burlington Arcade einbog, erkannte sie, dass sie genau wusste, wohin sie ging.

Sie verließ die Arkaden und erreichte die Cork Street. In der Galerie Hampton Connaught wurde gerade ein polnischer Künstler ausgestellt, dessen Name zwar bekannt war, seine Arbeiten jedoch nicht. Einen Augenblick zögerte sie, dann ging sie hinein.

Die Galerie war praktisch leer. Die einzigen Anwesenden waren ein gut gekleidetes Paar mittleren Alters und eine attraktive junge Asiatin, die hinter einer Theke stand. Sie begann sich die Werke anzusehen, die an den Wänden hingen: düstere Acrylbilder auf Leinwand. Aus der Nähe schienen sie nichts weiter als willkürliche Formen zu sein, doch als sie einige Schritte zurücktrat, gewannen sie an Kontur und verwandelten sich in Visionen von aufregender Schönheit. Sie fühlte sich entmutigt vom Talent des Künstlers und fragte sich, wie wohl ihre eigenen, weniger innovativen Arbeiten wirkten, wenn sie an diesen Wänden hingen.

»Kenne ich Sie von irgendwoher?«

Das Mädchen an der Theke starrte sie an.

»Nein, ich glaube nicht«, erwiderte sie, stellte dann aber fest, dass auch sie dieses Mädchen schon einmal gesehen hatte. Aber wo?

Als Antwort sagte das Mädchen: »Waren Sie auf St. Martin's?«

»Ja.«

»Ich wusste doch, dass ich Sie kenne. Sie waren in einem der Kunstseminare. Ich auch, aber ein paar Semester unter Ihnen.«

Sie lächelte. »Die Welt ist klein.«

»Wie ist es Ihnen seit dem Examen ergangen?«

»Gut.« Sie hatte Hemmungen, die Ausstellung zu erwähnen. »Und Ihnen?«

»Ich male nicht mehr. Eines habe ich auf dem College gelernt, nämlich dass ich nie gut genug sein werde, um mir einen Namen zu machen.«

Sie war verlegen. »Tut mir Leid.«

»Nicht nötig. Ich war ohnehin nicht sonderlich engagiert.« Das Mädchen lächelte ebenfalls. »Ich heiße übrigens Indira.«

»Rebecca.«

»Aber nicht Rebecca Blake?«

Rebecca wollte schon ja sagen, war aber dann zu verlegen und antwortete: »Nein.«

»Kennen Sie sie?«

»Von früher, aber nur flüchtig. Warum?«

»Sie ist an einer Ausstellung beteiligt, die wir im Oktober zeigen.«

»Genau.« Rebecca hielt inne. »Sie hat sich ziemlich gut gemacht.«

Indira lachte. »So kann man es auch ausdrücken.«

»Wie meinen Sie das?«

Schritte vor der Galerietür. Zwei ältere Frauen standen davor und sahen sich die Werbeplakate an. Sie schienen zu überlegen, ob sie hereinkommen sollten, gingen dann jedoch weiter.

»Wie meinen Sie das?«, wiederholte sie ihre Frage.

»An der Ausstellung nimmt ein halbes Dutzend neuer Künstler teil. Fünf hatten wir aus der Jahresabschlussausstellung letzten Sommer verpflichtet, aber wir suchten noch einen sechsten.

Vor ein paar Monaten haben wir dann einige interessante Dias von einem Mädchen erhalten, das auf dem Slade studiert hat. Ich habe mir ihre Arbeiten angeschaut, und sie waren phantastisch. William Blake auf Acid, falls Sie sich das vorstellen können. Jedenfalls ist es mir gelungen, Richard, das ist der Galeriebesitzer, zu überzeugen, sich die Arbeiten selbst anzusehen, und er war genauso überwältigt wie ich, also fragten wir dieses Mädchen, ob es bei der Ausstellung mitmachen wolle, und natürlich hat es sofort zugesagt.

Dann, vor ein paar Wochen, hat eine Freundin von Richard ihren neuen Lover hergebracht. Wie sich herausstellte, war dieser so was wie ein Verwandter von Rebecca Blake. Ihr Schwiegervater, glaube ich. Wie auch immer, er wollte jedenfalls, dass sie an der Ausstellung teilnimmt. Wir haben uns ihr Zeug angesehen, das technisch schon gut war, aber überhaupt kein Talent erkennen ließ. Also sagten wir, wir hätten schon genug Leute für die Ausstellung.

Dann hat dieser Lover seine Brieftasche gezückt und uns einen Scheck angeboten, zahlbar am Tag nach Eröffnung der Ausstellung, als Gegenleistung für ihre Teilnahme. Außerdem garantierte er, dass sämtliche Gemälde, die wir von ihr ausstellten, verkauft würden, gleichgültig, was auf den Preisschildern stand. Das Endresultat war, dass das William-Blake-Mädchen abserviert wurde und Rebecca Blake an ihre Stelle trat.«

Rebeccas Kehle schnürte sich zusammen. »Wie hoch war der Scheck?«

»Ziemlich hoch.«

Sie griff eine Zahl aus der Luft. »Fünfhundert Pfund?«

Indira lachte. »Hängen Sie noch ein paar Nullen dran.«

»Sie machen Witze!«

»Ganz und gar nicht. Es ist dumm, sich darüber zu ärgern. Solche Dinge passieren eben. Ich hatte das Gefühl, ich hätte das William-Blake-Mädchen entdeckt, und sie meinte, dies wäre ihr großer Durchbruch. Es hat sie förmlich umgehauen, als es dann doch nichts wurde.«

»Kann ich mir vorstellen.«

»Ach, ja. Sie wird es eines Tages schon schaffen. Leute, die so gut sind, schaffen's eigentlich immer. Es macht mich nur krank, wenn Leute mit mäßiger Begabung mit den Geldscheinen wedeln, um sich nicht hinten anstellen zu müssen. Aber letzten Endes wollen wir ja alle Geld verdienen, und, wie Richard es ausdrückt, man schaut einem geschenkten Gaul nicht ins Maul.«

Rebecca nickte.

»Fehlt Ihnen was? Sie sehen ein bisschen blass aus.«

»Ich muss jetzt los. Tut mir Leid, dass ich Ihre Zeit in Anspruch genommen habe.«

»Das haben Sie nicht. Bleiben Sie noch, und trinken Sie einen Kaffee mit mir.«

Rebecca hörte nicht mehr auf sie, kämpfte um Beherrschung und verließ die Galerie.

Michael saß während der Zeit, in der Rebecca sich mit Indira unterhielt, an seinem Schreibtisch und wollte durch Willenskraft erzwingen, dass das Telefon klingelte.

Er hatte Max an diesem Morgen angerufen. Mr. László war am Apparat gewesen und hatte ihn davon in Kenntnis gesetzt, dass Max außer Haus sei, aber schon bald zurückerwartet werde. »Sobald er eintrifft, werde ich ihn bitten, Sie zurückzurufen«, hatte Mr. László versprochen. Doch das war inzwischen Stunden her.

Er ging zur Kaffeemaschine. Während er darauf wartete, dass das Wasser kochte, hörte er Jack Bennett seinen Namen rufen.

»Mike, ich habe hier einen Franchisevertrag von einem Mandanten in Bristol. Haben Sie Zeit, für mich einen Blick darauf zu werfen?«

»Klar.«

262

»Gut.« Jack gab ihm die Unterlagen. »Sonia hat eine neue Akte angelegt, also besorgen Sie sich die Details von ihr.«

»Okay.«

Jack drehte sich um. Überrascht von der schroffen Art ihrer Unterhaltung spürte Michael das Bedürfnis, sie zu verlängern.

»Ich habe gestern Max getroffen.«

»Wirklich?«

»Ja. Ich hab ihm Ihre Grüße ausgerichtet.«

»Danke.«

»Er grüßt zurück.«

Ein Nicken.

»Er war in Hochform.«

»Gut.«

»Wir sind in den Apennine Club gegangen. Wirklich ein ungewöhnlicher Ort, wie in den Romanen von Dickens.« Während er sprach, beobachtete er Jack aufmerksam, versuchte, seine Reaktion abzuschätzen. Bei ihrer letzten Unterhaltung war Jack darum bemüht gewesen, ihm alles recht zu machen. Dieser Eifer zu gefallen hielt sich jetzt eher in Grenzen. Oder war er nur paranoid?

»Wir haben uns blendend amüsiert.«

Jack sah auf seine Uhr. Diese Geste war wie ein Schlag ins Gesicht. Aber wenn er Max' Gunst verlor, konnte Jack es sich leisten, ein paar Schläge auszuteilen.

»Sind Sie schon mal dort gewesen? Es liegt direkt –«

»Hören Sie, Mike, es tut mir wirklich sehr Leid, aber ich muss gleich an einer Konferenzschaltung mit Chicago teilnehmen. Ich freue mich, dass Sie sich amüsiert haben. Könnten Sie mir Ihre Ausarbeitung zu dem Vertrag bis Donnerstag vorlegen?«

»Natürlich.«

Jack eilte davon.

Eine Konferenzschaltung. Das erklärte es also. Alles war, wie es sein sollte.

Und wieso hatte Max dann nicht zurückgerufen?

Weil er aufgehalten worden war. Er würde sich bald melden. Nichts hatte sich verändert. Überhaupt nichts.

Doch seine Besorgnis blieb.

Sechs Uhr. Rebecca betrat die Wohnung.

Als sie die Tür hinter sich schloss, holte sie tief Luft, atmete prüfend durch die Nase ein, schnupperte nach dem Geruch von Tabakrauch.

Das machte sie jetzt immer, wenn sie die Wohnung betrat. Suchte nach einem Hinweis auf seine Anwesenheit. Der Mann, der so freundlich zu ihr gewesen war. Der Mann, der ein Vermögen bezahlt hatte, um ihr zu helfen, ihre Wünsche zu verwirklichen. Der Mann, der Michael geblendet hatte und sich jetzt ihre Familie und Freunde vornahm. Der Mann, den sie mehr hassen gelernt hatte als je einen Menschen zuvor.

So konnte es nicht weitergehen. Sie musste etwas unternehmen. Aber was?

7. KAPITEL

Mittwochabend, Viertel nach sieben. Rebecca ging den Strand entlang zu einem Pub, wo sie sich mit Michael und Emily traf.

Sie beschleunigte ihre Schritte, wollte unbedingt pünktlich dort sein. Michael würde ein wenig später kommen, und so hatte sie Gelegenheit, Emily von ihrer Entdeckung in der Galerie zu erzählen.

Sie brannte darauf, es jemandem mitzuteilen. Ihre Eltern befanden sich im Urlaub, und Robert nahm sie seine plötzliche Freundschaft mit Max übel, so dass diese beiden Anlaufstellen ausfielen. Dann kam Emily, dann Lorna, aber keine von beiden war zu erreichen, als sie anrief.

Und damit blieb nur noch Michael. Unter normalen Umständen wäre er ihre erste Wahl gewesen. Aber die Situation zwischen ihnen war im Augenblick viel zu heikel. Sie wollte seinen Geburtstag dazu nutzen, die Risse in ihrer Beziehung zu kitten, dies aber auf keinen Fall gefährden, indem sie ihm etwas erzählte, was er nur als weiteren Beweis für Max' Großzügigkeit interpretieren würde.

Immer vorausgesetzt natürlich, dass er es nicht ohnehin schon wusste.

Also würde sie Emily ihr Herz ausschütten, was ihr nicht ganz leicht fiel. Sie war so stolz gewesen, dass man ihre Arbeiten für überzeugend genug hielt, um sie in eine angesehene Ausstellung aufzunehmen. Jetzt würde sie zugeben müssen, dass das Einzige, was überzeugt hatte, Max' Brieftasche gewesen war.

Aber sie hatte auch Angst und musste sie mit jemandem teilen.

Sie betrat das Pub, ein riesiges gotisches Gebäude mit einer hohen Gewölbedecke und einer dunklen, düsteren Einrichtung, das vorher als Bank fungiert hatte. An der Theke wimmelte es von Yuppies, die allesamt mit den Erfolgen des vergangenen Tages prahlten. Sie entdeckte Emily, dann sah sie, dass auch Michael schon da war.

»Em hat Champagner spendiert«, sagte er und reichte ihr ein Glas.

Sie bedankte sich bei Emily. »Ich dachte, du kämst später«, sagte sie zu Michael.

»Meine Besprechung wurde abgesagt.« Er leerte das Glas und schenkte sich nach. »Hast du heute Nachmittag mit Robert gesprochen?«

»Warum?«

»Nur so.«

»Nein, hab ich nicht.«

Er wirkte enttäuscht. Robert hatte an diesem Tag mit Max die Verabredung zum Essen, und sie wusste, dass ihn der Gedanke daran beunruhigte. Sie beunruhigte er auch.

»Ziemlich voll hier«, bemerkte Emily.

Rebecca beobachtete, wie Michael das zweite Glas hinunterkippte. Es war ungewöhnlich für ihn, so schnell zu trinken.

»Und laut ist es auch«, fuhr Emily fort.

»Wir könnten ja woanders hingehen«, schlug Rebecca vor.

»Ich hab dem Barkeeper gesagt, wir feiern einen Geburtstag vor, und er hat gemeint, es gebe einen separaten Raum, den wir benutzen könnten. Sollen wir uns den mal ansehen?«

»Okay.«

Sie gingen in den hinteren Teil des Lokals zu einer Tür in einer kleinen Nische. Rebecca folgte Emily in einen stockfinsteren Raum. »Em, bist du sicher, dass dies richtig ist?«

»Überraschung!«

Das Licht flammte auf.

Sie schaute sich um und konnte einfach nicht glauben, was sie sah.

Der Raum, beherrscht von einem riesigen Esstisch, war voller Leute. In der Menge entdeckte sie Clare, Lorna und ihren Freund Phil, ihre Collegefreundin Liz mit deren Freund John, Michaels Schulfreund George, seinen Collegefreund Tim, seinen Arbeitskollegen Stuart und dessen Freundin Helen.

Und genau in der Mitte stand Max.

266

Mit einem breiten Lächeln trat er auf sie zu. Rebecca, überzeugt, dass er sie umarmen würde, unterdrückte den Impuls zurückzuweichen. Doch er küsste Emily auf die Wange. »Vielen Dank für die Hilfe. Ohne Sie hätte ich das nie geschafft.«

»Du wusstest davon?«

Sie klang hysterisch, und hastig schlug sie einen anderen Ton an. »Ich meine, du hättest ja auch was sagen können.«

Emily sah verlegen aus. »Das hätte doch die Überraschung verdorben.«

»Allerdings«, stimmte Max zu. »Ich wollte etwas zu Mikes Geburtstag machen, erinnerte mich dann aber daran, dass er sagte, Sie beide müssten Ihre Verlobungsparty noch feiern. Also dachte ich, nutze ich den Anlass für eine doppelte Feier und überrasche Sie. Ich hoffe, Sie haben nichts dagegen.«

Plötzlich war Rebecca nach Lachen zu Mute. Natürlich hatte es keine Verlobungsparty gegeben. Michael konnte Partys nicht ausstehen. Er würde das alles hier noch mehr hassen als sie. Sie drehte sich zu ihm und dankte Gott im Stillen dafür, dass Max den Bogen endlich überspannt hatte.

Aber dann blieb ihr das Lachen im Hals stecken.

Michaels glückliches Gesicht wirkte beinahe peinlich auf sie. Wie ein kleines Kind an Heiligabend. Die Party war ihm im Grunde egal, für ihn zählte nur die Person des Gastgebers.

»Ich weiß nicht, was ich sagen soll«, meinte er verlegen.

»Nicht nötig, was zu sagen«, erwiderte Max freundlich. »Genießen Sie einfach den Abend.«

»Und tu uns bitte den Gefallen«, fügte George hinzu, »und rede nicht über Stummfilme.«

Einige lachten.

»Oder über Gesellschaftsrecht«, fügte Stuart hinzu.

»Ach, ihr könnt mich alle mal!«, sagte Michael. Auch er lachte.

Alle lachten jetzt. Es tat Rebecca in den Ohren weh. Sie stand neben Michael, umgeben von ihren Freunden, und kam sich vor wie ein Märtyrer, der den Löwen zum Fraß vorgeworfen wurde. Am liebsten wäre sie gegangen, aber das war nicht möglich, da sie einer der Ehrengäste war.

Sie setzten sich. Auf jedem Teller standen geprägte Namensschildchen. Sie fand sich zwischen Stuart und Lornas Freund Phil wieder. Neben Phil saßen Lorna, dann Max, dann Clare. Michael thronte am anderen Ende, flankiert von Emily und Max' Freundin Caroline.

Emily saß neben George. Rebecca hätte sich nie träumen lassen, dass die zwei sich unter solchen Umständen kennen lernten.

Von Robert keine Spur. Vielleicht war er nicht eingeladen worden, oder er hatte sich beim Mittagessen übernommen.

Ein Kellner erschien mit den Vorspeisen. Das Pub servierte ein Essen, das mit vielen teuren Restaurants in der Stadt mithalten konnte. Sie stocherte in ihrem Räucherlachs herum, versuchte, freundlich zu lächeln und glücklich auszusehen. Der Alkohol floss in Strömen: Champagner, guter Wein und Spirituosen für diejenigen, die etwas Stärkeres wollten. Sie beobachtete, wie George zuerst Emily, dann Michael und Caroline einen Witz erzählte. Michael sah so entspannt und glücklich aus wie selten. Dafür hasste sie ihn.

Caroline musterte sie. Ihr Blick war sowohl neugierig als auch verständnisvoll. Vielleicht spürte Caroline, wie sehr sie dies alles verabscheute. Vielleicht verabscheute Caroline es ebenfalls.

Die leeren Vorspeisenteller wurden abgeräumt. Während sie auf das Hauptgericht warteten, steckte sich Max eine Zigarre an. Dichter, dunkler Rauch trieb in Schwaden durch die Luft. Instinktiv hielt sie den Atem an und versuchte, den Geruch auszusperren. Den Klang seiner Stimme jedoch konnte sie nicht ignorieren.

Er war ein fabelhafter Gastgeber: ein Meister darin, die ganze Gesellschaft zu unterhalten. Er wechselte mit jedem ein paar Worte, lächelte dabei so warmherzig, dass sich jeder Angesprochene als etwas ganz Besonderes vorkam. Er erkundigte sich bei Lorna und Phil nach ihren beruflichen Zielen, hörte aufmerksam zu, gab gute Ratschläge und machte dazwischen immer wieder Scherze, bezauberte beide. Lorna, die ihr einmal geraten hatte, Max aus ihrem Leben zu verbannen, fraß ihm jetzt aus der Hand. Dann richtete er seine ganze Aufmerksamkeit auf Clare und entlockte ihr das gleiche verliebte Kichern, wie es seine Blumen bereits getan hatten.

Das Hauptgericht kam. Ente in einer gehaltvollen Soße. Sie versuchte zu essen, hatte aber den Geruch von Zigarrenrauch auf ihrer Zunge. Das Essen schmeckte nach Asche, und ihr war übel. Erst Viertel vor neun. Es konnte noch stundenlang dauern. Sie wusste wirklich nicht, ob sie das durchhielte.

Die Teller wurden abgeräumt. Sie legte eine Serviette über den ihren, um zu verdecken, wie wenig sie gegessen hatte. Ihr drehte sich der Magen um. Nachdem sie ein Glas Mineralwasser getrunken hatte, atmete sie tief ein und aus, versuchte, sich zu beruhigen. Obwohl die Fenster offen standen, schien die Luft bewegungslos und drückend. Sie war drauf und dran, auf die Toilette zu flüchten, als Max sich erhob. Es trat sofort Ruhe ein.

Er räusperte sich. »Bevor wir zum Dessert kommen, möchte ich noch ein paar Worte sagen.« Er lächelte. »Und ich meine, ein paar, also ist es wirklich nicht erforderlich, nach den Messern zu greifen.«

Allgemeines Gelächter am Tisch.

»Ich hatte leider nicht das Vergnügen, Becky und Mike schon sehr lange zu kennen, aber Sie werden mir sicher zustimmen, wenn ich sage, dass man nicht lange braucht, um festzustellen, was für ein besonderes Paar sie sind.«

»Hört, hört!«, rief George. Gutmütiger Applaus ertönte.

»Im Verlauf unserer kurzen Bekanntschaft sind mir beide sehr ans Herz gewachsen, und als Zeichen unserer Freundschaft habe ich ein kleines Geschenk für sie.« Er griff in seine Jackentasche und nahm einen schmalen weißen Umschlag heraus.

»Es ist ein Abonnement des *Corporate Lawyer Weekly*!«, rief Stuart.

Wieder Gelächter, inzwischen heiser vom Alkohol. Rebecca starrte auf den Tisch und fürchtete sich vor dem, was nun kam.

»Becky«, fuhr Max fort, »ich denke, Sie sollten dies öffnen.«

Ihr sträubten sich die Haare. Langsam hob sie den Kopf. Max hielt ihr den Umschlag hin, schenkte ihr das gleiche zwanglose Lächeln, an das sie sich von ihrer ersten Begegnung erinnerte. Sie zwang sich, eine angemessen freundliche Miene aufzusetzen. Hass brannte in ihr wie ein loderndes Feuer.

Sie nahm den Umschlag und riss ihn auf. Darin befand sich ein einzelnes Blatt Papier, eine Art gedruckte Quittung.

»Was ist es, Beck?«, fragte Michael.

Alle Blicke waren auf sie gerichtet, und ihr stach nur das Wort »Bestimmungsort« ins Auge.

»Ja, was ist es?«, fragte jemand anderer.

»Ich weiß nicht genau.«

»Dann lassen Sie es mich erklären«, sagte Max. »Es ist eine Buchung für einen dreiwöchigen Urlaub auf den Fidschiinseln. Zeitlich nicht begrenzt, so dass Sie reisen können, wann immer Sie wollen. Ich weiß, wie sehr Sie diesen Teil der Welt sehen möchten, und hoffe, die Wirklichkeit ist genauso wundervoll, wie Sie es sich wünschen.«

Einen Moment lang herrschte Stille. Dann begannen die Leute zu applaudieren. »Phantastisch!«, rief jemand.

Und das war's. Das perfekte Geschenk. Sie hätte sich nichts Schöneres wünschen können.

Außer, ihr Leben zurückzubekommen.

Sie sah Michael an, hoffte auf ein Zeichen von Protest. Betete darum.

Aber da war nichts. Er blickte Max in tiefster Dankbarkeit an.

»Freuen Sie sich?«, fragte Max ihn.

Oh, Michael, sag etwas. Sag ihm, er soll aus unserem Leben verschwinden.

Michael nickte.

Max wendete sich an Rebecca. »Und was ist mit Ihnen?«

Sie starrte das Papier an, die Schrift verschwamm vor ihren Augen. Ein schlichtes »vielen Dank« würde genügen, aber sie brachte es nicht über sich, diese Worte auszusprechen.

Lorna griff über den Tisch, stieß sie in die Seite und meinte: »Was sagst du dazu, du Glückspilz?« Lorna, ihre Freundin seit frühester Kindheit. Lorna, die behauptet hatte, ihre Gefühle Max gegenüber zu verstehen.

Lorna, die Max mit seinem Lächeln und ein paar gut gewählten Worten auf seine Seite gezogen hatte.

Genau wie er Michael, Robert und Emily für sich gewonnen hatte.

So wie er jeden für sich gewinnen konnte.

Sie drehte durch.

»Das können Sie nicht tun!«

Sie stand auf und zerriss die Buchung.

»Sie können sich nicht einfach so in unser Leben drängen! Für wen halten Sie sich eigentlich?«

Alle hielten den Atem an. Max' Lächeln verschwand. »Es tut mir sehr Leid –«, begann er.

»Wir wollen Ihre Entschuldigungen nicht! Wir wollen Ihre Geschenke nicht! Wir wollen nur, dass Sie endlich aus unserem Leben verschwinden!«

»Wir?« Max drehte sich zu Michael um. »Wollen Sie das auch, Mike?«

Michael starrte auf den Tisch. Sein Gesicht war kreidebleich.

»Wenn das so ist, dann müssen Sie es nur sagen.«

»Sag es ihm, Mike!«

Michael hob den Kopf. Ihre Blicke begegneten sich.

Dann schüttelte er den Kopf.

Sein Blick war vorwurfsvoll, so wie die Blicke der anderen. Alle starrten sie schockiert an. Welche Unhöflichkeit angesichts dieser Großzügigkeit!

Unfähig, ihre Verdammung länger zu ertragen, stürmte sie aus dem Raum.

Sie betrat die Wohnung und ließ sich auf die Couch fallen. Langsam atmend versuchte sie, ihre Beherrschung wiederzufinden. Aber schon bald war sie in Tränen aufgelöst.

Die Zeit verstrich. Schließlich hörte sie einen Schlüssel im Schloss. Michael stand vor ihr, sein Gesicht immer noch so vorwurfsvoll wie im Pub.

»Geh«, sagte sie. »Geh zurück zu deiner Party. Da willst du doch sein.«

»Es war unsere Party, nicht nur meine, und dein Ausbruch hat sie beendet. Was ist nur in dich gefahren, dich so unmöglich aufzuführen?«

»Du bist hier derjenige, in den was gefahren ist.«

»Wovon redest du eigentlich?«

»Von Max. Er hat dich um den kleinen Finger gewickelt. Du bist so geblendet von ihm, dass du nicht mehr sehen kannst, was er tatsächlich im Schilde führt.«

»Er führt überhaupt nichts im Schilde. Er ist unser Freund.«

Sie stand auf. »Ach, Mike, warum kannst du es nur nicht sehen? Du bist Max doch völlig gleichgültig. Für ihn bist du nur eine Marionette. Jemand, an dessen Fäden er gern zieht.«

»Das stimmt nicht!«

»Doch, es stimmt! Dieser Mann befindet sich auf einem abartigen Machttrip. Er setzt sein Geld und seinen Charme ein, um sich in das Leben von Leuten einzukaufen, und dann fängt er an, mit ihnen zu spielen.«

»Scheiße!«

»Es passiert schon. Er bringt uns gegeneinander auf. Jetzt versucht er, mich gegen Robert aufzubringen. Gott allein weiß, was er als Nächstes vorhat.«

»Er hat mich nicht gekauft!«

»Mach dir doch nichts vor, Mike. Soweit es ihn betrifft, sind wir alle käuflich. Wenigstens war ich teuer. Fünfzigtausend Pfund. So viel wird meine Ausstellung kosten.« Sie sah, wie er sie mit großen Augen anstarrte. »Das wusstest du nicht, was? Tja, es ist aber die Wahrheit. Frag die Galerie, falls du mir nicht glaubst. Robert wird auch nicht billig sein. Die Einführungen werden gut sein müssen, wenn er als Partner aufgenommen werden soll. Clare war billig. Nur ein großer Strauß Blumen. Aber mit dir hat er wirklich ein absolutes Schnäppchen gemacht, stimmt's? Nicht nötig, auch nur einen einzigen Penny auszugeben. Dein Preis war ein bisschen das Köpfchen tätscheln und die Erlaubnis, ihn Daddy nennen zu dürfen!«

Seine Wangen wechselten die Farbe, als wäre er geschlagen worden.

272

Sie schämte sich unendlich. Noch vor zwei Monaten wäre sie zu einer solchen Gemeinheit nicht fähig gewesen. Aber seitdem hatte sich eine Menge verändert.

Er drehte sich um und verließ das Zimmer.

Sie rannte ihm nach. »Mike, warte.«

Er ignorierte sie.

»Es tut mir Leid.«

»Es tut dir Leid?« Er drehte sich um. »Glaubst du, das macht es wieder gut?«

»Es macht mir Angst, was er mit uns tut.«

»Er tut überhaupt nichts!«

»Doch. Sieh uns nur an. Wir gehen uns bloß noch an die Gurgel. So waren wir nicht, bevor wir ihn kennen gelernt haben.«

»Und wessen Schuld ist das? Wessen Eifersucht ist dafür verantwortlich?«

»Was sagst du da? Es geht hier nicht um mich, es geht um ihn!«

»Ach, ja?«

Sie schluckte.

»Du bist so eine Heuchlerin. Du hattest immer Menschen, die dich liebten. Deine Eltern, deinen Bruder, deine Großeltern, deine Tanten. Die Liste ist schier endlos. Der einzige Mensch, den ich habe, bist du. Bevor ich dich getroffen habe, gab es niemanden. Du hast mir doch immer gesagt, wie sehr du dir wünschst, dass es noch jemanden gebe, dem ich auch etwas bedeute. Nun, jetzt ist so jemand aufgetaucht, und du kannst es nicht ertragen, oder?«

Sie schüttelte den Kopf.

»Dieser Mann behandelt mich wie einen Sohn. Verstehst du nicht, was das für mich bedeutet? Kannst du dir nicht vorstellen, wie ich mich dabei fühle?«

»Natürlich tu ich das!«

»Und warum kannst du dich dann nicht für mich freuen? Warum musst du alles kaputtmachen?«

»Weil dieser andere Max ist! Ich gebe zu, ich war zuerst eifersüchtig. Du kannst mich dafür ruhig verachten, denn ich hab's verdient. Aber jetzt geht es hier nicht mehr um Eifersucht. Du sagst, Max ist unser Freund, aber du irrst dich. Er ist an Freundschaft nicht interessiert, er interessiert sich einzig und allein für Kontrolle.«

»Das stimmt doch nicht.«

»Wir müssen uns von ihm lösen, Mike. Bevor wir zu tief drinstecken.«

»Niemals.«

»Wir müssen.« Sie fuhr sich mit einer Hand durchs Haar. »Ich weiß, was du für ihn empfindest, und ich will dir nicht wehtun, aber wir haben keine andere Wahl. Dieser Mann ist gefährlich, und ich will, dass er aus unserem Leben verschwindet.«

Er schüttelte den Kopf. »Du verstehst das total falsch. Du bist paranoid!«

Ihr Blick war kalt. Sie wusste, dass keine Hoffnung bestand, vernünftig mit ihm zu reden.

Aber es gab keine andere Möglichkeit.

Einen Moment zögerte sie. Wenn sie diese Brücke überquerte, dann gab es kein Zurück mehr. Aber es war der einzige Trumpf, den sie noch hatte.

»Vielleicht bin ich paranoid«, sagte sie langsam. »Aber Tatsache bleibt, ich möchte, dass wir nichts mehr mit ihm zu tun haben. Wenn du nicht der gleichen Meinung bist, werde ich dich verlassen.«

»Was redest du da?«

»Er oder ich. Es ist allein deine Entscheidung, Mike. Beide kannst du nicht haben.«

Er wurde blass. »Ich glaub dir nicht.«

»Bleib hier, wenn du willst. Lass Max seine Klauen weiter in dich schlagen. Aber ich packe meinen Kram und verlasse noch heute Nacht diese Wohnung, und wenn du nicht mit mir kommst, dann ist es endgültig zwischen uns aus.«

»Das meinst du doch nicht wirklich.«

»Wart's ab.«

Sie ging, ihr Herz klopfte. In ihrem Kopf hörte sie Emilys Warnung, dass diese Entscheidung ihr Untergang sein würde.

»Becky!«

Sie holte einen Koffer aus dem Schrank im Bad.

Er folgte ihr in das Zimmer. »Was machst du da?«

»Wonach sieht es denn aus?« Sie zog eine Schublade auf und nahm einen Stapel Pullover heraus.

»Hör auf. Das ist nicht witzig.«

Sie begann, die Pullover in den Koffer zu packen. »Ich bleibe bei Susie, bis ich etwas anderes finde. Ich werde dir die Adresse geben, damit du mir die Post nachschicken kannst.«

»Das kannst du mir nicht antun!«

»Doch. Ich sehe wirklich nicht, warum du so bestürzt tust. Du hast doch jetzt Max, und ganz offensichtlich ist er ein erheblich besserer, edlerer Mensch, als ich es je sein könnte. Ich bin überzeugt, er wird ausgesprochen nett und lieb zu dir sein, bis du ihn langweilst, bis er dich satt hat und jemand anderen sucht, dessen Leben er auf den Kopf stellen kann.«

Er packte ihren Arm. »Becky, bitte, geh nicht. Wir können das regeln. Ich werde mit ihm reden, ihn bitten, sich zurückzuziehen und dich nicht so zu bedrängen. Er wird das verstehen. Ganz bestimmt.«

»Dafür ist es jetzt zu spät, Mike. Komm mit mir. Ich liebe dich, und ich will, dass wir beide zusammen bleiben, aber solange dieser Mensch in unserem Leben ist, wird unsere Beziehung nicht halten. Wir müssen uns von ihm befreien. Es ist die einzige Möglichkeit.«

Er starrte zu Boden.

»Ruf ihn jetzt an, Mike. Sag ihm, wozu wir uns entschlossen haben. Dann können wir gehen.«

Zuerst reagierte er gar nicht. Sie beobachtete ihn, kämpfte gegen das Bedürfnis an, laut loszuschreien.

Dann, ganz langsam, schüttelte er den Kopf.

»Na, schön.« Sie zog ihren Verlobungsring ab und gab ihn ihm. »Den nimmst du besser.«

»Okay! Du hast gewonnen. Ich werd's tun. Ich werde ihn anrufen.«

Er hatte Tränen in den Augen. Sie legte eine Hand auf seinen Arm. »Es ist das Richtige, Mike. Du wirst sehen.«

»Tu's nicht«, sagte er. »Tu's bitte nicht. Nicht jetzt.«

Er verließ das Zimmer. Sie hörte, wie er den Hörer abnahm und eine Nummer wählte. Sie blieb, wo sie war, und steckte den Verlobungsring wieder an ihren Finger. Sie hatte gepokert, und sie hatte gewonnen. Er hatte sich für sie und gegen Max entschieden.

Aber dafür wird er mich hassen. So sehr, dass es ihn am Ende doch vertreiben könnte.

Das würde nicht geschehen. Sie durfte es nicht zulassen. Sie waren stark, und sie würden das durchstehen.

Oder nicht?

Es war warm im Zimmer, und trotzdem fröstelte sie.

Ihre Ängste beiseite schiebend, begann sie, für sie beide zu packen.

8. KAPITEL

Ein ruhiger Montagmorgen, zwölf Tage nach der verhängnisvollen Party. Michael kehrte nach einer internen Besprechung an seinen Schreibtisch zurück.

Sein Anrufbeantworter enthielt drei Nachrichten, zwei von Mandanten, die dritte von Rebecca. Sie hoffte, sein Tag lief gut, und versprach, zum Abendessen einen Hühnchenschmortopf zu machen – ein Essen, das sie verabscheute, aber eine seiner Lieblingsspeisen war. Das jüngste Friedensangebot. Sie sprach schnell und mit diesem übertrieben fröhlichen Ton, der auf Nervosität hindeutete, bat ihn um Rückruf, sobald er Zeit hätte. Die hatte er im Moment, allerdings machte er keine Anstalten anzurufen.

Kate Kennedy tauchte auf und wollte wissen, wie Stuart mit den Musterformularen vorankam. Sie blieb einen Moment, um einen kurzen Plausch mit Michael zu halten. Sie war ihm gegenüber noch genauso herzlich wie zwei Wochen zuvor. Er war in der Stimmung, ihr zu sagen, dass sie sich keine Sorgen mehr machen müsse, denn er sei nicht mehr die einflussreiche Person, für die sie ihn wohl noch immer hielt.

Sämtliche Partner behandelten ihn weiterhin mit Vorsicht. Das war das eigentlich Seltsame. Ende letzter Woche hatte Jack Bennett ihn in sein Büro gerufen und ihm mit einem wohlwollenden Lächeln mitgeteilt, dass eine neue Sache hereingekommen sei, bei der er behilflich sein konnte. »Dabei werden Sie ausgezeichnete Erfahrungen sammeln können«, hatte Jack gesagt, »und es wird Ihr berufliches Wissen erweitern.« Er hatte versucht, begeistert zu wirken, während er sich fragte, wie viel Jack wusste.

Vielleicht wusste er gar nichts, und Max hatte für sich behalten, was geschehen war.

Er dachte an das Telefongespräch an diesem schrecklichen

Abend: Wie er versucht hatte, die richtigen Worte zu finden, um die Situation zu erklären. Aber er hätte gar nichts zu sagen brauchen, Max wusste bereits, was kam, und wollte es ihm leicht machen, reagierte mit ruhiger Würde, entschuldigte sich, dass sich alles so unschön entwickelt hatte und wünschte ihm viel Erfolg für die Zukunft.

»Sie müssen wegen dieser Sache kein schlechtes Gewissen haben, Mike«, hatte er abschließend gesagt. »Mir war klar, dass unsere Freundschaft nicht ewig dauern konnte. Jetzt ist es an der Zeit weiterzuziehen.« Vielleicht hatte er Recht.

Aber seine Empfindung war eine andere.

Kate ging. Stuart, die einzige andere Person aus der Kanzlei, die auf der Party gewesen war, starrte ihn gespannt an. Michael wollte ihm schon vorschlagen, gemeinsam zu Mittag zu essen, als Kim hereinkam, um ihm zu sagen, dass Peter Brown am Empfang wartete.

»Wer?«

»Peter Brown.«

Er schaute in seinen Terminkalender, aber da war kein entsprechender Eintrag. »Sind Sie sicher, dass er mit mir verabredet ist?«

»Er schien davon auszugehen, dass Sie ihn erwarten.«

»Für wen arbeitet er?«

»Keine Ahnung. Er sagte, es sei privat, nichts Geschäftliches.«

Der Empfangsbereich war voller Leute, die Zeitung lasen oder in ihre Mobiltelefone sprachen. Er fragte die Empfangssekretärin nach Peter Brown, und sie deutete auf einen etwa fünfundzwanzigjährigen Mann in einem teuren Anzug mit Weste, der auf einem Stuhl saß und in einem Taschenbuch las. Michael ging zu ihm. »Ich bin Michael Turner.«

Peter stand auf, lächelte und gab ihm die Hand. »Freut mich, Sie kennen zu lernen.« Er war groß und blond. Gut aussehend, wie die Models in *Gentlemen Quarterly*. »Tolles Büro hier.«

»Ja, ist schon okay. Hören Sie, es tut mir sehr Leid, aber –«

»Sie haben nicht viel Zeit«, versuchte Peter den Satz für ihn zu beenden. »Nun, hier ist es also.« Er reichte Michael das Taschenbuch, in dem er gelesen hatte: eine Sammlung Gespenstergeschichten von M. R. James. »Ich mag dieses Zeug auch. Haben Sie schon mal Sheridan Le Fanu gelesen?«

»Warum geben Sie mir das?«

»Sie haben es zurückgelassen, als Sie ausgezogen sind.«

Er war verwirrt. »Sie wohnen in Camberwell?«

»Pelham Gardens. In Max Somertons Wohnung.«

»Er hat schon einen neuen Mieter?« Es gab keinerlei Grund dafür, aber dennoch fühlte er sich verraten.

Peter nickte. »Wir sind am Sonntag eingezogen.«

»Wir?«

»Jenny und ich. Jenny ist meine Verlobte. Hat Max Ihnen nicht von uns erzählt?«

»Nein.«

»Das erklärt es.« Peter lächelte entschuldigend. »Tut mir Leid, ich dachte, Sie wüssten, wer ich bin. Wir haben das Buch hinter der Couch gefunden, und Max meinte, es müsse Ihnen gehören. Ich arbeite bei einer Investmentbank die Straße runter, also machte er den Vorschlag, dass ich kurz vorbeischaue und hallo sage. Ich dachte, er hätte Ihnen gesagt, dass ich komme, aber wahrscheinlich habe ich da was falsch verstanden.«

Michael nickte. »Wie haben Sie von der Wohnung erfahren?«

»Von meinem Chef. Ihm gehörte die Wohnung, die wir in Fulham gemietet hatten, aber er brauchte sie selbst. Zum Glück ist er mit Max befreundet und wusste, dass Ihre Wohnung frei war, also haben wir sie gemietet.«

»Haben Sie Max schon persönlich kennen gelernt?«

Peter strahlte. »Ist er nicht ein toller Typ?«

»Finden Sie?« Er versuchte, nonchalant zu klingen.

»Auf jeden Fall. Er ist sehr großzügig zu uns gewesen.«

»Inwiefern?«

Peter zuckte die Achseln. »Er war's einfach.«

»Warum? Was hat er denn getan?«

»Nun, am Abend unseres Einzugs ist er mit einer Flasche Champagner vorbeigekommen, und dann hat er uns zum Essen eingeladen.«

»Ein Essen und eine Flasche Champagner? Nun, das kann man

wohl kaum als den Gipfel der Großzügigkeit bezeichnen.« Er wusste, dass er nachtragend war, und ärgerte sich darüber. Aber er konnte sich nicht bremsen.

Peter schien überrascht. »Es ist nicht nur das«, sagte er abwehrend. »Jenny hat auf dem College Klavier studiert und will Konzertpianistin werden, aber im Moment kellnert sie nur und gibt von Zeit zu Zeit Unterricht. Max hat mir erzählt, er kenne einige Leute, die ihr vielleicht behilflich sein könnten. Wir sind diese Woche zum Mittagessen verabredet, um darüber zu sprechen.«

Er spürte, wie sich ihm der Magen umdrehte. »Ich verstehe.«

»Ich gehe jetzt besser. Es war nett, Sie kennen zu lernen.«

Er begleitete Peter zur Tür. Sie schüttelten sich die Hand. »Eines noch«, sagte er, »wohin ist Max mit Ihnen essen gegangen?«

»In den Savoy Grill. Waren Sie schon mal dort?«

Er schluckte. »Nur einmal.«

Er kehrte in sein Büro zurück. Es war jetzt leer. Stuart hatte eine Nachricht hinterlassen, dass er mit Nick Randall zum Mittagessen sei, und bat ihn nachzukommen, wenn er Zeit habe.

An seinem Telefon blinkte ein rotes Lämpchen. Eine weitere Nachricht von Rebecca, die immer noch viel zu fröhlich klang und ihn erneut um seinen Rückruf bat. Er nahm den Hörer ab, legte ihn dann wieder auf. Es war besser zu warten. In diesem Moment würde er nur etwas sagen, das er später vielleicht bereute.

Noch immer hielt er das Taschenbuch in der Hand. Es sah nicht so aus, als ob es von ihm wäre. Vielleicht hatte es den früheren Mietern gehört, Alison und Neil.

Er ging zu Stuart und Nick. Sie hatten Hühnchenkasserolle bestellt. Er nahm das Gleiche.

Mittwochnachmittag. Rebecca befand sich auf der Fleet Street, als jemand ihren Namen rief. Sie drehte sich um und sah Emily auf sie zulaufen.

»Beck, ich habe dich tausendmal angerufen. Warum hast du dich nicht gerührt?«

»Warum wohl?«

Emily wurde blass. Rebecca spürte, wie sich wieder ihr schlechtes Gewissen regte, und schob es schnell beiseite. »Ich hab's eilig«, sagte sie kurz angebunden.

»Ich weiß, dass du sauer bist.«

»So kann man's auch sagen. Enttäuscht wäre ein anderer Ausdruck.« Sie lachte. »Weißt du, was das Irre an der ganzen Sache ist? An diesem Abend wollte ich dir erzählen, wie ich mich fühlte, und dich um Rat bitten, was ich tun sollte. Gott, war ich blöd.«

»Du könntest es mir jetzt erzählen.«

»Ich würde doch nur meine Zeit vergeuden.«

Sie standen sich gegenüber und starrten sich an, während sich Leute an ihnen vorbeischoben. Emily wirkte verletzt. Rebecca versuchte, ihre Feindseligkeit aufrechtzuerhalten, schaffte es aber nicht, das Bild eines verängstigten, siebenjährigen Mädchens aus ihrem Gedächtnis zu verdrängen, das gerade seine Mutter verloren hatte.

Ein Mädchen, das sie selbst hätte gewesen sein können.

Sie spürte Nässe auf ihrem Gesicht. Die Vorboten eines Sommerregens. »Hör zu, so ist das blöd. Wenn wir uns streiten wollen, dann lass es uns irgendwo tun, wo es wenigstens trocken ist.«

Fünf Minuten später saßen sie in einem überfüllten Café.

»Max hat mich in der Arbeit angerufen«, erklärte Emily. »Er sagte, er wolle für dich und Mike eine Überraschungsparty schmeißen, wisse aber nicht, wen er einladen soll. Er bat mich, in seinem Namen Kontakt mit euren Freunden aufzunehmen.«

»Warum hast du zugestimmt? Du wusstest doch, was ich von Max hielt.«

»Weil ich auch wusste, was Mike von ihm hielt, und wie viel ihm die Party bedeuten würde. Ich habe im Traum nicht daran gedacht, dass du so reagieren würdest. Als wir uns das letzte Mal unterhalten haben, hast du gesagt, du wolltest Mike zuliebe das Beste aus der Sache machen. Wenn er glücklich wäre, dann wärst du es auch.«

Rebecca beobachtete, wie Dampf von ihrem Kaffee aufstieg. »Ich hab's versucht, aber es ging einfach nicht.« Sie seufzte. »Also stellte ich ihn vor die Wahl, und jetzt ist zwischen uns alles schlimmer als je zuvor. Ich tue alles, um es wieder gutzumachen, aber nichts scheint zu funktionieren. Ich weiß nicht, wie ich das wieder einrenken kann.«

»Du könntest es dir anders überlegen«, sagte Emily vorsichtig.

Sie schüttelte den Kopf.

»Aber wenn es so schlimm ist…«

»Ich will diesen Mann nie wieder sehen.«

»Mike schon.«

»Es ist jetzt sowieso zu spät. Max hat die Wohnung an ein anderes Pärchen vermietet. Sie sind nur fünf Minuten dort gewesen, und schon lädt er sie zu einem tollen Abendessen ein. Das Mädchen will Konzertpianistin werden, und er verspricht ihr das Blaue vom Himmel herunter. Die Ärmste denkt wahrscheinlich, er sei das Beste, was ihr je widerfahren ist. Sie hat überhaupt keine Ahnung, welchen Schaden er in ihrem Leben anrichten wird.«

»Das weißt du doch gar nicht.«

»Das hat Mike gesagt.«

»Was hat er noch gesagt?«

»Nichts. War auch nicht nötig.«

»Was bleibt ihm anderes übrig, als zu schmollen, Beck. Ich hab dich gewarnt.«

»Nur schade, dass du mich nicht wegen Robert gewarnt hast. Eine andere Konsequenz dieser ganzen Geschichte ist, dass Max beschlossen hat, sich doch nicht für seine Karriere einzusetzen. Er hat Robert gesagt, es sei aus Rücksicht auf meine Gefühle. Das ist doch lächerlich. Natürlich ist Robert stinksauer, und wir hatten einen Mordsstreit am Telefon. Ich war fix und fertig, als er endlich auflegte, und Mike stand einfach nur da und sah mich an, als hätte ich es nicht anders verdient.«

Sie nahm einen Schluck Kaffee. Er war inzwischen fast kalt. Emily starrte sie erwartungsvoll an.

»Jetzt sind Mum und Dad auch schon in die Geschichte verwickelt. Sie kommen morgen her, damit wir uns alle zusammensetzen und diese Sache klären. Ich wollte sie davon abbringen, aber sie haben darauf bestanden. Sie glauben, sie können das Ganze wieder in Ordnung bringen, aber sie werden alles nur noch schlimmer machen.«

282

Tränen traten ihr in die Augen. Sie wischte sie fort. »Du hast mich gewarnt, und ich wusste, dass es schwierig werden würde, aber ich habe einfach nicht erwartet, dass es so kommt. Mike weigert sich, darüber zu sprechen. Ich habe versucht, ihn zum Reden zu bringen, aber er sagt einfach nur, dass passiert ist, was passiert ist, und wir müssten das Beste draus machen.« Sie schluckte. »Manchmal ist es, als lebte ich mit einem Fremden zusammen.«

»Du musst ihm Zeit lassen, alles zu verarbeiten.«

»Wie viel Zeit denn? Lange kann ich es so nicht mehr aushalten.«

»Tja, du wirst wohl müssen.« Emilys Stimme war fest. »Ich weiß, dass es schwer für dich ist, aber glaub mir, für Mike ist es noch viel schwerer. Dir war klar, wie viel ihm seine Beziehung zu Max bedeutete, und doch hast du ihn gezwungen, sie zu beenden. Natürlich ist er wütend, und nach dieser Geschichte mit den neuen Mietern fühlt er sich nun auch noch vor den Kopf gestoßen.«

Rebecca rührte in ihrem Kaffee, beobachtete, wie sich die dunkle Flüssigkeit in der Mitte der Tasse drehte.

Und dann fiel ihr etwas auf.

»Woher weißt du eigentlich, was er von diesen neuen Mietern hält?«

Emily schien sich mit einem Mal unwohl zu fühlen.

»Er hat mit dir schon darüber geredet, stimmt's?«

Schweigen.

»Hat er?«

Ein Nicken.

»Wann?«

»Wir haben telefoniert.« Schweigen. »Und wir haben ein paarmal zu Mittag gegessen.«

Sie fühlte sich hintergangen. »Und zweifellos erzählt er dir auch, was für eine Zicke ich bin.«

»Nein.«

»Ja, sicher!«

»Er wollte nur jemanden zum Reden.«

»Er konnte mit mir reden.«

»Nicht so, wie er sich im Moment fühlt. Ich versuche, ihn wieder zur Vernunft zu bringen, aber es wird dauern.«

»Ihn zur Vernunft bringen! Was soll das? Wer hat dich gebeten, den Friedensstifter zu spielen?«

»Niemand, aber ihr zwei seid meine besten Freunde, und –«

»Es ist unsere Beziehung! Mikes und meine! Es hat überhaupt nichts mit dir zu tun, also hör auf, dich einzumischen!«

»Ich mische mich nicht ein! Ich versuche nur zu helfen!«

Es wurde still im Café, als die Leute den Streit nicht mehr ignorieren konnten! Rebecca war viel zu wütend, als dass sie sich darum kümmerte. »Helfen? Das ist ein Witz! Jede Beziehung, die du hattest, war ein totales Fiasko!«

Emily wurde rot. »Das ist nicht wahr!«

»Doch! Du bist mit Abstand der allerletzte Mensch, der uns gute Ratschläge geben sollte, und wenn dir unsere Freundschaft was bedeutet, dann solltest du am besten sofort damit aufhören, mit Mike über unsere Probleme zu diskutieren!«

Plötzlich beugte sich Emily über den Tisch.

»Schön, wenn du darauf bestehst. Schließlich bekommt Becky auch immer alles, was Becky haben will. Aber du solltest dich vielleicht vergewissern, dass Mike die Situation ebenfalls versteht. Warum sagst du ihm nicht, dass du die Verlobung auflösen wirst, falls er je wieder mit mir redet? Das hat doch schon mal geklappt, und ich bin sicher, es wird wieder funktionieren.«

Emily sah sie kalt und abschätzend an. Wie eine Fremde. Es war der gleiche Blick, mit dem Mike sie inzwischen so oft anschaute.

Sie schämte sich. Im Café wurden die Gespräche wieder aufgenommen. Die Show war vorbei.

»Glaubst du vielleicht, es macht mir Spaß, Mike wehzutun? Es vergeht keine einzige Sekunde, die ich mich nicht dafür hasse, aber mir blieb keine andere Wahl. Max hätte unsere Beziehung zerstört, und das konnte ich einfach nicht zulassen.«

Sie wartete, hoffte auf Zustimmung, aber es kam keine Reaktion. Nicht, solange es noch etwas anderes gab, das sie sagen musste.

»Aber dich würde ich niemals fallen lassen, Em. Es tut mir

Leid, dass ich gebrüllt habe. Das war doch nur, weil ich Angst habe.«

»Du brauchst keine Angst zu haben. Alles wird wieder gut.«

»Glaubst du?«

»Natürlich.« Schweigen. »Immerhin sprechen wir hier über dein Leben.«

Wieder hatte sie ein schlechtes Gewissen. Sie konnte es nicht mehr ertragen, so wie die Dinge jetzt standen.

»Ich bin spät dran«, sagte sie schnell. »Ich muss gehen.«

Sie stand auf. Einen Augenblick blieb Emily sitzen. Ihr Blick war immer noch kühl.

Dann wurde ihr Gesicht zu einer Maske. So glatt und unbewegt wie eine klassische Skulptur.

Gemeinsam verließen sie das Café.

Am folgenden Nachmittag saß Michael an seinem Schreibtisch und versuchte, sich auf die Änderungen an einem Beteiligungsvertrag zu konzentrieren.

Es klopfte an der Tür. Ein gestresst wirkender Jeff Speakman tauchte auf, hielt ein Dokument in der Hand.

»Bruce Hammond ist gerade in einer Besprechung mit Mandanten in Konferenzraum sieben. Er braucht das hier ganz dringend, und die Referendare sind noch bei einem dieser verfluchten Mittagsvorträge. Tun Sie mir den Gefallen und bringen das runter?«

Die Konferenzräume befanden sich im Erdgeschoss. Er nahm den Fahrstuhl und trat in die Eingangshalle hinaus. Sie war leer bis auf Jack Bennett, der gerade zwei Mandanten Unterlagen aushändigte. Er ging weiter zu dem Flur, der zu den Konferenzräumen führte.

Einer der Mandanten lachte. Es war ein angenehmes Lachen, tief, voll und wohlklingend. Wie Samt.

Er drehte sich um.

Max stand an der Tür, lächelte, als er die Papiere prüfte und abzeichnete, die Jack ihm gegeben hatte. Neben ihm Peter Brown. Er hatte den Gesichtsausdruck von jemandem, der ein wenig zu viel

Wein zum Mittagessen getrunken hatte und dafür am Nachmittag leiden musste.

Michael vergaß Bruce Hammond, blieb stehen und beobachtete sie.

Jack stellte Peter eine Frage. Während dieser antwortete, nickte Max ermutigend, gab ihm dann einen freundschaftlichen Klaps auf die Schulter. Jack bemerkte Michael. Er hob grüßend eine Hand. Automatisch erwiderte Michael diese Geste.

Peter und Max schauten herüber. Peter strahlte ihn freundlich an und artikulierte mit den Lippen das Wort »Hi«. Max starrte ihn völlig desinteressiert an und richtete dann seine Aufmerksamkeit wieder auf die Unterlagen.

Michael ging weiter zu Konferenzraum sieben, klopfte an die Tür und trat ein.

Bruce Hammond, ein bekannt schwieriger Seniorpartner aus der Prozessabteilung, saß mit drei anderen Männern an einem Tisch, der übersät war mit aufgeschlagenen Akten und den Überresten eines Tabletts mit Sandwiches. Die Luft war zum Schneiden dick und voller Zigarettenqualm, das Fenster geschlossen.

»Sie haben sich reichlich Zeit gelassen«, schnauzte Bruce ihn an.

Er überreichte das Dokument. Bruce sagte gereizt: »Wir brauchen vier Kopien.«

Er zuckte die Achseln.

»Na, was stehen Sie da so rum? Gehen Sie, und suchen Sie ein Fotokopiergerät.«

»Bin ich vielleicht Ihr Laufbursche?«

Bruce zuckte zusammen, ebenso die Mandanten. Jetzt steckte Michael in ernsten Schwierigkeiten. Ein solches Verhalten war ein Vergehen, das zur fristlosen Kündigung führen konnte.

Er verließ den Raum und kehrte zum Fahrstuhl zurück. Die Eingangshalle war leer. Nur der Mann vom Sicherheitsdienst saß hinter seinem Schreibtisch und verfolgte das Treiben dieser Welt.

Kim hatte eine Nachricht auf seinem Schreibtisch hinterlassen, dass Rebecca angerufen hatte. Er starrte den Zettel eine ganze Weile an, dann nahm er einen Kugelschreiber und malte Kreise um ihren Namen. Die Bewegung seiner Hand wurde schneller und immer schneller, bis er das Papier zerfetzt hatte.

Acht Uhr abends. Michael verließ die U-Bahnstation West Hampstead in Richtung seiner neuen Wohnung.

Er stand etwas unsicher auf den Beinen. Aus einem Glas Wein mit Stuart nach Feierabend waren eine ganze Flasche und ein paar Scotch geworden. Rebecca konnte es nicht ausstehen, wenn er betrunken war, und er stellte sich auf eine weitere Auseinandersetzung ein. Diese Aussicht erfüllte ihn mit einer düsteren Erregung.

Der Nachmittag war recht ereignislos verlaufen. Bislang keine Reaktion auf seine Unverschämtheit Bruce Hammond gegenüber. Vielleicht war Bruce immer noch mit seinen Mandanten beschäftigt und konnte daher keine Beschwerde einreichen. Aber es würde eine kommen, und das bedeutete dann sein Ende bei Cox Stephens. Er hätte sich Sorgen machen sollen, aber dafür war sein Kopf zu voll mit anderen Dingen.

Susies Wohnung nahm das untere Stockwerk eines Reihenhauses an der Ash Lane ein, einer ruhigen Seitenstraße der Finchley Road. Susie würde in einem Monat zurück sein, und dann mussten sie wieder umziehen. Rebecca legte ihm immer wieder Anzeigen möglicher Mietobjekte vor, und dann nickte er und gab sich Mühe, wenigstens etwas Begeisterung zu zeigen. Am liebsten aber hätte er sie angebrüllt, dass sie bereits eine ausgezeichnete Wohnung aufgegeben hatten. Eine, die jetzt für immer für sie verloren war.

Und es war nicht das Einzige, was für immer verloren war.

Mr. Blakes blauer Saab parkte vor der Wohnung; der blaue Lack schimmerte im letzten Licht des Tages. Mr. Blake ließ den Wagen zweimal im Monat polieren. Michael sah einen Vogel vorüberfliegen und versuchte, ihn durch Willenskraft dazu zu bringen, auf die Haube zu kacken. Aber er tat ihm den Gefallen nicht, also spuckte er selbst auf die blitzblanke Oberfläche.

Er blieb in der Diele stehen. Rebecca tauchte aus dem Wohnzimmer auf. Ihr Lächeln konnte weder Müdigkeit noch Besorgnis verbergen. »Es tut mir Leid«, flüsterte sie. »Ich habe versucht, sie davon abzuhalten herzukommen. Du brauchst sie gar nicht erst zu begrüßen. Ich komplimentiere sie raus, anschließend mache ich das Abendessen.«

»Ich hab keinen Hunger.«

»Ich werd's trotzdem machen, falls du es dir anders überlegst.«

»Wie du willst.« Er ging in die Küche und schenkte sich ein Glas Wasser ein.

Es war eine geräumige Küche. Eine Küche, in der ein halbes Dutzend Leute sitzen konnte, ohne sich beengt zu fühlen. Die Küche in Pelham Gardens war so klein gewesen, dass sie dort kaum gemeinsam hatten kochen können.

Er fragte sich, ob Peter und Jenny das jetzt auch so empfanden.

Stimmen aus dem Wohnzimmer drangen an sein Ohr. Roberts war anklagend, Rebeccas verteidigend, die ihrer Mutter beschwichtigend, und ihr Vater sagte bis auf ein gelegentliches Grunzen nichts. Die Fassade einer glücklichen Familie, in der es für ihn keine Rolle gab.

Er starrte an die Decke. Dort war, genau wie in Pelham Gardens, ein kleiner Riss im Putz. Max hatte ihm die Stelle einmal gezeigt und gewitzelt, das zeige nur, dass wirklich nicht genug Platz zum Umdrehen sei. Er hatte darüber gelacht.

Vielleicht hatte Peter auch gelacht.

Das Glas war immer noch voll. Er ließ es in die Spüle fallen, wo es zerbrach. Im Wohnzimmer wurde es schlagartig still. Dann rief Rebecca seinen Namen.

Er ging ins Wohnzimmer. Rebecca saß mit ihrer Mutter auf dem Sofa, hatte diesen besorgten Gesichtsausdruck wie immer, wenn sie sich mit ihrer Familie traf. Mr. Blake und Robert standen vor dem Fenster. Beide funkelten ihn wütend an. Er schenkte Mrs. Blake sein strahlendstes Lächeln. »Wie finden Sie unser neues Zuhause?«

»Es ist sehr nett.«

»Reizend, nicht wahr? Wir sind hier so glücklich, dass wir einfach kotzen könnten.«

Mrs. Blake zuckte zusammen.

»Mike!«, rief Rebecca entsetzt.

Er lachte. »Reg dich nicht auf. Wir wissen doch beide, dass deine Eltern große Stücke auf mich halten. Der eine oder andere ordinäre Ausdruck wird nichts daran ändern.«

»Du bist ja betrunken«, konstatierte Mr. Blake.

»Bin ich, und wenn Sie grunzen, sehen Sie aus wie ein Walross, deshalb ist es, glaube ich, schon richtig, wenn man sagt, nobody is perfect.«

Mr. Blake fiel die Kinnlade herunter. Auch Robert starrte ihn mit offenem Mund an. Michael war so richtig in Fahrt. »Du siehst fett aus. Rob Rob. Muss wohl an den vielen teuren Mittagessen liegen. Wie schade, dass damit jetzt Schluss ist, aber wir wissen ja alle, wer Schuld daran hat.«

Robert bekam vor Wut einen hochroten Kopf. Rebecca ließ den Kopf hängen.

»Ich denke, das war unpassend«, sagte Mrs. Blake.

»Jedenfalls«, fügte Robert hinzu, »hat das überhaupt nichts mit dir zu tun.«

»Oh, da irrst du aber. Es hat alles mit mir zu tun.« Er ließ sich auf der Sofakante nieder und lächelte Rebecca an. »Nicht wahr?«

»Wir versuchen hier, einen Familienrat abzuhalten«, erklärte Mr. Blake.

»Oh, lassen Sie sich von mir nicht stören. Immerhin gehöre ich auch zur Familie. Stimmt doch, Beck, richtig? Oder muss ich noch jemanden fallen lassen, bevor wir den Bund fürs Leben schließen?«

»Es reicht, Michael«, sagte Mrs. Blake.

Er stand auf. »Was ist mit George? Er ist immerhin Jude, und wir können doch nicht zulassen, dass er die Hochzeitsfotos verschandelt.«

»Du solltest jetzt gehen«, forderte Rebecca ihn auf.

Er starrte sie an. »Oder was ist mit Stuart? Netter Bursche, aber der Mann hat einen üblen Liverpool-Akzent. Vielleicht sollte ich ihm auch einen Tritt verpassen. Ich könnte einfach eine Liste aller Menschen, die mir etwas bedeuten, zusammenstellen und du befiehlst mir dann, dass ich sie aus meinem Leben streiche. Wie wär das?«

Sie war den Tränen nahe. »Mike, bitte. Ich verstehe, wie du dich fühlen musst, aber –«

Er lachte rau. »Wie solltest du das verstehen können? Du hast doch noch nie etwas in deinem perfekten kleinen Leben verloren, also erzähl mir nicht, du verstehst es.«

»Max hat völlig Recht, was dich betrifft«, warf Robert ein.

Bestürzt drehte er sich um. »Was meinst du damit?«

Robert lächelte. »Du müsstest hören, was Max über dich sagt.«

»Und was sagt er?«

»Robert!«, rief Mrs. Blake. »Das wird uns in keiner Weise weiterbringen.«

»Na und? Er soll's ruhig hören.« Robert machte einen Schritt auf Michael zu, dann senkte er die Stimme, versuchte Max nachzuahmen. »Ah, ja, Michael. Schon ein ganz netter Typ, aber ein Jammerlappen. Man kann sich nie richtig mit ihm unterhalten. Er beklagt sich ständig über seine Kindheit.«

»Das ist nicht wahr!«

»Und ob es wahr ist! Willst du mehr hören?« Roberts Augen blitzten. »Max sagte, du klingst wie eine schmalzige Schallplatte mit einem dicken fetten Kratzer mittendrin. Er sagte, du bist schwach. Kein Rückgrat. Du versuchst den großen Macker zu spielen, aber in Wirklichkeit bist du nur ein großes Kind, das darum bettelt, verstanden zu werden. Er sagte, er hätte dich gemocht, wie man auch ein herrenloses Hündchen mögen würde.«

»Du bist ein gottverdammter Lügner!« Ein roter Nebel bildete sich vor seinen Augen.

»Er hält dich für unreif, einen kleinen Jungen. Einen emotionalen Krüppel. Für jemand, der es nie zu etwas bringen wird, solange er immer wieder versucht, seine drogensüchtige Mutter und seinen Gaunervater für alles verantwortlich zu machen, was in seinem Leben schief gelaufen ist.«

Der Nebel übernahm die Kontrolle. Er verpasste Robert einen Schlag. Außer sich vor Wut empfand er selbst keinen Schmerz. Spürte nur einen leichten dumpfen Schlag, begleitet von dem Geräusch eines brechenden Knochens.

Dann fiel Robert laut aufheulend nach hinten und bedeckte mit einer Hand seine Nase.

Alle schrien wild durcheinander. Robert. Rebecca. Ihre Mutter, auch ihr Vater. Seine Stirn fühlte sich feucht an. Er wischte mit der Hand darüber und sah Blut an seinen Fingern.

Seine Wut ließ nach, wurde ersetzt durch Schock und Fassungslosigkeit. Er rannte aus dem Zimmer.

Eine halbe Stunde später stand er im Salon von Max' Haus, wo Mr. László ihn gebeten hatte zu warten. Er hatte wie zum Schutz die Arme vor seiner Brust verschränkt.

Max trat ein, sah ihn erstaunt an, als er Michaels Erscheinung registrierte. »Großer Gott!«

»Warum haben Sie diese Dinge über mich gesagt?«

»Welche Dinge?«

»Sie wissen genau, was!«

»Sehen Sie sich nur an, Sie zittern ja am ganzen Leib!« Max schritt durch den Raum und legte beruhigend eine Hand auf seine Schulter.

Michael starrte ihn an, suchte nach Anzeichen von Hohn, fand aber nur Freundlichkeit und Besorgnis. Schmerz durchfuhr ihn wie ein Dolchstoß. Er wagte es nicht mehr, Max zu vertrauen. »Das war ein Fehler. Ich hätte nicht herkommen sollen.«

»Doch, natürlich. Aber Sie müssen sich jetzt erst einmal beruhigen und mir erzählen, was passiert ist.«

»Und was dann? Werden Sie Robert, Jack oder Caroline gegenüber spöttische Bemerkungen über mich machen? War ich nie mehr für Sie? Nur jemand, über den man lachen und den man bemitleiden konnte?«

»Himmel, nein!« Max wirkte entsetzt. »Wer hat Ihnen denn diesen Blödsinn erzählt?«

»Es ist kein Blödsinn!«

»Es war Robert, stimmt's? Das ist genau die Art Gehässigkeit, die ich von ihm erwartet hätte.«

»Ich habe Ihnen vertraut! Habe Ihnen Dinge erzählt, die ich noch nie jemand anderem anvertraut habe! Becky hat also am

Ende doch Recht behalten! Man kann Ihnen nicht vertrauen, und die Tatsache, dass ich es trotzdem getan habe, beweist nur, was für ein Idiot ich bin!«

Beide Hände lagen nun auf seinen Schultern. Er versuchte, sie abzuschütteln, aber der Griff wurde fester. Max beugte sich so weit vor, dass sich ihre Köpfe beinahe berührten.

»Michael, hören Sie mir zu, denn ich werde das nur einmal sagen. Ich habe gegenüber keiner Menschenseele nie auch nur ein einziges böses Wort über Sie verlauten lassen. Außerdem, wenn jemand dumm genug wäre, in meiner Gegenwart über Sie herzuziehen, würde ich dafür sorgen, dass er es bitter bereut. Das ist die Wahrheit, die Sie glauben oder nicht glauben können, ganz wie es Ihnen beliebt. Sollten Sie mir jedoch nicht glauben, verlassen Sie jetzt sofort mein Haus, und wir sehen uns nie wieder.«

Michael hatte einen Kloß im Hals. »Leere Worte, sonst nichts.«

»Dann vertrauen Sie Robert also mehr als mir? Wenn das der Fall ist, dann sind Sie wirklich ein ausgemachter Idiot!«

»Das ist keine Antwort. Sie verdrehen die Dinge nur.« Wieder versuchte er, sich zu befreien.

Aber der Griff war stärker. »Natürlich ist das eine Antwort. Robert hat die Chance gesehen, Ihnen Schmerz zuzufügen, und er hat sie ergriffen.« Er hielt kurz inne. »Und es hat doch auch funktioniert, stimmt's?«

Michael, den Tränen nahe, brachte kein Wort heraus.

»Stimmt's?«

Ein Nicken.

»Halten Sie wirklich so wenig von mir?«

»Ich möchte Ihnen ja glauben.«

»Dann tun Sie's doch. Sie bedeuten mir sehr viel, Mike. Misstrauen Sie meinetwegen anderen, aber an mir müssen Sie nicht zweifeln.«

Die Stimme hüllte ihn ein wie Seide. Löste langsam seine Angst auf und linderte seine Unruhe.

»Und wie lautet Ihre Antwort? Glauben Sie mir?«

»Ja.«

»Gut.«

292

Sie starrten sich an. Im Hintergrund klingelte ein Telefon. Michael hörte Schritte, Mr. László sprach in den Hörer, dann klopfte es leise an der Tür.

»Nicht jetzt!«, rief Max.

»Es könnte etwas Wichtiges sein.«

»Sie sind wichtig.«

»Wichtiger als Peter und Jenny?«

Seufzend berührte Max Michaels Stirn. »Das gibt eine dicke Beule. Haben Sie die von Robert?«

»Sozusagen.« Er dachte an den Schlag, den er Robert verpasst hatte, und schämte sich. »Ich habe mich wie der letzte Idiot benommen.«

»Vor mir müssen Sie sich nicht rechtfertigen. Ich bin auf Ihrer Seite und werde es immer sein.«

Er erklärte, was passiert war. Max schwieg, hörte nur zu und nickte von Zeit zu Zeit.

»Was soll ich tun?«, fragte er zum Schluss.

»Was meinen Sie denn?«

»Zurückgehen. Versuchen, es irgendwie in Ordnung zu bringen.«

»Ich glaube, das wäre ein Fehler. Am besten bleiben Sie hier, nur für ein paar Tage, bis sich die Gemüter wieder beruhigt haben.«

»Die werden sich nicht beruhigen. Das ist die Gelegenheit, auf die Beckys Eltern schon lange gewartet haben. Wahrscheinlich haben sie mich längst wegen Körperverletzung angezeigt.«

»Das bezweifle ich. Und selbst wenn, für die Polizei wird das nicht mehr sein als ein Familienstreit, der ein bisschen ausgeartet ist.«

»Ich gehöre nicht zur Familie.« Er schwieg. »Auf jeden Fall ist es etwas komplizierter.«

Max wartete gespannt.

»Beckys letzter Freund hieß Eric. Er ging mit Robert zur Schule und war mit ihm befreundet. Und wie die meisten von Roberts Freunden war er phantasielos und nicht besonders intelligent. Ein Mensch, den Robert dominieren und neben dem er glänzen konnte.

Beckys Eltern mochten Eric. Er selbst betete Becky an, lachte immer über Mr. Blakes Witze und, das Beste von allem, lebte immer noch in Winchester. Ich glaube, insgeheim hofften sie, dass Becky ihn heiraten, nach Hause ziehen und ihnen ein halbes Dutzend Enkel schenken würde, die sie jeden Tag besuchen konnten. Vielleicht hätte sie das auch getan, wäre ich nicht aufgetaucht und hätte ihnen einen Strich durch die Rechnung gemacht.

Becky stellte mich zuerst Robert vor. Wir gingen zu dritt zum Essen. Der Abend war eine Katastrophe. Ich versuchte, nett und freundlich zu sein, aber er legte es den ganzen Abend darauf an, mich auf die Palme zu bringen, redete ständig über ›Eric dies‹ und ›Eric das‹. Ich glaube, er wollte mir imponieren. Und als er feststellte, dass dies nicht funktionierte, hat er mir das verübelt.

Ein paar Wochen später fuhr Becky mit mir nach Winchester, damit ich ihre Eltern kennen lernte. Sie verhielten sich mir gegenüber sehr zurückhaltend. Robert hatte bereits die Messer gegen mich gewetzt, und sie waren entschlossen, mich ebenso wenig zu mögen wie er.

Während unseres Besuchs gab es eine große Party, um Mr. Blakes Geburtstag zu feiern. Robert lud Eric ein und verbrachte den ganzen Abend damit, ihn ständig zum Trinken aufzufordern und Geschichten über all die schrecklichen Dinge zu erfinden, die ich angeblich über ihn gesagt hatte. Eric war schließlich so aufgestachelt, dass er sich am Ende des Abends auf mich stürzte. Er ist ein großer, kräftiger Bursche, und bei der Schlägerei verlor er einen Zahn. Natürlich war ich für Beckys Eltern der Alleinschuldige, also kamen sie zu dem Schluss, dass ihre Lieblingstochter ihr Leben an einen kriminellen Schläger vergeudete. Was heute Abend passiert ist, wird ihr Vorurteil nur bestätigen, und das werden sie auf keinen Fall auf sich beruhen lassen.«

»Oh, ich denke schon«, sagte Max.

Die Überzeugung in seiner Stimme überraschte Michael. »Das wissen Sie doch gar nicht.«

»Nein?«

»Was meinen Sie damit?«

Max schüttelte abwehrend den Kopf. »Nichts. Vergessen Sie,

was ich gesagt habe. Es gefällt mir nur einfach nicht, Sie so bekümmert zu sehen. Haben Sie irgendetwas mitgenommen, als Sie die Wohnung verließen?«

Er schüttelte den Kopf.

»Nun, dann lassen Sie uns hinfahren und ein paar Klamotten holen, damit Sie die nächsten Tage versorgt sind.«

Er war verwirrt. »Sie haben doch gesagt, ich soll nicht zurückgehen.«

»Falls Roberts Nase gebrochen ist, werden er und seine Familie jetzt auf der Unfallstation sitzen. Was bedeutet, die Luft ist rein.«

»Ich bin nicht sicher, ob –«

»Nun, ich schon. Sie sind nicht allein, Mike. Sie haben mich, und ich verspreche Ihnen, dass alles gut werden wird.«

Max lenkte seinen Wagen in eine Parklücke gegenüber der Wohnung. Michael saß auf dem Beifahrersitz und registrierte, dass zu Beginn des Abends an genau derselben Stelle Mr. Blakes Saab gestanden hatte.

Max blieb im Wagen sitzen und steckte sich eine Zigarre an, während Michael in die Wohnung ging. Er bemerkte, dass im Wohnzimmer Licht brannte. Er schloss die Tür auf und stand Mr. Blake gegenüber, dessen fleischiges Gesicht vor Wut rot angelaufen war.

»Hast wohl gedacht, du könntest dich unbemerkt hier reinschleichen, was? Tja, Pech gehabt! Ich wusste, dass du so etwas versuchen würdest, und ich bin hier um dir zu sagen, dass dir noch sehr Leid tun wird, was du heute Abend meinem Sohn angetan hast!«

Michael verkrampfte sich der Magen. »Hören Sie, Mr. Blake …«, begann er.

»Quatsch mich nicht blöd an, du kleiner Schläger!« Die tief liegenden Augen schienen fast aus ihren Höhlen zu springen. Er öffnete gerade den Mund, um wieder Gift und Galle zu spucken, als Max hereinkam und mit seiner charmantesten Stimme sagte: »Mr. Blake, was für eine Freude, Sie wieder zu sehen. Ich hoffe, Sie hatten noch einen angenehmen Geburtstag.«

295

Mr. Blake, völlig aus dem Konzept gebracht, gab sich alle Mühe, sich wieder in die Gewalt zu bekommen.

Max lächelte Michael beruhigend zu. »Warum gehen Sie nicht, und packen Ihre Sachen zusammen?«, schlug er vor, ehe er sich wieder Mr. Blake zuwandte. »Vielleicht sollten wir zwei uns mal kurz unterhalten, wo es auch einen Aschenbecher gibt.« Er deutete aufs Wohnzimmer. »Dort drin vielleicht?«

Mr. Blake holte tief Luft. »Wissen Sie, was er getan hat?«

»Ja. Sie haben übrigens eine wunderbare Bräune. Sie waren in Barcelona, wie ich hörte. Eine meiner Lieblingsstädte. Verraten Sie mir doch bitte, wo Sie abgestiegen sind?« Während Max sprach, manövrierte er Mr. Blake ins Wohnzimmer und schloss dann die Tür.

Michael, jetzt allein im Flur, hätte die Unterhaltung am liebsten belauscht, fürchtete sich aber plötzlich vor dem, was er hören könnte. So ging er ins Schlafzimmer, packte seinen Anzug, ein paar Kleidungsstücke und Toilettenartikel in eine Tasche und kehrte wieder in die Diele zurück.

Die Wohnzimmertür wurde geöffnet. Max und Mr. Blake traten heraus. Max lächelte. Mr. Blake ebenfalls. Es war ein verstohlenes, schuldbewusstes Lächeln, das nicht so recht zu seinem groben Gesicht passen wollte.

Max entdeckte ihn. »Geben Sie mir die Tasche.« Michael war viel zu beschäftigt, Mr. Blake anzustarren, so dass er gar nicht bemerkte, wie Max ihm die Tasche abnahm. Mr. Blake erwiderte seinen Blick, in dem die vertraute Abneigung lag. Aber das Lächeln blieb.

Max gab Mr. Blake die Hand. »Richten Sie Ihrer reizenden Frau bitte meine besten Grüße aus.«

»Das werde ich«, versicherte Mr. Blake ihm.

Michael wollte etwas sagen. Max schüttelte den Kopf, legte eine Hand auf seine Schulter und führte ihn aus der Tür.

»Diese ganze Aufregung hat mich hungrig gemacht«, sagte Max, als er den Motor anließ. »Worauf haben Sie Lust? Indisch? Thai?«

»Ich habe keinen Hunger.«

296

»Sie müssen was essen. Wenn Sie nicht ausgehen möchten, werde ich uns von Mrs. László etwas zubereiten lassen. Das wäre vielleicht das Beste. Immerhin wartet morgen im Büro eine Menge Arbeit auf Sie.«

»Nein.«

»Ach, ja? Dann rufen Sie an und melden sich krank. Und wir fahren für ein langes Wochenende raus nach Suffolk. Nur wir beide.«

»Das geht nicht. Ich muss mit Becky sprechen.«

»Selbstverständlich, aber jetzt ist kaum der richtige Zeitpunkt dafür. Sie wird sich genauso verletzt fühlen wie Sie, und wenn Sie sich jetzt sehen, wird wahrscheinlich nur eine Trennung herauskommen. Und das ist sicher nicht das, was Sie wollen?«

»Natürlich nicht.« Er zögerte. »Ich meine –«

»Sie wissen nicht, was Sie wollen, Mike. Wie auch? Das alles ist noch viel zu frisch. Sie brauchen etwas mehr Distanz und müssen sich über Ihre Gefühle klar werden. Ein Tapetenwechsel wird Ihnen dabei helfen.«

Vor einer Ampel hielten sie an. Max lächelte ihm ermutigend zu. »Wir werden morgen früh rausfahren, ein bisschen Golf spielen, gut essen, am Strand spazieren gehen und über alles reden. Finden Sie heraus, was Sie wirklich wollen und wie Sie es erreichen können.«

»Denken Sie wirklich, das wäre das Beste?«

»Allerdings. Und wenn Sie mit Becky sprechen wollen, gibt es immer noch das Telefon. Und jetzt hören Sie auf, sich den Kopf zu zerbrechen.«

Die Ampel sprang auf Grün. Der Wagen setzte sich in Bewegung, ließ die ruhigen Wohnstraßen hinter sich und hielt auf den Lärm und die Lichter der Londoner Innenstadt zu. Max schob eine CD in den Player, Barbers *Adagio for Strings*. Das war eines von Michaels Lieblingsstücken. Am liebsten hätte er sich zurückgelehnt und zugehört, aber da war noch etwas, das er wissen musste.

»Was haben Sie zu Mr. Blake gesagt?«

»Habe ihm einen Vorschlag gemacht, den er nicht ablehnen konnte.«

297

»Welchen?«

»Wenn er dafür sorgt, dass gegen Sie keine Anzeige wegen Körperverletzung erstattet wird, würde ich dafür sorgen, dass Robert eine Liste neuer Mandanten erhält, die beeindruckend genug ist, um ihm noch vor Jahresende eine Partnerschaft zu garantieren.«

»Und er war einverstanden?«

»Natürlich. Ich habe Ihnen doch schon einmal gesagt, dass jeder eine Schwachstelle besitzt. Und die von Mr. Blake ist die Liebe zu seinen Kindern.«

Die Wortwahl beunruhigte ihn. »Liebe sollte keine Schwäche sein.«

»Oh, ist sie aber. Die größte dem Menschen bekannte Schwäche. Sie kann einem schneller die Kräfte rauben als jede Krankheit, und dagegen gibt es keine Therapie.«

Während er sprach, hielt Max den Blick fest auf die vor ihm liegende Straße gerichtet. Michael spürte, dass Max, obwohl die Worte an ihn gerichtet waren, eigentlich mit sich selbst sprach.

Er vertraute Max, fühlte sich aber immer noch unbehaglich. Er lehnte sich zurück und versuchte, sich auf die Musik zu konzentrieren.

9. KAPITEL

Sonntagabend. Michael, gerade aus Suffolk zurückgekehrt, stand in der Eingangshalle von Max' Haus. Max folgte ihm hinein, eine Reisetasche in der Hand.

Mrs. László, eine kleine rundliche Frau mit einem liebenswürdigen Gesicht, tauchte aus dem hinteren Teil des Hauses auf, um mitzuteilen, dass das Essen in fünfzehn Minuten fertig sei. »Aber Mrs. László«, sagte Max sanft, »ich habe Ihrem Mann doch gesagt, wir würden unterwegs eine Kleinigkeit essen.«

»Fünfzehn Minuten«, wiederholte Mrs. László, bevor sie wieder Richtung Küche verschwand.

Max stöhnte.

»Vielleicht hat es ihr niemand gesagt.«

»Vergessen Sie's. Diese Frau lebt, um zu kochen. Für sie leidet jeder mit weniger als hundertdreißig Kilo an Unterernährung.«

Michael lächelte.

»Sie waren auf dem Rückweg ziemlich schweigsam.«

»Ich bin okay.«

Die dunklen Augen blickten besorgt drein. »Sie können es mir ruhig sagen.«

»Sie haben sich während der letzten drei Tage mehr als genug von mir anhören müssen.«

»Dafür bin ich ja da. Wünschen Sie sich, Sie hätten Becky angerufen?«

Er nickte.

»Sie könnten sie jetzt anrufen.« Kurzes Schweigen. »Wenn Sie wissen, was Sie sagen wollen.«

Aber genau das war das Problem. Selbst nach drei Tagen Reden wusste er es immer noch nicht.

Schon Freitagnachmittag hatte er sie anrufen wollen, bereute al-

299

les und hatte Angst, sie für immer zu verlieren. Und Max, der allen Grund hatte, schlecht über sie zu reden, setzte sich stattdessen für sie ein, pflichtete bei, sie anzurufen, und erinnerte ihn mit dieser ruhigen Stimme daran, dass sie etwas ganz Besonderes und er ein echter Glückspilz war, sie gefunden zu haben, und wie schrecklich es sein würde, sollten sie sich trennen müssen.

»Natürlich«, beendete Max das Gespräch, »könnte es schwierig für uns beide werden, uns weiterhin zu sehen, falls Sie sich aussöhnen. Aber das akzeptiere ich. Beckys Wünsche sind mit Abstand das Wichtigste.«

Und während er zuhörte, begannen sich in ihm Zweifel zu regen. Warum waren ihre Gefühle so wichtig? Was war denn mit seinen eigenen? Wenn er immer zurückstecken musste und erst an zweiter Stelle kam, war sie dann wirklich ein so großer Verlust?

Die Reue verflüchtigte sich, wurde ersetzt durch Ärger und Groll, bis er sich am Abend nach dem Klang ihrer Stimme zu sehnen begann. Max, verständnisvoll wie zuvor, hatte ihn gedrängt anzurufen, erinnerte ihn daran, wie wichtig ihre Gefühle waren. Das wiederum rief Verärgerung ihn ihm hervor, und so hatten seine Gefühle das ganze Wochenende von einem Extrem ins andere gewechselt, ohne dass er sich klar darüber wurde, was er wirklich mit einem Telefonanruf erreichen wollte.

»Wissen Sie, was Sie sagen wollen?«, fragte Max.

Er schüttelte den Kopf.

»Dann lassen Sie es. Rufen Sie sie morgen in der Arbeit an, wenn Sie nicht Gefahr laufen wollen, mit jemandem aus ihrer Familie zu sprechen.« Max lächelte beruhigend. »Wenn man eine Nacht geschlafen hat, erscheinen viele Dinge klarer.«

Ja, vielleicht, aber wetten würde er nicht darauf.

Er ging mit seiner Tasche nach oben. Sein Zimmer lag im zweiten Stock auf der Vorderseite des Hauses und direkt über dem von Max. Nachdem er die Tasche aufs Bett gestellt hatte, öffnete er das Fenster und starrte auf die Straße. Ein teuer gekleidetes Paar mittleren Alters stieg aus einem Mercedes und stritt laut in einer Sprache, die wie Russisch klang. Irgendwo hatte er gelesen, dass viele neureiche Russen Häuser in der Innenstadt von London gekauft hatten und völlig perplexen Maklern Aktentaschen voller Geld unter die Nase hielten. Um ein Haus wie dieses zu erwerben, waren viele Aktentaschen Geld nötig.

Er drehte sich um, wollte seine Tasche auspacken. Was er dann über dem Bett erblickte, ließ ihn erstarren.

Das Gemälde, das dort gehangen hatte, war fort. An seiner Stelle befand sich nun sein gerahmtes *Napoléon*-Filmplakat.

Andere seiner Filmplakate bedeckten die Wände, während sein CD-Player, die CDs und Videos auf dem Schreibtisch unter einer Reihe Regalbrettern mit seinen Büchern standen.

Er öffnete den Kleiderschrank. Dort hingen seine Anzüge, Hemden und Hosen. Die übrigen Kleidungsstücke lagen gefaltet in Schubladen, und seine Schuhe standen in Paaren auf dem Boden.

Auf dem Gang draußen waren Schritte zu hören. Max stand in der Tür.

»Was hat mein ganzer Kram hier zu suchen?«

Max sah ihn entschuldigend an. »Ich habe gestern Mr. László angerufen. Da es wahrscheinlich erschien, dass Sie noch etwas länger bleiben, habe ich ihn gebeten, ein paar Ihrer Hemden zu holen. Er hat unaufgefordert alles andere mitgebracht.«

Wieder schaute er sich um. Wie lange hatte Mr. László gebraucht, seine ganzen Habseligkeiten zu holen? Wie hatte Becky das aufgefasst? Hatte sie ihm beim Packen geholfen?

Und war sie froh gewesen dabei?

»Es tut mir Leid, Mike. Er wollte nicht, dass es Ihnen an etwas fehlt.«

»Das steht jetzt nicht mehr zu befürchten.«

»Seien Sie bitte nicht sauer. Er meinte es gut.«

»Hat er Becky gesehen? Was hat sie gesagt?«

»Darüber haben wir nicht gesprochen. Als ihm klar wurde, dass er einen Bock geschossen hatte, war er völlig erschüttert, und ich brachte es nicht fertig, ihn auszufragen.« Max seufzte. »Wenn man jemandem einen Vorwurf machen muss, dann sicherlich mir. Meine Anweisungen hätten präziser sein müssen.«

Michael war verlegen. »Ich mache Ihnen keinen Vorwurf. Sie haben sich in dieser Sache phantastisch verhalten. Ich mache auch Mr. László keinen Vorwurf. Er hat sich so viel Mühe gegeben.«

»Sicher?«

»Ja.«

»Gut. Kommen Sie zum Essen.«

»Muss ich? Ich habe keinen Hunger.«

»Aber Mrs. László hat uns ein Meeresfrüchte-Risotto zubereitet. Sie weiß, dass es eines Ihrer Lieblingsgerichte ist. Nur ein paar Happen. Es würde sie sehr freuen.«

Michael brachte ein Lächeln zu Stande. »Okay.«

Zusammen gingen sie hinunter.

Halb neun am nächsten Morgen. Michael trug seinen Anzug und war im Begriff, ins Büro zu gehen.

Er fühlte sich erschöpft. Sein Schlaf war unruhig gewesen, mit Träumen, in denen er durch die Korridore des Heims in Bow dem Klang von Beckys Stimme nachrannte, ohne sie jedoch einholen zu können. Einen großen Teil der Nacht hatte er wach gelegen, in die Dunkelheit gestarrt und auf den Morgen gewartet, um alles wieder ins Lot zu bringen.

Max tauchte aus dem Esszimmer auf. »Wollen Sie wirklich ins Büro? Warum bleiben Sie nicht einfach hier und lassen es langsam angehen?«

»Ich muss hin. Es warten Dinge auf mich, die zu erledigen sind.«

»Werden Sie Becky anrufen?«

»Ja.«

»Wissen Sie schon, was Sie sagen wollen?«

»Nicht wirklich.«

»Sie wollen sie zurückhaben, Mike. Ich sehe das, auch wenn Sie es vielleicht noch nicht können. Genau das müssen Sie ihr sagen.«

»Aber wenn ich wieder mit ihr zusammenkomme, was wird dann aus uns?«

»Machen Sie sich darüber mal keine Gedanken. Ich laufe nicht weg. Aber jetzt sollten Sie erst dieses Chaos in Ordnung bringen.

Rufen Sie sie in der Arbeit an. Dort kann die Familie ihr keine Schwierigkeiten machen.«

Er nickte.

»Kein Robert, der versuchen könnte, seine Messer zu wetzen.«

Er lächelte. »Fürwahr.«

»Genau.«

Etwas an Max' Tonfall machte ihn neugierig. »Was meinen Sie damit?«

Max schien sich plötzlich unwohl zu fühlen.

»Sie meinten doch etwas, oder nicht?«

»Nein.«

»Doch. Was verheimlichen Sie mir?«

»Nichts.«

»Sie lügen. Sie haben gesagt, ich sollte Ihnen vertrauen, warum belügen Sie mich dann jetzt?«

»Weil es etwas ist, das Sie nicht wissen müssen.«

Sein Herz begann zu rasen. »Hat es etwas mit Becky zu tun?«

Keine Antwort.

»Was hat Robert gesagt?«

»Es ist unwichtig. Die ganze Sache war absurd. Jeder sieht doch, wie sehr sie Sie liebt.«

Zuerst war er verwirrt. »Natürlich liebt sie mich. Ich weiß, dass sie mich liebt.«

Dann begriff er plötzlich.

»Betrügt sie mich? Hat er das gesagt?«

»Was spielt das für eine Rolle? Das waren doch alles nur Lügen.«

Er hatte das Gefühl, dass gleich seine Beine nachgaben, und legte eine Hand auf den Telefontisch, um sich abzustützen. »Ich will wissen, was er gesagt hat.«

»Etwas über einen Exfreund. Es war keine Affäre, nur eine einzige Nacht. Aber Sie sollten nicht –«

»Welcher Exfreund? Eric?«

»Mike!« Max sah wütend aus. »Es ist nicht wahr, und ich möchte, dass Sie sofort damit aufhören.«

»Woher wollen Sie das so genau wissen?«

303

»Glauben Sie wirklich, ich wäre, wo ich heute bin, wenn ich nicht erkennen könnte, wann mich jemand belügt?« Max' Miene wurde freundlicher. »Sie müssen mir bei dieser Sache vertrauen. Es steckt auch nicht ein Körnchen Wahrheit drin. Nicht eins.«

Michael starrte auf den weißen Teppich, holte tief Luft, versuchte, sich zu beruhigen. »Gut. Tut mir Leid. Aber allein schon der Gedanke lässt mich ausflippen.«

»Sie müssen mir nichts erklären.« Es klang beruhigend. »Ich verstehe Sie.«

»Ich fass es einfach nicht, dass Robert solche Dinge erzählt. So ein Dreckskerl!«

Max schüttelte den Kopf. »Sie sollten ihn nicht so hassen. Unter seiner großtuerischen Art ist er im Grunde ein einsamer Mensch. Er würde alles geben, wenn er jemanden hätte, dem er so viel bedeutete wie Sie Becky.«

Michael schüttelte den Kopf. »Das ist keine Entschuldigung.«

»Nun, vielleicht haben Sie Recht. Wissen Sie, er hat sogar angedeutet, dass dieser Freund Becky mit einer Krankheit angesteckt hat. Ich wollte ihn schon bitten, das Restaurant zu verlassen, als ich begriff, dass er nur die Grippe meinte.«

Becky hatte tatsächlich eine Grippe gehabt. Nach ihrem letzten Wochenende bei ihren Eltern in Winchester. Dem Wohnort von Eric.

Eine besorgte Miene erschien auf Max' Gesicht. »Mike, es ist nichts. Sie müssen das vergessen.«

Michael drehte sich um und ging zur Tür.

Mittag. Er saß an seinem Schreibtisch, den Telefonhörer in der Hand, bereitete sich darauf vor, die Nummer der Buchhandlung Chatterton's zu wählen.

Er hatte bereits versucht, Emily anzurufen, um herauszufinden, was sie wusste. Sie mochte ja Rebeccas beste Freundin sein, aber sie war auch seine Freundin und würde ihm bestimmt sagen, wenn sie etwas wusste.

Aber sie war nicht erreichbar. Hielt sich in York auf, half bei irgendwelchen Literaturtagen.

304

Damit blieb nur noch Rebecca selbst.

Er wählte die Nummer. Es klingelte viermal, dann meldete sich jemand. Er erkannte ihre Stimme, wollte etwas sagen und legte dann auf. Das ließ sich nicht am Telefon machen. Er musste ihr Gesicht sehen, wenn sie die Fragen beantwortete, die er ihr stellen würde.

Eine halbe Stunde später ging er mit großen Schritten den Strand entlang. Er schwitzte in der schwülen Mittagshitze, so dass sein Hemd auf seiner Haut klebte.

Als er sich dem Laden näherte, kam Rebecca gerade in Begleitung von Clare heraus. Er rief ihren Namen, und sie drehte sich um. Für einen Moment hellte sich ihre Miene auf. Er spürte, wie ihm leichter ums Herz wurde.

Dann runzelte sie die Stirn. »Was willst du?«

»Was wohl?«

Clare flüsterte etwas. »Nicht nötig«, antwortete Rebecca.

»Ich glaube schon«, erwiderte Clare und lächelte Michael aufmunternd zu, bevor sie wieder im Geschäft verschwand.

Sie standen sich auf dem Bürgersteig gegenüber, während sich die Menschen an ihnen vorbeidrängten.

»Ich vermute, du willst reden«, sagte sie.

»Nein, ich will mit dir tanzen gehen.«

»Nicht in diesem Ton, Michael. Nach allem, was du angerichtet hast.«

Er begann zu lachen. »Nach allem, was ich angerichtet habe? Du bist witzig, Beck. Schon mal dran gedacht, als Komiker aufzutreten?«

»Wenn das deine Einstellung ist, vergiss es einfach. Ich habe in meiner Mittagspause Besseres zu tun.«

»Denk ich mir.«

Sie kniff die Augen zusammen. »Was soll das heißen?«

»Find's doch selbst raus.«

»Ich bin nicht in der Stimmung für Spielchen.« Sie tat, als wolle sie gehen.

»Lass mich hier nicht einfach so stehen!«

Passanten starrten sie an. Zwei Teenager kicherten. Er scherte

305

sich nicht darum, und auch ihr schien es gleichgültig zu sein. Ihre Augen funkelten. »Warum nicht? Verletzt dich das? Tja, warum sollte mich das kümmern? Du hast ja unmissverständlich klargemacht, dass dir meine Gefühle völlig egal sind!«

»Das stimmt nicht!«

»Der Michael Turner, den ich kannte, hatte Mut. Wenn er mit mir Schluss machen wollte, dann hätte er mir das auch ins Gesicht gesagt, statt sich in Suffolk zu verstecken und mir einen von Max' Handlangern vorbeizuschicken, der seine Sachen abholt.«

Sein Ärger verpuffte, da er sich plötzlich in der Defensive wiederfand. »Ich habe ihn nicht geschickt. Das war Max.«

»Das passt.«

»Du begreifst nicht. Er sollte mir nur ein paar Hemden holen. Ich war entsetzt, als ich sah, was er getan hatte. Ich wusste, wie sehr dich das kränken würde.«

»Als würde dich das interessieren.«

»Tut es!«

»Es ist jetzt vier Tage her, Mike. Du hast kein einziges Mal angerufen. Nicht, um zu erfahren, wie es Robert geht. Die Nase ist gebrochen, aber er wird sich schon wieder erholen – danke der Nachfrage. Nicht, um zu erfahren, wie es mir geht. Beschissen, wenn du's wirklich wissen willst. Vier Tage, und nicht ein Anruf.«

Die Hitze war erdrückend. Er wischte sich den Schweiß von der Stirn. »Ich wollte anrufen.«

»Aber Max hat dich nicht gelassen, vermute ich.«

»Nein. Er meinte, ich sollte es tun.«

»Aber trotz all seiner Ermutigung hast du es nicht über dich gebracht, den Hörer in die Hand zu nehmen. Was wiederum genau das war, was er wollte.«

»Scheiße!«

»Sieh doch den Tatsachen ins Auge, Mike. Er hat dich zu seiner Marionette gemacht. Er zieht an den Fäden, und du springst.«

»Ich bin keine Marionette!«

»Ich habe dich verteidigt! Du hast meinen Bruder auf die Unfallstation gebracht, aber ich habe dich trotzdem weiter verteidigt. Mum und Dad haben mich angefleht, sofort mit dir Schluss zu machen, aber ich wollte nicht. Ich habe ihnen gesagt, dass Robert dich provoziert hatte, dass es nicht deine Schuld war und ich kein schlechtes Wort mehr gegen dich hören wollte. Mum spricht immer noch nicht mit mir! Sie sagt, sie schäme sich, dass ich ihre Tochter sei.«

Tränen traten ihr in die Augen. »Und was machst du? Nichts! Du rufst mich nicht an. Du schickst jemanden vorbei, der deine Sachen abholt. Kannst du dir vorstellen, wie ich mich dabei fühle?«

Scham stieg in ihm hoch. Er schwieg.

»Ich habe etwas Besseres verdient als das. Du hast mir sehr wehgetan. Ich könnte nicht mehr mit mir leben, wenn ich dir so wehtun würde.«

Unfähig, ihrem Blick standzuhalten, senkte er den Kopf. Plötzlich fiel ihm wieder ein, warum er hier war.

»Und wie lebst du mit der Tatsache, dass du eine Nacht mit Eric verbracht hast?«

Er schaute auf, sah ihr in die Augen, suchte nach Anzeichen von Entrüstung oder Verwirrung. Fand aber nur Besorgnis.

Er stieß ein gezwungenes Lachen aus. »War's gut? Kann's mir irgendwie nicht vorstellen. Du hast mir mal erzählt, dass er im Bett nicht so besonders war, aber vielleicht ist er ja besser geworden.«

Sie schluckte. »Es ist nicht, was du denkst.«

»Du hast die Nacht mit deinem Ex verbracht? Was soll ich da wohl denken?«

»Du könntest zum Beispiel denken, mir zu vertrauen, statt dumme, voreilige Schlüsse zu ziehen.«

»Dann bin ich also dumm, ja?«

»Das habe ich nicht gesagt.«

»Ich will alles wissen. War Winchester das erste Mal? Hast du ihn seitdem wieder gesehen? Wie lange läuft das schon so?«

»Nichts läuft. Du verstehst das alles völlig falsch.«

»Was ist denn dann passiert?«

Sie hob beschwichtigend die Hände. »Okay, ich werd's dir erzählen. Ich bin an diesem Freitagabend mit einer alten Schulfreundin ausgegangen, und dann sind wir Eric zufällig in einem Pub über den Weg gelaufen. Er war mit einem Mädchen befreundet ge-

307

wesen, sie hatte gerade mit ihm Schluss gemacht, und er war betrunken und in einem schrecklichen Zustand. Ich hatte Mums Auto, also hab ich ihn nach Hause gefahren und ihm einen Kaffee gemacht. Dann haben wir uns hingesetzt und geredet. Das ist alles.«

»O ja, natürlich!«

»Es ist wahr! Er hat mir Leid getan. Ich kenne ihn schon so lange, und ich hab's nicht ertragen, ihn so unglücklich zu sehen. Er brauchte einfach nur jemanden zum Reden.«

»Und warum bist du gleich die ganze Nacht geblieben?«

»Weil es bereits früher Morgen war und ich viel zu müde, um noch zu fahren. Er hat mir das Gästebett hergerichtet. Das ist die Wahrheit. Es war völlig harmlos.«

»Und warum hast du's mir dann nicht erzählt?«

»Weil ich genau wusste, wie du reagieren würdest. Ich hielt es für besser, wenn du es nicht erfuhrst.«

»Tja, jetzt ist es zu spät.«

»Wer hat es dir gesagt? Robert?«

»Das ist unwichtig.«

»Es war Max, stimmt's?«

»Und wenn schon.«

Jetzt lachte sie.

»Was ist da so komisch?«

»Du. Jemand, der einen eigenen Kopf zum Denken hatte, bevor er von Max Somerton gehirnamputiert wurde.«

»Das hier hat nichts mit Max zu tun. Hier geht es allein um dich und Eric.«

Sie lachte wieder. »Verzeih mir. Wie konnte ich nur? Max ist vollkommen. Er könnte niemals im Unrecht sein.«

»Du bist hier diejenige, die im Unrecht ist.«

»Aber sicher. Max hat das gesagt, und er sagt nie was Falsches.«

»Wenigstens weiß ich, dass er mich nie belügen würde.«

Sie wurde blass. »Ach, Mike«, sagte sie leise. »Ist es jetzt wirklich so? Du kannst ihm vertrauen, mir aber nicht?«

»Sieht ganz danach aus, oder?«

»Dann hat er gewonnen.«

»Wie meinst du das?«

»Dass es zwischen uns aus ist.«

»Hatten wir das alles nicht schon mal? Solltest du mir jetzt nicht befehlen, mich nicht mehr mit ihm zu treffen? Gehört das nicht zum Drehbuch?«

»Nicht mehr.«

Plötzlich schnürte sich seine Brust zusammen.

»Als wir uns kennen lernten, da dachte ich, du wärst der aufregendste Mensch, dem ich je begegnet bin. Dein Leben war schwierig, aber du hast dich daraus befreit. Du hattest diese Kraft in dir, diesen Schwung, erfolgreich zu sein, und ich habe mich mit dir zusammen lebendig gefühlt. Aber das alles ist jetzt weg. Max hat es zerstört, und dabei hat er uns beide gleich mit zerstört.«

Sie zog ihren Verlobungsring ab und hielt ihn ihm hin.

»Das klappt nicht, Beck. Dieses Mal nicht.«

»Es ist kein Trick, Mike. Ich mein's ernst. Das ist das Ende.«

Er schüttelte den Kopf. »Ich will das nicht.«

»Aber ich.«

Er sah ihr in die Augen. Er wusste, dass sie es ernst meinte.

Sie hielt ihm den Ring weiter hin. Er nahm ihn.

Sie starrten sich an. Diesmal war er derjenige, dem die Augen feucht wurden. Wütend schüttelte er den Kopf. »Wenn du jetzt gehst, ist es wirklich aus. Ich werde nicht mehr zurückkommen, egal, was du tust.«

»Ich weiß«, sagte sie und wandte sich zum Gehen.

»Becky!«

Sie drehte sich um.

»Tu's nicht.«

Sie nahm sein Gesicht in beide Hände und sah ihm fest in die Augen. »Ich glaube an dich«, flüsterte sie. »Das habe ich schon immer getan und werde es auch in Zukunft tun. Vergiss das nie. Du kannst aus deinem Leben machen, was immer du willst. Lass nicht zu, dass jemand anderer es für dich in die Hand nimmt.«

Sie gab ihm einen Kuss auf die Wange, dann ging sie. Dieses Mal rief er ihr nicht nach, sondern stand einfach nur da und schaute zu, wie sie aus seinem Leben verschwand.

10. KAPITEL

Donnerstagmittag. Drei Tage später. Als Michael aus der Bibliothek an seinen Schreibtisch zurückkehrte, fand er eine Mitteilung vor. Nur ein Anlageberater, der ihm eine Altersversorgung andrehen wollte.

Rebecca hatte früher immer Dutzende Male angerufen, wollte ihm irgendwelche Dinge erzählen oder einfach nur seine Stimme hören. Manchmal, wenn er viel zu tun hatte, fand er die ständigen Anrufe lästig, jetzt aber fehlten sie ihm.

Kim hatte ein Fax auf seinen Platz gelegt: zwanzig Seiten lang mit »Dringend« gekennzeichnet. Außer Stande, sich zu konzentrieren, schob er sie zur Seite. Stuart hielt sich in einem der Konferenzräume im Erdgeschoss auf und saß offenbar in einer endlosen Besprechung mit einem Mandanten fest.

Jack Bennett tauchte in der Tür auf. »Störe ich?«

»Nein.«

»Für heute Nachmittag um halb fünf ist eine Konferenz zum Chassock-Mandat anberaumt.«

Er nickte.

»Es ist nicht sonderlich wichtig. Kein Problem, wenn Sie zu beschäftigt sind.«

»Ich werde da sein.«

Jack blieb, wo er war, und scharrte verlegen mit den Füßen. Michael wurde sich bewusst, dass es für einen Außenstehenden aussehen musste, als sei er der Vorgesetzte und Jack der Assistent.

»Sie leiden demnach nicht unter Arbeitsüberlastung?«, fragte Jack.

»Nein.«

»Aber sagen Sie auf jeden Fall Bescheid, falls es so sein sollte.« Kurze Pause. »Wie geht's Max?«

»Gut.«

»Schön. Bitte –«

»Ich werde ihm Grüße von Ihnen ausrichten.«

Jack ging. Michael war niedergeschlagen bei dem Gedanken an die Konferenz. Der Mandant war ein Schwätzer, und die Besprechung würde sich mit Sicherheit über Stunden hinziehen. Aber er musste nicht teilnehmen, wenn er nicht wollte. Das hatte Jack gesagt, aber es war Max, dem er dafür danken musste.

Seit dem Eklat mit Bruce Hammond war eine Woche vergangen, und er war immer noch nicht vor den Kadi gezerrt worden. Am Nachmittag zuvor war er Bruce in der Kantine über den Weg gelaufen, und Bruce hatte freundlich gelächelt, als sei überhaupt nichts vorgefallen. Wahrscheinlich konnte er sich auch dafür bei Max bedanken.

Diese Erkenntnis beunruhigte ihn. Er wusste, dass er begabt war und das Potenzial zum Erfolg hatte. Aber er wollte, dass dieser Erfolg auf seinen eigenen Fähigkeiten basierte und nicht auf der Macht und dem Einfluss eines anderen.

Es gab Momente, da hasste er die Situation, in der er sich befand. Doch dieses Gefühl verunsicherte ihn, bedeutete es doch auch, Max zu hassen, und das könnte er nie.

Die letzten drei Abende hatte er in Max' Arbeitszimmer verbracht und häufig unter Tränen sein Herz ausgeschüttet, während Max schweigend zuhörte und auf eine Art verständnisvoll lächelte, die beruhigender war als tausend tröstende Worte.

Nein, er könnte Max niemals hassen.

Das Telefon klingelte, und er sah Max' Mobiltelefonnummer auf dem Display. Das war überraschend, hatte Max doch einen Termin zum Mittagessen mit einem holländischen Geschäftsmann, der eines seiner Aktienpakete kaufen wollte. Er nahm den Hörer ab.

»Hi. Ist das Essen abgesagt worden?«

»Leider nicht. Ich habe meine Freunde einen Moment allein gelassen. Sie sollen sich mit Tiramisu voll stopfen und sich ein besseres Angebot überlegen. Ich habe mir Sorgen um Sie gemacht, Sie wirkten gestern Abend so niedergeschlagen.«

Er war gerührt. »Nicht nötig.«

»Stört es Sie, wenn ich anrufe? Ich möchte nicht, dass Sie sich erdrückt fühlen.« Die Stimme klang herzlich und beruhigend.

»Es freut mich, dass Sie anrufen.«

»Haben Sie heute Abend schon etwas vor?«

»Nein.«

»Ich esse mit Caroline zu Abend. In einem Thai-Restaurant ganz in der Nähe der Bond Street.«

»Oh, schön.«

»Warum kommen Sie nicht mit? Sie würde sich freuen.«

Er zögerte. »Sicher? Sie beide haben sich eine ganze Weile nicht gesehen.«

»Natürlich. Oder fühlen Sie sich dazu noch nicht in der Lage?«

»Eigentlich nicht, nein.«

»Sie müssen wieder anfangen zu leben, Mike. Ich weiß, es ist schwer, aber es ist das Beste.«

»Na gut.«

»Schön.« Max beschrieb ihm den Weg. »Wir treffen uns um halb acht zum Aperitif, also ist es für Sie wahrscheinlich einfacher, wenn Sie direkt vom Büro kommen. Arbeiten Sie nicht so viel, und vor allen Dingen, lassen Sie sich nicht von Jack tyrannisieren.«

Niemals.

Er legte den Hörer auf. Das dringende Fax lag auf seinem Schreibtisch wie ein stummer Vorwurf. Er ignorierte es und ging zur Kaffeemaschine.

Auf dem Rückweg bemerkte er eine bedrückte Julia. Kim hatte ihm erzählt, dass Graham mies gelaunt war, und so vermutete er, dass Julia das meiste abbekommen hatte. »Was ist los?«, fragte er. »Macht Graham Ihnen das Leben schwer?«

Sie nickte.

Er suchte nach ermutigenden Worten. »Es dauert nicht mehr lange, dann wechseln sie zur Abteilung für gewerbliche Immobilien. Wie man hört, ist Catherine Chester eine tolle Chefin. Ist so was wie Ihre Belohnung dafür, dass Sie es mit Graham so lange ausgehalten haben.«

Sie lächelte.

312

Dann tauchte ein merkwürdiger Ausdruck auf ihrem Gesicht auf. »So schlimm ist Graham eigentlich gar nicht«, sagte sie. »Wenn er mir das Leben schwer macht, dann hab ich's auch verdient.«

Sie verschwand Richtung Fahrstuhl. Verblüfft schaute er ihr nach.

Viertel vor acht. Michael betrat das Restaurant.

Eine Kellnerin in der Tracht des alten Siam führte ihn zu einer kleinen Bar links vom eigentlichen Speiseraum. Bis auf Max und Caroline gab es keine Gäste. Sie warteten dort auf ihn, während im Hintergrund leise asiatische Musik spielte. Er entdeckte sie, bevor sie ihn sahen. Obwohl sie mit gedämpfter Stimme sprachen, erkannte er an ihren Gesichtern, dass sie eine ernste Unterhaltung führten.

Sie bemerkten ihn. Caroline lächelte gezwungen. Ein Barkeeper erschien, und er bestellte sich ein Bier. »Wir haben uns schon Sorgen gemacht, dass Sie nicht herfinden«, sagte Max.

»Tut mir Leid. Die Konferenz hat so lange gedauert.«

»Sie müssen sich nicht entschuldigen. Die anderen werden ohnehin nicht vor acht hier sein.«

»Die anderen?«

Max zündete sich eine Zigarre an. »Kunden von Caroline.«

»Potenzielle Kunden«, ergänzte Caroline. »Darum geht's heute Abend ja.« Sie war ungewöhnlich kurz angebunden.

Er fühlte sich unbehaglich. »Ich möchte keinesfalls stören.«

Sofort wurde ihre Miene sanfter. »Das werden Sie nicht. Es ist schön, Sie zu sehen.« Sie tätschelte seinen Arm. »Das mit Becky tut mir sehr Leid.«

»Danke.«

Ein anderes Paar betrat die Bar. Er fragte sich, ob sie wohl die Kunden waren, aber sie bestellten sich etwas zu trinken und suchten sich dann einen Platz etwas abseits.

»Keine Chance für eine Aussöhnung?«, fragte Caroline.

»Nein, ich glaube nicht.«

»Möchten Sie denn gern?«

313

Sein Bier kam. »Ja«, sagte er leise. Inzwischen füllte sich das Restaurant, und der Duft würziger Speisen wehte zu ihnen herüber. Der Barkeeper stellte eine Schale Cracker auf den Tisch. Michael aß einen davon und stellte fest, dass er überhaupt keinen Appetit hatte.

»Nun, dann gibt es auch noch eine Chance«, meinte Caroline. Sie lächelte wieder. Diesmal war es ein ehrliches Lächeln. »Vergessen Sie das nicht, Mike. Sie beide passten gut zusammen.«

»Daran muss man ihn wohl kaum erinnern«, schaltete sich Max schroff ein.

Ihr Lächeln schwand. »Ich meinte ja nur, dass sich solche Dinge oft ganz von allein wieder einrenken.«

»Meiner Erfahrung nach nicht«, sagte Max. »Ein so ernster Bruch kann nicht mehr gekittet werden.«

Die Worte saßen. Er spürte, dass Max Recht hatte, dennoch tat es weh. Er leerte sein Glas zur Hälfte, als versuchte er seinen Kummer hinunterzuspülen.

»Das stimmt nicht, Max«, sagte Caroline. »Es gibt immer Hoffnung.«

Ein verächtliches Ächzen.

»Doch!«

Max ließ seine Zigarre ausgehen. »Warum tust du das?«

»Was tue ich?«

»Warum versuchst du, Hoffnungen in ihm zu wecken? Kannst du dir vorstellen, wie sehr ihm das alles zu schaffen macht? Sprüche wie ›Wenn die Hoffnung nicht wäre‹ können ihm gestohlen bleiben.« Max legte eine Hand auf Michaels Schulter. »Mit Ihnen alles okay?«

»Klar.« Er nahm einen weiteren Schluck Bier und schenkte beiden sein schönstes Lächeln.

Doch Max' Augen, voller Mitgefühl und Verständnis, sahen ihn scharf an. Ein beruhigender, aber gleichzeitig auch schwächender Blick.

»Das ist nicht wahr, stimmt's?«

Er war nicht sicher, ob er ein Wort herausbekam. Dann tauchte ein Kellner auf und führte ein anderes Paar ins Restaurant.

»Tut mir Leid, Mike«, fuhr Max fort. »Sie sind noch nicht wieder soweit. Warum fahren Sie nicht nach Hause?«

Dankbar stand er auf.

»Ich wollte Sie nicht aufregen«, sagte Caroline. Sie sah inzwischen ganz verwirrt aus.

»Haben Sie nicht, ehrlich.« Er schaute auf die Uhr. Fünf vor acht. »Ich hoffe, Sie haben Erfolg bei Ihren Kunden.«

Max leerte sein Glas und stand auf. »Gehen wir!«

»Sie kommen mit?«

»In diesem Zustand lasse ich Sie nicht allein. Für wen halten Sie mich?«

Caroline bekam große Augen. »Du kannst nicht gehen! Das ist ein äußerst wichtiger Kunde für mich. Ich brauche deine Hilfe.«

»Mike braucht mich auch. Oder spielt das keine Rolle?«

»Natürlich tut es das, aber –«

»Aber was?«

Michael fühlte sich äußerst unwohl. »Hören Sie, ich komme schon allein zurecht.«

»Aber was?«, wiederholte Max. »Michaels Leben hat sich erst kürzlich in einen Scherbenhaufen verwandelt. Glaubst du wirklich, irgend so ein Vertrag ist wichtiger als das?«

»So habe ich das nicht gemeint. Ich wollte nur –«

»Doch, das hast du.« Er starrte sie mit Augen an, die kalt waren wie Granit. »Ich dachte, du würdest auf die Gefühle anderer Menschen Wert legen, aber offensichtlich habe ich mich geirrt. Nun, es tut mir Leid, aber ich will weder weitere Zeit noch Gefühle an jemanden verschwenden, dessen Prioritäten dermaßen verschoben sind. Leb wohl.«

Caroline wurde kreidebleich.

Max drehte sich um. Caroline packte seinen Arm. »Max! Bitte! Das kannst du mir nicht antun!«

Er schüttelte ihre Hand ab. »Deine Gäste werden jeden Moment kommen«, sagte er. »Zeig dich vor ihnen nicht in diesem Zustand.«

Dann verließ er mit einem völlig verdutzten Michael das Lokal.

315

Draußen standen sie nebeneinander auf dem Bürgersteig und warteten auf ein Taxi.

»Sie können nicht einfach so Schluss machen.«

Max blies Rauch in die warme Abendluft. »Warum nicht?«, fragte er. »Es hat zwischen uns sowieso nicht funktioniert.« Sein Tonfall war so nonchalant, als hätte er über das Wetter geredet.

Ein Taxi näherte sich. Max winkte es heran. »Haben Sie Hunger? Wir könnten unterwegs irgendwo halten.« Sein Blick war so herzlich und warm wie immer. Michael dachte an die Kälte, die in seinen Augen gelegen hatte, als er Caroline stehen ließ, und betete, dass diese Kälte niemals ihn treffen würde.

Weil er Max brauchte, wie er zu seiner Schande eingestehen musste. Es hatte lange gedauert, bis er glauben konnte, dass es Menschen gab, die ihn liebten. Rebecca hatte ihn geliebt, aber jetzt war sie fort, und Max war alles, was ihm geblieben war.

Das Taxi hielt. Max öffnete die Tür, und sie stiegen ein.

Freitagmorgen. Emily kehrte nach einer Besprechung an ihren Schreibtisch zurück und fand dort zwei Telefonnotizen vor. Die eine Nachricht stammte von einem französischen Verleger, der wegen eines neuen Schriftstellers anfragte, den die Agentur vertrat, die andere stammte von ihrem Vater, der um Rückruf bat.

Ihre Knie wurden weich, und ein beunruhigendes Gefühl, eine Mischung aus Erregung und Furcht ergriff von ihr Besitz. Als sie den Hörer abnahm und die Nummer wählte, zitterte ihre Hand so sehr, dass ihr Finger ein paar Mal abrutschte und sie von vorn beginnen musste.

Es klingelte am anderen Ende der Leitung, dann nahm jemand ab. Eine leise Stimme sagte: »Hallo.«

»Ich bin's.«

Sie hörte ihn Luft holen. Kämpfte vielleicht gegen seine Gefühle an. Genau wie sie.

»Wie geht es dir?«, fragte er.

Sie hätte ihm die Wahrheit sagen können, wusste aber, dass es nicht das war, was er hören wollte. »Gut. Und dir?«

»Auch gut.«

»Schön.« Sie wusste, dass er auf eine andere Frage wartete, brachte es aber nicht über sich, sie zu stellen. Schließlich sagte er: »Sheila geht es auch gut.«

Schweigen. Er hustete. Wie er es immer tat, wenn er nervös war. Sie wartete.

»Wir haben beschlossen, uns von dem großen Kleiderschrank zu trennen. Er nimmt einfach zu viel Platz weg.«

»Ich verstehe.« Sie versuchte, nicht empört zu klingen. Es würde ihn nur in Verlegenheit bringen.

»Sheila sagte, wir sollten ihn dir anbieten. Willst du ihn?«

»Ja.«

»Dann gehört er dir.« Kurzes Schweigen. »Hältst du sechshundert Pfund für übertrieben?«

Sie war mit ihrer Beherrschung am Ende. »Er hat Mum gehört! Wie kannst du dafür Geld von mir verlangen?«

Er seufzte. »Jetzt gehört er mir.«

»Nein, er gehört ihr. Genau wie alles andere, das Mum jemals etwas bedeutet hat.« Sie lachte rau. »Alles bis auf eines.«

Wieder Schweigen.

»Bitte, sei nicht so«, sagte er schwach.

»Warum nicht? Stört es deinen Seelenfrieden?«

Er schnappte nach Luft. Sie wusste, dass ihre Wut ihm Angst machte, dass sie sie nur noch weiter auseinanderbrachte. Aber sie konnte sich nicht beherrschen.

»Denn es ist ja nicht deine Schuld, oder? Du bist ja nie für etwas verantwortlich. Denn Schuld erfordert Handeln, nicht Trägheit.«

»Emmie –«

Sie zuckte zusammen. »Ich bin nicht Emmie. Nicht für dich. Du hast vor langer Zeit das Recht verloren, mich so zu nennen.«

»Warum musst du so sein?«

»Muss ich dir das wirklich erklären?«

Er setzte zu einer Antwort an. Noch mehr Proteste und Verleugnungen, die sie nicht hören wollte. Sie schloss die Augen, als könnte das den Klang seiner Stimme ausblenden.

Sie dachte an die Stille. Diese wunderbare, friedliche Ruhe, die

317

über ein achtzehnjähriges Mädchen gekommen war, das kurz davor stand, den größten Fehler seines Lebens zu begehen.

Damals hatte es ihr keine Angst gemacht, jetzt schon.

Sie zog sich hinter eine schützende Formalität zurück. »Du solltest den Schrank besser verkaufen. Ich kann ihn nirgends unterbringen.«

»Sicher?«

»Ja. Ich muss jetzt wieder an die Arbeit.«

»Dann… leb wohl.«

Sie wollte den Hörer auflegen, konnte es jedoch nicht.

»Dad!« Das Wort kam ihr fremd vor. Sie sprach es so selten aus.

»Was?«

»Ich liebe dich.«

»Und du bist immer noch meine Emmie.« Seine Stimme bebte. »Du wirst es immer sein.«

Dann war die Leitung tot.

Als sie den Hörer auflegte, hatte sie Tränen in den Augen. Doch Tränen würden sie nicht weiterbringen. Die Vergangenheit war festzementiert, und was geschehen war, konnte nicht mehr ungeschehen gemacht werden.

Sie versuchte, sich zu sammeln. Der französische Verleger wartete auf eine Antwort. Aber eine Stunde verstrich, und sie hatte den Anruf noch immer nicht gemacht.

Zwanzig vor eins. Michael saß am Fenstertisch eines Weinlokals im Schatten von St. Paul's und wartete auf Emily.

Sie war spät dran. Er vergewisserte sich, dass sein Mobiltelefon eingeschaltet war, und hoffte, dass sie nicht anrief, um abzusagen. Er hatte so viele Fragen, die er ihr stellen wollte. Wie ging es Rebecca? Redete sie manchmal von ihm? Gab es etwas, woraus man schließen konnte, dass noch eine Chance für sie beide bestand?

Es regnete. Ein Sommerschauer, der so schnell wieder vorbei sein würde, wie er gekommen war. Emily betrat das Lokal und kam zu seinem Tisch. Regentropfen schimmerten in ihrem Haar wie Diamanten. Ein Kellner nahm ihre Bestellung für die Getränke auf und legte zwei Speisekarten auf den Tisch. Sie schob die ihre beiseite. »Ich habe keinen Hunger.«

Alarmglocken begannen zu schrillen. Er versuchte, sich seine Besorgnis nicht anmerken zu lassen. »Bist du sicher?«

Sie nickte.

»Na ja, ich verhungere jedenfalls«, log er. »Ich bestelle eine große Pizza, und du kannst ein Stück abhaben.«

Die Haare hingen ihr ins Gesicht. Als sie sie nach hinten schob, sah er, dass ihre Augen gerötet waren. »Em, was ist los?«

Sie erzählte ihm von dem Gespräch mit ihrem Vater. »Hab's nicht besonders gut angepackt, stimmt's?«

»Du warst aufgeregt. Beim nächsten Mal wird's schon besser gehen.«

»Falls es ein nächstes Mal gibt. Ich sag mir immer wieder, dass es sich lohnt, um ihn zu kämpfen, aber ich fürchte, ich glaub's nicht mehr. Ich kann einfach nicht vergessen, was passiert ist. Ich kann es nicht verzeihen.«

»Es war nicht leicht für ihn, Em. Daran solltest du auch denken.«

Ihre Miene verfinsterte sich. »Und was glaubst du wohl, wie leicht es für mich gewesen ist?«

Ihre Verbitterung beunruhigte ihn. Liebevoll legte er eine Hand über die ihre. »Ich bin auf deiner Seite. Entschuldige, wenn ich das Falsche gesagt habe. Ich kann's nur einfach nicht ertragen, dich so leiden zu sehen, das ist alles.«

Langsam breitete sich ein Lächeln auf ihrem Gesicht aus. Es machte sie wunderschön. Ein klassisches, präraffaelitisches Oval, hatte Rebecca immer gesagt.

Er spürte einen Schmerz in seiner Brust.

»Du denkst gerade an sie, stimmt's?«

Er nickte.

»Tut mir Leid, Mike. Ich hätte meine Probleme nicht bei dir abladen sollen.«

Ein Kellner kam, um ihre Bestellung aufzunehmen, und machte dabei einen Witz über das Wetter. Michael lachte pflichtschuldig, während er beobachtete, wie mehrere Yuppies am Nachbartisch Platz nahmen.

319

»Hast du sie gesehen?«, fragte er, als sie wieder allein waren.

»Ja.«

»Wie geht's ihr?«

»Ganz gut.« Kurzes Schweigen. »Sie hat von dir geredet.«

»Was hat sie gesagt?«

»Dass sie sich Sorgen um dich macht. Dass sie hofft, dir ginge es einigermaßen gut.«

Er hielt den Atem an, wartete darauf, dass sie mehr erzählte. Aber da kam nichts.

»Vermisst sie mich?«

Immer noch nichts. Sie senkte den Blick, während Wasser aus ihrem Haar auf die Bluse tropfte.

»Ich muss es wissen, Em. Gibt es noch eine Chance?«

»Es gibt keine Chance mehr. Soweit es sie betrifft, ist es wirklich aus zwischen euch. Nichts, was du tun könntest. Am besten versuchst du, sie zu vergessen.«

Mit einem Mal war er wieder acht Jahre alt, hörte einem Sozialarbeiter zu, der ihm mitteilte, dass seine Mutter gestorben war. Der Sozialarbeiter war ein ernster Mann mit einer John-Lennon-Brille und einem riesigen Muttermal auf der Wange. Er hatte dieses Muttermal angestarrt, seine ganze Aufmerksamkeit nur darauf gerichtet, versucht, die Tatsache zu ignorieren, dass er sich so leer fühlte, als hätte ihm jemand die Eingeweide herausgerissen. Genau so, wie er sich jetzt fühlte.

»Tut mir Leid«, sagte sie.

»Ist nicht deine Schuld. Danke für deine Offenheit.«

»Ich würde dich niemals belügen.«

»Das weiß ich.«

»Du bist nicht allein, Mike. Du hast mich.«

Die Leute am Nachbartisch diskutierten über Büropolitik. In einem der Männer erkannte er einen Kommilitonen aus seinem College in Oxford wieder.

»Ich bin da, wenn du mich brauchst«, sagte Emily. »Daran wird sich nie etwas ändern.«

»Das weiß ich. Ich habe Glück, eine Freundin wie dich zu besitzen.«

Sie schüttelte den Kopf. »Nein, ich habe Glück.«

Er brachte ein Lächeln zu Stande. Sie nahm seine Hand und hielt sie an ihre Wange. Dann küsste sie seine Handfläche, eine winzige Geste der Zärtlichkeit – und des Begehrens.

»Ich liebe dich, Mike. Wir sind uns sehr ähnlich, du und ich. Wir wissen, wie es ist, ganz allein auf der Welt zu sein. Wir kennen die Angst und den Schmerz. Zusammen könnten wir es schaffen.«

Er fühlte sich benommen. Instinktiv versuchte er, seine Hand zurückzuziehen.

Aber sie hielt sie fest. »Ich verstehe dich besser, als Becky es je konnte. Ich hätte dich nicht gezwungen, Max aufzugeben. Ich hätte dich nie gezwungen, irgendetwas aufzugeben, das dir etwas bedeutet.«

»Em…«

»Sie will dich nicht mehr. Sie hat dich weggeworfen wie Abfall. Ich würde das nie tun. Mit mir könntest du glücklich sein. Du könntest mich mehr lieben, als du sie je geliebt hast.«

»Nein!«

Er zog seine Hand zurück. Schlagartig wurde es still im Raum, als sich alle zu ihnen umdrehten, auch der Kollege vom College am Nachbartisch. Clive Southgate: ein Englischstudent, der Schauspieler hatte werden wollen. Jetzt arbeitete er sich wahrscheinlich in einer Handelsbank die Karriereleiter hoch. Schon seltsam, wie das Leben so spielt.

»Du siehst das falsch, Em«, sagte er. »Ich liebe dich, aber als Freundin. Ich brauch dich als Freundin.«

Ein verzweifelter Ausdruck trat in ihr Gesicht. »Und was ist mit meinen Bedürfnissen? Sind die dir völlig egal? Interessiert das eigentlich überhaupt keinen?«

»Ja, mich. Natürlich interessiert mich das.«

»Warum muss es gerade sie sein? Mein ganzes Leben lang ist sie es gewesen. Warum nicht ausnahmsweise mal ich?«

Er schwieg. Es gab nichts, das er hätte sagen können. Sie starrte ihn an, während die Unterhaltungen um sie herum fortgesetzt wurden. Ihre Augen waren Seen voller Schmerz. Er wünschte, er wäre in der Lage gewesen, ihn zu lindern, aber anders als sie es sich wünschte.

»Tut mir Leid«, sagte er und hasste diese Worte. Doch was hätte er anderes sagen können.

Sie holte tief Luft, kämpfte darum, ihre Beherrschung wiederzufinden. »Du musst dich nicht entschuldigen. Ich werde deine Freundin sein. Deine Vertraute. Was immer du von mir erwartest.«

Der Kellner kam mit der Pizza, von der er gehofft hatte, sie würden sie teilen. Doch als sie das Restaurant verließen, stand sie immer noch unangetastet auf dem Tisch.

»Sind Sie sicher, dass Sie es nicht vorrätig haben?«

Ein Nicken.

»Absolut sicher?«

»Ja.«

Es war Montagmorgen. Rebecca stand mit Clare hinter der Theke von Chatterton's und zwang sich zu einem Lächeln, während die alte Frau sie missmutig ansah. »Ich dachte, es wäre diese Woche da.«

»Leider ist es nicht gekommen.«

»Schauen Sie in Ihrem Computer nach.«

»Das habe ich schon zweimal getan.«

»Nun, dann tun Sie es eben noch mal!«

»Es hat keinen Sinn.«

»Ihr Verhalten gefällt mir nicht, junge Frau. Sie sollten etwas mehr Manieren lernen.«

»Mein Gott! Wir haben das verdammte Buch nicht, also hören Sie endlich auf, auf mir herumzuhacken!«

Der alten Frau fiel die Kinnlade herunter.

Clare übernahm. »Ich bedaure, Madam«, sagte sie honigsüß. »Mein Assistent Keith wird gern Ihre Adresse und Telefonnummer notieren, damit wir Ihnen ein Freiexemplar zuschicken können, sobald das Buch eintrifft. Inzwischen –«, sie ergriff Rebeccas Arm, »– könnten wir uns beide mal kurz unterhalten?«

»Halt mir bloß keine Standpauke«, sagte Rebecca, nachdem sie im Büro waren.

322

Clare sah wütend aus. »Wie kannst du dich unterstehen, so mit einer Kundin zu reden!«

»Sie hat's nicht anders verdient.«

»Ist mir völlig egal. Du wirst dafür bezahlt, freundlich zu sein, und falls dir das nicht möglich ist, könntest du schnell deinen Job verlieren.«

»Toll.«

»Ach, ich vergaß. Dieser Job ist ja nur ein Intermezzo, bevor du die Kunstwelt im Sturm eroberst. Tja, versuch bitte daran zu denken, dass es nicht für alle so ist. Ich bin die Leiterin dieses Ladens. Ich habe verdammt hart gearbeitet, um diesen Job zu kriegen, und falls diese Frau sich beschwert, bist du nicht die Einzige, die möglicherweise auf der Straße steht.«

Rebecca schämte sich. »Die würden dich nie feuern«, sagte sie schnell. »Der Laden läuft doch einzig und allein deinetwegen so gut. Ich werde ihnen sagen, dass alles nur meine Schuld ist und dass sie verrückt wären, dich gehen zu lassen.«

Clares Miene wurde milder. »Also schön, vergessen wir's. Ich verstehe, dass für dich im Moment alles zu viel ist, aber nimm dich in Zukunft bitte zusammen, okay?«

»Meinst du, sie wird sich beschweren?«

»Wahrscheinlich. Spinner machen so was. Wir reden hier von jemandem, der ein Kochbuch von Delia Smith kauft und dann mit einem Kuchen, den er gebacken hat, wieder ins Geschäft kommt, wo er den Kaufpreis zurückhaben will, weil das Ding nicht so gut aussieht wie auf den Fotos im Buch.«

Rebecca nickte.

»Jetzt musst du lachen!«

Sie versuchte es, aber es wollte ihr nicht so recht gelingen.

»Du könntest ihn anrufen, weißt du.«

»Und ihm was sagen?«

»Dass du weder essen noch schlafen kannst. Dass du aussiehst wie ein Wrack und ich es nicht ertragen kann, dich so zu sehen.«

»Es wird schon wieder.«

»Denk wenigstens mal darüber nach. Ein Telefonanruf, und alles wäre wieder in Butter.«

Sie schüttelte den Kopf. Auf dem Tisch hinter Clare stand ein Tablett mit Sahnetorte. Wenn ein Kollege Geburtstag hatte, gab es immer Kuchen für alle. Das war Tradition. Ihr Stück hatte sie immer für Michael aufgehoben. Auch das war Tradition.

»Das willst du doch, Becky. Ich gehe jede Wette ein, dass er es auch will.«

»Aber es ist nicht das, was Max will.«

Ein Stück Plundergebäck befand sich genau in der Mitte des Tabletts. Michaels Lieblingskuchen. Sie schluckte. »Wir gehen besser wieder rein. Das mit vorhin tut mir Leid, Clare. Es wird nicht wieder vorkommen.«

Zusammen kehrten sie in den Laden zurück.

Mittwochnachmittag. Fünf Uhr. Michael befand sich auf dem Weg von der Bibliothek zu seinem Büro.

Er dachte an Emily. Sie hatte zahlreiche telefonische Nachrichten für ihn hinterlassen, und er musste sie noch zurückrufen. Er hatte es bisher hinausgeschoben, weil er nicht wusste, wie er mit ihr umgehen sollte.

Sie hatte darum gebeten, dass ihr Geständnis zwischen ihnen bliebe, was er akzeptierte. Und dass sie ihre Freundschaft fortsetzten wie zuvor, was nicht ganz so einfach war. Eine solche Liebeserklärung konnte man nicht so mir nichts, dir nichts vergessen.

Er fragte sich immer wieder, ob es seine Schuld war. Hatte er ihr irgendwelche Hoffnungen gemacht? Konnte sein Verhalten sie zu der irrtümlichen Annahme verleitet haben, dass mehr als nur Freundschaft zwischen ihnen war?

Aber er musste sie bald anrufen. Es war nicht fair, es weiter hinauszuschieben.

Als er sich seinem Büro näherte, hörte er Gelächter. Julia und ein anderer Referendar namens Paul standen vor Stuarts Schreibtisch. Die drei lachten über einen Witz. Er lächelte, als er hereinkam. »Was gibt's hier zu lachen?«

Das Lachen hörte schlagartig auf, Schweigen trat ein. Er fühlte sich unbehaglich und wie ein Eindringling in seinem eigenen Zimmer.

324

»Nichts«, sagte Julia. Sowohl ihr als auch Paul stand das schlechte Gewissen ins Gesicht geschrieben.

Ein Verdacht regte sich in ihm. »Irgendwas war doch.«

»Ich musste eine Firmenüberprüfung machen«, erklärte Paul. »Für Kate Kennedy. Ich habe die Seiten durcheinander gebracht.«

»Und was ist daran so komisch?«

Paul zuckte die Achseln. »Tja, wissen Sie…«

»Nein, ich weiß nicht, aber ihr habt euch einen Ast gelacht, als ich reinkam. Also, was war das für ein Witz?«

»Es ist wirklich nichts, Mike«, beruhigte ihn Stuart.

»Und?«

Paul starrte zu Boden.

»Ihr habt über mich gelacht, stimmt's?«

»Nein!« Julia riss entsetzt die Augen auf.

Und da war auch so etwas wie Angst.

Plötzlich wusste er genau, was hier lief.

»Sie gehen jetzt besser«, sagte er schroff. »Ich habe zu tun.«

»Niemand hat über dich gelacht«, meinte Stuart, nachdem Julia und Paul gegangen waren.

Michaels Blick wanderte über seinen Schreibtisch, er suchte einen Vertragsentwurf, fand einen und warf ihn auf Stuarts Schoß.

»Ich will davon zwei Kopien. Jetzt.«

»Was?«

»Keine Diskussionen. Tu's einfach.«

Stuart sah verwirrt aus. »Warum führst du dich so auf?«

»Weil es mir so passt. Schließlich bin ich was Besseres als du, etwas Besonderes. Der Augapfel der Partner. Und sollte ich dich noch einmal dabei erwischen, wie du über mich tratschst, überlege ich mir, es zu melden. Dann wäre es mit deiner Karriere aus.« Er setzte sich an seinen Schreibtisch und fuhr sich mit der Hand durchs Haar. »Mein Gott, Stuart«, sagte er, »denkst du das wirklich?«

»Natürlich nicht. Ich kenne dich besser.«

»Aber die anderen denken es, stimmt's? Wenn ich nicht so sehr mit meinem eigenen Problem beschäftigt wäre, dann hätte ich es längst bemerkt. Julia verhält sich mir gegenüber nun schon eine

ganze Weile merkwürdig. Einige der anderen Referendare ebenfalls, und gestern hat mich Nigel Wilson wegen einer trivialen ge-
sellschaftlichen Frage angerufen und sich anschließend arschkrie-
cherisch dafür entschuldigt, meine kostbare Zeit in Anspruch
genommen zu haben. Nigel und ich haben hier am gleichen Tag
angefangen. Wir haben uns immer gegenseitig geholfen. Wie kann
er nur so etwas von mir glauben?«

Sie starrten sich eine Weile an, während draußen auf dem Korridor eine der Sekretärinnen die Faxmaschine verfluchte. »Erinnerst du dich noch an Susan Cobham?«, fragte Stuart.

»Nein.«

»Sie hat im Sommer hier Praktikum gemacht, als ich als Referendar in der Abteilung für gewerbliche Immobilien arbeitete.
Alle Referendare der Abteilung mochten sie, und wenn wir einen
heben gingen, um mal so richtig über den Job herzuziehen, haben
wir sie mitgenommen. Dann fand jemand heraus, dass ihr Onkel
der Präsident von SaverCo war, unserem damals wichtigsten Mandanten. Schlagartig hörten die Einladungen auf, damit nichts von
dem, was sie hörte, in falsche Ohren gelangte. Ich bin sicher, sie
hätte keinen einzigen von uns kompromittiert, aber niemand
wollte das Risiko eingehen.«

Michael seufzte. »Genau wie sie das Risiko mit mir nicht eingehen wollen.«

»Versuch's mal von ihrem Standpunkt aus zu sehen. Du warst
früher der rebellische Mann der Abteilung, der nie ein Blatt vor
den Mund nahm. Derjenige, den Machtjunkies wie Graham Fletcher und Kate Kennedy nicht leiden konnten, aber urplötzlich
überschlagen die sich fast, nett zu dir zu sein. Gerüchte über deine
hochkarätigen Beziehungen machen die Runde, und man fragt
sich einfach, ob man dir noch trauen kann.«

»Natürlich kann man. Außerdem habe ich keine Beziehungen.«

»Und ich habe keinen Verstand.«

»Ich hab mir das nicht ausgesucht.«

»Mach dich deshalb nicht verrückt, Mike. Soweit es mich betrifft, hat sich nichts verändert. Wir sind immer noch Freunde, und
ich vertraue dir. Andere werden das auch tun. Gib ihnen nur et-

was Zeit zu begreifen, dass du noch derselbe alte Revoluzzer bist wie früher.« Stuart schaute auf die Uhr. »Es ist schon fast halb sechs. Lass uns bei Corney & Barrow was trinken und darüber reden.«

»Okay.« Er lachte traurig. »Wir werden schon keinen Verweis kriegen, wenn wir so früh gehen.«

Es war brechend voll im Corney & Barrow. Stuart holte ihnen etwas zu trinken, während Michael, der keinen freien Tisch fand, das Kommen und Gehen der Leute beobachtete.

Ein pummeliges, verwahrlost aussehendes Mädchen von etwa zwanzig Jahren mit einem Rucksack betrat die Kneipe. Sie rief laut »Sean!«, und arbeitete sich zu einem gut gekleideten jungen Pärchen, die Frau Asiatin, der Mann Weißer, vor. Beide waren groß und attraktiv mit vornehmen Gesichtszügen. Die Frau hatte dunkle, lebhafte Augen. Die des Mannes waren blau und blickten gelassen; keine Spur mehr von der Angst, die er vor fünfzehn Jahren darin gesehen hatte.

An einem kalten Oktobernachmittag, als er an einer Straßenecke in Bow stand und einen verängstigten Neunjährigen namens Sean beobachtete, der zu einem neuen Leben in Canterbury aufbrach.

Die Kneipe schien nicht mehr zu existieren. Einen Moment lang wurde er von Erinnerungen überwältigt: der Geruch des Heims – eine Mischung aus Politur, angebranntem Essen und schmutzigen Kleidern –, seine Sehnsucht nach Ruhe und Privatsphäre und das Gefühl völligen Verlassenseins, als er dem sich entfernenden Auto nachschaute.

Sein Magen verkrampfte sich. Mit diesen Gefühlen kam er nicht klar. Nicht jetzt. Schnell wendete er sich ab, versuchte zu flüchten und rempelte dabei einen Mann an, der daraufhin sein halbes Glas verschüttete. Der Mann fluchte, und ein paar Leute schauten herüber.

Sean war einer von ihnen. Sein Blick war freundlich – desinteressiert.

Doch plötzlich wurden seine Augen groß.

Zuerst starrten sie sich nur an. Dann begann Sean zu lächeln. Während Michael sich bei dem Mann entschuldigte, beobachtete er Sean, der sich aufgeregt mit seinen Begleitern unterhielt. Dann kamen sie herüber.

»Ich glaub's nicht«, sagte Sean langsam. »Ich hätte nie gedacht, dass ich dich jemals wiedersehen würde.« Der Akzent verwirrte Michael. Der Sean, an den er sich erinnerte, hatte vor fünfzehn Jahren anders gesprochen. Aber das war auch bei ihm so gewesen.

»Sieht aus, als hättest du dich geirrt.«

»Ja, tatsächlich.« Sean lächelte noch immer. »Das hier«, sagte er und deutete auf die Asiatin, »ist meine Freundin Maya. Und das –« Er drehte sich zu dem Mädchen mit dem Rucksack um »– meine Schwester Cathy.«

»Du hast doch gar keine Schwester.«

»Jetzt schon«, sagte Cathy strahlend.

»Mum und Dad haben Cathy ein Jahr nach mir adoptiert«, erklärte Sean.

»Pech für mich«, lachte Cathy, »den Kerl am Hals zu haben.«

Alte Beschützerinstinkte regten sich in Michael. »Er ist schon okay.«

Sie machte ein verlegenes Gesicht. »War doch nur Spaß.«

Eine Gruppe Frauen hatte sich in den freien Raum hinter ihm geschoben. Es roch nach Calvin Kleins »Obsession«: Rebeccas Lieblingsduft.

»Sean hat früher ständig von Ihnen geredet«, sagte Cathy. »Damit hat er uns alle wahnsinnig gemacht.«

»Tut mir Leid.«

Wieder sah sie verlegen aus. »Nein, nicht wirklich. Wir haben ihm gern zugehört.«

Er nickte. Eine der Frauen hinter ihm lachte; ein Lachen, das ihn ebenfalls an Rebecca erinnerte. Jetzt hatte er sie verloren, so wie einst Sean, nur um nun vor einem Mann zu stehen, der auch nicht mehr die geringste Ähnlichkeit mit dem verängstigten Jungen aufwies, der einmal der wichtigste Mensch in seinem Leben gewesen war. Vielleicht würde sich heute in fünfzehn Jahren das Mädchen, das er liebte, in eine glückliche Frau mit Ehemann und Kindern

328

verwandelt haben, die sich nur noch entfernt an einen Mann namens Michael Turner erinnerte.

»Mum und Dad«, sagte er leise. »Seit Bow hat sich für dich manches verändert.«

»Wir treffen uns heute Abend mit ihnen zum Essen. Warum kommst du nicht mit? Sie würden dich bestimmt gern kennen lernen.«

»Wozu? Ich bin nicht der Mensch, von dem du ihnen erzählt hast. Nicht mehr.«

Wieder starrten sie sich an, verwirrt über die Veränderung des anderen.

Maya legte eine Hand auf Cathys Arm. »Komm«, sagte sie leise. »Lassen wir die zwei reden.« Dann verschwanden sie.

»Bitte, komm mit, Mike«, sagte Sean. »Es würde uns allen sehr viel bedeuten.«

»Lieber nicht. Denk jetzt nicht, ich würde mich nicht freuen, dich wieder zu sehen. Aber im Moment geht's mir nicht so gut.«

Sean sah beunruhigt aus. »Kann ich dir irgendwie helfen?«

Er lächelte traurig. »Als wir uns das letzte Mal gesehen haben, warst du derjenige, der Hilfe brauchte.«

»Vielleicht ist es ja an der Zeit, dass ich mich revanchiere.«

»Du schuldest mir nichts.«

»Doch. Ich hätte an diesem Ort nicht überlebt, wenn du nicht gewesen wärst.«

»Vergiss es. Mit dir ein Zimmer zu teilen war für mich die glücklichste Zeit meiner Kindheit. Ich freue mich wirklich, dass es für dich gut gelaufen ist. Du hast es verdient.«

Schweigen, während um sie herum das Lachen der anderen die Luft erfüllte. So viele Male hatte Rebecca ihn gedrängt, sich auf die Suche nach Sean zu machen. Und wenn er sich ihr Wiedersehen vorgestellt hatte, stand sie immer neben ihm.

Ein schreckliches Gefühl der Leere überkam ihn. »Tja«, sagte er so vergnügt, wie er nur konnte, »war schön, dich zu sehen. Pass auf dich auf.«

Sean sah gekränkt aus. »Könnten wir uns nicht mal auf ein Bier treffen? Ich meine, um zu reden.«

Er schüttelte den Kopf. »Wie ich schon sagte, ich bin heute ein anderer Mensch.«

»So anders auch wieder nicht.«

»Aber du.«

Sean seufzte. »Darf ich dir was sagen?«

»Bitte.«

»Erinnerst du dich an das Foto, das du mir geschickt hast? Das von mir und meiner Mutter in einem Garten, von dem ich glaubte, es verloren zu haben.«

Er nickte.

»Ich hab's rahmen lassen und auf meinen Nachttisch gestellt. Auch wenn ich eine neue Familie habe, habe ich sie doch nie vergessen. Dieses Foto hat mir geholfen, meine Erinnerungen lebendig zu halten, und ich werde dir immer dankbar dafür sein, dass du es mir geschickt hast.« Es folgte ein betretenes Schweigen. »Ich wollte nur, dass du das weißt.«

»Danke, Sean. Das bedeutet mir sehr viel.«

»Pass auch auf dich auf, ja?«

»Ja.«

Sean ging zu Maya und Cathy, die am anderen Ende der Theke auf ihn warteten. Michael sah ihm nach.

Stuart tauchte wieder auf, brachte die Getränke. »Die verfluchte Bedienung an der Bar ist offenbar im Bummelstreik. Mit wem hast du vorhin geredet?«

»Mit jemandem von früher.«

Er nahm einen Schluck, aber er wurde den Duft von Rebeccas Parfüm und den schalen Geruch des Heims nicht los. »Tut mir Leid, Stu, aber ich kann nicht bleiben. Ich erklär's dir morgen.«

Er drängte sich durch die Menge zur Tür.

Eine halbe Stunde später ging er den Arundel Crescent entlang.

Als er sich Max' Haus näherte, sah er ein großes, schlankes Mädchen mit kurzen blonden Haaren davor stehen.

»Becky!«

Er rannte auf sie zu. Sie hatte ihm den Rücken zugekehrt und schien in Gedanken versunken, so dass sie, als er seine Hand auf ihre Schulter legte, einen erschreckten Schrei ausstieß und zu ihm herumwirbelte. Da sah er, dass es nicht Rebecca war.

»Tut mir Leid. Ich habe Sie verwechselt.«

Sie nickte, wirkte nervös. Er entschuldigte sich noch einmal, dann schob er sich an ihr vorbei und ging die Stufen zu Max' Haus hinauf. Es war nicht nötig zu klingeln, Max hatte ihm einen Schlüssel gegeben.

Auf dem Tisch in der Eingangshalle lagen zwei Briefe für ihn. Peter musste sie aus der alten Wohnung vorbeigebracht haben.

Max kam aus dem Wohnzimmer. »Haben Sie Ihre Post gesehen?«

Er nickte.

»Ich werde bei der Post einen Nachsendeantrag für Sie stellen.«

»Das ist nicht nötig. Wahrscheinlich bleibe ich ohnehin nicht so lange hier.«

»Ich mach's trotzdem. Es erspart unnötige Rennereien.« Max lächelte. »Ich hab versucht, Sie im Büro zu erreichen, aber man sagte mir, Sie seien schon früher gegangen. Wo waren Sie denn?«

»Auf ein Bier mit Stuart.«

»Muss aber wirklich eins auf die Schnelle gewesen sein.«

»Ich war nicht in der Stimmung.« Neben der Tür befand sich eine Glasscheibe, durch die er das blonde Mädchen sehen konnte, das immer noch auf dem Bürgersteig stand.

Die dunklen Augen musterten ihn. »Was ist los?«

»Vor dem Haus stand ein Mädchen. Sie sah aus wie Becky, und ich dachte schon …«

»Wir haben doch schon darüber geredet«, sagte Max behutsam. »Es ist vorbei, Mike. Sie müssen loslassen.«

»Das ist nicht so einfach.«

»Natürlich nicht. Was Schwierigeres gibt es kaum. Aber gemeinsam werden wir es schaffen. Das verspreche ich Ihnen.«

»Wir?«

»Natürlich. Ihre Probleme sind jetzt auch die meinen, und wir werden sie gemeinsam bewältigen.«

Die Worte vermittelten ihm ein Gefühl der Abhängigkeit. Er versuchte, es loszuwerden. »Ich brauche niemanden, der für mich kämpft.«

331

»Wir brauchen alle jemanden. Das Schlimmste, was es gibt, ist, allein zu sein. Aber solange ich lebe, werden Sie nie mehr allein sein.«

Er erinnerte sich daran, was Max ihm erzählt hatte. »Sagte das nicht auch Ihr Onkel, als Ihr Vater starb. Er schwor, dass Sie nie mehr allein sein würden, solange er lebte.«

Ein schmerzerfüllter Ausdruck trat in Max' Augen.

»Stimmt«, sagte er. »Und dann, nur wenige Wochen später, hat er mich verlassen. Denken Sie, ich bin auch so?«

Er schüttelte den Kopf.

»Vielleicht ein bisschen?«

Schweigen. Die Nachrichten im Fernsehen waren zu Ende, es folgte das Wetter. Mehr Sonnenschein, lautete die Vorhersage. Ein weiterer herrlicher Sommertag.

»Ich habe meinen Onkel übrigens ausfindig gemacht«, sagte Max. »So wie Sie Ihren Vater. Habe ich Ihnen das je erzählt? Er war in Manchester gelandet und hatte dort ein Taxiunternehmen. Ein paar Jahre ging es ihm wirtschaftlich sehr gut, bis er Konkurrenz bekam und aus dem Geschäft gedrängt wurde. Dann erfuhr er, dass er Krebs hatte. Er besaß weder Familie noch Freunde und verbrachte die letzten Monate seines Lebens allein im Krankenhaus, starb ein Jahr, bevor ich mich auf die Suche nach ihm machte.« Er lächelte traurig. »Ironie des Schicksals!«

»Tut mir Leid. Ich wollte nicht...«

»Ich bin nicht mein Onkel, Mike, und Sie sind nicht Ihr Vater. Sie haben ihre Entscheidungen getroffen, genau wie wir jetzt unsere treffen. Wir sollten nur nicht ihre wiederholen.«

Er nickte.

»Lassen Sie uns heute Abend ausgehen. Sehen wir uns eine Show an oder sowas. Das wird Sie auf andere Gedanken bringen.«

»Ich dachte, Sie hätten zu tun. Sind nicht die Holländer wieder hier?«

»Ja. Die sind immer noch ganz scharf auf meine Aktien. Nun, sie werden noch eine Weile warten müssen.«

»Sie könnten aber auch das Interesse verlieren.«

»Und wenn schon. Es ist doch nur Geld.«

332

Er starrte in die dunklen Augen, und für einen Moment war alles in seinem Leben unkompliziert und klar.

»Die Zeitung liegt nebenan«, sagte Max. »Lassen Sie uns nachsehen, was wir unternehmen könnten.«

Als Michael wieder durch das Glasfenster neben der Tür schaute, war das Mädchen mit den blonden Haaren verschwunden.

11. KAPITEL

Mittwochmorgen. Zwei Wochen später.

Michael lag in seinem Bett am Arundel Crescent. Obwohl noch keine sieben Uhr, schien die Sonne schon durch die Vorhänge in den Raum.

Er starrte auf das *Zehn-Gebote*-Poster an der gegenüberliegenden Wand. Zuerst war es ihm in dieser Umgebung deplatziert vorgekommen, aber mit der Zeit gewöhnte er sich daran, und jetzt gab es Augenblicke, da konnte er sich nicht vorstellen, dass es woanders hing.

Er stand auf und schaute aus dem Fenster auf den strahlend blauen Himmel. Unten auf der Straße kam ein Mann aus einem Haus in der Nähe, stieg in seinen Wagen und fuhr fort. David Bishop, Direktor einer führenden Handelsbank. David verließ sein Haus immer um sieben. Man konnte die Uhr nach ihm stellen.

Er ging ins Bad und stellte sich unter die Dusche. Ein raffiniertes Heizgerät hing an der Wand. Es hatte einige Zeit gedauert, bis er es bedienen konnte. Das Wasser vertrieb auch die letzten Spuren der Müdigkeit.

Wieder im Zimmer, öffnete er den Schrank, in dem seine Anzüge hingen und dazu eine ansehnliche Reihe Hemden, allesamt gebügelt von Mrs. László. Er hatte ihr gesagt, es sei nicht nötig, aber sie hatte nur gelächelt, genickt und ihn völlig ignoriert. Es spielte keine Rolle, er würde ohnehin nicht mehr lange bleiben.

Oder?

Ihm war klar, dass er gehen musste. Max hatte sich ähnlich geäußert. »Sie brauchen eine eigene Wohnung, Mike. Ich möchte Ihnen nicht ständig im Weg sein. Natürlich werde ich Sie vermissen, aber ich weiß, dass es so das Beste ist.« Die Worte hatten ihn ermutigen sollen, doch stattdessen erinnerten sie ihn nur daran, wie sehr er inzwischen auf Max' emotionale Unterstützung angewiesen war. Er hatte sich mit verschiedenen Maklern in Verbindung gesetzt, musste sich die Wohnungen aber erst noch ansehen, die sie anboten.

Doch die Zeit dafür war knapp bemessen, denn seine Abende und Wochenenden waren mit Abendessen, Spielen, Ausflügen nach Suffolk und anderen Unternehmungen ausgefüllt, die Max arrangierte, um ihn auf andere Gedanken zu bringen. Aus Angst, ihn vor den Kopf zu stoßen, glaubte Mike, nicht ablehnen zu können. Also wurden aus Tagen Wochen und dieses Haus allmählich zu einem echten Zuhause für ihn.

Er knöpfte sein Hemd zu, dann nahm er den italienischen Anzug aus dem Schrank, den er letztes Jahr bei Moss Bros. gekauft hatte. Rebecca fand, dass er wie angegossen saß. Max sah das anders. »Wenn Sie es zu was bringen wollen, Mike, müssen Sie sich entsprechend kleiden. Von nun an keine Konfektionsware mehr. Ich gehe mit Ihnen zu meinem Schneider.« Er hatte gegen die Ausgabe protestiert, aber seine Einwände wurden nicht beachtet. »Vergessen Sie die Kosten. Nennen wir es einfach ein verspätetes Geburtstagsgeschenk.«

Solche Dinge hatten sich wiederholt. Sein ramponierter alter CD-Player war in den Schrank gewandert und durch eine erstklassige Anlage ersetzt worden. Diese stand auf dem Schreibtisch in seinem Zimmer, direkt neben einem neuen Laptop, während in seinem Schrank neue Designerkleidung hing und an seinem Handgelenk eine Rolex prangte. In den letzten Wochen hatte er sich angewöhnt, nicht mehr in die Schaufenster zu sehen, aus Angst, Max könnte meinen, ihm alles kaufen zu müssen, was dort ausgestellt war.

Er schloss die Manschettenknöpfe und setzte sich aufs Bett, überflog die Broschüre eines Autohändlers für Luxusmarken. Erst am Abend zuvor, auf dem Weg zu einem Restaurant, hatte Max ihn in einen Autosalon geschleppt und ihn gedrängt, sich einen Wagen auszusuchen. Wieder einmal waren seine Proteste auf taube Oh-

335

ren gestoßen. »Für mich sind Sie wie ein Sohn. Wenn Sie bei mir aufgewachsen wären, hätte ich Ihnen schon vor Jahren einen Wagen gekauft, also mache ich doch im Grunde nichts anderes, als verlorene Zeit aufzuholen.« Die Worte waren von einem Lächeln begleitet gewesen, in dem ein Hauch von Kränkung lag, so dass er sich undankbar vorkam und sich verpflichtet fühlte, das Angebot anzunehmen.

Er legte die Broschüre aus der Hand und starrte auf das *Zehn-Gebote*-Poster. Rebecca hatte es ihm geschenkt. Vor drei Monaten war seine größte Angst die gewesen, sie zu verlieren und wieder allein zu sein. Jetzt hatte sich diese Angst bewahrheitet, aber er war nicht allein. Er hatte Max, einen Mann, der völlig unerwartet in sein Leben getreten war und ihm vorbehaltlose Liebe entgegenbrachte. Unkritische, unerbittliche Liebe.

Er ging ins Esszimmer. Max saß bereits am Tisch, trug seinen Morgenmantel, aß Toast und las die *Financial Times*. Er runzelte die Stirn, als Michael sich setzte. »Dieser Anzug ist unmöglich, Mike. Ich werde für Ende der Woche einen Termin bei meinem Schneider machen.«

Michael schenkte sich Orangensaft ein, während Mrs. László mit einer Kanne Kaffee erschien. »Ein warmes Frühstück für Sie?«, fragte sie.

»Ich nehme nur einen Toast.«

»Ein warmes Frühstück für Sie«, sagte Mrs. László vergnügt, bevor sie wieder in der Küche verschwand.

»O Gott.«

Max lachte. »Versuchen Sie erst gar nicht, mit ihr zu diskutieren. Reine Energieverschwendung.«

»Kann man wohl sagen.«

»Haben Sie morgen Abend schon was vor?«

»Warum?«

»Sam Provsky ist für einige Tage in London. Ein kanadischer Bekannter von mir, dem eine Restaurantkette gehört und der im Begriff steht zu expandieren. Bislang hat er seine Interessen von einer Kanzlei im West End vertreten lassen, ist aber mit deren Arbeit nicht sonderlich zufrieden, deshalb hätte ich gern, dass Sie ihn beim Essen davon überzeugen, zu Cox Stephens zu wechseln.«

»Ich? Aber ich hab doch keine Befugnisse.«

»Keine Sorge. Sie müssen nichts anderes tun, als dort zu sitzen, zu lächeln und mir die Verhandlungen überlassen. Vertrauen Sie mir, Mike, Sam und ich kennen uns schon eine ganze Weile, und ich weiß genau, welche Knöpfe ich drücken muss. Einen solchen Mandanten zu haben, wird sich hervorragend auf Ihrer CV machen, wenn Sie sich etwas Neues suchen.«

»Er wäre aber nicht mein Mandant, sondern Mandant der Kanzlei.«

»Das werden wir Jack glauben lassen. Aber wir wissen es besser.«

»Vielleicht will ich mir ja gar nichts Neues suchen.«

Max lächelte. »O doch, das werden Sie.«

Er war nicht so dumm, sich auf eine weitere Diskussion einzulassen. Mrs. László tauchte mit einem Teller Schinken, Eiern, Champignons und Würstchen auf. Er nahm ein paar Bissen, dann schob er das Essen auf dem Teller herum und versuchte den Eindruck zu erwecken, er habe mehr gegessen, als es tatsächlich der Fall war.

»Sie sehen ziemlich fertig aus«, bemerkte Max. »Was Sie brauchen, ist ein anständiger Urlaub. Freunde von mir besitzen ein wunderbares Haus in Nassau, mit einem Pool direkt am Strand. Wir könnten dieses Wochenende hinfliegen. Was halten Sie von zwei Wochen?«

»Im Moment ist im Büro die Hölle los. Ein wichtiger Vertrag ist in der Mache, und ich kann jetzt auf keinen Fall frei nehmen.«

»Natürlich können Sie das. Zwei Wochen werden die schon ohne Sie klarkommen.«

Ja, vielleicht. Und wenn nicht, würde auch niemand Einwände erheben.

Er schob das Essen weiter auf seinem Teller herum.

»Sie müssen das nicht aufessen«, sagte Max. »Es genügt, dass Sie guten Willen gezeigt haben.«

Er stand auf.

»Mike, warten Sie einen Moment.« Max ging zu ihm. »Sie wirken bedrückt. Habe ich etwas Falsches gesagt?«

»Nein.«

»Doch, das habe ich. Ich mische mich ein, sage Ihnen, was Sie tun sollen. Manchmal muss ich Ihnen wie ein Tyrann erscheinen, aber ich will eben für Sie nur das Beste.«

Er brachte ein Lächeln zu Stande. »Wie zum Beispiel maßgeschneiderte Anzüge.«

Max lächelte ebenfalls. »Besonders maßgeschneiderte.«

»Manchmal finde ich es einfach nicht richtig.«

»Was?«

»Wenn Sie mir all diese Sachen kaufen.«

»Das sind doch nur Dinge, Mike. Es macht mich glücklich, wenn ich Ihnen eine Freude bereiten kann. Ist das so schrecklich?«

»Sie haben schon so viel für mich getan.«

»Das ist noch gar nichts, verglichen mit dem, was ich noch tun werde.« Max sah ihm in die Augen. »Wir sind uns so ähnlich, Sie und ich. Wir wissen beide, was es heißt, allein auf der Welt zu sein. Ich war sechzehn, als ich Bow verließ, hatte nichts außer ein paar Pfund und den festen Vorsatz, etwas aus meinem Leben zu machen. Es gab niemanden, der mir half. Ich musste alles ganz allein schaffen, und es war ein langer, harter Weg. Nun, ich möchte, dass Sie es besser haben. Dafür werde ich sorgen.«

Michael nickte, war nicht sicher, was er darauf sagen sollte.

Plötzlich nahm Max ihn in die Arme und drückte ihn an sich. Erschreckt über diesen Gefühlsausbruch, stand er wie erstarrt da, sagte sich, dass er froh sein konnte, jemanden zu haben, dem er so viel bedeutete.

Schließlich ließ Max ihn wieder los. Sein Blick drückte vorbehaltlose Liebe aus. Er hatte Glück, dass ihm diese Liebe galt, auch wenn sie ihn manchmal erstickte.

Er ging, um sich für die Arbeit fertig zu machen.

Zwei Uhr. Michael hatte das Büro verlassen, um sich ein Sandwich zu besorgen, und befand sich auf dem Rückweg zur Kanzlei.

Er war tief in Gedanken versunken. Emily hatte an diesem Morgen angerufen. Seit ihrer Liebeserklärung in dem Weinlokal hatten sie zweimal zusammen zu Mittag gegessen. Beide Male war die Atmosphäre gespannt gewesen, während sie versuchten, so zu tun, als wäre zwischen ihnen nichts vorgefallen. Die Situation machte ihm zu schaffen. Er wollte ihre Freundschaft nicht verlieren, wollte für sie da sein, wenn sie ihn brauchte, wusste aber nicht, wie er das anstellen sollte.

Er war so in Gedanken versunken, dass es eine ganze Weile dauerte, bis er mitbekam, dass jemand seinen Namen rief.

Er drehte sich um und sah Peter Brown auf sich zukommen. Obwohl nicht in der Stimmung für eine Unterhaltung, brachte er doch ein Lächeln zu Stande. »Hallo. Wie läuft's in der Wohnung?«

»Prima. Es gefällt uns dort sehr gut.« Während er sprach, scharrte Peter verlegen mit den Füßen.

»Ist was?«, wollte Michael wissen.

»Darf ich Sie etwas fragen?«

»Ja.«

»Sie kennen Max doch ziemlich gut, oder?«

»Ich denke schon.«

»Haben Jenny und ich ihn auf irgendeine Weise beleidigt oder gekränkt?«

»Warum fragen Sie?«

Peter schien sich nicht sonderlich wohl zu fühlen. »Spielt keine Rolle. Vergessen Sie's.«

Michaels Neugier war geweckt. »Sagen Sie's mir. Vielleicht kann ich ja helfen.«

»Während der ersten Woche in der Wohnung haben wir Max relativ oft gesehen. Ich habe Ihnen ja erzählt, dass er uns mit einer Flasche Champagner überrascht und uns zum Abendessen eingeladen hat, und mit mir hat er sich zum Mittagessen verabredet. Ende dieser Woche beschlossen wir, ihn zum Dank einzuladen. Und als ich deswegen anrief, hat er abgelehnt.«

Michael dachte an all die Essen und Theaterbesuche. »Nun, er war in letzter Zeit ziemlich beschäftigt.«

»Nein, es war eher seine Art. Er gab sich recht abweisend, so, als würde ich ihm zu nahe treten. Was schon komisch ist, denn wir hatten erst wenige Tage zuvor mit ihm zu Abend gegessen, und da war er ausgesprochen nett. Seitdem habe ich ihn mehrere Male angerufen –«

Während er zuhörte, betrachtete Michael Peters Krawatte.

»– und er reagierte immer gleich –«

Sie war blau mit roten Streifen. Peter hatte sie auch bei ihrer letzten Begegnung getragen, im Foyer von Cox Stephens.

»– das hat mich schon ein wenig irritiert–«

An diesem Tag hatte Peter mit Max zu Mittag gegessen und war mit ihm im Foyer gestanden. Max hatte Peter wohlwollend angelächelt. Und die Eifersucht, die Michael dabei empfand, hatte zur Folge, dass am Ende sowohl Roberts Nase als auch seine Beziehung mit Rebecca daran glauben mussten.

»– und da habe ich mich gefragt, ob Sie vielleicht wüssten –«

Er erinnerte sich an das Taschenbuch, das in seinem Schreibtisch im Büro lag. Eine Sammlung von Erzählungen von M. R. James. Er war sicher, dass sie weder Rebecca noch ihm gehörte. Das Buch musste von den letzten Mietern zurückgelassen worden sein.

Aber auch das erschien ihm unwahrscheinlich. Das Buch war hinter dem Sofa gefunden worden, das sie bei ihrem eigenen Einzug umgestellt hatten, und damals gab es keine Spur von einem Buch.

Kennen gelernt hatte er Peter, weil Max Peter gedrängt hatte, das Buch persönlich vorbeizubringen. Peter war damals voller Dankbarkeit für Max gewesen, und auch da hatte er mit Eifersucht reagiert. Jetzt jedoch gab es keinerlei Grund, eifersüchtig zu sein. Nicht, nachdem die Großzügigkeit Peter gegenüber wenige Tage später aufgehört hatte. Genau zu dem Zeitpunkt, als er mit Rebecca Schluss machte.

Er verspürte eine merkwürdige Übelkeit.

»Sie haben Max bestimmt nicht beleidigt«, sagte er. »Ich bin überzeugt, seine Haltung Ihnen gegenüber hat sich nicht verändert.«

Er saß an seinem Schreibtisch und dachte über das nach, was Peter ihm erzählt hatte.

»Kannst du mir einen Gefallen tun?«, fragte Stuart, der gerade zu einer Besprechung mit einem Mandanten gehen wollte. »Ich soll das New Yorker Büro anrufen. Die haben mir Finanzauskünfte über eine amerikanische Firma geschickt, und die Zahlen stimmen nicht. Ich bin den ganzen Nachmittag beschäftigt, könntest du das vielleicht für mich erledigen?«

»Klar.«

Stuart gab ihm die Unterlagen. »Du musst mit einem Alan Bradley sprechen. Er ist der neue Mann für Firmenangelegenheiten, den sie gerade engagiert haben.«

Froh, über etwas anderes nachdenken zu können, wählte er die Nummer.

Alan war ein umgänglich klingender Brite, der die Unklarheiten schnell bereinigen konnte. »Wie ist's denn so im Big Apple?«, erkundigte sich Michael.

»Wunderbar. Allerdings bin ich erst eine Woche hier, also wird sich zwangsläufig noch einiges ändern.«

»Haben Sie vorher in London gearbeitet?«

»Ja, bei Carter Curzon. Seit meinem Examen war ich bei denen.«

»Wann haben Sie Examen gemacht? Fünfundneunzig? Sechsundneunzig?«

»Letzten September.«

Letzten September?

»Dann haben wir zur gleichen Zeit Examen gemacht.«

»Wirklich?« Alan klang interessiert. »Auf welcher Uni waren Sie?«

»Oxford.«

»Mein Freund Brian Scott war dort. Kennen Sie ihn?«

»Nein. Alan, ich muss jetzt leider Schluss machen. War nett, mit Ihnen zu plaudern.«

Nachdem er den Hörer aufgelegt hatte, fuhr er sich mit einer Hand durch die Haare. Er hatte Kopfschmerzen, starrte die Wand an, wartete darauf, dass es wieder aufhörte.

»Mike.«

Kim stand in der Tür. »Jack Bennett möchte Sie dringend sprechen. Irgendwas wegen der Chassock-Sache.«

Er ging in Jacks Büro. Jack saß an seinem Schreibtisch, sah gestresst aus. »Der Geschäftsführer von Chassock hat mich gerade angerufen. Er ist in einer Besprechung und benötigt von uns die Bilanzen sämtlicher Zielgesellschaften der geplanten Übernahme. Ich weiß, dass Sie letzte Woche Kopien anfertigen ließen. Wo sind die?«

»In dieser Akte.« Michael deutete auf ein blaues Ringbuch in Jacks Regal. »Ich habe das von einem der Referendare machen lassen. Tut mir Leid, es hätte entsprechend etikettiert werden müssen.«

»Könnten Sie sich um das Fax kümmern? Bei mir brennt es gerade an anderer Stelle.«

Er nickte. Jack sah die Akte durch und bekam große Augen. »Wie viele Tochtergesellschaften gibt es denn?«

Die Kopfschmerzen wurden stärker. Er versuchte, sich zu konzentrieren. »Ungefähr zwanzig.«

»Aber hier befinden sich nur ein Dutzend Bilanzen.« Jack blätterte weiter. »Und einige sind schon fast drei Jahre alt. Es muss doch aktuellere Unterlagen geben. Welcher Referendar hat das gemacht?«

Letzten September. Alan hatte letzten September Examen gemacht.

»Welcher Referendar?«

»John Marshall.«

»Haben Sie seine Arbeit kontrolliert?«

»Nein.«

»Aber Sie wissen doch genau, wie schludrig er ist. Sie hätten das prüfen müssen.«

»Ich werde es sofort nachholen.«

»Aber wir haben keine Zeit mehr! Sie erwarten das Fax jede Minute.« Jack atmete heftig. »Sie hätten sich um diese Sache wirklich kümmern sollen, Mike. Wie stehen wir jetzt bloß da? Wie komplette Idioten.«

Er reagierte nicht; zu viele andere Dinge gingen ihm durch den Kopf.

»Und nichts könnte Ihnen gleichgültiger sein, was?«

Jack stand auf, sein Gesicht war tiefrot. »Sehen Sie sich doch nur an. Stehen da, als wäre das alles völlig unwichtig. Wahrscheinlich ist es das auch, nachdem Sie jetzt Freunde mit hervorragenden Beziehungen haben, die Ihnen ständig den Rücken freihalten. Versuchen Sie bei Gelegenheit mal daran zu denken, dass wir anderen nicht über diesen Luxus verfügen. Wir verdienen mit diesem Job unseren Lebensunterhalt, für uns ist er nicht nur ein gut bezahlter Zeitvertreib zwischen zwei teuren Abendessen!«

Die Worte waren wie ein Schlag. Michael drehte sich abrupt um, verließ das Zimmer und kehrte in sein Büro zurück, wo er die Tür schloss und mitten im Raum stehen blieb, tief durchatmete und versuchte, wieder ruhiger zu werden.

Es klopfte an der Tür. Jack trat ein. Sein Zorn war vager Angst gewichen.

»Es tut mir Leid, Mike. Ich hatte kein Recht, so mit Ihnen zu reden. Die Arbeit wächst mir über den Kopf, da reagiert man schon mal überreizt.« Kurzes Schweigen. »Ich hoffe, Sie halten es nicht für erforderlich –«

»Es jemandem zu erzählen?«

In Jacks Augen flackerte Angst. Dieser Blick hatte zur Folge, dass er sich schmutzig fühlte, und gleichzeitig erschütterte es ihn, dass ihn jemand einer solchen Handlungsweise für fähig hielt. »Sie müssen sich keine Gedanken machen«, sagte er schnell. »Ich hab's verdient. Natürlich werde ich es niemandem erzählen.«

Jack entspannte sich.

»Vorausgesetzt, Sie sagen mir, wie das mit dem New Yorker Job gelaufen ist.«

»New York?«

»Sie wissen, wovon ich rede. Morgens fragt mich Jeff Speakman, ob ich daran interessiert wäre, nur um mir nachmittags mitzuteilen, dass ich noch zu wenig Berufserfahrung habe. Aber das war nicht der Grund, stimmt's?«

343

Zunächst reagierte Jack nicht. Dann schüttelte er langsam den Kopf.

»Wie hat Max es herausgefunden?«

»Ich habe es ihm gesagt. Wir waren zum Mittagessen verabredet an dem Tag, an dem Jeff mit Ihnen geredet hat. Wir sprachen über Ihre beruflichen Erfolge. Soweit ich mich entsinne, war es das Einzige, worüber wir uns unterhalten haben. Ich erwähnte die Möglichkeit der Versetzung nach New York, weil ich dachte, es würde ihn freuen. Na ja, ziemlich dumm von mir. So ziemlich das Letzte, was er wollte, war, dass Sie das Land verlassen.«

Michael fühlte sich plötzlich sehr müde. Seine Glieder waren wie Blei.

»Sicher verachten Sie mich jetzt«, fuhr Jack fort.

Er schüttelte den Kopf.

»Sie müssen mir nichts vormachen. Doch, doch, ich seh's Ihnen deutlich an.« Jack lächelte traurig. »Wissen Sie, was das Tragische an der Sache ist? Ihr jungen Anwälte glaubt immer noch, dass man Macht hat, wenn man Sozius wird. Aber da irren Sie. Letzten Endes bin ich nichts als ein gut bezahlter Angestellter ohne echte Macht. Die Mandanten sind die wirklich Mächtigen. Sie verhelfen mir zu meiner Reputation, und sollte ich sie verlieren, würde alles, wofür ich gearbeitet habe, umsonst gewesen sein. Deshalb bitte ich Sie, nicht zu schlecht von mir zu denken.«

Michael erinnerte sich an Jacks ersten Tag in der Kanzlei. Jack war durch die ganze Abteilung gegangen, hatte mit jedem ein freundliches Wort gewechselt. Ein herzlicher, umgänglicher Mann, der akzeptiert werden wollte und Förmlichkeiten ablehnte. Dafür hatte er Jack bewundert.

Er starrte Jack an, und ihm wurde klar, dass dessen Zukunft in seiner Hand lag. Diese Macht besaß er nun.

Aber er wollte sie nicht. Es gab nur eines, was er wirklich wollte.

»Vergessen Sie die Bilanzen«, meinte Jack. »Ich werde das von jemand anderem prüfen lassen.«

»Ich muss unbedingt etwas erledigen. Haben Sie was dagegen, wenn ich früher gehe?«

Jack schüttelte den Kopf. Was blieb ihm auch anderes übrig?

Er betrat die Sachbuchabteilung der Buchhandlung Chatterton's. Bis auf einen älteren Mann, der sich in der Ecke mit Geschichtsbüchern aufhielt, war der Raum leer.

Rebecca stand mit Clare an der Kasse. Als sie ihn sah, wurde sie blass.

»Ich muss mit dir reden.«

Sie schüttelte den Kopf.

»Bitte, nur fünf Minuten. Danach werde ich dich nie wieder belästigen.«

»Geh schon, Becky«, sagte Clare leise. »Ich komme alleine klar. Ist ja nicht so, als wäre der Laden überfüllt.«

Rebecca griff nach ihrer Tasche. »Dann komm«, sagte sie, bevor sie die Treppe hinaufstieg.

Er setzte sich neben sie auf eine Bank am Trafalgar Square, starrte zu Boden, versuchte, die richtigen Worte zu finden.

»Ich kann nicht lange bleiben«, sagte sie. »Es ist nicht fair, Clares Hilfsbereitschaft auszunützen.«

Er beobachtete eine einsame Taube und wünschte sich, etwas zum Füttern dabei zu haben.

»Nein, würdest du nicht«, sagte sie.

»Was würde ich nicht?«

»Ein Stück von deinem Sandwich abgeben, wenn du eins hättest. Das hast du doch gerade gedacht, oder?«

»Ja.«

»Immer wenn wir hergekommen sind, hast du dein Mittagessen innerhalb von zwei Minuten verschlungen, dann hast du mir noch die Hälfte von meinem abgenommen und darauf bestanden, dass ich den Rest an unsere gefiederten Freunde verteile. Ich bin dann immer ins Geschäft zurück und war hungriger als vor der Pause.«

»Und dann hast du den ganzen Nachmittag Schokolade gefuttert und mich angerufen, um mir zu sagen, dass ich deine Figur ruiniere.« Er lächelte. »Stuart hat immer gesagt, es sei ein Wunder, dass ich vor lauter Telefonieren überhaupt noch zum Arbeiten komme.«

»Wie geht's Stuart?«

»Gut. Helen ist gerade befördert worden. Er redet von nichts anderem mehr.«

»Gratulierst du ihr bitte von mir?«

»Klar.«

Schweigen. Die Taube schrieb ihn offenbar ab und trippelte davon. Eine Gruppe japanischer Touristen fotografierte sich gegenseitig vor der Nelson-Säule. Blinzelnd lachten sie in die Sommersonne.

»Und? Warum bin ich hier, Mike?«

»Willst du gehen?«

»Ich bin noch hier, oder?«

Wieder Schweigen. Dann sagte sie: »Hör zu, vielleicht ist das nicht –«

»Ich wollte, dass du weißt, dass du Recht hattest.«

»In welcher Hinsicht?«

Er seufzte. »Dass ich Max' Marionette bin.«

Er wartete auf eine hämische Reaktion. Dass sie sagte, du wolltest ja nicht auf mich hören oder Ähnliches. Doch als sie sich ihm dann zuwandte, war ihr Blick verständnisvoll.

»Freust du dich nicht?«, fragte er.

»Nicht, wenn es dich so mitnimmt.«

Er sah zum Himmel auf. Immer noch ein strahlendes Blau.

Es schien, als ginge der Sommer nie zu Ende. »Ich bin nicht mitgenommen.«

Sie gab keine Antwort, aber er wusste, dass er ihr nichts vormachen konnte.

»Ich will dich nicht länger aufhalten. Ich wollte es dir nur sagen.« Er holte Luft. »Und ich wollte dir sagen, dass es mir Leid tut. Ich weiß, dass es zu spät ist, um noch etwas zu ändern, aber ich meine es wirklich so.«

Seine Hände lagen auf den Knien. Sie bedeckte eine mit ihrer eigenen. »Erzähl mir, was passiert ist, Mike. Du musst es jemandem erzählen, und wer könnte dafür besser geeignet sein als ich?«

Also beschrieb er ihr die Ereignisse des Tages und die Schlussfolgerungen, die er daraus zog. Er sprach langsam, um nichts zu vergessen.

»Wie fühlst du dich?«, fragte sie, als er fertig war.

»Durcheinander. Ich habe Angst.«

»Du brauchst keine Angst zu haben. Max wird dir nichts antun. Ich weiß, dass ich gesagt habe, er benutzt dich, aber das war nur, weil ich so wütend war. Er hat das alles getan, weil du ihm etwas bedeutest.«

»Aber das macht es auch nicht besser, oder?«

»Kommt darauf an.«

»Worauf?«

»Auf dich. Du wolltest schon immer Erfolg haben und in deinem Leben etwas erreichen. Max will das Gleiche für dich. Mit ihm als Rückhalt sind dir keine Grenzen gesetzt. Du könntest bis zum Mond fliegen.«

»Aber er wäre derjenige, der am Kontrollpunkt sitzt.«

»Es könnte trotzdem eine wunderbare Reise sein.«

»Aber es wäre nicht mein eigenes Leben. Du hast mich gewarnt, Max niemals die Kontrolle übernehmen zu lassen. Im Augenblick ist das haargenau das, was passiert.«

»Und was willst du?«, fragte sie. »Was willst du wirklich?«

»Erinnerst du dich noch an den Tag, an dem wir nach Hampton Court gefahren sind?«

»Ja.«

»Wir haben im Palast Gespenster gesucht.«

»Ohne Erfolg.«

»Wir haben Stunden im Labyrinth verbracht.«

»Du hast es geschafft, dass wir uns verlaufen haben.«

»Wir haben unten am Fluss Eis gegessen.«

»Du hast die Hälfte von meinem verspeist, und dann musste ich den Rest an die Enten verfüttern.«

»Und am Ende des Tages, als wir auf den Zug warteten, da hast du mir gesagt, du liebst mich.«

Sie seufzte.

»Niemals zuvor hatte das jemand zu mir gesagt. Nicht einmal meine Mutter. In diesem Moment war die ganze Vergangenheit unwichtig geworden. Das Einzige, was noch zählte, war, mit dir zusammen zu sein. Mein Leben mit dir zu teilen. Wir zwei gegen den Rest der Welt.«

Er hielt inne.

»Du hast meine Frage nicht beantwortet«, sagte sie.

»Doch.«

Seine Augen waren auf den Himmel gerichtet. Jetzt senkte er den Kopf und sah, dass sie Tränen in den Augen hatte. Auch er begann zu weinen. Sie fielen sich in die Arme und hielten sich fest umschlungen, während die Tauben zu ihren Füßen weiter nach Essbarem suchten.

Halb acht. Michael saß auf seinem Bett in Max' Haus, hatte seine Sachen in Taschen verstaut. Er war jetzt bereit zu gehen. Es blieb nur noch eines zu tun! Es Max sagen.

Als er zwei Stunden zuvor das Haus betreten hatte, hatte ihm Mr. László mitgeteilt, dass Max unterwegs sei und nicht vor sieben Uhr zurückerwartet würde. Also war er auf sein Zimmer gegangen, um dort auf Max zu warten.

Er hörte Schritte auf dem Flur, dann klopfte jemand an die Tür.

Max machte ein besorgtes Gesicht. »Fühlen Sie sich nicht wohl?«

Dann sah er die Taschen.

Michael stand auf, sein Hals war ganz trocken. »Ich habe mich heute mit Becky getroffen«, sagte er. »Wir haben eine Ewigkeit geredet und –«

»Sie werden es noch einmal miteinander versuchen.«

»Ja.«

Max stand völlig reglos da und wartete.

»Sie machen einen Fehler, Mike.«

»Das glaube ich nicht.«

»Es ist aus. Das haben Sie selbst gesagt.« Die Stimme war beherrscht und sehr ruhig. Sie begann ihn einzulullen, seine Sinne zu trüben, seinen Verstand zu vernebeln.

Wütend schüttelte Michael den Kopf. »Sie haben das gesagt, nicht ich.«

»Sie handeln sich nur neuen Kummer ein. Denken Sie doch daran, was zwischen Ihnen beiden vorgefallen ist. All die Dinge, die Sie gesagt und getan haben, um einander zu verletzen.« Max

348

legte eine Hand auf Mikes Schulter. »Wollen Sie das wirklich alles noch einmal durchmachen?«

Er schüttelte die Hand ab. »Das ist nicht fair.«

»Stoßen Sie mich nicht weg, Mike. Ich möchte Sie nur vor Schmerz bewahren.«

Er sah zu Boden. »Aber das will ich nicht. Es ist mein Leben. Sie können es nicht für mich leben.«

»Das versuche ich doch auch gar nicht.«

»Wirklich nicht?«

Stille. Bis auf sein Herzklopfen. Max trug teure italienische Schuhe. Auch Mike besaß jetzt mehrere Paare davon, aber sie waren einfach nicht sein Stil.

»Na schön«, sagte Max schließlich. »Dann treffen Sie sich wieder mit ihr, wenn es das ist, was Sie wollen. Aber gehen Sie es langsam an. Stürzen Sie sich nicht wieder Hals über Kopf in eine Beziehung. Und bis dahin bleiben Sie hier.« Die Stimme war so ruhig. Nicht die geringste Spur von Zorn.

»Das kann ich nicht«, sagte er.

»Es ist nicht nötig, dass Sie gehen.«

»Doch, ist es.«

Er sah wieder auf. Obwohl Max' Stimme fest war, drückte sein Gesicht Schmerz aus. Michael hasste sich für das, was er tat, wusste aber auch, dass er nicht anders konnte.

»Ich würde eine Menge dafür geben, dass es anders wäre. Sie und Becky bedeuten mir alles. Aber mein Leben funktioniert nicht mit Ihnen beiden, also muss ich mich entscheiden.«

Max holte tief Luft. »Michael, bitte, tun Sie's nicht. Sie begehen einen großen Fehler, den Sie für den Rest Ihres Lebens bereuen werden. Aber noch ist es nicht zu spät.«

»Es tut mir schrecklich Leid. Sie haben mich wie einen Sohn behandelt, und dafür werde ich Ihnen immer dankbar sein –«

»Genug.«

Max hob eine Hand. »Gehen Sie, wenn Sie unbedingt müssen«, sagte er ruhig, bevor er auf den Schreibtisch wies, wo der Computer und die Stereoanlage standen. »Sie haben etwas vergessen.«

»Ich nehme nur die Dinge mit, die ich mitgebracht habe.«

349

»Ich habe es Ihnen geschenkt. Nehmen Sie's mit, oder lassen Sie's bleiben, ganz wie Sie wollen. Ich werde Ihnen ein Taxi rufen.«

»Max.«

»Ja?«

Er schluckte. »Bitte, hassen Sie mich jetzt nicht. Ich habe kein Recht, Sie darum zu bitten, dennoch versuche ich es. Bitte.«

Kein Blinzeln. Und dann diese Stimme: schön wie immer.

»Ich werde Sie niemals hassen, Michael. Das ist eins der Dinge, die niemals passieren werden.«

Rebecca hörte das Klingeln.

Eine Woge der Erleichterung erfasste sie. Sie hatte Angst gehabt, dass Max Michael zum Bleiben überredete. Voller Freude riss sie die Tür auf und fand Emily davor. Sie hatte eine Flasche Wein in der Hand.

»Was machst du denn hier?«

»Du hast mich eingeladen. Wir haben uns letzte Woche verabredet.«

Es stimmte. Vor lauter Aufregung hatte sie das vergessen.

Emily trat in den Flur und überreichte ihr die Flasche. »Was ist los?«

»Mike und ich haben uns ausgesöhnt. Wir werden es noch mal miteinander versuchen.«

»Ich glaub's nicht.«

»Ich auch nicht.« Sie schloss die Tür. »Es ist alles so schnell gegangen. Er ist heute Nachmittag in der Buchhandlung aufgetaucht und –«

»Ihr könnt nicht wieder zusammenkommen! Das geht einfach nicht!«

Emilys Gesicht drückte großen Schmerz aus. Rebecca fröstelte, als sich ihr Verdacht jetzt bestätigte.

Sie standen im Flur, während im Wohnzimmer eine CD der Cranberries lief.

»Em, hör zu –«

»Er bedeutet dir doch gar nichts. Hat er auch noch nie.«

»Das stimmt nicht.« Sie versuchte, nicht laut zu werden.

»Doch, es stimmt. Für dich ist er doch nichts anderes als ein Schmuckstück. Etwas, das du als ein weiteres Symbol deines perfekten Lebens vorzeigen kannst.«

Rebecca spürte, wie ihr das Blut in die Wangen schoss. »Ich glaube, du solltest jetzt besser gehen.«

»Warum? Die Wahrheit tut weh, was?« Emily machte einen Schritt auf sie zu. »Und es ist die Wahrheit. Du weißt doch gar nicht, was Liebe bedeutet. Du hast ihn gezwungen, jemanden aufzugeben, der ihm wirklich sehr viel bedeutet. Was für ein Mensch bist du eigentlich?«

Rebecca verlor die Beherrschung. Auch sie trat einen Schritt vor. »Aber dir bedeutet er etwas, stimmt's? Deswegen hast du ihm auch diese Lügen erzählt, dass ich gesagt hätte, ich würde ihn unter keinen Umständen wieder zurücknehmen. Du weißt, dass ich das nicht gesagt habe!«

»Tja, spielt doch jetzt auch keine Rolle mehr, oder?« Emilys Augen funkelten. »Denn am Ende bist du diejenige, die gewinnt. So wie immer. Wirst du's eigentlich nie Leid, mir etwas wegzunehmen?«

»Ich hab dir noch nie etwas weggenommen!«

»Was ist mit meiner Mutter?«

Sie glaubte ihren Ohren nicht zu trauen. Das hatte Emily ihr noch nie vorgeworfen.

»Kann ja sein, dass du sie vergessen hast, ich jedenfalls nicht! Du hast sie mir weggenommen. Dann meinen Vater, und jetzt auch noch den einzigen Mann, der mir je etwas bedeutet hat. Wann hört das endlich auf?«

Sie schlug Emily ins Gesicht.

Emily schnappte nach Luft und legte eine Hand an ihre sich rot färbende Wange. Rebeccas Handfläche brannte. Sie starrte Emily an.

»Wag es nicht, mich für deine Mutter verantwortlich zu machen! Es tut mir Leid, dass sie tot ist, wirklich, aber das war nicht meine Schuld. Seit wir Kinder waren, hast du mir deswegen ein schlechtes Gewissen gemacht. Aber jetzt reicht's! Ich bin nicht für dich und dein Leben verantwortlich, und falls es dir gerade beschissen geht, solltest du zur Abwechslung mal versuchen, etwas dagegen zu unternehmen, statt immer nur rumzujammern und mir die Schuld für alles in die Schuhe zu schieben!«

Emily machte auf dem Absatz kehrt und ging hinaus.

Rebecca blieb, wo sie war. Sie hatte gesagt, was gesagt werden musste.

Aber schon bereute sie es wieder. Sie stellte die Flasche beiseite und rannte hinaus. »Em, es tut mir Leid. Bitte, komm zurück. Lass uns noch mal darüber reden!«

Doch es war vergebens.

Michael befand sich mit dem Taxi auf dem Weg nach West Hampstead.

Im Radio wurde ein Cricketspiel übertragen. Der Taxifahrer, ein Sportfan, gab fortlaufend Kommentare darüber ab. Mike versuchte, Interesse zu heucheln, war aber in Gedanken ganz woanders.

Er musste immer wieder an den gequälten Ausdruck auf Max' Gesicht denken. Er wusste, dass er manipuliert worden war, dass Max ihn hatte kontrollieren wollen. Trotzdem schämte er sich.

Das Taxi bog in die Ash Lane ein. Rebecca stand vor der Wohnung. Sie sah völlig verwirrt aus, doch als sie das Taxi kommen sah, breitete sich ein Lächeln auf ihrem Gesicht aus. Und mit einem Mal waren alle Zweifel und Ängste wie weggeblasen.

Sie standen auf dem Bürgersteig. Ihre Augen waren gerötet. »Du hast geweint«, sagte er. »Hattest du Angst, ich würde nicht kommen?«

»Ja, ein bisschen.«

»Ich musste mit ihm sprechen. Versuchen, es zu erklären.«

»Hat er es verstanden?«

Er seufzte. »Ich glaube nicht.«

»Denkst du, es war eine falsche Entscheidung?«

»Nein. Es ist, als hätte ich mich die letzten paar Monate wie in Trance befunden. Hätte mich völlig mechanisch bewegt, während jemand anderer die Fäden zog. Aber das ist jetzt vorbei.« Er berührte ihre Wange. »Ich bin wieder wach, und das hier ist die Wirklichkeit.«

Sie umarmten sich und trugen gemeinsam seine Sachen in die Wohnung.

Zehn Uhr. Emily saß auf einer Bank in der U-Bahnstation Blackfriars. Und das bereits seit einer Stunde. Sie beobachtete, wie die Züge nach Streatham ankamen und wieder abfuhren.

Sie ging bis ans Ende des Bahnsteigs und zum Anfang der Blackfriars Bridge. Vor ihr lag die Themse, deren Wasser in dem von Gebäuden in der Nähe reflektierten Licht schimmerte. In der Ferne konnte sie die Kuppel von St. Paul's sehen, angestrahlt für die Nacht, ein Symbol der Größe und Macht Londons.

Diese Stadt war nun zwei Jahre ihr Zuhause gewesen. Acht Millionen Menschen lebten hier. Tag für Tag hatte sie sich unter ihnen bewegt, still und unbemerkt, hatte das Gefühl, unsichtbar zu werden. Hatte eine panische Angst davor, eines Tages vollkommen zu verschwinden, sich in einen Nebel aufzulösen, den der Wind verwehte.

Michael war der einzige Mensch, der sie je verstanden hatte. Sie hatte die Hand nach ihm ausgestreckt, wollte, dass er sie rettete, aber er hatte sich für Rebecca entschieden und es ihr überlassen, sich selbst zu retten.

Sie berührte ihren Arm; er war so blass, dass sie glaubte, hindurchsehen zu können.

Es passierte schon. Ich habe keine Substanz. Ich höre auf zu existieren.

Ein Zug fuhr in den Bahnhof ein. Sie stieg in einen Wagen. Eine Gruppe junger Männer stand an der Tür. Sie tranken Bier und erzählten sich Witze. Versehentlich berührte sie einen von ihnen am Arm. Leise entschuldigte sie sich. Er lachte weiter, hatte sie gar nicht bemerkt – als ob sie ein Geist wäre.

Halb elf. Mrs. László klopfte an die Tür von Max' Arbeitszimmer. Sie brachte ihm Sandwiches und Kaffee.

Max saß in seinem bequemen Sessel, hielt eine Zigarre zwischen den Fingern. Sie stellte das Tablett auf den Tisch neben ihm ab. Er beobachtete sie, dabei lächelte er. Sie wusste, er würde sie nicht zurechtweisen, obwohl er um nichts gebeten hatte. In den sechs Jahren, die sie nun bei ihm arbeitete, war noch nie ein böses Wort über seine Lippen gekommen.

Sie spürte das leichte Stechen des Rheumas in den Fingern. Ein Zeichen, dass sie alt wurde. Schon bald würde das Haus zu viel für sie sein, und dann würden sie und ihr Mann aus seinen Diensten ausscheiden müssen. Diese Aussicht machte sie traurig, erfüllte sie jedoch nicht mit Furcht. Auch wenn sie nur über geringe Ersparnisse verfügten, war sie sicher, dass Max sie niemals würde hängen lassen.

»Sie sollten etwas essen. Nur ein bisschen. Es wird Ihnen gut tun.« Sie sprach Ungarisch. Er hatte ihr einmal erzählt, dass seine Eltern aus Budapest stammten, und obwohl er die Sprache nicht verstand, wusste sie, dass es ihn freute, sie zu hören. Er nickte, als ergäben ihre Worte Sinn.

»Es tut mir Leid, dass er gegangen ist. Ich weiß, wie sehr Sie ihn vermissen.«

Sie wartete, hoffte auf eine Antwort, aber er schwieg. Lautlos verließ sie das Zimmer.

Mitternacht. Max saß immer noch in seinem Arbeitszimmer, die Sandwiches und der Kaffee waren unangetastet geblieben. Eine Zigarre schwelte im Aschenbecher neben den Resten all der anderen, die er geraucht hatte.

Er starrte in den Kamin, aber in Gedanken war er weit weg, erinnerte sich an einen kalten Februarabend im Jahr 1957, als er in einem zugigen Raum auf einer Bank gesessen hatte und seine wenigen in einer Tasche verstauten Habseligkeiten an sich drückte. Erwachsene hatten ihn in einer für ihn fremden Sprache mit Fragen bombardiert, während sich hinter ihnen Kinder mit schmalen Gesichtern und tief liegenden Augen drängten.

Er hatte versucht, ihnen verständlich zu machen, wer er war und dass er nicht hierher gehörte. Dass er einen Onkel besaß, der ihn liebte und ihn schon bald abholen würde. Aber die Erwachse-

354

nen hatten einfach weitergeredet, bis er sich in sich selbst verkroch und schwieg, obwohl Angst und Wut in ihm brannten.

Seine Zigarre war von selbst erloschen. Er steckte sich eine neue an, inhalierte langsam und blies den Rauch in die Luft.

Und jetzt, wie damals, gehörten seine Gedanken ihm allein.

Dritter Teil

BESITZNAHME

1. KAPITEL

Montagmorgen. Fünf Tage später.

Michael stand in Jack Bennetts Büro, hatte die Tür hinter sich geschlossen. Über den benachbarten Büroblocks konnte er den trüben, grauen Septemberhimmel sehen. Die Hitze, die über Monate in London geherrscht hatte, war nun vorüber. Es lag eine Frische in der Luft, die an den bevorstehenden Winter denken ließ.

»Ich kündige.«

Jack wirkte nicht überrascht. Beweis dafür, dass gute Neuigkeiten sich schnell verbreiteten.

»Ich finde, Sie sollten es als Erster erfahren.«

»Danke.« Kurzes Schweigen. »Obwohl ich bedaure, es zu hören.«

Den Teufel auch.

»Natürlich werde ich meine dreimonatige Kündigungsfrist einhalten.«

»Wohin gehen Sie?«

»Ich weiß es noch nicht.«

Jack nickte.

»Na ja, dann werde ich mal die frohe Botschaft verkünden.« Er wandte sich zum Gehen.

»Eines noch.«

»Ja?«

Jack stand auf. »Denken Sie wirklich, das wäre die richtige Entscheidung?«

»Ich kann nicht hier bleiben. Nicht nach allem, was passiert ist.«

»Ich spreche nicht von dieser Firma.«

»Wovon dann?«

»Kommen Sie, Michael. Sie wissen, was ich meine.«

359

Diese Direktheit hatte er nicht erwartet. »Ich komme schon klar«, sagte er schnell.

»Jemanden wie Max verärgert man nicht.«

»Ich habe ihn nicht verärgert.«

»Glauben Sie, dass er das genauso sieht?«

»Das geht nur ihn und mich etwas an. Es hat keinerlei Einfluss auf Ihre Mandantenliste.«

Jack wirkte verlegen, und Michael schämte sich. »Tut mir Leid. Das war überflüssig.«

»Aber verdient.«

Es war Zeit zu gehen. Doch etwas musste er noch loswerden.

»Ich habe Ihnen nie Schwierigkeiten machen wollen. Ganz im Gegenteil. Ich mochte Sie vom ersten Augenblick an, und es tut mir Leid, dass Max zwischen uns getreten ist.«

»Mir auch.« Jack lächelte bedauernd. »Wären die Umstände andere gewesen, hätten wir beide ein richtig gutes Team werden können. Falls Sie eine Referenz brauchen, berufen Sie sich jederzeit auf mich. Ich werde Ihnen ein erstklassiges Zeugnis ausstellen.«

Sie gaben sich die Hand.

»Viel Glück, Mike.«

»Danke, Jack.«

Auf dem Weg den Flur entlang kam er an Graham Fletchers Büro vorbei. Julia war inzwischen in die Abteilung für gewerbliche Immobilien versetzt worden, und an ihrem Schreibtisch saß nun ein neuer, männlicher Referendar, der gerade von Graham eine Standpauke über Pünktlichkeit erhielt.

Graham bemerkte Michael. Noch zwei Wochen zuvor hätte er sich ein gekünsteltes Lächeln abgerungen, aber jetzt war es der alte, wütend stechende Blick. Der Anblick erheiterte ihn. Sein Leben wurde langsam wieder normal.

Er kehrte an seinen Schreibtisch zurück, während um ihn herum Telefone klingelten und Finger auf Tastaturen hämmerten, kurz – Büroalltag herrschte.

»Wow!«

Clare zog mit strahlendem Gesicht die CDs aus dem Geschenkpapier. Rebecca beobachtete sie dabei und freute sich. Sie saßen im Büro der Buchhandlung und tranken Kaffee.

»Wir haben keine vergessen, oder? Mike war überzeugt, wir hätten.«

»Nein, das ist der komplette Satz.« Clare studierte eingehend das Cover von *Seven and the Ragged Tiger*. »Ich kann's nicht glauben, dass ich John Taylor mal für den erotischsten Mann auf diesem Planeten gehalten habe. Heute würde ich ihm eine Dreieinhalb geben, aber Duran Duran liebe ich noch immer. Du hättest dich wirklich nicht so in Unkosten stürzen müssen.«

»Doch, ich musste. Nachdem du dir endlich einen CD-Player angeschafft hast, brauchst du auch was, womit du das Ding füttern kannst. Außerdem ist es das Mindeste, was ich tun kann, um mich dafür zu bedanken, dass du es mit mir ausgehalten hast.«

»Ich musste überhaupt nichts aushalten.«

»Doch. Du bist eine tolle Freundin gewesen, Clare, und ich bin dir dafür wirklich sehr dankbar.«

Clare wirkte verlegen. »Bilde dir nur nicht ein, dass alles an meiner Herzensgüte lag. Die Wahrheit ist doch, ohne dich würde es hier keinen Spaß machen.« Sie sah auf die Uhr. »Und jetzt trink aus, damit wir Keith ablösen können.«

Rebecca leerte ihren Becher. Clare lächelte. »Bist du glücklich?« Sie nickte. Das war sie.

Wenigstens meistens.

Sie musste ständig an Emily denken, auch wenn sie das gar nicht wollte. Die Macht der Gewohnheit vielleicht.

Ihre Freundschaft war beendet. Dessen war sie sich sicher. Ressentiments, die unterschwellig seit ihrer gemeinsamen Kindheit gegärt hatten, waren an die Oberfläche gekommen, und die dadurch entstandene Kluft konnte nicht mehr überbrückt werden. Ein klarer, sauberer Bruch war jetzt das einzig Richtige.

An der Kasse gab es inzwischen den üblichen mittäglichen Andrang. Ein hagerer Mann mit schütterem Haar kam die Treppe herunter. »Zwei«, raunte Clare.

Sie unterdrückte ein Lachen. Clare sah zufrieden aus. »Lass uns eine Pizza holen, wenn der Ansturm vorüber ist, und dann

361

unterhalten wir uns richtig. Ich werde mich von Susan vertreten lassen.«

Der Vorschlag gefiel Rebecca. Mittagessen mit Clare machten immer Spaß. Es fehlte das Verkrampfte, das sie so häufig gespürt hatte, wenn sie mit Emily zusammen war.

Sie fragte sich, wie Emily wohl ihre Mittagspause verbrachte. Traf sie sich mit jemandem? Würde sie allein essen? Würde sie überhaupt etwas essen?

Ein gut aussehender Mann um die vierzig kam an die Kasse. »Neun«, zischte Clare.

Sie steckte die Kreditkarte in das Gerät, gab ihm einen Stift zum Unterschreiben des Belegs und packte das Buch ein. Eine Biografie von George Eliot. Ein Buch, das Emily gefallen würde.

Sie reichte dem Mann das Buch und versuchte, sich auf Clares Spiel zu konzentrieren.

Während Rebecca Kunden bediente, saß Emily an ihrem Schreibtisch in der Literaturagentur Baker Connolly.

Aufgeschlagen vor ihr lag ein Manuskript. Ein König-Artus-Epos, geschrieben von einem Finanzbeamten. »Könntest du das bitte überfliegen«, hatte Kevin gefragt, »und mich wissen lassen, was du davon hältst?« Sie war inzwischen halb durch, konnte sich aber nur noch an wenig erinnern, was sie gelesen hatte, eine Tatsache, die mehr über ihre Gemütsverfassung als über die Qualität des Romans aussagte.

Sie blickte aus dem Fenster. Es hatte etwa eine Stunde stark geregnet, aber jetzt klarte der Himmel wieder auf. Das Büro kam ihr stickig vor, und sie brauchte frische Luft. Sie nahm ihre Handtasche und ging hinaus auf die Straße, die nach dem Wolkenbruch noch ganz rutschig war. Sie hätte etwas essen sollen, verspürte jedoch keinen Appetit, so stieg sie die steinernen Stufen zur St. Paul's Cathedrale hinauf.

Die Luft in der Kirche war kühl. Auch wenn sich Dutzende anderer Menschen dort aufhielten, war das Innere so riesig, dass der Raum leer wirkte. Und friedlich.

Sie suchte sich ein ruhiges Plätzchen zum Sitzen. Weiter vorn auf der linken Seite gab es eine bestimmte Reihe, die sie bevorzugte. Auf dem Weg dorthin beobachtete sie die anderen Menschen, die hier ebenfalls Ruhe und Frieden gesucht hatten: ein junges Pärchen mit Rucksäcken, sie lasen in einem Reiseführer; eine ältere Frau, die in stummem Gebet versunken schien; und ein zurückhaltend wirkender Mann mittleren Alters im Anzug, der einen Regenmantel über dem Arm hielt und ins Leere starrte.

Max.

Sie flüsterte seinen Namen, aber er hörte sie nicht. Sie versuchte es noch einmal, und jetzt richtete er den Blick auf sie. Seine Augen hatten den glasigen Ausdruck von jemandem, der in Gedanken versunken war. Zuerst schien er sie nicht zu erkennen. Dann lächelte er und bedeutete ihr, sich neben ihn zu setzen.

»Ich wollte Sie nicht stören«, sagte sie leise.

»Das haben Sie nicht.« Seine Stimme war freundlich, aber gedämpft. »Ich wusste gar nicht, dass Sie gläubig sind.«

»Bin ich auch nicht. Mein Büro liegt direkt gegenüber, und manchmal komme ich mittags hierher. Ich finde es erholsam.«

Er nickte, seine Hände kneteten den Regenmantel. Es war das erste Mal, das sie ihn ohne Zigarre sah.

»Sind Sie gläubig?«

»Falls ja, bin ich am falschen Ort. Ich bin katholisch getauft.«

Sie erinnerte sich, dass er aus Ungarn stammte. Michael hatte es ihr gesagt.

»Ich bin seit Jahren nicht mehr hier gewesen«, fuhr er fort. »Ich hatte eine Verabredung in der Gegend, wurde vom Regen überrascht und suchte einen Unterschlupf. Ich hatte ganz vergessen, was für ein großartiger Ort dies ist. Die Fassade wird ihm nicht einmal ansatzweise gerecht.«

Während er sprach, musterte er sie aufmerksam. Sie spürte, dass er eine Frage stellen wollte, und erriet sie, noch bevor sie ausgesprochen wurde.

»Haben Sie Michael in letzter Zeit gesehen?«

Sie schüttelte den Kopf.

»Er ist jetzt wieder mit Becky zusammen. Wussten Sie das?«

»Ja.«

Er senkte den Blick. »Ich habe versucht, es ihm auszureden. Es ist beschämend, so etwas zuzugeben, aber es ist die Wahrheit. Ich war überzeugt, dass er einen Fehler macht.«

»Vielleicht ist es so.« Ein junges Pärchen glitt in die Sitzreihe vor ihnen und begann, über die Architektur der Kirche zu diskutieren.

Er schüttelte den Kopf. »Ich war derjenige, der sich geirrt hat. Damals konnte ich das noch nicht sehen. Sie gehören zusammen. Nur ein Idiot würde etwas anderes denken.«

Sie spürte einen Schmerz in ihrem Herzen. »Also bedeutet das: Ende gut, alles gut.«

»Allerdings.«

Sie ließ den Blick durch den Raum schweifen. Er wirkte so gewaltig, und sie musste daran denken, dass es Augenblicke gab, in denen ihr ihre Wohnung fast genauso riesig und leer erschien.

»Ich wünschte, ich würde ihn nicht so sehr vermissen.«

Sie konnte mit dem Schmerz eines anderen nicht umgehen. Nicht, solange ihr eigener noch so lebendig war. »Ich muss jetzt los. Tut mir Leid.« Sie rutschte ans Ende der Bank und ging schnell den Gang entlang.

Doch bevor sie die Kathedrale verließ, drehte sie sich noch einmal um und sah ihn weiterhin auf seinem Platz sitzen und ins Leere starren – so, als hätten sie nie miteinander gesprochen.

Später an diesem Nachmittag kehrte sie an ihren Schreibtisch zurück und fand dort eine Nachricht vor.

Jude Hale hat angerufen. Ruft in zehn Minuten noch einmal an.

Ihr rutschte das Herz in die Hose. Jude war ein junger, humorloser, von sich selbst eingenommener Autor, dessen Bücher ausschließlich von Drogenabhängigen handelten, die entweder an einer Überdosis starben oder Priester wurden. Kevin hatte Jude vor drei Jahren unter Vertrag genommen, weil er hoffte, mit ihm auf den Zug der *Trainspotting*-Welle aufspringen zu können, fand ihn dann aber so unausstehlich, dass er die Alltagsgeschäfte Emily übertrug. Jude sollte nächste Woche eine Lesung in einer kleinen Buchhandlung in einer Seitenstraße der Charing Cross Road abhalten und rief wahrscheinlich an, um sich über die mangelnde Publicity zu beschweren.

Das Telefon klingelte. Sie wappnete sich und nahm den Hörer ab. »Hallo.«

»Emily?«

Es war nicht Jude. Die Stimme war schön, tief und samtig. Genau wie in der Kathedrale.

»Kommt mein Anruf ungelegen?«, fragte er.

»Nein.«

»Ich wollte mich für heute Mittag entschuldigen. Ich habe Sie verletzt.«

Sie fühlte sich geschmeichelt. »Nein. Ganz und gar nicht.«

Er seufzte. »O doch. Sie haben mich in einem besonders niedergeschlagenen Augenblick erwischt, auch wenn das keine Entschuldigung ist.«

»Doch, ist es«, widersprach sie, erkannte dann, dass ihre Worte wie eine indirekte Kritik klangen. »Nicht dass es irgendetwas zu entschuldigen gibt. Ich war unhöflich, als ich einfach so hinausgestürmt bin.«

»Sie sind sehr freundlich. Ich habe nicht vergessen, wie Sie mir geholfen haben, Michaels Geburtstagsparty zu organisieren, auch wenn Sie vielleicht gewusst haben, dass es zu Reibereien zwischen Rebecca und Ihnen führen würde. Bitte, glauben Sie mir – es war nicht böse gemeint.«

»Schon in Ordnung.«

»Danke.«

Sie wartete, dass er sich verabschiedete, hörte aber nichts außer seinem Atem. In dem Schweigen wanderte ihr Blick über den Schreibtisch. Genau in der Mitte stand ein Briefbeschwerer, der wie das Empire State Building aussah. Das Ding hatte ihr noch nie besonders gefallen, aber es war ein Geschenk von Rebecca gewesen, also hatte sie sich verpflichtet gefühlt, es deutlich sichtbar zu platzieren. Diese Verpflichtung bestand nun nicht mehr, aber alten Gewohnheiten war schwer beizukommen.

»Sind Sie noch länger geblieben?«, fragte sie schließlich. »In der Kathedrale, meine ich?«

365

»Etwa eine Stunde. Es ist erholsam dort, wie Sie schon sagten. Ich habe mich besser gefühlt, als ich ging.«

»Das freut mich.«

»Und jetzt möchte ich Wiedergutmachung leisten. Haben Sie heute Abend Zeit, mit mir essen zu gehen?«

»Das ist wirklich nicht nötig.«

»Aber ich möchte gern. Außer Sie haben vielleicht etwas anderes vor.«

»Nein, aber die Sache ist…«

»Ich verstehe. Sie hatten einen anstrengenden Tag und wollen sich vermutlich lieber zu Hause ausruhen.«

Sie dachte an ihre Wohnung. Ein weiterer einsamer Abend stand ihr bevor. »Also gut, ich komme mit.«

»Schön.« Er klang erfreut. »Ich bestelle uns irgendwo einen Tisch, anschließend rufe ich wieder an und sage Ihnen genau, wann und wo. Sind Sie damit einverstanden?«

»Ja.«

Als sie den Hörer auflegte, hörte sie ein Trommeln am Fenster. Der Regen hatte wieder eingesetzt. Gedankenverloren saß sie da, fühlte sich von der Realität abgehoben, und bekam kaum mit, als Jude anrief und sich beschwerte.

Halb neun. Sie saß mit Max an einem Fenstertisch in einem chinesischen Restaurant an der Gerrard Street, trank Wein, wartete auf den Hauptgang und beobachtete die vielen Menschen auf dem Weg zu den Theatern an der Shaftesbury Avenue.

Max nahm Pekingente als Vorspeise. Statt des förmlichen Anzugs trug er ein bequemes Sakko und ein schönes Leinenhemd. Sie steckte immer noch in dem Kleid, das sie schon den ganzen Tag anhatte. Hellgrün mit Stehkragen und langen Ärmeln. Sie hatte so viel zu tun gehabt, dass keine Zeit mehr geblieben war, noch nach Hause zu fahren und sich umzuziehen. Die zierliche Blondine am Nachbartisch trug ein kleines Schwarzes. Im Vergleich zu ihr fühlte sich Emily wie eine Vogelscheuche.

»Dieses Kleid steht Ihnen wirklich sehr gut«, sagte er, als könne er Gedanken lesen.

»Ziemlich altmodisch.«

»Aber sehr hübsch.« Er deutete mit dem Kopf unauffällig zum Nachbartisch. »Haut zeigen kann jeder. Es erfordert allerdings echte Anmut, Kleidung vorteilhaft zur Geltung zu bringen.«

Dasselbe hatte Michael auch einmal gesagt. Vielleicht hatte er, wie Max, einfach nur nett sein wollen.

»Gefällt Ihnen das Restaurant?«, erkundigte er sich.

»Ja, sehr. Es ist nicht zu schick.«

»Wäre Ihnen ein feineres lieber gewesen?«

Sie reagierte verlegen. »Überhaupt nicht. Ich meinte nur, dass ich mich in eleganten Restaurants noch nie richtig wohl gefühlt habe.«

Er lächelte. »Ich auch nicht. In der ersten Hälfte meines Lebens war auswärts essen gleichbedeutend mit Fish and Chips und einer Dose Bier zum Nachspülen. Und noch heute protestiert etwas in mir dagegen, Hunderte von Pfund für eine einzige Mahlzeit auszugeben. Bedauerlicherweise ist es genau das, was die Menschen erwarten, wenn man reich ist.«

»Ich nicht.«

»Das ist erfrischend.«

Ein Kellner entzündete die Kerze auf ihrem Tisch. Sie nahm einen Schluck von ihrem Wein und beobachtete, wie ein gut gekleidetes Paar ein Lokal auf der anderen Straßenseite betrat. Das Oriental Pearl.

»Dort sind Mike und Becky immer hingegangen«, sagte sie.

»Wohin?«

»Ins Oriental Pearl. Es ist Mr. und Mrs. Blakes Lieblingsrestaurant. Sie essen immer dort, wenn sie in London sind.«

Er nickte. Die Reste der Pekingente lagen auf dem Tisch zwischen ihnen. Mr. und Mrs. Blakes Lieblingsgericht.

Ist schon richtig, wie's in dem Lied heißt: Always something there to remind me.

»Tut mir Leid«, sagte sie verlegen.

»Sie können ruhig über ihn reden.«

Sein Blick war freundlich und verständnisvoll. Sie fragte sich, wie viel er wohl erriet.

Er befeuchtete einen Finger und begann, ihn durch die Flamme der Kerze hin und her zu bewegen. Sie erinnerte sich, dass ihr Vater in einem Restaurant in Winchester das Gleiche getan hatte, während ihre Mutter sagte, er solle vorsichtig sein. Sie hatte zwischen ihnen gesessen und Erdbeereis gegessen. Ein kleines, italienisches Lokal – das Lieblingslokal ihrer Mutter. Nach ihrem Tod waren sie nicht mehr hingegangen.

»Darf ich rauchen?«

»Ja.«

Er steckte sich eine Zigarre an und blies Rauch in die Luft. Der intensive Duft vermischte sich mit dem Aroma der Gewürze, das von anderen Tischen zu ihnen herüberwehte.

»Waren Sie schon einmal in der Whispering Gallery?«, fragte sie.

»Einmal. Vor vielen Jahren.«

»Meine Eltern haben mich dorthin mitgenommen, als ich sechs war. Mum erklärte, wie die Akustik funktionierte, und dann haben Dad und ich uns Botschaften zugeflüstert. Einige davon waren ziemlich unanständig, und zwei alte Damen setzten sich zwischen uns und hörten alles mit. Mum tat so, als sei sie schockiert, dabei fand sie es eigentlich ganz lustig.«

»Sie sehen ihr ähnlich, oder? Mike sagte es mir einmal.«

Sie schüttelte den Kopf.

»Stimmt es nicht?«

»Oberflächlich. Sie war viel attraktiver.«

»Das überrascht mich nicht.«

Sie war bestürzt. »Dass meine Mutter hübscher war als ich?«

»Dass Sie das glauben.«

Sie errötete. Ein Kellner servierte die Hauptgerichte. Hühnchen mit Cashewkernen für sie, Riesengarnelen in scharfer Soße für ihn. Er legte die Zigarre ab, während sie sich etwas Reis nahm und eine Gabel voll kostete. Obwohl mit Soße überzogen, schmeckte das Hühnchen immer noch trocken.

»Welchem Elternteil sehen Sie ähnlich?«, fragte sie.

»Ich glaube, meinem Vater. Meine Eltern starben, als ich fünf war, und ich besitze keine Fotos von ihnen. Nur Erinnerungen.«

»Es muss schrecklich sein, beide Eltern zu verlieren, noch dazu, wenn man so jung ist.«

Er nickte.

»Haben Sie noch Familie? In Ungarn, meine ich?«

»Ein paar entfernte Cousinen. Ich habe allerdings nie versucht, sie ausfindig zu machen. Blut allein reicht nicht aus für eine Bindung, so sehr wir es uns vielleicht auch wünschen mögen.«

Das war leider so. Michael musste dies erfahren, als er seinen Vater aufgespürt hatte. Er hatte ihr damals alles erzählt.

Wieder empfand sie diesen Schmerz im Herzen. »Dann sind wir also beide allein.«

Er sah überrascht auf. »Lebt Ihr Vater denn nicht mehr?«

»Wir sehen uns kaum.«

Sie wartete auf seine Fragen, darauf, dass er sagte, wie schade es sei, dass sie ihren Vater nicht regelmäßig treffe. Aber es kamen keine. Dafür war sie ihm dankbar.

Er spießte eine Garnele auf und schob sie in den Mund. Kaute gründlich. Ihr gefiel, wie er aß. Ein wenig dunkle Soße tropfte auf sein Hemd, breitete sich langsam auf dem weißen Stoff aus. Er aß ungerührt weiter.

»Ihr Hemd.« Sie zeigte auf den Fleck.

Er tupfte ihn mit einer Serviette ab, wodurch er nur noch schlimmer wurde. »Tut mir Leid, man kann mit mir nirgendwo hingehen.« Er lachte verlegen. Sie dachte daran, wie ängstlich sie wegen dieser Verabredung gewesen war. Völlig unnötig, wie sich jetzt herausstellte.

»Sie müssen sehr stolz sein auf das, was Sie erreicht haben«, sagte sie unvermittelt.

»Ach, so beeindruckend ist das gar nicht.«

»Ich glaube schon. Mike fand das auch. Er bewunderte Sie mehr als jeden anderen. Er sagte einmal, wenn er nur halb so viel Erfolg hätte wie Sie, wäre das immer noch doppelt so viel, wie er verdiene.«

»Danke, Emily. Das ist sehr nett von Ihnen.«

»Nennen Sie mich Em, wenn Sie mögen. Emily ist so förmlich.«

»Schön, also dann, Em. Ich würde Ihnen gern das Gleiche an-

bieten, aber meinen Namen kann man nicht mehr abkürzen. M,
vielleicht. Was meinen Sie?«

Sie lachten. Er deutete auf ihr Essen. »Darf ich mal kosten?«

Sie nickte. Er nahm eine Gabel voll, kaute nachdenklich und
runzelte dann die Stirn. »Ein bisschen fad.« Er spießte eine Garnele auf und bot sie ihr an. »Probieren Sie das. Es ist gut.«

Sie schüttelte den Kopf.

»Bitte, Sie würden mir einen Gefallen tun. Mein Magen ist ein
Fass ohne Boden, und meinem mitteleuropäischen Erbe habe ich es
zu verdanken, dass ich schneller Gewicht zulege, als mir lieb ist.«

Sie lachte. Die Gabel schwebte weiter vor ihrer Nase. Sie nahm
die Garnele, aß langsam, genoss den Geschmack. Intensiv und
voll. Es schmeckte ihr. Er lächelte, eine Spur Soße im Mundwin-
kel. Auch das gefiel ihr.

»Köstlich«, verkündete sie.

Er bot ihr eine zweite Gabel an. Diesmal nahm sie das Angebot
ohne Protest an. Dann noch eine. Bis schließlich der Teller leer war.

Der Kellner räumte ab. Ihre Hand lag auf dem Tisch. Plötzlich
schob er seine darüber. »Ich bin wirklich froh, dass Sie gekommen
sind. Ich habe mich heute Morgen ziemlich mies gefühlt. Sie können sich gar nicht vorstellen, wie sehr Sie mich aufgemuntert haben.«

Wieder errötete sie. »Das haben Sie mich auch.«

Er drückte ihre Hand, ließ sie dann los. Der Kellner reichte ihnen die Dessertkarte. »Ja, ich nehme eine Nachspeise«, sagte er zu
Emily. »Leisten Sie mir Gesellschaft?«

Sie aß nur selten Süßes. Aber dieses Mal ließ sie sich überreden.

Sie bestellten, dann steckte er sich eine neue Zigarre an. Er hatte
große, kräftige Hände, die er allerdings mit einer bemerkenswer-
ten Anmut bewegte.

Ihr Vater hatte auch kräftige Hände. Ihre Stärke war trügerisch,
lieferte keinen Hinweis auf die Schwäche des Mannes, dem sie gehörten. Sie liebte ihren Vater mehr als jeden anderen Menschen auf
der Welt, aber er hätte niemals auch nur einen Bruchteil dessen erreichen können, was Max erreicht hatte.

Das Dessert wurde serviert.

Halb elf. Sie stand auf der Shaftesbury Avenue, war überwältigt von den hellen Lichtern und dem Lärm, wartete darauf, dass Max ihnen ein Taxi rief.

Schließlich tauchte eines auf. »Streatham«, sagte er zu dem Fahrer, bevor er ihr zwei Zwanzigpfundscheine in die Hand drückte. »Für die Fahrt.« Ihr Protest fiel auf taube Ohren. »Ich bestehe darauf.«

»Danke.«

Er gab ihr einen Kuss auf die Wange. Seine Haut fühlte sich rau an. »Ich meinte, was ich gesagt habe. Sie haben mich wirklich aufgemuntert. Kommen Sie gut nach Hause.«

»Ja, danke. Sie auch.«

Das Taxi fuhr los Richtung Cambridge Circus. Er blieb auf der Straße stehen, die Hand erhoben, schaute hinterher, bis sie außer Sicht war.

Weiter oben hatte es einen Unfall gegeben. Der ohnehin bereits zäh fließende Verkehr kam jetzt ganz zum Erliegen. Der Fahrer begann, leise zu schimpfen. Ihre Fahrt würde lange dauern, aber das machte nichts. Sie hatte mehr als genug Geld dafür.

Sie schaute aus dem Fenster und beobachtete die Menschen. Sie waren alle fremd, lebten ihr eigenes Leben. Niemand kannte sie. Wäre sie diejenige gewesen, die den Unfall gehabt hätte, wären sie einfach weitergegangen.

Aber der Abend hatte ihr Herz erwärmt, und für kurze Zeit fühlte sie sich nicht so allein.

2. KAPITEL

Freitagabend. Halb acht. Michael verließ den U-Bahnhof West Hampstead und ging Richtung Ash Lane.

Es war ein anstrengender Tag gewesen. Er hatte erwartet, dass sein Arbeitspensum auf die Kündigung hin langsam abnehmen würde. Was die guten Aufträge betraf, war es auch so, aber es gab eine Unmenge Mist, den ihm jeder jetzt aufhalste.

Zum Teil bedauerte er seinen bevorstehenden Weggang. Auch wenn Leute wie Stuart Freunde blieben, würde er es doch vermissen, sie jeden Tag zu sehen. Aber auch im nächsten Job würde er neue Freunde finden. Ein Kapitel endet, und ein neues beginnt. So war das Leben.

Der Abend war frisch und still. Er schlenderte die West End Lane entlang, vorbei an Pubs und Restaurants, und erstand an einem Kiosk eine riesige Toblerone. Auf dem Küchentisch wartete ein Video der 1922er-Fassung von *Nosferatu*, im Kühlschrank stand eine Flasche Wein, und Rebecca bereitete vermutlich etwas Besonderes zu essen vor. Ein gemütlicher Freitagabend zu Hause. Er freute sich schon drauf.

Als er die Wohnung betrat, ging er sofort ins Wohnzimmer. Die Stereoanlage spielte die Pet Shop Boys, und Rebecca stritt sich mit jemandem am Telefon. Ihrem Tonfall nach zu schließen war es ihre Mutter. Er erriet, worum es bei dem Streit ging, und hatte sofort ein schlechtes Gewissen.

Ihre Miene, angespannt durch die Unterhaltung, hellte sich sofort auf, als sie ihn sah. »Ich muss jetzt Schluss machen, Mum. Mike ist gekommen.« Ein Brüllen aus dem Hörer, und der Streit ging weiter.

Er schaute sich im Zimmer um. Ein Meer von Farben, jede Menge Nippes und Porzellanfiguren auf jeder freien Fläche. Es war kaum Platz für ihre eigenen Sachen, die zum größten Teil noch unausgepackt in Kisten im Gästezimmer standen. Es war weder seiner noch Beckys Geschmack, aber Susie würde noch bis Weihnachten in Madrid bleiben und hatte sie gebeten zu bleiben. Und irgendwo mussten sie ja schließlich wohnen.

Rebecca legte den Hörer auf. Sie setzten sich aufs Sofa. Er wollte die Füße auf den Couchtisch legen, aber ein halbes Dutzend Porzellanschweine verhinderte das.

»Was hat sie gesagt?«

»Musst du fragen?«

»Das hier wird dich aufheitern.« Er hielt ihr die Toblerone unter die Nase.

Sie verspeisten jeder ein Dreieck, dann noch eins. »Und jetzt leg das Zeug weg«, befahl sie.

»Nicht auf den Tisch. Die Schweine fressen sonst alles auf.«

»Nein. Die sind viel zu süß.«

»Sie sind grauenhaft. Das rosa Schwein da, das mit der Schleife um die Schnauze, ist seit unserem Einzug doppelt so fett geworden. Warum gibt es hier keine Mäuse wie bei normalen Menschen?«

Sie lachte. Er legte einen Arm um sie, zog sie an sich. »Tut mir Leid, dass alles so schwierig ist.«

»Es braucht dir nicht Leid zu tun.«

»Wirklich nicht?«

»Wenn sie nicht akzeptieren, dass wir zusammen sind, dann ist das allein ihr Problem.«

»Sie sind deine Eltern, Beck. Du kannst sie nicht aus deinem Leben streichen.« Vor sechs Monaten hätte er noch seine Seele verkauft, wenn sie genau das getan hätte. Aber seitdem hatte sich vieles geändert.

»Irgendwann werden sie es akzeptieren müssen. Immerhin bin ich ihre einzige Tochter. Aber wenn nicht, dann eben nicht. Du bist der wichtigste Mensch in meinem Leben. Das war mir vorher nicht so bewusst, jetzt schon.«

Es wurde allmählich dunkel, und Schatten huschten durch den Raum. Sie kuschelten sich im Zwielicht aneinander, während die Pet Shop Boys über die Vorzüge von *West End Girls* sangen.

373

»Du siehst müde aus«, sagte er.

»Es war halt einer dieser verrückten Tage. Macht's dir was aus, wenn wir uns was zu essen kommen lassen?«

»Wir könnten die Pizzeria an der Ecke anrufen. Die liefern ins Haus.«

»Gut. Dann bleibst du hier.« Sie umklammerte seine Taille fester. »Du hast Schokolode an den Zähnen.«

»Du auch.« Er versuchte, sie abzulecken, und als Becky sich aus seinem Griff befreien wollte, stieß sie versehentlich an ein Schwein, das zu Boden fiel. »Gott, hab ich's kaputtgemacht?«

»Nein. Soll ich's mal versuchen?« Er hob einen Fuß.

Sie lachte. »Ich hasse diese Schweine«, sagte er. »Können wir sie nicht vorübergehend in irgendeine Schublade verschwinden lassen?«

»Okay.«

»Aber das Sofa hier gefällt mir.«

»Mir auch. Viel bequemer als das letzte.«

Er nickte.

»Fehlt dir die alte Wohnung?«

»Nein.«

»Nein.« Sie streichelte seinen Kopf. »Aber du vermisst ihn, stimmt's?«

Er schüttelte den Kopf.

»Es ist in Ordnung, Mike.«

Er seufzte. »Manchmal schon, ja. Aber ich werde darüber wegkommen.«

»Weißt du, wen ich vermisse?«

Er wusste es.

»Ich wollte sie so oft loswerden, wollte dieses ständige Schuldgefühl nicht mehr. Aber jetzt, nachdem sie weg ist, mache ich mir dauernd Sorgen. Ich hätte nie gedacht, dass ich so empfinden würde.«

»Und ich hätte nie gedacht, dass sie so für mich empfindet. Aber ich hätt's mir denken können.«

Sie massierte seinen Nacken. »Du hast sie nicht darum gebeten.«

374

»Nein, das nicht. Aber ich fühle mich trotzdem dafür verantwortlich.«

»Ich auch, Mike. Ich auch.«

Dienstagmorgen. Halb zwölf. Auf dem Rückweg ins Büro ging
Emily in ein Café an der Great Portland Street.

Es war fast leer. Ein junges Pärchen lümmelte auf einem Sofa im
hinteren Teil, und zwei Frauen mittleren Alters saßen an einem
Tisch an der Theke. Sie bestellte ein Mineralwasser, setzte sich
dann auf einen Hocker vor dem Fenster, griff in ihre Tasche und
zog das Artus-Epos heraus, das sie letzte Woche zu lesen begonnen hatte.

Zu ihrer Überraschung stellte es sich als durch und durch un-
terhaltsam heraus. Lancelot sah aus und hörte sich an wie einer
dieser kalifornischen Surfertypen, und Guinevere – bis auf ihre
absolute Unfähigkeit, die Kleider anzubehalten, die perfekte Hel-
din für einen Merchant-Ivory-Film – fiel ständig in seinen muskulösen Armen in Ohnmacht. Was Artus betraf – ein Bauer aus
Yorkshire, seinem Akzent nach zu urteilen –, so zeigte auch er eine
deutliche Vorliebe für Surfer, und sie erwartete dauernd, dass Mer-
lin – ein sich immer noch auf dem Woodstock-Trip befindlicher
ausgeflippter Hippie – alle drei zu ein wenig Eheberatung zusam-
mentrommelte.

Sie blätterte um, nahm einen Schluck Wasser und hatte Mühe,
nicht laut zu lachen.

»Em.«

Max stand vor ihr. »Tut mir Leid. Bin im Verkehr stecken geblieben. Sind Sie schon lange hier?«

»Bin gerade erst gekommen.«

Er ging zur Theke, bestellte sich einen Cappuccino und wechselte ein paar Worte mit der jungen Kellnerin. Er zeigte auf die
Auslage mit Gebäck und hob fragend eine Augenbraue. Sie schüttelte den Kopf. Lächelnd nahm er dennoch ein Stück.

Sie beobachtete ihn und wunderte sich darüber, woher diese
Freundlichkeit kam.

Am Morgen nach ihrem Abendessen hatte sie sich mit ein paar

375

kurzen Zeilen bei ihm bedankt. Eine Höflichkeitsgeste, auf die keine Antwort erwartet wurde. Doch er hatte sie noch am selben Tag angerufen, als der Brief bei ihm eintraf, und im Verlauf der Unterhaltung erwähnt, dass er zur Mittagszeit in der Gegend sein würde und sich mit ihr, falls ihre Zeit es zuließe, auf einen Kaffee treffen wolle. Sie hatte zugestimmt.

Und dann noch einmal Ende der Woche.

Und heute.

Er setzte sich neben sie und stellte einen Teller mit einem Stück Sahnetorte und zwei Gabeln auf den Tisch. »Nur zu«, sagte er aufmunternd.

»Ich bin nicht besonders hungrig.«

»Bitte. Sie müssen sich etwas nehmen. Ich werde von Tag zu Tag Chubby Checker ähnlicher.«

Lächelnd nahm sie sich einen Bissen.

»Schmeckt's?«

»Sehr.«

Er trank einen Schluck Cappuccino. »Wie war's?«, erkundigte sie sich.

»Angenehm.«

»Sind Aktionärsversammlungen im Allgemeinen angenehm?«

»Ja, wenn man sich eine schöne Dividende bewilligt. Wie war Ihre Besprechung?«

»Gut.«

»Sind Besprechungen mit Verlegern im Allgemeinen gut?«

Sie nickte. Das waren sie.

Nur heute nicht.

Es hatte keine Besprechung gegeben. Sie hatte im Büro gesagt, sie habe einen Zahnarzttermin. Irgendeine Ausrede, um für ein paar Stunden rauszukommen.

»Diese Treffen bedeuten mir sehr viel«, hatte er ihr gestanden. »Sie sind der einzige Mensch, mit dem ich über das reden kann, was passiert ist, und das ist ein großer Trost.« Sie hoffte, es war die Wahrheit.

Aber es schien, dass sie die meiste Zeit redete. Oberflächliches Zeug. Dinge, die in der Arbeit passiert waren. Probleme mit dem öffentlichen Nahverkehr. Und was sich so in der Stadt ereignet hatte. Doch unbeabsichtigt schnitt sie manchmal auch andere Themen an. Ihre Kindheit. Die Eltern. Hoffnungen und Ängste. Sie sprach eine Weile, stutzte dann und zog sich schnell auf neutralen Boden zurück. Und er starrte sie mit diesen dunklen Augen an, stellte niemals schwierige Fragen, vermittelte ihr ein Gefühl von Verständnis und Wertschätzung.

»Mike hat mich gestern angerufen«, sagte sie.

»Wie geht's ihm?«

»Er hat nur eine Nachricht hinterlassen. Ich hatte noch keine Gelegenheit, ihn zurückzurufen.«

»Werden Sie's tun?«

»Warum nicht?«

»Weil es schmerzt.«

Sie spürte, wie sich ihr Magen verkrampfte.

»Dachten Sie, ich hätte es nicht erraten?«

Sie gab keine Antwort. Er musterte sie. An seiner Oberlippe hing ein schmaler Streifen Schaum.

Plötzlich spürte sie ein Verlangen, die Hand auszustrecken und ihn zärtlich wegzuwischen.

Verwirrt suchte sie rasch Zuflucht auf ungefährlichem Terrain.

»Einer unserer Autoren hat morgen Abend eine Lesung. Ein gewisser Jude Hale. Ich muss hin und ihn moralisch unterstützen.«

»Ich war noch nie auf einer Lesung.«

»Diese wird schrecklich. Davon bin ich überzeugt.«

Er nickte.

»Der Autor ist nicht gut. Die Agentur überlegt, ihn fallen zu lassen.«

Schweigen. Bis auf das Schlagen ihres Herzens.

»Hätten Sie Lust mitzukommen?«

»Ja.«

Das junge Pärchen ging. Die Haare des Mannes waren so dunkel und voll wie die von Michael.

Sie versuchte, sich Michael mit grauen Haaren vorzustellen; fragte sich, ob es ihm stehen würde. Ob er damit so gut aussah wie Max.

Er hatte seine Tasse geleert. »Müssen Sie jetzt schon zurück?«
Sie schüttelte den Kopf. Zahnarzttermine konnten lange dauern.
»Dann trinken wir noch was. Eine heiße Schokolade für Sie,
würde ich vorschlagen. Höchste Zeit, dass Sie endlich anfangen,
gefährlich zu leben!«
Sie lachte. Sich den Schaum von der Lippe wischend verschwand er Richtung Theke.

Mittag. Michael saß im Büro der Personalagentur Carter Clark.
Es war ein Kellerraum ohne Fenster, mit kahlen Wänden und
einer Deckenbeleuchtung, die für das kleine Kabuff viel zu grell
war. Der Raum hatte etwas von einem Verhörzimmer, was er in gewisser Weise ja auch war.
Brian Price, der Berater, frisch von der Uni und vor Tatendrang
förmlich platzend, studierte seinen Lebenslauf. »Wirklich beeindruckend. Für jemanden, der erst seit einem Jahr sein Examen hat,
ist das eine beeindruckende Erfolgsbilanz.«
»Danke.« Er nippte an dem starken Kaffee.
»Suchen Sie eine Stelle in fester Anstellung, oder wollen Sie
selbstständig bleiben?«
»Selbstständig.«
»Wahrscheinlich vernünftig. Nach zwei Jahren im Beruf ist normalerweise die beste Zeit, um über eine feste Anstellung nachzudenken.« Brain räusperte sich. »Warum wollen Sie Cox Stephens
verlassen?«
Er gab die Antwort, die er sich zurechtgelegt hatte. »Cox Stephens' Interesse konzentriert sich mehr und mehr auf die Compu-
terbranche, und ich möchte mich nicht auf einen Sektor festlegen.
Lieber würde ich ein breiteres Spektrum an Mandanten aus verschiedenen Branchen bearbeiten.«
»Nun. Sie haben Glück. Es ist eine gute Zeit für Leute, die sich
verändern wollen. Ich kann mir einige Kanzleien in der Stadt vorstellen, die an Ihrem Lebenslauf interessiert sind, und viele der
neuen amerikanischen Unternehmen suchen dringend nach guten
Wirtschaftsanwälten. Ich zeige Ihnen mal, welche Stellenangebote
wir haben…«

Zwanzig Minuten später stand Michael auf der Blackfriars Bridge und schaute zu, wie die Ausflugsdampfer die Themse hinauf und hinunter schipperten.

Er rief Rebecca von seinem Handy aus an, aber sie war in einer Besprechung mit der Geschäftsleitung; also wählte er stattdessen Stuarts Nummer.

»Wie ist's gelaufen?«, fragte Stuart.

»Nicht übel. Es wurden verschiedene Möglichkeiten diskutiert.«

»Zum Beispiel?«

»Saunders Bishop. Randall Watts Hooper.«

»Da willst du nicht hin. Ich hatte mal beruflich mit denen zu tun. Die Seniorpartner für Wirtschaftsrecht sind Wichser.«

»Es ist ein Job. Bettler können nicht wählerisch sein.«

»Hast du denen gesagt, dass du schon gekündigt hast?«

»Ich hab's für besser gehalten, darüber erst einmal Stillschweigen zu bewahren. Andernfalls hätte er mir nur heikle Fragen gestellt. Zum Glück wollen wenigstens zwei der von ihm genannten Kanzleien jemanden, der so früh wie möglich anfangen kann, also wird das hoffentlich nicht zu einem Problem. Wie läuft's auf der Ranch?«

»Beschissen. Graham verteilt Scheiße links, rechts und in der Mitte. Er verlässt das Büro um halb zwei, also würde ich dir raten, erst danach zurückzukommen.«

»Okay. Danke, Stu.« Er wollte die Verbindung schon kappen, als ihm noch etwas einfiel. »Übrigens, habt ihr, du und Helen, am Samstag Zeit? Becky möchte euch zum Abendessen einladen.«

»Ich werd's mit Helen abklären, aber ich denke, das klappt. Bis später, Kumpel.«

Nachdem er in einem Straßencafé Sandwiches gekauft hatte, ging er zum Embankment und suchte sich eine Sitzgelegenheit. Eine Brise wehte vom Wasser herauf. Er blickte über den Fluss zur South Bank hinüber.

Der Oxo Tower reckte sich wie ein Art-deco-Finger in den Himmel. Er erinnerte sich, wie Max ihn darauf aufmerksam gemacht hatte, als sie nach ihrem »Showdown« auf der Herrentoilette des Cadogan's auf einer Bank wie dieser saßen. Damals war er glücklich gewesen, dass etwas Wunderbares in seinem Leben passiert war, ohne auch nur zu ahnen, wo es hinführen würde.

Er fragte sich, was Max wohl gerade tat. War er beschäftigt? Hatte er sich mit Caroline ausgesöhnt? Hatte er eine andere kennen gelernt?

Vermisst er mich?

Er hoffte, nicht. Mehr als alles andere wünschte er sich, dass Max ihn vergaß.

Aber vielleicht stimmte das nicht. Menschen vermissten nur diejenigen, die ihnen am Herzen lagen. Und er wollte vermisst werden.

Er zog sein Handy aus der Tasche. Ein Anruf würde nicht schaden, oder? Nur, um kurz hallo zu sagen. Vielleicht noch einmal den Versuch machen, sich zu entschuldigen. Um zu zeigen, dass er ihm nicht gleichgültig war, trotz der Entscheidung, die er getroffen hatte.

Langsam tippten seine Finger Max' Nummer. Das Telefon begann zu klingeln. Aber während er wartete, dachte er an die Lügen und die Manipulation und bekam plötzlich Angst. Schnell drückte er auf die Trenntaste.

Er wollte vermisst, aber nicht kontrolliert werden.

Er wählte die Nummer von Chatterton's.

Rebecca, deren Besprechung inzwischen zu Ende war, freute sich, ihn zu hören. »Ich hab den ganzen Morgen an dich gedacht. Wie ist's gelaufen?« Der Klang ihrer Stimme war wie Balsam auf seiner Seele. Während sie sprachen, schlenderte er fort vom Fluss und allem, was ihn an Max erinnerte.

Die Lesung lief schlecht.

Jude Hale saß in einer Buchhandlung in der Nähe der Charing Cross Road und las einen Auszug aus seinem letzten Roman, *Death Junkies*. Vierzig Stühle waren in Reihen vor ihm aufgestellt. Sieben davon waren belegt: drei von Mitarbeitern der Buchhandlung, zwei von normalen Besuchern und zwei von Max und Emily.

Emily schaute immer wieder auf die Uhr. Jude las nun bereits seit einer halben Stunde, und sie spürte, wie ihre Augen müde wurden. Sie fragte sich, ob es Max ähnlich erging.

Sie wünschte, sie hätte ihn nicht gebeten mitzukommen. Es war sogar noch schlimmer, als sie befürchtet hatte. Jude hatte einmal in diesem Laden gearbeitet und den Geschäftsführer überredet, seinem Verlag die Lesung vorzuschlagen. Der Verlag hatte versucht, Jude die Sache auszureden, aber ohne Erfolg. Eine Frau aus der Presseabteilung hatte versprochen zu kommen, rief aber im letzten Augenblick an, um mitzuteilen, dass sie sich den Knöchel verstaucht habe. Emily beneidete sie.

Nervös sah sie zu Max. Er lächelte ihr verschwörerisch zu, seine Miene drückte ironische Belustigung aus. Sie erwiderte die Geste und spürte, wie sie sich entspannte.

Jude kam zum Ende. Nach einem müden Applaus bat er um Fragen aus dem Publikum. Tiefstes Schweigen, bis der verlegene Geschäftsführer der Buchhandlung schließlich zwei Fragen bezüglich der Charakterisierung stellte. Ein missmutig dreinblickender Jude beantwortete beide knapp, und anschließend gingen alle zu einer improvisierten Bar im hinteren Teil des Ladens, wo Wein und Chips auf sie warteten.

»Fühlen Sie sich bitte nicht verpflichtet zu bleiben«, flüsterte Emily. »Ich muss, Sie jedoch nicht.«

»Natürlich bleibe ich. Mein Wagen steht vor der Tür. Ich fahre Sie anschließend nach Hause.«

»Das müssen Sie nicht.«

»Es hat nichts mit müssen zu tun. Holen wir uns was zu trinken.«

Sie standen zusammen in einer Ecke, jeder ein Glas Lambrusco in der Hand. »Der Alkohol bei solchen Anlässen ist nie besonders gut«, erklärte sie ihm.

Der amüsierte Ausdruck blieb. »Hören Sie endlich auf, sich für alles zu entschuldigen?« Er zündete sich eine Zigarre an, dann machte er sich auf die Suche nach einem Aschenbecher.

Sie nippte an ihrem Glas und wollte, dass die beiden normalen Zuhörer Jude mit Lob überhäuften. Leider waren beide erheblich mehr an dem kostenlosen Getränk interessiert, und wieder blieb es an dem Geschäftsführer hängen, etwas für das künstlerische Ego zu tun. Plötzlich entschuldigte sich Jude und steuerte in ihre Richtung. Sie zog sich schnell in eine Nische zurück, wollte nicht, dass jemand anderer das Donnerwetter mitbekam, das jetzt garantiert auf sie niedergehen würde.

»Es war eine sehr gute Lesung«, sagte sie so überzeugend wie möglich.

Jude funkelte sie wütend an. Ein großer, ernster Mann, der aussah, als könnte er Kevin Spaceys anämischer kleiner Bruder sein. »Es war Scheiße.«

»Nein, das finde ich gar nicht.«

»Es war wie in einem beschissenen Leichenschauhaus. Ich habe Ihnen doch gesagt, dass wir mehr Werbung machen müssen, aber darauf haben Sie nicht gehört.«

»Aber Jude, dafür sind die Buchhandlung und der Verlag zuständig.«

Er schnaubte.

»Und Sie hatten ja auch Publicity. Eine Anzeige in der Zeitung. Ein Veranstaltungshinweis im lokalen Radiosender.«

»Tja, es war aber nicht genug. Ich weiß wirklich nicht, wofür ich euch Typen eigentlich bezahle. Ihr bekommt eure Provision, und was tut ihr dafür? Einen Scheißdreck!«

Sie zuckte zusammen. Verzweifelt suchte sie nach passenden Worten.

Und hörte dann Max in seinem charmantesten Tonfall sagen: »Ich finde, das ist nicht ganz fair.«

Sie hatte ihn nicht zurückkommen hören. Erschreckt drehte sie sich um. Genau wie Jude.

»Und wer sind Sie?«, wollte er wissen.

»Jemand, dem es überhaupt nicht gefällt, wie Sie mit Emily reden.«

»Sie wird von mir bezahlt. Ich kann mit ihr reden, wie's mir passt.«

Max lächelte. »Ich nehme an, das ist eine mögliche Sichtweise. Die andere wäre zu sagen, dass Emilys Agentur Ihnen einen großen Gefallen erwiesen hat, indem sie einverstanden war, Ihr, nach der heutigen Lesung zu urteilen, doch erstaunlich mittelmäßiges Werk zu vertreten, und daraus folgt zwingend, dass Ihrerseits etwas mehr Höflichkeit angebracht ist.«

Jude bekam große Augen.

»Max…«, setzte Emily an.

Er gab einen besänftigenden Laut von sich. »Und jetzt«, sagte er zu Jude, sein Ton so charmant wie immer, »sollten Sie sich entschuldigen.«

»Leck mich!«

Immer noch lächelnd legte Max seine Zigarre beiseite. Dann rammte er Jude die Faust in den Bauch.

Jude klappte vor Schmerz zusammen. Max packte ihn an den Haaren, riss ihm den Kopf hoch und starrte ihn an.

»Du wirst dich auf der Stelle bei Emily entschuldigen«, sagte er leise, »und morgen früh wirst du ihren Chef anrufen und ihm sagen, dass du begeistert bist von der Arbeit, die sie für dich geleistet hat, und dass er froh sein kann, eine so kompetente Mitarbeiterin zu haben. Solltest du aber weder das eine noch das andere tun, kann ich äußerst unangenehm werden, und ich bin niemand, falls du mir die Verwendung deiner reizenden Analogie verzeihst, den man verarschen kann. Habe ich mich deutlich genug ausgedrückt?«

Ein verängstigtes Nicken.

»Gut. Wenn du dich jetzt entschuldigst, können Emily und ich zum Abendessen gehen, und du kannst dann auch direkt wieder zu deinem dich anbetenden Publikum zurück. Na, was sagst du?«

Jude schluckte und sah Emily an. »Es tut mir Leid, dass ich grob geworden bin. Danke für alles, was Sie für mich getan haben.«

Sie starrte ihn an. Die Arroganz war wie weggeblasen. Er sah verschüchtert und gedemütigt aus.

Und sie freute sich.

»In Ordnung«, sagte sie.

Max ließ Jude los und nahm ihren Arm. »Gehen wir?«

Gemeinsam steuerten sie auf die Tür zu.

Viertel nach elf. Max hielt den Wagen auf der Straße vor ihrem Haus an.

Sie öffnete den Sicherheitsgurt. Der Abend war vorüber, und es war Zeit, sich gute Nacht zu sagen. Doch er schwieg.

»Es war ein schönes Essen«, begann sie schließlich.

»Das Restaurant war also nicht zu schick?«

»Nein. Genau richtig.«

»Freut mich.«

»Möchten Sie noch mit reinkommen?«

Schweigen. Sie spielte mit einer Haarlocke, wünschte sich, nichts gesagt zu haben.

»Tut mir Leid. Blöde Idee. Es ist so spät, Sie werden nach Hause wollen.«

»So spät ist es noch gar nicht.«

Sie gingen ins Haus, durchquerten die Eingangshalle und stiegen hinauf zur ersten Etage. Der Teppichboden war trist und der Anstrich schäbig. Völlig anders als Kensington und die Welt, in der er lebte.

Sie führte ihn in die Wohnung und knipste das Licht an. Er stand in der Mitte des Raums und blickte sich um. Sie suchte in seinem Gesicht nach Zeichen der Bestürzung, fand aber nichts.

Sie ließ ihn ihre Bücher ansehen und ging einen Kaffee machen. Ihre Küche war klein, aber fröhlich. Grün- und Blautöne. Sie hatte sie selbst renoviert. Postkarten bedeckten die Kühlschranktür, die meisten von Rebecca und Michael.

Sie brachte den Kaffee ins Wohnzimmer. Dann saßen sie zusammen auf einem kleinen Sofa am Fenster, während aus der Wohnung über ihnen das dumpfe Dröhnen von Rockmusik drang.

»Entschuldigen Sie den Lärm«, sagte sie.

»Habe ich Ihnen schon mal von der ersten Wohnung erzählt, die ich je hatte?«

»Nein.«

»Sie lag über einem Fischgeschäft in Lewisham. Nur zwei Zimmer, und die Wände waren so feucht, dass immer wieder Flecken durch den Anstrich kamen. Der Mann, dem der Laden gehörte, war ein großer Fan der Herman's Hermits und spielte ständig ihre

384

Platten. Jeden Morgen wurde ich vom Gestank der Fische und dem Geheul von ›Mrs. Brown, You've Got a Lovely Daughter‹ wach. Ein Wecker, der auch nur halb so gut funktioniert, muss erst noch erfunden werden.«

Sie lächelte. Er nahm ein gerahmtes Foto vom Couchtisch. »Ist das Ihre Mutter?«

»Ja.«

»Dann hatte ich Recht.«

»Recht?«

»Dass Sie zu streng mit sich sind.«

»Sie kannten sie nicht. Sie war ein ganz besonderer Mensch. Liebenswürdig, hübsch und mit dem wunderbarsten Lächeln, das man sich vorstellen kann. Daran erinnere ich mich am besten. An ihr Lächeln.«

Sie sprach nicht weiter aus Angst, ihn in Verlegenheit zu bringen. Aber er starrte das Bild weiter an, und in seinem Blick lag Traurigkeit.

»Meine Mutter besaß eine wunderbare Stimme«, sagte er leise. »Mein Vater spielte immer Volksweisen auf einer Geige, und sie sang dazu. Sie hatte eine sehr tiefe und sehr sanfte Stimme. An ihr Gesicht kann ich mich kaum erinnern, aber ihre Stimme höre ich noch so klar und deutlich wie damals.«

»Ich vermisse sie immer noch«, sagte Emily. »Selbst jetzt, nach dieser langen Zeit. Es ist dumm, aber ich kann nichts dagegen machen. Es vergeht kein Tag, an dem ich nicht an sie denke und mir wünsche, sie lebte noch.«

Er drehte sich zu ihr. Sein Blick war liebevoll.

»Warum hassen Sie sich so sehr?«

Sie bekam einen Kloß im Hals. »Sie –«

»Wenn ich Sie anschaue, sehe ich jemanden, der intelligent ist, mitfühlend, großzügig und loyal. Jemand, der ein elegantes Auftreten und ein Gesicht wie ein Gemälde besitzt. Jemand, der sowohl innerlich als auch äußerlich schön ist.«

»Schön?« Sie sprach das Wort langsam und bedächtig aus, als lerne sie eine Fremdsprache.

Er nickte.

385

Sie zog die Ärmel ihres Kleides hoch, entblößte die selbst zuge-
fügten Narben, die die Haut ihres Arms bedeckten. »Ist das
schön?«

Er starrte sie an, ohne mit der Wimper zu zucken. Dann stellte
er das Bild ihrer Mutter beiseite und begann, die Konturen der
Narben mit den Fingern nachzuzeichnen. »Ach, Emmie«, sagte er,
nannte sie bei dem Namen, den sonst nur ihr Vater benutzte. Seine
Stimme war leise und zärtlich. Sie fühlte sich verletzlich und flüchtete sich in Ironie.

»Ich bin nicht schön, großzügig oder mitfühlend. Sie kennen
mich überhaupt nicht, Max.«

»Aber Sie glauben, mich zu kennen. Das denken Sie seit dem
Tag, als wir uns in der Kathedrale begegnet sind.«

Seine Worte brachten sie aus dem Gleichgewicht. Sie schüttelte
den Kopf.

»Wenn Sie mit mir zusammen sind, hören Sie nie auf, sich für
die Tatsache zu entschuldigen, dass wir zusammen sind. Sie glauben, jemand mit Geld könnte nicht wirklich die Gesellschaft von
jemanden genießen, der keines besitzt. Wenn Sie mich ansehen,
dann sehen Sie meinen Reichtum, und danach beurteilen Sie
mich.«

»Das stimmt nicht.«

Er lächelte traurig. »Das tut jeder. Reichtum definiert den Menschen. Beziehungen werden wie geschäftliche Transaktionen mit
Menschen, die sich im Tausch gegen einen kleinen Teil deines
Status und deiner Macht anbieten. Das war das Wunderbare an
Michael. Er hat sich für den Menschen hinter den großen Häusern
und den teuren Autos interessiert, und genau deshalb vermisse ich
ihn.«

Seine Worte saßen. »Mich interessiert diese Person auch.«

»Dann erlauben Sie mir, dass ich mich für die Person hinter den
Narben interessiere.«

»Sie ist es nicht wert.«

»Das lassen Sie mich bitte selbst beurteilen.«

Sie starrte auf ihre Arme. Die Narben waren wie winzige
Schlangen, die in ihrem Fleisch lebten. Behutsam zog er die Ärmel

ihres Kleides wieder herunter. »Vielleicht sollte ich jetzt gehen. Es tut mir Leid, wenn ich Sie verletzt habe, Emmie. Bitte, glauben Sie mir, dass mir unsere Freundschaft sehr viel bedeutet, und ich würde niemals absichtlich etwas tun, um Sie zu verletzen.«

Sie sah in seine Augen. Ihr Vater hatte die gleiche Augenfarbe. Aber sein Blick hatte ihr nie dieses Gefühl von Sicherheit vermittelt.

Sie berührte seine Wange, spürte die Wärme seiner Haut. Er nahm ihre Hand und küsste die Handfläche. Jeder Nerv in ihrem Körper war angespannt. Sie fühlte sich schwach vor Verlangen.

»Bitte, gehen Sie nicht«, flüsterte sie.

»Sicher?«

»Ja.«

»Obwohl ich so viel älter bin als Sie?«

»Mich interessieren die Jahre nicht. Auch nicht die Autos oder die Häuser. Mich interessiert nur der Mensch hinter allem.«

»Und Sie sind schön«, sagte er und zog sie an sich.

Emily wachte in der Dunkelheit ihres Schlafzimmers auf. Sie lag auf der Seite, umschlungen von seinen Armen und der Wärme seines Körpers; sein Atem strich sanft über ihren Hals, während er sich an ihr Ohr schmiegte. Zufrieden seufzend genoss sie das Gefühl seiner Nähe. Die Uhr neben ihrem Bett zeigte sechs Uhr siebenundvierzig.

»Ich muss gehen«, flüsterte er.

»Jetzt schon?«

»Ein Frühstückstermin. Ich hab es dir gesagt.«

Vielleicht hatte er. Aber sie konnte sich nicht erinnern. Ihr war schlecht.

»Bleib liegen«, sagte er.

Als er aus dem Bett stieg, schaltete sie die Nachttischlampe an, setzte sich auf und beobachtete ihn beim Anziehen. Sein Körper und seine Gliedmaßen waren kräftig, aber zu ihr war er sehr zärtlich gewesen.

Er war ihr zweiter Liebhaber. Der erste, ein Freund aus dem College, hatte nicht die geringste Ahnung gehabt, wie man den

387

Liebesakt für eine Frau angenehm gestaltete. Für sie war Sex immer etwas Gewöhnliches, Derbes gewesen, aber Max hatte ihr gezeigt, dass er schön sein konnte.

Wenigstens für sie.

Selbst in ihrer Euphorie hatte sie nicht aufgehört, darüber nachzudenken, wie es wohl für ihn gewesen sein mochte.

»Sehe ich dich wieder?« Sie gab sich große Mühe, ruhig zu sprechen.

»Natürlich.« Er band seine Krawatte. »Ich werde dich anrufen.«

Wahrscheinlich würde er das. Er war ein netter Mann und kultiviert. Zu kultiviert für jemanden wie sie.

Sie schluckte. »Du musst nicht, wenn du nicht willst.«

Er streifte sein Jackett über und setzte sich dann aufs Bett. »Es ist noch früh. Schlaf weiter.«

Er drückte ihr einen Kuss auf die Stirn. Hastig. Keusch. So, wie man einen Freund küsst. Sie würde sich mit Freundschaft begnügen, wenn das alles war, was er geben wollte.

Aber konnte ihre Freundschaft das überdauern?

Er verließ das Zimmer. Sie hörte, wie die Wohnungstür hinter ihm ins Schloss fiel. Dann, viel leiser, das Geräusch eines sich entfernenden Autos.

Sie blieb im Bett sitzen und sah zu, wie das kalte, harte Licht des Morgens in den Raum gekrochen kam.

Halb zwölf. Emily saß an ihrem Schreibtisch und überflog einen Stapel von Probekapiteln ehrgeiziger Autoren. Sie hatte Kopfschmerzen, war aber trotzdem dankbar für die Arbeit. Es half ihr, auf andere Gedanken zu kommen.

Schritte näherten sich. Kevin, ein stets gut gelaunter Mitdreißiger, der bereits eine Vollglatze hatte, stand da und hielt einen Umschlag in der Hand. »Da ist ein absolut gigantischer Blumenstrauß gekommen.«

Ihr Herz machte einen Sprung.

»Für Janet. Ein Dankeschön von dem neuen Autor, den sie gerade an Transworld verkauft hat. Warum können nicht alle unsere Klienten so sein?«

388

Sie schluckte ihre Enttäuschung hinunter. »Tja, warum nicht?«
Er deutete mit dem Kopf auf die Probekapitel. »Irgendwas dabei, das ich mir ansehen sollte?«

»Ein historischer Thriller über den Hellfire Club. Der Autor ist ein Geisteswissenschaftler. Die Stärken seines Manuskripts sind die dichte Atmosphäre und die historische Detailtreue.«

»Toll. Geben Sie's mir mit, dann werde ich mal einen Blick hineinwerfen.«

Es war irgendwo auf ihrem Schreibtisch vergraben. Während sie suchte, hielt er den Umschlag hoch. »Das hier ist gerade von einem Kurierdienst für Sie abgegeben worden. Es wird das überarbeitete Paul-Baxter-Cover sein. Wir können nur beten, dass es besser ist als das letzte. Soll ich's aufmachen?«

»Sicher.« Sie fand die Probekapitel, nicht aber das Begleitschreiben, und ging einen weiteren Stapel Papiere durch.

»Oh, tut mir Leid. Ich hatte keine Ahnung, dass es privat ist.«

Sie schaute auf. Kevin gab ihr den Inhalt des Umschlags. Zwei Erste-Klasse-Rückfahrkarten mit dem Eurostar nach Paris sowie die Bestätigung einer Hotelreservierung.

Beides steckte in einer kurzen Mitteilung, geschrieben in einer markanten, sicheren Handschrift.

Emmie,
das Le Tremoille liegt in einer Seitenstraße der Champs-Elysées. Es ist vielleicht nicht das berühmteste Pariser Hotel, aber meiner Meinung nach das schönste. An diesem Wochenende kannst du und ein Gast deiner Wahl das selbst entscheiden.
Herzlich
Max

PS: Nicht dass ich versuche, deine Entscheidung zu beeinflussen, aber du solltest wissen, dass ich an diesem Wochenende nichts vorhabe.

Die Freude war überwältigend. Sie brach in Tränen aus.

Kevin sah sie entsetzt an. Verzweifelt versuchte sie, ihre Gefühle im Zaum zu halten. »Es ist was Schönes«, sagte sie. »Etwas ganz Wunderbares.«

»Gott bewahre uns davor, dass Sie je schlechte Nachrichten bekommen.«

Sie begann zu lachen. Seine Miene entspannte sich, und er sah sie amüsiert an. »Freut mich zu hören, dass es etwas Schönes ist. Soll ich eine Weile verschwinden?«

»Danke.«

Er verließ den Raum. Tief Luft holend, versuchte sie, ihre Beherrschung wiederzufinden. Sie musste ja noch eine Einladung aussprechen.

Auf ihrem Schreibtisch stand ein Glas Wasser. Sie trank es aus, wartete darauf, dass sich ihr Herzschlag wieder beruhigte.

Dann wusch sie sich das Gesicht und griff nach dem Telefonhörer.

3. KAPITEL

Samstagabend. Michael, eine Flasche Wein in der Hand, ging mit großen Schritten die West End Lane hinunter.

Es war kurz nach sieben, und Stuart und Helen würden um halb acht zum Essen kommen. Während Rebecca die Spaghetti carbonara zubereitete, war er kurz aus dem Haus gegangen, um sich die Beine zu vertreten und das Video vom vergangenen Abend zurückzubringen. Zwei Flaschen Wein und sechs Dosen Bier lagen bereits im Kühlschrank, aber da Stuart einen ungeheuren Durst entwickeln konnte, hatte er für alle Fälle noch für Nachschub gesorgt.

Als er sich der Wohnung näherte, sah er, dass der Parkplatz gegenüber, vor fünf Minuten noch frei, jetzt von einem silbernen Vauxhall Astra belegt war. Es gab keine anderen Parkplätze hier, also würde Helen in einer Seitenstraße parken müssen. Er beschloss, es Rebecca gegenüber nicht zu erwähnen, da sie immer nervöser geworden war, je näher der Abend rückte.

Als er die Wohnungstür aufschloss, hörte er Stimmen aus dem Wohnzimmer. Hoffentlich hatte das verfrühte Eintreffen der Gäste Rebecca nicht zu sehr aus dem Konzept gebracht. Er ging durch die halb offene Tür. »Hi. Hattet ihr Probleme, einen Parkplatz zu finden?«

Rebecca hielt eine Schachtel Pralinen in der Hand. Neben ihr standen Sean und seine Freundin Maya.

»Überraschung!«, rief Rebecca ein wenig unsicher.

Er starrte sie nur an.

»Tut mir Leid, dass wir keinen Wein mitgebracht haben«, begann Sean. »Becky meinte, es sei nicht nötig.«

Er fand seine Stimme wieder. »Es ist genug da.«

»Wir wollten nicht so früh kommen«, sagte Maya. »Aber wir sind besser durch den Verkehr gekommen als erwartet.«

»Schön.«

»Auf dem Weg hierher sind wir an einem Pub, dem General's Arms, vorbeigekommen«, fügte Sean hinzu. »Ein Freund hat mal hier in der Gegend gewohnt, und das war sein Stammlokal. Er meinte, es sei ganz passabel.«

»Ist es.«

Schweigen. Die Atmosphäre knisterte vor Spannung.

»Vielleicht«, fuhr Michael fort, »könnten wir nach dem Essen dort was trinken gehen.«

Die Erleichterung war spürbar. Alle lächelten.

»Setzt euch, während ich den Wein aufmache. Und falls ein Porzellanschwein hopsgeht, gebe ich die erste Runde im General's aus.«

Er ging in die Küche, stellte die neue Flasche in den Kühlschrank und nahm eine kalte heraus. Rebecca folgte ihm. »Stuart und Helen kommen nicht«, sagte sie. »Stuart hat mit Sean gesprochen, nachdem du das Weinlokal verlassen hast, und erfuhr, wer er war. Er wusste, dass ich dich gedrängt hatte, Sean ausfindig zu machen, und als wir uns dann wieder versöhnt haben, hat er mich angerufen und mir erzählt, was passiert war. Ich weiß, ich hätte es dir sagen sollen, aber ich hatte Angst, du sagst nein, und –«

Er legte eine Hand auf ihren Mund. »Ich liebe dich«, flüsterte er. »Du ahnst gar nicht, wie sehr.«

Tränen traten ihr in die Augen. Sie umarmten sich.

Dann schob sie ihn zurück und konzentrierte sich auf das Essen. Er nahm den Wein und ging zu seinen Gästen.

Acht Uhr. Emily saß in einem hellblauen Kleid, das sie extra für diese Reise gekauft hatte, vor einer Frisierkommode im Le-Tremoille-Hotel. Durch das offene Fenster konnte sie die Unterhaltung und das Lachen der Menschen hören, die sich zwischen hupenden Autos hindurchschlängelten und in die Restaurants an den Champs-Elysées strömten, um den vielleicht letzten milden Abend des Jahres zu genießen.

Langsam ließ sie die Bürste durch ihr Haar gleiten. Es reichte ihr bis über die Schultern und rahmte ihr blasses, ovales Gesicht ein. Es sei das Besondere an ihr, hieß es, genau wie bei ihrer Mutter. Sie war davon überzeugt, dass diese es mit größerer Anmut getragen hatte als sie, aber bestimmt nie in einer so wunderschönen Umgebung.

Das Le Tremoille war ein kleines Hotel mit nur acht Zimmern, und mit dem in grau-goldener Livree gekleideten Personal wirkte es eher wie das Privathaus eines reichen Aristokraten. Ihre Suite besaß die förmliche Eleganz des vorrevolutionären Frankreich mit goldenen Spiegeln, zart getönten Tapeten, antiken Möbeln und gedämpfter Beleuchtung.

Die Füße taten ihr weh nach den Anstrengungen des Tages. Am Morgen hatten sie den Louvre besucht, wo die *Mona Lisa* und die *Venus von Milo* sie weniger bewegt hatten als Géricaults unheimliches *Floß der Medusa*. Am Nachmittag waren sie zu Fuß von den Tuilerien zur Île de la Cité gegangen, wo sie zu den Türmen der gotischen Basilika Notre-Dame aufgeschaut und sich vorgestellt hatten, wie Quasimodo zu ihnen herabstarrte. Max wäre mit ihr gern einkaufen gegangen, doch stattdessen hatten sie den Tag mit einem Spaziergang am Ufer der Seine ausklingen lassen. »Möchtest du nicht doch lieber einen Einkaufsbummel machen?«, hatte er sie gefragt. »Nein«, hatte sie geantwortet, und trotz des Kopfschüttelns verriet ihr sein Lächeln, dass er sich darüber freute.

An diesem Abend aßen sie in dem winzigen Restaurant des Hotels. Er hatte vorgeschlagen, sie in das teuerste Lokal der Stadt auszuführen, aber sie mochte die Stille und den Frieden des Le Tremoille und wollte dessen Atmosphäre genießen. Dies hatte weiteres Kopfschütteln seinerseits zur Folge, aber wieder spürte sie, dass er mit ihrer Wahl zufrieden war.

Die Tür der Suite wurde geöffnet, sie hörte Schritte im Salon. Max war Zigarren kaufen gewesen. »Hast du deine Marke gefunden?«, fragte sie, als er das Zimmer betrat.

»Am Ende, ja. Bei einem kleinen algerischen Tabakhändler an der Ecke.« Er setzte sich aufs Bett, einem prunkvollen Himmelbett, das einmal, so der Hoteldirektor, einem Cousin von Louis XVI. gehört hatte. »Du siehst wunderschön aus«, sagte er. »Weißt du schon, wie du den morgigen Tag verbringen möchtest?«

»Ich würde gern nach Versailles fahren. Ich weiß, es ist ziemlich überlaufen dort, aber es würde mir trotzdem Spaß machen.«

»Warst du schon dort? Du hast einen Schulausflug erwähnt.«

Sie nickte. Errötend fügte sie hinzu: »Aber ich würde es mir gern mit dir zusammen ansehen.«

»Dann fahren wir hin.« Er kam zu ihr herüber, legte seine Arme um sie und gab ihr einen Kuss auf die Wange. Er duftete nach Eau de Cologne und Tabak. »Das ist dein Wochenende, Emmie, und ich möchte, dass es dir Freude macht.«

Das stimmte. Es war ihr Wochenende.

Und es machte ihr Freude.

Sie hoffte, es würde weitere Gelegenheiten wie diese geben. Dass dies der Anfang von etwas Magischem zwischen ihnen sein könnte. Aber auch wenn es das Einzige blieb, was sie jemals mit ihm zusammen unternahm, war es trotzdem mehr, als sie erwartet hatte. Sie würde die Erinnerung an dieses Wochenende bis an ihr Lebensende hüten wie einen Schatz.

Er küsste sie wieder. »Willst du jetzt essen gehen?«

»Ja.«

Er nahm ihre Hand und führte sie zur Tür.

Viertel vor zehn. Michael stand mit vom Regen nassen Haaren an der Theke des General's Arms.

Es war ein vor Leben pulsierendes Lokal in grünen und roten Farben, mit einem Karaoke-Gerät in der hinteren Ecke und einem Snooker-Tisch in der Mitte. Er bezahlte und trug zwei Bier durch die verräucherte Luft zu dem Tisch an der Tür, wo Sean auf ihn wartete. Rebecca und Maya waren in der Wohnung geblieben und tranken Kaffee.

Er nahm einen Schluck Bier. Im Hintergrund krächzte eine völlig unmusikalische Frau »Bridge Over Troubled Water«. »Ich hoffe, es singt niemand ›My Way‹«, sagte er zu Sean.

»Oder ›I Will Survive‹. Mein Gott, ich hasse dieses Lied.«

»Aber der übelste Song aller Zeiten ist ›Seasons in the Sun‹.«

Sean schüttelte den Kopf. »*Fame*. Nichts ist schlimmer.«

»Wir haben die Serie früher jede Woche gesehen.«

»Saßen auf diesen schäbigen Sesseln im Fernsehzimmer.«

»Du warst doch süchtig nach dieser Serie. Musstest deine wöchentliche Dosis haben. Einmal bin ich mit so einem Kurzgeschorenen aneinander geraten, der Billard sehen wollte, und alles nur, weil ich Angst hatte, du würdest mir ausflippen, falls wir den Kanal wechselten.«

»Ich kann mich noch gut daran erinnern. Wie hieß er gleich wieder, Terry?«

»Nein. Terry war der Fette mit den kupferroten Haaren, der die Serie fast genauso liebte wie du. Weißt du noch? Er vergötterte doch Leroy, den rebellischen Tänzer, und machte immer seinen New Yorker Slang nach. Er hat sogar versucht, diesen wiegenden Zuhältergang zu imitieren, womit er sich ziemlich erstaunte Blicke auf der Mile End Road eingehandelt hat.«

Beide lachten, während die unmusikalische Frau »The Power of Love« krächzte, Teenager sich über Punkte beim Snooker stritten und die Leute am Nachbartisch sich über das Gesundheitswesen beklagten. Draußen goss es in Strömen.

»Ich hoffe, in Norfolk ist das Wetter besser«, bemerkte Sean. »Meine Schwester Cathy ist zu Fuß mit Freunden unterwegs, und ich befürchte, sie müssen in einem undichten Zelt übernachten.«

»Ihr zwei steht euch wirklich nahe, was?«

»Ja, obwohl sie mir auf den Geist geht. Sie ist sehr bestimmend und versucht dauernd, alles für mich zu regeln. Ich komme mir deswegen manchmal ziemlich blöd vor, aber im Grunde macht's mir nichts aus.«

»Hab ich dir dieses Gefühl auch vermittelt?«

»Ständig.« Sean lächelte. »Aber auch das hat mir nichts ausgemacht.«

»Warst du nicht eifersüchtig, als deine Eltern sie adoptierten?«

»Nein, eigentlich nicht. Mum und Dad haben das ziemlich gut hingekriegt. Sie haben es so gedreht, dass es aussah, als wäre ich derjenige, der sie aufnahm und ihr ein Zuhause gab, und das hat meine Beschützerinstinkte geweckt.«

»War es schwierig? Zu lernen, sie Mum und Dad zu nennen?«

»Ja, besonders bei Mum. Ich vermisste meine richtige Mutter

395

immer noch sehr, und es kam mir wie Verrat vor, sie durch jemand anderen zu ersetzen. Aber auch das haben sie gut gelöst. Sie haben nie versucht, irgendwas zu erzwingen, und ich durfte sie Sue und Tony nennen. Eines Tages wurde mir dann klar, dass ich sie wirklich liebte und sie genau die Menschen waren, die meine Mutter für mich ausgesucht hätte, um ihren Platz einzunehmen. Von da an waren sie Mum und Dad.«

Michael lächelte. »Das freut mich.«

»Du würdest sie mögen, Mike. Es sind sehr liebe Menschen. Sie haben Cathy und mir ihren Namen und ihre Liebe geschenkt, aber sie haben nie versucht, uns vergessen zu machen, wo wir herkommen. Sie haben Cathy immer gesagt, sie würden ihr helfen, falls sie ihre leiblichen Eltern ausfindig machen möchte. Das Gleiche haben sie zu mir gesagt, aber ich wollte meinen leiblichen Vater nicht finden. Tony ist jetzt mein Vater, und das genügt mir.«

Michael nickte. Jemand am Nachbartisch rauchte eine Zigarre.

»Ich habe meinen leiblichen Vater ausfindig gemacht, als ich achtzehn war. Mein Pflegevater war gerade gestorben und meine Pflegemutter auf die Bahamas gezogen. Sie hatten mir nie erlaubt, ihnen gefühlsmäßig wirklich nahe zu kommen, aber trotzdem fühlte ich mich allein gelassen. Im Testament hatte er mir etwas Geld vermacht, also heuerte ich einen Privatdetektiv an, der meinen Vater für mich suchen sollte.

Mein Vater heißt John Matthews. Ein weiteres Produkt des britischen Sozialsystems, der wegen Diebstahl und Drogendelikten gesessen hatte. Als ich ihn fand, lebte er von der Stütze in einer Sozialwohnung in Catford. Ich rief ihn an, erzählte ihm, wer ich war, und schlug vor, mich mit ihm zu treffen, rechnete damit, dass er sagte, ich solle mich verpissen. Stattdessen schien er sich darauf zu freuen.

Wir trafen uns in einem Pub. Die Ähnlichkeit war frappierend. Es war, wie in einen dieser Märchenspiegel zu starren und sich zwanzig Jahre älter zu sehen. Ich hatte ein unheimlich gutes Gefühl.

Aber das hielt nicht lange an. Es war ihm völlig gleichgültig, dass ich sein Sohn war. Innerhalb von fünfzehn Minuten machte er Andeutungen, wie pleite er sei, und ich begriff, dass es nur einen einzigen Grund gegeben hatte, warum er mich treffen wollte: Er hatte meinen Akzent gehört und angenommen, ich hätte Geld. Am Ende stellte ich ihm einen Scheck über die Hälfte dessen aus, was mein Pflegevater mir vererbt hatte, und sagte ihm, ich wolle ihn nie wieder sehen. Er schien ganz zufrieden damit zu sein. Er machte sich nicht mal die Mühe, sich von mir zu verabschieden.«

Sean pfiff leise durch die Zähne. »Das muss wehgetan haben.«

Michael spielte an seinem Bierfilz. Der Geruch von Zigarrenrauch war sehr intensiv. »Weißt du, was am meisten schmerzt? Das Gefühl, dass die Menschen einen nur deshalb mögen, weil man etwas besitzt oder repräsentiert, und nicht, weil man ist, wer man ist. Für meine Pflegeeltern war ich ein Statussymbol; für meinen leiblichen Vater ein Goldesel. Nur ein einziger Mensch hat mir jemals das Gefühl vermittelt, ein Sohn zu sein. Leider hat das aber auch nicht funktioniert.«

Sean schien überrascht. »Ich dachte, du würdest dich nicht an deine Mutter erinnern.«

»Ich spreche nicht von ihr.«

»Von wem dann?«

»Das ist eine lange Geschichte.«

»Ich bin ein guter Zuhörer.«

»Verschieben wir das auf einen anderen Abend.«

Sean lächelte. »Gibt es denn einen?«

»Ich hoffe schon.«

»Ich auch. Fünfzehn Jahre sind eine lange Zeit. Wir sollten uns nicht noch mal aus den Augen verlieren.«

Michael hob sein Glas. »Darauf trinken wir.«

Sie prosteten einander zu, während betrunkene Gäste fortfuhren, klassische Songs zu verhunzen, und der Regen weiter gegen das Fenster prasselte.

Max' Stimme weckte Emily. Es war früher Morgen, auch wenn sie sich fühlte, als hätte sie kein Auge zugetan.

Ihr Schlafzimmer lag in völliger Dunkelheit, das einzige Licht kam von den Straßenlaternen. Und Max' Worte waren auch nicht an sie gerichtet.

Er lag auf dem Rücken, bewegte sich unruhig, schrie etwas in einer Sprache, die sie nicht verstand, während seine Arme auf die Laken eindroschen, als kämpfe er gegen einen unsichtbaren Gegner. Es war nicht ganz ungefährlich, einen Träumenden zu wecken, aber seine Verzweiflung schien so groß, dass sie glaubte, es tun zu müssen. Sie legte eine Hand auf seine schweißnasse Stirn. Leise rief sie seinen Namen.

Erschreckt fuhr er hoch; sein Blick war wirr, als er versuchte, sich zu orientieren. »Es ist alles gut«, sagte sie behutsam. »Du bist in einem Hotel. Es ist niemand sonst hier. Nur ich.« Wieder streckte sie die Hand nach ihm aus.

Grob stieß er sie fort, setzte sich kerzengerade im Bett auf, warf Laken und Kissen auf den Boden. Er lehnte sich mit dem Rücken gegen das Kopfteil des Bettes, fuhr mit einer Hand durch das Haar, seufzte immer wieder, als habe er Schmerzen. Beunruhigt beobachtete sie ihn. »Soll ich dir ein Glas Wasser holen?«, flüsterte sie.

Er gab keine Antwort. Saß einfach nur da, atmete schwer wie ein verwundetes Tier. Ängstlich rückte sie weg von ihm, was zur Folge hatte, dass er sie unvermittelt packte und an sich zog. »Geh nicht«, flehte er, hielt sie so fest an sich gedrückt, dass sie fast keine Luft mehr bekam. »Bleib hier bei mir.«

So verharrten sie einige Zeit. Draußen war es ganz still; das einzige Geräusch kam von seinem Herzen, das in seiner Brust hämmerte. Langsam beruhigte er sich.

»Was hast du geträumt?«, fragte sie. »Von deinen Eltern?«

»Nein.«

Er hatte ihr ein wenig von seinen frühen Lebensjahren erzählt. »War es der Aufstand? Das Flüchtlingslager?«

»Schlimmer. Es war der schlimmste Traum, den es gibt. Der Traum, völlig machtlos und ohnmächtig zu sein.«

»Inwiefern warst du machtlos? Was ist passiert?«

Er schüttelte den Kopf. »Es ist vorbei. Es war nur ein Traum.« Sein Griff lockerte sich. Zärtlich streichelte er über ihr Haar. »Du zitterst ja. Es tut mir Leid, dass ich dich so erschreckt habe.«

Sie küsste seine Wange, wischte Schweißperlen von seiner Stirn. »Das macht nichts.«

»Ich werd's wieder gutmachen. Wir fahren heute nach Versailles und tun alles, was du dir wünschst.«

»Wir müssen gar nichts tun.«

Eine unendliche Traurigkeit legte sich über sein Gesicht. »Ach, Emmie«, flüsterte er. »Was machst du hier mit mir? Du hast was Besseres verdient.«

»Das sehe ich anders.«

Er streichelte weiter über ihren Kopf. »Du bist noch ein Kind. Du verstehst das nicht.«

»Was verstehe ich nicht?«

»Dass ich nicht liebe wie andere Menschen. Nur zu lieben ist nicht genug. Wenn ich jemanden liebe, dann will ich ihn kontrollieren. Ihn zu einem Gefangenen machen, der nicht entkommen kann.«

Wieder strich sie über seine Stirn. Sein Atem streifte warm ihr Gesicht. »Wenn dich jemand wirklich liebt, wird er nicht entkommen wollen.«

»Ich wünschte, es wäre so. Michael hat mich geliebt. Das hätte genügen sollen, hat es aber nicht. Ich habe versucht, ihn an mich zu binden, und am Ende habe ich ihn verloren. Meine Liebe ist nicht gut, Emmie. Sie kann nur eins: ersticken.«

»Aber wenigstens ist sie stark. Das Objekt der Liebe weiß, dass es gebraucht wird und dass deine Welt zusammenbrechen würde, wenn es nicht Teil davon ist. Mein Vater liebt mich mehr als jeder andere, aber er braucht mich nicht. Wenn ich morgen sterben sollte, würde sein Leben genauso weitergehen wie bisher.«

Er schüttelte den Kopf.

»Doch, so ist es. Er braucht keine Liebe. Er ist ein schwacher Mann, und seine Bedürfnisse sind völlig anders.«

»Du hältst mich für stark? Nach heute Nacht?«

»Ja.«

»Ich habe Angst davor, verlassen zu werden. Wo liegt da die Stärke?«

»Darin, es zugeben zu können.«

Sie saßen in der Dunkelheit, beide nackt. Noch nie zuvor hatte

399

sie sich einem anderen Menschen so schutzlos gezeigt, und noch nie hatte sie sich so sicher gefühlt.

»Ich erinnere mich an einen Tag«, sagte sie leise, »als ich auf dem College war. Ich hatte Grippe und verbrachte den Tag im Bett, hörte einer Diskussion im Radio zu, bei der es darum ging, wie seltsam und unlogisch die Liebe sein kann. Eine Frau hatte sich anonym gemeldet. Sie schrieb, dass sie glücklich verheiratet sei und vier Töchter habe. Sie liebte alle ihre Kinder gleich, mit Ausnahme des zweiten. Dieses Mädchen war weder schöner noch talentierter als seine Schwestern, aber seine Mutter liebte es wahnsinnig. Sie schämte sich wegen dieser Bevorzugung und hielt sie verborgen, aber sie wusste, falls sie jemals vor der Entscheidung stehen sollte, dieses eine Kind zu behalten oder die ganze übrige Familie, dann würde sie die anderen jederzeit opfern.

Genau das will ich. Geliebt werden, wie diese Frau ihre Tochter liebte. Es würde überhaupt keine Rolle spielen, ob ich kontrolliert oder besessen werde. Ich möchte ganz einfach für jemanden der Mittelpunkt des Universums sein. Wissen, dass derjenige nicht weiterleben könnte, sollte ich ihm fortgenommen werden. Bevor ich sterbe, möchte ich wissen, wie es ist, so geliebt zu werden.«

»Das wirst du«, flüsterte er. »Das verspreche ich dir.«

Sie küssten sich, langsam und zärtlich. »Bist du müde?«, fragte sie ihn. »Möchtest du schlafen?«

»Gibst du Acht, wenn ich es tue?«

»Es wird keine Albträume mehr geben. Ich werde sie alle verscheuchen.«

»Ich weiß, dass du das wirst. Aber ich möchte nicht schlafen.«

»Ich auch nicht.«

Sie liebten sich, dort in der Dunkelheit des Zimmers, an einem Morgen, der so still war, als wären sie die einzigen Menschen auf der Welt.

Es war fünf Uhr morgens. Michael saß mit vom Weinen geröteten Augen auf dem Sofa und lauschte den Geräuschen, die Rebecca in der Küche machte. Die Deckenbeleuchtung war ausgeschaltet, und das einzige Licht kam von einer winzigen Lampe in der Ecke des Raums.

Sie tauchte wieder auf, ein Glas Wasser in der Hand. Er leerte es dankbar, da seine Kehle wund war nach stundenlangem Reden. Sie zog die Vorhänge auf und setzte sich dann dicht neben ihn. Die Schachtel Pralinen lag ungeöffnet auf dem Tisch vor ihnen.

»Ein hübscher Vorrat, was?«, sagte sie.

»Leg sie in die Schublade. Mach den Porzellanschweinen eine Freude.« Zärtlich berührte er ihr Ohr. »Arme Beck. Ist schon ein Wunder, dass ich dir das Ohr hier nicht komplett abgeknabbert habe.«

Sean und Maya waren gegen Mitternacht gegangen. Danach hatten Michael und Rebecca sich einen späten Film angesehen, während er ihr Kindheitserlebnisse mit Sean schilderte und seine große Freude über das Wiedersehen beschrieb. Während er sprach, stiegen allmählich andere, weiter zurückliegende Erinnerungen auf. Erinnerungen, wie er seiner Mutter weggenommen wurde und welchen Kummer diese Trennung ausgelöst hatte. Erinnerungen, denen er nie erlaubt hatte, ganz in sein Bewusstsein zu dringen, denn der Schmerz war einfach zu groß gewesen.

»Jetzt ist es vorbei«, sagte er leise. »Abgeschlossen. Heute Abend habe ich mich richtig von ihr verabschiedet. Meinen Frieden gemacht und endlich losgelassen.«

Sie schwieg. Rückte nur ein Stück näher.

»Und ich möchte dir etwas versprechen.«

»Was?«

»Sollten wir jemals ein Kind haben, werde ich alles tun, damit es ein glückliches Leben hat. Jeden Tag werde ich darum kämpfen, es vor Schmerz, Einsamkeit und Angst zu bewahren. Ich verspreche, dass ich ein so perfekter Vater sein werde, wie ich nur kann, wenn die Zeit kommt.«

Sie nahm seine Hand und küsste sie.

Dann legte sie sie auf ihren Bauch.

»Die Zeit ist gekommen«, flüsterte sie. »Ich hätte es dir schon vorher gesagt, aber ich wollte es im richtigen Moment tun. Und der ist jetzt.«

401

Er starrte sie an. Ihm fehlten die Worte.

Sie sah ihn ängstlich an. »Sag etwas. Bitte.«

Er versuchte zu sprechen, aber die Gefühle überwältigten ihn. Seine Augen füllten sich mit Tränen, wie schon zuvor an diesem Abend. Ihre Miene entspannte sich. Lächelnd begann auch sie zu weinen. »Danke«, sagte sie. »Genau das war es, was ich hören wollte.«

Sie blieben auf dem Sofa sitzen, seine Hand auf ihrem Bauch, und sahen zu, wie der alte Tag starb und der neue zum Leben erwachte.

Sonntagabend. Emily stand in der Küche ihrer Wohnung.

Max hatte sie eine Stunde zuvor dort abgesetzt. Diesmal war er nicht mit hereingekommen. Hatte sie einfach nur zur Tür gebracht. Sie hatten keine weiteren Treffen vereinbart, aber sie wusste, dass sie ihn wieder sehen würde.

Halb zwölf. Obwohl sie sonst um diese Uhrzeit längst schlief, machte sie keinerlei Anstalten, ins Bett zu gehen.

Zwei neue Postkarten schmückten ihre Kühlschranktür, beide an diesem Morgen gekauft. Die Galerie de Glace und das Petit Trianon. Das schöne Wetter hatte das ganze Wochenende über angehalten und es ihnen erlaubt, Versailles innen wie außen ausgiebig zu besichtigen.

Das Telefon klingelte. Sie wusste, dass Max es war und was er sagen würde, noch bevor sie den Hörer abnahm. Obwohl sie zitterte, war sie ganz ruhig.

»Ich lebe jetzt zehn Jahre in diesem Haus«, begann er. »Ich liebe es mehr als jede andere Wohnung, die ich je besaß. Aber ich kann hier nicht mehr leben. Nicht ohne dich.«

»Das musst du nicht.« Es klang wie ein Seufzer.

»Ich hole dich. Ich bin in spätestens einer Stunde da.«

»Ich nehme ein Taxi. Das geht schneller.«

»Bring nichts mit. Nur dich. Du bekommst alles, was du brauchst.«

Sie drückte auf die Trenntaste, dann rief sie ein Taxi. Während sie auf den Wagen wartete, packte sie ein paar Sachen ein. Gerade so viel, dass es für einige Tage reichte.

Ihre Fahrerin war eine korpulente Russin mittleren Alters, die über jeden Autofahrer, der ihren Weg kreuzte, fluchte wie ein Pferdekutscher. »Diese Autofahrer. Alles Idioten. Verdammte Scheiße! Wo geht's denn hin?«

»Einen Freund besuchen.«

Ein trockenes Lächeln. »Ihren Mann?«

»Meinen Mann.« Die Worte zergingen ihr auf der Zunge.

»Piekfeiner Stadtteil. Er ist reich, ja?« Ein blauer Audi überholte sie, was ein Hupen und eine geballte Faust zur Folge hatte. »Idioten. Verdammte Scheiße! Wie alt sind Sie?«

»Vierundzwanzig.«

»Genauso alt wie Magda. Sie ist meine Tochter. Immer noch in Russland.« Ein liebevolles Lächeln. »Mein Baby. Sie sind hübsch, genau wie sie.«

Sie bogen auf den Arundel Crescent ein. Er wartete auf den Stufen seines Hauses. Die Fahrerin musterte ihn scharf. »Ist das Ihr Mann?«

»Ja.«

»Älter als Sie?«

»Na und.«

»Hauptsache, Sie lieben ihn.« Ein Blinzeln. »Sieht aus wie guter Mann. Nett.«

Sie bezahlte den Fahrpreis. Die Frau lächelte. »Viel Glück, kleine Lady.«

»Danke.«

Sie stieg aus. Er stand reglos da und wartete auf sie.

Sie sah zu ihm auf, und plötzlich wurde sie schwach vor Glück.

Er breitete die Arme aus, und sie ließ sich von ihnen umfangen.

403

4. KAPITEL

Montagmorgen. Viertel vor neun. Emily lag allein in Max' Bett, die Vorhänge waren noch zugezogen.

Der Raum war einfach eingerichtet. Weiße Wände, brauner Teppichboden, schlichte antike Möbel. Sie hatte es sich etwas feudaler vorgestellt. Aber das störte sie nicht. Die Einfachheit war irgendwie beruhigend, überzeugte sie, dass sie nicht völlig fehl am Platz war.

Schritte hallten im Flur. Max trat ein, trug einen roten Morgenmantel aus Seide, der mit chinesischen Drachen verziert war. Er brachte ein Tablett, und der Duft von frischem Kaffee und geröstetem Brot erfüllte das Zimmer.

Er zog die Vorhänge auf, so dass graues Herbstlicht hereinflutete, stellte dann das Tablett aufs Bett und kehrte zu der warmen Stelle zurück, die er verlassen hatte. Sie ließ ihre Hand über seinen Morgenmantel gleiten. »Du siehst gut darin aus.«

Er lächelte.

»Woher hast du ihn?«

»Von Lavinia.«

»Becky hat mir von ihr erzählt.« Kurzes Schweigen. »Sie war sehr hübsch.«

»Außergewöhnlich hübsch sogar.«

Wieder wanderte ihr Blick über das Zimmer. Sie fragte sich, ob Lavinia seine Einfachheit gefallen hatte.

Er legte einen Arm um sie, küsste sie auf die Stirn. »Und das war ihr Fluch. Ihr ganzes Leben kreiste ausschließlich darum, schön zu sein. Das konnte sie nie vergessen. Wenn wir uns liebten, war es, als sei ich ein Statist, während sie für eine imaginäre Kamera posierte.«

Seine Worte machten sie glücklich. Sie streichelte sein Kinn. Die

404

rauen Stoppeln kratzten ihre Haut. Das würde Lavinia zweifellos gehasst haben.

Die Narben an ihren Armen waren noch immer da. Früher hatte sie sich ihrer geschämt. Doch Max schien sie gar nicht zu bemerken und lehrte sie, es ebenfalls nicht zu tun.

Sie sah auf das Tablett. Eine Kanne Kaffee. Grapefruitsaft. Verkohlte Croissants und ein Haufen Tageszeitungen. »Mrs. László wollte für uns das Frühstück zubereiten«, sagte er, »aber ich ließ sie nicht. Ich habe alles selbst gemacht.«

Sie schenkte den Kaffee ein. Er war tiefschwarz und dick. »Das sehe ich.«

»Sehr ungarisch. Du wirst ihn bald mögen.«

»Ich werde ziemlich spät zur Arbeit kommen.«

Er schüttelte den Kopf.

»In zehn Minuten muss ich da sein.«

»Du wirst heute nicht arbeiten.«

»Aber, Max –«

»Keine Diskussion.« Er nahm sie fester in den Arm. »Du bleibst hier bei mir.«

»Es gibt Verschiedenes, das ich erledigen muss.«

»Du hast nur eines zu erledigen, und das ist, mich warm zu halten. Und jetzt iss etwas, sonst denke ich, dass du mit meinen Kochkünsten nicht zufrieden bist.« Er bestrich ein Croissant mit Butter und Marmelade und reichte es ihr. Während sie aß, beobachtete er sie mit plötzlich bekümmertem Blick. »Es fängt schon an«, sagte er leise.

»Was?«

»Dass ich versuche, dich zu kontrollieren.«

Sie sagte nichts.

»Hast du keine Angst?«

»Nein.«

Und das stimmte wirklich. Sie hatte keine Angst vor Kontrolle. Nicht, wenn es bedeutete, geliebt zu werden.

Würde er mich auch dann noch lieben, wenn er von der Stille wüsste?

Der Gedanke störte für einen Augenblick ihren Seelenfrieden.

405

Schnell verdrängte sie ihn. Er würde es nie erfahren. Sie würde es ihm nicht sagen, und in seinem Leben gab es niemand anderen, der es tun konnte.

Er lächelte wieder. Sie nahm einen Schluck Kaffee. Zu stark, aber so mochte er ihn. Sie würde lernen, ihn ebenfalls zu mögen.

Mittag. Michael legte den Hörer auf.

»Und?«, wollte Stuart wissen und unterbrach seine Arbeit an den Musterformularen.

»Zwei Vorstellungsgespräche Anfang kommender Woche. Saunders Bishop und eine amerikanische Firma. Randall Watts Hooper scheint ebenfalls interessiert.«

»Hervorragend! Bei diesem Tempo werden wir deinen neuen Job an meinem Junggesellenwochenende feiern können.«

Nach zehnjähriger eheähnlicher Gemeinschaft würden Stuart und Helen in einem Monat heiraten. Zu seiner Freude würde Michael einer der Brautführer sein. »Hast du dir schon überlegt, wohin's gehen soll?«, fragte er.

»Cardiff.«

»Cardiff?«

»Bei diesem Wochenende geht es doch ausschließlich darum, sich volllaufen zu lassen. Da ich noch nie in Cardiff gewesen bin und wahrscheinlich auch nie wieder hinkommen werde, ist es völlig egal, wenn ich in jedem Pub der Stadt Hausverbot kriege.«

Michaels Telefon klingelte, aber er ließ es läuten, bis der Anruf automatisch zu Kim durchgestellt wurde. »Es bedeutet außerdem, dass dich kein Mensch erkennt, wenn du mit nichts als Strapsen und BH an einen Laternenpfahl gekettet wirst.«

Stuart kniff die Augen zusammen. »Das wird nicht passieren.«

»Wollen wir wetten?«

Sie lachten. Er hätte Stuart gern von dem Baby erzählt, aber Rebecca wollte es noch ein bisschen länger geheim halten.

Kim steckte den Kopf zur Tür herein. »Mike, Becky ist am Apparat.«

Er nahm den Hörer ab. »Du kennst dich doch aus in der Welt. Was weißt du über Cardiff?«

»Ich habe gerade versucht, Em in der Arbeit anzurufen. Wir müssen uns sofort treffen.«

Eine halbe Stunde später saßen sie in einer überfüllten Sandwichbar in der Nähe der Liverpool Street.

»Ich glaub's einfach nicht«, sagte er.

»Man hat sie zusammen bei einer Lesung gesehen. Die Beschreibung passt genau. Es ist Max.«

Er trommelte mit den Fingern auf der Plastikoberfläche des Tisches. »Das muss aber noch nicht heißen, dass sie eine Beziehung haben.«

»Er ist mit ihr übers Wochenende nach Paris gefahren. Romantischer geht's nicht mehr. Sue, die Empfangssekretärin, hat versucht, mich über ihn auszufragen. Sie nahm an, dass ich als Ems vermeintlich beste Freundin irgendwas wüsste.«

Er schüttelte den Kopf, versuchte, das alles zu begreifen.

»Sie hat sich heute krankgemeldet. Ich habe versucht, sie zu Hause zu erreichen, aber es ist niemand rangegangen, was bedeutet, dass sie bei ihm ist. Mein Gott, Mike, was sollen wir jetzt tun?«

»Tun?«

»Wir müssen was tun. Wir sprechen hier über Max.« Rebecca hatte einen roten Kopf, und sie atmete schwer. Er streichelte ihren Arm. »He, beruhige dich wieder. Du bist schwanger, hast du das vergessen?«

»Okay. Tut mir Leid. Ich kann nur einfach den Gedanken nicht ertragen, dass Em Max zu nahe kommt. Du weißt doch, wie verletzlich sie ist.«

Er nickte. Der Gedanke beunruhigte ihn ebenfalls.

Und machte ihn eifersüchtig.

Er starrte auf den Tisch.

Sie seufzte. »Ich muss jetzt los. Clare wartet auf mich.«

Sie verließen das Lokal. Er winkte einer Sekretärin zu, die er von der Arbeit kannte, während im Hintergrund ein Straßenverkäufer einen *Evening Standard* an einen Mann verkaufte, der dem Sozialarbeiter ähnlich sah, der ihm gesagt hatte, seine Mutter sei gestorben. Bei der Schlagzeile des Tages ging es um so etwas wie

Ausgabenkürzungen im Bildungswesen. Wolken zogen auf und kündigten mehr Regen für den Nachmittag an.

Er umarmte sie. »Wir reden heute Abend ausführlich darüber. Dann überlegen wir uns, was wir tun können. Bis dahin versprichst du mir, dass du nichts unternimmst.«

»Wenn du's mir auch versprichst.«

»Natürlich.«

Während er ihr nachsah, nahm er seine überkreuzten Finger auseinander. Er wusste, was zu tun war, und das ohne Rebecca.

Um sieben Uhr am folgenden Abend saß er mit Max in demselben Privatclub in Soho, den sie am Abend von Mr. Blakes Geburtstag aufgesucht hatten. Ein Glas Wein stand unangetastet vor ihm auf dem Tisch. Die gespannte Atmosphäre bereitete ihm beinahe Kopfschmerzen.

Max nahm einen Schluck von seinem Cognac. »Was haben Sie Becky gesagt, wo Sie heute Abend sind?«

»Bei einer Feier in der Kanzlei.«

»Ich verstehe.«

»Was haben Sie Emily erzählt?«

»Ich nehme an, sie ist der Grund unseres Treffens?« Die Stimme war kühl und förmlich.

»Was sonst?«

Max zündete sich eine Zigarre an, benutzte dazu die Kerze in der Mitte des Tischs. »Ich habe ihr gar nichts erzählt. Sie hat selbst etwas vor. Die Geburtstagsfeier einer Kollegin.«

»Dann durfte sie heute also ins Büro.«

Max sah auf die Uhr. »Sie wird um acht zu Hause sein, und ich möchte bei ihrer Rückkehr da sein, also hören wir mit den Anspielungen auf und reden Klartext.«

Er starrte auf die zerfurchte Oberfläche des Holztisches. Derselbe, an dem sie schon einmal gesessen hatten. Er zog den hineingeritzten Buchstaben »R« mit den Fingern nach.

»Ich warte«, sagte Max.

»Sie wissen, was für ein Leben sie geführt hat.«

Ein Nicken.

»Es war nicht leicht für sie.«

»Dessen bin ich mir sehr wohl bewusst.«

»Also tun Sie ihr nicht weh, nur um sich an mir zu rächen.«

Er schaute auf. Max blickte ihn fest und ruhig an; der dunkle Rauch seiner Zigarre vermischte sich mit dem der Kerze. Es sah aus wie zwei in der Luft tanzende Gespenster. »Trauen Sie mir das zu?«

»Sagen Sie's mir.«

»Haben Sie nie daran gedacht, dass Emily mir etwas bedeuten könnte? Oder halten Sie mich für unfähig, ein anderes menschliches Wesen zu lieben?«

Er antwortete nicht. Das Flackern der Kerze tat seinen Augen weh.

»Sie haben mir was bedeutet. Schon vergessen?«

»Nein.«

»Vielleicht sind Sie ja nur um mein Wohlergehen besorgt. Emily war nicht gut genug für Sie, warum sollte sie also gut genug für mich sein?«

Die Worte saßen. »Ich hab nie gedacht, dass sie nicht gut genug für mich ist. Sie ist ein wunderbarer Mensch. Derjenige, für den sie sich dann schließlich entscheidet, wird sehr glücklich sein.«

»Und genau für den Mann halte ich mich.« Max lächelte. »Zumindest scheinen wir ja da einer Meinung zu sein.«

Michael versuchte, sich seine Enttäuschung über den Verlauf des Gesprächs nicht anmerken zu lassen.

»Die meisten Frauen, mit denen ich eine Beziehung hatte, waren oberflächlich und geldgierig. Jemanden zu finden, der weder das eine noch das andere ist und dem ich so viel bedeute wie anscheinend Emily, ist in der Tat wunderbar.« Er hielt kurz inne. »Und falls Sie glauben, ich würde eine Beziehung beenden, die mich glücklich macht, nur weil Sie mich darum bitten, irren Sie sich gewaltig.«

Max' musternder Blick machte ihn unsicher und befangen. »Ich bitte Sie nicht, Schluss zu machen.«

»Möchten Sie, dass ich glücklich bin?«

»Natürlich.«

»Ich bin jetzt glücklich, und das Gleiche gilt für Emily. Mein Vorschlag wäre also: Leben Sie Ihr Leben, und lassen Sie mir meines. Was sagen Sie dazu?«

Er fühlte sich in die Ecke gedrängt. Es blieb ihm gar nichts anderes übrig, als zu nicken.

»Und jetzt muss ich gehen.« Max trank seinen Cognac aus und erhob sich.

»Becky ist schwanger.«

Die Worte kamen ihm unversehens über die Lippen. Ausgesprochen, um die Unterhaltung nicht zu beenden, bevor er sich bereit fühlte, Lebewohl zu sagen.

Langsam setzte Max sich wieder. »Wie lange weiß sie das schon?«

»Ein paar Wochen. Sie hat es mir gerade erst erzählt.«

»Und wie fühlen Sie sich?«

»Ich freue mich wie verrückt.« Schweigen. »Und habe Angst.«

»Warum haben Sie Angst?« Plötzlich lag wieder die alte Wärme in seiner Stimme. »Glauben Sie, Sie könnten die gleichen Fehler machen wie Ihre Eltern?«

Zuerst antwortete er nicht. Dann nickte er langsam.

»Sie müssen keine Angst haben. Ich habe Ihnen einmal gesagt, Sie wären genauso wenig Ihr Vater, wie ich mein Onkel bin. Wir treffen unsere eigenen Entscheidungen, und ich weiß, dass Sie ein großartiger Vater sein werden.«

»Danke.«

Sie lächelten beide. Einen Moment lang war alles wie früher.

»Aber Sie hätten nicht kündigen sollen.«

Sein Lächeln verschwand. »Woher wissen Sie das?«

Max blies Rauch in die Luft. »Ich habe mich schon, bevor ich Sie kannte, in regelmäßigen Abständen mit Jack unterhalten, und daran hat sich nichts geändert.«

»Es ist meine Entscheidung.«

»Selbstverständlich.« Wieder erhob sich Max. »Jetzt muss ich aber wirklich gehen. Wir behalten diese Unterhaltung für uns. Kein Wort, weder zu Emily noch zu Becky, einverstanden?«

»Einverstanden.«

410

»Trinken Sie in Ruhe aus, und passen Sie auf sich auf, Mike. Und auch auf Becky.«

Er blieb am Tisch sitzen, starrte in die flackernde Flamme, frustriert über den Verlauf des Abends.

Donnerstagmorgen. Rebecca betrat den Empfang von Baker Connolly. Sue, die junge Empfangssekretärin mit schwarzem Eyeliner und Kreuz-Ohrringen, saß inmitten von Manuskriptstapeln und der Morgenpost. Sie lächelte. »Wusste gar nicht, dass Sie kommen«, sagte sie.

Michael wusste es auch nicht. Seiner Meinung nach sollten sie die Sache auf sich beruhen lassen. Doch was er nicht wusste, konnte ihn auch nicht tangieren.

»War rein zufällig in der Gegend. Ist Em da?«

Sue warf einen Blick auf die Telefonzentrale. »Sie telefoniert gerade, aber ich bin sicher, sie wird nichts dagegen haben, wenn Sie einfach reingehen.«

Rebecca, in diesem Punkt erheblich weniger optimistisch, ging den Flur entlang zu dem winzigen Eckbüro. Als sie näher kam, hörte sie Emily leise sprechen.

Dann kicherte sie. Es war ein unbeschwertes, herzliches, kokettes Kichern.

Rebecca blieb im Schatten der Tür stehen, wollte ihre Anwesenheit noch nicht verraten. Emily saß mit untergeschlagenen Beinen vor dem Fenster, sah auf St. Paul's hinaus und hielt den Hörer zwischen Ohr und Schulter eingeklemmt. Ihr normalerweise blasses Gesicht war von einem zarten Rosa überzogen.

Wieder ein Kichern. »Nein!«

Ein Zischen aus dem Hörer.

»Ich muss noch Verschiedenes erledigen. Ein Uhr.«

Weitere Proteste.

»Dann eben um Viertel vor. Aber nicht früher.« Erneut dieses Kichern. »Du zuerst.« Sie wartete, dann küsste sie zweimal in die Luft. Nachdem sie den Hörer aufgelegt hatte, verharrte sie in ihrer Haltung, ein verträumtes Lächeln auf den Lippen.

»Em.«

Das Lächeln verschwand. »Was machst du denn hier?«

Rebecca schloss die Tür und setzte sich auf den Besucherstuhl. »Ich wollte dich sehen.«

»Und da dachtest du, du könntest hier einfach unangemeldet aufkreuzen.«

»Du hast mir keine andere Wahl gelassen. Wenn du meine Anrufe nicht beantwortest, was bleibt mir denn da schon groß übrig?«

Eine dampfende Tasse Kaffee stand auf dem überladenen Schreibtisch. Emily ließ einen Finger über den Rand gleiten. Die Schwärze der Flüssigkeit überraschte Rebecca. Emily hatte ihren Kaffee immer weiß getrunken.

»Es macht nichts. Ich wusste, dass du auftauchen würdest, sobald die Neuigkeit durchsickert.«

»Welche Neuigkeit?«

»Ich bitte dich, Beck. Ich mag ja eine Belastung gewesen sein, aber dumm war ich nie.«

Sie starrten sich an. Rebecca war auf Wut vorbereitet gewesen, doch Emilys Augen waren so ruhig wie Seen an einem windstillen Tag.

»Macht es dir zu schaffen, mich glücklich zu sehen?«

Rebecca schüttelte den Kopf.

»Was dann? Ist er böse? Wird er mir wehtun? Zufälligerweise sehe ich das anders. Und selbst wenn ich mich irre, geht es dich nichts mehr an.« Ein Seufzen. »Also, ich danke dir, dass du gekommen bist, aber bitte, mach's nicht wieder. Wir haben uns nichts mehr zu sagen.«

»Em…«

»Leb wohl, Becky!«

Ihr Blick war distanziert und kühl. Da war nichts mehr von der alten Verletzlichkeit. Diese Erkenntnis hinterließ bei Rebecca das merkwürdige Gefühl, beraubt worden zu sein.

Sie versuchte, die Unterhaltung hinauszuzögern. Ein Empire-State-Building-Briefbeschwerer stand auf einem Stapel Briefe. »Den hast du von mir. Weißt du noch?«

Emily nahm ihn in die Hand, drehte ihn um. »Nett.«

412

»Fand ich auch.«

Lässig hob Emily ihn in die Höhe und warf ihn über Rebeccas Kopf, so dass er hinter deren Stuhl auf den Boden krachte.

Stimmen auf dem Korridor. »Alles in Ordnung!«, rief Emily. »Mein Becher ist mir runtergefallen.« Ihre Augen blieben auf Rebecca gerichtet, während ihre langen Finger am Ärmel ihres Kleides rieben.

Dann zog sie den Ärmel hoch und begann, die narbige Haut darunter zu streicheln.

»Em!«

»Angst, dass jemand erfährt, dass ich mich früher selbst verletzt habe?« Ein Achselzucken. »Na, und wenn schon. Ich war wütend. Ich hatte eine Menge, worüber ich wütend sein konnte, findest du nicht?«

»Sicher. Ich sage ja nicht –«

»Aber du willst immer noch, dass ich mich schäme. So bleibe ich dein kleiner Fußabstreifer, der ich immer gewesen bin.«

Rebecca begann zu zittern. »Das bist du nie gewesen!«

»Ich schäme mich nicht mehr. Das ist etwas, das er mir beigebracht hat. Du solltest jetzt gehen. Ich habe in einer halben Stunde eine Verabredung zum Mittagessen, und vorher muss ich noch Verschiedenes erledigen.«

Es blieb ihr nichts anderes übrig, als aufzustehen. Sie verließ das Zimmer und rutschte dabei auf den Scherben des zerbrochenen Briefbeschwerers aus.

Freitagabend. Emily stand in der Küche am Arundel Crescent, rührte Soße in einem Topf, während Hühnchenteile im Backofen schmorten und das Gemüse auf einem Hackbrett wartete. Eine riesige Toblerone lag im Kühlschrank, und ein Video von *Shakespeare in Love* steckte in ihrer Tasche.

Die Küche erinnerte an eine Musterküche in einem Luxuseinrichtungshaus. Mrs. László hielt sie makellos sauber, aber an diesem Abend hatten die Lászlós frei, und damit war es ihr Reich. Sie wischte immer wieder die Oberflächen ab, wollte keine Flecken hinterlassen.

413

Ein großer Teil des Raums lag im Schatten. Sie arbeitete im Licht der Lampe über dem Kochfeld. Die Küche war mindestens sechsmal so groß wie die ihre in Streatham, aber wenn sie versuchte, die zwei zu vergleichen, sah sie immer wieder die Küche im Haus ihres Vaters in Winchester mit den hellblauen Wänden und dem ramponierten Holztisch, an dem sie, ihr Vater und ihre Stiefmutter Abend für Abend gemeinsam gegessen hatten.

Doch daran wollte sie nicht denken.

Max hatte an diesem Abend nach Suffolk fahren wollen, sich aber von ihr überreden lassen, bis zum nächsten Morgen zu warten. Michael und Rebecca hatten ihre Freitagabendrituale. Nur dieses eine Mal wollte sie ihren eigenen Freitagabend zelebrieren.

Beethovens dritte Symphonie, die *Eroica*, spielte auf dem tragbaren CD-Player. Klassische Musik war nie wirklich ihr Ding gewesen, aber Beethoven gehörte zu Max' Lieblingskomponisten, und ihm zuliebe wollte sie sich ebenfalls mit ihm anfreunden.

Durch den Dampf aus den Töpfen wurde ihr warm. Sie schaltete den Ventilator der Abzugshaube ein, schob sich eine Haarsträhne aus dem Gesicht.

»Untersteh dich.«

Er lehnte in der Tür, umhüllt vom Licht aus dem Flur, trug eine alte Cordhose und ein kurzärmeliges Hemd. Die Arme hatte er vor der Brust verschränkt.

Sie setzte einen Deckel auf den Soßentopf. »Was soll ich nicht?«

»Deine Haare abschneiden. Daran hast du doch gedacht, oder?«

Hatte sie nicht, aber sie nickte trotzdem.

»Ich liebe deine Haare. Schneid eine einzige Locke ab, und es ist aus zwischen uns.«

Sie lächelte. »Ich würde es nicht wagen.«

»Gut.«

Das Wasser für die Kartoffeln begann zu kochen. »Wolltest du nicht deine Zeitung lesen?«, fragte sie.

»Ich wollte dir zuschauen.«

»Tja, das geht leider nicht. Ich rufe dich, wenn es fertig ist.«

Er rührte sich nicht von der Stelle. Blieb einfach stehen. Sein prüfender Blick verwirrte sie, und sie ließ eine Kartoffel zu Boden fallen. »Du machst mich ganz nervös!«

Er lachte. Ein herzliches, angenehmes Lachen. »Dann werde ich dir helfen.«

Sie wusch die aufgehobene Kartoffel in der Spüle ab, obwohl das nicht nötig gewesen wäre, denn Mrs. László hielt den Boden so sauber, dass sie davon hätten essen können.

»Soll ich den Tisch decken?«

»Schon erledigt.«

Er sah verwirrt aus.

»Im Esszimmer.«

»Ah!« Schweigen. »Ist das nicht ein bisschen zu förmlich?«

»Vielleicht.« Sie zögerte. »Ich esse eigentlich gern in der Küche. Ich werde anschließend auch aufräumen. Mrs. László wird keine zusätzliche Arbeit haben, und –«

Er durchquerte den Raum und nahm sie von hinten in den Arm. Sie streichelte die seidenen Haare auf seinen Unterarmen, während er an ihrem Ohr knabberte. Sie lachte leise. »Hör auf damit.«

»Ich habe Hunger.«

»Geduld. Als Nachtisch gibt's Käsekuchen.«

Ein Stöhnen. »Emmie. Warum willst du mich mästen?«

»Egal, wenn du dick bist. Von mir aus könntest du der fetteste Mensch auf der Welt sein.«

Er seufzte zufrieden. Sein Atem war warm in ihrem Nacken. »Na gut, dieses eine Mal. Es heißt ja, Liebe geht durch den Magen.«

»Das hat mein Vater auch immer gesagt.«

Schweigen. Sein Griff blieb fest, aber sie spürte, dass er nicht mehr lächelte.

»Du magst es nicht, wenn ich von ihm spreche.«

Er schwieg.

»Stimmt's?«

»Ich mag es nicht, wenn du auch nur an ihn denkst.«

»Er ist mein Vater«, widersprach sie leise.

»Und was für ein Vater! Kaum einer, auf den man stolz sein oder an den man auch nur einen Gedanken verschwenden sollte.«

»Max!«

Er drehte sie grob zu sich herum, seine Finger gruben sich fest ins Fleisch ihrer Arme. Sein Gesicht war wutverzerrt. »Hör auf, deine Zuneigung an ihn zu vergeuden. Ich will dich nicht teilen, nicht einmal in Gedanken.«

Sie starrte in seine Augen und sah darin das Feuer einer besitzergreifenden Liebe. Doch das machte ihr keine Angst.

»Du musst mich nicht teilen«, beruhigte sie ihn. »Ich gehöre dir allein.«

Er umarmte sie.

5. KAPITEL

Montagmittag. Michael saß in einem Besucherzimmer im Büro von Saunders Bishop.

Die Kanzlei beanspruchte die obere Hälfte eines Hochhauses in der Nähe des Barbican und bot einen herrlichen Ausblick über die City und die Themse. »Wir sind sehr stolz auf unsere Aussicht«, hatte die Empfangssekretärin gesagt. »Da unsere Anwälte den größten Teil ihres Lebens in ihren Büros verbringen, wollen wir ihnen einen attraktiven Anblick bieten.« Michael, nicht ganz sicher, ob dies als Witz gemeint war, hatte höflich gelacht.

Es waren zwei Personen, die das Vorstellungsgespräch führten. Peter Hislop und Wendy Scott, beide Seniorpartner um die vierzig in der Wirtschaftsabteilung. Peter war aalglatt und höflich, sah gut aus und hatte sorgfältig gefärbtes Haar. Wendy, mollig und hausbacken, besaß ein nettes Lächeln und einen Midlands-Akzent. Er versuchte herauszufinden, welcher von beiden ihn in die Zange nehmen würde, aber beide waren so herzlich, dass es ihm nicht gelang.

Er trank sein Mineralwasser, während Peter die Geschichte der Kanzlei referierte, ihre gegenwärtige Stellung auf dem Markt sowie die zusätzlichen Leistungen und Aufstiegschancen ihrer Angestellten. »In den letzten zehn Jahren haben wir unsere Kapazität verdoppelt, und bei unserer augenblicklichen Wachstumsrate dürften wir innerhalb der nächsten drei Jahre die umsatzstärkste Kanzlei der Stadt werden.« Das war alles hoch interessant, aber er brauchte kein PR-Gerede und wünschte sich, sie würden sich endlich auf seinen Lebenslauf konzentrieren.

Schließlich war es soweit. Wendy steckte sich eine Zigarette an. Ein eindeutig schlechtes Zeichen, dem das, was sie sagte, allerdings widersprach: »Darauf können Sie sehr stolz sein.«

»Sehr stolz«, wiederholte Peter.

Es war ihm peinlich. »Ich hatte Glück.«

»Ich bin sicher, Glück war es nicht«, fuhr Wendy fort.

Unsicher, was er darauf antworten sollte, schwieg er. Sie studierte weiter seine Unterlagen. An der Wand über ihrem Kopf hing ein abstraktes Gemälde des Tower of London. Er fragte sich, warum so viele Anwaltskanzleien eine Vorliebe für hässliche Kunst hatten. Als sie fertig war, wechselte sie einen Blick mit Peter. »Wenn Sie erlauben, würden wir Ihnen jetzt gern ein paar Fragen stellen.«

Es war Zeit, sein Fachwissen zu prüfen. »Gern«, erwiderte er und betete, dass sie sich nicht auf Rückkaufklauseln in Gesellschaftsverträgen konzentrierten.

»Wie ist Max Somerton als Mandant?«, fragte sie.

Er starrte sie an.

Sofort machte sie ein betretenes Gesicht. »Tut mir Leid. Das war nicht so gemeint, wie es sich anhörte. Wir haben uns nur gefragt, ob er spezielle Ansprüche an die Art und Weise stellt, wie mit seinen Mandanten umgegangen wird.«

»Es spielt überhaupt keine Rolle, welcher Art sie sind«, fügte Peter hinzu. »Wir bei Saunders Bishop vertreten die Auffassung, dass ein Mandant so anspruchsvoll sein darf, wie er will, vorausgesetzt, er bezahlt die Rechnungen pünktlich.« Ein nervöses Lachen. »Obwohl wir überzeugt sind, dass dies bei Mr. Somerton kein Problem sein wird.«

Sein Kopf dröhnte. Er blinzelte, versuchte, nicht zu sehr aus der Fassung zu geraten.

»Hat er«, fuhr Peter fort, »spezielle Wünsche bezüglich der Rechnungsstellung?«

Michael fand seine Stimme wieder. »Er überträgt Ihnen seine Mandate?«

Wendy nickte. »Diesen Eindruck hat er uns vermittelt, natürlich vertraulich. Weiterhin deutete er an, dass andere Mandanten von Cox Stephens folgen könnten.« Sie lächelte. »Aber das wissen Sie ja vermutlich schon.«

»Sie sind ein Glückspilz«, sagte Peter und lächelte ebenfalls.

»Sie haben da einen guten Freund. Mit ihm im Rücken könnten Sie es sehr weit bringen.«

Wendy nahm einen Schluck Kaffee. »Er hat unmissverständlich klargestellt, dass Sie derjenige sein sollten, der sich um seine Mandate kümmert, und da das Auftragsvolumen zunehmen wird, könnte es sein, dass diese Ihre meiste Zeit in Anspruch nehmen.«

Die Wände schienen langsam auf ihn zuzukommen. Er hatte das Gefühl zu ersticken.

Peter starrte ihn an. »Fühlen Sie sich nicht wohl?«

»Ich werde hier nicht arbeiten, wenn Max Somerton Ihr Mandant ist.«

Wendy sah ihn fragend an. »Was sagen Sie da?«

»Sie haben mich verstanden. Ich werde nicht für ihn arbeiten.«

»Aber warum denn nicht, um Himmels willen?«, fragte Peter.

»Was zum Teufel geht Sie das an? Ich werde hier nicht arbeiten, wenn er Ihr Mandant ist! So einfach ist das!«

Peter zuckte zusammen. Michael fuhr sich mit einer Hand durchs Haar, versuchte, seine Gefühle unter Kontrolle zu bringen.

Schweigen.

Schließlich sagte Peter: »Nun, wir danken Ihnen für diese Offenheit.«

Er hatte einen trockenen Hals. Rasch stürzte er den Rest des Mineralwassers hinunter, während Wendy ein zweites Mal seinen Lebenslauf studierte. »Wirklich sehr beeindruckend.«

Und das war's.

Aber es spielte keine Rolle. Nicht, wenn sie eigentlich Max wollten.

Wendy und Peter richteten noch weitere Fragen an ihn und forderten Michael dann auf, seinerseits Fragen zu stellen. Nachdem er erklärte, dass bereits alles gesagt worden sei, wartete er darauf, zur Tür begleitet zu werden.

Während Michael sein Vorstellungsgespräch bei Saunders Bishop hatte, stand Emily in einem Geschäft an der Jeremy Street und versuchte, sich für ein Paar Manschettenknöpfe zu entscheiden. Ein Verkäufer mittleren Alters bediente sie.

»Sind welche dabei, von denen Sie glauben, sie könnten dem Gentleman gefallen?«, fragte er.

Sie zeigte auf ein Paar dunkelblaue, in Silber gefasste Ovale. »Ich nehme die, bitte.«

Als er sie einpackte, schaute sie sich im Laden um. Ein altmodischer Herrenausstatter, in dem es auch nicht einen Artikel gab, der das weibliche Interesse wecken konnte. Wenn sie mit Max unterwegs war, wollte er ihr immer etwas schenken. Sie hatte gelernt, Gegenstände in Schaufenstern nicht zu interessiert zu betrachten, weil er sonst sofort in das Geschäft ging und es ihr kaufte. Aber hier reizte sie überhaupt nichts.

Der Verkäufer zog ihre Kreditkarte durch das Gerät und reichte ihr dann den Beleg. »Ich bin überzeugt, der Gentleman wird begeistert sein«, sagte er. Hoffentlich, dachte sie.

Sie unterschrieb mit einem Montblanc-Füllfederhalter, der die Gravierung trug: *Für Emmie, meinen Schatz.* Ein Geschenk von Max. Niemand außer ihrem Vater hatte sie je Emmie genannt, bis Max in ihr Leben getreten war.

Früher hatte sie häufig an ihren Vater gedacht, doch das hatte in letzter Zeit aufgehört. Gelegentlich versuchte sie es, aber ihr Gehirn schien sich dagegen zu sträuben.

Der Verkäufer half ihr in den Mantel. Sie spürte den leichten Schmerz der Druckstellen an den Oberarmen, die Max' Hände am Freitagabend hinterlassen hatten. Ihre Haut war sehr empfindlich, und sie bekam leicht blaue Flecken. Es würde eine Woche dauern, bis sie verschwunden waren. Doch das störte sie nicht, sie war sogar stolz darauf.

Gemächlich schlenderte sie durch das mittägliche Gewimmel den Piccadilly hinauf Richtung Leicester Square. Der Wind hatte aufgefrischt, und sie kreuzte die Arme vor der Brust, um nicht zu frieren.

Sie näherte sich dem HMV-Laden. Ein Pärchen stand Händchen haltend vor einem Schaufenster. Die Frau, eine kleine Blondine, hatte einen herausfordernden Blick; der Mann war dunkel und kräftig gebaut, hatte kantige Gesichtszüge und einen mürrischen Mund.

David. Der Mann, der einmal versucht hatte, sich ihr aufzudrängen, und sich dann bei der Grillparty darüber lustig machte. Früher hatte sie seine Nähe bedrohlich empfunden. Jetzt sah sie in ihm nichts als einen ungehobelten Rüpel.

»He! Angeber! Erinnerst du dich an mich?«

Sie drehten sich zu ihr um. Ihm fielen fast die Augen aus dem Kopf, als er sie erkannte.

»Natürlich erinnerst du dich. Ich bin diejenige, die dir einen Korb gegeben hat, und du hast daraufhin allen erzählt, ich sei frigide.«

Passanten verlangsamten ihre Schritte. Das verlieh ihr ein Gefühl von Macht.

»Was ist dein Problem?«, wollte das Mädchen wissen.

»Er ist das Problem. Dein beschissener Freund. Hat er schon versucht, dich mit Gewalt zu nehmen? Wird er bald. Denn nur so kann er sich ganz wie ein Mann fühlen.«

»Du hörst jetzt lieber auf«, sagte David mit hochrotem Gesicht.

»Schlag zu, David, dein Penis wird dadurch auch nicht größer.« Sie wandte sich an eine mit Einkaufstüten bepackte Frau. »Wahrscheinlich findet er sein Ding ohnehin nur mit Mikroskop und Pinzette.«

Die Frau lachte. Andere auch. Davids Gesicht wurde noch roter. Seine Freundin packte ihn am Arm. »Komm, lass uns geh'n. Die spinnt doch.«

»Mach's gut, Winzling«, rief sie ihnen nach.

Zufrieden setzte sie ihren Weg Richtung Leicester Square fort.

Während Emilys Rache an David folgte Michael Mr. László am Arundel Crescent in den Salon.

Max saß auf dem Sofa, las die *Financial Times* und hörte Prokofjew. Er nickte Mr. László zu, der sich daraufhin lautlos entfernte und hinter sich die Tür schloss.

»Nehmen Sie doch Platz.«

Michael schüttelte den Kopf.

»Wie wär's mit einem Drink?« Max stand auf und ging zum Barschrank. »Was darf ich Ihnen anbieten? Scotch? Brandy?«

»Hören Sie auf!«

Er zitterte, holte tief Luft, versuchte, sich zu beruhigen.

»Warum tun Sie das?«

Max schenkte sich einen Whisky ein. »Was tue ich?«

»Ich hatte gerade ein Vorstellungsgespräch bei Saunders Bishop, die offensichtlich davon überzeugt sind, dass Sie ihnen Ihre gesamten Rechtsgeschäfte übertragen.«

Max machte ein überraschtes Gesicht. »Das ist ein wenig optimistisch von ihnen.«

»Tatsächlich!«

»Sie befinden sich natürlich in meiner engeren Wahl, aber das Gleiche gilt für Randall Watts Hooper und eine amerikanische Kanzlei, deren Namen mir im Moment entfallen ist.« Max dachte kurz nach. »Steinman Barth Soundso. Wissen Sie, wen ich meine?«

Er wusste es. Steinman Barth McAllister. Bei ihnen hatte er kommenden Montag ein Vorstellungsgespräch, unmittelbar vor seinem Termin bei Randall Watts Hooper.

Wieder hatte er das Gefühl zu ersticken.

»Warum?«, fragte er.

»Warum was?«

»Becky ist schwanger. Ich brauche einen Job, und Sie machen meine Chancen zunichte, einen zu finden.«

»Ich dachte, ich vergrößere sie.« Max leerte sein Glas, schenkte sich dann ein neues ein. »Ein guter Tropfen. Sie sollten ihn probieren.«

»Ich will keinen Drink!«

Ein überraschtes Lächeln. »Warum sind Sie denn so unfreundlich? Wir sind doch keine Feinde, oder?«

»Nicht?«

»Ich hoffe nur, Sie haben bei Saunders Bishop nicht auch so überzogen reagiert.«

Er gab keine Antwort.

Max schien amüsiert. »Oder haben Sie eine Szene gemacht?«

»Wie hätte ich denn reagieren sollen?«

Unerwartet begann Max zu lachen. Er lehnte sich an den Barschrank, senkte den Kopf und schüttelte sich vor Lachen.

Michael beobachtete ihn. Ein Gedanke schoss ihm durch den Kopf.

Hasst er mich wirklich so sehr?

»Ich kann mir sehr gut vorstellen, wie Sie gegen mich gewettert haben.« Mehr Lachen. »Ihre armen Gesprächspartner. Die wussten wahrscheinlich nicht, wie ihnen geschieht. Tja, diese Gelegenheit ist wohl vertan. Nur eine weitere Folge Ihrer Impulsivität.« Ein tiefer Seufzer. »Ach, Michael, was in aller Welt soll ich nur mit Ihnen machen.«

»Mit mir machen?«

Max hob den Kopf. Er lächelte. In seinem Blick lagen Nachsicht und Sympathie. Das machte ihm mehr Angst, als Wut es je vermocht hätte.

»Hören Sie, Max, ich will Sie nicht verärgern. Ich möchte nur für Becky und unser Kind eine Zukunft aufbauen.«

Keine Reaktion.

»Gut, ich habe Sie verlassen, und Sie haben allen Grund, mich dafür zu hassen. Aber jetzt haben Sie Emily. Bedeutet das nichts?«

Das Lächeln verschwand. Der Gesichtsausdruck wurde ernst.

»Sie sagten, sie mache Sie glücklich.«

Schweigen.

»War das nur eine Lüge?«

»Sie macht mich glücklich. Glücklicher, als ich es mir je hätte vorstellen können.«

»Aber genau das will ich auch. Glück für Sie beide. Sie könnten gemeinsam eine schöne Zukunft haben, und ich bitte Sie, versuchen Sie nicht, meine zu zerstören.«

Max leerte sein Glas. »Sie hätten nicht herkommen sollen. Bitte, gehen Sie.«

»Max, bitte –«

»Wenn Sie meine Hilfe nicht wollen, werde ich sie Ihnen auch nicht geben. Sehen Sie zu, wie Sie allein zurechtkommen.«

Er schluckte. »Ich wünschte, die Dinge hätten sich anders entwickelt.«

»Gehen Sie einfach.«

Neun Uhr an diesem Abend. Emily saß mit Max im Salon. Sie hatten zu Abend gegessen und tranken nun Kaffee, während sie die Abendnachrichten im Fernsehen verfolgten.

Sie lehnte sich an ihn, spürte die Wärme seines Körpers. Sein Arm war um sie gelegt, ein dunkelblaues Oval schmückte seine Manschette. Sie ließ einen Finger über die Oberfläche gleiten. »Gefallen sie dir wirklich?«

Ein Nicken. Seine Augen blieben auf den Bildschirm gerichtet.

Sie nahm einen Schluck Kaffee. Immer noch zu stark, aber mit der Zeit würde sie sich schon daran gewöhnen. An seinen Lippen hing ein wenig dunkle Flüssigkeit, die sie mit der Hand wegwischte. Normalerweise hätte er versucht, in ihren Finger zu beißen, aber dieses Mal bestand seine einzige Reaktion in einem flüchtigen Kuss auf ihre Handfläche. »Bist du sauer auf mich?«, flüsterte sie.

»Nein.«

»Ehrlich?«

»Ehrlich.« Er drückte sie fester an sich. »Ich könnte nie sauer auf dich sein, Emmie. Niemals.«

»Was hast du dann?«

Sie wartete gespannt.

»Das letzte Wochenende hat dir gefallen, oder?«

»Ja.«

»Hat dir Suffolk gefallen? Das Haus?«

»Natürlich.«

Er sah sie an. »Was wäre, wenn wir Suffolk zu unserem festen Wohnsitz machten?«

Sie versuchte, den Gedanken zu verarbeiten. »Willst du das?«

Er nickte.

»Warum?«

»Weil du mich glücklich machst.«

Verwirrt starrte sie ihn an.

»Alles, was ich jemals in dieser Stadt getan habe, war, nach Geld und Macht zu streben. Ich habe immer geglaubt, das wären die einzigen Dinge, die wirklich zählten, und dass in dem Streben danach jedes Mittel und Verhalten zulässig seien. Du hast das alles verändert. Ich wusste nicht, was wahres Glück bedeutet, bis ich dich kennen lernte. Und nachdem ich es nun gefunden habe, möchte ich es an einem Ort genießen, wo ich mich nicht durch meine Vergangenheit besudelt fühle.«

Sie spürte, wie sich Wärme in ihr ausbreitete.

»Dann lass uns gehen«, sagte sie.

»Willst du nicht erst noch darüber nachdenken?«

»Was gibt es da nachzudenken? Ich will, was du willst.«

Ein trauriger Ausdruck trat in seine Augen. »Ach, Emmie«, sagte er leise, »es macht mich traurig, wenn du so sprichst. Du bist noch so jung und weißt nichts vom Leben oder was du wirklich von ihm erwartest.«

»Nein?«

Er berührte ihr Gesicht. »Du hältst mich für sehr stark, nicht? So sicher in allem. Aber du irrst dich. Ich bin nur ein Mann mittleren Alters mit einer schmutzigen Vergangenheit, der dir deine Jugend stiehlt, um sich selbst eine saubere Zukunft zu ermöglichen.«

»Glaubst du, meine Vergangenheit ist so sauber?«

»Ich weiß, dass sie niemals mit meiner vergleichbar ist.« Sie dachte an die Stille. Einen Augenblick konnte sie sie beinahe hören.

Aber das war in der Vergangenheit. Und genau dort sollte sie auch bleiben.

»Du sagst, ich weiß nichts vom Leben. Vielleicht stimmt das. Aber eines weiß ich genau: Ich wollte noch nie etwas so sehr, wie mit dir zusammen zu sein.«

Er nahm ihre Hand und hielt sie an seine Wange.

»Es wird ein völlig anderes Leben sein«, sagte er. »Sehr zurückgezogen.«

»Wir leben auch jetzt schon so. Gehen kaum aus. Treffen keine anderen Menschen.« Sie lächelte. »Und ich will es nicht anders.«

»Ich auch nicht.«

Er schaltete den Fernseher aus und zog sie an sich. Gemeinsam begannen sie, Pläne zu schmieden.

425

Mittwochmorgen. Rebecca stand mit Clare hinter der Theke in Chatterton's. In Gedanken war sie bei Michael. Die vergangenen Tage hatte er bedrückt gewirkt. Doch als sie mit ihm darüber reden wollte, hatte er ihr versichert, dass alles in bester Ordnung sei.

Sie vermutete, dass er sich Sorgen machte, einen anderen Job zu finden, sie aber wegen der Schwangerschaft nicht damit belasten wollte. Auch wenn sie seine Besorgnis rührte, wünschte sie sich doch, er würde sich öffnen.

Clare stieß sie an und deutete in Richtung Geschichtsabteilung. »Ist das nicht Max' Freundin?«

Rebecca drehte sich um und erwartete, Emily zu sehen. Aber es war Caroline in einem eleganten Armanikostüm, die sich die Neuerscheinungen ansah.

Sie nickte, fügte dann hinzu: »Exfreundin.«

Es war ein ruhiger Morgen, und es hielten sich nur wenige Kunden im Geschäft auf. Zuerst wollte Rebecca auf Distanz bleiben, entschied sich aber dann doch, wenigstens hallo zu sagen.

»Caroline.«

Ein Lächeln des Wiedererkennens. »Ich erinnere mich, dass Sie sagten, Sie arbeiten hier in der Gegend. Wie geht es Ihnen?« Die Stimme war noch genauso tief, wie Rebecca sie in Erinnerung hatte. In der Hand hielt Caroline eine Nelson-Biografie.

»Gut, und Ihnen?«

»Auch gut.« Ein leichtes Zögern. »Und Michael?«

»Wir sind wieder zusammen.«

»Das freut mich. Ich fand immer, dass Sie gut zusammenpassten.«

»Danke.« Schweigen. »Das mit Ihnen und Max tut mir Leid.«

Caroline drehte das Buch in ihren Händen um. »Solche Dinge geschehen«, sagte sie beiläufig. »Ich habe einen neuen Freund. Das hier ist übrigens für ihn.« Wieder lächelte sie, um zu zeigen, dass Rebeccas Bemerkung sie nicht kränkte oder verlegen machte. Genau das Verhalten, das Rebecca von einer kultivierten Frau erwartete.

Jemand, der Welten von Emily entfernt war.

»Max ist jetzt mit einer meiner Freundinnen zusammen.«

426

Sie hoffte auf eine Reaktion. Als keine kam, sagte sie: »Sie ist so in meinem Alter.«

Ein Nicken.

»Sie hat nicht viel Erfahrung mit Männern.«

Wieder ein Nicken. Ihre Augen verrieten nichts.

»Ich glaube, er mag sie wirklich.«

Ein bitteres Lachen.

»Sind Sie anderer Meinung?«

Caroline zuckte mit den Achseln. »Was geht's mich an?«

»Nichts, vermute ich. Aber ich würde gern wissen, was Sie denken.«

Caroline überlegte einen Augenblick. »Na schön«, sagte sie schließlich. »Ich denke, Max hat höhere emotionale Mauern um sich errichtet als jeder andere, den ich kenne. Er lässt niemand wirklich an sich heran. Der einzige Mensch, den er liebt, ist er selbst.«

Rebecca schüttelte den Kopf. »Das stimmt nicht. Ich weiß, dass er Michael geliebt hat.«

»Natürlich. Genau das ist es ja. Wenn er Michael ansieht, dann sieht er sich selbst.« Caroline gab Rebecca das Buch. »Das ist doch nicht, was ich gesucht habe.« Sie machte auf dem Absatz kehrt und ging zur Treppe.

Rebecca schaute ihr nach, beherrscht von einem einzigen Gedanken:

Und was sieht er, wenn er Emily anschaut?

Eine Stunde später saß sie im Büro und starrte das Telefon an.

Sie wusste, dass sie es nicht tun sollte. Bei ihrer letzten Begegnung hatte Emily unmissverständlich klargemacht, wie es zwischen ihnen stand. Eine lebenslange Freundschaft in tausend Stücke geschlagen, genau wie der Briefbeschwerer. Vernünftig wäre es, alles auf sich beruhen zu lassen.

Aber das brachte sie nicht fertig. Sie musste etwas unternehmen.

Sie ließ nachdenklich einen Finger über den Hörer gleiten, als plötzlich das Telefon klingelte.

Frustriert nahm sie ab. »Hallo.«

»Becky?«

»Em?« Sie konnte es nicht glauben.

»Bist du überrascht?«

»Ja.«

»Kann ich mir denken. Beim letzten Mal war ich nicht gerade freundlich.« Die Stimme klang leise und merkwürdig distanziert.

»Macht nichts.« Ihr eigener Tonfall war neutral. Sie wollte nicht, dass Emily auflegte.

»Aber seitdem hat sich manches verändert. Max und ich verlassen London. Wir werden in Suffolk leben.«

»Suffolk? Aber was ist mit deinem Job?«

»Max wird für mich sorgen.«

»Und deine Freunde?«

Ein leises Lachen. »Welche Freunde? Hier wird mich niemand vermissen.«

»Ich schon.«

Schweigen.

»Ich werde dich vermissen, Em. Das weißt du doch, oder?«

»Ja, kann sein. Wir kennen uns schließlich schon ein Leben lang. Niemand, nicht einmal mein Vater war so lange ein Teil davon. Aber jetzt fange ich ein neues Leben an, und ich möchte mich noch einmal mit dir treffen, damit wir uns aussöhnen können, bevor wir getrennte Wege gehen.«

Sie versuchte, ihre Erregung zu kaschieren. Ein Treffen war besser als ein Telefonanruf. Dann waren die Chancen größer, dass Emily sich anhörte, was sie zu sagen hatte.

»Wir können uns treffen, wann immer du willst«, sagte sie ermunternd.

»Samstagabend. Ich werde in meiner Wohnung sein und überlegen, was ich mitnehme. Du könntest vorbeikommen und mir dabei helfen.«

»Natürlich.« Samstag würde Michael zu Stuarts Junggesellenwochenende nach Cardiff fahren, also hatte sie Zeit genug. »Wann?«

»Um acht.«

»Okay.«

»Bis dann.«

»Em?«

»Was?«

»Ich bin froh, dass du angerufen hast.«

Etwas von der alten Herzlichkeit kehrte in die Stimme zurück.

»Ich auch.«

Sie legte den Hörer auf. Einen Moment lang war sie unheimlich glücklich.

Dann erinnerte sie sich an Samstagabend, und die Beklommenheit kehrte zurück.

Freitagabend. Michael und Stuart gingen die Fleet Street entlang. Sie wollten sich mit Richard treffen, einem Freund Stuarts, der als Anwalt im Temple arbeitete und sie zum Junggesellenwochenende nach Cardiff chauffieren würde. Stuart war voller Vorfreude auf die bevorstehende Feier. Michael gab sich alle Mühe, ebenfalls begeistert zu klingen, aber in Gedanken war er mit anderen Dingen beschäftigt.

Max ging ihm nicht mehr aus dem Kopf. Er war ein riesiger Schatten, dem er nicht entkommen konnte, wie sehr er es auch versuchte.

Brian Price von der Personalagentur hatte empört auf die Vermutung reagiert, dass Details seiner Stellenbewerbungen nicht absolut vertraulich behandelt worden waren. »Für uns bei Carter Clark hat Vertrauen gegenüber unseren Klienten oberste Priorität. Unsere Klienten können sich voll und ganz auf uns verlassen.« Brian schien die Wahrheit zu sagen. Aber irgendwie hatte Max es erfahren.

Er hatte gesagt, dass er sich nicht mehr einmischen werde. »Sehen Sie zu, wie Sie allein zurechtkommen.« Das waren seine Worte gewesen. Was immer das bedeutete.

Ein Job in fester Anstellung könnte eine sicherere Alternative sein. Aber selbst das barg Gefahren. »Das ist die Sache bei Max«, hatte Jonathan Upham einmal gesagt. »Er kennt einfach jeden. Bei Menschen mit Geld ist das normalerweise so.« Vorstandsvorsitzende. Direktoren. Leitende Angestellte. Keiner würde einem einflussreichen Kunden, der als Gegenleistung für ein bisschen Einmischung finanzielle Unterstützung anbot, eine Absage erteilen.

Er konnte niemals sicher sein, Max' Einfluss zu entgehen, egal, was er tat.

Sie näherten sich der Chancery Lane. Rebecca stand an der Straßenecke, hielt seine Brieftasche in der Hand, die er an diesem Morgen in der Hektik des Aufbruchs vergessen hatte.

Er gab ihr einen Kuss auf die Wange. Auf der anderen Straßenseite fluchte ein Taxifahrer über ein abgewürgtes Wohnmobil.

»Gibt's was Neues?«, fragte sie.

»Nichts«, log er, wollte ihr das Wochenende mit der Nachricht nicht verderben, dass er gerade eine Absage von Saunders Bishop erhalten hatte.

»Macht nichts. Das kriegst du schon hin.«

Er teilte ihren Optimismus nicht, nickte aber trotzdem.

Stuart boxte ihn auf den Arm. »Wir sollten jetzt los.« Der Taxifahrer fluchte weiter.

»Viel Spaß in Cardiff«, sagte Rebecca zu Stuart, »und betrink dich nicht zu sehr.«

Sie hörten das Kreischen von Bremsen, einen Aufschrei und dann einen dumpfen Aufschlag. Der Taxifahrer war rücksichtslos hinter dem Wohnmobil ausgeschert und hatte einen Fahrradfahrer erwischt, einen jungen Mann, der jetzt bewegungslos auf der Straße lag.

Rebecca schnappte nach Luft. Stuart stieß einen Pfiff aus. Der Verkehr kam zum Erliegen. Die Fußgänger blieben stehen und starrten auf das Geschehen.

Ein Polizeiwagen mit zwei Beamten traf ein. Der ältere hockte sich neben den am Boden liegenden Mann, während der jüngere den Taxifahrer vernahm, der jetzt mit kreidebleichem Gesicht neben seinem Taxi stand. In der Ferne war ein Krankenwagen zu hören, der mit heulender Sirene an den Unfallort raste.

»Er ist jünger als wir«, flüsterte Rebecca. Sie war den Tränen nahe. »Denkt nur an seine Eltern. O Gott, bitte, lass ihn nicht tot sein.« Michael, der wusste, welche Assoziationen ein solcher Unfall in ihr weckte, drückte sie fest an sich.

430

Der Krankenwagen traf ein, und die Sanitäter kümmerten sich um das Unfallopfer. Der ältere Polizist begann, mit einer Passantin zu reden. Neben ihr stand ein Mann mittleren Alters, der eine Zigarette rauchte. Ein unscheinbarer Mann mit John-Lennon-Brille, der eine frappierende Ähnlichkeit mit dem Sozialarbeiter aufwies, der ihm gesagt hatte, dass seine Mutter gestorben war.

Stuart seufzte. »Mike, wir müssen jetzt wirklich los.«

Es war derselbe Mann, der vor dem Café, in dem Rebecca ihm von Max' Beziehung mit Emily erzählt hatte, einen *Evening Standard* gekauft hatte.

Lässt Max mich beschatten?

»Mike?«

Er sagte sich, dass dies Hirngespinste seien. Das Café lag nicht weit von hier entfernt. Es musste reiner Zufall sein.

Aber die Angst blieb.

»Richard wird schon auf uns warten.«

Er schüttelte den Kopf. »Ich kann Becky jetzt nicht allein lassen.«

»Doch.« Sie schob ihn zärtlich fort. »Mach dir keine Sorgen, ich komm schon klar.«

Er hatte das Bedürfnis, sie in den Arm zu nehmen, aber Richard wurde schon ungeduldig, und es blieb keine Zeit mehr.

Als er Stuart in den Temple folgte, drehte er sich noch einmal um und sah, wie sie wegging. Ein schönes Mädchen mit kurzen blonden Haaren, das in Richtung Strand verschwand. Der angefahrene Radfahrer wurde von den Sanitätern versorgt, während der Mann mittleren Alters ein letztes Mal an seiner Zigarette zog und den Stummel dann mit dem Absatz austrat.

6. KAPITEL

Samstag. Kurz vor Tagesanbruch. Emily wachte allein im Bett auf, neben ihr nur eine warme Mulde, wo Max gelegen hatte. Sie flüsterte seinen Namen.

»Ich bin hier, Emmie.«

Seine Stimme schien von weit her zu kommen. Er stand in seinem Morgenmantel vor dem Fenster und blickte hinaus auf die schlafende Stadt.

»Was machst du?«

»Ich warte auf den neuen Tag.«

Sie setzte sich auf und rieb sich den Schlaf aus den Augen. »Hast du geträumt? Du hättest mich wecken sollen.«

»Du hast so friedlich geschlafen. Ich wollte dich nicht stören.«

»Hättest du nicht.«

»Nein, wahrscheinlich nicht.« Unten fuhr ein Auto vorbei, das Licht der Scheinwerfer glitt für einen Moment über sein Gesicht. »Arme Emmie«, sagte er leise. »Du bist der selbstloseste Mensch, dem ich je begegnet bin. Du hättest was Besseres verdient.«

»Nein, ich habe doch dich.«

»Ich bin aber nicht gut genug für dich.«

»Ich will keinen anderen.« Sie streifte sich ihren Morgenmantel über und ging zu ihm. Er schloss sie in die Arme. Draußen begann es zu dämmern. »Das Warten hat ein Ende«, sagte sie.

Er nickte. »Ja.« Seine Stimme klang fast ehrfürchtig.

Gemeinsam sahen sie zu, wie der neue Tag heraufdämmerte.

Viertel vor neun. Rebecca saß in der U-Bahn Richtung West End.

In einer Viertelstunde musste sie in der Buchhandlung sein. Normalerweise widerstrebte es ihr, samstags zu arbeiten und dadurch einen Tag mit Michael zu verlieren. Aber da er sich in Cardiff aufhielt, machte es ihr dieses Mal nichts aus.

Der Wagen war halb leer. Eine Wohltat zum üblichen Gedränge wochentags. Auf ihrem Schoß lag aufgeschlagen ein Buch, in dem sie aber nicht las. Sie musste immer wieder an den Fahrradkurier vom Abend zuvor denken und hoffte, dass er nur leicht verletzt war.

Eine Hand lag leicht auf ihrem Bauch. Es war noch zu früh für Bewegungen, aber sie hoffte dennoch, etwas zu spüren.

Gestern Abend hatte sie sich ein Herz gefasst und die Neuigkeit ihren Eltern mitgeteilt. Sie war auf Ärger vorbereitet gewesen, aber nach dem anfänglichen Schock hatten beide erfreut reagiert. Ihrer Mutter waren die Tränen gekommen, und ihr Vater hatte sie gebeten, so bald wie möglich nach Hause zu kommen, um das freudige Ereignis zu feiern. »Und bring Michael mit. Wir beide werden wohl nie ein herzliches Verhältnis haben, aber meinem Enkel zuliebe bin ich bereit, es noch einmal zu versuchen.« Vielleicht war dies ein neuer Anfang für alle.

Genau wie Suffolk ein neuer Anfang für Emily sein würde.

Sie dachte an das Treffen mit ihr am Abend und fragte sich wieder einmal, ob sie das Richtige machte. Emily war schließlich ein erwachsener Mensch und somit verantwortlich für ihr eigenes Tun. Was hatte sie sich da einzumischen?

Die U-Bahn erreichte die Haltestelle. Rebecca ging zur Tür.

Halb acht. Michael saß mit Stuart und den anderen Männern vom Junggesellenwochenende bei einem späten Frühstück in einem kleinen Café gegenüber des Cardiff Castle. Es duftete nach gebratenem Speck.

Obwohl sie zu acht am Tisch saßen, war die Unterhaltung eher gedämpft. Die meisten hatten noch unter den Nachwirkungen des vergangenen Abends zu leiden und waren in sich gekehrt. Jemand bestellte mehr Kaffee. Michael schnitt gerade ein Stück von seiner überbackenen Käseschnitte ab. »Das sieht ja ekelhaft aus«, meinte Stuart.

»Schmeckt aber gut.«

»Wenn du meinst.« Stuart, völlig resistent gegen Kater, schluckte gerade den letzten Bissen Frühstücksspeck hinunter und rieb sich die Hände. »Aufessen! Der Rundgang durch die Burg beginnt in fünfzehn Minuten.«

Reihum erhob sich ein Stöhnen.

»Ihr widert mich an«, sagte er, »mit eurer Gleichgültigkeit gegenüber unserem nationalen Erbe.«

»Leck mich, Faschist«, brummte Richard, der vor seinem unangetasteten Frühstück saß und äußerst mitgenommen aussah. Stuart spießte Eier und Bohnen auf eine Gabel und hielt sie ihm unter die Nase. Richard wurde noch eine Idee bleicher und stürmte zur Toilette. Gelächter allerseits.

Michael starrte aus dem Fenster und beobachtete die Leute, die am Samstagmorgen unterwegs waren, um einzukaufen. Nach allem, was er bisher gesehen hatte, war Cardiff eine hübsche und freundliche Stadt. Ein guter Ort zum Leben. Weit weg von London.

Aber war es auch weit genug weg von Max?

Versteckt in der Menschenmenge stand ein unscheinbar wirkender Mann mittleren Alters auf der anderen Straßenseite und rauchte eine Zigarette. Wieder hatte Michael das unangenehme Gefühl, ihn schon einmal gesehen zu haben.

Dann wurde der Mann von einer Frau und zwei Mädchen im Teenageralter, beladen mit Einkaufstüten, gerufen. Gemeinsam überquerten sie die Straße und betraten das Café. Sie sahen wie eine ganz normale Familie aus und setzten sich an einen Tisch in der Nähe. Der Mann bestellte sich wie Michael eine überbackene Käseschnitte.

»Mike?«

Stuart starrte ihn an. »Du warst Lichtjahre entfernt.«

»Hab gerade nachgedacht.« Richard, immer noch weiß wie Kalk, kehrte an den Tisch zurück.

»Darüber, wo du jetzt lieber wärst?«

Der Kommentar überraschte ihn. »Wie meinst du das?«

»Du scheinst neben dir zu stehen, seit wir hier sind. Vielleicht wärst du lieber gar nicht mitgekommen.«

Er war verlegen. »Doch, natürlich«, versicherte er schnell, während Brian, einer von Stuarts Liverpooler Freunden, den Rest des Tischs mit der Schilderung seines schlimmsten Katers aller Zeiten amüsierte.

»Sicher? Ich meine, du bist ja gerade erst wieder mit Becky zusammen und würdest vielleicht den Rest des Wochenendes gern mit ihr verbringen. Ich würde es verstehen, wenn's so wäre.«

Er schüttelte den Kopf. »Um nichts in der Welt würde ich mir dieses Wochenende entgehen lassen wollen. Wenn ich manchmal abwesend wirke, dann nur, weil ich immer wieder an diesen Unfall denken muss. Das hat mich fix und fertig gemacht.«

Stuart lächelte verständnisvoll. »Mich auch.«

»Und? Was ist jetzt mit der Burgbesichtigung? Ich bin soweit.«

»Ich trinke nur noch meinen Kaffee aus.«

Er versuchte, sich auf Brians Geschichte zu konzentrieren, aber sein Blick wanderte immer wieder hinaus zu den Menschen auf der Straße.

Ein Uhr. Emily saß im Esszimmer am Arundel Crescent und aß zu Mittag.

Max war außer Haus, wurde aber bald zurückerwartet. Sie hatte Mrs. László gesagt, sie habe keinen Hunger, aber ihre Worte waren auf taube Ohren gestoßen.

Nachdem sie die letzte Gabel Steak und Kartoffeln hinuntergeschluckt hatte, schob sie den Teller zurück. Er war immer noch halb voll. Sie hatte ein schlechtes Gewissen – ein Überbleibsel aus der Kindheit, als das Geld knapp gewesen war und Verschwendung missbilligt wurde.

Aus der Küche drang emsiges Geklapper. Sie hoffte, dass nicht auch noch eine Nachspeise zubereitet wurde. Hätte sie dort gegessen, wo Mrs. László es vorgeschlagen hatte, dann hätte sie es jetzt gewusst. Aber das hätte nur Erinnerungen geweckt, die sie lieber vergaß. Mrs. László hatte keine Einwände erhoben, auch wenn sie vielleicht insgeheim darüber verärgert war. Max hätte Emily verstanden.

Sie schaute sich um. Es war ein schönes Zimmer. Dunkelroter

Teppich, weiße Wände, geschmückt mit Gemälden, und ein Esstisch aus Mahagoni. Nur der Blick auf den von einer Mauer umgebenen Garten hinter dem Haus ließ zu wünschen übrig. In Suffolk hingegen hatte man bei den Mahlzeiten die herrliche Kulisse des Meers vor sich, und schon bald würde sie täglich in diesen Genuss kommen. Wenn sie ihr neues Leben begann.

Max war besorgt, dass sie den Ortswechsel vielleicht gar nicht wollte. Sie hätte ihn gern beruhigt, aber es war unmöglich, ihm die wahren Gründe für ihren Wunsch zu verraten. Sie wollte die Vergangenheit hinter sich lassen und noch einmal ganz von vorn anfangen.

Mrs. László erschien in der Tür. »Sind Sie fertig?«

»Es war köstlich. Ich war nur nicht so besonders hungrig.«

»Der Nachtisch ist fast fertig«, verkündete Mrs. László, während sie den Tisch abräumte. »In zehn Minuten.«

»Sie sind sehr freundlich.«

Lächelnd verließ Mrs. László den Raum. Eine kleine Frau von gerade mal sechsundfünfzig Jahren, deren Gesicht von Falten durchzogen war. Nur vier Jahre älter als ihre Mutter gewesen wäre, hätte sie noch gelebt.

Sie griff nach ihrem Weinglas und betrachtete dabei ihre Hände. Ihre Finger waren lang und schön geformt. Die Hände einer Klavierspielerin, genau wie die ihrer Mutter. Sie konnte sich noch gut daran erinnern, wie sie neben ihr vor dem ramponierten alten Klavier gesessen und Beatles-Songs geklimpert hatte. »Du musst richtigen Unterricht nehmen«, hatte ihre Mutter gesagt, und sie war begeistert gewesen. Dabei hatte sie sich gefragt, ob Rebecca, die sich überhaupt nicht für Musik interessierte, dann wohl auch Stunden nehmen müsste.

Schon damals waren sie ein Herz und eine Seele gewesen. Ihre Mütter, beste Freundinnen seit Schultagen, wollten das Gleiche für ihre Töchter und dachten nicht eine Minute daran, ob es dafür auch eine gemeinsame Basis gab. Das eine Kind war lebhaft und extrovertiert und zog Menschen an; das andere hingegen war ruhig und in sich gekehrt und am glücklichsten, wenn es für sich allein spielte. Von frühester Kindheit an unternahmen sie gemeinsame Ausflüge und gaben zusammen Partys, wobei jede die andere tolerierte und von dem Tag träumte, an dem sie endlich getrennte Wege gehen durften.

Dieser Tag wäre auch gekommen, hätte das Schicksal es nicht anders gewollt.

Es war an einem windigen Tag gewesen, einem Donnerstag, als sie, siebenjährig, gemeinsam mit Rebecca zum Tanzunterricht in ein Freizeitzentrum in Winchester gingen. Tanzen war Rebeccas große Leidenschaft, und obwohl Emily nur wenig Interesse dafür zeigte, bestanden ihre Mütter darauf, dass sie dies zusammen taten. Mrs. Blake war an der Reihe gewesen, die Mädchen hinzubringen und wieder abzuholen, aber Rebecca, der man zum Tee einen Schokoladenkuchen versprochen hatte, bekam einen Wutanfall, als sie erfuhr, dass keine Zeit bleiben würde, einen zu backen. Also hatte sich Emilys Mutter bereit erklärt, sie zu fahren.

Sie hatte die Mädchen in die Tanzschule gebracht und wollte anschließend ein paar Dinge erledigen. Nach dem Unterricht hatten die beiden Mädchen inmitten anderer angehender Ballerinen draußen auf ihre Rückkehr gewartet. Sie warteten vergebens. Rebecca beklagte sich schon, dass sie eine Lieblingssendung im Fernsehen verpassen würde.

Zu ihrem großen Erstaunen traf schließlich eine völlig aufgelöste Mrs. Blake ein. Mit vom Weinen geröteten Augen erzählte sie, dass Emilys Mutter von einem Auto überfahren worden sein, als sie eine Straße überqueren wollte.

In den darauf folgenden Wochen versuchten die Leute, Emily immer wieder damit zu trösten, dass ihre Mutter nicht hatte leiden müssen. Sie war auf der Stelle tot gewesen. Sie redeten und redeten, als würde dies den schmerzlichen Verlust erträglicher machen. Mit dem Tod ihrer Mutter begann das gesamte Gefüge ihres Lebens zusammenzubrechen.

Ihr Vater war Verwaltungsangestellter. Ein ruhiger, passiver Mann, der sich immer darauf verlassen hatte, dass seine Frau die Energie und Tatkraft aufbrachte, die ihm fehlte. Nach ihrem Tod schien sich alles, was noch an Kraft in ihm steckte, aufgelöst zu haben, und er gab sich seinem Schmerz hin, ohne auch nur einen einzigen Gedanken an seine Tochter zu verschwenden. In den folgenden Monaten gelangte Emily zu der Überzeugung, dass für ihn der Verlust größer war als für sie und er die Last nicht mehr tragen könnte, wenn sie ihn auch noch mit ihren Problemen belästigte. Allmählich lernte sie, ihre Wut und Trauer hinter einer gelassenen Fassade zu verstecken.

Nicht dass sie ständig bei ihrem Vater war. Mrs. Blake, von schlechtem Gewissen gequält, hatte darauf bestanden, dass sie so viel Zeit wie möglich bei ihnen verbrachte. »Dieses Haus soll für dich ein zweites Zuhause sein«, hatte sie gesagt. »Immerhin bist du ja auch Beckys beste Freundin.« Rebecca, ebenfalls von Schuldgefühlen geplagt, tat ihr Bestes, um diese Illusion aufrechtzuerhalten. So entwickelte sich ihre Beziehung mit der Zeit zu einem gordischen Knoten, den keine von beiden zerschlagen konnte.

In diesen Jahren war Emily die Zeit im Haus der Blakes vorgekommen wie ein Besuch in einer anderen Welt. Ein glücklicher Ort voller Lachen, zu dem sie gern gehört hätte. Aber meist fühlte sie sich fehl am Platz. Auch wenn Mrs. Blake sich große Mühe gab, nett und lieb zu ihr zu sein, hielt Robert mit seiner Abneigung ihr gegenüber nicht hinterm Berg. Und manchmal bekam sie auch mit, wie Mr. Blake sich über ihre ständige Anwesenheit in der Familie beklagte.

Dann kehrte sie in ein Haus zurück, das so still war wie ein Grab. Sie schlich auf Zehenspitzen um ihren Vater herum und gab ihr Bestes, ihn glücklich zu machen und seinen Seelenfrieden nicht zu stören. Dabei musste sie an Rebecca denken und hätte am liebsten laut herausgebrüllt, welch himmelschreiende Ungerechtigkeit ihr widerfahren war.

Als sie elf wurde, kam es zu einer weiteren bedeutsamen Veränderung in ihrem Leben. Ihr Vater heiratete wieder. Ihre Stiefmutter, Sheila, war Sekretärin in seinem Büro: eine große, hagere Frau mit harten Gesichtszügen, die sich bei ihrer ersten Begegnung mit ihrer Stieftochter äußerst herzlich gezeigt hatte. »Ich bin überzeugt, dass wir beide uns gut verstehen werden«, hatte sie verkündet, und Emily, die ihren Vater zum ersten Mal seit Jahren wieder glücklich sah, hatte höflich genickt und versucht, ihr Misstrauen zu überwinden.

Bei ihrer Rückkehr von der Hochzeitsreise erfuhr Emily, was die Stunde geschlagen hatte. Sie war die Zeit über bei den Blakes gewesen, und als sie wieder nach Hause kam, empfing sie ihr Vater gleich im Flur. »Deine Stiefmutter hat ein Nickerchen gemacht«, hatte er zu ihr gesagt. »Du könntest ihr eine Tasse Tee zubereiten.« Als sie dann nach oben ging, hatte sie Gepolter aus der Abstellkammer gehört, in der die Sachen ihrer Mutter aufbewahrt wurden. Sie war an der Tür stehen geblieben und hatte zugeschaut, wie Sheila in den Kisten und Kartons mit Kleidern herumwühlte, jedes Stück eingehend inspizierte, bevor sie es dann auf einen Haufen in der Mitte des Zimmers warf. Nervös hatte sie sich geräuspert. Als Sheila sich zu ihr umdrehte, lag in ihrem Blick keine Herzlichkeit mehr. Es war ein kalter, kompromissloser, besitzergreifender Blick.

»Was machst du hier?«, hatte Emily gefragt.

»Den alten Plunder durchsehen.«

»Die Sachen gehörten meiner Mutter.«

»Jetzt nicht mehr. Jetzt gehört alles in diesem Haus mir.«

Nachdem Emily ausgezogen war, hatte sie sich gelegentlich gefragt, welche Dämonen Sheila getrieben hatten, sich so zu verhalten. Sie hatte selbst keine Familie und sprach nie über ihre Vergangenheit. Nur zwei Dinge konnten mit einer gewissen Sicherheit über sie gesagt werden: Sie besaß eine sehr viel stärkere Persönlichkeit als ihr Mann, und sie war eine äußerst destruktive Person.

Bereits wenige Wochen nach der Hochzeit war ihr Wille Gesetz. Emilys Vater, seit dem Tod seiner ersten Frau ein Schiff ohne Ruder, war froh und glücklich, seiner zweiten Frau die Herrschaft über sein Leben zu überlassen. Er aß, was sie ihm vorsetzte. Trug die Kleider, die sie ihm kaufte. Traf die Freunde, die sie ihm erlaubte.

Und wenn es um seine Tochter ging, entwickelte er die Ansichten, die er ihrer Meinung nach haben sollte.

Sheilas Kampagne gegen sie baute sich Schritt für Schritt auf. Ständige Kritik, die stets mit freundlicher Stimme geäußert wurde, um die Gehässigkeit dahinter zu verbergen. An einem Tag war es

Emilys unansehnliches Äußeres, am nächsten ihr vermeintliches Unvermögen, Freundschaften zu schließen. »Die Menschen mögen dich nicht wirklich, Emily. Sie sehen in dir nur jemanden, den sie benutzen können. Ich sage diese Dinge wirklich äußerst ungern, aber niemandem sonst bedeutest du so viel, dass er dich darauf aufmerksam machen würde.« Sheila verstand es, ihr ohnehin schwach ausgeprägtes Selbstwertgefühl so zu erschüttern, dass sie sich am Ende selbst für hässlich, dumm und nichtsnutzig hielt. Und ihr Vater glaubte das mit der Zeit auch.

Nach dem ersten Jahr spitzte sich der Kampf zu, zu dessen Schauplatz der Küchentisch wurde. Abend für Abend musste sie sich die endlos lange Liste ihrer Schwächen und Fehler anhören. Stundenlang trug Sheila Beispiele ihrer Unzulänglichkeiten vor, und dies stets in einem Tonfall frustrierten Erstaunens. »Ich weiß nicht, was aus dir mal werden soll, Emily. Wirklich! Manchmal überlege ich mir einfach aufzugeben, aber deinem Vater zuliebe werde ich das Handtuch noch nicht schmeißen.«

Wenn Emily es nicht mehr aushielt, suchte sie Zuflucht in Tränen. Aber das kümmerte niemanden, die Beschimpfungen gingen einfach weiter.

Bis es endete, so wie es immer endete. Der Befehl, ins Bett zu gehen, und die gleichen, bittersüßen Worte: »Du denkst, ich wäre hart zu dir, aber eines Tages wirst du mir dafür dankbar sein.«

Und sie besuchte weiter die Blakes, machte sich in ihrem Haus fast unsichtbar, ertrug Roberts Spötteleien und Mr. Blakes Desinteresse, während sie miterlebte, wie Rebecca mit jedem Tag schöner und selbstsicherer wurde, geborgen in einer Liebe, die nicht wertete. Jemand, der niemals wissen würde, wie es war, sich selbst zu hassen. Eine Verkörperung all dessen, was sie so gern gewesen wäre.

Mit achtzehn erhielt sie einen Studienplatz für Anglistik an der York University. Niemand, am wenigsten sie selbst, hätte erwartet, dass sie die erforderlichen Noten schaffen würde. Ihr Vater war auf ihre Leistung stolz gewesen, bis Sheila ihr zerstörerisches Werk begann. »Viele Mädchen aus ihrer Klasse gehen nach Oxford und Cambridge. Aber so war's ja schon immer bei ihr, oder? Sich stets mit dem Zweitbesten begnügen.« Den Rest des Nachmittags hatte sie allein und weinend in ihrem Zimmer verbracht, sich minderwertiger denn je gefühlt.

Aber es sollte noch schlimmer kommen.

Den Tag vor ihrer Abreise verbrachte sie in Winchester, wo sie letzte Einkäufe machte. Sheila, die Freunde besucht hatte, nahm sie mit nach Hause. Während der Fahrt ließ sie die Bombe platzen.

»Dein Vater und ich sind zu einer Entscheidung über deine Zukunft gekommen. Du bist jetzt eine junge Frau und musst lernen, auf eigenen Beinen zu stehen. Daher halten wir es für das Beste, wenn du auch während der Semesterferien in York bleibst.«

Sie konnte nicht glauben, was sie da hörte. »Du meinst, ich kann nicht nach Hause kommen?«

»Es ginge ohnehin nicht. Dein Vater und ich wollen in ein kleineres Haus umziehen. Wir haben uns eins angesehen, das wäre genau richtig. Aber leider werden wir dort kein Zimmer mehr für dich haben.«

Sie fand ihre Stimme wieder. »Das kann Dad nicht wirklich wollen!«

Ein Seufzer. »O doch, das will er.«

»Doch nur, weil du es ihm eingeredet hast, stimmt's?« Ihre Stimme überschlug sich. »Er ist mein Vater. Er ist alles, was ich habe. Das kannst du mir nicht antun!«

Sie bremsten vor einer Ampel. Sheila drehte sich zu ihr um, ein triumphierendes Lächeln im Gesicht. »Aber ich tue es! Ich weiß, dass du denkst, ich sei hart zu dir.« Sie hielt kurz inne. »Aber eines Tages wirst du mir dankbar dafür sein.«

In diesem Augenblick verschwand jedes Geräusch. Sheilas Stimme. Der Verkehrslärm. Das Aufheulen in ihrem Kopf. Eine tiefe Stille überkam sie. Sie hörte nichts mehr außer ihrem eigenen gleichmäßigen Herzschlag.

Sie erreichten das Haus. Sheila ging in die Küche. Emily blieb im Flur, genoss den Frieden und die absolute Klarheit, die damit einhergingen. Schließlich wusste sie, was getan werden musste.

Sie ging in die Küche. Sheila stand vor dem Spülbecken. Emily öffnete die Besteckschublade und nahm das schärfste Messer heraus.

Sheila drehte sich um. Ihre Augen, sonst immer kalt und verächtlich, füllten sich jetzt mit panischer Angst. Noch nie zuvor hatte sie erlebt, dass Sheila sich fürchtete. Der Anblick war wie eine religiöse Erfahrung. Sie stürzte sich auf sie.

Ein Schrei drang in ihr Bewusstsein. Hände packten sie von hinten, bevor sie zustechen konnte. In ihrer mörderischen Absicht hatte sie ihren Vater nicht am Küchentisch sitzen sehen.

Das Messer fiel zu Boden. Die Stille begann sich aufzulösen. Sie hörte Sheilas Schreien. Auch sie schrie, Schreie der Enttäuschung und Wut.

Sheila war hysterisch geworden, verlangte, dass die Polizei gerufen wurde. »Na los, tu's doch«, hatte Emily zurückgebrüllt, ihre Ärmel hochgezogen und ihre Narben gezeigt. »Dann werde ich ihnen sagen, dass du mir das hier angetan hast und auch noch Schlimmeres. Du kannst dir gar nicht vorstellen, was ich denen erzählen werde, du perverses Dreckstück! Und sie werden mir glauben!«

Dann hatte ihr Vater angefangen wie ein Kind zu weinen, das Gesicht in den Händen vergraben. Sie hatte dagestanden und ihn beobachtet. Ein Mann, den sie einmal für stark gehalten und von dem sie geglaubt hatte, dass er sie immer lieben und beschützen würde, der sie jedoch in dem Augenblick verlassen hatte, als ihre Mutter starb. Ein Mann, den sie immer lieben würde, aber zu verachten gelernt hatte.

»Du hast gewonnen«, sagte sie zu Sheila. »Er gehört dir. Ich werde nicht mehr um ihn kämpfen.«

Sie hatte an diesem Abend das Haus verlassen und war nie mehr zurückgekehrt. In den darauf folgenden Jahren hatte sie sich oft einsam und verlassen gefühlt und sich danach gesehnt, wieder mit ihrem Vater in Kontakt zu treten.

Aber das war jetzt vorbei. Max hatte diese Gefühle für immer zum Verschwinden gebracht.

Eines Tages würde sie ihm vielleicht von der Stille erzählen. Sie spürte, dass er sie verstehen würde.

Mrs. László kehrte mit einer Mousse au chocolat zurück. Sie ließ sich eine Portion geben und begann zu essen. Mrs. László schaute lächelnd zu. Emily fragte sich, wie ihre Mutter wohl in diesem Alter ausgesehen hätte und ob sie glücklich darüber gewesen wäre, wie sich das Leben ihrer Tochter schließlich entwickelt hatte.

Halb zwei. Rebecca, die gerade mit Seans Freundin Maya zu Mittag gegessen hatte, eilte an der National Gallery vorbei, um den Regenwolken zu entkommen.

Sie war guter Laune. Es war ein angenehmes Treffen gewesen, und sie hatte danach das Gefühl, eine neue Freundin gefunden zu haben. Maya hatte sie und Michael für den kommenden Samstagabend zum Essen eingeladen. Rebecca hatte zugesagt und war überzeugt, dass sich Michael genauso darauf freuen würde wie sie.

Als sie den Strand erreichte, sah sie einen Mann, der ein Taxi rief. Ein großer, stämmiger Mann mittleren Alters mit hellbraunem Haar, das grau zu werden begann.

Max.

In einer Hand hielt er eine kleine, blaue Tüte von Tiffany. Emily hatte schon immer Schmuck von Tiffany geliebt. Einmal hatte sie ihr als Geburtstagsgeschenk eine kleine Kette gekauft.

In der anderen Hand hielt er einen großen Strauß roter Rosen. Emilys Lieblingsblumen.

Er bemerkte sie.

Da standen sie nun und starrten einander an, während die ersten Regentropfen fielen.

Er lächelte, eine kleine zögernde Geste.

Instinktiv tat sie das Gleiche.

Dann kam das Taxi, und er stieg ein.

Sie beobachtete, wie sich der Wagen Richtung Trafalgar Square entfernte.

Sie dachte wieder an die Unterhaltung mit Caroline.

Erinnerte sich, wie diese Max die Fähigkeit zu lieben abgesprochen hatte.

Aber er hatte Michael geliebt. Eine besitzergreifende Liebe, die zum Scheitern verurteilt war. Michael war eine viel zu starke Persönlichkeit, um sich von einem anderen beherrschen zu lassen. Wie Caroline.

Aber nicht Emily. Einsam und mit einem geringen Selbstwertgefühl würde es für sie wie ein Wirklichkeit gewordenes Märchen sein, von einer alles verzehrenden Liebe eines anderen erdrückt zu werden.

War Caroline eifersüchtig? Eifersüchtig, dass Emily eine Bindung mit Max eingehen konnte, zu der sie nicht fähig war?

War sie selbst eifersüchtig? Eifersüchtig, nicht mehr gebraucht zu werden? Eifersüchtig, feststellen zu müssen, dass sie nicht unentbehrlich war?

Sie kehrte zu Chatterton's zurück. Völlig in Gedanken versunken, bemerkte sie nicht den Mann mittleren Alters mit John-Lennon-Brille, der neben dem Eingang stand. Er beobachtete, wie sie das Geschäft betrat, dann zog er ein Handy heraus und begann zu wählen.

Halb sechs. Eine aufgeregte Emily marschierte im Salon auf und ab.

Max hätte schon vor Stunden zurück sein sollen. Er rief immer an, wenn er aufgehalten wurde. Dieses Mal jedoch nicht.

Draußen regnete es heftig, was die Straßen tückisch machte. Vielleicht hatte er wie ihre Mutter einen Unfall gehabt. Vielleicht würde sie ihn verlieren, so wie sie damals ihre Mutter verloren hatte.

Sie verbannte diesen Gedanken sofort aus ihrem Kopf und setzte sich aufs Sofa. Die Finger einer Hand trommelten auf dem Couchtisch, als übten sie auf einem Klavier die Tonleitern, die sie als Kind gelernt hatte. Es gab in diesem Haus kein Klavier, aber Max wollte für Suffolk eines anschaffen.

Das Telefon klingelte. Sie rannte auf den Korridor hinaus und riss den Hörer vom Apparat. »Wo steckst du? Was ist los?«

Aber er war es nicht. Eine fremde Männerstimme fragte nach einem ihr Unbekannten. Verwählt. Wütend knallte sie den Hörer auf. Sie vermochte ihre Panik kaum zu unterdrücken.

Ein Schlüssel drehte sich in der Haustür.

Er betrat die Eingangshalle, Haare und Kleidung triefnass, einen Strauß Rosen in der Hand. Obwohl den Tränen nahe, brachte sie ein Lächeln zu Stande. »Sind die für mich?«

Er nickte. »Da war auch noch ein Ring, den ich bei Tiffany für dich gekauft habe. Aber ich habe die Tüte im Taxi liegen lassen.«

Er sprach langsam, seine Stimme hatte einen monotonen Klang, der nichts von ihrer gewohnten Wärme besaß. Und sein Gesicht war ausdruckslos, eine Maske.

»Was ist los?«, fragte sie. »Was ist passiert?«

Er gab keine Antwort, ging einfach an ihr vorbei in den Salon. Erschreckt folgte sie ihm. Er stand mit dem Rücken zu ihr und hielt noch immer die Blumen umklammert, während das Wasser von seiner Jacke tropfte und Pfützen auf dem Teppich bildete.

»Wo bist du gewesen?«, fragte sie.

»Habe auf einer Bank im Hyde Park gesessen.«

»Aber es gießt aus Eimern.«

»Ich musste nachdenken.«

»Worüber?«

»Was ich dir antue.«

Er drehte sich zu ihr um; sein Gesicht war aschfahl, sein Blick gequält. Panik stieg in ihr auf. »Max, bitte, ich verstehe nicht.«

»Ich habe versucht, mir einzureden, dies sei das Beste für uns beide. Aber ich kann mich nicht mehr länger selbst belügen. Ich muss der Wahrheit ins Gesicht sehen.«

»Welcher Wahrheit?«

»Was ich dir antue.« Er seufzte. »Du bist jung, Emmie. Dein Leben beginnt gerade erst, und dir steht noch die Welt offen. Ich beraube dich all deiner Chancen, die du noch hast.«

»Das ist mir völlig egal. Ich will nur mit dir zusammen sein.«

»Das glaubst du jetzt, aber es wird der Tag kommen, an dem du mich dafür hassen wirst. Ich kann diesen Gedanken nicht ertragen.«

Ihr war, als würde der Boden unter ihren Füßen weggezogen.

»Ich hätte mir mit Sicherheit weiter etwas vorgemacht, aber Becky hat mir die Augen geöffnet.«

»Becky? Was hat sie damit zu tun?«

»Ich habe sie heute gesehen, als ich gerade in ein Taxi stieg. Sie hat nichts gesagt. Der Ausdruck in ihren Augen war deutlich. Vollkommene Verachtung für einen egoistischen alten Mann, der die Zuneigung eines wunderschönen jungen Mädchens ausnutzt. Als ich in ihr Gesicht blickte, wusste ich plötzlich, dass der Tag kommen würde, an dem du mich genauso aussehen würdest. Das wäre unerträglich für mich, deshalb möchte ich unsere Beziehung beenden, solange du mich noch liebst.«

Ein Schrei brach aus ihr heraus. Sie warf die Arme um seinen Hals und klammerte sich an ihn, als hinge ihr Leben davon ab.

»Du bist alles, was ich auf dieser Welt habe. Das Einzige, was meinem Leben Sinn gibt. Bitte, ich flehe dich an, tu mir das nicht an.«

Er ließ die Blumen fallen und nahm ihr Gesicht in seine Hände. Seine Berührung war behutsam, sein Blick zärtlich. »Ach, Emmie«, flüsterte er, »ich will dir nicht wehtun. Das musst du mir glauben. Aber ich habe keine andere Wahl.«

Sie begann zu schluchzen. Tiefe, kehlige Laute. Er streichelte ihr Haar. »Weine nicht. Du kannst von mir haben, was immer du willst. Geld. Besitz. Was immer deinen Schmerz lindert.«

Sie klammerte sich an ihn, bedeckte sein Gesicht mit Küssen. Er hielt sie fest, drückte sie so fest an sich, dass sie nicht mehr atmen konnte.

Und dann, urplötzlich, stieß er sie fort.

»Du musst gehen. Es tut so weh, wenn du hier bist. Ich werde dir ein Taxi rufen, das dich nach Hause bringt.«

»Nein! Ich werde nicht gehen!«

»Du musst. Ich werde dich heute Abend anrufen.« Seine Augen schwammen in Tränen. »Bitte, Emmie, hilf mir, stark zu sein.«

Sie versuchte, sich an ihn zu klammern. Er schüttelte sie ab und rannte aus dem Zimmer, wo sie neben den Rosen auf dem Boden zusammenbrach.

Halb sieben. Michael, der sein Handy im Hotel gelassen hatte, stand in einer Telefonzelle in einem überfüllten Pub in der Innenstadt von Cardiff. Biergeruch und Zigarettenqualm raubten ihm fast den Atem.

Er wählte die Nummer ihrer Wohnung in der Ash Lane. Rebecca hatte gesagt, er brauche nicht anzurufen, aber er hatte den ganzen Tag an sie gedacht und wollte nun ihre Stimme hören.

Das Telefon begann zu klingeln. Im Hintergrund sangen Stuart und die anderen Rugbylieder. Die Texte waren ziemlich derb, aber da Wales die Heimat des Rugby war, sahen die Leute das hier vielleicht nicht so eng.

Ein Mann schob sich an ihm vorbei, ging zur Toilette. Ein anderer stand hinter ihm, ein Bier und eine Pfundmünze in der Hand, und wartete darauf, dass er auflegte. Er musterte beide aufmerksam, genau wie er bereits den ganzen Tag Leute beobachtet hatte. Doch beide waren Fremde, die keinerlei Ähnlichkeit mit jemandem besaßen, den er kannte.

Sein Anruf blieb unbeantwortet. Vielleicht war sie ausgegangen, obwohl er sich nicht erinnern konnte, dass sie irgendwelche Verabredungen erwähnt hatte.

Er legte den Hörer auf und kehrte zur Theke zurück.

Sieben Uhr. Emily stand allein in ihrer Wohnung in Streatham. Sie schaute sich um, betrachtete die schäbigen Wände und das billige Mobiliar. Alles schien irgendwie unscharf, so als schaue sie auf einem Jahrmarkt in einen Zauberspiegel.

Ihr Blick kam auf dem Couchtisch vor dem Sofa zur Ruhe. Genau in der Mitte stand eine kleine Porzellanvase. Ein Geschenk ihrer Kollegen zum Einzug. Sie hob sie hoch, glitt mit den Fingern über die kühle Oberfläche, bevor sie sie mit aller Kraft gegen die Wand schleuderte.

Sie nahm eine gerahmte Fotografie, das Bild ihrer Mutter, zerrte es heraus, riss es in tausend Stücke und zertrat anschließend den Rahmen.

Sie warf den Tisch um, trat gegen seine Beine, zerbrach sie wie Äste. Dann wandte sie sich ihren Regalen zu, packte die Bücher und schleuderte sie quer durchs Zimmer, bevor sie ein Messer aus der Küche holte und sich über das Sofa hermachte und es zerfetzte. Schließlich richtete sie die Klinge gegen ihre Arme, verwandelte ihre Haut in ein blutrotes, abstraktes Kunstwerk.

Bis sie schließlich keine Energie mehr besaß und zu Boden sackte, umgeben von den Trümmern ihres Besitzes. Alles zerbrochen und zerstört. Genau wie ihr Leben.

So kauerte sie dort eine ganze Weile. Über sich hörte sie Schritte, gefolgt von dröhnender Rockmusik. Ihre Nachbarn waren nach Hause gekommen. Sie hob ihre Arme und betrachtete interessiert ihr malträtiertes Fleisch. Im grellen Licht der Deckenbeleuchtung schienen das Blut und die Narben zu verblassen. Ihre Haut wurde transparent. Ihre größte Angst war Wirklichkeit geworden. Sie hörte auf zu existieren.

Das Telefon begann zu klingeln. Der einzige Gegenstand, der nicht zerstört war. Weil er gesagt hatte, er würde anrufen.

Sie kroch darauf zu, nahm den Hörer ab und hielt ihn ans Ohr, umklammerte ihn wie ein Ertrinkender eine Rettungsleine.

»Emmie?«

»Ja.«

»Da ist noch etwas, das ich dir sagen muss. Etwas, das du unbedingt wissen solltest.«

Sie antwortete nicht. Wartete einfach. Er sprach langsam, seine Stimme so klar und schön wie immer.

»Du darfst Becky nicht hassen für das, was geschehen ist. Ich weiß, es ist schwer zu glauben, aber eines Tages wirst du ihr dafür dankbar sein.«

Seine Stimme verhallte, trat in den Hintergrund. Genau wie die Musik über ihr und das Tosen in ihrem Kopf. Stille hüllte sie ein. Klarheit. Frieden.

Sie legte den Hörer auf und saß absolut reglos da. Schweigen schien wie eine Decke auf der Welt zu liegen. Kein Laut bis auf das stete Schlagen ihres Herzens.

Bis ein Geräusch zu ihr durchdrang. Ein durchdringendes Summen.

Die Türklingel.

Wie in Trance erhob sie sich, zog die Ärmel ihres Kleides herunter und ging, um ihrem Gast zu öffnen.

Rebecca beschloss, es nicht noch einmal zu versuchen. Emily war offensichtlich nicht zu Hause. War zweifellos auf dem Weg von Max' Haus irgendwo aufgehalten worden. Doch es gab zahlreiche Cafés in Streatham, wo sie eine halbe Stunde die Zeit totschlagen konnte. Wenn Emily dann immer noch nicht auftauchte, würde sie wieder nach Hause fahren.

Dieser Gedanke gefiel ihr zwar nicht, enttäuschte sie jedoch nicht so sehr, wie er es noch vierundzwanzig Stunden zuvor getan hätte. Den ganzen Nachmittag über hatte sie sich den Kopf über die Beziehung zwischen Max und Emily zerbrochen und war schließlich zu einem Schluss gelangt.

Ihr eigenes Leben war so glücklich verlaufen, wie sie es sich nur hatte wünschen können. Nach Jahren des Leids schien Emily nun ebenfalls das Glück gefunden zu haben. Wenn Max der Grund dafür war, dann hatte Rebecca nicht das Recht, sich einzumischen. Das Einzige, was sie tun konnte, war, Emily alles Gute für die Zukunft zu wünschen und ihr zu versichern, dass sie, was immer auch zwischen ihnen vorgefallen sein mochte, ihre Freundin war und es auch bleiben würde.

Das wollte sie Emily gern persönlich sagen. Emily brauchte sie nicht mehr, und sie hoffte, dass Max' Liebe ausreichen würde, ihren Schmerz auszulöschen.

Die Tür öffnete sich.

Dort stand Emily, Haare und Kleidung so unordentlich, als hätte sie Möbel verrückt.

»Hi. Ich dachte schon, du wärst nicht da.«

Emily gab keine Antwort. Starrte sie nur mit seltsam leerem Blick an.

Rebecca ging ins Haus und weiter die Treppe hinauf. Emily folgte ihr. Sie erreichten den Treppenabsatz. Die Wohnungstür stand offen. Rebecca ging hinein, blieb dann bestürzt stehen, starrte die Verwüstung an, die offenbar Einbrecher hinterlassen hatten. Sie empfand tiefstes Mitleid für Emily.

»Ach, Em. Es tut mir so Leid.«

Schweigen.

Sie fuhr sich mit einer Hand durchs Haar, ihre Füße rutschten auf Büchern aus, die kaputtgerissen waren. Sie sah auf den grauen Teppichboden und entdeckte die Flecken. Rote Tropfen, die wie Blut aussahen.

Ähnliche Tropfen an den Wänden.

Die Nackenhaare sträubten sich ihr.

Eine Bewegung hinter ihr. Das Aufblitzen von Metall, als Licht darauf fiel. Sie drehte sich um.

Das Messer grub sich in ihre Brust. Die Klinge verfehlte um Haaresbreite ihr Herz, perforierte eine Lunge.

Die Beine sackten unter ihr weg. Sie versuchte zu schreien, aber kein Laut drang aus ihrer Kehle. Sie schmeckte Blut.

Sie schaute zu Emily auf, deren Blick so leer war wie der eines Roboters. Eine Maschine, kontrolliert von jemand anderem.

Und auch die Stimme war mechanisch.

»Du nimmst mir alles weg. Alle Menschen, die ich je geliebt habe. Zuerst meine Mutter. Dann meinen Vater, weil der Mann, den ich liebte, mit ihr gestorben ist. Dann war es Michael, und jetzt ist es Max. Du hast nie etwas anderes getan, als mir etwas zu nehmen. Aber jetzt ist damit Schluss.«

Rebecca versuchte aufzustehen, schaffte es aber nicht. Da war kein Schmerz. Panische Angst wirkte betäubend. In der Nähe stand ein Telefon, sie streckte ihren Arm danach aus. Wieder sauste die Klinge herab, trennte Finger ab.

Blut füllte ihren Mund. Sie konnte nicht mehr atmen. Unzählige Bilder wechselten sich in ihrem Kopf ab. Michael, wie sie ihn zum ersten Mal sah. Ihre Eltern am Weihnachtsmorgen. Robert, im Talar nach der Abschlussprüfung. Emily und sie selbst im Klassenzimmer sitzend. Und dann eines, das alle anderen in den Hintergrund drängte: ein Kind mit Michaels Gesicht und ihrem Teint, das schrie, als sein Leben vernichtet wurde, noch bevor es begonnen hatte.

Die Klinge stach wieder zu, und sie versank in Dunkelheit.

Emily ließ das Messer fallen.

Die Stille begann sich aufzulösen. Geräusche drangen wieder in ihr Bewusstsein. Das Dröhnen der Musik von oben, der Verkehrslärm von der Straße, das Rasseln ihres eigenen Atmens und das Tosen in ihrem Kopf.

Eine leblose Puppe lag vor ihr, der Körper zerfetzt. Ihr Blut sickerte in den Teppichboden, vermischte sich mit dem von Emily. Sie sah auf ihr Werk hinab und begann zu wimmern.

Das Messer lag neben ihren Füßen, seine Klinge glänzte rot. Sie wich davor zurück, kroch auf Händen und Knien, suchte einen sicheren Ort, an dem sie sich verstecken konnte. Aber es gab nur einen Ort, wohin sie gehen, nur einen Menschen, der sie retten konnte.

Sie wankte ins Bad. Kämpfte gegen die aufkommende Übelkeit an, wusch sich das Blut von Gesicht und Händen.

Sie saß in Max' Salon, zitterte am ganzen Leib.

»Bist du absolut sicher?«, fragte er sie.

»Mausetot.« Ein leises Kichern drang aus ihrer Kehle, ließ sich nicht kontrollieren.

»Du bist ganz kalt. Ich werde dir etwas holen.«

Ihre Arme brannten, die Wunden waren tief und offen, und als sie einen Ärmel wegzog, stöhnte sie auf vor Schmerz. Ein einzelner Blutstropfen rollte auf ihre Hand. Wie hypnotisiert beobachtete sie seinen Weg.

Max kehrte mit einer Decke zurück, die er über sie legte. Dann nahm er sie in die Arme und gab beruhigende Laute von sich. Sein Körper war warm, seine Haut duftete nach Eau de Cologne, seine Kleidung nach Tabak. In seiner Gegenwart fühlte sie sich sicher.

Sie befanden sich in einem Haus, in dem es still war wie in einem Grab. Die Zeit verstrich, und ihr Zittern ebbte langsam ab. »Was werden sie mit mir machen?«, fragte sie flüsternd.

Er gab keine Antwort. Streichelte nur ihr Haar.

»Du wirst mich beschützen, ich weiß, dass du das wirst.«

»Pst. Sei still.«

»Ich wollte es nicht. Du sorgst doch dafür, dass sie mich verstehen, oder? Du musst ihnen sagen, dass ich kein Monster bin.«

»Du bist kein Monster, Emmie. Du willst nur geliebt werden.

451

Es ist das elementarste menschliche Bedürfnis. Eines, das ich fast ein Leben lang zu verleugnen versucht habe.«

Sie schmiegte sich an ihn, schlang ihre Arme um seinen Hals, versuchte, Mut aus seiner Stärke zu ziehen. »Lass nicht zu, dass sie mich von dir fortbringen.«

»Das will ich nicht. Das will ich wirklich nicht.«

Mit einem Blick voller Zärtlichkeit sah er sie an. »Ich möchte dir etwas erzählen«, sagte er mit einer Stimme so sanft wie eine Liebkosung. »Eine Geschichte aus meiner Kindheit, über die ich noch mit keinem Menschen gesprochen habe.«

Sie schwieg, wartete.

»Als mein Onkel mich im Heim abgegeben hatte, war da eine Frau namens Wheeler, die die jüngeren Kinder beaufsichtigte. Ich sehe sie noch heute vor mir. Eine kleine, dünne Frau mit einem Gesicht wie ein Wasserspeier an gotischen Kirchen, die glaubte, vom Leben betrogen worden zu sein, und nun auf Rache sann. Das Objekt dafür fand sie in einer Gruppe Kinder, die niemand wollte und an denen sie ihre Wut abreagieren konnte.

Ich wurde ihr bevorzugtes Opfer. Ich konnte kaum ein Wort Englisch und missverstand oft ihre Anweisungen, also stempelte sie mich als Trotzkopf ab, der etwas Disziplin benötigte. Sie schlug mich beim geringsten Anlass, aber ich lernte, damit umzugehen. Es war ja nur ein körperlicher Schmerz. Was ich wirklich hasste, war die Zelle. Eigentlich keine richtige Zelle. Nur ein Lagerraum im hinteren Teil des Hauses, wo sich angeblich Jahre zuvor ein Mann aufgehängt hatte und es, davon waren wir alle überzeugt, spukte. Miss Wheeler sperrte mich stundenlang dort ein. Es gab kein Fenster, und die Lampe funktionierte nicht. Es war wie in einer Gruft. Ich träumte davon, als wir in Paris waren. Wahrscheinlich werde ich diesen Traum nicht loswerden, bis ich sterbe.

Ich durfte nie nach etwas oder jemandem schreien, wenn ich dort war. Andernfalls hätte sie mich einfach die ganze Nacht dort gelassen. Einmal musste ich ganz dringend auf die Toilette. Da rief ich dann, aber niemand kam, und ich habe am Ende in die Hose gemacht. Ich erinnere mich, wie ich in der Dunkelheit saß und Angst davor hatte, auch dafür bestraft zu werden.

Also legte ich einen Schwur ab. Ein Versprechen an mich selbst, dass ich eines Tages so viel Macht haben würde, mir niemals mehr von jemandem wehtun lassen zu müssen.

Und das ist das Schreckliche an der Liebe. Sie ist die endgültige Kapitulation der Macht. Wenn man jemanden liebt, verleiht man ihm die Macht, einem die schlimmsten Schmerzen zuzufügen, und man kann ihn nicht daran hindern. Es sei denn, man kontrolliert ihn vollkommen.«

Sie schüttelte den Kopf. »Ich würde dir niemals wehtun.«

»Das weiß ich. Nicht meine Emmie.« Ein Seufzen. »Wenn nur Michael so gedacht hätte wie du.«

Seine Worte waren wie ein Messer, das ihr Gehirn durchbohrte. Seine Hand streichelte weiter über ihr Haar. »Armer Michael. Rebecca hat ihm alles bedeutet. Er wird mich mehr als je zuvor brauchen, jetzt, wo sie nicht mehr lebt.«

Ihre Arme waren immer noch um seinen Hals geschlungen. Blut von ihren Ärmeln hinterließ Flecken auf seiner Haut, aber er zeigte keinerlei Reaktion. Sein Blick war weiterhin voller Mitgefühl und Verständnis auf sie gerichtet.

»Arme Emmie. Du hast etwas viel Besseres verdient als mich. Jemanden, der dich so lieben könnte, wie du es dir wünschst. So wie diese Mutter in der Radiosendung ihre zweite Tochter liebte. Diejenige, für die sie alles andere geopfert hätte, was ihr etwas bedeutete. Ich hätte dich so lieben können. Du hättest diese Macht über mich gehabt, hätte Michael sie nicht zuerst beansprucht.«

Ihre Gedanken wirbelten durcheinander. Sie fühlte sich, als zerfiele sie. Verlöre ihre Gestalt. Hörte auf zu existieren.

»Ich bin nichts«, flüsterte sie.

Von der Straße draußen drangen die Geräusche von Autos herein. Er hielt sie weiter fest. »Nicht nichts, Emmie«, sagte er leise. »Nur der Mann und die anderen drei Kinder.«

Es klingelte an der Tür.

»Ich werde tun, was ich kann«, sagte er. »Die besten Anwälte, die man für Geld kriegen kann. Man wird dich nicht vergessen, Emmie. Das verspreche ich dir.«

Seine Worte wurden zu sinnentleerten Geräuschen. Sie löste

453

sich von ihm und rollte sich auf dem Sofa wie ein Fötus zusammen. Sie spürte, wie sie schrumpfte, sich in ein Nichts auflöste. Das war es, wovor sie sich immer gefürchtet hatte. Doch jetzt empfand sie es als Zuflucht. Der sicherste Ort, den niemand, nicht einmal Max, ihr je hatte bieten können.

Das Wimmern hörte auf. Sie gab keinen Laut mehr von sich. Und als die Polizei sie mitnahm, folgte sie wie ein Lamm.

Das Telefon weckte Michael.

Er lag in der Dunkelheit seines Hotelzimmers, die Sinne noch vernebelt durch den Alkohol, und wartete darauf, dass das Klingeln aufhörte. Aber es hörte nicht auf. Widerwillig, immer noch im Halbschlaf, griff er nach dem Hörer.

Und wurde schlagartig wach.

7. KAPITEL

Dezember. Zwei Monate später.

Brockley lag wie ganz London unter einer Schneedecke. In der von schäbigen viktorianischen Reihenhäusern gesäumten und hinter einer Eisenbahnstrecke begrabenen Rushden Street lag der Schnee im grellen Schein der Weihnachtsbeleuchtung, die von langjährigen Anwohnern in die Fenster gehängt worden war, in schmutzigen Haufen am Bürgersteig und verwandelte sich langsam in grauen Matsch.

In den Fenstern von Haus Nummer siebzehn gab es solche Lichter nicht. In sieben Wochen hatte Michael drei Mitbewohner kommen und gehen sehen. Zurzeit teilte er sich das Haus mit einem Computerprogrammierer aus Tyneside namens Neil, dessen einziges Gesprächsthema der Newcastle United Football Club war, und einem Sozialarbeiter aus Surrey, genannt Bill, der in seiner Freizeit so laut Heavy Metal hörte, dass die Wände wackelten. Ein viertes Zimmer stand leer und wartete auf den nächsten Neuankömmling.

Sein Zimmer befand sich im hinteren Teil des Hauses, leer bis auf ein schmales Bett, ein kleines Waschbecken, einen altersschwachen Kleiderschrank und einen Stuhl am Fenster. Dort saß er vom frühen Morgen bis spät in die Nacht und beobachtete die Züge, die vorbeirollten. Der graue Linoleumbelag war übersät mit Brandflecken und Zigaretten früherer Bewohner, und die Wände wiesen große feuchte Stellen auf. Trotz der Kälte ließ er das Fenster einen Spalt breit offen, um den Gestank zu vertreiben. Sein *Napoléon*-Filmplakat hing über dem Bett, doch abgesehen davon gab es wenig, was darauf hindeutete, dass er hier den größten Teil seiner Zeit verbrachte.

Seit dem Junggesellenwochenende hatte er keinen Fuß mehr in

die Kanzlei Cox Stephens gesetzt. Jack Bennett hatte des Öfteren angerufen, wollte ihn unbedingt wieder einstellen, aber er hatte das Angebot abgelehnt. Auch der Mann von der Personalagentur hatte sich mehrmals gemeldet, schlug Kanzleien vor, die sich für ihn interessierten, und bot neue Vorstellungstermine an. Doch auch diese Anrufe hatte er ausnahmslos ignoriert, und irgendwann hörte das Telefon auf zu klingeln. Seit Cardiff verstaubten seine Anzüge im Schrank. Alle, bis auf den italienischen Zweireiher, der Rebeccas Lieblingsanzug gewesen war und den er getragen hatte, als er sich von ihr verabschiedete.

Die Beisetzungsfeierlichkeiten waren in einer normannischen Kirche am Ortsrand von Winchester abgehalten worden, wo sie zur Sonntagsschule gegangen und später konfirmiert worden war. Die Kirche war bis auf den letzten Platz gefüllt. Verwandte, Freunde von der Schule, dem College und der Arbeit und Nachbarn, die sie seit ihrer Kindheit kannten, gaben ihr die letzte Ehre. Die meisten hatten geweint. Ihm war nie wirklich klar gewesen, wie sehr man sie liebte.

Er hatte in der ersten Bank gesessen, neben ihren Eltern und Robert, ignorierte ihre stumme Feindseligkeit, formte mit den Lippen lautlos die Worte der Gebete und Lieder nach und hörte zu, wie der Pfarrer ihre Begabungen und ihre Güte pries, bevor er die Auslöschung eines so viel versprechenden Lebens beklagte. Danach hatte er, flankiert von Stuart und Sean, auf einem in kaltes Herbstlicht getauchten Friedhof gestanden und zugesehen, wie sie zur letzten Ruhe gebettet wurde.

Die Kränze lagen an die Kirchenmauer gelehnt, und als sein Blick auf sie fiel, regte sich in ihm ein schrecklicher Verdacht. Er war hinübergegangen und hatte die Begleitkarten gelesen. Und als er das Gesteck von Max entdeckte – ein Kreuz aus Rosen – fing er an, es zu zerfetzen.

Man versuchte, ihn zurückzuhalten. Robert, dessen Nase nach ihrer letzten Begegnung noch immer verunstaltet war, schlug ihm ins Gesicht, stieß ihn zu Boden. Ohne sich zu wehren, hatte er dort gelegen, während Robert auf ihn eintrat, bis er schließlich von seinem Vater und Stuart weggezogen wurde. Dann hatte Michael sich aufgerappelt, das Blut aus seinem Gesicht gewischt und beendet, was er begonnen hatte. Nach vollbrachtem Zerstörungswerk kehrte er ans Grab zurück, ohne die schockierten Mienen auf den Gesichtern der anderen Trauergäste zu bemerken, senkte den Kopf und flüsterte ein letztes Lebewohl.

Ihm blieb nichts mehr von ihr. Ihre Eltern hatten ihren gesamten Besitz zurückverlangt. »Das gehört uns«, hatte ihr Vater gesagt. »Du hast keinen Anspruch auf irgendwas.« Geblieben waren ihm nur einige Fotos und das, was sie ihm geschenkt hatte. Es war nicht viel.

Aber es war mehr, als Emily geblieben war.

Er wollte sie hassen. So wäre es einfacher gewesen. Aber er brachte es nicht fertig.

Die Polizei konnte nichts aus ihr herausbekommen. Sie war völlig apathisch, gefangen in ihrer eigenen Welt. Er hoffte, dass sie dort bliebe. An einem Ort, wo sie niemand mehr verletzen konnte. Ein Ort, wo sie sicher war.

Niemand konnte glauben, was sie getan hatte. Nicht Emily. Nicht dieses ruhige, nette Mädchen. Ein so ängstliches und zurückhaltendes Wesen, das keiner Fliege was zu Leide tun konnte.

Zumindest dachten das alle.

Bis ihre Stiefmutter sich meldete, ihren Mann im Schlepptau, und von einer Gelegenheit berichtete, bei der Emily ohne ersichtlichen Grund mit einem Messer auf sie losgegangen war. »Sie hätte mich auch umgebracht, wenn ihr Vater nicht eingeschritten wäre. Wir hätten es erzählen sollen, aber wie konnten wir das? Sie war unser Kind, und wir liebten sie.« Ein paar Tränen. »Wie konnte sie uns das nur antun? Nach allem, was wir für sie getan haben.«

Auch andere hatten sich geäußert. Roberts Freund David, der sich als Exfreund bezeichnete, beschrieb die ersten Warnzeichen. »Einmal wollte ich sie küssen, und da hat sie mir fast das Gesicht zerkratzt. Und nur ein paar Tage bevor es passierte, hat sie mich und meine neue Freundin auf dem Piccadilly angepöbelt und mir Beschimpfungen an den Kopf geworfen. Total unheimliches Zeug. Alle haben sie angestarrt, als wäre sie bekloppt.«

Lorna, Rebeccas alte Schulfreundin, erzählte von Rebeccas

Argwohn gegenüber ihrer angeblich besten Freundin. »Sie war ihr gegenüber schon immer ein bisschen misstrauisch. Ihr Verhalten konnte schon sehr merkwürdig sein. Still wie eine Maus im einen Augenblick, und im nächsten ging sie dann auf einen los. Einmal ist sie in einem Weinlokal richtig über mich hergefallen. Ich habe Becky immer gesagt, dass sie den Kontakt mit ihr abbrechen soll. Hätte sie doch nur auf mich gehört.«

Er hätte seine Stimme diesem Chor hinzufügen können. »Sie kannten sie doch gut, oder?«, war er von einem Polizeibeamten gefragt worden. »Ist Ihnen irgendetwas Merkwürdiges an ihr aufgefallen? Etwas, das eine Warnung hätte sein können?« Aber er hatte es abgelehnt, darauf zu antworten. »Sie war ein guter Mensch. Trotz ihrer Tat.«

Der Beamte hatte ihn verwundert angesehen. »Wir reden hier über die Frau, die ihre Verlobte ermordet hat. Hassen Sie sie denn nicht?« Und er, der Gefühle hegte, die erheblich komplizierter waren, als der Polizist es sich vorstellen konnte, hatte den Kopf geschüttelt. »Wozu? Becky ist tot. Emily zu hassen, wird sie nicht zurückbringen.«

Das, was einer Erklärung noch am nächsten kam, wurde von Max beigesteuert, der als Einziger anderer ein verständnisvolles Wort für das Mädchen fand, das ansonsten als Monster abgestempelt wurde. »Ich hatte gerade unsere Beziehung beendet. Ich meinte, ich sei einfach zu alt für sie. Ich vermute, dass sie glaubte, Rebecca sei dafür verantwortlich.« Ein Seufzen. »Es fällt mir so schwer, es zu glauben. Die Emily, die ich kannte, war ein freundlicher und liebenswürdiger Mensch. Wie schrecklich auch immer ihre Tat sein mag, sie verdient es, mit Mitgefühl und Verständnis betrachtet zu werden.«

Er und Max. Emilys Verteidiger. Es würde ihr nicht viel nützen.

Von seinem Fensterplatz aus beobachtete er die hereinbrechende Dämmerung, die Eisenbahnschienen und die Rückseiten der Häuser, identisch jenem, in dem er lebte. Viele hatten Risse in ihren Backsteinmauern. Er kannte sie in- und auswendig.

Bis Weihnachten waren es nur noch zwei Tage. Neil und Bill würden zu ihren Familien fahren, und er hätte dann das Haus für sich. War frei, die Feiertage ganz nach seinen Wünschen zu gestalten.

Er sah auf die Uhr. Sieben. Er nahm seine Jacke und ging zur Tür.

Eine Stunde später saß er mit Sean in einem Pub in der Nähe des Leicester Square.

Das Lokal war gut besucht. Angestellte in Partylaune tranken auf die bevorstehenden Feiertage. Es war ihnen gelungen, einen Tisch in der Nähe der Tür zu ergattern. Zugig zwar, aber wenigstens nicht im größten Gedränge.

Es war das erste Mal seit der Beerdigung, dass er sich mit jemandem traf. Er hatte alle Einladungen abgelehnt, da er sich außer Stande fühlte, sich dem Mitleid und den Fragen zu stellen. Bis zu diesem Morgen, als er den Wunsch nach einem freundlichen Gesicht und menschlichem Kontakt verspürte.

»Tut mir Leid, dass es so lange gedauert hat«, sagte er. Ein Band spielte im Hintergrund »Last Christmas«.

»Macht nichts«, sagte Sean. »Tut mir Leid, dass ich dich dauernd angerufen habe. Ich wollte nur, dass du weißt, ich bin da, wenn du mich brauchst.«

»Das wusste ich.«

»Hast du sonst schon jemanden gesehen?«

Er schüttelte den Kopf. »Mein Freund George hat angerufen. Stuart auch, seit er und Helen aus den Flitterwochen zurück sind. Anscheinend hatten sie eine schöne Hochzeit. Ich hätte hingehen sollen, aber ich hab's einfach nicht geschafft.«

Sean lächelte aufmunternd. »Er hat das verstanden.«

»Hast du mit ihm gesprochen?«

»Nur um zu erfahren, ob er was von dir gehört hat. Er macht sich Sorgen. Das tun wir alle.«

Michael trank einen Schluck von seinem Bier. Es kam ihm dünner als gewöhnlich vor, aber er hatte in letzter Zeit viel getrunken.

Sean sah beunruhigt aus. »Du hast ganz schön viel abgenommen.«

Ein Achselzucken.

»Hast du schon einen neuen Job?«

»Nein.«

»Suchst du denn?«

Keine Antwort. Die kalte Luft ließ ihn frösteln. Früher hatte er Kälte nie gespürt.

»Du brauchst Geld, Mike. Du musst leben.« Etwas entfernt schwenkte ein übertrieben fröhlich wirkendes Mädchen mit einer Weihnachtsmütze eine Sammelbüchse. »Was gibt's Neues über den Prozess?«

»Ein Prozess wird sie nicht zurückbringen.«

»Aber er könnte helfen. Der Gerechtigkeit dienen.«

»Gerechtigkeit?«

Er begann zu lachen, versuchte, es zu unterdrücken, doch es gelang ihm nicht.

Sean beobachtete ihn besorgt. Er erinnerte sich, wie Seans Blicke ihm im Heim immer gefolgt waren. Ständig achteten sie auf seine Reaktionen, suchten seine Zustimmung.

Er sehnte sich danach, sich alles von der Seele zu reden. Sean alles zu erzählen.

Aber er konnte es niemandem erzählen. Das Risiko war zu groß.

Aufdringlich lächelnd kam das Mädchen mit der Mütze nun zu ihnen und fuchtelte mit der Sammelbüchse vor ihrer Nase herum. »Für Kinder in Not«, kreischte sie. Er gab ihr sein gesamtes Kleingeld. Es waren nur ein paar Kupfermünzen.

Sie runzelte die Stirn. »Nicht besonders großzügig.«

Sean warf fünf Pfund in die Büchse. »Ist jetzt kein besonders guter Moment«, sagte er.

Der Einwand stieß auf taube Ohren. Ihr Gesicht glühte vor missionarischem Eifer. »Pflegekinder haben nie gute Momente. Sag dem Geizhals da, er soll das nächste Mal daran denken.«

»Und was zum Teufel verstehst du von Pflegekindern?«

Er stand auf. Sie wich vor ihm zurück, während es im Pub mit einem Mal ganz still wurde.

»Du blöde Schnepfe! Einen Scheißdreck weißt du darüber!« Er zeigte auf Sean. »Wir könnten dir was erzählen. Er und ich. Wir wissen mehr, als du je wissen wirst!« Er griff nach seiner Brieftasche, nahm alles Geld heraus, das er hatte, und schleuderte es ihr entgegen. »Und jetzt verpiss dich!«

Er nahm seine Jacke und marschierte aus dem Pub. Sean rannte ihm nach, holte ihn in der Mitte des Leicester Square ein. »Mike, warte!«

Sie standen sich gegenüber, umgeben von den Lichtern der Großstadt und dem Gedränge der Menschen. Sternsinger mit Laternen sangen mehrstimmig die letzte Strophe von »Once in Royal David's City«. In der kalten Winterluft konnte man ihren Atem sehen.

»Lass mich einfach in Ruhe, Sean.«

»Ich kann's nicht ertragen, dich in diesem Zustand zu sehen.«

»Du hast überhaupt keine Ahnung, was los ist.«

»Aber ich weiß, dass du immer für mich da warst, als wir Kinder waren, und jetzt will ich für dich da sein. Morgen Abend besuche ich meine Eltern. Komm mit, Mike. Wir können über alles reden und danach entscheiden, was du tun wirst.«

Er hatte einen Kloß im Hals. »Dafür ist es zu spät.«

»Nein, ist es nicht.«

»Ist es. Glaub's mir.« Er drehte sich um.

Sean packte ihn am Arm. »Mike, bitte.«

»Ich werde dich morgen anrufen. Das verspreche ich dir. Danke, dass du mein Freund bist, Sean.«

Als er sich durch die Menge drängte, beendeten die Sternsinger ihre Strophe und erhielten spärlichen Applaus.

Er schloss die Tür auf. Das Licht brannte, und aus dem Wohnzimmer schallte Heavy Metal. Es war nicht so laut wie sonst.

Neil rief aus der Küche seinen Namen. Da ihm nicht nach Reden zu Mute war, suchte er Zuflucht in seinem Zimmer.

Er sah den Zigarrenrauch, noch bevor er ihn einatmete. Er hing in der Luft wie eine Giftgaswolke.

»Wie geht's Sean?«

Er stand wie hypnotisiert da, fühlte sich wie ein Hase, gefangen im Scheinwerferlicht eines heranrasenden Lasters.

Max saß auf dem Stuhl vor dem Fenster, benutzte eine angeschlagene Kaffeetasse als Aschenbecher. Sein Gesicht war ausgezehrt. Auch er hatte an Gewicht verloren, und das ließ ihn alt wirken. Für einen Sekundenbruchteil empfand Michael so etwas wie Sorge. Er hasste es.

»Nette Wohnung haben Sie hier. Das weckt in mir nostalgische Gefühle. Das erste Zimmer, das ich hatte, lag in dieser Gegend. Habe ich Ihnen das je erzählt?« Die Stimme war so angenehm wie immer.

»Niemand hier wusste, dass ich mich mit Sean getroffen habe.« Seine eigene Stimme klang hohl.

»Und doch wusste ich es. Ich kenne jeden einzelnen Schritt, den Sie machen. Aber das haben Sie vielleicht schon erraten.«

Michael schluckte. »Und jetzt sind Sie hergekommen, um mich auszulachen.«

»Denken Sie das wirklich? Dass ich eine halbe Stunde hier sitzen und Sie auslachen werde und danach für immer aus Ihrem Leben verschwinde?« Ein trauriges Lächeln. »Ach, Michael, wenn es doch nur so einfach wäre.«

Michael starrte zu Boden. Das Dröhnen der Musik war wie ein schwacher elektrischer Strom, der unter seinen Füßen pulsierte. »Ich habe ihn überredet, es ein wenig leiser zu drehen«, sagte Max, »aber nicht zu leise. Wir wollen ja nicht, dass jemand unsere Unterhaltung belauscht.«

»Es wird keine Unterhaltung geben. Ich habe Ihnen nichts zu sagen.« Er drehte sich um.

»Setzen Sie sich!«

Die Stimme wurde nicht gehoben, aber sie war so bestimmt, dass Michael erstarrte.

Langsam setzte er sich auf das Bett.

»So ist es schon besser.« Max ließ seine Zigarre in die Tasse fallen und zündete sich eine neue an. »Ich treffe jetzt alle Entscheidungen. Bitte versuchen Sie, das nicht zu vergessen.«

Die Deckenbeleuchtung war einfach nur eine nackte Glühbirne ohne Schirm. Sie bewegte sich in einer Brise, die durch das offene Fenster wehte, und ließ Schatten wie Gespenster über die Wände huschen.

Draußen ratterte ein Zug vorbei, war unterwegs nach Kent, wo Sean schon bald Weihnachten verbringen würde.

Die Kälte ließ ihn zittern. Max' Miene, vorübergehend streng, glättete sich wieder. »Ziehen Sie Ihre Jacke an, Mike, sonst erkälten Sie sich.«

Er schüttelte den Kopf.

»Sie haben abgenommen. Wir werden Sie aufpäppeln müssen.«

»Sie auch. Vermissen Sie vielleicht Emily?«

Ein Seufzer. »Das war schrecklich, was wir ihr angetan haben.«

»Ich habe überhaupt nichts getan.«

»Arme Emmie. Sie schämte sich so für das, was sie getan hatte, dass sie es niemandem erzählte. Außer Ihnen. Dem einzigen Menschen, dessen Vergangenheit ebenso traumatisch war wie die ihre. Sie hat sie gebeten, es geheim zu halten, und das haben Sie auch getan. Außer vor mir.« Wieder ein Seufzer. »Jetzt weiß es natürlich jeder.«

Michael starrte auf das mit Brandlöchern übersäte Linoleum, das an Pockennarben erinnerte. Der Vermieter müsste den Bodenbelag erneuern.

»Natürlich müssen wir Beckys Eltern in Erwägung ziehen. Glauben Sie, sie vermuten was?«

»Es gibt nichts zu vermuten.«

»Also wenigstens kein Beweis. Das heißt, falls Emmie nicht–«

»Nennen Sie sie nicht so. Dazu haben Sie kein Recht.« Er versuchte, wütend zu klingen, hörte aber nur Angst aus seiner Stimme.

»Falls Emmie nicht zwei und zwei zusammenzählt. Unwahrscheinlich, glaube ich. Der Zusammenbruch scheint dauerhaft zu sein. Aber für den Fall, dass sie es jemals tut, gibt es nichts zu befürchten. Meine Lippen sind versiegelt. Niemand wird erfahren, wie wir einen Mord geplant haben.«

Die Schatten huschten weiter über die Wände. Wie Dämonen, die gekommen waren, um den Albtraum zu verhöhnen, in dem er gefangen war. Matt schüttelte er den Kopf. »Ich habe Ihnen von Emily erzählt, weil ich dachte, Sie würden verstehen. Ich hätte mir nie träumen lassen –«

463

Max gab besänftigende Laute von sich, als beruhige er ein verängstigtes Kind. »Natürlich haben Sie das nicht. In meinen Augen sind Sie völlig schuldlos. Aber Sie müssen in Erwägung ziehen, wie es für andere aussieht. Rebeccas Eltern und ihr Bruder wären nur zu gern bereit, schlecht von Ihnen zu denken, und sie könnten eine Menge aus der nicht geplanten Schwangerschaft machen. Aber das sollte Sie wirklich nicht beunruhigen. Wir werden das alles überstehen, Sie und ich. Solange wir nur zusammenhalten.«

»Sie könnten es sowieso niemandem erzählen. Indem Sie mich hinhängen, brechen Sie sich selbst das Genick.«

»Würde ich? Haben Sie Angst, ins Gefängnis zu gehen? Das Einzige, was mir Angst macht, ist der Gedanke, Sie zu verlieren.«

Fäden von Zigarrenrauch hingen wie Ketten in der Luft. Die Tür war nur wenige Meter entfernt, und er hätte nichts lieber getan, als durch sie hinaus in die Dunkelheit zu verschwinden. Aber die Nacht war voller Augen, und es gab keinen Ort, um sich zu verstecken.

»Ihr Wort würde gegen meines stehen«, sagte er.

»Das stimmt. Sie könnten sie überzeugen. Aber das bezweifle ich. Vergessen Sie nicht, ich bin tausendmal besser als Sie, was List und Täuschung betrifft. Ich habe Emily überzeugt, dass ich sie liebe. Ich könnte die Menschen von allem überzeugen.«

Michael stand auf und begann, auf und ab zu gehen. Obwohl klein, war das Zimmer immer noch größer als eine Gefängniszelle. Es gab auch keine Schlösser an der Tür. Aber er war nicht frei zu gehen.

Max blieb am Fenster, die Schatten verzerrten sein Gesicht, verwandelten es in eine hässliche Fratze. »Was wollen Sie, Mike? Dass dies vorbei ist?«

Er nickte.

»Zwischen uns wird es nie vorbei sein. Verstehen Sie das nicht?«

Michael lehnte sich gegen die Wand und spürte die Feuchtigkeit durch seine Kleidung dringen. Sie starrten sich an, während die Musik weiter hämmerte und draußen Züge vorbeiratterten.

»Erinnern Sie sich noch an den Abend, als wir uns das erste Mal

464

begegnet sind?«, fragte Max. »Ich hatte eine kleine Schnittwunde am Hals. Falls Sie sie bemerkt haben, werden Sie gedacht haben, es sei eine Verletzung vom Rasieren.

Ich hatte die ganze Nacht zuvor wach gelegen und darüber nachgedacht, was ich besaß. Geld. Macht. Gesellschaftliches Ansehen. Respekt. Alles, wonach ich je gestrebt hatte, nur um dann festzustellen, dass meine Existenz eine leere Hülse war. An diesem Morgen stand ich über eine Stunde im Bad, eine Rasierklinge an meiner Kehle, und versuchte, den Mut aufzubringen, meinem Leben ein Ende zu setzen.

Und dann lernte ich Sie kennen. Jemand, der aus der gleichen Welt stammte wie ich. Jemand, der die Energie und die Hoffnung der Jugend besaß, mit der auch ich begonnen hatte, die aber irgendwo unterwegs verloren gegangen ist. Jemand, dessen Gegenwart mich wieder jung und optimistisch machte. Jemand, dem ich den Weg weisen konnte, auf dem mich niemand geführt hatte. Jemand, der allem einen Sinn verlieh.

Sie müssen wissen, dass ich niemandem, den ich liebe, erlaube, mich zu verlassen. Mein Onkel hat es versucht, aber er ist gescheitert. Falls Sie es versuchen, wird es Ihnen genauso ergehen.«

Ein eiskaltes Frösteln durchfuhr ihn. »Ihr Onkel?«

Max nickte. »Er war sehr lebendig, als ich ihn ausfindig machte. Leitete ein Taxiunternehmen und genoss sein Leben, ohne auch nur einen einzigen Gedanken an den Neffen zu verschwenden, den er vor all den Jahren zurückgelassen hatte. Aber das hat er mir gebüßt.«

Michael hatte Angst, die nächste Frage zu stellen. Doch es war auch nicht nötig.

»Ich war derjenige, der die Konkurrenz finanzierte, die plötzlich überall auftauchte und seine Preise so stark unterbot, dass er sein gesamtes Kapital allein schon bei dem Versuch verlor, sich über Wasser zu halten. Er musste schließlich zu den Leuten gehen, die sein Geschäft ruiniert hatten, und um einen Job betteln.

Eines Tages kam er nach Hause und fand die Polizei vor seiner Tür, nachdem sie einen Tipp erhalten hatten, dass er Diebesgut aufbewahrte. Sie durchsuchten sein Haus und fanden es im Keller

465

versteckt. Und sie fanden noch etwas anderes: Beweismaterial, das ihn in Verbindung zu einem örtlichen Pädophilenring brachte.«

Langsam ließ sich Michael wieder auf sein Bett sinken. Max' Blick blieb ungerührt auf ihn gerichtet.

»Natürlich stritt er alles ab. Bestand darauf, dass es ihm untergeschoben worden sein musste. Aber niemand glaubte ihm. Das ist das Schreckliche an der menschlichen Natur. Wir sind immer so schnell bereit, von anderen stets das Schlechteste zu denken. Die Polizei begann, jeden seiner Schritte zu überwachen. Seine Nachbarn kamen dahinter und fingen an, ihn zu schneiden. Er wurde auf offener Straße zusammengeschlagen. Man warf seine Fenster ein und hinterließ Schmierereien auf seiner Haustür. Freunde wandten sich von ihm ab. Er verlor absolut alles. Am Ende erhängte er sich.

Wenn Sie mich verlassen, könnte ich beschließen, nicht zur Polizei zu gehen, denn das würde vielleicht auch mir, wie Sie schon richtig bemerkten, das Genick brechen. Aber Sie würden niemals sicher sein. Sie können sich nicht vor mir verstecken. Ich würde Sie immer finden. Und dann würde ich herausfinden, was Ihnen am wichtigsten ist, und es zerstören, so wie Rebecca.«

Michael zitterte am ganzen Leib. Die Musik verklang, ging unter vom Hämmern in seinem Schädel.

Max ließ seine Zigarre ausgehen. »Und jetzt haben wir meiner Meinung nach genug geredet. Packen Sie Ihre Sachen zusammen, und lassen Sie uns gehen.«

Michael schüttelte den Kopf.

»Es ist vorbei, Mike.« Die Stimme war liebenswürdig. »Es hat keinen Sinn, gegen mich zu kämpfen. Ich werde immer gewinnen.«

Michael erhob sich, ging rückwärts zur Tür, bot all seine Kräfte auf, um sich ein letztes Mal gegen Max aufzulehnen.

»Ich hoffe, Sie werden in der Hölle schmoren.«

Eine tiefe Traurigkeit trat in Max' Augen. »Das werde ich, daran zweifle ich keine Sekunde. Aber vorher muss ich immer noch dieses irdische Leben hinter mich bringen.«

Seine Hand berührte den Türknauf.

»Ich werde am Arundel Crescent warten. Lassen Sie sich nicht zu viel Zeit.«

Michael flüchtete aus dem Zimmer, rannte die Treppe hinunter und hinaus in die Dunkelheit.

Er lief und lief, ohne Plan und ohne Ziel. Am Ende fand er sich an der Stelle wieder, wo alles begonnen hatte. Auf den schmalen Straßen von Bow.

Von außen hatte sich das Heim überhaupt nicht verändert. Ein quadratischer, grauer viktorianischer Kasten, überragt von den Sozialwohnungen auf der anderen Straßenseite. Heute kein Zufluchtsort mehr für unerwünschte Kinder, sondern einfach eine Ansammlung von Wohnungen.

Er stand auf dem Bürgersteig und zog seinen Mantel enger um sich, wie zum Schutz gegen die kalte Nachtluft. Ein junges Pärchen ging an ihm vorüber und in das Haus. In einem Raum unter dem Dach flammte ein Licht auf. Das Zimmer, das er sich vor all den Jahren mit Sean geteilt hatte, wo sie in ihren Betten lagen und ihren Zukunftsträumen nachhingen, ohne zu wissen, wie sehr sich ihre Zukunft unterscheiden würde.

Doch diese Zeit war für immer vorbei. Er war ein Fremder, und hier gab es keine Zuflucht.

Er ging weiter, vorbei an dem Eckgeschäft, wo er Süßigkeiten gestohlen und dann, Jahre später, versucht hatte, sich bei den Inhabern zu entschuldigen. Vorbei an der alten Kirche mit dem Friedhof, von dem er Sean erzählt hatte, es spuke dort. Hinunter zum Lärm und dem Treiben der Mile End Road.

Ein Schneeschauer setzte ein. Er suchte Schutz in einem Nachtcafé: ein heiterer Ort, in dem es nach fettigen Fritten roch, an dessen Wänden Fotos von Filmstars hingen und aus dessen ramponierter Lautsprecherbox leise Jazz drang. Er bestellte sich einen Kaffee, setzte sich ans Fenster und beobachtete die in der Luft wirbelnden Schneeflocken.

Joe Green, allein hinter der Theke, war wehmütig zu Mute.

Ihm gehörte das Café jetzt seit fast vierzig Jahren. Geöffnet sieben Tage die Woche, mit Ausnahme von Weihnachten, staatlichen Feiertagen und einem Monat, den er einmal mit Lungenentzündung im Krankenhaus verbracht hatte. Es war sein Leben gewesen, aber jetzt verschlechterte sich sein Gesundheitszustand, und sein Arzt drängte ihn, die Arbeit aufzugeben. Er sagte sich, dass er die freien Tage und frühen Abende genießen werde, aber tief in seinem Innern wusste er, dass er immer wieder Ausreden finden würde, um herzukommen und seinem Neffen Sam auf die Nerven zu gehen, der das Lokal übernehmen sollte.

Jetzt war es bis auf einen einzigen Gast leer. Ein bemerkenswert gut aussehender junger Mann mit dunklem Haar, der, eingehüllt in einen teuren Mantel, in der Ecke saß und eine Tasse Kaffee trank. Eigentlich machten sie erst in einer halben Stunde zu, aber er war müde und wollte die Sache ein wenig beschleunigen. Freundlich lächelnd näherte er sich dem Gast. »Wie sieht's aus, Kumpel? Hast du kein Zuhause?«

Der junge Mann blickte auf. In seinen dunkelblauen Augen lag ein verzweifelter Ausdruck.

Joe glaubte ihn plötzlich wiederzuerkennen.

»Kenne ich dich nicht von irgendwoher?«

Kopfschütteln.

»Doch, ich kenne dich. Wie heißt du?«

Schweigen.

»Der Mann ohne Namen«, sagte Joe.

Dann wusste er es plötzlich wieder.

»Sie kennen mich nicht«, sagte der gut aussehende junge Mann, dessen Tonfall eindeutig aus den an London grenzenden Grafschaften kam. Der Junge war ein Cockney gewesen. Sah auch ein bisschen eigenartig aus.

Aber er war es. Sicher.

Er vergaß völlig, dass er eigentlich schließen wollte, und nahm auf dem Stuhl gegenüber Platz.

»Du warst noch ein kleiner Junge. Auf der Flucht. Ich hätte dich mitgenommen, aber du bist abgehauen. Noch eine Ewigkeit danach habe ich an dich gedacht. Hoffte immer, dass mit dir alles okay ist.«

Der junge Mann nahm den letzten Schluck Kaffee. Die Straße war jetzt bis auf eine Gruppe Feiernder, die Weihnachtslieder sangen, leer.

»Deine Name fing mit einem M an.« Joe kramte in seiner Erinnerung. »Matt?«

»Nein.«

»Dann Mike.« Er strahlte. »Ja, das war er. Mike.«

»Mike«, echote der junge Mann. »Das war sein Name. Sie haben ihm zu essen gegeben, und er war ihnen dafür sehr dankbar.«

Joe war verwirrt. »Ihnen habe ich es gegeben.«

»Nein. Der Junge, den sie getroffen haben, war jemand völlig anderer. Er war viel stärker als ich.«

Das Gesicht verwandelte sich in eine gequälte Maske. Joe fühlte Mitleid und Sorge. Genau wie damals vor so vielen Jahren.

»Lass uns darüber reden, Mike«, sagte er freundlich. »Ich habe Zeit. Ich kann zuhören.«

»Ich werde Ihnen eine Antwort auf Ihre Frage geben.«

»Und die wäre?«

Die Augen füllten sich mit Tränen. »Es gibt einen Ort, wohin ich gehen kann.«

Er stand auf und wandte sich in Richtung Tür. Im Vorbeigehen legte er eine Hand auf Joes Schulter und drückte sie sanft.

Joe blieb am Tisch sitzen, beobachtete, wie er auf der Straße versuchte, ein Taxi zu finden. Schließlich tauchte eins auf. Er stieg ein, wurde verschluckt von dem fallenden Schnee und der dunklen Stadt.

EPILOG

Devon: 2003

Es war ein wunderbarer Tag für eine Hochzeit. Der Maihimmel präsentierte sich in einem vollkommenen Blau, und eine leichte Brise verhinderte, dass die Luft zu drückend wurde. Im Restaurant des Linton Forest Hotel standen alle Fenster offen. Henry Bellamy und seine Frau Eleanor blickten auf die zweihundert Menschen, die gekommen waren, um die Vermählung ihrer Tochter Olivia mit Michael Turner zu feiern.

Catherine Chester, eine attraktive Enddreißigerin, die gerade Seniorpartnerin bei Cox Stephens geworden war, saß bei Nick Randall. Sie war nicht offiziell zur Hochzeit eingeladen, wurde aber von Nick als seine Begleitung mitgebracht.

Es saßen sechs Personen am Tisch. Sie kannte Stuart, jedoch nicht seine Frau Helen und das andere Paar, Sean und Maya. Aber alle waren sehr freundlich. Jack Bennett saß mit seiner Frau und den Kindern irgendwo an einem anderen Tisch.

Stuart und Nick erzählten sich harmlose Anekdoten über Michael, denen Sean seine eigenen hinzufügte. Alle drei mochten sie Michael, das war nicht zu übersehen, aber sie bekamen ihn selten zu Gesicht. Er hatte Cox Stephens vor mehr als drei Jahren verlassen und arbeitete in der freien Wirtschaft. Nach allem, was man so hörte, machte er beneidenswerte Fortschritte.

Ein Kellner in der Uniform eines Lakaien aus dem achtzehnten Jahrhundert räumte Catherines Hauptgericht ab. Auf einem Podium spielte ein Quartett im Frack ein Konzert von Haydn. Während die Männer weiter plauderten, steckte sie sich eine Zigarette an und erkundigte sich bei Maya nach Olivia.

»Sie ist Schauspielerin, hat aber bis jetzt nur ein paar kleine Rollen in Seifenopern gehabt. Sean und ich finden sie sehr nett.« Sie hielt inne. »Auch wenn wir ihr nur einmal begegnet sind.«

471

Während sie zuhörte, ließ Catherine ihren Blick über die gut gekleideten Gäste zum Brauttisch schweifen. Henry und Eleanor Bellamy saßen links und rechts vom Brautpaar und sahen beide sehr zufrieden und stolz aus. Vor Jahren war Catherine auf einer Hochzeit gewesen, auf der der betrunkene Vater der Braut eine Rede hielt und zu seinem Schwiegersohn sagte: »Tja, mein Junge, hier kommt mein guter Rat: Sorg immer dafür, dass sie gut im Futter ist und genug gevögelt wird, dann bleibt ihr nichts, worüber sie sich beschweren könnte.« Sie lächelte in sich hinein, als sie sich vorstellte, Michaels Schwiegervater würde ihm den gleichen Ratschlag geben.

Olivia, eine hoch gewachsene gertenschlanke Brünette, sah atemberaubend aus. Catherine fand Gelegenheit, beim Empfang ein wenig mit ihr zu plaudern, und hatte den Eindruck gewonnen, dass sie zwar sehr nett, aber auch ziemlich langweilig war. Allerdings hatte ihre Unterhaltung nicht lange gedauert, so dass es vielleicht zu früh war, solche Schlussfolgerungen zu ziehen.

Sie saß in der Mitte des Tisches, ein Traum in weißer Seide, und strahlte Michael an. Spontan gab sie ihm einen Kuss auf die Wange. Er lächelte, erwiderte die Geste jedoch nicht. Wahrscheinlich war es ihm peinlich, vor aller Augen seine Zuneigung zu zeigen.

Während Olivia mit ihrem Vater eine Unterhaltung begann, stocherte Michael lustlos in seinem Essen herum und schien sich nicht sehr wohl zu fühlen. Ein typischer Mann eben, nicht in der Lage, sich auf die romantische Atmosphäre einer Hochzeit einzulassen. Er sah noch genauso aus, wie sie ihn aus der Zeit bei Cox Stephens in Erinnerung hatte. Bemerkenswert attraktiv, auch wenn da ein angespannter Zug in seinem Gesicht war. Arbeitsüberlastung, vielleicht, dachte sie.

Der Trauzeuge des Bräutigams war ein rundlicher Mensch im engen Cutaway. Er hieß George und schien ein Schulfreund Michaels zu sein. Sie fragte sich, ob er Michael öfter traf als die anderen.

Ein Kellner schenkte Wein nach. Als sie einen Schluck nahm, beobachtete sie, wie Eleanor Bellamy mit einem kräftigen Mann von etwa fünfzig Jahren mit grau meliertem Haar und wachem

Blick sprach. Max Somerton, der Mann, der in den Jahren nach dem tragischen Tod seiner ersten Verlobten, Rebecca, für Michael zu einem Ersatzvater geworden war.

Catherine hatte Rebecca nie selbst kennen gelernt, die anderen am Tisch aber schon. Sie alle erinnerten sich mit großer Zuneigung an sie. Sie hatte sie nach Max ausgefragt, aber niemand schien viel über ihn zu wissen, nur, dass er sehr reich war. Obwohl er es nicht offen aussprach, vermittelte Stuart den Eindruck, als gebe er Max die Schuld, dass sie Michael so selten sahen. »Er ist unglaublich großzügig«, hatte Maya ihr erzählt. »Zur Hochzeit schenkt er ihnen ein Kutscherhaus in Kensington. Nur ein paar Gehminuten von seinem eigenen Domizil entfernt.«

Ihr Blick verweilte bei ihm. Obschon kein wirklich gut aussehender Mann, besaß er doch eine gewisse Attraktivität. Er strahlte eine Ruhe aus, die auf innere Stärke hindeutete. Das gefiel ihr.

Er beschrieb Eleanor etwas und benutzte dazu ausgiebig gestikulierend seine Hände. Es waren kräftige, starke Hände, die er jedoch mit äußerster Anmut bewegte. Auch das gefiel ihr.

Eleanor wandte sich an Michael, das heißt, sie redete auf ihn ein. Er hörte nur mit halbem Ohr hin und nickte an den richtigen Stellen, während Max, der amüsiert wirkte, ihm verschwörerisch zuzwinkerte, worauf Michael, zweifellos aus Gründen der Zurückhaltung, nicht reagierte.

Sean und Maya, selbst erst seit kurzem verheiratet, hatten ihre Flitterwochen auf einer Trekkingtour in Peru verbracht. Während Sean ihre Abenteuer schilderte, beobachtete Catherine weiter Max.

Später, beim abendlichen Empfang, machte sie ihre Runde.

Die Tische waren aus dem Speisesaal geräumt worden, das Quartett war ebenfalls verschwunden. Eine Tanzkapelle hatte seinen Platz eingenommen und spielte Coverversionen von Popklassikern, während über ihren Köpfen Stroboskopblitze zuckten. Die aktiveren Gäste tanzten, während der Rest in Gruppen zusammenstand und sich unterhielt, am Büfett naschte und sich am in Strömen fließenden Alkohol labte.

Sie überquerte die Tanzfläche und versuchte, Max ausfindig zu machen. Michael und Olivia standen im Rampenlicht und tanzten zu einer mit heiserer Stimme vorgetragenen Version von »I Will Survive«. Als sie jedoch näher kam, erkannte sie, dass es gar nicht Michael war. Nur jemand, der ihm ähnlich sah.

Schließlich entdeckte sie Max in einer Ecke neben einer improvisierten Bar stehen, eine Zigarre in der Hand und in eine geflüsterte Unterhaltung mit Michael vertieft. Das Licht war nicht besonders gut, aber Michael wirkte unglücklich.

Als sie sich der Bar näherte, begann die Band »The Power of Love« zu spielen. Olivia löste sich von ihrem Partner und blickte sehnsüchtig in Michaels Richtung. Als Max dies bemerkte, flüsterte er Michael etwas zu und gab ihm einen ermutigenden Schubs.

Sie fand, dass dies der richtige Augenblick war, und hielt zielstrebig auf den Platz zu, den Mike frei gemacht hatte.

Sie kam in der Menschenmenge an Michael vorbei. Wieder fiel ihr die Anspannung in seinem Gesicht auf. Als würde alle Last der Welt auf seinen Schultern liegen. Ausgiebige Flitterwochen schienen genau das zu sein, was er brauchte.

Plötzlich blieb er stehen und starrte in ihre Richtung, als hätte er einen Geist gesehen. Zuerst dachte sie, er meine sie, aber seine Aufmerksamkeit war auf ein attraktives Mädchen seines Alters gerichtet, mit kurzen blonden Haaren und einem spitzbübischen Lächeln, das sich mit Freunden unterhielt.

Aber das Licht war schummrig, sie konnte sich auch geirrt haben.

Und Max schien es nicht zu registrieren.

Sie näherte sich ihm, streckte eine Hand aus und setzte ihr charmantestes Lächeln auf. »Ich bin Catherine Chester. Vielleicht hat Jack Bennett mal meinen Namen erwähnt. Ich bin Seniorpartnerin bei Cox Stephens.«

»Ja, das hat er«, sagte er mit einer so wunderbaren Stimme, dass ihr ein wohliger Schauer über den Rücken lief. Sein Händedruck war stark und fest. Zigarrenrauch hing in der Luft.

»Es war eine schöne Feier«, sagte sie.

»Das fand ich auch.«

»Und der Nachmittagsempfang war wunderbar. Ich habe es wirklich sehr genossen.«

Er lächelte höflich, aber sein Blick wanderte über ihre Schulter zur Mitte des Raums, wo das Brautpaar jetzt tanzte.

»Sie sind sicher sehr stolz auf Michael.«

»Das bin ich. Vor ihm liegt eine wunderbare Zukunft.« Sein Blick war durchdringend. Sie spürte, dass er ein Mann war, vor dem man keine Geheimnisse haben konnte.

Sie wagte einen Scherz. »Nachdem meine Scheidung jetzt durch ist, hoffe ich, dass das auch für mich gilt.«

Ein Nicken. Aber kein Zeichen von Interesse. Trotzdem, es war noch früh am Abend. Sie versuchte eine andere Strategie.

»Olivia ist ein reizendes Mädchen.«

Er zog an seiner Zigarre. »Das finde ich auch.«

»Und macht beruflich gute Fortschritte.« Sie wusste, dass dies nicht stimmte, aber Schmeicheleien konnten nie schaden.

Wieder wanderte sein Blick über ihre Schulter. »Schade, dass damit nun Schluss sein muss.«

»Warum?«

»Michael wird es zu etwas bringen, und da braucht er eine Frau zu Hause, die für ihn sorgt. Und ich will Enkel.« Seine Stimme war kühl, aber sie war nicht bereit, schon aufzugeben.

Sie versuchte, provokativ zu sein, hoffte, dass dies seine Aufmerksamkeit wieder auf sie lenken könnte. »Ich weiß nicht, ob Olivia ihre Ambitionen so einfach aufgibt.«

»Dann wird sie von jemandem ersetzt werden müssen, der es tut.«

Die Augen waren die eines Raubtiers: Sie folgten dem Brautpaar, als pirschten sie sich an eine Beute heran.

Ein kaltes Schaudern durchlief sie.

Plötzlich lächelte er. Herzlich diesmal.

DANKSAGUNG

Zunächst gilt mein Dank den üblichen Verdächtigen: meiner Mutter, Mary, Cousin Anto und den Freunden Gill, Iandra, Rebecca, Lesley, Jez, Paul und Susan, die mir während des Schreibens ständige Ermunterung und Unterstützung zukommen ließen. Danke, Leute – das war wirklich das Entscheidende.

Dann gilt mein Dank Polly Edwards und Elizabeth Trott für Beratung bei technischen Fragen. Eventuelle Fehler sind allein von mir zu verantworten.

Last, but not least möchte ich meinem Agenten Patrick Walsh und meiner Lektorin Kate Lyall Grant danken, deren Beiträge sowohl zum Aufbau als auch zum Stil dieses Buches einfach von unschätzbarem Wert waren.